Von Victoria Holt
sind unter dem Pseudonym Jean Plaidy
als Heyne-Taschenbücher erschienen:

Der scharlachrote Mantel · Band 01/7702
Die Schöne des Hofes · Band 01/7863
Im Schatten der Krone · Band 01/8069
Geheimnis im Kloster / Der springende Löwe · **Band 23/26**
Sturmnacht / Sarabande · Band 23/53
Die geheime Frau · Band 04/16

Von Victoria Holt sind als
Heyne-Taschenbücher erschienen:

Das Schloß im Moor · Band 01/5006
Die Rache der Pharaonen · Band 01/5317
Das Haus der tausend Laternen · Band 01/5404
Die siebente Jungfrau · Band 01/5478
Die Braut von Pendorric · Band 01/5729
Das Zimmer des roten Traums · Band 01/6461
Der Fluch der Opale · Band 04/35

JEAN PLAIDY
besser bekannt als
VICTORIA HOLT

GEFANGENE DES THRONS

Roman

Deutsche Erstausgabe

WILHELM HEYNE VERLAG
MÜNCHEN

HEYNE ALLGEMEINE REIHE
Nr. 01/8198

Titel der Originalausgabe
MYSELF MY ENEMY
Aus dem Englischen übersetzt
von Uta McKechneay

2. Auflage

Copyright © 1983 by Jean Plaidy
Copyright © der deutschen Ausgabe 1991
by Wilhelm Heyne Verlag GmbH & Co. KG, München
Printed in Germany 1992
Umschlagillustration: ZEFA / Black Star, Düsseldorf
Umschlaggestaltung: Atelier Ingrid Schütz, München
Satz: Werksatz Wolfersdorf GmbH
Druck und Bindung: Elsnerdruck, Berlin

ISBN 3-453-04601-3

Inhaltsverzeichnis

Die Königinwitwe 7

Kindheit und Jugend 11

Das Verlöbnis 69

Zwietracht in den königlichen Privatgemächern 93

Glücklicher kann eine Königin kaum sein 180

Das Menschenopfer 252

Die Verräterin 294

Ihre Majestät die Königin als Generalissima 316

Mord in Whitehall 353

Verzweiflung 390

Nach der Niederlage bei Worcester 413

Die enttäuschte Mutter 432

Henriette 465

Colombes 490

Epilog 509

Die Königinwitwe

So allein hier in meinem *Château* in Colombes, das mir mein Neffe, der große ruhmreiche Regent, den man den Sonnenkönig nennt, zur Verfügung gestellt hat, lasse ich zuweilen mein bisheriges Leben an mir vorüberziehen. Da blicke ich auf ein Übermaß an Kummer, Sorgen, Demütigungen, Intrigen und Tragödien zurück. Jetzt bin ich alt und spiele keine große Rolle mehr. Obwohl meine Worte kein Gewicht mehr haben, fehlt es mir an nichts; denn schließlich ist nicht nur mein Neffe König, sondern auch mein Sohn. Der Tante bzw. Mutter eines Königs gesteht man ein komfortables Leben zu. Könige und Königinnen sind stets darauf bedacht, allen Menschen von königlichem Geblüt Achtung und Ehrfurcht zu zollen. Eine diesbezügliche Unterlassungssünde könnte ihnen sonst womöglich mit gleicher Münze heimgezahlt werden. Menschen königlichen Geblüts sind einander heilig. Für das Volk gilt das zu meinem großen Leidwesen nicht unbedingt. Ich darf gar nicht daran denken, wie schändlich das englische Volk seinen König behandelt hat, welche entsetzlichen Grausamkeiten und Demütigungen er zu erleiden hatte. Bei dem bloßen Gedanken daran kennt mein Zorn auch jetzt noch keine Grenzen, und es steht zu befürchten, daß ich mir damit einmal sehr schade. Man sollte meinen, ich sei inzwischen alt genug, um mein Temperament zu zügeln. Ich sollte mir vor Augen halten, daß es Menschen gibt, die es mir zum Vorwurf machen, daß der König nicht mehr am Leben ist. Sie stehen auf dem Standpunkt, er könnte noch am Leben sein, wenn er mich nicht zur Frau genommen hätte.

Doch das alles ist schon lange her – vorbei und fast in Vergessenheit geraten. Wir leben jetzt in einer anderen Welt. Auf dem Thron Englands sitzt ein König, England ist wieder eine Monarchie. Nach allem, was man hört, liebt das Volk seinen König. Als ich zuletzt in England weilte, konnte ich mich selbst davon überzeugen. Henriette, mir das liebste von allen meinen Kindern, glüht förmlich vor Begeisterung, wenn sie von ihm spricht. Sie hat ihn schon immer liebgehabt. Es heißt von ihm, er sei geistreich, dem Vergnügen zwar nicht abgeneigt, dafür aber scharfsinnig und ausgesprochen weise. Ganz wie sein Großvater. Er besitzt zweifelsohne Charme, wenn er auch häßlich ist. Er kam schon häßlich auf die Welt, war der häßlichste Säugling, den ich je zu Gesicht bekommen habe. Als ich ihn zum erstenmal im Arm hielt, konnte ich kaum glauben, daß dieses unansehnliche kleine Wesen unser Kind sein sollte; denn mein Gemahl sah ausgesprochen gut aus, und auch ich galt damals trotz meiner winzigen Statur und meiner äußerlichen Mängel selbst in den Augen meiner Widersacher als recht anziehend.

Haben die Wirren und Unruhen jetzt ein Ende? Ist der Alptraum ausgeträumt, der England all die Jahre überschattet hat? Haben die Menschen eine Lehre daraus gezogen? Bei seiner Rückkehr wurde Charles mit Blumen und lieblicher Musik empfangen. In London und ganz England jubelte ihm das Volk zu. Die schrecklichen Puritaner haben ausgespielt. Hoffentlich endgültig.

Die Monarchie genießt also wieder ihre angestammten Rechte. Mir nutzt das jedoch nichts mehr. Dankbarkeit erfüllt mich, wenn ich an mein schönes kleines *Château* denke, in dem ich im Sommer lebe. Will ich den Winter in Paris verbringen, stellt mir mein Neffe das wirklich prächtige Hôtel de la Balinière zur Verfügung.

Mein glorreicher Neffe sorgt immer dafür, daß es mir an nichts fehlt. Vermutlich hatte er einmal ein Auge auf meine süße Henriette geworfen. Auch mein Sohn ist gut zu mir. Das war er schon immer – auf diese sorglose, leichtfertige Art, die ahnen läßt, daß ihm zur Wahrung des Friedens jedes Mittel recht ist. Ich hoffe inständig, daß ihm niemand den Thron streitig macht. Ludwig respektiert ihn, obwohl er nur seinem Vergnügen nachzugehen scheint und alles darauf hindeutet, als ginge es ihm nur um das nächste Opfer seiner Verführungskünste.

Als ich das letzte Mal in England weilte, hat mein Sohn jedoch so einsichtig auf mich gewirkt, daß ich ihn angefleht habe, sich um den wahren Glauben zu bemühen. Da hat er mein Gesicht mit beiden Händen fest umschlossen, mich geküßt und mich wie als Knabe ›Mam‹ genannt. »Wenn die Zeit reif dafür ist«, beschied er mich geheimnisvoll.

Es ist mir ein Rätsel, was er damit sagen wollte. Eigentlich habe ich Charles nie verstanden. Eins steht jedoch fest: er weiß die Menschen für sich einzunehmen. Der Charme dieses begnadeten Menschen täuscht über seine Häßlichkeit hinweg. Wenn er ein Kind hätte, wäre es um England gut bestellt – mit Einschränkungen natürlich; denn zu dem wahren Glauben hat er ja noch nicht gefunden. Aber noch ist nicht aller Tage Abend. Ich gebe die Hoffnung nicht auf.

Die liebe Catherine, Charles' Gemahlin, ist sanftmütig und fügsam und sehr in ihn verliebt. In meinen Augen grenzt das an ein Wunder; denn er bemüht sich nicht einmal, seine zahlreichen Liebschaften vor ihr geheimzuhalten. Standhaft weigert er sich, dieses Lotterleben aufzugeben – wenn diese Weigerung auch zugegebenermaßen nicht des ihm eigenen Charmes entbehrt.

In England habe ich versucht, ihm ins Gewissen zu reden. Ich muß jedoch gestehen, daß es mir dabei vor allem um religiöse Dinge ging und um einen Thronfolger erst in zweiter Linie. Es muß wohl an Catherine liegen, daß sie noch keine Kinder haben. Charles hat überall in England weiß Gott genug Bastarde gezeugt, denen er großzügig Titel und Ländereien zugesteht. Einer seiner Höflinge hat einmal behauptet, es werde noch dahin kommen, daß selbst in den abgelegensten Gegenden des Landes jeder Engländer von sich sagen werde, er stamme vom König höchstpersönlich ab. Und doch kann Charles sich keines einzigen legitimen Erben rühmen!

Das Leben geht manchmal seltsame Wege. Ich bin nun fast am Ende meines Lebensweges angelangt. Oft denke ich an Charles zurück, meinen lieben Gemahl. Dann halte ich mir seine Güte und himmlische Sanftmut vor Augen, die liebevolle Behandlung, die er mir zuteilwerden ließ. Obwohl es anfänglich häufig zu Unstimmigkeiten kam, haben wir uns lieben gelernt. Ganz zu Anfang hat er sicherlich bereut, daß er sich zu dieser Heirat hatte bringen lassen – obwohl es hieß, daß diese Ehe für beide Länder sehr von Vorteil sei.

Jetzt träume ich von ihm und sehe ihn vor mir, wie er an jenem kalten Januartag hingerichtet wurde. Er soll gebeten haben: »Gebt mir noch ein Hemd. Es ist kalt, ich könnte deshalb vor Kälte zittern. Die Menschen, die gekommen sind, um meiner Hinrichtung beizuwohnen, glauben dann bestimmt, ich zittere vor Angst.«

Aufrecht ging er zum Schafott. So sehe ich ihn im Traum und quäle mich: »Was habe ich getan? Wäre es vielleicht nicht zu der Tragödie, zu diesem Mord gekommen, wenn ich eine andere gewesen wäre?«

Ich möchte alles ganz von vorn aufrollen und mir genau vergegenwärtigen, was geschehen ist. Vielleicht finde ich so die Antwort auf meine vielen Fragen.

Hätte es auch anders kommen können? Hätte sich vermeiden lassen, was geschehen ist?

Man kann den, der das Beil geschmiedet hat, nicht Mörder nennen. Aber wie steht es mit den Männern, die kaltblütig das Todesurteil fällten?

Ich hasse sie, hasse sie über alle Maßen.

Oder trifft *mich* die Schuld?

Kindheit und Jugend

Ich kam in einer Zeit großer politischer Wirren zur Welt. Mein Vater wurde ermordet, als ich erst fünf Monate alt war. Zum Glück war ich da in meinem Kinderzimmer und bekam nichts davon mit. Doch diese schreckliche Tat soll sich nicht nur auf unsere Familie, sondern auf ganz Frankreich katastrophal ausgewirkt haben.

Ich kannte meinen Vater nur vom Hörensagen, doch ich hielt stets die Augen und Ohren offen, und auch lange nach seinem Tod wurde noch über ihn gesprochen. Durch behutsame Fragen und eine scharfe Beobachtungsgabe erfuhr ich daher mit der Zeit eine Menge über meinen Vater, der mir genommen worden war.

Er war ein großer Mann gewesen. Heinrich von Navarra war der beste König, den Frankreich je gehabt hat. Allerdings werden die Toten im nachhinein immer glorifiziert. Wer als König einem Mordanschlag zum Opfer fällt, wird sogar zum Märtyrer gemacht. Auch mein lieber Charles... aber das liegt noch in weiter Ferne. Bevor die größte Tragödie meines Lebens über mich hereinbrach, mußte ich noch viel erdulden.

Mein Vater kam also ganz plötzlich um. Am Tag zuvor war er noch kerngesund gewesen – zumindest so gesund, wie ein Mann von fünfzig Jahren sein kann, der vom Maßhalten nicht viel gehalten hatte –, und am nächsten Tag wurde er tot in den Louvre gebracht und auf sein Bett gelegt. Das ganze Land trauerte um ihn. Der Palast mit uns Königskindern wurde streng bewacht, insbesondere mein Bruder Ludwig, der dann König wurde. Friedlich schlief ich die ganze Zeit in meiner Wiege und ahnte nicht, daß ein Wahnsinniger Frankreich des Königs und mich meines Vaters beraubt hatte.

Zu der Zeit waren wir sieben Kinder. Ludwig, der Dauphin, war der Älteste. Er war acht Jahre alt, als ich zur Welt kam. Nach ihm kam die ein Jahr jüngere Elisabeth. Christine war vier Jahre jünger als Elisabeth. Dann kam ein Kind nach dem anderen. Der kleine Herzog von Orléans starb, bevor man ihm auch nur einen Namen geben konnte. Nach ihm kam Gaston zur Welt und schließlich ich, Henriette Maria.

Meine Mutter ließ sicher in den Augen vieler Menschen so manches vermissen, doch sie bekam ein Kind nach dem anderen, und das ist es ja wohl, was man vor allem von einer Königin erwartet. So sehr die Menschen meinen Vater mochten, so wenig waren sie von meiner Mutter angetan. Das lag auch daran, daß sie aus der Toskana stammte; denn sie war die Tochter von Franz II., und die Franzosen haben Ausländer immer schon abgelehnt. Außerdem war sie sehr korpulent und alles andere als schön. Sie gehörte zu der Familie der Medici. Die Leute erinnerten sich noch gut an Katharina von Medici, die Gemahlin Heinrichs II., die ihnen in tiefster Seele verhaßt war und der sie die alleinige Schuld am Unglück Frankreichs in die Schuhe schoben. Auch die Bartholomäusnacht lasteten sie ihr an und all die Toten, die vergiftet worden waren. Sie war zu einer Legende geworden, einem Schauermärchen – die italienische Giftmischerin nannte man sie. Pech für meine Mutter, daß auch sie eine Medici war.

Doch solange mein Vater noch am Leben war, spielte meine Mutter keine große Rolle. Sie mußte sich mit seiner Untreue abfinden, mit seinen ständigen Affären. Er war ein großer Weiberheld und Schürzenjäger. Der ›Unermüdliche Galan‹, so nannte man ihn, und bis zu seinem Tod ließ er nicht von den Frauen ab. Der Herzog von Sully – ein sehr fähiger Minister unter ihm und auch sein Freund – machte ihm oft Vorhaltungen, doch auch das half nichts. Obwohl er der beste König war, den man sich nur denken kann, bestand sein wahrer Lebenszweck darin, den Frauen nachzusteigen. Ohne Frauen konnte er nicht leben. Das ist bei einem König natürlich ein ungeheures Manko, doch die Leute taten diese Schwäche mit einem Achselzucken ab. Oft zollten sie ihm sogar Beifall. »Ein Mann, wie er im Buche steht«, meinten sie augenzwinkernd und lächelten verständnisinnig.

Kurz bevor er umkam, hatte er eine neue leidenschaftliche Affäre. Von Mademoiselle de Montglat erfuhr ich Näheres darüber. Sie war die Tochter unserer Erzieherin. Weil sie um vieles älter war als ich, hatte ihre Mutter mich ihr anvertraut. Ich nannte sie Mamanglat; denn anfänglich war sie wie eine Mutter zu mir und dann wie eine ältere Schwester. An ihr hing ich weit mehr als an irgendeinem anderen Menschen. Aus Mamanglat wurde bald der Kosename Mamie. Für mich blieb sie dann immer Mamie.

Vor Madame de Montglat hatten wir alle große Angst; denn sie betonte immer wieder, sie habe von höchster Stelle die Erlaubnis, uns auszupeitschen, sollten wir uns nicht benehmen, und da wir die Königskinder waren, erwartete man von uns weit mehr als von allen anderen Kindern Frankreichs.

Mamie unterschied sich sehr von ihrer Mutter. Obwohl sie ja auch eine Art Gouvernante war, gehörte sie doch mehr zu uns. Sie lachte gern, erzählte uns immer den neuesten Klatsch und verstand die Unarten zu vertuschen, die Kinder so an sich haben und die Madame de Montglat uns schwer hätte büßen lassen, wenn sie von unseren Schandtaten erfahren hätte.

Mamie sorgte dafür, daß ich so nach und nach begriff, was um mich herum vorging, was es hieß, eine Königstochter zu sein und was für Fallstricke es zu vermeiden galt. Sie machte mir auch klar, inwiefern meine Stellung von Vorteil und inwiefern sie von Nachteil war. Die Nachteile schienen mir zu überwiegen, und Mamie pflichtete mir darin bei.

»Euer Vater hat seine Kinder sehr geliebt«, erzählte sie mir. »Er pflegte zu sagen, er verstehe gar nicht, wie er zu so schönen Kindern komme. Es erschien ihm unfaßbar, daß er diese Kinder mit seiner Frau gezeugt haben konnte. Ich mußte mich verstecken und heimlich nach Euch schauen; denn meine Mutter hatte mir verboten, vor dem König in Erscheinung zu treten.«

»Aber warum denn?«

»Weil ich noch blutjung war und nicht übel aussah — immerhin so gut, daß ich ihm sicher aufgefallen wäre.«

Mamie bekam einen Lachanfall. »So war der König nun einmal«, erklärte sie.

Da ich noch sehr jung war und natürlich ziemlich unwissend, hätte ich Mamie gern vieles gefragt, doch nahm ich oft Abstand davon, weil ich meine Unwissenheit nicht eingestehen wollte.

»Ihr wart sein Lieblingskind«, versicherte mir Mamie. »Die Jüngste, die ihm auf seine alten Tage noch beschert worden war. Wißt Ihr, er wollte beweisen, daß er noch immer schöne Kinder zeugen konnte. Das hätte er nicht zu beweisen brauchen. Ständig behaupteten irgendwelche Frauen, ihre Kinder seien von ihm. Also, was wollte ich doch gleich wieder sagen? Ach ja... Ihr wart sein erklärter Liebling. Kleine Mädchen mochte er besonders gern, und Ihr seid nach ihm benannt, soweit sich das bei einem Mädchen eben machen ließ. Henriette Maria. Henriette nach Eurem Vater und Maria nach Eurer Mutter. Beides königliche Namen.«

Durch Mamie erfuhr ich auch von dem Klatsch bei Hofe. Sie klärte mich über alle vergangenen und gegenwärtigen Gerüchte auf. Dadurch kam mir so manches zu Ohren, was ich wissen mußte und auch noch alles mögliche darüber hinaus. So brachte ich zum Beispiel in Erfahrung, daß mein Vater schon einmal verheiratet gewesen war, bevor er meine Mutter zur Frau genommen hatte, und zwar mit Königin Margot bzw. Margarete, der Tochter von Katharina von Medici – einer der bösartigsten und faszinierendsten Frauen, die es in Frankreich je gegeben hatte. Mein Vater hatte seine erste Frau gehaßt. Er hatte sie nicht aus eigenem Antrieb, sondern aus Gründen der Staatsräson geheiratet. Die Leute ergingen sich in finsteren Andeutungen und munkelten, es sei eine Bluthochzeit gewesen; denn während der Hochzeitsfeier kam es zu einem entsetzlichen Massaker, dem Blutbad in der Bartholomäusnacht. Viele Hugenotten hatten in Paris die Hochzeit Heinrichs von Navarra mit Margarete von Valois mitgefeiert. In der Schreckensnacht zum 24. August 1572 wurden in Paris etwa zweitausend Hugenotten ermordet. Auch der Hugenottenführer Coligny kam bei der ›Bluthochzeit‹ um.

Ich dachte mir, daß so ein Massaker Braut und Bräutigam bis an ihr Lebensende verfolgen und nie mehr loslassen würde. Mein Vater konnte von Glück sagen, daß er dem Gemetzel entgangen war. Darin hatte er eigentlich immer großes Geschick bewiesen. Aber schließlich haben ihn die Häscher doch erwischt. Er lebte gefährlich und genoß das Leben. Uneingedenk der Tatsache, daß er der König war, stand er mit seinen Leuten auf sehr vertrautem Fuße. Es ist daher kein Wunder, daß er so beliebt war. Für Frankreich hat er sehr viel getan. Sein Volk lag ihm am Herzen. Er wollte, daß jeder Bauer sonntags ein Huhn im Topf hatte. Außerdem schuf er durch das Edikt von Nantes einen gewissen Ausgleich zwischen Katholiken und Hugenotten, indem er die Rechte der Hugenotten sicherte. Bis dahin war man der Auffassung gewesen, es gäbe keine Lösung für dieses Problem. Mit seinem berühmten Ausspruch ›Paris ist eine Messe wert‹ hatte er vor den Katholiken ein Lippenbekenntnis abgelegt, als er erkannte, daß sich die Stadt einem Protestanten niemals ergeben würde.

Mein Vater war ein wunderbarer Mensch gewesen. Als ich noch jung war, weinte ich Zornestränen um ihn. Warum hatte er sterben müssen, noch bevor ich ihn kennenlernen konnte?

Er war auch ein guter Soldat gewesen, doch ihm wurde nachgesagt, daß er sich bei seinen Liebesaffären niemals stören ließ, nicht einmal dann, wenn es galt, Feinde zu bekämpfen.

Als letzte Frau vor seinem Tode hatte die Tochter des Constable de Montmorency seine Leidenschaft entflammt. Sie war erst sechzehn Jahre alt, doch kaum hatte mein Vater sie zum erstenmal erblickt, als er schon erklärte, sie müsse seine ›kleine Freundin‹ werden.

Mamie machte es Freude, mir solche Geschichten zu erzählen. Sie besaß ein gewisses schauspielerisches Talent, das sie mir gern demonstrierte. Bei solchen Gelegenheiten schüttelte ich mich oft vor Lachen. Wenn sie etwas Dramatisches erzählte, stellte sie es auch gleich dar. Oft wenn sie mir etwas erzählte, nahm ihre Stimme einen vertraulichen, verschwörerischen Tonfall an.

»Aber bevor der Constable de Montmorency seine Tochter Charlotte bei Hofe einführte, verlobte er sie mit François de Bassompierre, einem großen und wichtigen Mann aus dem Hause Clèves. Der sah nicht nur sehr gut aus, er war auch geistreich und im übrigen Kammerherr des Königs. Ein sehr gefragter Mann. Monsieur de Montmorency hielt ihn für eine ausgezeichnete Partie.

Doch als die junge Dame bei Hof vorgestellt wurde und der König Gefallen an ihr fand, hatte François de Bassompierre bei ihr verspielt.«

Wie begeistert habe ich ihr zugehört, wenn Mamie ganz in der Rolle aufging, die sie für mich spielte!

»Der König wollte unbedingt verhindern, daß Bassompierre sie bekam; denn der war ein leidenschaftlicher junger Mann und bis über beide Ohren in Charlotte verliebt. Deshalb war nicht damit zu rechnen, daß er die Augen vor der Untreue seiner Frau verschließen würde, wie es die Ehemänner für gewöhnlich taten, mit deren Frauen sich der König abgab. Die meisten dieser Ehemänner räumten stillschweigend das Feld, wenn der König ihre Frauen beehren wollte. Es heißt, daß der König eines Morgens, als er aufstehen wollte, Bassompierre gerufen haben soll. Der war ja sein Kammerherr, wenn Ihr Euch recht erinnert. ›Auf die Knie, Bassompierre!‹ befahl der König. Bassompierre wunderte sich darüber; denn der König legte eigentlich keinen übergroßen Wert auf Förmlichkeiten; aber wenn man einen Vorschlag machen will, von dem man weiß, daß er nicht gerade begeistert aufgenommen werden wird, ist es immer ratsam, denjenigen kleiner zu machen, den man um etwas bringen will, um die eigene Überlegenheit zu demonstrieren. Zwingt man den Widersacher in die Knie, ist man von vornherein im Vorteil.«

Das sah ich ein. Ich nickte.

»Der König war ein listenreicher Mann und wußte, wie man so etwas deichselte. Er war ein guter Menschenkenner, und auch in den schwierigsten Fällen gelang es ihm, alles so zu arrangieren, wie es seinen Vorstellungen entsprach.« Mamie hatte sich auf mein Bett geworfen und eine königliche Miene aufgesetzt. »»Bassompierre‹, sagte der König. ›Ich habe gründlich über Euch nachgedacht und bin zu dem Schluß gekommen, daß es an der Zeit ist, Euch zu verheiraten.‹« Mamie sprang mit einem Satz vom Bett und kniete sich davor. »›Sire‹, erwiderte Bassompierre ›ich wäre sicher schon verheiratet, wenn die Gicht des Constables sich in letzter Zeit nicht so verschlimmert hätte. Deshalb haben wir die Hochzeit zunächst einmal verschoben.‹« Gleich darauf thronte Mamie wieder mit hoheitsvoller Miene auf meinem Bett. »›Bassompierre, ich weiß eine Braut für Euch. Was haltet Ihr von Madame d'Aumale? Wenn Ihr sie heiratet, gehört Euch das Herzogtum Aumale.‹ ›Sire‹, sagte Bassompierre erschrocken ›kann ein Mann in Frankreich neuerdings zwei Frauen heiraten? Ich kenne kein Gesetz, das das besagt.‹« Mamie begab sich wieder in das Bett. »›Nein, François, wo denkst du hin? Es gibt kein derartiges Gesetz. Ein Mann hat ja auch mit einer Frau schon mehr als genug zu tun. Aber ich will Euch ehrlich sagen, wie es um mich steht. Mir ist bekannt, daß Ihr sehr an Mademoiselle de Montmorency hängt. Nun ist es aber so, daß ich mich selbst unsterblich in sie verliebt habe. Heiratet Ihr sie, so seid Ihr mir sicher bald verhaßt. Vor allem, wenn ich mitansehen müßte, daß sie Euch echte Zuneigung entgegenbringt. Nun mag ich Euch aber, Bassompierre, und ich bin mir sicher, daß Ihr keinen Keil zwischen uns treiben wollt. Also seht Ihr ja wohl ein, daß Ihr dieses Mädchen nicht ehelichen könnt. Ich will sie meinem Neffen Condé zur Frau geben. Dann gehört sie zur Familie, lebt in meiner Nähe und ist mir ein Trost auf meine alten Tage. Condé gibt sich ohnehin nicht gern mit Frauen ab und geht am liebsten auf die Jagd. Zum Dank will ich ihm eine Apanage zahlen, und er überläßt mir dieses entzückende Geschöpf.‹«

Mamie sah mich mit hochgezogenen Augenbrauen an. Sie war ein wenig außer Atem, was ja kein Wunder ist, wenn man zwei Rollen spielt und ständig hin und her springt.

»Der arme Bassompierre!« Nun war sie wieder ganz sie selbst, die weise Geschichtenerzählerin. »Er sah ein, daß es nicht anging, sich den Wünschen des Königs zu widersetzen. Als er Mademoiselle de Montmorency erzählte, was dem König vorschwebte, rief sie aus: ›Um Himmels willen, der König muß den Verstand verloren haben!‹ Doch sie gewöhnte sich schon sehr bald an den Gedanken, und nach einer Weile sagte ihr das sogar zu. Bald war es in aller Munde, daß ihr Bräutigam gegen einen anderen ausgetauscht werden sollte. Schon bald wurde aus Mademoiselle de Montmorency die Prinzessin von Condé.

Daraus ergaben sich allerdings andere Komplikationen. Die Königin fand sich zwar damit ab, daß der König ständig Geliebte hatte, doch es war ihr gar nicht recht, daß eine so großen Einfluß auf ihn hatte. Sie war nicht zur Königin gekrönt worden. Ein Monarch oder eine Monarchin fühlt sich ungekrönt nicht sicher, sondern erst nach der feierlichen Krönungszeremonie. ›Ich will gekrönt werden!‹ verlangte die Königin. Den König plagten Schuldgefühle wegen Mademoiselle de Montmorency. Bisher hatte er von der Krönung der Königin nichts wissen wollen, doch die Anschuldigungen wurden immer schlimmer, so daß er sich schließlich geschlagen geben mußte. Zudem trat etwas ein, womit der König nicht gerechnet hatte: der Prinz von Condé verliebte sich unsterblich in seine Frau und beschloß, dem König nicht mehr den Vortritt zu lassen. Schließlich handelte es sich um *seine* Frau. Heimlich verschwand er mit der frischgebackenen Prinzessin in die Picardie. Das war ihm aber immer noch nicht weit genug, da brachte er Charlotte nach Brüssel.

Der König war untröstlich. Der Kummer lastete schwer auf ihm, und er drohte, ihr zu folgen. Ein König kann aber kaum einen Schritt tun, ohne daß es jeder weiß. Niemand wollte so recht glauben, daß ein König, der bisher immer mit vielen Frauen gleichzeitig auf gutem Fuß gestanden hatte, sich wegen einer einzelnen so echauffieren sollte. Die Leute munkelten, daß er insgeheim vorhabe, Krieg zu führen. Es kam zu einer Kontroverse um den König. Der Herzog von Sully machte sich große Sorgen und gab dem König zu verstehen, daß sein Verhalten im Zusammenhang mit der Prinzessin von Condé seinem Ruf sehr schade. Nicht etwa seinem Ruf als Lebemann. Das spiele keine Rolle, daran sei sowieso nichts mehr zu ändern. Aber es sei gefährlich, Liebesabenteuer und Staatskunst miteinander zu verflechten.

Aufgrund dieser Affäre war die Königin störrisch und widerspenstig wie noch nie. Sie bestand jetzt auf der Krönung. Der König hatte selber das Gefühl, daß er ihr etwas schuldig war und erklärte sich schließlich mit der Krönung einverstanden.

Dabei hatte der König ein ungutes Gefühl. Böse Vorahnungen quälten ihn. Könige schweben wohl ständig in Lebensgefahr, daher ist es kein Wunder, wenn er sich Sorgen machte. Vor geraumer Zeit war dem König zu Ohren gekommen, er werde nach der Krönung der Königin nur noch ein paar Tage leben. Unter anderem hatte er sich der Krönung der Königin auch deshalb immer widersetzt. Hätten ihn nicht Schuldgefühle wegen der Prinzessin von Condé geplagt, so hätte er sich gewiß nicht umstimmen lassen. Doch nachdem er sein Einverständnis dazu gegeben hatte, fühlte er die Katastrophe deutlich nahen. Er zweifelte nicht mehr daran, daß seine Tage gezählt waren. Er suchte den Herzog von Sully auf, um sich ihm anzuvertrauen. Das zeigt, wie sehr die Angst schon an ihm nagte; denn zu dem Herzog wäre normalerweise nicht einmal der König gegangen, wie sehr die Sorgen ihn auch drücken mochten.

Der König begab sich also in das Arsenal, wo die Waffen des Landes lagerten und der Herzog von Sully wohnte.« Mamie agierte wieder als Schauspielerin. Wieder spielte sie zwei Rollen – die des Königs und die des Herzogs. »›Ich begreife es ja selbst nicht, Herzog, aber ich fühle tief im Innersten, daß der Tod schon die Hand nach mir ausstreckt.‹ ›Aber Sire, wie ist das möglich? Ihr macht mir angst. Euch fehlt doch nichts, Ihr seid gesund und munter.‹ Der Herzog von Sully hatte extra einen Sessel für den König zimmern lassen. Da konnte der König sitzen, wenn er ihn besuchte. Es war ein prächtiger, ziemlich niedriger Sessel. Der König saß also in seinem Sessel und sagte mit todernster Miene: ›Es ist mir prophezeit worden, daß ich in Paris ums Leben komme. Ich fühle den Tod schon nahen.‹«

»Waren das wirklich seine Worte?« erkundigte ich mich. »Oder hast du dir das ausgedacht?«

»Nein, das ist die reine Wahrheit«, versicherte mir Mamie.

»Wenn mein Vater in die Zukunft sehen konnte, muß er ein sehr kluger Mann gewesen sein.«

»Ja, er war sehr klug, doch mit Klugheit hat das nichts zu tun. Es handelt sich vielmehr um eine seltene Gabe, die einen voraussehen läßt, was die Zukunft bringen wird. Zauberer und Hexenmeister hatten prophezeit, daß der König in Paris vom Schicksal ereilt werde. Wenn die Königin gekrönt werde, nehme das Schicksal seinen Lauf.«

»Aber warum hat er es dann zugelassen, daß meine Mutter gekrönt wurde?«

»Weil sie ihm keine Ruhe ließ, bis es soweit war. Auch fühlte er sich schuldig wegen der Prinzessin von Condé. Es widerstrebte ihm zudem, einer Frau etwas abzuschlagen — das galt auch für die Königin. Er dachte sich: ›Wenn die Königin erst einmal gekrönt ist — und das ist ja wohl ihr größter Wunsch — wird sie mich in Ruhe lassen, und ich kann meinem Herzen folgen.‹«

»Aber wie konnte er mit der Prinzessin von Condé glücklich werden, wenn die Prophezeiung sich bewahrheitete?«

»Ich kann Euch nur berichten, was sich abgespielt hat. Der Herzog von Sully war so betroffen, daß er erklärte, er wolle die Vorbereitungen für die Krönung sofort einstellen lassen, wenn der Gedanke daran dem König so böse Vorahnungen eingab. Der König pflichtete ihm bei: ›Ja, laßt die Vorbereitungen abbrechen; denn ich habe erfahren, daß ich in einer Equipage sterben soll, und das läßt sich ja wohl in dem Durcheinander und Massenauftrieb bei derartigen Feierlichkeiten am ehesten bewerkstelligen.‹ Der Herzog von Sully sah den König mit ernster Miene an. ›Das erklärt natürlich so manches‹, meinte er. ›Es ist mir schon häufig aufgefallen, daß Ihr Euch in der Equipage kleinmacht und zusammenkauert, wenn Ihr durch bestimmte Gegenden fahrt, doch ich weiß auch, daß Ihr Euch furchtlos in die Schlacht stürzt. In ganz Frankreich gibt es keinen tapfereren Mann.‹«

»Aber die Krönung ist doch nicht abgesagt worden«, warf ich ein. »Meine Mutter *ist* zur Königin von Frankreich gekrönt worden.«

Mamie fuhr mit ihrer Erzählung fort. »Die Königin war außer sich vor Zorn, als ihr zu Ohren kam, daß die Krönung nun doch nicht stattfinden sollte.« Mamie versuchte gar nicht erst, meine Mutter nachzuäffen. Dazu fehlte es ihr an Mut. So weit wollte sie nun doch nicht gehen. Aber ich konnte mir lebhaft vorstellen, wie wütend meine Mutter war.

»Drei Tage wurde über dieses Thema diskutiert. ›Die Krönung findet statt.‹ ›Nein, die Krönung findet nicht statt!‹ Als die Königin nicht locker ließ, gab der König schließlich nach. Die Krönung sollte in St. Denis stattfinden und wurde auf den 13. Mai festgesetzt.«

»Am dreizehnten«, murmelte ich, und ein Schauer überlief mich. »Das bringt doch Unglück.«

»Ja, auf manche trifft das zu«, sprach Mamie mit unheilverkündender Stimme. »Die Königin wurde also gekrönt. Am sechzehnten Mai sollte sie Einzug in Paris halten. Dann...«

Mamie verstummte. Ich sah sie mit weitaufgerissenen Augen an. Diese Geschichte hatte ich schon oft gehört. Nur der dramatische Höhepunkt stand jetzt noch aus.

»Am Freitag, dem 14. Mai, verkündete der König, er wolle zum Herzog von Sully ins Arsenal. Das heißt, er war sich nicht so sicher, ob er hinfahren sollte oder nicht, konnte sich nicht recht entschließen. Er behauptete, er wolle fahren und widerrief das schon im nächsten Augenblick wieder. Schließlich fuhr er doch. Er wollte dem Herzog nur einen kurzen Besuch abstatten. ›Ich bin bald wieder da‹, versprach er. Als er in die Kutsche steigen wollte, trat Monsieur de Praslin auf ihn zu, der Gardehauptmann, der ihn auch auf der kleinsten Fahrt begleitete. Doch der König winkte ab. ›Nicht nötig‹, beschied er ihn. Mit einer gebieterischen Geste winkte Mamie ab. »›Heute brauche ich keine Begleitung. Ich fahre nur ganz kurz ins Arsenal.‹ Er bestieg die Kutsche. Nur wenige seiner Männer fuhren mit, etwa ein halbes Dutzend, den Marquis de Mirabeau und den Kutscher, der vorn auf dem Kutschbock saß, nicht mitgerechnet.

Und damit nahm das Drama seinen Anfang. Als die Kutsche des Königs in die Rue de Ferronnerie in der Nähe der Rue St. Honoré einbog, blockierte ein Karren die Straße. Der

Kutscher sah sich daher gezwungen, dicht an dem Laden eines Eisenwarenhändlers auf der Seite von St. Innocent vorbeizufahren. Als die Kutsche die Fahrt verlangsamte, kam ein Mann auf das Gefährt zugestürzt, schwang sich hinauf und stach mit einem Messer auf den König ein. An dieser Stelle ist es eingedrungen...« Sie wies auf ihre linke Seite. »Es drang zwischen den Rippen ein und durchtrennte eine Arterie. Die Herren in der Kutsche schrien entsetzt auf, als das Blut nur so herausspritzte. ›Das ist nichts weiter‹, behauptete der König. Dann wiederholte er das noch einmal, doch so leise, daß ihn kaum jemand verstand. Die Kutsche wendete und raste zurück zum Louvre. Der König wurde auf sein Bett gelegt, ein Ärztegremium herbeizitiert, doch es war schon zu spät. Der König starb, und ganz Frankreich trauerte um ihn.«

Diese Geschichte hatte ich schon oft gehört. Trotzdem brachte sie mich immer wieder zum Weinen. Ich wußte auch, daß der Herzog von Sully von allen erwartete, daß sie meinem Bruder Treue schworen. Das ganze Land weinte um meinen Vater. Der wahnsinnige Mönch Ravaillac wurde geschnappt. Man band ihn an vier wilden Pferden fest, die in vier verschiedene Richtungen davonstoben und ihn in Stücke rissen.

Ich wußte, daß meine Mutter die Regentschaft übernommen hatte; denn mein Bruder war ja erst neun Jahre alt und damit zum Regieren noch zu jung.

Alles wäre ganz anders gekommen, hätte mein Vater den Mordanschlag überlebt. So tobten Zwist und Hader in dem Land, in dem ich meine Kindheit verbrachte.

Ich nahm an vielen Festlichkeiten teil, ohne mir dessen bewußt zu sein. Mamie erzählte mir später davon. Manchmal versuchte ich mir einzureden, daß ich mich selbst noch daran erinnerte. Doch das konnte gar nicht sein, ich war ja noch ein kleines Kind.

Ganz Frankreich war untröstlich, als mein Vater umkam. Man schwor dem Mörder Rache. Vermutlich war die Erkenntnis tröstlich, daß es sich um einen Irren handelte und kein revolutionärer Staatsstreich geplant gewesen war.

Frankreich war schon zu Lebzeiten des Königs zufrieden mit ihm gewesen. Als er ermordet wurde, machte ihn das Volk zum Heiligen. Mein Bruder war damals noch ein kleiner Junge. Ihm gereichte das zum Vorteil. Ministern sind Könige im Kindesalter nicht geheuer; denn viele Machtbesessene scharen sich um so ein ahnungsloses Kind.

Zusammen mit meinen Geschwistern nahm ich an der Trauerfeier teil. Als die Menschen unserer ansichtig wurden, brachen sie in Tränen aus, erzählte man mir später. Eben diese Wirkung hatte der Herzog von Sully damit erzielen wollen. Er war einer der größten Staatsmänner Frankreichs. Deshalb hatte mein Vater auch so große Stücke auf ihn gehalten. Jetzt stand der Herzog meinem Bruder treu zur Seite, der vom Kronprinzen zum König avanciert war.

Es macht mich rasend, daß ich mich nicht selbst an die Vorgänge erinnern kann und mich auf das verlassen mußte, was Mamie mir erzählte. Sie hat mir alles ausführlich geschildert; aber natürlich konnte ich nicht wissen, ob wirklich alles so verlaufen war. Es war nun einmal so üblich, daß auch die kleinsten Kinder bei der Beisetzung ihrer Eltern zugegen waren. Also mußte natürlich auch ich als Königskind dabeisein. »In der Kutsche hat meine Mutter Euch im Arm gehalten«, erzählte mir Mamie. Ich konnte mir gut vorstellen, wie Madame de Montglat mich mit eiserner Miene fest umklammert hielt. Später trug sie mich zu der Bahre, auf der mein Vater lag. Sicher hatte Madame de Montglat auch meine Hand geführt, damit ich meinem Vater Weihwasser ins Gesicht spritzen konnte. Hoffentlich hatte ich es nicht an der Würde fehlen lassen, die bei einem solchen Anlaß unerläßlich war. Auf dem Arm von Madame de Montglat war das bestimmt keine Kleinigkeit. Vermutlich habe ich mich nicht zur Wehr gesetzt. Mehr kann man von einem Säugling schlecht verlangen.

Mein nächster öffentlicher Auftritt erfolgte bei der Krönung meines Bruders. Auch daran kann ich mich nicht erinnern, weil ich erst elf Monate alt war. Die Krönungsfeierlichkeiten in der Kathedrale von Reims müssen sehr eindrucksvoll gewesen sein. Mein Bruder war ein Knabe von neun Jahren. Ein so blutjunger König wirkt immer ausgesprochen rührend. Ich hatte keine Gelegenheit mehr, ihn besser kennenzulernen; denn nachdem er zum König gekrönt worden war, teilte er das Kinderzimmer nicht mehr mit uns anderen Kindern. Selbst meine ältere Schwester Elisabeth war mir ganz fremd. Eine Weile wuchs ich mit Christine zusammen auf, aber Gaston stand mir von meinen Geschwistern am nächsten, weil er etwa im gleichen Alter war wie ich.

Mamie erzählte mir später, daß mich die Prinzessin von Condé bei der Krönung auf dem Arm trug. Sobald der König gestorben war, gestattete ihr Gatte ihr, an den Hof zurückzukehren.

Diese großen Ereignisse fanden also statt, als ich noch so klein war, daß ich gar nichts davon mitbekam. Ich ärgerte mich noch im nachhinein, mir sagen zu müssen, daß ich zwar dabei war, jedoch nicht die leiseste Erinnerung daran habe.

Aber ein Säugling blieb ich ja nicht ewig. Ich wuchs in dem Kindertrakt heran, den ich mit Gaston und Christine teilte. Madame de Montglat führte dort ein strenges Regiment; doch zum Ausgleich sorgte Mamie dafür, daß es auch oft etwas zu lachen gab.

Meine früheste Kindheitserinnerung ist die große, von meiner Mutter angeführte Kavalkade nach Bordeaux, die dem Zweck diente, meine älteste Schwester Elisabeth zum König von Spanien zu bringen, dessen Sohn und Erben sie ehelichen sollte. Gleichzeitig sollte sie Anna von Österreich empfangen, die Tochter des spanischen Königs. Anna war damals dreizehn Jahre alt und war meinem gleichaltrigen Bruder Ludwig zur Frau bestimmt. Es ist nicht schwer, sich vorzustellen, wie wichtig diese Begegnung war, doch für mich, ein Mädchen von sechs Jahren, war das nichts als ein erregendes Abenteuer. Natürlich konnte ich damals noch nicht wissen, daß es in Spanien zu der Zeit kriselte und schwelte.

Solche Ereignisse waren ganz nach meinem Geschmack. Bei all dem Pomp und Prunk und in kostbaren Gewändern fühlte ich mich in meinem Element, wenn diese Prachtroben auch oft sehr unbequem waren. Ich weiß noch, daß sich mein Bruder Gaston oft die Halskrause abriß und weinte, weil sie so kratzte. Madame de Montglat versetzte ihm dann eine fürchterliche Tracht Prügel und zwang ihn, eine noch viel sperrigere Halskrause zu tragen, um ihn auch damit noch zu strafen. Jeder Mensch hat sich an Zucht und Ordnung zu gewöhnen, lautete die Begründung, vor allem aber Prinzen und Prinzessinnen.

Der arme Gaston! In diesem Alter war er wirklich aufsässig, aber ich war noch viel schlimmer. Hatte ich einen meiner Wutanfälle, so schrie ich, trat um mich und biß jeden in die Hand, der sich mir näherte. Ich warf mich auf den Boden und war kaum zu bändigen.

»Ein schändliches Benehmen«, rügte uns Madame de Montglat. »Was die Königin wohl dazu sagen würde?«

Bei diesen Worten kamen wir sofort wieder zur Vernunft. »Ich fürchte, daß ich der Königin Bericht erstatten muß«, pflegte Madame de Montglat uns anzudrohen, »wenn dieses schändliche Benehmen sich nicht bessert.«

Die Königin begab sich nur selten in den Kindertrakt. Dadurch wurden diese Besuche immer zum Ereignis. Mir erschien sie riesig wie ein uneinnehmbares Schlachtschiff. Bei ihrem Anblick wußte man sofort, daß sie die Königin war. Niemand war mehr wiederzuerkennen, wenn sie in Erscheinung trat. Selbst in Madame de Montglat ging eine Wandlung vor. Alle waren auf der Hut und achteten genauestens darauf, daß sie den Regeln der Etikette vollauf genügten. Nicht einen Augenblick vergaßen sie, daß die Königin zugegen war. Das hätte sie sich auch verbeten. Gaston und ich pflegten vor sie hinzutreten und uns tief vor ihr zu verneigen. Dann neigte sie den Kopf, überzeugte sich von unserer ehrerbietigen Haltung und nahm uns schließlich auf ihren breiten ausladenden Schoß, um uns zu küssen.

Manchmal gelangten wir zu der Überzeugung, daß sie uns von ganzem Herzen liebte. Sie erkundigte sich nach unserem Unterricht und bat uns, nie zu vergessen, daß wir vom Glück begünstigt waren, weil wir im katholischen Glauben erzogen wurden. Später erfuhr ich, daß es zwischen den Katholiken und den Hugenotten in Frankreich starke Differenzen gab. Zu Lebzeiten meines Vaters hatte dieser beide Seiten noch einigermaßen in Schach gehalten. Doch seit seinem Tode ließ man die Hogenotten nicht mehr gewähren. Meine Mutter verstand nicht so gut zu regieren. Daher ging es mit dem Wohlstand des Landes stetig bergab. Bald zeigte sich, daß es zu einer Krise kommen mußte.

Aber was wußte ein sechsjähriges Mädchen schon von solchen Dingen, das wohlbehütet aufwuchs?

Wenn unsere Mutter uns besuchte, wetteiferten Gaston und ich um ihre Anerkennung. Wenn sie wieder ging, sprachen wir noch tagelang von ihr. Jedesmal wenn Besuch angekündigt wurde, hofften wir, daß unsere Mutter uns besuchen kam, doch irgendwann gaben wir diese Hoffnung auf. Ich habe meine Mutter nie begriffen. Für mich stand fest, daß sie uns liebte, doch ich war mir nicht sicher, ob sie ihre Kinder liebte oder die französischen Königskinder. Jedenfalls war ich fasziniert von ihr, und das galt auch für Gaston. Sie war nicht nur Königin, sondern auch unsere Mutter. Wir sahen ja, wie ehrfürchtig und unterwürfig alle bei ihrem Erscheinen reagierten und hätten uns auch gewünscht, daß sich die Menschen ehrfürchtig vor uns verneigten.

Wir wurden immer wieder darauf hingewiesen, daß wir Königskinder waren, die Nachkommen des französischen Königs. Daher könne man von uns erwarten, daß wir bis ans Ende unseres Lebens königliche Würde demonstrierten. Uns wurde auch ständig nahegelegt, nicht zu vergessen, daß wir katholisch waren und dem wahren Glauben immer die Ehre geben müßten, wo wir uns auch befanden.

»Ein König ist wichtiger als eine Königin«, behauptete Gaston. »In Frankreich kann eine Königin nicht die Regentschaft übernehmen, weil das Salische Gesetz Frauen von der Thronfolge ausschließt.«

Das konnte ich nicht auf sich beruhen lassen.

»Die Königin ist wichtiger!« schrie ich.

»Nein!«

Ich sah nur noch rot. Manchmal war mir Gaston verhaßt. Madame de Montglat hielt mir vor, ich müsse mich darin üben, mein Temperament zu zügeln. Meine Wutanfälle hätten etwas Selbstzerstörerisches. Ich geriet ins Grübeln. Wie mochte es wohl sein, vernichtet und zerstört zu werden?

Aus Madames Mund klang das erschreckend. Wenn ich an ihre Worte dachte, ernüchterten sie mich auf der Stelle – doch das hielt nie lange an. Ich konnte dem Vergnügen niemals widerstehen, mich in einen Wutanfall hineinzusteigern. Nur so konnte ich mir Luft machen.

In diesem ganz speziellen Fall konnte ich unwiderlegbare Beweise anführen und dachte nicht daran, mich zu bezähmen. »Und was ist mit unserer Mutter? Sie ist Königin und der wichtigste Mensch in Frankreich. Sie ist größer und wichtiger als der Herzog von Sully, der früher so ein großer Mann war und das jetzt nicht mehr ist. Und warum nicht? Weil Mutter ihn nicht mag. Eine Königin kann genauso groß sein wie ein König... vielleicht sogar noch größer. Und was ist mit der verruchten Königin Elisabeth von England, die den Sieg über die spanische Armada davongetragen hat?«

»Sprich doch nicht von ihr! Sie war eine...«, er flüsterte mir das unaussprechliche Wort ins Ohr, »Ketzerin!«

»Eine Königin nimmt es mit einem König auf. Das ist mein Thron. Du mußt vor mir auf die Knie fallen, oder du landest in der Folterkammer. Aber vorher erzähle ich Mutter noch, daß du glaubst, Königinnen hätten nichts zu melden.«

Es wäre wohl vernünftiger gewesen, Drittenabschlagen oder Blindekuh zu spielen.

Doch obwohl wir uns immer wieder in die Haare gerieten, mochten wir uns sehr.

Jeden Morgen kam Monsieur de Brèves, ein sehr gelehrter Mann, um uns zu unterrichten. Eigentlich nur meine älteren Schwestern Elisabeth und Christine, doch Gaston und ich nahmen auch am Unterricht teil. Entweder war Monsieur de Brèves zu gelehrt, um Verständnis für kleine Kinder aufzubringen, oder Gaston und ich konnten uns nicht lange genug auf eine Sache konzentrieren. Meine Schwester Elisabeth behauptete, verstandesmäßig seien wir wie Schmetterlinge, die hierhin und dorthin flattern und nicht imstande sind, an einer Stelle länger zu verweilen. So könnten wir uns auf nichts lange genug konzentrieren, um es wirklich in uns aufzunehmen. Jedenfalls hatten Gaston und ich für das Lernen nicht viel übrig. Wir saßen da, hörten Monsieur de Brèves zu und bemühten uns vergebens, uns den Aufgaben zu stellen. Wir sehnten das Ende des Unterrichts herbei und freuten uns auf die daran anschließende Tanzstunde.

Im Gegensatz zu Monsieur de Brèves war unser Tanzlehrer sehr mit uns zufrieden, insbesondere mit mir. »Ach, Madame Henriette«, rief er aus, verschränkte die Arme vor der Brust und blickte verzückt zur Decke hoch, »das war wunderschön, wirklich einzigartig. Meine liebe Prinzessin, Ihr werdet bei Hofe alle verzaubern.«

Für mich gab es kaum etwas schöneres als den Tanz — höchstens den Gesang.

Eines Tages saß ich im Unterrichtszimmer und hörte Monsieur de Brèves zu, oder ich bemühte mich zumindest, mir nichts entgehen zu lassen. Dabei ging mir durch den Kopf, was Christine doch für ein schönes Kleid anhatte. Ich nahm mir vor, Madame de Montglat zu fragen, ob ich auch so ein Kleid haben könnte. Plötzlich fiel mir auf, daß Elisabeth unendlich traurig und bekümmert aussah. Sie schien Monsieur de Brèves überhaupt nicht zuzuhören.

Ich weiß noch, daß ich dachte: ›Sie hat ja geweint!‹

Merkwürdig! Elisabeth war sieben Jahre älter als ich. Christine und sie standen sich sehr nahe, obwohl Christine viel jünger war. Elisabeth hatte Gaston und mich immer liebevoll und nachsichtig behandelt. Sie hatte immer den Anschein erweckt, als sei sie haushoch überlegen — beinahe schon erwachsen. Unvorstellbar, daß sie geweint haben sollte. Und doch ließ es sich nicht leugnen. Ihre Augen waren rot. Irgend etwas mußte vorgefallen sein. Aber was?

Monsieur de Brèves trat zu mir und griff nach dem Blatt Papier, auf das ich etwas hätte schreiben sollen. Ich wußte nicht einmal was und machte mir solche Sorgen um Elisabeth, daß ich nicht daran gedacht hatte, von Gaston abzuschreiben. Allerdings wäre auch das riskant gewesen; denn sein Geschreibsel zeugte allenfalls davon, daß er ebenso unwissend war wie ich.

»Ach, Madame la Princesse...« Monsieur de Brèves schüttelte traurig den Kopf. »Ich fürchte, es wird mir nie gelingen, eine gebildete Frau aus Euch zu machen.«

Ich sah lächelnd zu ihm auf. Seit geraumer Zeit wußte ich, daß es mir bei einer ganzen Reihe von Menschen gelang, mit einem Lächeln Wut oder Enttäuschung wegzuzaubern. Bei meiner Mutter und Madame de Montglat wirkte das leider nicht.

»Nein, Monsieur de Brèves, wohl kaum«, erwiderte ich »aber mein Tanzlehrer sagt, daß ich bei Hofe alle verzaubern werde, wenn ich tanze.«

Er verzog das Gesicht zu einem milden Lächeln und legte mir kurz die Hand auf die Schulter. Das war alles. Kein einziges Wort des Vorwurfs. Was ein Lächeln doch zuwegebrachte! Wenn mir das doch auch bei Madame de Montglat gelänge.

Meine Gedanken wanderten wieder zu Elisabeth zurück. Später traf ich sie dann allein an.

Sie war in den Unterrichtsraum zurückgekehrt, zweifellos in der Hoffnung, dort um diese Zeit niemanden anzutreffen. Elisabeth saß am Fenster, die Hände vors Gesicht geschlagen.

Ich hatte mich nicht getäuscht, sie weinte wirklich.

Voller Mitleid legte ich die Arme um sie und gab ihr einen Kuß.

»Elisabeth, liebe, liebe Schwester, was quält dich denn so?« fragte ich sie. »Erzähl es deiner Henriette.«

Angespanntes Schweigen. Ich begann schon zu befürchten, sie könne mich wütend wegjagen, doch mein gewinnendes Lächeln bewirkte, daß sie mich plötzlich in die Arme riß und an sich drückte.

»Siehst du«, sagte ich. Beruhigend klopfte ich ihr auf den Rücken. Irgendwie erschien es mir grotesk, daß ich als Allerkleinste meine große Schwester trösten sollte.

»Meine liebe Kleine«, murmelte Elisabeth so zärtlich, wie sie noch nie mit mir gesprochen hatte. Zwar war sie nie unfreundlich zu mir gewesen – sie schien mich einfach gar nicht wahrzunehmen. Ich hatte bisher für sie nicht existiert.

»Du bist unglücklich, wie ich sehe. Was ist denn geschehen?«

»Ach, das verstehst du nicht.«

»O doch, ich würde es bestimmt verstehen.«

Elisabeth seufzte abgrundtief. »Ich muß fort von hier, weg von euch allen.«

»Du mußt fort? Aber warum denn? Und wohin?«

»Nach Spanien.«

»Aber was sollst du denn in Spanien?«

»Den Sohn des Königs heiraten.«

»Den spanischen Kronprinzen! Dann bist du ja Königin von Spanien, wenn der König stirbt!«

»Wundert dich das denn?«

»Nein«, gab ich zurück. »Ich weiß ja, daß wir alle gezwungen sind zu heiraten. Ich wundere mich nur darüber, daß dich der Gedanke, eines Tages Königin von Spanien zu werden, nicht erregt.«

»Glaubst du wirklich, daß es sich lohnt, dafür alles aufzugeben?«

»Ich stelle es mir herrlich vor, Königin zu sein.«

»Aber Henriette, und was ist mit meiner Familie? Stell dir einmal vor, du müßtest fort und uns alle zurücklassen... in ein Land gehen, das dir völlig fremd ist...«

Ich überlegte. Mich von allen trennen – von Mamie, Gaston, Madame de Montglat, meinen Schwestern, meiner Mutter – und all das für eine Krone?

»Du bist noch zu klein, um das zu begreifen, Henriette«, fuhr meine große Schwester fort. »Eines Tages wirst du es verstehen. Dir blüht ja das gleiche Schicksal.«

»Wann ist es denn soweit?«

»Ach, bei dir zieht sich das noch eine Weile hin. Wie alt bist du jetzt? Sechs Jahre. Ich bin sieben Jahre älter. In sieben Jahren ergeht es dir genauso.«

Noch sieben Jahre! Das lag in so ferner Zukunft, daß ich es mir gar nicht vorstellen konnte. Bis dahin war es ja noch länger, als ich schon auf der Welt war.

»Ludwig muß auch eine Frau nehmen«, erklärte Elisabeth. »Aber er hat Glück, er braucht nicht fort von hier.«

»Ist es denn so schlimm für dich, von hier fortzumüssen?«

»Ja, ich möchte nicht von zu Hause fort. Wer weiß, was mich in der Fremde erwartet? Ich habe Angst, Henriette. Dir wird es nicht so schwerfallen fortzugehen. Du erlebst das ja bei mir schon mit und bald auch bei Christine. Das nimmt der Trennung viel von ihren Schrecken.«

Sie setzte mich wieder ab. Tapfer verkniff sie sich die Tränen.

»Verrate niemanden, daß du mich so angetroffen hast. Nicht einmal Mamie und Gaston dürfen das erfahren.«

Ich gelobte Stillschweigen.

»Mutter wäre nämlich sonst sehr aufgebracht. Es erfüllt sie mit Stolz, diese Heirat arrangiert zu haben. Es gibt allerdings auch Menschen, die davon nicht begeistert sind.«

»Wer hat etwas dagegen einzuwenden?«

»Die Hugenotten.«

»Die Hugenotten? Ich wüßte nicht, was sie das angeht.«

Da nahm meine Schwester mein Gesicht in beide Hände und gab mir einen Kuß. So eine Zärtlichkeit war mir von ihr nicht oft zuteil geworden.

»Du bist noch ein kleines Mädchen«, sagte sie. »Du weißt noch nicht, was vorgeht.«

»Was wo vorgeht?«

»Auf der Welt. Außerhalb der Mauern unseres Schlosses. Aber das schadet nichts. Mit der Zeit erfährst du es schon noch.«

Elisabeth stand auf, strich sich das Kleid glatt und wurde wieder zu der großen Schwester, die ich so gut kannte und die dazu neigte, die Kleine herablassend zu behandeln.

»Nun lauf schon, meine Kleine«, verabschiedete sie mich, »und denk nicht mehr an meine Worte.«

Natürlich merkte ich mir alles ganz genau. Oft war ich drauf und dran, mich Mamie oder Gaston anzuvertrauen. Es fiel mir entsetzlich schwer, mich zu bezwingen; denn ich hätte mich in dem herrlichen Gefühl der Überlegenheit gesonnt, weil ich endlich einmal etwas wußte, was selbst ihnen nicht bekannt war. Doch ich hielt mich an mein Versprechen.

Lange brauchte ich das Geheimnis jedoch nicht für mich zu behalten. Ein paar Tage nach dem vertraulichen Gespräch mit Elisabeth erschien Mutter plötzlich im Kinderzimmer. Gaston und ich verneigten uns nach allen Regeln des höfischen Zeremoniells. Als sie uns die Hand hinstreckte, richteten wir uns wieder auf, gingen auf sie zu und stellten uns rechts und links neben sie. Ich konnte nicht anders, als ständig auf ihren Busen zu starren. Der hatte mich schon immer fasziniert. Einen so ungeheuren Busen bekam man nicht oft zu sehen. Madame de Montglat zum Beispiel hatte keinen nennenswerten Busen.

»Liebe Kinder«, sagte Mutter, »ich komme mit einer guten Nachricht zu euch. Euer lieber Bruder, der König, wird nämlich bald heiraten.«

Ich schnappte nach Luft und konnte mich gerade noch bezähmen. Beinahe wäre mir herausgerutscht: »Aber ich dachte, Ihr wolltet Elisabeth verheiraten.«

Unseren Bruder Ludwig bekamen wir kaum noch zu Gesicht. Als König konnte man ihn nicht im allgemeinen Kinderzimmer lassen. Er war jetzt zu Höherem berufen und bekam gesondert Unterricht.

Die Königin fuhr fort: »Seine liebe kleine Frau kommt zu uns und wird eine Weile mit euch zusammenleben... aber nur, bis sie alt genug ist, um mit ihrem Mann zu leben. Wir reisen nach Bordeaux, um die frischgebackene kleine Königin von Frankreich in Empfang zu nehmen. Ihr Vater vertraut uns seine kleine Tochter an. Euer Bruder nimmt sie zur Frau. Wahrscheinlich trauert der König von Spanien seiner Tochter nach. Damit er sie nicht allzusehr vermißt, geben wir ihm dafür unsere Prinzessin Elisabeth. Sie soll den spanischen Kronprinzen heiraten. Ihr beide wart bei der Zeremonie zugegen, als der Ehevertrag ausgehandelt wurde. Doch daran werdet ihr euch wohl kaum mehr erinnern, weil ihr noch zu klein wart. Das war vor drei Jahren im Palais Royal. Da warst du erst vier, Gaston, und du erst drei, Henriette.«

»Ich kann mich noch gut daran erinnern«, versicherte Gaston. »Ein festliches Bankett fand statt, und es wurde getanzt...«

»Das weiß ich auch noch«, warf ich ein, obwohl das gar nicht stimmte, aber ich konnte es nicht ertragen, von meinem Bruder übertrumpft zu werden.

»Das freut mich«, sagte Mutter. »Jetzt findet die Hochzeit wirklich statt. Zu diesem Zweck begeben wir uns nach Bordeaux. Euch Kindern wird das auch sehr guttun, deshalb kommt ihr mit.«

Mutter trat einen Schritt zurück, um uns zu betrachten.

Ich sah Gaston an, daß ihn viele Fragen drückten, doch

meine Mutter wirkte einschüchternd auf ihn. In ihrer Gegenwart wagte er den Mund nicht aufzumachen.

Die Königin fuhr fort: »Es ist ein freudiger Anlaß. Dadurch kommt ein Bündnis mit Spanien zustande. Die Tochter des spanischen Königs wird Königin von Frankreich und unsere Tochter Königin von Spanien. Das ist doch ein fairer Tausch, findet ihr nicht auch? Spanien wird unser Verbündeter, und meine Tochter Königin von Spanien. Sie macht eine glänzende Partie. Aber was mich ebenso begeistert wie die Krone, ist die beglückende Tatsache, daß Spanien ein katholisches Land ist.«

Ich befürchtete schon, meine Mutter könne sich danach erkundigen, wie es um unsere religiöse Unterweisung stand; denn darauf konnte ich mich ebensowenig konzentrieren wie auf irgend etwas anderes.

Doch zum Glück kam sie nicht darauf zu sprechen. Sie konnte an nichts anderes denken als an die von ihr arrangierten Ehen. Sie war sehr mit sich zufrieden.

»Es gilt noch viele Vorbereitungen zu treffen«, meinte sie. »Ihr müßt von Kopf bis Fuß neu eingekleidet werden.«

Vor Freude klatschte ich in die Hände. Für Kleidung interessierte ich mich sehr. Bei diesen Prunkhochzeiten würde unsere Gewandung prachtvoll sein. Davon war ich überzeugt.

Die Vorbereitungen für diesen so überaus wichtigen Anlaß wollten kein Ende nehmen. Hinterher erfuhr ich, daß das Volk auf der Straße murrte und meiner Mutter gern Widerstand geleistet hätte, doch damals ahnte ich das nicht.

Auf das Maßnehmen folgten zahlreiche Anproben. Gaston kam mir in seinem scharlachroten Wams aus Samt und seinem breitrandigen Biberbarett irgendwie lachhaft vor. Ich selbst kam mir wie eine Hofdame vor in meinen Ärmelpuffern, meinen gerafften, mit Spitze und Bändern geschmückten Roben. Alle bei Hofe kamen zu uns, um uns ihre Bewunderung auszusprechen. Wir waren begeistert von unseren neuen Prachtgewändern. Nur die unvermeidlichen Halskrausen machten uns sehr zu schaffen. »An diese Halskrausen werde ich mich nie gewöhnen«, klagte ich. Gaston litt sogar noch mehr darunter.

Für Elisabeth wurde eine Staatsrobe entworfen und geschneidert, wie ich noch nie eine gesehen hatte. Ich hörte meine Mutter sagen, man müsse die Spanier mit unserem ungleich besseren Geschmack beeindrucken. Die arme Elisabeth! Obwohl sie in einem katholischen Land Königin werden durfte, ließ sie es mit undurchdringlicher, gleichgültiger Miene über sich ergehen, daß ihr die prächtigsten Roben angemessen und auf den Leib geschneidert wurden, ohne daß auch nur eine Spur von Freude in ihr aufkam. Nie werde ich vergessen, wie traurig sie inmitten all dieses Pomps aussah.

Als die Zeit gekommen war, machten wir uns auf den Weg. Unterwegs ritten Gaston und ich manchmal neben unserer Mutter.

Ich belauschte die geflüsterte Unterhaltung von zwei Leuten, wahrscheinlich niederen Bediensteten. »Sie glaubt wohl, diese beiden hübschen Kinder werden dem Volk so gut gefallen, daß es seine Abneigung gegen sie selbst vergißt.«

Es bestand kein Zweifel daran, daß wir den Leuten sehr gefielen. Lächelnd hob ich die Hand, wenn mir zugejubelt wurde – wie man es mich gelehrt hatte.

Das Volk jubelte auch Ludwig zu. Schließlich war er der König. Ich hörte mit an, wie Elisabeth zu Christine sagte, Ludwig sei noch viel zu jung, um irgend etwas zu tun, was den Leuten mißfiel.

»Sie sind nur gegen Mutter und den Maréchal d'Ancre«, meinte Elisabeth.

Ich wollte mehr darüber in Erfahrung bringen. Was hatten die Leute meiner Mutter vorzuwerfen, und wer war der Maréchal d'Ancre, dieser Concino Concini, über den die Leute hinter vorgehaltener Hand munkelten?

Obwohl ich dem Unterricht nichts abgewinnen konnte, wollte ich genauestens Bescheid wissen über alles, was um mich herum vorging. Das Fatale ist nur, daß einen niemand ernst nimmt, wenn man erst sechs Jahre ist. Niemand fand sich dazu bereit, mich über das Geschehen aufzuklären.

Auf dem Weg nach Bordeaux wohnten wir in Schlössern und Palästen, wo wir großartig empfangen und üppig bewirtet wurden. Manchmal durften Gaston und ich tanzen. Es kam auch vor, daß es mir gestattet wurde zu singen. Darauf verstand ich mich. Mein Gesangslehrer behauptete, meine Stimme könne sich mit der einer Nachtigall messen.

Mutter war sehr mit uns zufrieden. Ich fragte mich immer wieder, ob sie uns ganz uneigennützig liebte, wie eine Mutter eben ihre Kinder liebt oder weil sie sich gezwungen sah, den Leuten stolz zu demonstrieren, wie viele Kinder sie dem Volk geschenkt hatte. Vielleicht wollte sie damit bewirken, daß das Volk vergaß, womit sie es ergrimmt und verärgert hatte.

Doch diese Selbsteinkehr war weder Gaston noch mir gegeben. Das kann man von einem Siebenjährigen und einer Sechsjährigen auch nicht verlangen. Wir wollten uns vor allem amüsieren und jede Lustbarkeit genießen.

»Was für ein aufregendes Leben!« äußerte ich mich Gaston gegenüber, und er stimmte mir von ganzem Herzen zu.

Wir erreichten Bordeaux wie geplant.

Bei dem wichtigen Zeremoniell, bei dem die beiden Prinzessinnen übergeben wurden, waren wir nicht zugegen, doch wir tanzten auf dem Fest im Anschluß an die Übergabe. Als wir Bordeaux dann den Rücken kehrten, ließen wir meine Schwester Elisabeth zurück, doch dafür nahmen wir meine neue Schwägerin Anna von Österreich mit, die Gemahlin meines Bruders Ludwig und neue Königin von Frankreich.

Unsere Rückkehr nach Paris wurde zu einem erregenden Schauspiel. Wir mußten Anna von Österreich und ihrem Hofstaat beweisen, daß Frankreich sehr viel mehr Kultur besaß als Spanien.

Bei unserem Einzug in die Stadt säumten unzählige Menschen die Straßen und engen Gäßchen. Alle wollten in dem Gedränge einen Blick auf die frischgebackene Königin erhaschen. Niemand liebt festliche Aufzüge und Prachtentfaltung so wie die Pariser. Anna schien ihnen zu gefallen. An Ludwigs Seite ritt sie an der Spitze der Kavalkade durch Paris. Anna war ein hochgewachsenes Mädchen mit einer tadellosen Figur und auffallend hellem Haar. Außerdem war sie blutjung, genau wie Ludwig. Sie hatte wunderschöne Hände, die sie zur Geltung brachte, wann immer sich das machen ließ, und sie wirkte ausgesprochen selbstsicher. Ich war davon überzeugt, daß wir gut miteinander auskommen würden; denn ich hatte schon erkannt, daß sie dem Lernen nichts abgewinnen konnte, aber ebenso gern sang und tanzte wie ich selbst.

Wir kamen an dem neuen Palast an der Place Royale vorbei und ließen die Place Dauphine hinter uns, die mein Vater hatte anlegen lassen. Ich ließ Anna nicht aus den Augen, um zu sehen, ob sie von unserer prachtvollen Stadt auch hinreichend beeindruckt war. Mein Vater hatte Paris herrlich ausbauen lassen und damit verschönert.

»Ach, Madame la Princesse«, pflegten die alten Leute zu sagen, »Ihr könnt Euch glücklich schätzen, jetzt in dieser schönen Stadt zu leben. Paris ist nicht wiederzuerkennen. Zu unserer Zeit war es bei weitem nicht so schön. Eurem Vater haben wir es zu verdanken, daß Paris jetzt die schönste Stadt der Welt ist.«

Ich hatte davon gehört, wie er das alte Arsenal hatte fertigstellen lasssen, zu dem er unterwegs gewesen war, als er ermordet wurde. Er hatte auch das Hôtel de Ville bauen lassen. Ich hatte einmal Gelegenheit, es zu besichtigen. Ehrfürchtig bewunderte ich das herrliche Treppenhaus, die Deckengemälde und den prächtigen Kamin im Thronsaal.

All das war das Werk meines Vaters. Wann immer von ihm die Rede war, hieß es: »Was für eine Tragödie! Was für ein Unglück Frankreich getroffen hat!«

Bei diesen Worten fühlte ich mich immer unbehaglich; sie beinhalteten ja auch Kritik am gegenwärtigen Regime. Im Augenblick regierte selbstverständlich meine Mutter; denn Ludwig konnte man in seinem Alter damit noch nicht belasten.

Stolz erfüllte mich, als wir uns dem Louvre näherten. Wir nannten den Palast den Neuen Louvre; denn der alte war so rissig und baufällig, daß Franz I. beschlossen hatte, ihn umbauen zu lassen. Er starb jedoch schon kurz nach Baubeginn. Sein Nachfolger Heinrich II. und seine Gemahlin Katharina von Medici hatten auch sehr viel für die Baukunst übrig und stellten den Neubau fertig. Auch ich habe einen ausgeprägten Schönheitssinn. Bis zu dem Tag, da ich Frankreich verlassen mußte, hat mich die herrliche Fassade von Jean Bullant und Philibert Delorme jedesmal wieder tief beeindruckt.

Jetzt nahmen die Festlichkeiten erst richtig ihren Anfang. In Paris konnten wir natürlich eine viel größere Pracht entfalten als in der Provinz. Wir würden diesen Spaniern schon zeigen, wie reich und klug wir waren.

Alle sollten ihren Kummer und ihre Sorgen für eine Weile vergessen und sich des Lebens freuen können. Ich hatte meine Mutter kaum jemals so glücklich erlebt. Sie freute sich, daß diese Heiraten zustandegekommen waren. Später gab sie sich alle Mühe, mich davon zu überzeugen, daß unser Glaube der einzig wahre Glaube sei und daß ich dazu stehen müsse, was immer auch geschehe. Zwei Dinge müsse ich mir stets vor Augen halten: den einzig wahren Glauben und den festen Entschluß, ihn allen Menschen zu ihrem eigenen besten aufzuzwingen. Zweitens müsse ich mir immer darüber im klaren sein, wie wichtig die Königswürde sei, das Königtum und damit das Recht auf die Regentschaft, das Gott Königen und Königinnen zugestanden habe. Das Heilige Recht der Krone, also ›König bzw. Königin von Gottes Gnaden‹.

Was diese beiden Fragen anging, kannte sie kein Pardon, doch sie liebte Festlichkeiten und Bankette. Die ließ sie sich auch vom Herzog von Sully nicht ausreden. Der war nun nicht mehr in Amt und Würden und mochte murren, soviel er wollte. Gleich nach dem Ableben seines Herrn und Meisters war ihm die Tür gewiesen worden.

Die Königin scheute keine Kosten. Alle sollten an der Heirat ihre Freude haben, die sie arrangiert hatte. Angesichts der frischgebackenen Königin war sie jetzt Königinmutter.

Ich fühlte mich in meinem Element. Vergessen war der Unterricht, der ewig gleiche Tagesablauf. Die Ermahnungen von Madame de Montglat schlug ich in den Wind. Das alles zählte jetzt nicht mehr. Jetzt galt es, die Hochzeit des Königs zu feiern, und ich gedachte alles in vollen Zügen zu genießen.

Die Lustbarkeiten nahmen kein Ende. Ich tanzte und ich sang. »Was ist Madame Henriette doch für ein entzückendes Geschöpf!« hörte ich die Hochzeitsgäste immer wieder sagen. Es entging mir nicht, daß sich meine Mutter sehr darüber freute.

Es war die reine Seligkeit! Von mir aus brauchte das nie aufzuhören. Zu Ehren der Königin ließ sich bei manchen Lustbarkeiten der Einfluß Spaniens nicht verleugnen. Manche unserer Edelleute zelebrierten die Galanterie Castellane. Quadrillen und spanische Tänze waren an der Tagesordnung. Gaston und ich übten einen kleinen spanischen *pas de deux* ein, den wir zum Entzücken aller bei Hofe zum besten gaben. Ein paar Gäste waren als Götter verkleidet. Mit großen, vor Staunen weitaufgerissenen Augen sah ich mit an, wie Jupiter Diana hereinführte. Dann kniete die Liebesgöttin vor dem jungen König und seiner Gemahlin nieder und intonierte Verse über die schöne Spanierin. Dem armen Ludwig war das alles in tiefster Seele zuwider. Er mußte sich zum Lächeln zwingen und brachte es kaum fertig, so zu tun, als gefiele ihm das alles. Vielleicht hatte er gar nicht heiraten wollen, und es machte ihm womöglich angst, was das alles nach sich ziehen würde. So war es auch Elisabeth ergangen. Die Königin jedoch schüttelte den Kopf mit den langen blonden Flechten und stellte ihre hübschen Hände wieder einmal zur Schau. Sie fühlte sich zweifelsohne in ihrem Element – genau wie ich.

Irgendwann griff eine alte Frau nach meiner Hand und zog mich neben sich.

Zunächst wußte ich nicht, wer sie war, doch sie faszinierte mich vom ersten Augenblick an. Ich erstarrte fast vor Ehrfurcht. Sie wirkte majestätisch, mußte also eine Persönlichkeit von hohem Rang sein. Ich konnte mir nicht erklären, was sie von mir wollte.

Sie hielt meine kleine Hand mit ihren alten Händen fest umklammert und ließ keinen Blick von mir. Wie gebannt ließ ich es geschehen, daß sie mich eindringlich ansah. Ihr Gesicht war von Runzeln zerfurcht, sie hatte tiefe Augenringe, doch sie hatte so viel Rouge und weiße Schminke aufgetragen, daß sie von weitem sicher noch ganz jung wirkte. Sie trug eine üppige schwarze Lockenperücke und ihre Garderobe schien aus einer längst vergangenen Zeit zu stammen. Ganz gewiß jedoch ihr goldbetreßter weiter Überrock.

»Du bist also die kleine Madame Henriette«, sagte sie.
Ich nickte.
»Und wie alt bist du?«
»Sechs Jahre.«
»Fast noch ein Kleinkind«, lautete ihr Kommentar.
»Ganz und gar nicht«, setzte ich mich pikiert zur Wehr.
Da lachte sie und strich mir über das Gesicht. »Was für schöne glatte Haut du hast«, murmelte sie. »Solche Haut hatte ich früher auch. In deinem Alter war ich das schönste Mädchen von ganz Frankreich... und auch das gescheiteste. Es hieß von mir, ich sei sehr klug für mein Alter. Und wie steht es mit dir, meine Kleine?«
»Das kann ich nicht sagen.«
»Dann trifft das wohl auf dich nicht zu. Die kleine Margot war allwissend, kam schon allwissend auf die Welt.«
»Ihr seid also Königin Margot.«
»Sieh an, die kleine Madame Henriette hat also schon von mir gehört. Stell dir vor, du wärst meine Tochter! Ich war mit deinem Vater verheiratet, bevor er Maria von Medici zur Frau genommen hat.«
Ich war wie vor den Kopf geschlagen. Natürlich hatte ich schon viel von ihr gehört; aber ich hätte nie gedacht, daß ich sie einmal kennenlernen würde. Die wildesten Gerüchte kursierten über sie. Zwänge waren ihr immer verhaßt gewesen. Schon seit ihren Jugendjahren war sie berüchtigt wegen ihrer freimütigen Art und ihres Lebenswandels.
»Dein Vater hat mich gehaßt«, bekannte sie. »Und das beruhte auf Gegenseitigkeit. Wir haben wie Raubtiere miteinander gerungen. Schließlich haben wir uns scheiden lassen, und er hat deine Mutter geehelicht. Hätte er das nicht getan, wärst du nicht auf der Welt. Das wäre doch ein Jammer! Kannst du dir die Welt ohne Madame Henriette vorstellen?«

Ich erwiderte, daß mir das schwerfallen dürfte, wenn es mich nicht gäbe.

Sie lachte.

»Dein Vater hat aber nicht nur mich gehaßt, sondern auch seine zweite Frau, wenn man den Leuten glauben darf. Sie war ihm vollends unerträglich. Ist es nicht merkwürdig, daß ausgerechnet der Mann, der den Frauen zugetan war wie kein anderer, zweimal mit Frauen verheiratet war, die er gehaßt hat?«

»Ihr solltet nicht so über meine Mutter sprechen.«

Sie kam ganz nah. »Königin Margot spricht stets aus, was sie denkt und schert sich nicht darum, wen sie damit kränkt. Glaubst du wirklich, daß mich ausgerechnet die sechsjährige Madame Henriette kurieren wird?«

»Nein, wohl kaum«, pflichtete ich ihr bei.

»Du gefällst mir«, sagte sie. »Du bist bildhübsch. Ich versichere dir, daß du viel hübscher bist als die neue Königin. Ich fürchte, unser lieber Ludwig ist nicht gerade begeistert von ihr, meinst du nicht auch?«

»Meine Mutter würde es mir sehr verübeln, wenn ich...«

»Wenn du dich dazu äußern wolltest? Ich bitte dich, meine kleine Henriette, wenn du erst einmal erwachsen bist, sagst du ohnehin ganz offen deine Meinung, ob das den Leuten gefällt oder nicht. Glaubst du nicht auch?«

»Ich hoffe es. Aber erst muß ich noch ein wenig älter werden.«

»Mit jeder Minute wirst du ein wenig älter, auch während wir uns unterhalten. Sag mir, meine Kleine, erscheine ich dir eigentlich sehr alt?«

»Ja, uralt.«

»Aber sieh dir doch nur meine schöne Haut an und mein schönes Haar. Da verschlägt es dir die Sprache, wie? Ich hatte einmal wunderschönes üppiges Haar. Viele Männer haben mich geliebt. O ja, ich hatte viele Liebhaber... auch jetzt noch, aber nicht mehr ganz so viele. Mein schönes Kind, ich kann mich nicht erinnern, je so unschuldig gewesen zu sein wie du. Als ich die Frau deines Vaters wurde, hatte ich meine Unschuld längst eingebüßt. Diese Ehe stand unter keinem guten Stern. Es kam anläßlich der Hochzeit zu einem fürchterlichen Blutbad. Tausende von Menschen kamen um. Hast du schon einmal von dem Gemetzel in der Bartholomäusnacht gehört?«

Ich bejahte das.

»Die Katholiken setzten sich damals vehement gegen die Hugenotten zur Wehr. Auch dein Vater hätte um ein Haar sein Leben eingebüßt. Sie hatten es auch auf ihn abgesehen, doch er hat überlebt. Er war der reinste Bauer, grobschlächtig und derb, kein Lebensgefährte für eine elegante Prinzessin. Er war bei weitem nicht so kultiviert wie ich. Wir mochten uns von Anfang an nicht. Ich frage mich allen Ernstes, ob Katholiken und Hugenotten wohl je friedlich leben und einander gelten lassen werden.«

»Ich hoffe, die Hugenotten sagen sich von ihrem ketzerischen Glauben los und finden zu dem einzig wahren Glauben.«

»Du plapperst ja nur nach, was dir vorgebetet worden ist. Das solltest du lieber bleiben lassen. Mach dir selbst Gedanken. Ich habe das auch immer getan.« Sie sah mich an. »Jage ich dir etwa Angst ein?«

Ich wußte nicht, was ich sagen sollte, also schwieg ich.

»Ich bin dir also tatsächlich nicht geheuer«, sagte sie. »Das tut mir leid. Nun geh schön, meine Kleine. Du bist ein schönes Kind. Ich hoffe, daß du einmal ein so wildbewegtes Leben führen wirst wie ich.«

»Es macht mir große Freude, mich mit Euch zu unterhalten«, sagte ich.

Sie drückte mir die Hand und sah mich lächelnd an.

»Trotzdem gehst du jetzt wohl besser. Deiner Mutter wäre es nicht recht, wenn du dich zu lang mit mir unterhieltest. Ich fürchte, sie hat uns schon erspäht... oder einer ihrer Spitzel. Wenn der König auch *ihr* Sohn ist, so bin ich doch ebenso berechtigt, ein Familienfest wie eine Hochzeit mitzufeiern.«

Ein junger Mann kam auf uns zu. Da war sie nicht mehr an mir interessiert.

Der junge Mann trat vor sie hin und verneigte sich vor ihr.

»*Ma belle Margot!*« säuselte er. Lächelnd reichte sie ihm die Hand.

Da wußte ich, daß ich hier nichts mehr verloren hatte.

Nie werde ich diese Frau vergessen. Als ich ein Jahr darauf erfuhr, daß sie gestorben war, nahm mich das sehr mit. Sie ist dreiundsechzig Jahre alt geworden. Für mich war es damals unvorstellbar, daß ein Mensch so alt werden konnte. Mamie erzählte mir viel über La Reine Margot. Offenbar hatte eine stete Folge von Liebhabern ihr wildes abenteuerliches Leben geprägt. Ich konnte es nicht fassen, als ich erfuhr, daß sie und meine Mutter glänzend miteinander ausgekommen waren.

»Ich hätte geschworen, daß sie meine Mutter gehaßt hat. Schließlich hat sie sie doch verdrängt.«

»Keineswegs«, berichtigte mich Mamie. »Dafür war sie ihr sogar sehr dankbar. Immer wenn sie Eure Mutter sah, pflegte sie zu sagen, wie glücklich sie sich schätze, Euren Vater loszusein. Eure Mutter konnte ihr das nachfühlen; denn die eine hatte ihn ertragen müssen, und die andere ertrug ihn immer noch. Beide konnten ein Liedchen davon singen, was das hieß. Genau das verband sie nach dem Tode Eures Vaters miteinander.«

La Reine Margot war also tot. Ihr wildes erregendes Leben hatte geendet.

Die prunkvolle Hochzeit meines Bruders war für mich ein einschneidendes Erlebnis. Meine Kindheit ging damit zu Ende. Anläßlich dieser Hochzeit sah ich den Maréchal d'Ancre zum erstenmal. Ständig wurde über ihn gemunkelt. Christine machte mich auf ihn aufmerksam. »Sieh mal«, sagte sie »da unterhält sich der Maréchal mit Mutter. Ich glaube, unser Bruder mag ihn nicht besonders.«

»Warum denn nicht?« erkundigte ich mich.

Christine wollte mir das wohl erklären, doch dann sah sie mich prüfend an und muß sich wohl gesagt haben, daß ich ja noch ein Kind war.

»Ach, dafür hat er sicher seine Gründe«, speiste sie mich kurz und bündig ab und ließ mich stehen.

Mir fiel auf, daß mein Bruder, der König, einfach nur dasaß und alles über sich ergehen ließ. Ich erschrak beim Anblick seiner tieftraurigen, hoffnungslosen Miene. Neben ihm saß lächelnd seine Königin, hielt graziös den Fächer in der Hand. Hin und wieder berührte sie ihre Mantilla, doch nicht etwa, um sie zurechtzuziehen, sondern um ihre schönen Hände so richtig zur Geltung zu bringen. Sie wirkte durch und durch spanisch. Wie das Volk das wohl aufnehmen würde? Ludwig sprach kaum mit ihr. Er geriet leicht ins Stottern, wenn er aufgebracht oder in Panik war. Im Augenblick traf wahrscheinlich beides auf ihn zu.

Doch dann lächelte er plötzlich strahlend; denn Charles d'Albert hatte an seiner Seite Platz genommen. Es zeigte sich gleich deutlich, daß ihm die Gesellschaft dieses Mannes weitaus lieber war als die seiner ihm soeben erst feierlich angetrauten Frau.

Charles d'Albert war mir ein Begriff; denn im Kindertrakt war oft von ihm die Rede.

»Schon wieder einer dieser vermaledeiten Italiener«, hörte ich einen der Höflinge sagen. Er stand genau unter meinem Fenster. Rasch trat ich ein paar Schritte zurück, um nicht gesehen zu werden, konnte ihn aber immer noch belauschen.

Sein Gesprächspartner erwiderte: »Seit der König nach Italien gereist ist, um sich dort eine Frau zu nehmen, sind wir regelrecht mit Italienern überflutet worden.«

»Daß er aber auch ausgerechnet eine Medici heiraten mußte. Er wäre wahrhaftig besser bei La Reine Margot geblieben.«

Sie sagten irgend etwas über La Reine Margot, das ich nicht verstand, und lachten grölend. Ich hörte deutlich, wie sie sich vor Lachen auf die Schenkel schlugen.

»Aber wir hätten jetzt keinen neuen König, wenn er diese Medici nicht zur Frau genommen hätte.«

»Ja, seltsam, daß die listenreiche Margot dem König keinen Thronfolger geschenkt hat.«

Wieder schüttelten die Männer sich vor Lachen.

»Es heißt, er habe großen Einfluß auf den jungen König...«

»Das wird ihm kaum etwas nutzen, da die Mutter ihn nicht aus den Augen läßt. Dafür sorgt schon Concini.«

»Auch ein Italiener. Frankreich den Franzosen, allmählich wird es Zeit.«

»Ja, ganz richtig. Aber wegen Albert brauchst du dich nicht zu grämen. Die Königin und damit Concini haben den König fest an der Kandare, und daran wird sich vermutlich auch so bald nichts ändern. Er ist nicht Heinrich IV.«
»Ach ja, *das* war ein Mann!« Vermutlich mußten sie bei dem Gedanken daran wieder lachen, doch sie entfernten sich zu meinem Leidwesen. Ich hätte liebend gern mehr über Charles d'Albert erfahren.

Er ließ mich nicht mehr los, deshalb hielt ich Augen und Ohren offen. Es hatte keinen Sinn, jemanden nach ihm zu fragen. Alle hielten mich für viel zu klein, und niemand wollte seine Zeit mit mir verschwenden.

Also spitzte ich die Ohren. Bis zur Hochzeit meines Bruders hatte ich immerhin in Erfahrung gebracht, daß Charles d'Albert ursprünglich Alberti hieß und aus Florenz nach Frankreich gekommen war, um hier sein Glück zu machen. Als sich das gut anließ, beschloß er, Franzose zu werden und änderte seinen Namen in Albert um. Der König erfuhr von ihm, weil er ausgezeichnet mit Vögeln umzugehen wußte und sich auf die Falknerei verstand. Er jagte gern mit Falken, der König ebenfalls. Das verband sie, und bald waren sie die besten Freunde. Mein Bruder hatte ihn zu seinem persönlichen Falkner ernannt. Sie verbrachten viel Zeit miteinander und bildeten Falken aus. Albert trainierte auch andere Vögel wie zum Beispiel Neuntöter. In England erfuhr ich später, daß man sie dort Schlächtervögel nannte.

Es war faszinierend, den jungen Mann zu beobachten, von dem ich schon so viel gehört hatte. Er war bedeutend älter als mein Bruder Ludwig und hatte sein Vermögen gewiß am französischen Königshof gemacht. Da ihm der König wohlgesonnen war, hatte er sich mit Mademoiselle Rohan Montbazon vermählen können, die als eine der schönsten Frauen bei Hofe galt.

Ich merkte gleich, daß er auf sehr vertrautem Fuße mit dem König stand.

Ganz in ihrer Nähe saß ich auf einem Schemel. Manchmal ist es von Vorteil, noch so klein zu sein, daß einen jeder übersieht. Ich ließ mir kein Wort entgehen. Es ging um die Jagd. Albert bat den König, so bald wie möglich zu kommen. Er habe einen neuen Falken erworben, der zu den schönsten Hoffnungen berechtige. Den müsse sich der König unbedingt ansehen.

Sie unterhielten sich ziemlich lange über die Falknerei, dann sagte Albert plötzlich: »Seht Ihr, da drüben steht Concini. Wie der sich wieder aufspielt!«

»Ja, wahrhaftig«, bestätigte mein Bruder. Wenn er mit Albert sprach, geriet er nie ins Stottern – ein untrügliches Zeichen dafür, wie wohl er sich in Gegenwart des jungen Mannes fühlte.

»Der Mann hat Eure Mutter ganz in seinen Bann geschlagen. Vermutlich maßt er sich sogar an, sich königlicher als sie aufzuführen.«

»Er ist mir zuwider, Charles. Er versucht immer wieder, *mir* Vorschriften zu machen!«

»Was für eine Unverfrorenheit! Ihr dürft ihm das nicht gestatten, Sire.«

Als ich aufsah, fiel mein Blick auf meinen Bruder. Er wirkte tiefbefriedigt. Es gefiel ihm über alle Maßen, wenn ihn die Menschen als König anerkannten. Draußen auf den Straßen von Paris taten sie das selbstverständlich. Schon aus Loyalität meinem Vater gegenüber jubelten sie ihm als ihrem König zu. Zumindest behauptete Christine das. Aber es gab immer wieder Leute, die ihm sagten, was er zu tun hatte. Doch das ging wohl noch nicht anders. Es mußte eine Plage sein, den Titel eines Königs zu führen, aber noch nicht alt genug zu sein, um als König zu agieren.

»Bald kommt meine Zeit«, prophezeite Ludwig.

»Ich hoffe inständig, daß sich das nicht verzögert«, fügte Charles d'Albert hinzu.

»Concini und die Königinmutter werden den Zeitpunkt so lange wie möglich hinauszögern, zu dem ich wirklich an die Macht gelange, das steht fest.«

»Ja, das fürchte ich auch. Sie wollen herrschen, und das ist nicht möglich, wenn der König in Amt und Würden ist.«

»Ich bleibe ja nicht ewig ein Kind. Ich werde auch einmal erwachsen.«

»Vergebt mir meine Kühnheit, Sire, aber Ihr verfügt bereits über die Attribute eines Mannes.«

Kein Wunder, daß Ludwig Albert ins Herz geschlossen hatte. Es behagte ihm, gelobt zu werden. »Auch meine Zeit wird kommen«, sagte er.

»Und zwar schon bald, Sire, schon sehr bald.«

Jemand kam herbeigeeilt und verneigte sich vor Ludwig. Ich machte mich davon, ohne daß es jemand merkte.

Erst viel später wurde mir bewußt, daß da ein Komplott geschmiedet wurde.

Die Hochzeitsfeierlichkeiten waren ein Wendepunkt in meinem Leben. Meiner Mutter schien aufzugehen, daß ich kein kleines Kind mehr war. Ich sah sehr niedlich aus, sang und tanzte ausgezeichnet, und die Leute mochten mich. Sie mußte sich mit ihren Kindern sehen lassen, weil sie dann sicher sein konnte, daß die Leute Gaston und mir zujubeln würden. Wenn sie sich etwas vormachen wollte, konnte sie sich einreden, daß sie ihr zujubelten. Doch wenn sie in der Kutsche durch Paris fuhr, rührte niemand einen Finger, wenn wir nicht auch in der Kutsche saßen.

Meine Mutter war für jede Art von Lustbarkeit zu haben. Sie liebte Bankette, das Ballett, den Tanz und den Gesang. Auch für luxuriöse Kleidung hatte sie viel übrig. Sie dachte nicht im Traum daran, auf irgendwelche Vergnügungen zu verzichten; denn sie glaubte, die Menschen würden ihre Sorgen vergessen, wenn sie geblendet waren vom strahlenden Glanz der Festlichkeiten. Kein Wunder, daß sie den Herzog von Sully gezwungen hatte, seinen Abschied zu nehmen. Er wäre entsetzt gewesen, wenn er tatenlos hätte mitansehen müssen, wie die Finanzen schrumpften und die Staatskasse immer leerer wurde. Er, der das Geld immer zusammengehalten hatte.

Paris war eine wunderschöne Stadt geworden. Meine Mutter wies gern darauf hin, was sie und ihr verstorbener Gemahl alles zur Verschönerung der Stadt beigetragen hatten. Überall in Paris wollte sie rauschende Feste und Bälle geben. Diesen Wunsch setzte sie auch in die Tat um. Das Volk war fasziniert, wenn die Kutschen und Equipagen durch die Straßen fuhren und sie einen Blick auf den Adel in all seiner Pracht erhaschen konnten. An Sommerabenden begab sich der gesamte Hofstaat zu der Place Royale. Mein Vater hatte den Platz anlegen lassen. Er sollte von Geschäften gesäumt sein wie der Markusplatz in Venedig. Der Plan sagte meiner Mutter nicht nur zu, er faszinierte sie — vermutlich weil er sich Italien zum Vorbild nahm. Doch mein Vater war gestorben, bevor er alles fertigstellen lassen konnte. Das übernahm meine Mutter gerade rechtzeitig zur Trauung. Sie ließ einen Park anlegen, der den Namen Cours de la Reine erhielt. Sie befahl, mehrere Reihen Bäume anzupflanzen. Um sich in der Gunst des Volkes sonnen zu können, machte sie den Park der Öffentlichkeit zugänglich.

Bald drängten sich wahre Menschenmassen auf den Wegen. Ihre Begeisterung kannte keine Grenzen, wenn sie der großen Herren und Damen ansichtig wurden, die im Park auf und ab promenierten.

Doch das genügte leider nicht, um sich die Gunst des Volkes zu sichern. Selbst wenn meine Mutter die beste Regentin aller Zeiten gewesen wäre, hätte sie nicht darauf bauen können, beim Volk beliebt zu sein; denn sie war Italienerin.

Viele der Adligen lebten in den hochherrschaftlichen Häusern an der Place Royale. Zu jedem gehörte ein wunderschöner Park. Diese Parks legten Zeugnis ab von der hohen Kunst des Gartenbaus und der des Bäumeschneidens. Statuen und Springbrunnen boten einen herrlichen Anblick.

»Seht nur, was für eine wunderschöne Stadt wir euch geschenkt haben«, gab meine Mutter allen zu verstehen.

Doch dem Volk wurde sie dadurch nicht sympathischer. Es murrte und klagte erbittert über den Emporkömmling Concini.

Ungefähr um diese Zeit kam Mamie zu uns in den Kindertrakt, um ihrer Mutter bei der Kindererziehung zur Hand zu gehen. Sie war vor allem für Gaston und mich zuständig; denn Christine war schon neun Jahre alt und hielt sich für sehr erwachsen.

Mamie kam mir gar nicht alt vor, obwohl mir für gewöhnlich die meisten Menschen über vierzehn alt erschienen. Mamie war sogar noch ein paar Jahre älter. Vom ersten Augenblick an war ich ganz vernarrt in sie.

Ihr heiteres Wesen entzückte mich. Sie erschien mir ungeheuer klug, behandelte mich ganz und gar nicht wie ein kleines Kind, und so konnte ich ihr Fragen stellen, ohne mich meiner Unwissenheit schämen zu müssen. Bei den meisten Menschen scheute ich davor zurück.

Auch Anna lebte bei uns, die neue Königin. Sie war erst dreizehn Jahre alt und damit noch nicht alt genug, um Ehefrau zu sein. Daher bekam ich sie sehr oft zu sehen.

Wir kamen gut miteinander aus. Natürlich liebte ich sie nicht entfernt so sehr wie Mamie. Anna tat zuweilen recht überheblich, und sie war für meinen Geschmack auch ein wenig zu kokett. Und man konnte nicht behaupten, daß sie besonders klug war. Sie schlug kaum je ein Buch auf. Das machte sie mir allerdings sympathisch. Sie war ausgesprochen faul und ließ nichts unversucht, um dem Unterricht auf irgendeine Weise zu entgehen. Aber sie sang und tanzte gern. Also sangen und tanzten wir zusammen und unterhielten uns über das Ballett. Zusammen mit Gaston übten wir einen Tanz ein, den wir vorführen wollten, sobald sich eine Gelegenheit dazu bot. Als Mamie und Anna in mein Leben traten, empfand ich das als große Bereicherung. In ihrer Gesellschaft lebte es sich sehr viel angenehmer. Die Tage vergingen wie im Flug. Ich ahnte nicht, welches Unheil sich im Land zusammenbraute.

Von Mamie erfuhr ich, was sich draußen abspielte.

»Ihr müßt wissen, daß Ihr in einer ereignisreichen Zeit lebt«, erklärte sie mir. »Als Tochter eines Königs kommt Euch dabei möglicherweise eine Rolle von historischer Bedeutung zu.«

Ich fühlte mich mit einemmal ungeheuer wichtig.

Sie erzählte mir von der Ermordung meines Vaters und klärte mich darüber auf, daß meine Mutter nach seinem Tode die Regentschaft übernommen hatte. Diese Machtstellung würde sie gewiß nicht freiwillig aufgeben, solange mein Bruder zum Regieren noch zu jung war.

»Und wann ist er alt genug dazu?« wollte ich wissen. »Der arme Ludwig, er hat mit einem König wirklich nicht sehr viel gemein.«

»Vielleicht kommt der Umschwung schon viel eher als Ihr glaubt.«

Sie spitzte die Lippen und umgab sich mit der Aura des Geheimnisses. Ein rascher Blick über ihre Schulter verfehlte seine Wirkung auf mich nicht. Erregung bemächtigte sich meiner. So pflegte Mamie mich zu instruieren. Sie erging sich in Andeutungen über Intrigen, lüftete aber den Schleier des Geheimnisses nie ganz.

Ich weiß noch, wie ich ihr um den Hals fiel und ihr das Versprechen abnahm, daß sie immer bei mir bleiben würde. Das spielte sich vermutlich etwa sechs Monate nach ihrem ersten Erscheinen bei uns Kindern ab.

Mamie strich mir übers Haar und wiegte mich in den Armen. »Ich bleibe bei Euch, wenn man mich nicht zwingt, Euch zu verlassen«, versprach sie mir hoch und heilig.

Obwohl Mamie das wahre Leben so erregend zu schildern verstand, war sie Realistin. »Es kann natürlich sein, daß einmal der Zeitpunkt kommt, zu dem ich mich zurückziehen muß. Aber im Augenblick sind wir ziemlich sicher. Ich kann mir nicht vorstellen, daß irgend jemandem daran gelegen sein könnte, uns zu trennen. Selbst meine Mutter muß zugeben, daß ich ihr hier eine große Hilfe bin.«

»Gaston hat dich auch lieb«, versicherte ich ihr, »und Christine natürlich auch, wenn sie es auch nicht so zeigen kann wie ich.«

»Arme Christine! Sie muß oft an Prinzessin Elisabeth denken. Es macht ihr angst, sich sagen zu müssen, daß auch ihr eines Tages dieses Schicksal blüht.«

»Muß sie denn auch fort von hier?«

Mamie nickte. »Das wird sich wohl kaum vermeiden lassen. Prinzessinnen heiraten nämlich fast immer.«

»Ich bin doch auch eine Prinzessin...«

»Ja, aber ein kleines Prinzeßchen. Ihr müßt erst noch ein Stückchen wachsen.«

Mamie wollte mich beruhigen, aber ich wußte ja, was mir bevorstand, wenn das auch noch in weiter Ferne lag. Doch eines Tages würde auch mich dieses Schicksal ereilen, das alle Prinzessinnen teilten.

»Wir bleiben immer zusammen!« rief ich heftig. »Wir dürfen uns nie trennen.«

Der Meinung war Mamie offensichtlich auch.

Sie sorgte dafür, daß mir das Leben in einem anderen Licht erschien. Wenn ich erst einmal verheiratet wäre, würde das sowieso einschneidende Veränderungen mit sich bringen. Mamie, die Gefährtin meiner Kinderjahre, war eine Bereicherung für mich. Zum erstenmal begriff ich, daß ich eine Mutter brauchte, daß ich mich nach einem Menschen sehnte, dem etwas an mir lag. Natürlich mußte ich zuweilen auch getadelt werden. Auch war es dringend nötig, mich über das wahre Leben aufzuklären. Doch vor allem brauchte ich einen Menschen, der mich tröstete, wenn ich trostbedürftig war, der mir wichtiger war als alle anderen Menschen und für den auch ich am allerwichtigsten war. Ich hatte das Gefühl, daß das bei Mamie fast auf ideale Weise zutraf. Sonderbar, daß mir erst da so richtig aufging, daß ich das bis dahin nicht gekannt hatte.

Mamie öffnete mir die Augen. Sie berichtete mir, was um mich herum vorging. In Wahrheit war alles ganz anders, als es den Anschein hatte – manchmal ziemlich erschreckend, doch aus Mamies Mund klang alles aufregend.

»Wer ist eigentlich Concini?« fragte ich. Mamie speiste mich nicht mit fadenscheinigen Ausreden ab. Sie sagte nicht, das gehe mich nichts an und ich werde das schon noch erfahren, wenn ich ein wenig älter sei.

Als meine Mutter nach Frankreich gekommen war, hatte sie einen Teil ihres italienischen Hofstaats mitgebracht. Für gewöhnlich wurden Kammerherren bzw. Hofdamen oder andere Höflinge entlassen, wenn eine junge Prinzessin in einem anderen Land Einzug hielt; aber Maria von Medici hatte einen Teil ihrer persönlichen Freunde und Bediensteten nach Frankreich mitgebracht – sehr zum Schaden Frankreichs, wie behauptet wurde.

»Auch Eleonora Galigai hat sie mitgebracht«, erzählte Mamie. »Sie ist die Tochter ihrer Amme und mit ihr zusammen aufgewachsen. Sie hingen sehr aneinander... wie zwei Schwestern.«

»Wie wir beide, Mamie«, warf ich ein.

»Ja, in ihrem Fall verhielt es sich ganz ähnlich. Als der König Eure Mutter zur Gemahling nahm und sie nach Frankreich kam, weigerte sie sich, sich von Eleonora Galigai zu trennen und hat sie mitgebracht. Da sie nicht wollte, daß ihre Freundin darbte, arrangierte sie die Heirat mit einem Mann, den sie sehr schätzte. Dieser Mann war auch ein Italiener, der in ihrem Gefolge nach Frankreich gekommen war. Concino Concini war der Sohn eines Notars aus Florenz. Eure Mutter hatte ihn zu ihrem Privatsekretär ernannt. Concino Concini und Eleonora Galigai wurden also Mann und Frau, und als Günstlinge der Königin gedachten sie natürlich bald ihr Glück zu machen.«

»Und haben sie ihr Glück gemacht?«

»Das haben sie weiß Gott, meine liebe Prinzessin. Aus Concino wurde der Maréchal d'Ancre. Ihr habt doch sicher schon von ihm gehört.«

»Bei der Hochzeit habe ich ihn an der Seite meiner Mutter gesehen. Charles d'Albert, der sich mit meinem Bruder unterhielt, schien nicht sehr erpicht auf ihn zu sein.«

»So, Charles d'Albert! Es heißt, daß der König mehr auf ihn hört als auf seine Mutter.«

So brachte ich nach und nach in Erfahrung, was außerhalb des Kindertraktes vor sich ging. Mamie verstand alles so überaus lebendig zu schildern, und ich konnte es immer noch nicht fassen, daß sie ausgerechnet mich zu ihrer Freundin auserkoren hatte. Warum wurde diese Ehre nicht Christine zuteil, die ja schon viel größer war als ich, oder auch Gaston, der mir immerhin ein Jahr voraushatte. Doch *ich* stand ihr am nächsten, und ich schwor mir, daß ich ihr dafür ewig dankbar sein würde.

»Manchmal vergesse ich ganz, wie klein Ihr noch seid«, sagte Mamie zuweilen. »Aber das sollte kein Hinderungsgrund sein. Eines Tages spielt Ihr bei alldem auch eine Rolle, deshalb kann es nur von Nutzen sein, wenn Ihr darauf vorbereitet seid.«

Ich erinnere mich noch gut an die Aufregung kurz nach der Hochzeit. Es ging um den Prinzen von Condé. Mamie hatte mir ja schon erzählt, daß er mit Mademoiselle de Montmorency verheiratet worden war, die mein Vater zu seiner ›kleinen Freundin‹ machen wollte, daß sich der Prinz aber dann nicht als der gleichgültige Ehemann erwies, mit dem mein Vater fest gerechnet hatte. Als mein Vater tot war, hatte der Prinz seine Gemahlin offenbar nach Paris zurückgebracht, da es ja keinen Grund mehr gab, sie vor meinem Vater zu verstecken.

»Es war eine sehr stürmische Ehe«, berichtete Mamie. »In vielen Ehen geht es hoch her.«

Das konnte ich mir denken, wenn ich an die Ehen meines Vaters dachte. Er hatte es wohl weder mit La Reine Margot noch mit meiner Mutter leicht gehabt.

»Die Prinzessin zürnte ihrem Gatten, weil er sie nicht bei Hofe gelassen hatte. Sie hatte sich schon darauf gefreut, ›die kleine Freundin‹ Eures Vaters zu werden. Dadurch wäre sie nämlich in den Genuß aller Vorteile einer Königin gelangt, ohne jedoch auch die Nachteile in Kauf nehmen zu müssen. Doch was hatte Henri de Condé getan? Sie weggebracht, regelrecht entführt. Und zu welchem Zweck? Um ihr seine lächerlichen Aufmerksamkeiten zukommen zu lassen. Das hat sie ihm nie verziehen.«

Ich hatte das Paar auf einer der vielen Lustbarkeiten im Zuge der Hochzeit gesehen. Die Prinzessin war wirklich eine Schönheit. Kein Wunder, daß mein Vater sich so zu ihr hingezogen gefühlt hatte.

Etwa eine Woche nach den Hochzeitsfeierlichkeiten wurde der Prinz von Condé festgenommen.

»Er hat ein Komplott geschmiedet, um den Maréchal d'Ancre zu stürzen«, erzählte mir Mamie, »und wollte die Adeligen Frankreichs gegen den Mann aufwiegeln, den er den italienischen Intriganten nennt.«

»Festgenommen?« rief ich aus. »Man sperrt einen königlichen Prinzen ein?«

»Wenn dieser königliche Prinz eine Verschwörung gegen die Mutter des Königs anzettelt, muß er damit rechnen.«

»Hat er wirklich gegen meine Mutter konspiriert?«

»Genaugenommen gegen den Maréchal d'Ancre und damit auch gegen Eure Mutter. Überall herrscht große Aufregung. Angeblich wünschten viele, die Verschwörung hätte zum Erfolg geführt. Aber dafür ist der Italiener zu gerissen.«

»Was wird denn nun aus dem Prinzen?«

»Ich glaube eigentlich nicht, daß er hingerichtet wird. Aber im Gefängnis wird er wohl eine Weile bleiben müssen.«

»Dann ist ihn die Prinzessin von Condé jetzt wenigstens los«, sagte ich.

Mamie zog mich an sich. »Ach, meine liebe Prinzessin, wir leben in einer gefährlichen Zeit.«

Das fehlgeschlagene Komplott war bald in aller Munde. Die Sache entwickelte sich so weiter, wie es niemand erwartet hätte. Der Prinz wurde nach Vincennes verbannt, doch die Prinzessin beglückwünschte sich keineswegs dazu, daß sie ihn nun los war, sondern bestand darauf, ihn zu begleiten und ihm als Gefangenem treu zur Seite zu stehen.

»Was gibt es doch für sonderbare Menschen«, meinte Mamie versonnen. Dann gab sie mir lachend einen Kuß. »Zum Glück ist gerade das die Würze des Lebens«, konstatierte sie.

Ungefähr zu dieser Zeit wurde Mutter Magdalena, eine Karmeliterin, dazu ausersehen, sich um mein geistiges Wohl zu kümmern. Wir verbrachten viel Zeit miteinander, beteten und baten um göttlichen Beistand. Diese Nonne machte mir genau wie meine Mutter klar, daß es die wichtigste Aufgabe im Leben eines Menschen war, den Katholizismus zu verbreiten und alle diejenigen dem rechten Glauben zuzuführen, die noch nicht dazu gefunden hatten.

Die Tage vergingen wie im Flug: religiöse Unterweisung bei Mutter Magdalena, Unterricht bei François Savary de Brèves, Spielen mit Gaston und Kindern von Adeligen, Tanzen, Singen, herrliche Stunden in Gesellschaft von Mamie... was für eine schöne Zeit.

Doch allmählich dämmerte es mir, daß sich das auch ändern konnte.

Nachdem der Prinz von Condé in Haft genommen worden war, zerrissen sich die Leute den Mund erst recht über Concini.

»Es herrscht große Unzufriedenheit im Hinblick auf Concini«, erzählte Mamie, »und der König wird ja schließlich älter. Er verbringt immer mehr Zeit mit Charles d'Albert, doch Albert verfügt nicht über mehr Macht als der König, während Concini Eure Mutter auf seiner Seite weiß.«

»Das hört sich an, als wären meine Mutter und der König verfeindet.«

»Es muß sich wohl so anhören, wenn es sich so verhält«, meinte Mamie. Dann erzählte sie mir von Concinis riesigen Besitztümern. »Er besitzt mehrere herrliche Schlösser auf dem Lande, und das neben seinen beiden Stadtpalästen. Außerdem gehören ihm riesige Ländereien und Weinberge. Er gilt als einer der reichsten Männer Frankreichs. Das mißfällt den Leuten, die sich noch gut daran erinnern, was er für ein Habenichts war, als er herkam.«

»Er hat eben tüchtig für meine Mutter gearbeitet«, wandte ich ein.

»Und in seine eigene Tasche«, fügte Mamie hinzu.

In einem unbewachten Augenblick sagte sie eines Tages: »Es liegt etwas in der Luft. Ich spüre es ganz deutlich. Die Fronten verhärten sich. Auf der einen Seite der König mit Charles d'Albert, auf der anderen Eure Mutter und Concini. Albert und Concini, beides Italiener. Das Volk mag sie nicht.«

»Nun, meine Mutter ist auch Italienerin«, warf ich ein, »also sind mein Bruder und ich Halbitaliener.«

»Nein, Ihr seid durch und durch Französin!« ereiferte sich Mamie. »Ihr seid Kinder Eures Vaters, der einer der größten Franzosen war, die es je gegeben hat.«

Ich fand das sehr verwirrend, war jedoch ganz versessen darauf, alles zu erfahren. Es enttäuschte mich fast ein wenig, daß weiterhin alles in ruhigen Bahnen verlief. Manchmal wünschte ich mir, daß etwas geschah, selbst wenn es etwas Tragisches, ganz Entsetzliches war. Alles war besser als das alltägliche monotone Einerlei. Ein wenig Abwechslung konnte nicht schaden.

»Mir ist zu Ohren gekommen, daß Concini und seine Frau ihr Geld und einen Großteil ihrer sonstigen Besitztümer nach Italien schaffen«, erzählte mir Mamie eines Tages. »Es sieht mir ganz danach aus, als wollten sie sich absetzen. Nach allem, was man so in der Stadt hört, ist das sicher ratsam. Die Leute rotten sich gegen sie zusammen... wetzen sozusagen schon das Messer...« Lachend sah sie mich an.

»Mein armes Kind, natürlich meine ich das nicht wörtlich. Ich will damit nur ausdrücken, daß sie aus Frankreich vertrieben werden sollen.«

Ein paar Tage nach diesem Gespräch fing der Ärger dann erst richtig an. Charles d'Albert hatte heimlich mit dem König ein Komplott geschmiedet. Sie wollten sich Concinis entledigen, mit dem die Macht der Königinmutter stand und fiel. Sie war an der Staatskunst gar nicht interessiert. Das hatte sich schon bald gezeigt, nachdem sie die Regentschaft angetreten hatte. In dieser Hinsicht verließ sie sich ganz auf Concini und seine Helfershelfer. Sie aß gern und war sehr korpulent geworden. Sie hatte viel für jede Art von Lustbarkeit übrig, doch sie war nicht nur vergnügungssüchtig, sondern auch sehr fromm. Sie legte allergrößten Wert auf ihre Königswürde und stellte diese gern zur Schau. Böse Zungen behaupteten, mehr könne man von der Tochter eines Bankiers wohl auch kaum erwarten.

Charles d'Albert hielt den Augenblick wohl für gekommen, da es zuzuschlagen galt. Der König wurde langsam erwachsen. Jetzt mußte er seine Rechte wahrnehmen, wenn er es nicht riskieren wollte, noch jahrelang eine Marionette zu bleiben.

Der König unterzeichnete also einen Haftbefehl für Concini, den sechs Männer vom königlichen Garderegiment überbrachten. Ich kann mir lebhaft vorstellen, wie fassungslos Concini war, als er sich plötzlich diesen Männern gegenübersah. Er, der bisher über fast unumschränkte Macht verfügt hatte. Sicher hat er in diesem Augenblick zutiefst bereut, daß er sich nicht auf seinen Instinkt verlassen hatte, der ihm eingab, sich schleunigst nach Italien abzusetzen. Später brachten wir dann in Erfahrung, daß er sehr wohl nach Italien flüchten wollte, daß seine Frau jedoch behauptet hatte, die Zeit sei noch nicht reif, sie könnten sich noch so manches aneignen und ihr Vermögen dadurch noch vermehren.

Doch damit sollte Elenora Galagai nicht recht behalten.

Es konnte natürlich nicht ausbleiben, daß der Maréchal d'Ancre als einer der ranghöchsten Männer darauf bestand, daß man ihm verriet, warum er festgenommen werden sollte. Als ihm daraufhin beschieden wurde, er solle sich ruhig verhalten und keine Schwierigkeiten machen, widersetzte er sich der Festnahme. Auch damit hatte man bereits gerechnet. Er zog sein Schwert. Darauf hatten die Männer vom Leibregiment des Königs nur gewartet. Sie zückten ihre Degen und stachen damit auf ihn ein. Sie durchbohrten ihn, so daß er schon nach ein paar Sekunden blutend zu Boden sank und sein Leben aushauchte. Die Menschen auf der Straße hatten mitangesehen, wie die Leibwache des Königs in das Stadtpalais des mächtigen Maréchal d'Ancre eingedrungen war. Das sprach sich in Windeseile herum. Eine riesige Menschenmenge versammelte sich vor dem Palais. Die Soldaten traten auf den Balkon hinaus, den Leichnam des einst so mächtigen Maréchal im Schlepptau. Die Zuschauer rasten, die Erregung kannte keine Grenzen.

Einer der Soldaten rief: »Da habt ihr den Leichnam des Italieners Concini, des Maréchal d'Ancre. Ihr habt mit Euren Steuergeldern teuer dafür bezahlt, daß er sich amüsieren konnte.«

Damit warf er den Leichnam über die Balkonbrüstung. Der Mob bemächtigte sich seiner, verstümmelte ihn gräßlich und schwor allen Intriganten aus Italien Rache. »Von jetzt an gehört Frankreich den Franzosen!« wurden Rufe aus der Menschenmenge laut.

Die Stimme des Volkes wirkte als Fanal.

»Jetzt wird alles anders«, prophezeite Mamie.

Sie sollte recht behalten. Mein Bruder verlor keine Zeit und ernannte Charles d'Albert umgehend zum obersten Minister. Zudem machte er ihn zum Herzog von Luynes. Concinis Gemahlin wurde festgenommen. Gerüchte wurden laut, sie müsse eine Hexe sein; denn nur eine Hexe könne soviel Macht über die Königinmutter haben. Mamie behauptete, es sei reine Zeitverschwendung, ihr den Prozeß zu machen, die Richter hätten sich ihr Urteil schon gebildet. Ihr wurde zur Last gelegt, sie habe die Mutter des Königs nur durch Zauberkraft und Hexerei so stark beeinflussen können.

»Von Zauberkraft kann keine Rede sein«, widersprach die Angeklagte. »Wenn es mir gelungen ist, die Königin zu beeinflussen, so ist dies ausschließlich der Sieg eines starken über einen schwachen Menschen.«

Meine Mutter hätte das gewiß nicht gern gehört; aber zu der Zeit hatte man sie schon in das Schloß von Blois verbannt.

Die arme Madame la Maréchale, wie sie genannt wurde. Lange hat sie ihren Gemahl nicht überlebt. Sie wurde schuldig gesprochen. Als Hexe wurde sie demzufolge enthauptet, ihr Leichnam den Flammen überantwortet.

»Da kann sie sich noch glücklich schätzen, daß sie nicht bei lebendigem Leibe verbrannt ist«, meinte Mamie.

Glücklich? Eleonora Galigai, die sich in der Gunst meiner Mutter gesonnt, über solche Macht verfügt und solche Reichtümer gehortet hatte. Was mag wohl auf dem Weg zum Schaffott in ihr vorgegangen sein? Sicher hat sie sich Vorwürfe gemacht; denn wenn es den Tatsachen entspricht, daß ihr Gemahl Frankreich den Rücken kehren wollte und sie ihn überredet hatte, noch zu bleiben, um noch mehr Geld zu scheffeln, mußte sie sich ja wohl zumindest mitschuldig fühlen.

Die Rauchwolke über der Place de Grève ist mir noch gut in Erinnerung. Ich mußte daran denken, daß hier erst noch vor kurzem eine große Menschenmenge die feierlichen Umzüge mitangesehen hatte. Der Platz hatte sich in einen Ort des Schreckens verwandelt. Ich hatte La Maréchale nie zu Gesicht bekommen, doch ich konnte mir gut vorstellen, auf welche schreckliche Art und Weise sie ums Leben gekommen war.

Ludwig war zu jener Zeit sechzehn Jahre alt. In ihm war eine Wandlung vorgegangen. Er sah ausgesprochen glücklich aus, als meine Mutter aus Paris nach Blois entschwand. Sie hatte ihn immer nur in Angst und Schrecken versetzt und seine Zuneigung nie erringen können. Er hat ihr nie verziehen, daß sie solche Strenge walten ließ, als er noch ein Junge war; denn sie hatte ihn auf eine geringfügige Verfehlung hin oft auspeitschen lassen. Sie stand auf dem Standpunkt, Könige mußten besonders streng erzogen werden, man müsse sie weit härter bestrafen und öfter züchtigen als gewöhnliche Leute. Manchmal hatte sie sogar selbst zum

Stock gegriffen. Das war Ludwig in tiefster Seele zuwider gewesen. Er empfand es als besondere Schmach. Als sie dann nach dem Tode meines Vaters Regentin wurde und er König, aber auch wieder nicht wirklich König, sah er sich wieder tausend Zwängen ausgesetzt und nahm ihr das sehr übel. Ich verstand nur allzugut, warum er sich zu Menschen wie Charles d'Albert hingezogen fühlte.

Kein Wunder, daß er vor Freude strahlte an dem Tag, an dem sie nach Blois abreiste.

Sein Stottern legte sich. Ich hörte ihn laut und deutlich, vor allem aber tiefbefriedigt sagen: »Endlich bin ich wirklich König!«

Die Adeligen versammelten sich um den König. Sie hießen das Geschehene gut. Der Prinz von Condé wurde aus der Haft entlassen und kehrte zu meinem Bruder nach Paris zurück.

Es geschah auch noch etwas Bedeutsames, dem damals aber wohl noch niemand die entsprechende Bedeutung beimaß. Armand du Plessis, der Bischof von Luçon, der mit dem Maréchal d'Ancre zusammengearbeitet hatte, machte sich völlig überstürzt auf den Weg nach Avignon. Er behauptete, er wolle sich der Wissenschaft, dem Lesen und dem Schreiben widmen.

Nach all den Aufregungen dieser wildbewegten Zeit kehrte wieder Ruhe ein. Ich vermißte meine Mutter nicht und weinte ihr keine Träne nach; denn sie hatte sich nie groß um mich gekümmert und sich nicht als sehr liebevoll erwiesen.

»Nun ja, aufregend mag es wohl gewesen sein, aber das ist nun überstanden«, sagte Mamie.

Königin Anna hatte sich zu ihrem Gemahl gesellt und lebte jetzt mit ihm zusammen. Ludwig war fast über Nacht zum Manne gereift, nachdem meine Mutter in die Verbannung geschickt worden war. Es fanden nicht mehr so viele Lustbarkeiten statt; denn meine Mutter war es ja gewesen, die stets darauf bestanden hatte. Ludwig hatte sich nie viel daraus gemacht. Er ging lieber auf die Jagd, zog seine Pferde und seine Hunde Bällen und Banketten vor. Anna hingegen tanzte leidenschaftlich gern. Die Zeit, die sie als blutjunges Mädchen zusammen mit uns verbrachte, hat ihr daher sicher gut gefallen. Ludwigs Gemahlin war sie wohl nicht so gern.

In ihrer impulsiven Art flüsterte Mamie mir ins Ohr, die beiden paßten eigentlich gar nicht zusammen und führten keine glückliche Ehe, doch sofort legte sie den Finger auf die Lippen und beschwor mich: »Vergeßt, was ich gesagt habe.«

Solche Vertrauensbeweise nahmen mich für sie ein. Wir verstanden uns immer besser und kamen uns noch näher. Unter Mamies Fittichen fühlte ich mich wohlbehütet. Seit sie bei uns war, hatte mich Madame de Montglat ihr mehr und mehr überlassen. Sie überzeugte sich lediglich davon, daß ich stets am Unterricht teilnahm und nicht eine Stunde der Unterweisung im Christentum versäumte. Monsieur de Brèves war ihr dabei nicht so wichtig – meine oberste Pflicht war der Religionsunterricht. Aus mir sollte eine glühende Katholikin werden, ich mußte mich dem Katholizismus, dem einzig wahren Glauben, blindlings unterwerfen. Was auch geschehen mochte, ich durfte nie vergessen, daß ich die Tochter eines Königs und einer Königin war und Gott mir diese Gunst erwiesen hatte.

Manchmal erschien ich bei Hofe auf einem Ball, den Anna gab. Wir beide tanzten oft zusammen; denn wir waren ein perfektes Tanzpaar.

Viel später bereute ich dann bitter, daß ich Monsieur de Brèves Worten nicht mehr Aufmerksamkeit geschenkt hatte; denn ich verfügte nur über vage Kenntnisse hinsichtlich der Geschichte meines Landes und der übrigen Welt. Wäre ich besser informiert gewesen, so wäre ich sicher nicht so vielen Irrtümern erlegen. Jetzt auf meine alten Tage, die ich in völliger Abgeschiedenheit verbringe, denke ich oft an frühere Zeiten zurück. Wieviel hätte ich aus den Erfahrungen anderer lernen können!

Doch mir fehlte es an der Geduld, mich mit ernsthaften Dingen zu befassen. Ich war leichtfertig und oberflächlich. Entweder ging mir eine Melodie im Kopf herum oder ein neuer Tanzschritt.

Zwei Jahre verstrichen ziemlich ereignislos. Meine Mutter hielt sich immer noch in Blois auf. Armand du Plessis trat als Vermittler auf. Bis zum Tod des Maréchal d'Ancre war er Berater meiner Mutter gewesen. Nachdem er längere Zeit in Avignon verbracht hatte, war er wieder aufgetaucht und hatte den Wunsch geäußert, dem König dienen zu dürfen. Sein Bestreben ging dahin, Ludwig wieder mit meiner Mutter auszusöhnen. Du Plessis war ein hochintelligenter Mann. Damals war uns das noch nicht bewußt. Wir erkannten es erst später, als er der Herzog von Richelieu wurde und schließlich Kardinal. Als Erster Minister meines Bruders Ludwig bestimmte er die Geschicke Frankreichs mit.

Zwei Jahre nach Ludwigs Heirat flog Christine aus und wurde Herzogin von Savoyen. Im Laufe der Jahre hatte sie sich mit dem Gedanken vertraut gemacht, daß sie eines Tages würde fortgehen müssen, deswegen litt sie auch nicht so darunter wie Elisabeth. Wieder gab es Festlichkeiten und Bankette, doch sie waren bei weitem nicht so prunkvoll wie anläßlich Ludwigs Hochzeit. Aber schließlich war Ludwig ja auch König, versuchte ich das zu begründen. Doch in Wahrheit fielen die Festlichkeiten diesmal bescheidener aus, weil meine extravagante Mutter nicht zugegen war.

Ich war inzwischen zehn Jahre alt. Bald würde auch über meine Zukunft entschieden werden. Der Zeitpunkt rückte immer näher. Ich bildete mir ein, daß man das Augenmerk jetzt immer stärker auf mich richten werde. Die Reihe war an mir, vermählt zu werden. Romantisch wie ich war, versuchte ich mir auszumalen, was mein Gemahl wohl für ein Mensch sein würde. Natürlich stellte ich mir einen König vor. Elisabeth war Königin von Spanien, Christine allerdings nur Herzogin von Savoyen. Welches Schicksal harrte meiner? Ich unterhielt mich mit Marie darüber. Wir beschworen einen Bräutigam nach dem anderen für mich herauf. Allmählich entwickelte sich das zu meinem Lieblingsspiel. Zum Schluß sagte ich immer: »Und wo ich hingehe, da sollst auch du hingehen.«

»Aber ja, natürlich«, versicherte mir Mamie.

Gaston bekam ich jetzt nicht mehr so oft zu Gesicht. Mit seinen elf Jahren war er fast schon ein kleiner Mann. Er war genauso unverschämt wie ich und hielt sich gern beim König auf. Ludwig ließ ihm gegenüber Nachsicht walten. Gaston konnte es kaum erwarten, seine Kindheit endgültig über Bord zu werfen. Selbst mir ging es ja schon ähnlich.

Das Land befand sich in einer unguten Lage. Das kann wohl nicht ausbleiben, wenn der König noch so jung und unerfahren ist und seine Günstlinge um die höchsten Posten wetteifern. Mein Vater hatte mit der Fehde zwischen Katholiken und Protestanten umzugehen verstanden, doch unter der Oberfläche schwelte sie noch immer weiter. Jeden Augenblick konnten diese unterschwelligen tiefsitzenden Aversionen offen zum Ausbruch kommen.

Die Königinmutter lebte in der Verbannung. Der jugendliche König wurde von einem Minister beherrscht, der in Italien geboren war und sich allmählich größenwahnsinnig gebärdete, wie es bei solchen Menschen oft der Fall ist. Bald war der Herzog von Luynes den Leuten ebenso ein Dorn im Auge wie vor ihm der Maréchal d'Ancre.

Bald nach Christines Hochzeit begann man bei Hofe zu munkeln. Gerüchte kursierten. Ich ahnte, daß sich irgend etwas zusammenbraute. Von Mamie erfuhr ich schließlich, was es war.

»Die Königinmutter ist aus Blois geflüchtet!« flüsterte sie hinter vorgehaltener Hand. Es sah Mamie ähnlich, alles so dramatisch wie nur irgend möglich vorzubringen. Sie schilderte mir den Vorgang anschaulich. »Die Königinmutter ertrug die Gefangenschaft nicht mehr. Mit Hilfe ihrer Freunde heckte sie einen Fluchtplan aus. Wie sollte das vonstattengehen? Überall waren Wachposten aufgestellt. Nun, sie war fest entschlossen, nichts unversucht zu lassen, und Ihr wißt ja: wenn Eure Mutter erst einmal einen Entschluß gefaßt hat, führt sie ihn auch durch. Vor ihrem Fenster wurde eine Leiter angelegt. Über diese Leiter gelangte sie auf eine Terrasse. Aber Ihr kennt ja Blois. Sie befand sich immer noch hoch oben. Mit Hilfe einer weiteren Leiter gelangte sie auf die nächsttiefere Terrasse. Aber nicht aus eigener Kraft. Der Abstieg über die erste Leiter hatte sie so ermüdet, daß sie sich nicht mehr an die zweite wagte. Also wurde sie an einem Seil hinabgelassen. Schließlich war sie unten ange-

langt; aber sie mußte ja noch aus dem Schloß hinaus, also hüllte sie sich in einen weiten Mantel und marschierte, flankiert von zwei Dienern, einfach an den Wachposten vorbei. Die Diener zwinkerten den Wachposten zu und flüsterten ihnen etwas ins Ohr...«
»Was denn?«
»Man habe diese Frau hereingeschmuggelt, damit ein paar der Männer sich mit ihr verlustieren könnten. Während sie sich also augenzwinkernd in losen Bemerkungen ergingen, ließ sich die Königinmutter nicht stören und marschierte schnurstracks aus dem Schloß hinaus. Der Herzog von Epernon erwartete sie schon in einer Kutsche. Eiligst fuhren sie nach Angoulême.«
»Aber was hat das zu bedeuten?«
»Daß Eure Mutter wieder frei ist. Wenn nicht bald etwas geschieht, kommt es unweigerlich zum Krieg.«
»Du meinst, es bricht ein Krieg zwischen meiner Mutter und meinem Bruder aus? Aber das ist doch ausgeschlossen.«
»In Frankreich ist alles möglich. Das gilt allerdings auch für alle anderen Länder, mein Prinzeßchen, das dürft Ihr nicht vergessen.«
Oft sollte ich noch an ihre Worte denken müssen, als so viel über mich hereinbrach. Es hatte keinen Sinn zu sagen: Das kann nicht sein, dazu wird es niemals kommen. Mamie sollte recht behalten. In Frankreich war nichts unmöglich, und das galt auch für England.
Wir wußten nicht so recht, was sich in Angoulême abspielte. Es war eine Zeit der Unruhe und Unsicherheit. Mein Bruder war weiß Gott nicht auf einen Krieg mit seiner Mutter aus, und meine Mutter vermutlich ebensowenig auf einen Krieg mit meinem Bruder. Zum Glück konnte Richelieu zwischen beiden vermitteln und ihnen klarmachen, daß das Volk eine Aussöhnung zwischen ihnen wünschte. Es gab ein paar Scharmützel und endlose Verhandlungen. Schließlich wurde eine Zusammenkunft vereinbart. Mein Bruder und meine Mutter trafen sich in Paris. Das war eine einmalige Chance. Das Volk wünschte keinen Bürgerkrieg. Mein Bruder schloß meine Mutter vor aller Augen in die Arme.

Das Volk brach in Jubelrufe aus, und schon wurden wieder Bälle und Bankette anberaumt, um den Anlaß gebührend zu feiern.

Meine Mutter behauptete, sie sei entzückt, mich zu sehen und überschüttete mich mit Küssen. Das hatte sie noch nie getan. Dann sah sie mich forschend an.

»Du entwickelst dich allmählich zu einer jungen Frau, Henriette«, bemerkte sie.

Ich konnte mir denken, was sie damit sagen wollte. Was für eine vielversprechende Aussicht. Trotzdem machte ich mir Sorgen.

Elisabeth war nicht mehr da und auch Christine nicht. Ich war jetzt an der Reihe.

Als ich zum erstenmal vom Prinzen von Wales hörte, war ich fast fünfzehn Jahre alt. Das ergab sich auf sonderbare Weise.

Königin Anna plante wie schon oft zuvor eine Ballettaufführung, und da wir ein vollendetes Paar abgaben, bekam auch ich eine Rolle. Der Gedanke an einen neuen Tanz hatte immer etwas Erregendes für mich. Ich ließ die Schneiderin kommen, damit sie mir ein Kleid für diesen Anlaß nähte.

Anna und ich probten zusammen. Jede beglückwünschte die andere zu der Leichtigkeit und Grazie, mit der sie tanzte. Wir unterhielten uns ernsthaft darüber, wie sich der Tanz wohl noch verbessern ließe; denn Mamie hatte uns verraten, daß zwei Generäle möglicherweise einen Feldzug planten, der die Eroberung der Welt zum Ziel hatte.

Lachend sagte ich mir, daß ich mich eigentlich nicht unverstanden fühlte. Mit einer Ausnahme: für meine Tanzleidenschaft fehlte Mamie das rechte Verständnis.

Anna und ich probten oft. Unsere Tanzkünste entzückten uns von Mal zu Mal mehr. Sobald wir uns damit wirklich sehen lassen konnten und es in unseren Augen an unserer Tanzkunst kaum noch etwas zu vervollkommnen gab, tanzten wir vor Publikum. Vor Leuten, die die Wachen bestochen oder anderweitig dazu gebracht hatten, sie in den Flügel des Palastes einzulassen, in dem wir beide tanzten.

Ich tanzte liebend gern vor Publikum. Anna ebenfalls.

Auf diese Proben freuten wir uns beinahe genauso wie auf die eigentliche Aufführung in Gegenwart des Königs.

Mir war bei dieser bestimmten Probe nichts Besonderes aufgefallen, doch wenn die Rede darauf kam, schien sich bei Hofe jeder zu amüsieren. Mamie verriet mir schließlich, was vorgefallen war.

»Was für eine Unverfrorenheit!« ereiferte sie sich. »Ratet einmal, wer sich bei der Probe eingeschlichen hat.«

»Anscheinend ziemlich viele Menschen.«

»Ja, doch darunter auch zwei Herren, die sich Tom Smith und John Brown nannten. Sie haben den Kammerherrn der Königin förmlich angefleht, sich das Ballett ansehen zu dürfen. Da sie Engländer waren, hat er sie eingelassen. Er hielt es für ein Gebot der Höflichkeit, sich Ausländern gegenüber als gastfreundlich zu erweisen. Die Tanzkunst der Königin erfüllte ihn zudem mit Stolz. Er wollte, daß sich auch Ausländer davon überzeugten. So hat sich das also abgespielt. Die beiden Herren haben kräftig applaudiert, doch irgendwie ist durchgesickert, wer sie waren. Nun, Henriette, was glaubt Ihr wohl, wer die geheimnisvollen Gäste waren?«

»Woher soll ich das wissen? Wie hießen sie doch gleich? Tom Smith und John...«

»Sie hatten falsche Namen angegeben. Die Herren mit den auffallend unauffälligen Namen waren nämlich niemand anders als der Prinz von Wales und der Herzog von Buckingham.«

»Aber warum sind sie incognito erschienen und nicht als das, was sie sind, damit man sie mit dem ihnen gebührenden Respekt empfangen und ihnen Ehre erweisen konnte?«

»Weil sie genau das vermeiden wollten, liebe Prinzessin.«

»Aber weshalb?« rief ich aus. »Was wollten sie denn hier?«

»Die Königin erleben.«

»Aber sie hätte sie doch wärmstens empfangen, wenn sie ihr vorgestellt worden wären.«

»Sie wollten unerkannt bleiben. Nun ist ihre wahre Identität doch durchgesickert. Es ist alles ganz romantisch. Der Prinz von Wales soll die Infantin von Spanien zur Frau nehmen. Die Infantin ist die Schwester unserer Königin. Der

Prinz ist auf dem Weg nach Spanien, um der Infantin den Hof zu machen und sie zu freien; denn er findet, daß sich Gemahl und Gemahlin vor der Ehe kennenlernen sollten. Er findet es nicht richtig, daß sie miteinander vermählt werden, ohne zu wissen, ob sie sich mögen oder nicht.«

»Da hat er völlig recht. Elisabeth wäre sicher glücklicher geworden, wenn sie Gelegenheit gehabt hätte, ihren Gemahl vor der Ehe kennenzulernen.«

»Nun, der Prinz von Wales war auf dem Weg nach Spanien. Da ihn sein Weg sowieso durch Frankreich führt, konnte der romantische junge Herr der Versuchung nicht widerstehen, wenigstens einen Blick auf die Königin zu erhaschen. Doch er wollte nicht, daß sie davon erfuhr. Er nimmt wohl an, daß ihre Schwester ihr zumindest bis zu einem gewissen Grade ähnlich ist. Daß die Infantin sicher nicht gerade häßlich ist, wenn die Königin schön ist.«

»Haben sich seine Hoffnungen erfüllt?«

»Die Königin muß wohl Anklang bei ihm gefunden haben; denn er ist nach Spanien weitergereist.«

»Das klingt alles sehr romantisch. Ich wollte, er wäre mir aufgefallen.«

»Ihr seid ihm sicher aufgefallen.«

»Warum sollte ich ihm aufgefallen sein? Er hatte sicher nur Augen für Anna.«

»Ihr seid so hübsch, daß Ihr ihm sicher aufgefallen seid.«

Eine Weile war das Ereignis in aller Munde. Jeder amüsierte sich darüber und fand dieses Auftreten sehr kühn.

Bei der nächsten Probe kam Anna auch darauf zu sprechen. »Ist es nicht unglaublich, wie sich der Prinz von Wales und der Herzog von Buckingham hier eingeschlichen haben?« fragte sie mich.

»Ja, das ist mir auch zu Ohren gekommen. Die Leute sprechen ja kaum noch von etwas anderem.«

»Inzwischen ist er bestimmt schon in Madrid.« Das klang versonnen und wehmütig. Anna wußte ihre Stellung hier in Frankreich zwar zu schätzen, doch ich glaube, zuweilen litt sie sehr an Heimweh. »Eigentlich kann ich mir nicht vorstellen, daß aus dieser Ehe etwas wird«, fuhr sie fort.

»Doch, daraus wird bestimmt etwas. So ein kühner junger Mann wird großen Eindruck auf deine Schwester machen.«

»Darauf kommt es nicht an. Vielleicht gefällt er ihr sogar. Trotzdem wird wahrscheinlich nichts daraus. Der Prinz ist nämlich ein Ketzer aus einem ketzerischen Land. Meine Schwester ist sehr fromm, viel frommer als ich es je gewesen bin, und durch diese Heirat soll die Rheinpfalz wieder an Friedrich fallen, der der Schwiegersohn des Königs von England und Schwager von Prinz Charles ist. Das ist zuviel verlangt, und eins steht fest: wenn die Pariser auch über diese beiden jungen Männer lachen, die hier aus romantischen Gründen verkleidet in Erscheinung traten, so finden die Spanier das sicher nicht zum Lachen. Sie legen großen Wert auf Etikette. Ich fürchte, der Plan ist zum Scheitern verurteilt.«

»Ist das nicht ein Jammer? Aber man kann nie wissen, wie sich die Regierungen verhalten. Manchmal kommt es zu merkwürdigen Entscheidungen. Ich finde es sehr romantisch und charmant, verkleidet zu erscheinen, um einer Dame den Hof zu machen.«

»Wie ich sehe, findest du Gefallen an ihm. Wie schade, daß er nicht gekommen ist, um *dir* den Hof zu machen.«

»Mir? Wieso denn mir?«

»Nun, auch für dich müssen wir bald einen Gatten finden, und du darfst eins nicht vergessen: die Frau dieses jungen Mannes wird eines Tages Königin von England.«

»Aber hast du nicht gerade gesagt, daß ihn deine Schwester nicht heiraten kann, weil er ein Ketzer ist? Ich bin ebenfalls katholisch.«

Anna bekreuzigte sich. »Das sind ja wohl alle rechtgläubigen Menschen. Doch von seinem Glauben einmal abgesehen, ist er der gefragteste Junggeselle in Europa. Er hat eine Krone zu bieten. Ich wünschte, er hätte dich besser sehen können. Das Licht war nämlich nicht sehr gut, und sicher hat er ein ganzes Stück entfernt gesessen. Hätte ich doch nur gewußt, wer die beiden Herren waren...«

»Aber Anna, er will um deine Schwester freien. Außerdem bin ich noch nicht ganz fünfzehn.«

»Vergiß nicht, daß ich mit vierzehn Jahren schon verheiratet gewesen bin.«

Bei dem Gedanken daran schauderte es mich. Falls ich je heiraten sollte, wünschte ich mir, daß sich der junge Mann die Mühe machte, mich aufzusuchen und mir den Hof zu machen.

Ich habe mich noch oft gefragt, wie die Infantin dem Prinzen von Wales wohl gefallen haben mochte und wie es ihm in Madrid ergangen war. Seltsamerweise mußte ich immer wieder an ihn denken – als ahnte ich im voraus, was mir bevorstand.

Frankreich befand sich im Kriegszustand. In diesem Krieg kämpften Franzosen gegen ihre eigenen Landsleute. Angst und Schrecken verbreiteten sich überall. Meinem Vater war es zu Lebzeiten stets gelungen, sowohl die Katholiken als auch die Hugenotten in Schach zu halten. Inzwischen hatten die Dinge einen anderen Lauf genommen.

Die Kämpfe spielten sich weit von Paris entfernt ab. Ich zerbrach mir weiter nicht den Kopf darüber. Mit meinem Gesang und Tanz war ich vollauf beschäftigt. Mir kam zu Ohren, daß die Armee des Königs siegreich war, doch solange ich persönlich nicht behelligt wurde und auf nichts verzichten mußte, zerbrach ich mir darüber nicht den Kopf.

Irgend etwas Unwägbares lag jedoch in der Luft, das auch ich schließlich nicht mehr von mir weisen konnte.

Charles d'Albert starb, der Herzog von Luynes. Er fiel nicht in der Schlacht, wenn ihn auch das todbringende Fieber im Feldlager von Longueville niederwarf.

Er hatte über ungeheure Macht verfügt und stets dafür gesorgt, daß das niemandem verborgen blieb. So verhalten sich die Menschen oft, die aus kleinen Verhältnissen stammen und zu Ruhm und Ehren gelangt sind.

Ich erfuhr, daß Charles d'Albert drei Tage todkrank gewesen war. Da niemand daran zweifelte, daß es keine Rettung für ihn gab, war ihm niemand zu Hilfe geeilt. Dem Tod geweiht, konnte er niemandem mehr schaden oder nutzen. Man überließ ihn einfach seinem Schicksal. Er starb unter Qualen, ohne daß ihm auch nur eine Menschenseele hilfreich die Hand reichte.

Mir tat der Herzog von Luynes entsetzlich leid.

Nachdem er gestorben war, wurde der Leichnam auf eine Bahre gelegt und hinausgetragen. Man erwies ihm nicht die kleinste Ehre. Während die Pferde getränkt und gefüttert wurden, spielten die Lakaien auf der Totenbahre Karten.

Nach dem Ableben des Herzogs von Luynes änderte sich natürlich alles. Ludwig war zu schwach, um eigenständig zu regieren. Meine Mutter gelangte wieder an die Macht und mit ihr Richelieu, der stets Sorge dafür getragen hatte, daß es zwischen den Anhängern meiner Mutter und denen meines Bruders nicht zum offenen Kampf kam.

Meine Mutter triumphierte. Sie fühlte sich unendlich stark und bildete sich ein, die Zügel wieder in der Hand zu haben. Sie glaubte, die Regierungsgeschäfte mit Hilfe Richelieus zu führen.

Richelieu war inzwischen Kardinal geworden. Meine Mutter übersah, daß Richelieu fest entschlossen war, die Zügel selbst in die Hand zu nehmen und den schwachen König genau dahin zu lenken, wo er ihn haben wollte.

Das war ein schwerer Schlag für meine Mutter, doch ein wahres Glück für Frankreich. Natürlich spielte sich das alles erst viel später ab.

Inzwischen waren Gesandte des Königs von England in Frankreich eingetroffen. Was sie vorbrachten, sollte über meine Zukunft entscheiden.

Das Verlöbnis

Ein ziemlich trüber Tag im Februar. Ich war noch sehr jung. Fünfzehn würde ich erst im November werden. Mamie war von Natur aus neugierig, vor allem, wenn es mich betraf. Daher berichtete sie mir sofort von dem Besucher.

»Lord Kensington ist eingetroffen«, sagte sie. »Ich habe gehört, daß er in besonderer Mission nach Frankreich gekommen ist.«

Ich entgegnete, ausländische Edelleute erschienen meistens in besonderer Mission hier bei Hofe.

»Ich glaube, Lord Kensington ist gut befreundet mit dem Herzog von Buckingham. Der wiederum ist einer der Günstlinge des Königs von England und der Busenfreund des Prinzen von Wales. Stimmt Euch das nicht nachdenklich?«

»Ich denke mir, daß Lord Kensington nicht nur zum Vergnügen hier bei Hofe ist.«

»Der Prinz von Wales ist im heiratsfähigen Alter.«

»Ja, ich weiß. Aus diesem Grund ist er ja auch nach Spanien gereist, um der Infantin den Hof zu machen. Vielleicht stattet uns Lord Kensington nur einen Besuch ab wie es der Prinz von Wales und der Herzog von Buckingham auf dem Weg nach Spanien getan haben.«

»Die Heiratspläne hinsichtlich Spanien haben sich zerschlagen. Der Empfang, der dem Prinzen und dem Herzog in Spanien bereitet wurde, hat diesen ganz und gar nicht zugesagt.«

»Willst du damit sagen, daß der Prinz von Wales die Infantin von Spanien nicht zur Frau nimmt?«

»Genau das will ich damit sagen. Der Prinz soll jetzt erneut auf Brautschau sein.«

Plötzlich fror ich jämmerlich. Eisige Schauer überliefen mich.

»Und wer ist die Auserwählte?« flüsterte ich tonlos.

Mamie legte mir die Hände auf die Schultern. »Na, was glaubt Ihr wohl?«

Meine Gedanken überstürzten sich. Ich mußte mir bald eingestehen, daß Mamies Vermutung nicht der Grundlage entbehrte.

In mir kämpften die widerstreitendsten Gefühle. Ich empfand Freude, aber auch Angst und Erregung. Ich machte mir große Sorgen. Der Prinz von Wales hatte sich gegen die Infantin von Spanien entschieden. Konnte es der französischen Prinzessin nicht ebenso ergehen?

Als mich meine Mutter kommen ließ, wußte ich sogleich, was mich erwartete.

Auf dem langen Weg zu ihren Gemächern versuchte ich mir einzureden, sie wolle sich mit mir über die Maskerade unterhalten, die Anna ersonnen hatte und bei der ich eine tragende Rolle spielen sollte. Da ein Lord aus England bei uns zu Gast war, wünschte sie vielleicht, daß wir etwas Besonderes zur Aufführung brachten.

Aber natürlich ging es meiner Mutter um völlig andere Dinge.

Ich machte einen Knicks vor ihr. Hoheitsvoll winkte sie mich näher. Sie legte mir die Hände auf die Schultern und erklärte: »Henriette, es freut mich, daß du so eine hübsche junge Frau geworden bist. Das wird auch deinem Gemahl gefallen.«

Ich schwieg, da fuhr sie fort: »Ich kann dir etwas Erfreuliches berichten. Es kann durchaus sein, daß dich der Prinz von Wales zur Frau nimmt. Weißt du, was das bedeutet? Dann wirst du eines Tages Königin von England.«

Ich tat, als mache das großen Eindruck auf mich, doch in Wahrheit war ich nur sehr nervös.

»Ich wollte immer Kronen für meine Kinder. Elisabeth trägt eine Krone, und jetzt bist du dran, liebe Tochter. Natürlich ist dir die Krone noch nicht sicher. Du mußt alles tun, was in deiner Macht steht, um Lord Kensington zu gefallen, damit er seinem Herrn nur Gutes über dich berichten kann. Wir lassen eine Miniatur von dir malen, die Lord Kensington dem Prinzen von Wales überbringen soll. Das Bild wird sicher wunderschön. Du mußt geradestehen, mein Kind. Was für ein Jammer, daß du nicht ein paar Zentimeter größer bist.« Sie sah mich forschend an. Daß ich nicht größer war, hatte mich schon immer sehr gestört. Ich war tatsächlich ein ganzes Stück kleiner als die meisten anderen Menschen. Mamie pflegte zu sagen: »Ihr seid zwar kleiner als Eure Altersgenossinnen, seht aber dafür ganz entzückend aus. Unglaublich zart und weiblich. Wer will schon einen hochgewachsenen Wildfang?« Meine Mutter war da offensichtlich anderer Meinung. Sie schien zu befürchten, daß sich meine kleine Statur als Handicap erweisen könnte, wenn es darum ging, mich zu verheiraten.

Ich machte mich so groß wie möglich.

»Ausgezeichnet«, lobte sie mich. »Sieh zu, daß du ganz aufrecht dastehst, wenn du Lord Kensington vorgestellt wirst. Sprich ganz offen mit ihm, erwähne aber mit keinem Wort, daß du von der Reise nach Spanien weißt. Es ist besser, darüber Stillschweigen zu bewahren. Wir können uns jedoch glücklich schätzen, daß das ein Schlag ins Wasser war und der Prinz von Wales noch frei ist.«

Damit war ich entlassen. Sofort begab ich mich zu Mamie, um ihr von dem Gespräch zu berichten.

»Es ist ziemlich sicher, daß er um Eure Hand anhalten wird«, gab sie mir zu verstehen.

»Wenn ich nach England muß, begleitest du mich aber.«

»Selbstverständlich komme ich mit nach England – als Eure oberste Hofdame. Ohne mich dürftet Ihr gar nicht gehen.«

»Ich gehe sowieso nur, wenn du mitkommst.«

»So ist es recht!« Das sagte sich so leicht, doch Mamie war nicht so unbesorgt wie sie sich gab. Sie kannte das Leben und wußte daher, welche Schwierigkeiten sich ergeben konnten. Doch damals begriff ich das noch nicht. »In England erwartet uns viel Neues und Unbekanntes«, versicherte sie mir verdächtig schnell, »falls wir überhaupt dort landen. Wir wären dort unter lauter Fremden, da langweilen wir uns nicht. Das wird bestimmt sehr amüsant.«

Mamie fand heraus, daß Lord Kensington beim Herzog und der Herzogin von Chevreuse logierte. Die Herzogin gefiel mir sehr. Sie war wunderschön und auch sehr lebhaft. Ihr eilte der Ruf voraus, ein wenig freizügig in der Wahl ihrer Worte zu sein.

»Ich möchte wetten, daß unser guter Lord Kensington sich beim Herzog und der Herzogin ausgesprochen wohlfühlt«, meinte Mamie. »Vor allem bei der Herzogin, wenn man den Gerüchten Glauben schenken darf.«

Mamie gab sich alle Mühe, möglichst viel über Lord Kensington in Erfahrung zu bringen, damit ich nicht im Nachteil wäre, wenn ich mit ihm zusammentraf. Er war Henry Rich, der Sohn von Penelope Rich, die wiederum die Tochter der Gräfin von Leicester war. Sein Stiefgroßvater war also der berühmte oder besser gesagt berüchtigte Günstling von Königin Elisabeth. Lord Kensington war ein ungewöhnlich attraktiver Mann und zudem ein ausgesprochener Charmeur. Kein Wunder, daß er die Herzogin, deren moralische Maßstäbe sowieso nicht sehr hoch angesetzt waren, in Versuchung führen konnte.

Mit einem Anflug von Stolz stellte mich meine Mutter Lord Kensington vor. Er ergriff meine Hand, verneigte sich ehrerbietig und gab mir einen Handkuß.

Er bat mich, ihm zu verzeihen, daß er sprachlos und verblüfft sei. Daraufhin hätte ich erwidern können, daß ich durchaus nicht diesen Eindruck hatte. Jedenfalls war er entzückt von meinem Liebreiz. Er habe von meiner Schönheit gehört, behauptete er, doch die Wahrheit übertreffe seine kühnsten Träume.

Eigentlich hätte ich mich über diese maßlos übertriebenen Schmeicheleien ärgern müssen, doch ich ärgerte mich keineswegs. Ich genoß seine Komplimente und unterhielt mich angeregt mit ihm, bis meine Mutter dem Gespräch ein Ende machte. Ihr mildes Lächeln wußte ich nicht zu deuten. Hieß das nun, daß sie mit mir zufrieden war, oder war dies lediglich der Gesichtsausdruck, den die Höflichkeit gebot? Falls der erste Grund nicht zutraf, würde ich das zweifelsohne bald zu hören bekommen.

Anläßlich des Maskenballs hatte ich Gelegenheit, mich mit der Herzogin von Chevreuse zu unterhalten, die mit ihrem Gemahl und Lord Kensington erschienen war. Ich tanzte mit der Königin. Man applaudierte uns ausgiebigst. Ich konnte es kaum erwarten, mich mit der Herzogin über Lord Kensington zu unterhalten.

»Lord Kensington scheint ein sehr zufriedener Gast zu sein«, wandte ich mich an sie.

Die Herzogin quittierte das mit einem Lachen. Sie schien überhaupt ständig zu lachen, hatte aber auch allen Grund, glücklich und zufrieden zu sein. Sie war nicht nur wunderschön, sondern besaß auch noch ›das gewisse Etwas‹. Ihre Augen sprühten förmlich Funken, wenn ihr Blick auf gewissen Edelleuten ruhte, und es entging mir auch nicht, wie begeistert diese von ihr waren.

»Ja, Madame Henriette, ich kann Euch versichern, daß er sehr zufrieden ist.«

»Hat er Euch schon viel vom englischen Königshof erzählt?«

»Ja, das ist sein Lieblingsthema. Er ist Prinz Charles und dem Herzog von Buckingham treu ergeben.«

»Von ihnen hat er also auch gesprochen?«

»Er singt die reinsten Lobeshymnen, wenn er auf Prinz Charles zu sprechen kommt. In seinen Augen ist der Prinz von Wales der kultivierteste und bestaussehende Mann, der ihm je begegnet ist.«

»Hat er auch von der Spanienmission gesprochen?«

»Ach Gott, ein Fiasko, anders kann man es nicht nennen. Lord Kensington behauptet, er sei froh, daß es so gekommen ist. Der Prinz wäre sonst mit Sicherheit sehr unglücklich geworden.«

»So hat er sich tatsächlich ausgedrückt?«

»Ja. Jetzt sind seine Gesandten in Frankreich eingetroffen. Eins kann ich Euch versichern. Der Prinz ist ein sehr attraktiver Mann.«

»Woher wollt Ihr das wissen? Habt Ihr ihn zu Gesicht bekommen, als er als Tom Smith oder John Brown hiergewesen ist?«

»Nein, aber ich habe eine Miniatur gesehen, die den Prinzen zeigt. Lord Kensington trägt sie an einem Band um den Hals. Unter seinem Hemd.«

»Und trotzdem habt Ihr das Medaillon gesehen?«

Lachend flüsterte sie mir ins Ohr: »Ich habe es wiederholt gesehen. Immer wieder bitte ich ihn, mich dieses Medaillon noch einmal sehen zu lassen. Da wird er richtig eifersüchtig.

Jedesmal will er wieder von mir wissen, ob ich den Prinzen anziehender finde als ihn.«

»Findet Ihr ihn denn anziehender?«

»Offen gesagt ja. Aber bewahrt bitte Stillschweigen darüber. Obwohl der Prinz natürlich noch blutjung ist, Lord Kensington hingegen sehr bewandert in der Liebeskunst.« Nun glaubte sie wohl, ein wenig zuviel verraten zu haben; denn sie legte sich kichernd die Hand auf den Mund.

Ihre Affären interessierten mich nicht im geringsten; aber das Medaillon, das Lord Kensington um den Hals trug, ging mir nicht mehr aus dem Kopf. Wie gern hätte ich auch einen Blick auf Prinz Charles geworfen.

Ich berichtete Mamie, was mir die Herzogin erzählt hatte. Sie bat Lord Kensington, ihr das Medaillon zu zeigen. Das tat er bereitwilligst. Mamie erzählte, er sei in der Tat ein gutaussehender Mann. Lord Kensington zeigte das Medaillon mehreren Damen, die sich um ihn scharten. Dabei hatte auch Mamie Gelegenheit, einen Blick auf Prinz Charles Gesicht zu werfen.

»Anscheinend hat jede außer mir das Bild gesehen«, murrte ich.

»Ich glaube, man würde es für ungehörig halten, wenn Ihr zu diesem Zeitpunkt allzugroßes Interesse an dem Bild bekunden wolltet«, gab mir Mamie zu bedenken.

»Aber ich möchte es so gern sehen! Ich finde, ich hätte es als erste sehen müssen.«

»Ihr dürft es Euch sicher ansehen, sobald Eure Mutter sich mit den englischen Gesandten einig ist. Aber bis dahin müßt Ihr Euch Zurückhaltung auferlegen.«

Der Gedanke trieb mir die Zornesröte in die Wangen, daß all meine Hofdamen wußten, wie er aussah. Nur ich wußte es nicht. Das wollte ich nicht auf sich beruhen lassen. Ich mußte etwas unternehmen. Als ich der Herzogin von Chevreuse das nächste Mal begegnete, fragte ich sie, ob sie die Miniatur nicht in einem unbewachten Augenblick entwenden und mir zeigen könne.

Die Herzogin war auf Intrigen ganz versessen und versprach mir, das Medaillon zu stibitzen. »Wenn er es das nächste Mal abnimmt«, schwor sie, »das tut er nämlich zuweilen...«

Es dauerte nur einen Tag, da hielt ich das Portrait in der Hand.

Mit zittrigen Fingern öffnete ich das Medaillon, das die Miniatur enthielt. Mein Herz schlug stürmisch, als ich das Bild betrachtete. Ja, der Prinz von Wales sah gut aus, aber nicht nur das. Darüberhinaus wirkten seine Züge zart und fein. Dieses Verfeinerte, fast schon Ätherische entzückte mich.

Ich konnte den Blick nicht abwenden. Immerzu mußte ich das Bild ansehen. Ich hielt es fast eine Stunde in der Hand, bis ich mir die Gesichtszüge ganz genau eingeprägt hatte. Je länger ich das Gesicht betrachtete, desto glücklicher war ich.

Ich bedankte mich überschwenglich, als ich der Herzogin das Medaillon zurückgab. Sie erzählte mir, Lord Kensington habe es vermißt, und sie habe ihm verraten, wo es sich befand.

»Das schien ihm nicht das Geringste auszumachen. Ganz im Gegenteil. Ich glaube, es freute ihn sogar. Er hat mir versichert, der Prinz von Wales sähe in Wirklichkeit noch besser aus als auf dem Bild.«

Die Dinge entwickelten sich rasch. Lord Kensington bat meine Mutter um eine Unterredung mit mir allein.

Nach anfänglichem Zögern gestattete sie das. Daraufhin verbrachte ich eine sehr angenehme halbe Stunde in Gesellschaft des Mannes, der den Gerüchten zufolge nicht nur der englische Gesandte, sondern auch der Liebhaber von Madame de Chevreuse war.

Er erwies sich als überaus zuvorkommend und gab mir wieder zu verstehen, daß er mich ausnehmend hübsch fand. Er versprach mir, dem Prinzen von Wales in England zu erzählen, ich sei eine liebreizende Prinzessin und der Mann, der mich einmal zur Frau bekäme, dürfe sich sehr glücklich schätzen.

So etwas hörte ich natürlich gern.

»Natürlich müßt Ihr noch etwas größer werden«, sagte er, aber das war und blieb die einzige Anspielung auf meine kleine Statur.

Er erzählte mir von dem Leben am englischen Königshof. »Der englische Königshof läßt vielleicht die französische Eleganz vermissen, doch auch in England verstehen wir zu leben«, versicherte er mir.

Worauf ich entgegnete, ich könne mir gut vorstellen, daß er das Leben *überall* genieße.

Er gab der Hoffnung Ausdruck, daß seine Mission von Erfolg gekrönt sein werde. »In manchen Dingen ist der Prinz von Wales sehr ungeduldig«, versicherte er mir augenzwinkernd.

Lord Kensington gefiel mir ausnehmend gut. Ich empfand diesen Lebensabschnitt als sehr aufregend.

Zu meinem Leidwesen gestand mir Mamie eines Tages, daß durchaus nicht alles so glatt ging, wie zu erwarten war.

»Wenn Ihr Prinz Charles heiratet, braucht Ihr einen Dispens vom Papst«, erklärte sie. »Wegen der unterschiedlichen Religionszugehörigkeit. Frankreich ist katholisch und England protestantisch.«

»Sollte ich je Königin von England werden, so würde ich versuchen, meine Untertanen vor der ewigen Verdammnis zu bewahren«, behauptete ich wild entschlossen.

»Das glaube ich Euch gern«, erwiderte Mamie leichthin, »aber vielleicht sind die Engländer ebenso entschlossen, Euch zum Protestantismus zu bekehren.«

»Das dürfte ihnen schwerfallen. Ich bin Katholikin und damit sicher vor der Verdammnis.«

Sie neigte den Kopf zur Seite und sah mich zweifelnd an, ging jedoch nicht weiter auf das Thema ein. Meine Mutter unterhielt sich jetzt sehr oft mit mir. Immer wieder legte sie mir ans Herz, stets daran zu denken, daß ich Katholikin war. Es sei meine Pflicht, die Menschen vom einzig wahren Glauben zu überzeugen.

Aber was war mit Charles, dem blendend aussehenden jungen Mann auf der Miniatur?

»Es liegt an den Engländern«, erklärte mir meine Mutter. »Sie bestehen darauf, daß ihre Könige Protestanten sind. Da sind sie gründlich fehlgeleitet. Deine wichtigste Aufgabe muß es sein, ihn zum einzig wahren Glauben zu bekehren... falls er dich zur Frau nimmt.«

Ich ließ mir das durch den Kopf gehen und brannte vor Ehrgeiz. Charles würde mir auf lange Sicht sicher dankbar dafür sein. »Wenn du nicht meine Frau geworden wärst, so hätte ich unaufgeklärt und unwissend sterben müssen. Dann hätte ich bis in alle Ewigkeit in der Hölle geschmort.«

Eine grausige Vorstellung, an der ich mich delektierte.

Auch Mutter Magdalena ließ nicht locker. Wenn es Gottes Wille sei, daß ich nach England ging, dürfe ich keineswegs der Vergnügungssucht anheimfallen und ein leichtfertiges Leben führen. Ich dürfe keinen Augenblick vergessen, was dort meine Pflicht war, was ich meinem Glauben schuldig war.

Irgendwann sah es ganz danach aus, als käme diese Heirat nicht zustande. Die Schwierigkeiten häuften sich, das Hauptproblem aber war die Tatsache, daß wir verschiedenen Glaubensgemeinschaften angehörten. Die Engländer waren nicht erpicht auf eine katholische Königin. Der Gedanke, der Kronprinz könne eine Spanierin heiraten, hatte ihnen nicht behagt; denn in den Spaniern sahen sie ihre ärgsten Feinde. Da aber aus der Allianz mit diesem Land durch Eheschließung nichts geworden war, waren die Engländer außer sich vor Freude. Eine Königin aus Frankreich erschien ihnen als das weitaus kleinere Übel. Allerdings konnte das nicht über die Tatsache hinwegtäuschen, daß die Braut katholisch und Prinz Charles ein Protestant war. Dieses Problem nahm solche Formen an, daß der Herzog von Buckingham, der die Verhandlungen führte und sie zum Abschluß bringen wollte, zu dem Schluß kam, daß Lord Kensington trotz seines Charmes, seiner höfischen Raffinesse und seiner Überredungskunst nicht der richtige Mann war, um politische Differenzen aus der Welt zu schaffen. Deshalb beauftragte er damit Lord Carlisle.

Ich erfuhr erst nach geraumer Zeit, weshalb die Ehe beinahe nicht zustandegekommen wäre.

Durch Friedrich und die Rheinpfalz. König Jakob wünschte, daß sein Schwiegersohn die Rheinpfalz zurückbekam, doch die Franzosen wollten Deutschland, dieses ehern protestantische Land, nicht unterstützen.

Es gab noch einen Grund für die Verzögerung. Die Franzosen verlangten von König Jakob die Zusage, die Katholiken in England zu beschützen. Sie drohten, ohne diese Zusage werde kein Heiratsvertrag abgeschlossen. Kein Wunder, daß es daraufhin eines Tages aussah, als könne aus der Heirat gar nichts werden, als müsse ich mir das schöne Gesicht auf der Miniatur aus dem Kopf schlagen, das mich nicht mehr losgelassen hatte, seit ich es zum erstenmal gesehen hatte.

Mein Bruder und meine Mutter müssen sich wohl gesagt haben, daß sich für mich eine solche Gelegenheit nicht noch einmal bieten würde, wenn aus der Verbindung mit Prinz Charles nichts wurde. Sie beschlossen, sich ein wenig nachgiebiger zu zeigen, um dieser Verbindung nicht im Weg zu stehen. In England konnte ich dem Katholizismus auf die Sprünge helfen.

Vieles davon kam mir erst später zu Ohren. Mein Bruder unterhielt sich unter vier Augen mit Lord Carlisle und ließ durchblicken, daß der König von England die Bekehrung zum Katholizismus nicht allzu ernst zu nehmen brauche. Es genüge schon, wenn er ihm verspräche, daß die Katholiken ihre Religion zu Hause ungestört ausüben dürften.

Beide Seiten zauderten. Aber England war auf diese Heirat ebenso erpicht wie Frankreich, und so kam man zu dem Schluß, Zugeständnisse zu machen.

Mir stand es völlig frei, dem einzig wahren Glauben zu huldigen. Sollte ich Kinder bekommen, so unterstand ihre religiöse Unterweisung mir, bis sie dreizehn Jahre alt waren. Wo immer ich mich auch aufhielt, sollte für mich der Gottesdienst von Priestern abgehalten werden.

Der nächste Schritt bestand in dem Dispens durch Rom.

Der traf schließlich ein. Der Heilige Vater hatte höchstpersönlich einen Brief geschrieben. Ich las ihn und fühlte eine schwere Verantwortung auf mir lasten.

Er erteilte mir den Dispens nur, weil ich in einem ketzerischen Land Königin werden sollte. Ich sollte über Macht verfügen, vielleicht sogar Macht über meinen Gemahl haben. Es sei meine Pflicht, ihn und seine armen Untertanen vor der ewigen Verdammnis zu bewahren. Mir böte sich die Gelegenheit, mich wie Königin Esther zu verhalten, die jungfräuliche Jüdin, die der Perserkönig Ahasuerus zur Gemahlin wählte. Auch Bertha, die Gemahlin von Ethelbert von Kent in England, habe es erreicht, daß ihr Gemahl zum wahren Glauben fand. Sie habe das Christentum unter den Angelsachsen verbreitet. Die Augen aller Katholiken würden auf mir ruhen.

Mit zittrigen Händen schrieb ich dem Heiligen Vater einen Antwortbrief. Ich versicherte ihm, daß mir sehr wohl bewußt sei, welche Aufgabe meiner harrte und daß es mein innigster Wunsch und mein eifrigstes Bestreben sei, zu erreichen, was von mir erwartet wurde und meine Kinder katholisch zu erziehen.

Nachdem ich diesen Brief geschrieben hatte, sank ich auf die Knie und flehte Gott um die nötige Kraft an.

Nach dem Dispens durch den Papst stand der Heirat nichts mehr im Weg. Bald waren die Vorbereitungen für die Trauung mit Hilfe eines Stellvertreters in vollem Gange. Im März wurde beschlossen, daß die Hochzeit im Mai stattfinden sollte.

Aus England kam die Nachricht, daß König Jakob erkrankt war. Niemand rechnete damit, daß er sterben würde. Daher war es ein Schock, als an einem kalten Tag im März die Todesnachricht überbracht wurde. Damit war sein Sohn, mein Bräutigam, nun König Charles I. von England.

An einem wunderschönen Morgen im Mai wurde ich zum bischöflichen Palais geleitet, wo ich für meine Hochzeit eingekleidet werden sollte. Es handelte sich zwar nur um eine Ferntrauung, und es erschien mir seltsam, einem Manne angetraut zu werden, den ich noch nie gesehen hatte. Doch an Königshöfen war so etwas keine Seltenheit. Ich konnte mich schon glücklich schätzen, daß ich diese Miniatur gesehen hatte. Ob ihn die Angelegenheit wohl auch so beschäftigte? Aber vielleicht gingen ihm ganz andere Dinge durch den Kopf als diese Hochzeit; denn es lag ja erst zwei Monate zurück, daß er König geworden war.

Ich stand ganz still da, während ich angekleidet wurde. Es gefiel mir über alle Maßen, so herausgeputzt zu werden. Kleider hatten ihre Wirkung auf mich noch nie verfehlt. Ich glaube, ich könnte gar nicht richtig unglücklich sein, wenn ich ein besonders schönes Kleid anhabe. Natürlich war ich damals noch sehr jung, möglicherweise auch gedankenloser und leichtfertiger als meine Altersgenossinnen. Jedenfalls stand ich geduldig da, während mir mein Hochzeitskleid förmlich auf den Leib geschneidert wurde. Der Stoff war gold- und silberfarben, mit goldenen Lilien durchwirkt, und hier und da funkelten sogar Diamanten auf dem Stoff. Meine Mutter hatte mir erklärt, ich müsse die herrlichste Prunkrobe tragen, die man sich nur denken könne, um nicht gegen den Herzog von Buckingham abzufallen, der sicher von auserlesener Eleganz sein werde. Zu der Zeit nahmen wir noch an, er werde meinen Bräutigam vertreten, doch er war unabkömmlich und konnte nicht nach Frankreich kommen. Wegen des erst kürzlich verstorbenen Königs wurde er gebraucht und mußte in England bleiben.

Seltsamerweise fiel die Wahl dann auf den Herzog von Chevreuse. Er sollte anstelle von König Charles I. neben mir zum Traualtar schreiten; denn er war entfernt mit König Charles verwandt. In mir blitzte kurz der Gedanke auf, ob er dadurch wohl an seine eigene Hochzeit erinnert werden würde. Ob er es inzwischen bereute, diese faszinierende Frau geheiratet zu haben, die Skandale provozierte, wo immer sie sich zeigte?

Mamie scharwenzelte um mich herum, als mir die kleine Krone aufgesetzt wurde. Sie stand mir sehr gut zu Gesicht.

»Kronen kleiden Euch«, meinte die gute Seele.

Ich lächelte sie strahlend an. Meine Bedenken waren gleich nicht mehr so groß, wenn ich mir sagte, daß Mamie mich begleiten würde, wenn ich fortging.

Der Morgen verstrich wie im Flug. Ich war froh, als wir uns auf den Weg nach Notre Dame begaben. Langsam und gemessen bewegte sich die feierliche Prozession zum Westportal von Notre Dame; denn wir sollten wie mein Vater und La Reine Margot vor der Kathedrale getraut werden. Wenn bei einer Eheschließung einer der Partner Protestant ist, darf die Ehe nicht in der Kirche geschlossen werden.

Hinter der Schweizer Garde und den Trompetern kamen Ritter, Herolde und Hofmarschälle. Auf diese folgte ich in meinem wunderschönen glitzernden Festgewand. Neben mir Ludwig und mein Bruder Gaston. Hinter mir meine Mutter und Königin Anna.

Als wir uns der Tribüne näherten, die am Westportal errichtet worden war, trat ich unter den Baldachin. Mein Bruder Ludwig trat beiseite, und der Herzog von Chevreuse trat neben mich. Er war in schwarzen Samt gekleidet und sah blendend aus. Sein Wams war geschlitzt. Darunter schimmerte goldfarbener Stoff hervor. Eine diamantenbesetzte Schärpe verlief quer über seine Brust. Auch auf seinem Wams funkelten Diamanten. Dadurch glänzte und glitzerte er beinahe so wie ich.

So wurde ich dem König von England angetraut – wenn auch vorerst nur an der Seite eines Stellvertreters.

Nach der Hochzeitszeremonie ging ich in die Kathedrale, um mit meiner Familie an der Messe teilzunehmen. Der Herzog von Chevreuse, der König Charles vertrat, schloß sich uns nicht an, sondern entfernte sich zusammen mit Lord Kensington. Wäre Charles selbst zugegen gewesen, so hätte er sich ebenso verhalten. Dieser Vorfall machte mir wieder einmal deutlich, daß mein Bräutigam und ich verschiedene Glaubensrichtungen vertraten. Das machte mich ein wenig traurig. Ich konnte es kaum erwarten, ihn zu bekehren.

Nach der Messe war mir vergönnt, in das bischöfliche Palais zurückzukehren und mich vor dem Bankett ein wenig auszuruhen. Ich verbrachte die Zeit mit Mamie, die sich aufgeregt über die Hochzeitszeremonie ausließ. Begeistert äußerte sie sich dazu, wie meine Diamanten mit denen des Herzogs von Chevreuse um die Wette geglitzert hatten.

Am Abend fand dann das Bankett statt. Es wurde ein ausgelassenes Fest. Ich saß am Kopfende der Tafel rechts neben meinem Bruder. Links von mir saß meine Mutter. Mir fiel auf, daß sie mich ehrerbietig behandelten, was bisher nicht der Fall gewesen war. Aber ich war ja nun nicht mehr die kleine Madame Henriette, sondern eine Königin.

Nach dem Festessen tanzte ich mit dem Herzog von Chevreuse. Ich versuchte, mir anstelle seines Gesichts das auf der Miniatur vorzustellen. Den nächsten Tanz tanzte ich mit Ludwig, den übernächsten mit Anna, und zwar einen unserer vier Tänze, die wir extra einstudiert hatten. Mit Anna zu tanzen, machte mir jetzt noch mehr Freude; denn jetzt durfte ich mir sagen, daß wir ebenbürtig waren.

Der Tag war höchst angenehm verlaufen, hatte mich jedoch sehr angestrengt. Daher war ich froh, als man mir aus meiner schönen Prunkrobe heraushalf und ich schlafen gehen konnte.

»Und das ist jetzt meine Hochzeitsnacht«, sagte ich zu Mamie.

Sie klopfte mir die Kissen auf und tröstete mich: »Es dauert nicht mehr lange, dann schlaft Ihr Seite an Seite mit Eurem Gemahl, dem König.«

Ich geriet ins Grübeln, da zog mich Mamie in die Arme und drückte mich fest an sich.

»Er hat ein so liebes und sanftes Gesicht«, flüsterte sie.

Das war also meine Hochzeitsnacht.

Lord Kensington wurde zum Earl von Holland ernannt zum Dank dafür, daß er diese Ehe zustandegebracht hatte. Zwei Wochen nach der Trauungszeremonie kam der Herzog von Buckingham nach Frankreich. Er sorgte sofort für großes Aufsehen, weil er nicht nur ein auffallend schöner, überaus charmanter Mann war, sondern auch eine Garderobe mit sich führte, die allen ins Auge stach. »Das sind all die herrlichen Kleidungsstücke, die er als Stellvertreter des Bräutigams hatte tragen wollen«, erklärte Mamie.

Als er mir vorgestellt wurde, trug er diamantenbesetzten weißen Satin. Mamie brachte in Erfahrung, daß allein diese Gewandung angesichts der vielen kostbaren Edelsteine auf zwanzigtausend Pfund geschätzt wurde. Und das war ja nur eine Ausstattung. Er schien eine Schwäche für Diamanten zu haben. Alles was er besaß, war mit Diamanten besetzt. Sein Barett bzw. Hut, sogar die Feder, die Scheide seines Schwertes, seine Sporen.

Man hätte meinen können, daß er damit seinen Reichtum demonstrieren wollte. Beziehungsweise seinen hohen Rang. Er stand tatsächlich in dem Ruf, der wichtigste Mann in England zu sein. König Jakob hatte ihn angebetet; aber

König Jakob hatte überhaupt sehr viel für schöne junge Männer übriggehabt. Jedenfalls verband Buckingham inzwischen eine enge Freundschaft mit Charles, der viel auf seinen Rat gab. Alles deutete darauf hin, daß er nach Frankreich gekommen war, um mich nach England zu begleiten, doch Mamie neigte zu der Auffassung, daß seine Reise auch noch andere Gründe hatte. Ihm schwebte ein Bündnis mit Frankreich gegen Spanien vor.

In seinem Glanz und seiner Pracht nahm er sich aus, als sei er meinem Bruder, meiner Mutter und der jungen Königin ebenbürtig. Ihm zu Ehren wurden Feste gefeiert. Die Hochzeitsfeierlichkeiten waren noch in vollem Gange. Die Lustbarkeiten für den Herzog sollten eine Woche dauern, dann wollten wir nach England aufbrechen.

Ich sollte meiner Familie jedoch nicht gleich abrupt entrissen werden. Ludwig, meine Mutter, Anna und Gaston sollten mich bis zur Küste begleiten. Dort hieß es dann Abschied nehmen. In Begleitung des Herzogs von Buckingham und Kensingtons, des Earls von Holland, würde ich den Ärmelkanal überqueren. Der Herzog von Chevreuse sollte mir als Ersatzehemann zur Seite stehen, bis er mich meinem wahren Gemahl zuführen konnte. Da der Herzog mit von der Partie war, würde uns auch die leichtfertige Herzogin begleiten. Es fiel mir nicht übermäßig schwer, meine Heimat zu verlassen. Weder meine Mutter noch meine Geschwister hatten sich je als liebevoll erwiesen. Für mich zählte nur, daß Mamie mich als oberste Hofdame begleiten würde.

Wir waren eine ausgelassene Gesellschaft. Wo wir uns zeigten, stürzten die Leute aus den Häusern, um uns zuzujubeln. Da die Herzogin von Chevreuse mit von der Partie war, konnten auch Liebeshändel nicht ausbleiben. Für sie gab es nichts Erregenderes, als ihren derzeitigen Liebhaber auch auf Reisen bei sich zu haben.

Mamie flüsterte mir zu, daß sie und der Earl von Holland sich keinen Zwang antaten. Sie konnte sich nicht erklären, wie dem Herzog von Chevreuse der eklatante unmoralische Lebenswandel seiner Frau verborgen bleiben konnte.

Es dauerte nicht lang, da fiel uns das Verhalten eines anderen Pärchens auf, das mit uns reiste. Mamie zog mich ins Vertrauen.

Eines Abends half Mamie mir ins Bett, nachdem wir am Tag eine lange Wegstrecke zurückgelegt hatten. Plötzlich fragte sie mich: »Ist Euch an der Königin und dem Herzog von Buckingham etwas aufgefallen?«

»Nein, was ist mit ihnen?«

»Alles deutet darauf hin, daß sich der Herzog in die Königin verliebt hat.«

»In Anna?«

»Ja, in Anna. Ich muß allerdings gestehen, daß ich das habe kommen sehen. Es ist kein Wunder, denn Ludwig vernachlässigt sie sträflich.«

»Vielleicht hegt der Herzog nur Bewunderung für Anna.«

»Sie sonnt sich in der Bewunderung.«

»Ach, das bildest du dir doch nur ein. Deine Fantasie gaukelt dir derlei Dinge vor.«

»Mag sein, aber ich bin nicht blind.«

Wir wechselten das Thema, aber als wir die Reise am nächsten Tag fortsetzten, fiel mir auf, daß es Buckingham immer so einzurichten wußte, daß er neben der Königin herritt, um das Wort an sie zu richten. Sie unterhielten sich blendend, lachten viel. Annas Augen leuchteten vor Freude, und Lord Buckingham wirkte ausgesprochen selbstzufrieden.

Diese Reise öffnete mir die Augen, was moralische Wertvorstellungen anging. Auf dem Weg zu meinem königlichen Gemahl erlebte ich, wie sich die Herzogin von Chevreuse völlig ungeniert unter den Augen ihres gehörnten Gemahls mit dem Earl von Holland einließ und mußte mitansehen, wie sich der Herzog von Buckingham der Königin förmlich anbot, indem er ihr tagtäglich Avancen machte.

In Compiègne – weiter waren wir noch nicht gekommen – bekam Ludwig wieder einmal Schüttelfrost. Mutter machte sich große Sorgen und bestand darauf, vorerst nicht weiterzureisen und Ärzte zu konsultieren. Dadurch fiel ein Schatten auf die fröhliche Gesellschaft. Mehrere Lustbarkeiten, die uns erwarteten, wurden daraufhin wieder abgesagt. Ich kann nicht behaupten, daß ich sonderlich enttäuscht war. Wenn ich auch Tanz und Gesang und alles, was damit zusammenhing, wahrhaftig zu schätzen wußte, empfand ich es doch als sehr erholsam, ein paar geruhsame Abende in Mamies Gesellschaft zu verbringen.

Am Morgen kam meine Mutter mit ernster Miene in mein Zimmer.

»Der König fiebert. Es wäre sicher in höchstem Maße unklug von ihm, die Reise fortzusetzen«, sagte sie.

Ich glaubte nicht so recht daran, daß sie sich Ludwigs wegen wirklich Sorgen machte. Die beiden mochten sich nicht. Das hatte sich beim Tod des Maréchal d'Ancre deutlich gezeigt. Wenn Ludwig starb oder ihm ein langes Siechtum blühte, hätte das katastrophale Folgen für das Land. Ludwig hatte noch keine Kinder, und ich wußte nicht, was meine Mutter von Gaston hielt, der in der Thronfolge an nächster Stelle stand. Aber wie dem auch sei, es bestand kein Zweifel daran, daß sich meine Mutter um meinen Bruder Ludwig sorgte.

»Ich verlasse mich ganz auf die Ärzte«, fuhr sie fort. »Wenn sie Ludwig raten, hierzubleiben, erhebt sich die Frage, ob ich bei ihm bleiben oder mit euch weiterreisen soll. Ich halte es für angebracht, daß du so bald wie möglich in England eintriffst.«

Mit gesenktem Kopf grübelte ich darüber nach, warum sie mich ins Vertrauen zog. Ich konnte mir nicht vorstellen, daß sie etwas auf meine Meinung gab. Es mußte wohl daran liegen, daß ich Königin geworden war.

»Wenn es die Ärzte also für ratsam halten, daß Ludwig in Compiègne bleibt«, fuhr meine Mutter fort, »soll die übrige Reisegesellschaft die Reise fortsetzen.«

»Ja, Madame«, fügte ich mich.

»Vielleicht schläft er sich heute nacht gesund.«

Das war jedoch nicht der Fall. Am nächsten Tag wurde der Entschluß gefaßt, die Reise ohne Ludwig fortzusetzen.

Als wir in Amiens anlangten, war meine Mutter sehr erschöpft und gab zu, daß sie die Reise als strapaziös empfand. Nicht nur die Reise selbst gestaltete sich als sehr anstrengend, auch die Festlichkeiten nahmen sie unglaublich mit, die uns zu Ehren in sämtlichen Städten und Dörfern veranstaltet wurden. Meine Mutter sah totenbleich aus. Als wir in dem *Château* anlangten, in dem wir die Nacht verbringen sollten, verlor sie das Bewußtsein.

Sie war krank, daran bestand kein Zweifel. Wir ließen Ärzte kommen. Die Diagnose lautete wie bei meinem Bruder, daß sie dringend Ruhe brauchte.

Man beriet sich. Der Herzog von Buckingham hatte anscheinend nichts dagegen einzuwenden, daß man die Reise für eine Weile unterbrach. Zweifellos hing das damit zusammen, daß er der Königin weiterhin Avancen machen wollte. Er meinte, es bestehe ja kein Grund zur Eile. Er wolle Boten zum König schicken, um ihm zu erklären, warum sich meine Ankunft etwas verzögern werde. Er fand, daß wir nicht ohne die Königinmutter weiterreisen sollten; denn wir hätten den König bereits zurücklassen müssen. Es könnte aussehen, als stünde die Reise unter einem schlechten Stern, wenn wir ohne ein so wichtiges Familienmitglied weiterreisten.

Der Earl von Holland pflichtete ihm freudig bei. Er hatte den gleichen Grund, für einen Aufenthalt zu plädieren, doch dem Herzog von Buckingham lag die Sache mehr am Herzen als dem Earl von Holland; denn dessen Liebste würde ja mit nach England kommen, weshalb er noch nicht so bald auf sie zu verzichten brauchte. Buckingham war nicht so gut dran. Die Königin würde nach Paris zurückkehren, sobald wir uns einschifften. Offensichtlich war Buckingham bei ihr noch nicht ans Ziel gelangt.

»Wir wollen es jedenfalls hoffen«, meinte Mamie. »Der Gedanke behagt mir nämlich gar nicht, daß dem französischen Königshaus ein kleiner Kuckuck ins Nest gesetzt werden könnte, auch wenn das Blut eines so edlen Herzogs durch seine Adern flösse.«

»Was für ein schändlicher Gedanke!« rief ich aus.

Mamie lachte. Seit meiner Heirat verhielt sie sich mir gegenüber anders. Oft nannte sie mich ›Eure Majestät‹ oder ›die Königin‹. Sie tat, als sei ich plötzlich eine Frau von Welt, was natürlich nicht den Tatsachen entsprach.

Wir blieben also vorerst in Amiens. Nun, da die Königinmutter nicht mehr in der Lage war, ihr gestrenges Auge auf der Gesellschaft ruhen zu lassen, ging es mit der Moral noch weiter bergab.

Herren verlustierten sich mit Damen, die nicht immer die ihnen angetrauten Ehefrauen waren. Wir waren alle in einem Herrenhaus untergebracht, zu dem ein großes Stück Land gehörte. Das Haus lag in einem von einer Mauer umgebenen Park. Ein paar verschlungene Pfade führten durch den ansonsten recht verwilderten Park, in dem sich die Liebespaare bald ergingen.

Eine ältere Vertraute meiner Mutter hinterbrachte ihr das jedoch. Sie ordnete umgehend an, daß besagter Park bei Einbruch der Dunkelheit geschlossen werden sollte. Das erwies sich als ganz einfach; denn es gab ein Eingangstor, durch das man in den Park gelangte. Der Schlüssel zu dem Parktor befand sich in der Obhut des obersten Wachmanns, der dafür zu sorgen hatte, daß das Tor bei Einbruch der Dunkelheit abgeschlossen und erst bei Tagesanbruch wieder aufgeschlossen wurde.

Ich kann nicht genau sagen, was sich abgespielt hat, aber offenbar befahl die Königin mit ihren Hofdamen im Schlepptau der Wache, ihr den Parkschlüssel auszuhändigen. Der Ärmste wußte nicht, wie er sich verhalten sollte. Die Königinmutter hatte ihm strengstens untersagt, den Schlüssel herauszugeben, und nun befahl ihm die Königin genau das Gegenteil. Anna beschwatzte ihn und ging ihm um den Bart. Gegen ihre Überredungskünste kam kaum jemand an. Schließlich drohte sie dem armen Mann. Sie konnte furchterregend sein. Da tat der arme Mann, was die meisten Männer an seiner Stelle getan hätten: er händigte Anna den Schlüssel aus.

An diesem Abend begaben sich mehrere Damen mit ihren Galanen in den Park, darunter auch die mutwillige Herzogin von Chevreuse mit dem Earl von Holland. Sie hatte Anna erst auf die Idee gebracht, sich des Schlüssels zu bemächtigen. Die Herzogin gehörte zu den Frauen, die niemals einer Gefahr aus dem Weg gehen. Es genügte ihr nicht, ohne Rücksicht auf Verluste ganz ihrem Vergnügen zu leben, ihr war daran gelegen, auch andere zu verführen und mit hineinzuziehen, damit sie ihrem Beispiel folgten. Ich glaube, sie hat die Königin gedrängt, Buckingham zu ermutigen, während ihr Liebhaber, der Earl von Holland, alles tat, damit der Herzog nicht von der Königin zurückgewiesen wurde.

Ich war natürlich nicht dabei. Warum hätte ich auch bei Dunkelheit im Park spazierengehen sollen? Ich lag um die Zeit schon im Bett. Daher erfuhr ich aus der üblichen Quelle davon; aber ich konnte mich darauf verlassen, daß Mamie alles in Erfahrung bringen würde.

»So hat es sich abgespielt«, erzählte sie. »Die Damen und Herren gingen auf den Parkwegen spazieren, sonderten sich ab und schlichen zu abgelegenen Stellen, wo sie sich niederließen, um sich ein Weilchen auszuruhen. Die Königin mußte feststellen, daß der Herzog von Buckingham ihr Weggefährte war. Stellt Euch vor, die beiden so ganz allein im Dunkeln. Er nahm ihren Arm, sprach verzückt von ihrer Schönheit und gestand ihr, daß es in seinen Augen eine Schande sei, daß der König sie so vernachlässige und ihre sagenhaften Reize gar nicht zu schätzen wisse.«

»Wie ich Anna kenne, hört sie so etwas gern«, meinte ich.

»Gegen solche Schmeicheleien sind die meisten jungen Leute nicht gefeit. Besonders anfällig dafür sind die Frauen, deren Ehemänner ihnen kaum Beachtung schenken. Die Königin ist noch sehr jung, und unser guter Lord Buckingham ist nicht mehr ganz so jung. Er ist mindestens dreiunddreißig Jahre alt und nach allem, was man so hört, ein Meister in der Kunst der Verführung. Deshalb hätte man annehmen sollen, daß er in diesem Fall besonders behutsam vorgehen würde. Er muß die Sachlage, oder besser gesagt sein Opfer, wohl falsch eingeschätzt haben. Aber vielleicht ist es ja *lèse-majesté*, so über die Königin zu sprechen.«

»Nun erzähl schon weiter!« verlangte ich ungeduldig.

»Plötzlich zerriß ein schriller Schrei den Abendfrieden. Stellt Euch das einmal vor! Im ersten Augenblick erstarrten alle und schwiegen ganz bestürzt. Dann rannten sämtliche Lakaien zu der Stelle, an der sich die Königin befand – mit vor Entsetzen weit aufgerissenen Augen, die Hände vor der Brust verschränkt, als wolle sie sich schützen. Ganz dicht bei ihr stand der ansonsten so arrogante Herzog mit schafsdämlicher Miene, der gute Lord Buckingham.«

»Was mag nur vorgefallen sein?«

»Das kann nur eins bedeuten: unser guter Herzog hat einen gravierenden Fehler gemacht. Vermutlich hat er versucht, sich an die Königin heranzumachen in Unkenntnis der Tatsache, daß sie nur Aufmerksamkeit erregen, nur Worte von ihm hören wollte. Auf Taten war sie nicht erpicht. Ich versichere Euch, daß diese kleine Affäre damit ein abruptes Ende findet. Ein Glück, daß es so gekommen ist. Königinnen, Euer Majestät, müssen nämlich über jeden Tadel erhaben sein.«

Am nächsten Tag war von nichts anderem die Rede als von dem nächtlichen Schrei im Park. Ich war heilfroh, daß meine Mutter nichts davon erfuhr. Was wäre sonst wohl aus dem armen Mann geworden, der ihrem Befehl zuwidergehandelt und den Schlüssel zum Parktor herausgegeben hatte?

Bald ging es meiner Mutter gesundheitlich ein wenig besser, doch die Ärzte rieten ihr von der Weiterreise ab. Das Reisen sei noch zu anstrengend für sie, es könne dadurch zu einem Rückfall kommen. Also wurde der Beschluß gefaßt, die Reise ohne meine Mutter fortzusetzen. Als einziges Familienmitglied sollte mich Gaston begleiten, bis ich Frankreich verlassen und mich nach England einschiffen würde.

Wir hatten ganz umsonst in Amiens gewartet; denn meine Mutter erhob sich von ihrem Krankenlager, begleitete uns durch die Stadt und verabschiedete sich vor der Stadt von uns.

Als sie mich zum Abschied in die Arme schloß, hatte ich ausnahmsweise einmal das Gefühl, daß sie mir echte Zuneigung entgegenbrachte. Sie versicherte mir, sie werde in Gedanken immer bei mir sein und mein Leben aufmerksam verfolgen. Sie beschwor mich, eine gute Ehefrau zu sein und gab der Hoffnung Ausdruck, daß ich viele Kinder gebären würde. Ich dürfe nie vergessen, daß ich von königlichem Geblüt sei, eine französische Königstochter. Auch mein Vaterland dürfe ich nie vergessen. Es gäbe nichts Wichtigeres als meinen Glauben und die Tatsache, daß ich von königlichem Geblüt sei. Ich würde hinfort in einem ketzerischen Land leben. Gott habe mich wie Paulus und Petrus auserwählt. Ich habe meine Pflicht zu tun und dürfe nicht eher ruhen, als bis ich meinem Gemahl und mit ihm ganz England vom einzig wahren Glauben überzeugt hätte.

Diese Aufgabe erschien mir beängstigend, aber ich gelobte, zu tun, was in meiner Macht stand. Ich schwor meiner Mutter, meinen Glauben, meine Loyalität und meine Heimat stets in Ehren zu halten und nicht zu vergessen.

Als sie mich in die Arme schloß, drückte sie mir einen Brief in die Hand.

Am Abend desselben Tages las ich diesen Brief. Meine Mutter betonte in diesem langen Brief, wie sehr sie mich liebte. Sie erinnerte mich daran, daß ich meinen irdischen Vater früh verloren habe. Mir bliebe nur noch Gott, mein himmlischer Vater. Ich dürfe nie vergessen, was ich ihm verdanke. Er habe mich einem großen König überantwortet und mich nach England gesandt, damit ich ihm dort diene. Dort könne ich durch meine Taten die ewige Seligkeit erlangen.

»Vergiß nicht, daß Du durch die Taufe ein Kind der Kirche bist. Das ist der höchste Rang, den ein Mensch erreichen kann; denn er öffnet Dir das Tor zum Himmel... Nimm Dir ein Beispiel an Deinem Ahnherrn, dem Heiligen Ludwig. Bleibe fest und sei ein eifriger Anhänger der Religion. Das hat man Dich gelehrt. Dafür hat Dein heiliger königlicher Ahne sein Leben aufs Spiel gesetzt. Dulde es nicht, daß in Deiner Gegenwart etwas zur Sprache kommt, was sich nicht mit Deinem Glauben an Gott in Einklang bringen läßt...«

Ich las den Brief immer und immer wieder. Ich wußte, was von mir erwartet wurde. Ich begab mich in ein fremdes Land zu einem Gemahl, den ich noch nicht kannte, den ich bekehren mußte. Eine große Verantwortung lastete auf mir.

Nachdem ich den Brief gelesen hatte, schwor ich mir und gelobte ich Gott, alles in meiner Macht stehende zu tun, um England zum Katholizismus zu bekehren.

Am nächsten Abend erhielten wir die Nachricht, daß in Calais die Pest herrschte und daß es überaus gefährlich wäre, wenn wir uns dort hinbegeben wollten. Wir mußten unsere Reiseroute ändern und den Weg nach Boulogne einschlagen.

Bevor wir am nächsten Morgen aufbrachen, kam der Herzog von Buckingham zu mir. Er schien mich in einer sehr dringenden Angelegenheit sprechen zu wollen.

»Euer Majestät«, sagte er, »ich habe heute morgen Nachricht von König Charles erhalten. Ich muß unbedingt nach Amiens zurück, um der Königin diese Papiere vorzulegen.«

Mir war sehr wohl bewußt, daß er keinerlei Papiere erhalten hatte. Das bestätigte sich später, als ich in Erfahrung brachte, daß gar kein Kurier aus England eingetroffen war. Aber Anna war bei meiner Mutter in Amiens zurückgeblieben. Deshalb wollte Lord Buckingham unbedingt dorthin zurück, um sie noch einmal zu sehen, bevor er nach England mußte.

»Ihr müßt aber zugeben, daß unser guter Herzog in Liebesdingen nichts unversucht läßt«, meinte Mamie.

Ich war wütend ob der neuerlichen Verzögerung. Unsere Reise schien wirklich unter keinem guten Stern zu stehen. Erst machte uns der schlechte Gesundheitszustand meines Bruders einen Strich durch die Rechnung, dann erlitt meine Mutter einen Schwächeanfall, in Calais herrschte die Pest, und jetzt ließ uns auch noch Buckingham im Stich und wollte zu seiner Liebsten eilen.

Das ging entschieden zu weit.

Lautstark schalt ich Buckingham. Trotz Mamies flehentlicher Vorhaltungen gelang es ihr nicht so bald, mich zu beruhigen.

Schließlich begann ich mich zu fragen, ob ich es denn so eilig hatte, meine Heimat zu verlassen. Da begriff ich erst so richtig, was mit mir geschah. Etwas Bedrohliches lag in der Luft. Ich reiste in ein fremdes Land und würde unter Fremden leben.

Als Buckingham zurückkam, hatte ich es daher gar nicht mehr so eilig, die Reise fortzusetzen; denn mit jedem Tag und jeder Stunde entfernte ich mich ein Stück weiter von dem Leben, das ich kannte.

Schließlich erreichten wir Boulogne. Das Schiff erwartete

uns schon. Um dem wichtigen Anlaß gerecht zu werden, empfing man uns mit Artilleriefeuer beziehungsweise Salutschüssen. Mamie blieb stets an meiner Seite. Das empfand ich als sehr tröstlich.

Dann stand ich an Deck und sah mein Heimatland entschwinden. Ich bekam es mit der Angst zu tun. Auf der schäumenden, bleigrauen See kam ich mir unendlich klein und hilflos vor. Das Schiff schlingerte, und Mamie brachte mich dank ihrer Überredungskunst dazu, unter Deck zu gehen.

Die rauhe Überfahrt nahm und nahm kein Ende; aber ich glaube, ich war innerlich viel zu aufgewühlt, um unter dem hohen Seegang so zu leiden wie die anderen.

Irgendwann kam wieder Land in Sicht. Ich eilte hinauf an Deck und erblickte zum erstenmal die weißen Kreidefelsen.

Damit begann für mich ein neuer Lebensabschnitt.

Zwietracht in den königlichen Privatgemächern

An einem Sonntagabend um sieben Uhr setzte ich den Fuß zum erstenmal auf englischen Boden. Eine Abordnung von Adeligen stand zu meinem Empfang bereit. Damit ich mühelos an Land gehen konnte, hatte man eine spezielle Brücke konstruiert. Ich erfuhr, daß der König das so angeordnet hatte. Er hielt sich zu diesem Zeitpunkt in Canterbury auf. Das lag nicht weit von Dover entfernt. Voller Ungeduld harrte er meiner Ankunft.

Ich hätte gern gewußt, warum er nicht in Dover war. Wahrscheinlich hätte ich mich ganz spontan danach erkundigt, wäre ich nicht gezwungen gewesen, die Dienste eines Dolmetschers in Anspruch zu nehmen. Es ärgerte mich maßlos, daß er nicht erschienen war, um mich zu begrüßen. Das nahm ich ihm sehr übel.

Mir kam zu Ohren, daß man den König sofort von meinem Eintreffen unterrichten werde. In knapp einer Stunde werde er dann bei mir sein.

Meine Antwort fiel sehr impulsiv aus. Das warf mir Mamie später vor. Ich erwiderte nämlich, ich sei viel zu müde, um an diesem Abend noch irgend jemanden zu empfangen. Die Überfahrt war sehr anstrengend gewesen. Ich wollte nur noch etwas zu mir nehmen und dann gleich zu Bett gehen.

»Ganz wie es Eurer Majestät beliebt«, lautete die Antwort. Sofort begaben wir uns zu dem Schloß, in dem ich die Nacht verbringen sollte.

Das Schloß lag in Küstennähe und war mir sofort unsympathisch. Im Gegensatz zum Louvre und zu den Schlössern von Chambord und Chenonceaux wirkte es erschreckend düster. Meine Schritte hallten auf den blanken Dielen. Mir fiel auf, wie schäbig alles aussah.

Ich bestand darauf, mich umgehend in die mir zugedachten Gemächer zurückzuziehen, denn ich fühlte mich sehr ruhebedürftig. Ich bat, meiner Hofdame und mir ein leichtes Mahl zu servieren und mich dann bis zum nächsten Morgen nicht zu stören.

Zumindest sah es aus, als sollten meine Wünsche in Erfüllung gehen. Jedenfalls wurde ich sogleich zu meinen Gemächern geleitet. Doch als ich sie betrat, konnte ich einen Entsetzensschrei nur mit Mühe unterdrücken. An den Wänden schäbige verstaubte Tapisserien und Gobelins. Mamie trat ans Bett und prüfte es. Es erwies sich als steinhart und verklumpft. In Frankreich hatte ich in keinem Schloß oder Palast je so ein Bett gesehen. Und dieses schäbige Gemach war der Königin von England zugedacht!

»Nehmt es nicht so tragisch«, flehte mich Mamie an. »Es lohnt sich nicht, sich darüber zu ereifern. Später einmal könnt Ihr das alles ändern. Aber heute nacht findet Ihr Euch am besten einfach damit ab.«

»Vielleicht bin ich hier nicht willkommen.«

»Aber selbstverständlich seid Ihr hier willkommen! Ihr müßt bedenken, daß man hier nicht den gleichen Lebensstil pflegt wie bei uns. Mit uns verglichen sind die Engländer Barbaren.«

»Und wie steht es mit dem Herzog von Buckingham und dem Earl von Holland? Sie sind beide elegant und weltgewandt wie die Franzosen.«

»Vielleicht unterscheiden sich ja nur die Schlösser von den unseren. Aber zerbrecht Euch jetzt nicht den Kopf darüber. Schlafen wir zuerst einmal. Morgen sieht vielleicht schon alles besser aus.«

»Ich glaube kaum, daß mir dieses Schloß bei Tageslicht in einem rosigeren Licht erscheint. Wenn die Sonne in diese verwahrlosten Räume scheint, wird uns erst so richtig auffallen, wie mitgenommen alles aussieht.«

Wie immer verstand es Mamie, mich zu trösten und zu beruhigen. Wir aßen eine Kleinigkeit, dann half sie mir beim Entkleiden.

Obwohl ich todmüde war, fielen mir die Augen nicht gleich zu. Die freudige Erregung wegen der Hochzeitsfeierlichkeiten war wie weggeblasen. Eine immer größere Besorgnis trat an ihre Stelle.

Doch Mamie sollte recht behalten. Bei Tag fühlte ich mich tatsächlich besser, wenn ich auch um so deutlicher sah, wie fadenscheinig sich alle Stoffe bei Tageslicht ausnahmen. Aber alle dunklen Ecken wurden ausgeleuchtet. Die Schatten, die mich am Vorabend so geängstigt hatten, waren verschwunden. Das Frühstück wurde uns in unseren Gemächern serviert. Als Mamie und ich es gerade zu uns nahmen, erschien ein Kurier bei uns.

Er verneigte sich ehrerbietig und wandte sich an mich: »Euer Majestät mögen verzeihen, aber der König ist aus Canterbury eingetroffen. Er wünscht Euch mitzuteilen, daß er Euch erwartet.«

Ich erhob mich auf der Stelle. Ich wollte ihn unverzüglich sehen. Diesen Augenblick hatte ich herbeigesehnt, seit mein Blick zum erstenmal auf die Miniatur gefallen war und ich wußte, daß er mich zur Gemahlin nehmen würde.

Mamie warf mir einen besorgten Blick zu, der mich warnen sollte. Sie hielt es nicht für angebracht, daß ich mich allzu impulsiv verhielt. »Immerhin ist der König mein Gemahl«, wandte ich lächelnd ein. »Natürlich kann ich es kaum erwarten, ihn endlich kennenzulernen.«

Sie ordnete meine Frisur noch rasch und strich mir das Gewand glatt. »Ihr seht hinreißend aus«, flüsterte sie und gab mir einen Kuß.

Ich begab mich nach unten.

Am Fuße der Treppe gewahrte ich eine Gestalt. Ich eilte auf diesen Mann zu und wollte vor ihm niederknien und genau das sagen, was für die erste Begegnung mit ihm vorgesehen war (daß ich in das Land Seiner Majestät gekommen sei, um mich ganz Seinen Befehlen zu beugen), doch ich brachte kein Wort heraus. Die Gefühle übermannten mich. Ich brach in Tränen aus und sank ihm an die Brust.

Er war sehr lieb und zärtlich. Mit seinem Taschentuch wischte er mir die Tränen ab. Dann küßte er mich auf die Stirn und die tränennassen Wangen... immer und immer wieder.

»Ich will dich küssen, bis deine Tränen versiegen«, flüsterte er auf französisch; denn ich sprach kaum englisch. »Du mußt wissen, daß du hier nicht unter Feinden oder

Fremden bist. Daß wir hier beisammen sind, ist Gottes Wille. Hat Er dir nicht geraten, deine Familie zu verlassen und deinem Gemahl zu folgen?«

Ich nickte wortlos.

»Dann ist doch alles in bester Ordnung«, meinte er unendlich sanft. »Im übrigen will ich nicht dein Herr und Meister sein, sondern dir dienen, dich in Ehren halten, lieben und dich glücklich machen.«

Etwas Schöneres hätte mir kein Mann auf der Welt sagen können. Ich fühlte mich gleich besser.

»Nun wollen wir uns setzen und uns unterhalten«, schlug er vor. »Ich möchte, daß du mich kennenlernst. Dann wirst du einsehen, daß unsere Ehe keinen Anlaß zur Besorgnis gibt, sondern ein Grund zur Freude ist.«

Er nahm mich an der Hand und zog mich zu einer Bank am Fenster, wo wir uns nebeneinander setzten.

Mir war ein Blick auf ihn vergönnt. Erleichtert stellte ich fest, daß er nur mittelgroß war, mich also nicht weit überragte, wodurch meine winzige Statur noch mehr aufgefallen wäre. Er sah nicht ganz so gut aus wie auf der Miniatur, und doch gefiel er mir ausnehmend gut. Er wirkte allerdings recht melancholisch, was aus der Miniatur nicht hervorgegangen war. Das fand ich bedenklich.

Wenn mich seine äußere Erscheinung auch etwas enttäuschte, so machte er das durch Liebenswürdigkeit gleich wieder wett. Er war von meinem Aussehen keineswegs enttäuscht; denn in seinen Augen lag Bewunderung. Die meisten Leute fanden mich sehr hübsch. Vermutlich ging es ihm ebenso.

Mein Portrait wurde meinen Vorzügen wohl nicht so ganz gerecht. Mamie hatte mir immer wieder zu verstehen gegeben, daß meine Lebhaftigkeit einen Großteil meines Charmes ausmache. Charles hingegen hätte ruhig etwas lebendiger sein dürfen. In der ersten halben Stunde, die ich mit ihm verbrachte, konnte ich mich des Eindrucks nicht erwehren, daß er zur Griesgrämigkeit neigte.

Er schlug mir vor, uns später nach Canterbury zu begeben und die Nacht dort zu verbringen. Dort habe er von meinem Eintreffen erfahren und habe sich sofort auf den Weg hierher gemacht. Eine halbe Stunde habe er nur gebraucht. Das sei schon beinahe ein Rekord und beweise, wie sehnlich er seine Braut zu sehen wünschte.

»Du solltest mich deinen Bediensteten vorstellen, dem Hofstaat, den du aus Frankreich mitgebracht hast«, schlug er vor. »Dann stelle ich dir die Engländer vor, die dir zu Diensten stehen.«

»Ich werde sicher viele Fehler machen«, entgegnete ich ihm. »Hier macht man so manches anders als in Frankreich, und ich spreche nicht einmal die Landessprache.«

»Die lernst du schnell«, versicherte er mir.

»Wenn ich Fehler mache, mußt du es mir sagen«, bat ich ihn.

Lächelnd sah er mich an. In seinem Blick lag Zärtlichkeit und auch ein tiefer Ernst. Ich wünschte, er hätte ein wenig gescherzt, damit das Gespräch nicht so tiefgründig verlief, doch das entsprach nicht seinem Wesen. Ich sagte mir, daß man sich zwei verschiedenere Ehepartner wohl kaum vorstellen konnte.

Als er nach meiner Hand griff, stand ich auf. Ich reichte ihm bis an die Schulter. Aus der Art, wie er mich ansah, schloß ich, daß er annahm, ich trüge hohe Absätze, um nicht so klein zu wirken. Anscheinend hatte man meine Statur dramatisiert.

Ich erklärte völlig ungeniert: »Ich trage Schuhe mit flachen Absätzen.« Um ihm das zu beweisen, hob ich den Rock und streckte ihm einen Fuß hin. »Ich stehe auf meinen eigenen Füßen und tue nichts, um größer zu wirken. So groß bin ich nun einmal... nicht größer und nicht kleiner.«

Er zog meine Hand an die Lippen und küßte sie.

»Du bist wunderschön«, sagte er. »Ich bin überzeugt davon, daß wir sehr glücklich miteinander werden.«

Damals war ich mir da nicht so sicher. Ich wußte erschreckend wenig über England. Wie entsetzt war ich gewesen – im übrigen auch meine Bediensteten –, daß die Engländer ihre Königin in so einem schäbigen alten Schloß unterbrachten, wenn auch nur für eine Nacht. Auch mit meinem Gemahl Charles konnte ich mich nicht so recht anfreunden.

Die Lebensfreude von Engländern wie dem Herzog von Buckingham und dem Earl von Holland ging ihm ab. Mir war gleich aufgefallen, daß er ein tiefernster Mensch war. Vielleicht hätte ich mich darüber freuen sollen, doch da war ich mir nicht sicher.

Ich stellte ihm meine Bediensteten vor, und er stellte mir wiederum diejenigen vor, die mir zu Diensten stehen sollten. Die Vorstellung verlief ohne Zwischenfall. Erst als wir in die Kutsche steigen wollten, die uns nach Canterbury bringen sollte, fing der Ärger an.

Ich ging neben Charles her. Mamie ging ein paar Schritte hinter uns; denn ich hatte ihr befohlen, in der Nähe zu bleiben, damit sie mich nicht aus den Augen verlor.

»Ich möchte, daß du immer bei mir bist«, hatte ich ihr auferlegt, »zumindest so lange, bis ich mich an diese Leute gewöhnt habe.«

»Macht Euch keine Sorgen«, hatte sie erwidert. »Ich weiche nicht von Eurer Seite.«

Die Kutsche des Königs stand also bereit. Er nahm meine Hand, um mir hineinzuhelfen. Ich setzte mich. Mamie nahm neben mir Platz. Der König starrte sie an wie vom Donner gerührt.

»Madame«, wandte er sich an sie. »Verlassen Sie bitte augenblicklich die königliche Equipage.«

Mamie wurde leichenblaß. Ich beobachtete die Szene fassungslos. In Frankreich war die erste Hofdame immer mit meiner Mutter in der Kutsche gefahren, der erste Kammerherr hingegen mit dem König.

Mamie wußte nicht, wie sie sich verhalten sollte und erhob sich, doch ich schrie: »Sie soll mit mir in der Kutsche fahren!«

»In meiner Kutsche ist kein Platz für sie«, wandte der König ein.

Mamie warf mir einen flehentlichen Blick zu und schickte sich an, wieder auszusteigen, doch ich hielt sie am Rock fest und wollte sie nicht gehen lassen. Ich hatte mein Temperament noch nie zu zügeln verstanden und spürte, wie mir die Zornesröte in die Wangen stieg. Es erschien mir ungeheuer wichtig, daß Mamie in der Kutsche mitfuhr. Charles mußte begreifen lernen, wieviel sie mir bedeutete. Ich würde es nicht zulassen, daß er sie so brüskierte.

Die arme Mamie! Zum erstenmal wußte sie nicht, wie sie sich verhalten sollte. Der König starrte sie wütend an und befahl ihr auszusteigen, während ich sie am Rock festhielt und ihr befahl zu bleiben.

Ich sah meinem Gemahl fest in die Augen. In meinem Blick muß wohl unbändiger Trotz, womöglich sogar Haß gelegen haben. Eisig hielt Charles meinem Blick stand, doch er wirkte leicht verstört.

Ungerührt sagte ich: »Wenn meine erste Hofdame nicht mit in der Kutsche fahren darf, fahre ich auch nicht mit.«

»Sie fährt mit den übrigen Bediensteten«, ordnete der König an.

»Nein, sie ist meine beste Freundin und ist immer in meiner Kutsche mitgefahren. Das soll sie auch weiterhin tun. Wenn ihr das nicht gestattet ist, bleibe ich in diesem jämmerlichen alten Schloß, bis ich nach Frankreich zurückkehren kann!«

Das war natürlich völlig absurd. Als ob ich zurückgekonnt hätte! Das war nun ganz gewiß nicht zulässig oder gestattet. Ich war unwiderruflich mit diesem Mann mit den kalten Augen verheiratet. In diesem Augenblick war er mir regelrecht verhaßt. Aber in einem solchen Zustand der Erregung konnte ich nicht logisch denken. Mamie hatte mir das immer wieder vorgehalten.

Der König war ganz bleich vor Wut. Und so etwas mußte ausgerechnet an dem Tag passieren, an dem wir uns kennengelernt hatten! Ich wußte, daß das nichts Gutes für die Zukunft verhieß.

Alle um uns herum schwiegen wie erstarrt. Der Earl von Holland sah sich diese Szene mit fassungsloser Miene an, während sich der Herzog von Buckingham ein Lächeln kaum verkneifen konnte. Dieses Schauspiel schien ihn zu amüsieren – der erste Ehekrach.

Ich stierte den König wütend an. Mamie erzählte mir hinterher, ich habe wie eine sprungbereite Wildkatze ausgesehen. Mir war bewußt, daß meine Augen Funken sprühten und ich die Worte so ungestüm hervorstieß, daß viele Engländer nicht mitbekamen, was ich sagte. Aber das ist vielleicht auch besser so.

Ich muß wohl einen kleinen hysterischen Anfall gehabt haben. Wenn ich in Rage geriet, gab es für mich kein Halten mehr. Doch ich wußte, daß es tiefer ging, als es den Anschein hatte. Ich war so verängstigt, daß ich mich nicht bezähmen konnte.

Charles war wieder ausgestiegen. Er erweckte den Eindruck, als wolle er Mamie herauszerren. Um so fester hielt ich sie am Rock fest. Sie warf mir einen flehenden Blick zu und murmelte mit zusammengebissenen Zähnen: »Laßt mich los. Diese Szene muß endlich ein Ende haben.«

Doch ich dachte nicht daran, sie loszulassen. Ich fühlte heiße Zornestränen in mir aufsteigen und wollte sie unbedingt zurückdrängen. Ich zitterte vor Wut, gab mich aber nicht geschlagen. Ich schwor Mamie, ihr auf dem Fuß zu folgen, wenn sie ausstieg.

Die Kabinettsminister scharten sich um den König und berieten sich mit ihm im Flüsterton. Vermutlich nahm diese aus dem Stegreif angesetzte kleine Konferenz kaum ein paar Minuten in Anspruch, die mir jedoch wie eine Ewigkeit erschienen.

Schließlich löste sich die Versammlung auf, und Charles stieg wieder in die Kutsche. Furchtsam harrte ich der Dinge, die da kommen sollten. Charles setzte sich neben mich und wies Mamie an, uns gegenüber Platz zu nehmen. Sie kam diesem Wunsch erleichtert nach. Die Pferde trabten los.

Im ersten Augenblick triumphierte ich; denn ich hatte ja den Sieg davongetragen. Doch dann überkam mich eine böse Vorahnung. Der Blick des Königs fiel auf Mamie. Das entging mir nicht. In seinem Blick lag unverhüllter Haß.

Auf dem Weg nach Canterbury kamen wir nach Barham Downs. Dort waren uns zu Ehren große Zelte aufgestellt worden. Ein Bankett erwartete uns. Unter anderem begrüßten uns mehrere Engländerinnen. Der König erklärte mir, daß sie zur königlichen Hofhaltung gehörten.

Ich begrüßte sie ein wenig von oben herab; denn ich hatte ja meinen eigenen Hofstaat mitgebracht und glaubte, darüber hinaus niemanden zu brauchen. Doch die Erfahrung hatte mich gelehrt, daß dies nicht der richtige Zeitpunkt war, um diese Frage aufs Tapet zu bringen. Die Szene, die sich abgespielt hatte, als der König Mamie nicht in der Kutsche mitfahren lassen wollte, genügte vorerst einmal. Ich lächelte und gab mich huldvoll. Die Miene meines Gemahls entspannte sich allmählich. Da ich sehr hungrig war, sprach ich dem Essen tüchtig zu. Ich empfand es als sehr angenehm, einfach so auf freiem Feld zu sitzen, die Stander in der leichten Brise flattern zu sehen und mir sagen zu dürfen, daß all das auf freiem Feld mir zu Ehren angerichtet worden war.

Meine Freude kannte keine Grenzen beim Anblick der alten Stadt Canterbury. Uns bot sich ein herrliches Bild, beherrscht von der großartigen, alles überragenden Kathedrale.

Bei Einbruch der Dunkelheit erreichten wir die Stadt, wo uns ein großes Festessen erwartete. Der König war inzwischen wieder bestens gelaunt. Lächelnd unterhielt er sich bei Tisch mit mir und bestand sogar darauf, mir das Fleisch zu schneiden. Das war eine große Ehre.

Sancy, mein Beichtvater, ließ mich nicht aus den Augen, weil ich an einem solchen Fastentag eigentlich überhaupt nichts essen durfte. Aber mich plagte der Hunger, und ich widersetzte mich jeglicher Bevormundung, worauf sie sich auch bezog. Außerdem jubilierte ich, weil ich in der Kutsche den Sieg davongetragen hatte und sprach dem Essen herzhaft zu. Das schien dem König zu gefallen. Den Blicken meines Beichtvaters wich ich tunlichst aus. Ich würde ihm mit Erklärungen und Rechtfertigungen aufwarten, wenn er mir das vorhielt. Das konnte er sicher kaum erwarten. Ich würde ihm erklären, daß ich mir die Sitten und Gebräuche in diesem Land zu eigen machen mußte, wenn ich hier leben wollte. Ich hoffte indes inständig, daß meinem Beichtvater der Vorfall in der Kutsche nicht zu Ohren gekommen war.

Nach dem Festessen erklärte mir der König, es fände noch eine kleine private Hochzeitsfeier statt. Wir *seien* selbstverständlich schon verheiratet, doch bei der bereits stattgefundenen Trauung habe er sich vertreten lassen müssen. Es würde nicht lange dauern und sich in aller Stille abspielen... trotzdem sei es eine Hochzeitsfeier, der die Trauungszeremonie vorausgehen solle.

Sie fand in dem großen Rathaussaal statt. Im Anschluß daran durften sich alle sagen, daß wir jetzt das Ehegelübde voreinander abgelegt hatten.

Der Zustand, in dem sich meine Gemächer befanden, entsetzte mich wieder einmal. Das Bett war nicht einen Deut besser als das, in dem ich die vorige Nacht zugebracht hatte. Ich verstand das nicht. Schließlich war das mein Ehebett, das ich mit dem König teilen sollte. Waren die Engländer denn Wilde? Wie sollte ich mich je an ein solches Leben gewöhnen?

Mamie half mir beim Entkleiden und entließ die anderen Frauen, um mit mir allein zu sein. Man sah ihr an, daß der Vorfall in der Kutsche sie sehr mitgenommen hatte.

»Das war ein gravierender Fehler«, hielt sie mir vor. »Ihr hättet nicht darauf beharren dürfen, daß ich die Kutsche mit Euch und dem König teile.«

»Und ob ich darauf beharre! Auch in Zukunft werde ich darauf bestehen, daß du genau wie in Frankreich mit mir in der Kutsche fährst.«

»Aber wir sind hier nicht in Frankreich«, rief sie mir ins Gedächtnis. »Wenn man in einem fremden Land lebt, muß man sich den Sitten und Gebräuchen anpassen — besonders als Königin.«

»Ich passe mich nichts und niemandem an, sondern handle nach eigenem Gutdünken. Mit diesen Menschen stimmt doch etwas nicht. Und ich weiß auch, woran das liegt. Sie sind Ketzer, kaum besser als Wilde.«

»Seht Euch vor«, warnte mich Mamie.

»Bin ich nun die Königin dieses Landes oder nicht?«

»Ihr seid die Gemahlin des Königs und dadurch Königin. Ihm verdankt Ihr Euren Titel.«

»Das hört sich an, als wärst du auf ihrer Seite.«

»Ihr solltet eigentlich inzwischen wissen, daß ich stets auf Eurer Seite bin.«

Wir fielen uns in die Arme und hielten uns aneinander fest.

Mamie wirkte furchtbar ernst. »Ihr wißt doch, daß Ihr

heute nacht das Bett des Königs teilen werdet«, sagte sie. »Ahnt Ihr, was Euch dort erwartet?«

Ich nickte.

Ein sorgenvoller Blick traf mich. »Macht Euch klar, daß Ihr Euren Gemahl lieben müßt«, ermahnte sie mich.

»Ich weiß nicht, ob ich das kann. Heute nachmittag in der Kutsche habe ich ihn regelrecht gehaßt.«

»Ach, meine kleine Königin, wenn Ihr Euer Temperament nicht zügelt, sehe ich schwarz für Euch.«

»Du mußt zugeben, daß mein Zornesausbruch seine Wirkung nicht verfehlt hat. Du bist in unserer Kutsche mitgefahren, weil ich darauf bestanden habe.«

»Ich hätte lieber klaglos aussteigen und mich damit entschuldigen sollen, daß mir die englischen Sitten und Gebräuche noch nicht so vertraut sind. Der König hätte mir vielleicht verziehen und die Sache auf sich beruhen lassen.«

»Aber der Ausgang der Affäre war doch ein Triumph für mich.«

»Wir wollen hoffen, daß die leidige Angelegenheit damit aus der Welt geschafft ist.«

»Was ist denn in dich gefahren? Ich erkenne dich ja kaum mehr wieder. Früher hättest du über so eine Lappalie nur gelacht.«

»Schon möglich, aber die Zeiten haben sich geändert. Vergeßt nicht, daß wir jetzt in einem anderen Land leben. Vor allem müßt Ihr bedenken, daß es von nun an auch unser Land ist.«

»Ich werde es umkrempeln.«

»Ihr redet wie ein kleines Kind.«

Meine Augen verengten sich zu schmalen Schlitzen. »Findest du? Meine Mutter und sogar der Papst persönlich erwarten von mir, daß ich dieses Volk bekehre. Ist das vielleicht ein kindisches Ansinnen?«

»Seht Euch um Himmels willen vor, mein liebes Kind.«

Es gelang mir nicht, die ernste Stimmung zu durchbrechen, in der sie sich befand. So kannte ich sie gar nicht. Wahrscheinlich hätte ich ihr gezürnt, hätte ich nicht gewußt, daß sie nur aus Sorge um mich so ernst war.

Doch auch damit konnte sie meinen Triumph nicht

schmälern. Ich war siegreich aus der ›Schlacht‹ hervorgegangen, das ließ sich nicht bestreiten. Natürlich war ich mir darüber im klaren, daß meine Mutter meinen Wutanfall mit anderen Augen gesehen hätte. Hätte sich der Vorfall in Frankreich abgespielt, so hätte sie mir eine Standpauke gehalten, mich bestraft und meinen Forderungen um nichts in der Welt nachgegeben.

Die Nacht, die mir bevorstand, ging mir nicht aus dem Kopf.

Im Louvre hatte sich das königliche *coucher* ganz anders abgespielt. Nur zwei der Kammerdiener entkleideten hier den König. Nach den in Frankreich herrschenden Sitten war das höchst ungewöhnlich und alles andere als königlich.

Charles kam zu mir in das schäbige alte Gemach und sah sich um. Ich nahm an, er wolle sich über die heruntergekommene Einrichtung auslassen und sich womöglich auch dafür entschuldigen; aber offensichtlich wollte er sich nur davon überzeugen, daß wir allein waren.

Nachdem das feststand, ging er zur Tür und schloß sie ab.

In seinem Nachtgewand sah er ganz verändert aus. Nicht entfernt so eindrucksvoll und furchterregend wie heute in der Kutsche. Er hatte den Vorfall inzwischen offenbar vergessen und schien ohnehin nicht mir zu zürnen, sondern Mamie, was ich als ungerechtfertigt empfand.

Er legte sich ins Bett und forderte mich auf, mich neben ihn zu legen. Dann schloß er mich in die Arme, sagte mir, daß ich ihm gefiele und er überglücklich sei, mich zur Frau zu haben und wies mich darauf hin, daß es unsere Pflicht sei, Kinder zu zeugen.

Ich verhielt mich in seinen Armen völlig passiv, ertrug auch tapfer, was dann folgte; denn ich wußte ja, daß das zu meinen Pflichten zählte.

Hinterher lag ich ganz verwundert da und fragte mich, was Leute wie Madame de Chevreuse, Buckingham und Holland daran so erstrebenswert und faszinierend fanden.

Der König wirkte sehr zufrieden. Ich war von all den Aufregungen so erschöpft, daß ich sogleich einschlief.

Als ich am nächsten Morgen wieder zu mir kam, lag der König nicht mehr neben mir im Bett. Er war schon aufgestanden und die Tür nicht mehr abgeschlossen. Meine Zofen eilten herbei, um mir bei der Toilette zur Hand zu gehen, und Mamie sah mich fragend an.

Ich nickte. »Ja, es ist geschehen.«

»Und wie...?«

Ich zuckte die Achseln. »Es war nicht schlimmer als erwartet.«

Mamie meinte: »Ich wußte, daß sich der König liebenswürdig und rücksichtsvoll verhalten würde.«

Trotzdem schien sie sich in ihrer Haut nicht wohlzufühlen. Vermutlich dachte sie wieder an den Vorfall in der Kutsche.

»England gefällt mir nicht und auch der König nicht. Ich will zurück nach Hause!« brach es aus mir heraus.

»Psst!« zischte Mamie erschrocken. »Laßt das nur niemanden hören.«

Da warf ich mich in ihre Arme und umklammerte sie so fest, als könne ich sie nie wieder loslassen. Sie wiegte mich in den Armen wie ein kleines Kind. Ich wollte ihr sagen, daß ich das Leben hier nur um ihretwillen überhaupt ertrug. Ich war es jetzt schon gründlich leid, Königin von England zu sein und wollte mich gern wieder damit begnügen, als Prinzessin in Frankreich zu leben.

»Ich will nach Hause!« jammerte ich.

»Psst! Benehmt Euch nicht wie ein kleines Kind«, bat Mamie.

Auch die nächste Nacht verbrachten wir in Canterbury. Sie verlief so ziemlich wie die erste. Ich war danach heilfroh, aus dem schäbigen Gemäuer herauszukommen und auf dem Land frische Luft zu atmen. Die Landschaft war wirklich wunderschön, das mußte ich zugeben. Diese herrlichen grünen Wiesen und die majestätischen Bäume! Je mehr wir uns von Canterbury entfernten, desto besser fühlte ich mich. Für meinen Gemahl hatte ich nicht viel übrig. Ich hoffte, ich würde ihn nicht oft zu sehen bekommen. Tagsüber würde ich mit Mamie und meinen Hofdamen zusammen sein. Wir konnten scherzen, tanzen und singen und uns verächtlich über England äußern, Frankreich dagegen in den Himmel heben. Das erschien mir ganz annehmbar.

Wir gelangten nach Gravesend, wo wir Gäste der Gräfin Lennox sein sollten. Sie erwartete uns schon und zeigte sich dem König gegenüber sehr ehrerbietig. Dann wandte sie sich mir zu und verneigte sich tief vor mir. Sie erklärte, sie fühle sich sehr geehrt, uns als Gäste zu beherbergen, fügte jedoch hinzu, sie habe schlimme Nachrichten, die sie dem König unverzüglich übermitteln müsse.

Charles lauschte ihr mit ernster Miene. Sie fuhr fort: »Die Pest ist ausgebrochen, Euer Majestät. Es ist nicht ratsam, daß Ihr mit der Königin durch die Straßen Londons fahrt.«

Mein Gemahl erwiderte: »Aber die Menschen rechnen doch mit uns. Sie freuen sich schon auf die Umzüge und all den Pomp und Prunk.«

»Das ändert jedoch nichts an der Gefahr, mein Herr und Gebieter. Ihr werdet bald Genaueres erfahren, doch ich wollte Euch sofort benachrichtigen.«

Was der König doch für ein ernster Mensch war! Nie lachte er ganz impulsiv. Vielleicht lag es daran, daß ich keine große Sympathie für ihn hegte.

Anstelle der feierlichen Begrüßung, auf die ich mich schon gefreut hatte, sah man überall nur sorgenvolle Mienen. Die Leute scharten sich um den König und beratschlagten, was zu tun war.

Ich wurde in meine Gemächer geleitet, damit ich mich ausruhen konnte. Mamie begleitete mich selbstverständlich. Bald gesellte sich auch Vater Sancy zu uns und bat, mich kurz sprechen zu dürfen. Mamie ging und ließ mich mit meinem Beichtvater allein. Das war mir gar nicht recht.

Er hielt mir sogleich vor, daß ich in Canterbury Fleisch gegessen hatte. Aber darauf war ich vorbereitet. Ich begründete den Verstoß damit, daß ich mich nur den Sitten und Gebräuchen des Landes angepaßt hatte.

»Ihr übernehmt die Sitten und Gebräuche dieser Ketzer?« rief er mit Donnerstimme. »Ihr fangt ja gut an. Wie soll das denn weitergehen? Wollt Ihr dem einzig wahren Glauben vielleicht abschwören, nur weil es unter diesen Wilden hier so Sitte ist?«

»Das kann man ja wohl mit dem Essen von Fleisch kaum vergleichen.«

»Ihr habt den Gesetzen der Heiligen Kirche zuwidergehandelt!«

»Ich will es nicht wieder tun, Vater.«

Mein Versprechen schien ihn etwas zu besänftigen. Aus seinen Augen leuchtete inbrünstiger Glaubenseifer. Als er sich in dem Gemach umsah, setzte er eine verächtliche Miene auf. Dabei waren diese Räumlichkeiten geradezu nobel im Vergleich zu denen in Dover und Canterbury.

»Und jetzt herrscht große Bestürzung wegen Eurer Fahrt durch London«, fuhr er fort. »Es heißt, die Pest sei ausgebrochen. Ich will Euch etwas sagen, meine Dame: dieses vermaledeite Land ist durch und durch verseucht, und daran wird sich auch nichts ändern, solange diese fehlgeleiteten Menschen nicht zum wahren Glauben finden. Gott straft sie, indem er ihnen eine Seuche schickt. Der Tag, an dem wir dieses Land betreten haben, war ein Trauertag. Daß uns das Schicksal aber auch hierher verschlagen mußte.«

»Meine Mutter schien da anderer Auffassung zu sein. Und der Heilige Vater ebenso.«

Vater Sancy hob drohend einen Finger. »Der Heilige Vater hat den Dispens nur sehr widerstrebend erteilt, und nur aus einem Grund.« Er kam ganz nah heran. »Ihr müßt Euch unverzüglich an die Arbeit machen. Ihr habt eine wichtige Aufgabe zu erfüllen, meine Dame: Ihr sollt diese Leute zum einzig wahren Glauben bekehren.«

Ich versuchte, feierlich dreinzublicken, konnte es jedoch in Wahrheit kaum erwarten, daß er wieder ging. Ich hatte Mamie so viel zu erzählen. Also senkte ich den Blick und faltete sittsam die Hände. Dabei fragte ich mich, was ich bei meinem Einzug nach London tragen sollte.

»Aber das erreicht Ihr nicht, indem Ihr an einem Fastentag Fleisch eßt«, hielt er mir zornig vor.

Am schnellsten wurde man ihn los, wenn man ihm nicht widersprach. Also widerstand ich der Versuchung, was mir weiß Gott nicht leichtfiel. Wir sprachen gemeinsam ein Gebet. Im Anschluß daran verabschiedete er sich.

Mamie kam hereingestürzt.

»Ich habe erfahren, daß wir London per Schiff erreichen.

So brauchen wir nicht durch die pestverseuchten Straßen«, rief sie aufgeregt. »Ihr sollt Grün tragen. Der König trägt ebenfalls grün. Diese Farbe soll wohl den Frühling symbolisieren.«

Beim Ankleiden erzählte ich ihr lachend von Vater Sancy. »Ich esse Fleisch, wenn mir danach zumute ist«, fügte ich hinzu. »Ich lasse mich nämlich von niemandem herumkommandieren, Mamie – weder von meinem Gemahl noch von einem Geistlichen.«

»Ihr seid eine rebellische kleine Wildkatze«, hielt sie mir vor. »Und das seid Ihr schon immer gewesen.«

»Daran wird sich wohl kaum mehr etwas ändern«, versicherte ich ihr.

»Das wird sich zeigen«, meinte Mamie.

Am nächsten Morgen ging ich mit meinem Gemahl und unseren Höflingen an Bord des königlichen Schiffes. Auf dem Fluß wimmelte es regelrecht von allen möglichen Booten und sonstigen Wasserfahrzeugen; denn ein Großteil des Adels wünschte uns nach London zu geleiten. Als wir das Schiff betraten, wurde eine Salve von fünfzehnhundert Schüssen abgefeuert – ein ohrenbetäubender Lärm.

Ich genoß die Flußfahrt. Der König schien sehr milde gestimmt zu sein, wenn er auch immer noch einen sehr ernsten Eindruck machte. Ob er wohl jemals laut und herzlich lachte, überschäumend fröhlich war? Auch das sollte ich mir zum Ziel setzen, doch diese Aufgabe erschien mir fast so schwer wie die Bekehrung der Protestanten hier in England zum Katholizismus. Der König wies mich im Vorbeigleiten auf die großen Schiffe der Kriegsflotte hin, auf die er wohl mit Recht sehr stolz war. In Frankreich hatte ich so etwas niemals zu Gesicht bekommen. Salutschüsse wurden uns zu Ehren abgefeuert. Seit meiner Ankunft in England war das der aufregendste Augenblick.

Am Spätnachmittag ragte dann mit einemmal der Tower von London vor uns auf – zwar nicht entfernt so schön wie unsere Prunkgebäude, doch furchterregend und sehr beeindruckend. Von den Türmen flatterten Flaggen in fröhlichen Farben. Sie wollten irgendwie nicht recht zum Tower passen. Als sich unser Schiff dem Tower näherte, krachten so laute Salven, daß ich vor Schreck und Begeisterung aufschrie.

Das belustigte den König. Er verzog den Mund zu einem leisen Lächeln, was für ihn schon eine Leistung war. An den Flußufern drängten sich die Menschen und riefen in Sprechchören: »Lang lebe unsere junge Königin.« Mein Gemahl übersetzte mir das. Ich freute mich so, daß ich den Menschen zuwinkte. Damit schien ich sie glücklich zu machen. Der König lächelte noch immer widerwillig. Also mußte er wohl mit mir zufrieden sein.

Weiter flußabwärts gelangten wir richtig in die Stadt. Hier drängte sich eine unübersehbare Menschenmenge. Nicht nur am Flußufer wimmelte es von Menschen. Sie waren auch auf Schiffe geklettert, die im Fluß vor Anker lagen. Von überallher riefen und winkten sie mir zu. Als wir gerade vorbeifuhren, kam es zu einem Unglücksfall, der leicht katastrophale Folgen hätte haben können. Plötzlich kenterte nämlich eins der Schiffe. Vermutlich hatten sich zuviele Menschen hinaufgehangelt, da hatte es Schlagseite bekommen. Das Schiff ging unter. Hinterher erfuhr ich, daß mehr als hundert Menschen an Bord gewesen waren.

Ich hörte Geschrei und entrüstetes Gebrüll. Die Aufmerksamkeit der Menge wandte sich den Menschen zu, die im Wasser um ihr Leben kämpften. Zum Glück waren genügend andere Schiffe in der Nähe, und so konnten alle ins Wasser gefallenen aus dem Fluß gezogen werden. Bis auf den Schreck über die plötzliche Bekanntschaft mit dem nassen Element war ihnen nichts geschehen.

Wir glitten weiter flußabwärts, bis wir unser Ziel erreichten – Somerset House. Es lag auf einer Anhöhe am Fluß. Dort gingen wir vor Anker, und ich wurde feierlich ins Haus geleitet. Es erwies sich als entschieden nobler als die Häuser, die ich bisher in England kennengelernt hatte, doch mit der Eleganz der französischen Paläste konnte es sich auch nicht messen. Die Flußfahrt von Gravesend bis hierher war die reinste Erholung gewesen. Auch hatte ich mich über die Jubelrufe der Leute sehr gefreut. Sie schienen mich zu mögen. Die Ohren hallten mir noch immer von dem Lärm. Ich konnte mich nicht beklagen.

Die Nacht verbrachten wir in einem Bett, das mich sehr seltsam anmutete, weil ich so etwas noch nie gesehen hatte. Es wurde jedoch von mir erwartet, daß ich in Ehrfurcht davor erstarrte; denn es hatte einmal Königin Elisabeth gehört, und sie hatte oft in diesem Bett geschlafen.

Königin Elisabeth war eine Erzketzerin gewesen. Ich ließ daher den Respekt vermissen, den ihr alle zollten. Der bloße Gedanke daran stieß mich ab, und ich gab mir nicht die geringste Mühe, diese Tatsache vor meinem Gemahl geheimzuhalten. Doch Charles ging nicht darauf ein und tat, als sei ich glücklich und zufrieden.

Wir blieben lediglich ein paar Tage; denn wir befanden uns immer noch in Stadtnähe und waren so nicht gegen Ansteckung gefeit. Der König begab sich zwischendurch nach London, um im Parlament die Eröffnungsansprache zu halten. Er hat zwar nicht mit mir darüber gesprochen; aber anscheinend war ihm kein großer Erfolg beschieden. Über ernste Angelegenheiten sprach er nie mit mir. Damals habe ich wohl nicht sehr vertrauenserweckend gewirkt. Er muß mich für ein leichtfertiges, oberflächliches, ziemlich dummes kleines Mädchen gehalten haben. Vermutlich traf das alles damals auf mich zu.

Mamie berichtete mir, er habe Geld vom Parlament gefordert. Das hätte Steuern für das Volk bedeutet. Von Steuern wollte das Volk aber nichts wissen.

»Dem Volk mißfällt so manches«, erzählte mir Mamie. »Buckingham ist zum Besipiel nicht sonderlich beliebt.«

»Das kann man den Leuten nicht verdenken«, erwiderte ich. »Und was wird ihm verübelt? Sein Verhalten der Gemahlin meines Bruders gegenüber?«

»Ach, daran würde sich wohl niemand stören. Der moralische Aspekt spielt keine Rolle. In dieser Hinsicht können hochgestellte Persönlichkeiten tun und lassen, was sie wollen. Der alte König war ganz vernarrt in Buckingham. Steenie hat er ihn genannt, weil er dem Heiligen Stephan ähnlich sehen soll. Er war sein Lieblingsgünstling. Der verstorbene König hatte eine ausgesprochene Schwäche für schöne junge Männer und hat stets eine ganze Korona um sich geschart. Aber Buckingham brennt vor Ehrgeiz. Er sieht sich in der Rolle des Staatsmannes und Herrschers. Die Rolle des Schoßhündchens liegt ihm nicht. Die meisten anderen jungen Männer gaben sich damit zufrieden. Nun ist der alte König tot, und Buckingham wird nachgesagt, daß er sich dem jungen König unentbehrlich macht.«

»Charles wird sich schon gegen ihn behaupten!«

»Nun, er hört auf ihn. Sie sind eng befreundet. Als Charles um die spanische Infantin warb, hat ihn Buckingham nach Spanien begleitet. Und als die Wahl des Königs auf Euch gefallen war, ist Buckingham in Frankreich eingetroffen.«

»Nun gut, die Menschen mögen Buckingham also nicht. Weißt du, ich glaube, er mag mich nicht.«

»Unsinn. Es steht ihm gar nicht zu, Euch zu mögen oder nicht zu mögen. Ihr verkörpert das Bündnis mit Frankreich, und das hatte er sich doch zum Ziel gesetzt.«

»Es freut mich, daß die Menschen ihn nicht mögen. Das beweist doch immerhin, daß sie gesunden Menschenverstand besitzen, wenn sie auch Ketzer sind.«

Mamie lachte mich aus und riet mir, erwachsen zu werden.

Die Pest nahm immer schlimmere Formen an und breitete sich in Windeseile aus. Bald war es beschlossene Sache, Somerset House den Rücken zu kehren. Wir würden uns nach Hampton Court begeben.

Hampton Court gefiel mir vom ersten Augenblick an. Das war in meinen Augen schon eher eine königliche Residenz. Vom Fluß aus sah man Hampton Court in all seiner Pracht. Als ich an Land ging und durch den herrlichen Park auf den Palast zuschritt, erfüllte mich das Gefühl mit Stolz, Königin eines großen Landes zu sein.

Kardinal Wolsey hatte das Schloß auf dem Höhepunkt seiner Macht erbauen lassen. Es mußte etwa fünfzehnhundert Räume haben. König Heinrich VIII. hatte es beschlagnahmt, denn er ertrug es nicht, wenn einer seiner Untertanen auf größerem Fuße lebte als er selbst. Die Säle und Gemächer waren sehr geräumig. In jedem der offenen Kamine hätte man einen ganzen Ochsen braten können. Das Mobiliar wirkte düster und fantasielos. Mir war sehr schnell aufgegangen, daß der Geschmack der Engländer sehr zu wünschen übrig ließ und sie nicht entfernt so kultiviert waren wie die Franzosen. Hier kam mir alles eintönig oder protzig vor. Doch selbst das freudlose Mobiliar konnte den Glanz und die Pracht von Hampton Court nicht schmälern.

»Wir bleiben eine Weile hier«, verkündete mir Charles. »Hier verbringen wir unsere Flitterwochen.«

In den Flitterwochen lernen sich Eheleute richtig kennen. Doch Tag um Tag verstrich, und ich begriff allmählich, daß wir uns nicht näherkamen, wie intim wir auch miteinander waren.

Mamie legte mir nahe, mich darum zu bemühen, meinen Gemahl ins Herz zu schließen.

»Ich glaube, daß er Euch gern lieben möchte«, meinte sie. »Er findet Euch sehr anziehend.«

»Was ich von mir nicht behaupten kann.«

»Wenn Ihr Euch doch nur ein wenig Mühe geben wolltet...«

»Sei nicht albern, Mamie. Wie kann man sich *bemühen*, jemanden zu lieben? Entweder liebt man einen Menschen — oder man liebt ihn nicht.«

»Zumindest könntet Ihr bestrebt sein, ein wenig mehr Verständnis für ihn aufzubringen. Versucht doch einmal festzustellen, was Euch an ihm stört, dann...«

»Ich kann dir sagen, was mich irritiert. Er ist so furchtbar ernst. Niemals lacht er. Mit vielem, was ich tue, ist er nicht einverstanden. Vor allem mag er dich nicht, Mamie.«

»Die Sache mit der Kutsche war ein unglückseliger Zwischenfall. Daß das aber zu allem Unglück auch noch gleich zu Beginn geschehen mußte!«

»Das ist längst ausgestanden und in Vergessenheit geraten.«

»Es gibt Dinge, die niemals in Vergessenheit geraten.«

»Es wäre besser, wenn er dich bald sympathisch fände, sonst könnte es geschehen, daß er mir eines Tages nicht einmal mehr sympathisch ist.«

»Ihr seid sehr halsstarrig, meine Liebe.«

»Ich bin eben, wie ich bin, und niemand wird es je erreichen, daß ich mich ändere.«

»Ihr seid noch sehr jung. Mit zunehmendem Alter werdet Ihr einsehen, daß alle Menschen zuweilen Zugeständnisse machen und sich den Gegebenheiten anpassen müssen.«

»Ich denke nicht daran! Ich will immer ich selbst bleiben, und wer etwas dagegen einzuwenden hat, soll sehen, wo er bleibt. Mich berührt das nicht.«

Mamie zuckte die Achseln. Sie wußte, daß es keinen Sinn hatte, mir Vernunft zu predigen, wenn ich in dieser Stimmung war.

Erzürnt nahm ich zur Kenntnis, daß Buckingham mich zu sehen wünschte. Von da an war er mir noch mehr zuwider.

Was für eine Unverfrorenheit! Als ich erkannte, daß Charles ihn geschickt hatte, haßte ich auch ihn. Ich war wild entschlossen, alles Menschenmögliche zu tun, um beide zu verärgern.

Buckingham bemühte sich, ernst und finster dreinzublicken. Er bestand mehr oder weniger auf einer Audienz. Ich hätte ablehnen sollen, doch das ließ meine Neugier nicht zu. Wie sollte ich sonst in Erfahrung bringen, was er von mir wollte?

Eigentlich hatte ich fest damit gerechnet, daß er mir Komplimente machen und mir sagen würde, was für eine schöne Frau ich war und daß sich England glücklich schätzen könne, mich als Königin zu haben. Vielleicht wäre ich dann zugänglicher gewesen. Doch er gab sich kühn und unverblümt. Ich mußte daran denken, wie er sozusagen unter den Augen meines Bruders versucht hatte, die Königin von Frankreich zu verführen.

Er sah mich von oben herab an wie ein widerspenstiges Kind. »Der König ist ziemlich ungehalten«, verkündete er mir.«

»Darf ich den Grund erfahren?« fragte ich.

»Wegen Eures Verhaltens ihm gegenüber.«

»In so einer Angelegenheit zieht Euch der König ins Vertrauen?«

»Ich habe mich erboten, Euch mitzuteilen, daß der König verärgert und verstimmt ist.«

»Das ist sehr nobel von Euch«, spottete ich.

»Dem König mißfällt, daß Ihr keine Zuneigung für ihn empfindet.«

»Mylord, ich wüßte wirklich nicht, was Euch das angeht.«
»Es geht mich etwas an, da mich der König ins Vertrauen gezogen und mich gebeten hat, Euch daraufhin anzusprechen.«
»Ihr sollt mir also nahelegen, ihn zu lieben? Wie das? Seid Ihr so ein geschickter Mittelsmann? Bei meiner Schwägerin, der Königin von Frankreich, ist Euch der Erfolg versagt geblieben.«

Buckinghams edles Gesicht verfärbte sich tiefrot. Da hatte ich einen empfindlichen Nerv getroffen. Wie mich das freute! Er wandte keinen Blick von mir, während die flammende Röte wieder verblaßte, bis er geisterhaft bleich aussah.

»Ich darf Euch darauf hinweisen, daß Ihr Euch unglücklich macht, wenn Ihr dem König nicht mehr Zuneigung entgegenbringt und Euch seinen Wünschen nicht wenigstens bis zu einem gewissen Grade fügt.«

»Macht Euch um mich keine Sorgen, werter Lord Buckingham. Ich weiß selbst am besten, was ich zu tun und zu lassen habe und brauche Euren Rat nicht.«

»Trotzdem wäre es angebracht, daß Ihr Euch in Gesellschaft des Königs ein wenig wohler fühlt. Ihr lacht und singt mit Euren französischen Gefährten, doch sobald der König mit seinem englischen Troß in Erscheinung tritt, hüllt Ihr Euch in Schweigen und verfallt dem Trübsinn.«

»Dann ist es an dem König und seinem englischen Gefolge, mich zu zerstreuen wie es meine Freunde tun.«

»Es ist an Euch, Madam, den König zu erfreuen. Vergeßt nicht, daß wir alle seine Untertanen sind — auch Ihr.«

»Ich brauche Euch nicht mehr, Lord Buckingham. Ihr seid entlassen.«

Lord Buckingham verneigte sich, wobei sich unsere Blicke trafen. In diesem kurzen Augenblick erkannte ich, daß ich ihm ebenso verhaßt war wie er mir.

Mamie war bestürzt, als ich ihr berichtete, was geschehen war. Sie schalt mich, weil ich ihn nicht freundlicher empfangen hatte.

»Warum sollte ich mich verstellen?« begehrte ich trotzig auf.

Kopfschüttelnd entgegnete sie: »Meine Liebe, Ihr müßt

Euer ungestümes Temperament ein wenig zügeln. Es *muß* sein, glaubt mir, es geht nicht anders. Eines Tages bringt Ihr Euch noch ernsthaft in Schwierigkeiten.«

»Man könnte glauben, daß du für ihn Partei ergreifst.«

»Wo denkt Ihr hin? Das ist ganz unvorstellbar. Aber Ihr verhaltet Euch sehr ungeschickt. Ihr solltet lernen, etwas diplomatischer zu sein.«

»Wie ich diese Menschen hasse! Alle, ohne Ausnahme! Sie sind Ketzer und Barbaren!«

Mamie war der Verzweiflung nahe. »Mit dieser Einstellung stürzt Ihr Euch ins Unglück«, warnte sie mich.

Schon nach ein paar Tagen bat Buckingham wieder um eine Audienz. Mein erster Impuls war, ihn abzuweisen, doch Mamie riet mir davon ab. »Bemüht Euch, nicht aus der Fassung zu geraten«, bat sie mich. »Hört Euch an, was er zu sagen hat und unterhaltet Euch höflich und in aller Ruhe mit ihm.«

»Ich mache keine Zugeständnisse.«

»Das muß ja auch nicht sein, aber verhaltet Euch wie eine Königin und nicht wie ein unreifes junges Mädchen.«

Buckingham sah wieder blendend aus und war mit erlesenem Geschmack gekleidet. Zu dumm, daß er mir gar so mißfällt, ging es mir durch den Kopf. Er kleidet sich so elegant, daß er sich wie ein Franzose ausnimmt.

»Euer Majestät!« Er verneigte sich tief und küßte mir die Hand. Ein unbändiger Zorn stieg in mir auf. Vermutlich sprühten meine Augen wieder einmal Funken und verrieten mich. »Darf ich mir erlauben, Euch zu Eurem Aussehen zu beglückwünschen?« fuhr er ungerührt fort. »So schön wie heute habe ich Euch noch nie gesehen. Die Luft in Hampton Court scheint Euch zu bekommen.«

»Ich danke Euch«, entgegnete ich und mußte mich zur Ruhe zwingen.

»Seine Majestät schickt mich zu Euch.«

»Was Ihr nicht sagt. Ist mein Gemahl denn so weit weg, daß er sich nicht selbst zu mir bemühen kann?« Ich drohte überzuschäumen, doch ich durfte Mamies Warnung keinesfalls in den Wind schlagen. Mir blieb nichts anderes übrig, als mich zu bezähmen.

»Ich komme im Auftrag Seiner Majestät«, erklärte Buckingham gleichbleibend freundlich. »Der König hat ein Anliegen an Euch.«

Was für eine Unverschämtheit, dachte ich. Nach unserer letzten, höchst unerquicklichen Begegnung muß ausgerechnet er mir das Anliegen des Königs überbringen! Doch ich äußerte mich nicht dazu. Buckinham fuhr fort: »Seine Majestät sind der Ansicht, daß Ihr als seine Gemahlin und Königin von England Engländerinnen als Hofdamen haben solltet.«

»Ich bin mit meinen derzeitigen außerordentlich zufrieden«, beschied ich ihn.

»Daran zweifle ich nicht. Seine Majestät hofft jedoch, daß Ihr der englischen Sprache bald hinreichend mächtig seid und einige unserer Sitten und Gebräuche übernehmt. Daher hält er es für angebracht, daß Euch in Zukunft Engländerinnen im Schlafzimmer zur Hand gehen, wenn Ihr gestattet.«

»So, und an wen hat er dabei gedacht?«

»Er hat sich mir gegenüber sehr gnädig gezeigt und erklärt, ich hätte ihm einen großen Dienst erwiesen. Wie Ihr wißt, war ich es, der diese sehr erstrebenswerte Heirat in die Wege geleitet hat. Seine Majestät sind überglücklich, daß ich ihm so eine wunderschöne Braut beschert habe. Darf ich hoffen, daß auch Euer Majestät mir dafür ein wenig dankbar sind?«

Ich kochte vor Wut und wußte, daß ich mich nicht mehr lange beherrschen konnte. Buckingham gab mir jedoch keine Gelegenheit, mich zu seiner Frage zu äußern, sondern fuhr gleich fort: »Der König hat mir die Ehre erwiesen, sich damit einverstanden zu erklären, daß meine Gattin, meine Schwester und meine Nichte diese begehrte Aufgabe übernehmen.«

Fassungslos starrte ich ihn an. Er brächte es also tatsächlich fertig, mir die weiblichen Mitglieder seiner Familie aufzuhalsen? Was bezweckte er damit? Zweifellos ihren gesellschaftlichen Aufstieg. Und sie sollten selbstverständlich auskundschaften, was bei mir geredet wurde und geschah.

»Lord Buckingham, drei Damen stehen mir im Schlafgemach bereits zu Diensten!« platzte ich heraus. »Ich habe keinerlei Verwendung für weitere Bedienstete!«

»Aber es sind Französinnen«, wandte er ein. »Der König wünscht, daß Ihr von Engländerinnen umgeben seid.«

»Ihr könnt dem König ausrichten, daß ich mit dem derzeitigen Arrangement zufrieden bin und nicht den Wunsch verspüre, daran etwas zu ändern.«

Buckingham verneigte sich und trat den Rückzug an.

Völlig außer mir vor Zorn suchte ich Mamie auf, um ihr brühwarm zu berichten, was vorgefallen war. Mamie durchschaute natürlich alles entschieden besser als ich. Sie erkannte nämlich die volle Tragweite dessen, was sich abspielte. Obwohl sie mich schonen wollte, brachte ich sie dazu, mir ihre Befürchtung mitzuteilen. Ihr drohe die Gefahr, zusammen mit den anderen nach Frankreich zurückgeschickt zu werden. Es sei Brauch, das Gefolge, das eine Prinzessin nach ihrer Heirat in ihr neues Land begleite, nach ein paar Tagen, spätestens aber nach ein paar Wochen wieder zurückzuschicken.

»Aber dies ist doch ein Sonderfall!« schrie ich erbost. »Es ist vereinbart worden, daß ich mich nicht mit Abtrünnigen zu umgeben brauche. Es hieß, meine Landsleute, mein eigenes Gefolge, dürfte bei mir bleiben.«

Mamie tröstete mich nach Kräften und versicherte mir, ich hätte nichts zu befürchten. Es sei ganz richtig gewesen, daß ich mich geweigert hatte, Engländerinnen in mein Schlafgemach zu lassen, damit sie mir zu Diensten standen.

Ich empfand Erleichterung, als mich der Bischof von Mende und Vater Sancy aufsuchten. Der Bischof hatte mich zusammen mit anderen Geistlichen aus Frankreich hierherbegleitet. Er gelobte, dem König die Sachlage noch einmal genauestens vor Augen zu führen.

»Der König hat den Entschluß gefaßt, die Französinnen Eures Gefolges gegen Engländerinnen auszutauschen. Das gilt vor allem für die Bediensteten im Schlafgemach. Ich habe Seiner Majestät bereits erklärt, daß das nicht in Frage kommt.«

Ich rieb mir hocherfreut die Hände, versuchte aber, das als frommen Eifer auszugeben.

»Wir werden nicht zulassen, daß sich Abtrünnige in Eurer nächsten Umgebung bewegen«, fuhr der Bischof fort.

»Sie könnten versuchen, Euch zu korrumpieren«, fügte Vater Sancy hinzu.

»Das dürfte ihnen kaum gelingen«, wehrte ich ab.

»Trotzdem dürfen wir uns gar nicht erst dieser Gefahr aussetzen«, verkündete der Bischof. »Ich habe den König darauf hingewiesen, daß man es bei Hofe in Frankreich schlecht aufnehmen würde, wenn man Euch im Schlafgemach dem Einfluß von Hugenottinnen aussetzen wollte.«

»Ich bin Euch für Eure Bemühungen sehr zu Dank verpflichtet«, gab ich dem Bischof zu verstehen.

»Gedenkt stets Eurer Pflicht der Kirche gegenüber«, ermahnte mich mein Beichtvater.

Das gelobte ich bereitwilligst. Ich wollte meine französischen Hofdamen um mich haben, die streng katholisch waren. Gegen die Ketzer und Abtrünnigen wollte ich mich mit aller Kraft zur Wehr setzen.

»Wir wollen niederknien und darum beten, daß Euch Erfolg beschieden sein möge bei der großen Aufgabe, um derentwillen Gott Euch nach England geschickt hat«, sagte Vater Sancy.

Der Bischof war nicht so fanatisch, plädierte jedoch auch ganz entschieden dafür, daß ich mich keinesfalls mit Protestanten umgab, sie nicht in meine Dienste nahm.

In der Nacht nach dem Besuch des Bischofs und Vater Sancys verhielt ich mich dem König gegenüber im Schlafgemach kühl und abweisend. Natürlich kannte er den Grund und bemühte sich, mich zu beschwichtigen. Vermutlich genoß er unsere Intimitäten im Schlafgemach entschieden mehr als ich. Ich empfand es als ausgesprochen abartig, daß er mir insgeheim grollte, weil ich dabei nicht das gleiche Vergnügen empfand wie er. Ich hätte es wahrhaftig vorgezogen, nach Frankreich zurückzukehren und dort zu leben wie vor meiner Heirat. Natürlich war es ein erhebendes Gefühl, Königin zu sein, doch ich mußte mir immer öfter sagen, daß das eigentlich mehr Nachteile als Vorteile mit sich brachte.

Der König strich mir übers Haar und lobte meine Schönheit. Ihm gefielen meine glänzenden dunklen Augen und mein reiner Teint ausnehmend gut. Auch gegen meine kleine Statur hatte er nichts einzuwenden. Ich sei durch und durch weiblich, erklärte er. Ich besäße alles, was sich ein Mann bei einer Frau nur wünschen könne. Nur eines vermisse er — ich brächte ihm nicht genug Liebe entgegen.

Ich schwieg dazu. Er seufzte abgrundtief. »Ich wünsche mir so sehr, daß du englisch lernst und deine neue Heimat liebst. Nur deshalb bin ich dafür, daß du deine Französinnen gegen Engländerinnen austauschst.«

»Das brächte mir England nicht näher«, widersprach ich. »Das Leben hier erscheint mir nur erträglich, weil ich meine Freunde und Freundinnen bei mir habe.«

»Ich möchte so gern dein Freund sein, dein allerbester Freund«, sagte der König. »Schließlich bin ich dein Gemahl.«

»Um nichts auf der Welt würde ich auf diejenigen verzichten, die mich aus Frankreich hierher begleitet haben«, erwiderte ich.

Der König seufzte wieder abgrundtief. Er sah ein, daß es wenig Sinn hatte, mich überzeugen zu wollen. Inzwischen war er zu dem Schluß gelangt, daß ich das unlogischste, unvernünftigste junge Ding war, das man sich denken konnte, ein unberechenbares, launisches Geschöpf, unbeherrscht und zu Wutausbrüchen neigend.

Jetzt weiß ich, daß es in jenen Jahren vor allem mir zuzuschreiben war, daß der König nicht glücklich werden konnte. Doch damals erkannte ich das nicht.

Wir gingen also zu Bett und vollzogen unser allnächtliches Ritual. Ich sehnte das Ende herbei, damit ich endlich schlafen konnte.

Die Verstimmung zwischen uns besserte sich nicht. Es sah auch nicht danach aus, als sollte sich das einmal ändern. Mir war bekannt, daß man sich über mein Verhalten und das meines französischen Gefolges oft den Mund zerriß. Wir durften Gottesdienste abhalten; denn zwischen Frankreich und England war vereinbart worden, daß wir jederzeit dazu berechtigt waren. Die Geistlichen in meinem Gefolge und meine frommen Weggefährten trugen Sorge dafür, daß regelmäßig Gottesdienste stattfanden. Doch die Engländer akzeptierten das nur widerstrebend. Mamie erklärte mir, die Engländer könnten nicht vergessen, daß Maria, eine Tudor, in Smithfield Protestanten hatte verbrennen lassen. Seitdem stand ihr Entschluß fest, sich nie wieder in die Hände von Katholiken zu begeben. Dann hatte die Inquisition einige ihrer Seeleute gefangengenommen. Diese berichteten nach ihrer Rückkehr von schrecklichen Folterqualen. Das Land hatte sich vom Katholizismus abgewandt. Mamie gab zu bedenken, daß die Protestanten nicht immer besonders sanft mit den Katholiken umgegangen waren. Sie sagte sich, daß die Engländer kein besonders religiöses Volk waren. Es hieß von ihnen, sie seien tolerant, doch in Wahrheit sei ihre Toleranz nichts als Gleichgültigkeit. Wenn sie vielleicht auch aus religiösen Gründen nichts gegen Katholiken einzuwenden hatten, so würden sie eine streng katholische Monarchin wie Maria, eine Tudor, doch nie wieder dulden. Diese war von ihrer katholischen Mutter Katharina von Aragon erzogen worden.

»Es ist sehr wichtig, daß man die Menschen begreift, mit denen man leben muß«, erklärte Mamie. »Man muß sie durchschauen, sich nicht vor ihnen fürchten, sie aber auch nicht unterschätzen.«

Ich wußte nicht, ob ich da mit ihr übereinstimmte oder nicht, aber so schätzte sie die Engländer nun einmal ein. Ich durfte jedoch mit meinem Gefolge in den Palästen Gottesdienste abhalten und machte Gebrauch von diesem Recht – vielleicht ein wenig zu eklatant und offenkundig. In meiner Sorglosigkeit übersah ich, daß es so unweigerlich zur Katastrophe kommen mußte.

Mamie warnte mich immer wieder, doch das Thema interessierte mich nicht sonderlich, und ich hörte gar nicht richtig zu. Sie hatte davon gesprochen, daß es dem König ausgesprochen schwerfiel, sich mit den Klauseln unseres Ehevertrages abzufinden, die sein Volk verletzen mußten. Ich solle mich doch bemühen, ein wenig mehr Verständnis für ihn aufzubringen. Natürlich lasteten schwere Sorgen auf ihm, da er die Staatsgeschäfte führen mußte. Da wirkten meine plötzlichen Wutanfälle sicher besonders enervierend. Darüber hinaus versagten ihm die Franzosen ihre Unterstützung im Kampf gegen Spanien. Die Hoffnung darauf war einer der Gründe dafür gewesen, daß ihm unsere Heirat so zustatten kam. Das alles war mir furchtbar lästig, und ich schüttelte es einfach ab. Ich hörte erst dann genauer hin, als Mamie mir berichtete, katholische Gottesdienste seien in England nicht mehr zugelassen – mit Ausnahme der meinigen.

»Der König tut wahrhaftig gut daran, mich und meine Freunde nicht daran zu hindern, Gott zu huldigen«, rief ich aus.

»Er denkt gar nicht daran. Damit würde er ja den Klauseln des Ehevertrages zuwiderhandeln.«

»Sprechen wir doch über etwas Interessanteres.«

Seufzend schüttelte sie den Kopf. Ich stürzte auf sie zu, überschüttete sie mit Küssen und brachte sie wieder zum Lachen.

Als der König das Parlament auflöste, wirkte er noch ernster als gewöhnlich. Er erklärte, er wolle eine Weile im New Forest auf die Jagd gehen. Er gab der Vermutung Ausdruck, daß ich ihn wohl nicht zu begleiten wünsche. Damit hatte er allerdings recht. Er schlug mir einen Aufenthalt in Tichfield vor, dem Besitztum des Earls von Southampton.

Ich war hocherfreut, ihn vorerst einmal loszusein. Bestens gelaunt begab ich mich mit meinem französischen Gefolge und Mamie an meiner Seite nach Tichfield. Dort stellte ich konsterniert fest, daß sich die Gräfin von Denbigh ebenfalls dort aufhielt. Ich war wildentschlossen, jeden zu hassen, der mit dem Herzog von Buckingham in Verbindung stand. Die Gräfin war seine Schwester. Zudem gehörte sie auch noch zu den Frauen, die er mir hatte aufzwingen wollen, damit sie mir im Schlafgemach zu Diensten standen.

In meinen Gemächern sprachen Mamie und ich über sie. Mamie hielt sie für eine sehr willensstarke Frau und riet mir ihr gegenüber zur Vorsicht.

»Laßt sie nicht merken, daß Ihr sie nicht mögt. Wenn Euch der Herzog von Buckingham auch im höchsten Maße unsympathisch ist, so müßt Ihr doch bedenken, daß er unter dem König der mächtigste Mann im Lande ist. Es wäre unklug, sich ihm in den Weg zu stellen.«

Aber wann hätte ich mich je Vernunftgründen gebeugt? Ich hörte mir Mamies Ratschläge zwar immer geduldig an, befolgte sie aber nur, wenn mir zufällig danach zumute war.

»Wer sind denn diese Buckinghams schon groß?« fragte ich verächtlich. »Bevor der kleine Steenie König Jakob auffiel, waren sie rein gar nichts. Vom moralischen Standpunkt ist dieses Verhältnis sowieso strengstens zu verurteilen.«

»Psst«, machte Mamie.

»Verbiete mir gefälligst nicht den Mund. Du vergißt wohl, wer ich bin«, eiferte ich mich.

»So, wir sitzen also wieder einmal auf dem hohen Roß. Genügt es, wenn ich mich tief vor Eurer Majestät verneige, oder soll ich auf allen Vieren kriechen?«

Mamie konnte mich immer zum Lachen bringen. Deshalb hing ich so an ihr.

Ich fuhr boshaft fort: »Daß sie nichts waren, beweist schon die Tatsache, daß sie William Fielding zum Mann genommen hat. Wer um alles in der Welt war er denn schon groß, bevor er den Titel eines Earls verliehen bekam? Ein ganz gewöhnlicher Mann, der das Glück hatte, Susan Villiers zur Frau zu bekommen. Selbst das wäre ihm nicht gelungen, hätte er sie nicht schon geheiratet, bevor der König auf die hübsche Larve von Susans Bruder hereinfiel. Nur dadurch ist die Familie berühmt und reich geworden.«

»Meiner Treu, Ihr wißt ja gut Bescheid über die Geschichte der Familie Buckingham.«

»Ich spüre allem nach, was auch nur entfernt mit dem verhaßten Buckingham zusammenhängt. Vergiß nicht, daß die Familie mir Susan Villiers aufzwingen wollte.«

»Inzwischen Gräfin Denbigh.«

»Ein Titel, den ihr zweifellos ihr Bruder verschafft hat. Er möchte alle Familienmitglieder an einflußreicher Stelle wissen. Man darf ihn nicht aus den Augen lassen.«

»Ihr werdet ihn also im Auge behalten?«

»Ich verbiete dir, dich schon wieder über mich lustig zu machen!«

»Dann will ich das Lachen, das in mir aufsteigt, in Zukunft hinunterschlucken und in Gegenwart Eurer Majestät immer eine ernste Miene aufsetzen.«

»Nur das nicht, ich könnte es nicht ertragen! Hier ist alles ohnehin schon ernst und feierlich genug.«

Zurückblickend muß ich zugeben, daß ich mich der Gräfin Denbigh gegenüber höchst ungebührlich benommen habe – doch hat sie sich mir gegenüber auch nicht gerade vorbildlich verhalten.

Sie bezeichnete sich als fromm, bekannte sich voll zu ihrem Glauben. Daher bedauerte sie zutiefst, daß in Tichfield katholische Gottesdienste abgehalten werden sollten. Ich will nicht bestreiten, daß ich alles getan habe, damit diese Messen so ostentativ und marktschreierisch wie nur irgend möglich zelebriert wurden. Mein Gefolge unterstützte mich dabei nach Kräften – mit Ausnahme von Mamie.

Eines Tages berichtete mir Mamie, die Gräfin habe vor, im großen Saal von Tichfield einen protestantischen Gottesdienst abhalten zu lassen. Alle Mitglieder des Haushalts sollten sich dort einfinden und am Gottesdienst teilnehmen. Außer mir natürlich.

Ich nahm diese Nachricht freudig auf; denn die Etikette machte es erforderlich, daß die Erlaubnis der Königin eingeholt werden mußte, da diese sich im Haus aufhielt.

Bevor ich eine Entscheidung traf, besprach ich mich mit Mamie.

»Ich werde es strikt ablehnen«, sagte ich.

»Das könnt Ihr doch nicht tun!« wehrte Mamie erschrocken ab.

»Und ob ich das kann! Du wirst schon sehen.«

»Das wäre ein schwerwiegender Fehler. Ich flehe Euch an, zu bedenken, daß Ihr in einem protestantischen Land lebt. Ein solches Vorgehen wäre unentschuldbar, auch wenn Ihr eine eifrige Katholikin seid. Ihr müßt so liebenswürdig sein, Eure Zustimmung zu dem Gottesdienst zu geben. Während des Gottesdienstes solltet Ihr Eure Gemächer nicht verlassen. Ihr könnt und dürft nicht anders handeln.«

»Warum muß sie denn unbedingt einen Gottesdienst abhalten, während ich hier bin?«

»Vielleicht möchte sie damit demonstrieren, daß sie fest zu ihrem Glauben, dem Protestantismus steht, obwohl die Königin katholisch ist.«

»Ich werde meine Zustimmung zu diesem Gottesdienst nicht geben.«

»Bitte überlegt es Euch noch einmal. Das wäre eine Narrheit. Das würde man Euch nie verzeihen. Dem König würde es auch zu Ohren kommen, und nicht nur das, auch seine Minister würden davon erfahren. Und selbstverständlich auch die Geistlichkeit. Man würde es nicht gutheißen, wenn jemand an der Ausübung der in diesem Lande anerkannten Religion gehindert würde.«

Ich biß die Zähne zusammen und preßte die Lippen fest aufeinander. Tief im Innern gab ich Mamie selbstverständlich recht, andererseits jedoch konnte ich nicht umhin, schon jetzt zu proben, mit welchen Worten ich Susan Villiers abweisen würde, wenn sie erschien, um meine Erlaubnis einzuholen.

Mamie war nicht mehr bei mir, als einer meiner Höflinge in mein Gemach gestürzt kam.

»Majestät!« schrie er völlig außer Atem. »Im Saal findet ein Gottesdienst statt! Alle – das heißt alle Protestanten – sind bei diesem Gottesdienst zugegen.«

Ich konnte es nicht fassen.

Sie hatte sich also nicht einmal die Mühe gemacht, meine Erlaubnis einzuholen. Was für ein Affront! War es nicht schon unverfroren genug, einen Gottesdienst abhalten zu wollen, während ich unter ihrem Dach weilte? Mußte er jetzt auch noch ohne meine Zustimmung abgehalten werden?

Was sollte ich nur tun? Mamie würde ich bestimmt nicht konsultieren. Ihre Antwort würde lauten: »Nichts.« Ich kochte vor Wut und wollte daraus kein Geheimnis machen.

Mir fiel etwas ein. Ich würde nicht hinuntergehen und darauf bestehen, daß der Gottesdienst umgehend abgebrochen wurde. Der Gedanke kam mir zwar, doch verwarf ich ihn sogleich. Ich wollte den Gottesdienst auf eine Art und Weise stören, die man mir nicht ankreiden konnte.

Ich versammelte ein paar meiner Höflinge um mich und teilte ihnen mit, wir wollten mit den Hunden hinausgehen. Wir alle liebten unsere kleinen Hunde. Die meisten Damen besaßen sogar mehrere. Wir leinten die Tiere an. Mit meinem kleinen Hofstaat im Schlepptau ging ich in die saalartige Eingangshalle hinunter, wo die Gräfin betend mit ihrem Gefolge kniete. In aller Ruhe durchschritten wir die Halle, während die Hunde ungeduldig jaulten, winselten und bellten. Sie schnüffelten überall herum und waren kaum zu bändigen. Wir lachten völlig ungeniert und unterhielten uns. Von den Betenden nahmen wir keinerlei Notiz.

Schließlich gelangten wir in den Hof hinaus und amüsierten uns königlich über den Aufruhr, den wir angezettelt hatten. Doch damit noch lange nicht genug, schickte ich sechs meiner Hofdamen wieder hinein, damit sie mir ein Halstuch holten. Mit ihren Hunden eilten sie noch einmal durch die Eingangshalle. Welche Unruhe sie verbreiteten, konnte ich selbst vor dem Portal noch hören.

Als sie wiederkamen, rief ich mit lauter Stimme: »Ich fürchte, die Luft ist doch etwas zu kühl. Verzichten wir auf den Spaziergang.« Also machten wir alle kehrt und zogen mit Getöse wieder durch die Eingangshalle. Jemand hielt gerade eine Predigt, doch seine Stimme wurde von unserem lärmenden Auftritt übertönt.

Natürlich riefen wir mit diesem Verhalten allgemeines Entsetzen hervor. Selbst Mamie war fassungslos.

Der Vorfall war bald in aller Munde. Ich blieb dabei, daß man mich hätte konsultieren müssen. Es war ein gravierender Verstoß gegen die höfische Etikette, ohne meine Zustimmung einen Gottesdienst abzuhalten. Doch die meisten Leute schienen der Ansicht zu sein, daß diese kleine Unterlassungssünde eine Bagatelle war im Vergleich zu dem Eklat, den ich hervorgerufen hatte.

Man ließ mich nicht im Zweifel darüber, wie schockiert man über mein Verhalten war. Mamie hielt mir unumwunden vor, daß ich die Gräfin und ihr Gefolge schändlich provoziert habe. Das würde man mir nicht verzeihen und mir bei passender Gelegenheit entgegenhalten. Wenn sich die Gräfin auch einen Faux-pas hatte zuschulden kommen lassen, so rechtfertige das doch keinen solchen Affront gegen den Protestantismus.

Das berührte mich nicht im geringsten. Ich schwor, jederzeit wieder so zu handeln. Mamie konnte es nicht fassen.

Als der König von seinem Jagdausflug zurückkam, erwähnte er den Vorfall nicht, obwohl er davon gehört haben mußte. Er gab sich ernst wie immer, doch hinzu kam noch eine Entschlossenheit, die ich an ihm nicht kannte. Natürlich fragte ich mich, was er sich wohl vorgenommen hatte.

In mancher Hinsicht war er mit mir vollauf zufrieden. Sicher hätte er mich zu diesem Zeitpunkt schon leidenschaftlich geliebt, wenn ich seinen Wünschen auch sonst entsprochen hätte. Doch ein Mann seiner Wesensart verkraftete es nicht, daß ich seinen Vorstellungen nicht in jedem Punkt entsprach.

Damals durchschaute ich das noch nicht. Erst jetzt, wo mir soviel Zeit zur Verfügung steht, um über alles nachzudenken, wird mir so manches klar. Zwischen England und Frankreich stand es nicht zum besten. Es lief nicht alles so, wie man es sich vorgestellt hatte. Die Lage spitzte sich so zu, daß Mamie schon befürchtete, mein Gatte und mein Bruder könnten sich bekriegen. Mein Bruder — oder vielmehr Richelieu, wie ich annahm — entsandte den Sieur de Blainville, der sich um eine Einigung bemühen sollte. Blainville suchte auch mich auf und legte mir ans Herz, Verständnis für die Engländer aufzubringen, englisch zu lernen, mich bei Hofe unter sie zu mischen und mich keinesfalls mit meinem französischen Gefolge abzusondern.

Buckingham war außer Landes. Während seiner Abwesenheit blühte ich richtig auf. Es hieß, er wolle Richelieu überreden, ihm gegen die Spanier beizustehen. Ich hätte gern gewußt, ob er noch einmal versuchen würde, Königin Anna, meiner Schwägerin, den Hof zu machen und ob es der wahre Grund seiner Reise war, daß er um ihre Gunst zu buhlen gedachte. Seit Anna im Park um Hilfe geschrien hatte, traute ich Buckingham einfach alles zu.

Die Herzogin von Chevreuse brachte dadurch ein wenig Leben in das tägliche Einerlei, daß sie einem Kind das Leben schenkte. Nicht nur ich fragte mich insgeheim, wer wohl der Vater dieses Kindes war.

Die Herzogin genierte sich nicht im geringsten, und der Herzog tat, als sei es sein Kind. Er mußte wohl an ihre Affären gewöhnt sein. Daher nahm es ihn auch nicht wunder, daß diese manchmal nicht ohne Folgen blieben.

Entmutigt kehrte Buckingham zurück. Seine Pläne waren fehlgeschlagen. Mich wunderte das nicht. Wie konnte er nach seinem schändlichen Verhalten der Königin gegenüber hoffen, in Frankreich mit offenen Armen empfangen zu werden? Zudem brachte er wohl nicht mehr zustande, als sich die starke Zuneigung von Männern wie König Jakob und die Freundschaft junger unerfahrener Männer wie König Charles zu sichern. Charles war ihm treu ergeben, was mir natürlich gar nicht recht war. Ich fürchte fast, sie haben auch über mich gesprochen sowie über das Verhältnis zwischen mir und meinem Gatten. Allmählich festigte sich der Verdacht in mir, daß Buckingham alles tat, um Unfrieden zwischen Charles und mir zu säen. Natürlich würde es Buckingham nicht wagen, mich offen anzugreifen, aber in der Kunst subtiler Andeutungen war er ein wahrer Meister. Ich stellte wiederholt fest, daß es in Buckinghams Abwesenheit kaum zu Streitigkeiten zwischen Charles und mir kam.

Befanden wir uns allein in unserem Schlafgemach, so erwies sich Charles als liebevoll und zärtlich. Zuweilen huschte sogar ein Lächeln über seine Züge, und er ließ sich darüber aus, wie zufrieden er mit mir war. In solchen Augenblicken vergaß er offenbar, wie sehr ich in anderer Beziehung zu wünschen übrigließ. Wenn ich irgend etwas erreichen wollte, so bot sich die beste Gelegenheit dazu während dieser ungestörten Schäferstündchen. Ich gedachte die Stellung einiger Leute aus meinem Gefolge zu festigen. Das konnte ich nur erreichen, indem ich dafür sorgte, daß sie an freigewordene Stellen bei Hofe aufrückten.

Ich hatte große Mühe darauf verwandt, meine Vorstellungen auf einer Liste zusammenzustellen. Sicherheitshalber beinhaltete diese Liste auch ein paar englische Namen. Geschickt hatte ich sie zwischen die französischen Namen eingeschoben, wie ich annahm. Dadurch würde die Vielzahl der Franzosen nicht so auffallen, hoffte ich.

Ich war bereits im Bett, und Charles gesellte sich zu mir. Er wandte sich mir zu, legte den Arm um mich. Da bat ich ihn: »Seht Euch doch bitte einmal diese Liste an.«

»Eine Aufstellung?« fragte er verwundert. »Dies dürfte wohl kaum der richtige Zeitpunkt für derlei Dinge sein.«

»Es handelt sich ja nur um eine Aufstellung derjenigen, die ich als Offiziere in mein Gefolge aufzunehmen wünsche.«

»Nun gut, ich werfe morgen einen Blick darauf. Aber es ist Euch doch wohl bekannt, daß den bei der Eheschließung mit Eurem Bruder getroffenen Vereinbarungen zufolge mir das Recht zusteht, diese Leute zu ernennen.«

»Ach, gegen die in dieser Aufstellung genannten Leute habt Ihr gewiß nichts einzuwenden«, versuchte ich ihn zu beschwichtigen. »Im übrigen handelt es sich nicht nur um Franzosen, sondern auch um Engländer.«

Charles stützte sich auf einen Ellbogen und sah mich forschend an. Obwohl ich ihn bei dem schwachen Licht nicht deutlich sehen konnte, wußte ich, daß er mißtrauisch und unnachgiebig aussah.

»Es ist unzulässig, Franzosen als Offiziere in Euer Gefolge aufzunehmen«, erklärte er eisig. »In dieser Eigenschaft dürfen sie Euch nicht zu Diensten stehen.«

»Darf ich den Grund dafür erfahren?«

»Es genügt, daß ich dagegen bin.«

»Ich hingegen bin *dafür*«, gab ich wutentbrannt zurück. »Meine Mutter wünscht ausdrücklich, daß diese Leute in mein Gefolge aufgenommen werden.«

»Es ist nicht Sache Eurer Mutter, darüber zu entscheiden.«

»Und ich habe da auch nichts zu vermelden?« erkundigte ich mich trotzig.

»Nein«, kanzelte er mich ab. »Wenn ich dagegen bin, könnt Ihr nicht dafür sein.«

Ich war so aufgebracht, daß ich am liebsten aus dem Bett gesprungen wäre und Anstalten gemacht hätte, nach Frankreich zurückzukehren. Aufrecht saßen wir im Bett und starrten uns unversöhnlich an.

»Wenn das so ist, verzichte ich auf Eure Ländereien. Nicht nur die Ländereien, auch die Schlösser und alles, was Ihr mir sonst noch geschenkt habt, will ich nicht behalten. Wenn ich auf meinem Besitz nicht schalten und walten

kann, wie es mir beliebt, ist mir nichts mehr daran gelegen!«
Ich war völlig außer mir vor Zorn.

Daraufhin gab Charles mir mit erzwungener Ruhe zu verstehen: »Ihr solltet nicht vergessen, wen Ihr vor Euch habt. Ich bin Euer König. Ihr seid zwar meine Königin, aber mir nichtsdestotrotz untertan. Vielleicht solltet Ihr bedenken, welches Schicksal andere englische Königinnen ereilt hat.« Das ließ an Deutlichkeit nichts zu wünschen übrig.

Ich traute meinen Ohren nicht. Ob er mir wohl das Schicksal von Anne Boleyn und Catherine Howard vor Augen halten wollte? Es konnte doch wohl nicht sein, daß Charles, den ich bisher immer für wohlmeinend und sanftmütig gehalten hatte, mir auf diese Weise zu verstehen geben wollte, daß mich der Tod ereilen würde, wenn ich mich nicht verhielt, wie er es wünschte.

Seine Drohung war nicht dazu angetan, meinen Zorn versiegen zu lassen. Ich empfand sie als Demütigung und Affront. Sie entsetzte mich dermaßen, daß ich in eine Flut von Tränen ausbrach. Ich erklärte Charles, daß ich mich in England hundeelend fühlte und mich zurück nach Frankreich sehnte. Daß ich hier ein Niemand sei, den man beleidigen und schlecht behandeln könne. In meinem eigenen Haushalt hätte ich nichts zu vermelden. Ich wolle zurück nach Hause. Während all das unter heftigem Schluchzen hervorgestoßen wurde, bemühte sich Charles nach Kräften, mich zu beschwichtigen.

»Hört mich an«, bat er.

»Nein, ich will nichts mehr hören!« schrie ich. »Je mehr Ihr sagt, desto elender wird mir zumute. Warum tut Ihr mir das an? Bin ich nicht die Tochter eines großen Königs? Der König von Frankreich ist mein Bruder. Wenn meine Mutter und meine Geschwister wüßten, wie mir hier mitgespielt wird!«

»Eure Familie weiß sehr wohl, daß Ihr hier behandelt werdet, wie Ihr es verdient. Euer Bruder hat Blainville nach hier entsandt, damit er *Euch* Vernunft beibringt.«

»Ich bin es nicht gewohnt, daß man mich so behandelt«, klagte ich. »Alles hier ist mir verhaßt. Ich will nach Hause. Gleich morgen schreibe ich an meinen Bruder...«

»Das wird Euch wenig nutzen.«

»Und auch an meine Mutter. Sie wird mich verstehen.«

Charles schwieg zu alledem, und ich wurde es müde, gegen eine Wand zu sprechen. Also sank ich auf das Bett zurück und vergrub mein Gesicht im Kissen.

Auch da brach Charles das Schweigen nicht. Seufzend legte auch er sich wieder hin.

Schließlich gab er mir zu verstehen: »Um jede weitere Diskussion darüber zu beenden, sage ich Euch ein für allemal: Ihr könnt Euren französischen Bediensteten keine Posten in Eurem Gefolge verschaffen. Auf diese Posten gehören ausschließlich Engländer. Ihr seid jetzt Königin von England, und je eher Ihr Euch mit dieser Tatsache abfindet, desto besser für Euch selbst und alle, die es sonst betrifft.«

Er gab vor zu schlafen. Allmählich versiegten meine Tränen.

Später wandte er sich mir dann zu und erwies sich als sehr zartfühlend.

Doch ich mußte einsehen, daß ich die Schlacht verloren hatte.

Schon bald kam es zum nächsten Eklat. Diesmal ging es um die Krönung. Charles war ja erst kurz vor unserer Eheschließung König geworden. Es war Sitte, daß die Krönung bald nach der Thronbesteigung stattfand. Aufgrund der Pest mußten die Krönungsfeierlichkeiten notgedrungen aufgeschoben werden. Doch seit Beginn des neuen Jahres war London von der Pest verschont geblieben. Eiligst machte man sich an die Krönungsvorbereitungen. Ein bedeutendes Ereignis, da das Volk den König erst wirklich als seinen König betrachtet, wenn er gesalbt und gekrönt ist.

Charles konnte es daher kaum erwarten, endlich gekrönt zu werden.

Als Königin hätte ich eigentlich gemeinsam mit ihm gekrönt werden müssen, doch vor mir türmten sich unlösbare Probleme auf. Wie konnte ich als Katholikin mich anläßlich eines protestantischen Festaktes krönen lassen?

Ich besprach die Angelegenheit mit meinem französischen Gefolge und selbstverständlich auch mit Vater Sancy.

Er blieb unnachgiebig. Ich dürfe mich auf gar keinen Fall in einer protestantischen Kirche krönen lassen, der Krönung meines Gemahls nicht einmal beiwohnen.

»Dann werde ich also nicht zur Königin gekrönt«, erklärte ich.

»Nur wenn Ihr nach den Riten des einzig wahren Glaubens gekrönt würdet«, gab mir Vater Sancy zu verstehen.

Als ich mich Charles gegenüber dazu äußerte, malte sich Bestürzung in seinen Zügen ab. Dann geriet er in Rage.

»Darf ich das so verstehen, daß Ihr Euch weigert, Euch krönen zu lassen?«

»Ich lehne lediglich die Krönung in einer protestantischen Kirche ab.«

»Ihr müßt den Verstand verloren haben«, tobte er. »Bedeutet Euch die Krone denn so wenig?«

»Mein Glaube bedeutet mir weit mehr«, entgegnete ich theatralisch.

»Dann seid Ihr sicherlich die erste Königin, die es ablehnt, sich krönen zu lassen«, gab er mir zu bedenken. »Man wird Euch nachsagen, daß Ihr Euch die Königswürde habt entgleiten lassen, darüber müßt Ihr Euch im klaren sein.«

»Was würde Gott aber dazu sagen, wenn ich eine solche Blasphemie über mich ergehen ließe?«

Da konnte Charles nicht mehr an sich halten. »Schweig still!« brüllte er. »Wage es nicht noch einmal, in meiner Gegenwart solche Reden zu führen!«

In diesem Augenblick jagte er mir Angst ein. Er stürmte hinaus und ließ mich allein zurück. Fast hatte es den Anschein, als befürchte er, er könne gewalttätig werden.

Allerorten zerriß man sich den Mund über diesen abstrusen Stand der Dinge. Eine Königin, die sich nicht krönen lassen wollte! Die Engländer hielten mich für wahnsinnig, und sie ärgerten sich maßlos über mich; denn meine Haltung kränkte sie. Doch mein eigenes Gefolge wußte sich vor Freude nicht zu lassen. Selbst Mamie verurteilte mich diesmal nicht ob meiner alles andere als populären Einstellung. Sie hielt meine Handlungsweise jedoch für sehr unklug.

Auch der Graf von Blainville zeigte sich bestürzt. Als Katholik hätte er eigentlich Verständnis für mich haben müssen. Wenn ich der Krönung fernbliebe, konnte auch er nicht daran teilnehmen. Er gab zu erkennen, daß er so einen kleinen Lapsus sehr wohl mit seinem Gewissen hätte vereinbaren können, was wohl als leiser Vorwurf zu verstehen war. Da ich mich nicht krönen lassen wolle, müsse auch er den Krönungsfeierlichkeiten fernbleiben, fügte er hinzu.

Charles versuchte noch ein- oder zweimal, mich zur Vernunft zu bringen, doch an meinem Entschluß war nicht mehr zu rütteln.

»Das Volk könnte das als persönliche Beleidigung und als Affront gegen seine Kirche auffassen. Dadurch macht Ihr Euch nicht beliebter.«

»Es kümmert mich nicht, ob ich beim Volk beliebt bin oder nicht«, entgegnete ich ungerührt.

»Dann seid Ihr noch dümmer als ich dachte«, gab er erbost zurück.

Ein andermal versuchte er, mich dazu zu überreden, bei der Krönung in der Abtei doch wenigstens zugegen zu sein. Ich könne hinter einem Gitter sitzen, wo mich niemand sehen würde.

»Nein!« schrie ich aufgebracht. »Ich darf so einen unheiligen Ort nicht einmal *betreten*.«

Damit ließ er die Angelegenheit auf sich beruhen und erwähnte sie nicht mehr. Mir blieb jedoch nicht verborgen, wie sehr es ihm mißfiel, daß ich in aller Munde war und daß die Leute Dinge über mich verbreiteten, die nicht gerade schmeichelhaft waren.

Doch mein Entschluß war unumstößlich. In jenen Tagen besaß ich die fatale Gabe, mir bei allem, was ich tat, stets einzureden, es sei das einzig Richtige. Die Krönung war auf den zweiten Februar und damit auf Lichtmeß festgesetzt. Lichtmeß war einer unserer Kirchenfeiertage. Also feierten wir Lichtmeß, während die Krönung stattfand. Ich muß allerdings zugeben, daß ich nicht widerstehen konnte und mir die feierliche Prozession im Anschluß an den Gottesdienst von einem Fenster im Palast von Whitehall ansah.

Der König gab sich mir gegenüber sehr zurückhaltend. Mit der Zeit fühlte ich mich ziemlich unbehaglich; denn obgleich ich Königin von England war, war ich doch nicht gekrönt worden. Ich könnte mich erst krönen lassen, wenn ich das ganze Volk bekehrt hatte und England katholisch geworden war.

Etwa eine Woche nach der Krönung sollte das zweite Parlament während Charles' Regentschaft einberufen werden. Anläßlich dieser neuerlichen Parlamentseröffnung fände eine große Prozession statt. Vater Sancy plädierte dafür, daß ich sie mir von meinem Fenster im Whitehall-Palast aus ansah, doch Buckingham, der sich ja immer einzumischen pflegte, meinte, von seinem Haus aus könne ich alles noch weit besser sehen. Seine Mutter werde sich sehr freuen, wenn ich mich zu ihr und den anderen Damen des Hauses Buckingham gesellen wolle.

Das ärgerte mich maßlos. Mein erster Impuls war, dieser Aufforderung nicht nachzukommen. Doch ich dachte, ich hätte im Hinblick auf die Krönung etwas wiedergutzumachen.

Charles versprach, mich zur Residenz der Buckinghams zu begleiten. Also wartete ich auf ihn, während ein Aufruhr in mir tobte, weil ich mich bereiterklärt hatte, mich ausgerechnet zu denjenigen zu begeben, die ich so sehr haßte.

Es fing an zu regnen. Das kam mir wie gerufen. Als Charles erschien, wies ich auf meine sehr kunstvolle Frisur und meinen Kopfputz und sah ihn traurig an.

»Was bedrückt Euch?« fragte er, worauf ich ihm erwiderte: »Der Regen würde all das ganz und gar ruinieren«, und erneut auf meine komplizierte Haartracht wies.

Ein schwaches Lächeln umspielte seinen Mund. Ich konnte mir denken, was in ihm vorging. Trotz meiner Unarten sah er in mir ein liebenswertes Kind. Er legte mir zart die Hand auf die Schulter und sagte: »Nun, dann bleibt Ihr eben hier und seht Euch die Prozession von Whitehall aus an.«

Ich war hocherfreut, doch lange währte meine Freude nicht. Der Sieur de Blainville erschien nämlich schon sehr bald. Er wirkte sonderbar verstört.

»Stimmt es, Majestät«, wollte er wissen, »daß Ihr es abgelehnt habt, Euch wie vereinbart zur Residenz der Buckinghams zu begeben, um Euch die Prozession von dort aus anzuschauen?«

»Seht Ihr nicht, daß es in Strömen regnet?«
»Es hat schon wieder aufgehört.«
»Nun, jedenfalls hat es vor kurzem noch geregnet. Ich habe dem König erklärt, daß ich mir bei diesem Regen die Frisur und den Kopfputz ruinieren würde.«
»Dafür wird Buckingham wohl kaum Verständnis aufbringen.«
»Der König hat ein Einsehen gehabt. Er wollte nicht, daß ich zerzaust aussehe.«
»Ihr müßt Euch sofort zu den Buckinghams begeben«, sagte er. »Ich bringe Euch gern hin. Ihr wißt doch wohl, daß zwischen unseren beiden Ländern eine sehr gespannte Lage herrscht. Euer königlicher Bruder, Eure Mutter, der Kardinal... sie alle sind erpicht darauf, mit Eurem Gemahl auf freundschaftlichem Fuß zu stehen. Verzeiht mir meine Offenheit – aber Euer Verhalten ist nicht dazu angetan, uns ans Ziel unserer Wünsche zu bringen.«

Das trug er mit so ernster Miene vor, und mein Fehlverhalten bei der Krönung schien ihn noch so mitzunehmen, daß ich gelobte, sogleich aufzubrechen.

Also geleitete er mich unverzüglich zur Residenz der Buckinghams.

Seltsamerweise kann man Menschen viel mehr verärgern, wenn einem der Sinn nicht danach steht, als wenn man es sich vorgenommen hat. Ich konnte mir nicht vorstellen, daß eine so triviale Angelegenheit so einen Eklat entfachen könnte. Selbstverständlich war es wieder einmal Buckingham, der Verwirrung stiftete. Jemand, der der Szene beigewohnt hatte, trug mir zu, daß der Herzog große Besorgnis geäußert hatte, als er merkte, daß ich nicht mit dem König beisammen war. Vermutlich kannte er den wahren Grund für meine Weigerung, Whitehall zu verlassen. Daß das mit dem Regen nichts zu tun hatte, konnte er sich wohl denken. Jemand hatte mitangehört, wie er den König daraufhin ansprach, daß dieser auf das Parlament wahrscheinlich keinen großen Eindruck machen würde, wenn er es schon der Königin gestatte, seine Wünsche zu mißachten und ihn zu verhöhnen.

Charles soll sehr aufgebracht gewesen sein. Er gab sehr

viel auf Buckinghams Meinung, und der Herzog stand auf so vertrautem Fuß mit ihm, daß er nicht davor zurückschreckte, Kritik zu äußern, wenn ihm danach zumute war. Charles schickte daraufhin einen Boten nach Whitehall, der dafür sorgen sollte, daß ich sogleich aufbrach, doch in der Zwischenzeit hatte ich mich bereits in Begleitung des Sieur de Blainville zu den Buckinghams begeben.

Ich wußte genau, was Buckingham dazu sagen würde. Er würde darauf hinweisen, daß ich mich geweigert hatte, der Bitte des Königs zu entsprechen, daß ich aber sofort aufgebrochen war, als mein Landsmann mir das nahelegte.

Charles fehlte es damals noch sehr an Selbstsicherheit. Er gab sich scheu und zurückhaltend und befürchtete stets, es könne ihm an Würde mangeln. Im nachhinein sehe ich alles viel klarer. Buckingham war der Günstling von Charles' Vater gewesen und hatte sich dann zu Charles' Mentor aufgeschwungen. Charles ließ sich von ihm raten und gab viel auf seine Worte. Nun ließ mir Charles aufgrund von Buckinghams Einwänden eine Nachricht überbringen, die besagte, daß ich umgehend nach Whitehall zurückzukehren habe; denn da ich nicht fortwollte, als er mir anbot, mich zu eskortieren, könne ich nun auch nicht bleiben.

Ich war damals so gedankenlos, habe nicht einmal den Versuch gemacht, mich in Charles' Lage zu versetzen. Ich schickte den Boten mit der Nachricht zurück, ich zöge es vor, jetzt hierzubleiben, der Sieur de Blainville habe mich zu den Buckinghams gebracht.

Der Befehl, der daraufhin erfolgte, ließ an Deutlichkeit nichts zu wünschen übrig. Ich solle mich ohne weitere Umstände augenblicklich nach Whitehall zurückbegeben.

Da erst begriff ich, daß sich etwas zusammenbraute und hielt es für ratsam, dem Befehl Folge zu leisten. Ich kehrte zurück nach Whitehall und sah mir die Prozession in Gesellschaft meines Gefolges von dort aus an, was ich von Anfang an vorgehabt hatte.

Doch damit war die Angelegenheit beileibe noch nicht aus der Welt geschafft.

An jenem Tag bekam ich den König nicht mehr zu Gesicht, und des Abends kam er auch nicht zu mir in mein

Schlafgemach. Am nächsten Morgen wurde mir ein Brief von ihm überbracht. Er sei entsetzt über mein Benehmen, hieß es darin und wolle mich nicht sehen, bevor ich mich dafür entschuldigt hätte.

Ich konnte seine Gedankengänge beim besten Willen nicht nachvollziehen. »Was habe ich denn jetzt schon wieder angerichtet?« fragte ich Mamie. Diese konnte sich sehr wohl denken, wie es dazu gekommen war, daß dieser an und für sich so harmlose Sachverhalt so aufgebauscht werden konnte. »Viel Lärm um nichts«, meinte sie. Es müsse doch ein Leichtes für mich sein, dem König meine Unschuld zu beweisen. Ich bräuchte ihm nur zu versichern, ich sei tatsächlich in Sorge um meinen Kopfputz gewesen. Dann habe mir der Sieur de Blainville zu verstehen gegeben, meine Weigerung sei ein Affront den Buckinghams gegenüber. Daraufhin hätte ich seinen Rat befolgt und mich von ihm zu den Buckinghams begleiten lassen.

Gereizt stampfte ich mit dem Fuß auf und rief ungehalten: »Wie albern ist das alles! So ein Theater... für nichts und wieder nichts. Wieso spielt es eine so große Rolle, wie ich zu den Buckinghams gelangt bin? Ich habe mich doch hinbegeben. Und weiß Gott nicht gern!«

»Als Königin müßt Ihr Euch immer an die Etikette halten.«

»Wo die Buckinghams sind, bleibt der Ärger nicht aus. Ist dir das auch schon aufgefallen?«

»Ja. Aber Ihr könnt doch genauestens erklären, wie sich alles abgespielt hat. Der König wird Euch sicher Glauben schenken. Geht zu ihm und erzählt ihm alles.«

»Ich würde es vorziehen, wenn er zu *mir* käme.«

»Aber ich bitte Euch! Schließlich ist er der König und Euer Gemahl.«

»Trotzdem denke ich nicht daran, mich als seine Sklavin zu gebärden. Wie er ein Königssohn ist, bin ich eine Königstochter. Mein Vater war ein größerer König als der seine...«

»Kind, seht Euch vor. Ihr seid zu ungestüm. Vergeßt nicht, wo Ihr seid. Und welche Stellung Ihr innehabt. Ach, mein Liebes, manchmal macht Ihr mir richtig angst.«

»Ich lasse mich von Buckingham nicht ins Bockshorn jagen. Er will es dahin bringen, daß mein Gemahl mich haßt. Warum nur, Mamie, was habe ich ihm denn getan?«

»Der Vater Eures Gemahls stand völlig unter dem Einfluß Buckinghams. Vermutlich hat sich Buckingham das bei dem jetzigen König auch zum Ziel gesetzt. Er will nicht tatenlos mitansehen, wie Euch der König immer lieber gewinnt und läßt deshalb nichts unversucht, das zu untergraben. Damit Ihr niemals mehr Einfluß auf den König habt als er.«

»Der König und mich liebgewinnen! Mein Einfluß auf den König! Soll das ein Scherz sein, Mamie? Ich kann ihn nicht beeinflussen, weil ihm nichts an mir liegt.«

»Ich bin sicher, daß sich das bald ändert. Der König möchte Euch gern lieben, doch Ihr müßt Euch dieser Liebe als würdig erweisen. Geht nun zu ihm und erklärt ihm, was geschehen ist, dann könnt Ihr mit seiner Vergebung rechnen.«

»Ich wüßte nicht, was er mir zu vergeben hätte, Mamie. Warum soll ich zu Kreuze kriechen? Soll *er* doch kommen und *mich* um Verzeihung bitten.«

»Könige bitten nicht um Verzeihung.«

»Königinnen auch nicht.«

Seufzend gab Mamie sich geschlagen. Sie kannte meine Widerspenstigkeit.

Auch in den nächsten Tagen machte der König keine Anstalten, mich wieder einmal aufzusuchen. Verwundert mußte ich mir eingestehen, daß mich das sehr störte und er mir sogar ein wenig fehlte. Ich war schon immer ungeduldig und impulsiv gewesen. Das Warten fiel mir ungeheuer schwer. Sein Schweigen lastete auf mir. Also bat ich schließlich, ihn aufsuchen zu dürfen.

Die Antwort ließ nicht auf sich warten. Er sei hocherfreut und ließ mich zu sich bitten.

Als ich vor ihm stand, fiel mir gleich auf, daß seine Augen vor Freude glänzten. Ich wußte, daß er mir nach einem Eingeständnis meiner Schuld sofort verzeihen würde, doch den Gefallen konnte ich ihm nicht tun; denn ich war mir keiner Schuld bewußt. Ich wollte nur nicht mehr vergebens warten. Es graute mir davor, mich abends in meine Gemächer zurückzuziehen und nicht zu wissen, ob er zu mir kommen würde oder nicht. Ich begann mich zu fragen, ob ich das denn wollte. Zumindest wußte ich jetzt genau, daß ich die einsamen Nächte und die Ungewißheit schwer ertrug.

Unumwunden erklärte ich: »Ich weiß nicht, wodurch ich mir Euren Zorn zugezogen habe. Jedenfalls lag das nicht in meiner Absicht. Ich bitte Euch, mir zu vergeben, sollte ich Euch gekränkt haben.«

Sicher wollte er sich ebensogern mit mir versöhnen wie ich mich mit ihm. Ein schwaches Lächeln flog über seine Züge. Er zog mich in die Arme.

»Die Sache ist vergessen. Wir wollen nicht mehr davon sprechen.«

Für den armen Blainville war die Angelegenheit jedoch damit noch nicht ausgestanden. Hinfort wurde er bei Hofe abgewiesen. Für einen Gesandten war das eine unhaltsame Lage. Also beorderte man ihn zurück nach Frankreich. Er tat mir schrecklich leid. Er hatte sich nicht das Geringste zuschulden kommen lassen. In Frankreich würde man ihm sicher vorhalten, er habe bei seiner Mission versagt.

An seiner Stelle schickte man den Maréchal de Bassompierre nach England. Lange Jahre war er ein treuer Freund meines Vaters gewesen, war mit Charlotte de Montmorency vermählt worden und hatte auf sie verzichtet, als mein Vater sie zu seiner Mätresse machen wollte. Er hatte Frankreich treu gedient. Ich erkannte rasch, daß er mir die Leviten lesen würde. Er ließ mich nicht im Zweifel darüber, daß mein Benehmen sehr zu wünschen übrig ließ und ich mich unbedingt zusammennehmen müsse.

Es war eine schwere Zeit gewesen. Trotz meines heftigen Protests zwang man mir drei Engländerinnen auf. Meine französischen Kammerfrauen wurden jedoch nicht entlassen. Bei den Engländerinnen handelte es sich um die Herzogin von Buckingham, die Gräfin von Denbigh und die Gräfin Carlisle.

Mamie bekam es mit der Angst zu tun. Mir entging nicht, daß sie sich große Sorgen machte.

Mich selbst konnte das nicht so sehr erschüttern. Ich war noch immer davon überzeugt, daß es mir auch weiterhin gelingen würde, meinen Willen durchzusetzen. Etwa eine Woche lang verhielt ich mich den drei neuen Damen gegenüber äußerst wortkarg. Ich sprach nur mit ihnen, wenn es sich nicht vermeiden ließ. Dann erst nahm ich wirklich Notiz von ihnen, sobald ich begriff, was für außergewöhnliche Menschen ich da um mich hatte.

Buckinghams Frau bekundete großes Interesse am Katholizismus und stellte mir oft Fragen. Sie zeigte sich keineswegs skeptisch, und ich mußte mir bald eingestehen, daß ich mich ausgesprochen gern mit ihr unterhielt. Wie hatte sie nur so einen widerwärtigen Mann heiraten können? Aber uns armen Frauen blieb ja keine Wahl. Unsere Ehen wurden arrangiert, und wir mußten zusehen, wie wir uns behaupteten. Auch die Gräfin von Denbigh wollte so manches über den Katholizismus wissen. Beide lauschten aufmerksam und zeigten aufrichtiges Interesse. Auch erwiesen sie sich mir gegenüber als sehr ehrerbietig. Obgleich die eine die Frau und die andere die Schwester Buckinghams war, schloß ich sie bald ins Herz. Am liebsten mochte ich jedoch Lucy Hay, die Gräfin von Carlisle. Sie war nicht nur eine hochinteressante, sondern auch eine auffallend schöne Frau, etwa zehn Jahre älter als ich. Sie war ein Mitglied der Familie Percy. Ihr Vater war der Earl von Northumberland. Sie hatte sich unsterblich in James Hay verliebt, so daß man von einer wahren Liebesheirat sprechen konnte. Ihr Gemahl erhielt den Titel des Earl von Carlisle. Lucys Eltern waren mit dieser Heirat ganz und gar nicht einverstanden, und es wäre sicher nichts daraus geworden, wenn Lucys Vater nicht als Gefangener im Tower von London gesessen hätte. Der Earl von Carlisle hatte seine Freilassung bewirkt, doch unter der Bedingung, daß er Lucy dafür zur Frau bekäme. Ich mochte Lucy so, weil sie nicht nur unbeschreiblich schön war, sondern auch geistreich und amüsant.

So dämmerte mir langsam die Erkenntnis, daß es auch liebenswerte Engländer gab, und da die Freunde, die ich aus Frankreich mitgebracht hatte, ja nicht zurückgeschickt wurden, nahm ich diese drei liebenswerten, interessanten Damen gern noch zusätzlich in meine Dienste.

Buckinghams Frau und Schwester wuchsen mir immer

mehr ans Herz. Das änderte jedoch nichts an der Tatsache, daß Buckingham mir nach wie vor zuwider war. Ich war zu der Überzeugung gelangt, daß er den König ständig gegen mich aufhetzte. Diese Überzeugung wurde zur Gewißheit, als Mamie eines Tages völlig aufgelöst bei mir erschien und mir berichtete, Buckingham habe mit ihr gesprochen.

»Worüber?« wollte ich wissen.

»Über Euch und den König.«

»Wie konnte er das wagen!«

»Er schreckt vor nichts zurück. In den Augen des Königs ist er makellos und über jeden Tadel erhaben. Buckingham hat sich tatsächlich erdreistet, mir weismachen zu wollen, der König sei nicht zufrieden mit Euch.«

»Willst du damit sagen, er habe Buckingham aufgetragen, *dich* davon zu unterrichten?« Ich fühlte, wie mir die Zornesröte in die Wangen stieg.

»Nun beruhigt Euch doch erst einmal. Er behauptet, Ihr könntet den König im Schlafgemach nicht zufriedenstellen.«

Zorn und Scham verschlugen mir fast die Sprache.

»Wie kann er es wagen, sich in solche Dinge einzumischen!«

»Er behauptet, der König habe sich ihm anvertraut. Bei Tag sollt Ihr hinreichend umgänglich sein, doch bei Nacht zeigt Ihr Euch angeblich kalt und abweisend, und das mißfällt dem König sehr.«

»Dann muß der König dafür Sorge tragen, daß ich zärtliche Gefühle für ihn hege. Ich werde ihm sagen, daß er das über seinen Botschafter Buckingham niemals erreichen wird.«

»Nehmt Euch zusammen, ich flehe Euch an! Laßt uns gemeinsam Klarheit schaffen. Welche Gefühle hegt Ihr denn für den König, und welche hegt er für Euch?«

»Das geht nur den König und mich etwas an und keinen Außenstehenden!« polterte ich los.

»Ganz richtig. Da pflichte ich Euch bei. Und doch hat der König Buckingham ins Vertrauen gezogen.«

»Mamie, glaubst du wirklich, daß der König mit Buckingham gesprochen hat?« fragte ich meine Vertraute. »Oder ist das nur wieder eine von Buckinghams Fantastereien?«

Mamie überlegte. Schließlich sagte sie: »Wenn Ihr mir versichert, daß Ihr Euch im Bett gut mit dem König versteht...«

»Meines Wissens ist es so. Ich gebe mich ihm hin, obwohl es mir keine Freude macht.«

»Vielleicht genügt das nicht.«

»Aber wie kann er solche vertrauliche Fragen mit Buckingham besprechen?«

»Das steht ja gar nicht fest«, warf Mamie ein.

»Mamie, ich weiß ganz genau, daß ich mit dem König niemals glücklich werden kann, solange Buckingham noch hier ist. Er wird nichts unversucht lassen, um einen Keil zwischen uns zu treiben.«

»Glaubt Ihr, daß Ihr den König eines Tages lieben würdet, wenn es Buckingham nicht gäbe?«

»Das kann ich dir nicht sagen. Das Leben ist jedenfalls viel angenehmer, wenn Buckingham nicht hier ist.«

»Und gegen Eure neuen Kammerfrauen habt Ihr nichts einzuwenden?«

»Nein. Ich mag sie sehr. Besonders Lucy.«

»Wir dürfen es Buckingham nicht gestatten, den König zu beeinflussen.«

»Wie sollen wir ihn davon abhalten?«

»Das weiß ich auch nicht. Wir müssen beten, damit ein Wunder geschieht.«

Ich war ganz verstört, weil der König mit Buckingham über die intimsten Dinge gesprochen hatte. Aber hatte er das wirklich getan? Ich konnte es nicht wissen und zog ausnahmsweise einmal keine voreiligen Schlüsse. Der Herzog erschien mir immer unerträglicher. Ich gelangte allmählich zu der Überzeugung, daß wir alle möglichen Stürme hätten umschiffen können, wenn er nicht gewesen wäre. So drohten sie unsere Ehe zu zerstören.

Auch an dem letzten Vorfall trug er ganz gewiß die Schuld.

Es zeigte sich immer deutlicher, daß er mir schaden wollte. Eines Tages erdreistete er sich, mich um eine Privataudienz zu ersuchen. Widerstrebend gewährte ich sie ihm, doch ich bereute es sogleich. Er war ein unglaublich gutaussehender Mann, der sicherlich dank seiner äußeren Erscheinung an die Macht gelangt war. Sein ausgeprägtes Selbstbewußtsein verlieh ihm etwas Königliches. Vermutlich hielt er sich für den wichtigsten Mann bei Hofe, auf den selbst der König hörte.

Die Förmlichkeiten brachte er rasch hinter sich. Dann begann er so vertraulich auf mich einzureden, daß ich mich vor Zorn nicht mehr zu lassen wußte.

»Mir ist bekannt, daß es um Eure Beziehung zum König nicht zum besten steht. Oh, Ihr seid wunderschön, daran besteht kein Zweifel, und als Königstochter seid Ihr von königlichem Geblüt... aber Ihr seid noch so jung, so jung und unerfahren...«

»Ich werde jeden Tag um einen Tag älter«, erwiderte ich pikiert, »und sehe täglich etwas klarer.«

Er lachte schallend.

»Ihr entzückt mich. Aber ich kann mir denken, was der König an Euch bemängelt.«

»Ich wüßte wirklich nicht, was der König an mir zu bemängeln haben sollte.«

»Ihr seid so herzerfrischend jung und unschuldig. Ich habe dem König gegenüber bereits angedeutet, daß Ihr in der Kunst der Liebe unterrichtet werden müßtet.«

Ich war so fassungslos, daß es mir die Sprache verschlug.

»Ach ja, die Liebe!« seufzte er. »Um die Liebe in vollen Zügen genießen zu können, muß man in der Kunst der Liebe sehr bewandert sein. Möglicherweise versteht der König mehr von Staatsgeschäften als von Liebe. Es könnte sein...«

Er war näher an mich herangerückt. Das Glitzern in seinen Augen sprach eine beredte Sprache. Hatte er sich so auch an meine Schwägerin herangemacht? Was wollte er von mir? Wollte er mir vielleicht demonstrieren, wie ich Charles zufriedenstellen konnte?

Ein ungeheuerliches Ansinnen! Was Charles wohl dazu sagen würde, wenn ich ihm erzählte, was Buckingham mir vorgeschlagen hatte? Nicht gerade vorgeschlagen, aber doch angedeutet.

»Lord Buckingham!« schrie ich, und meine Stimme überschlug sich fast. »Bleibt mir vom Leib! Was für ein ungeheuerliches Ansinnen stellt Ihr da an mich? Was der König wohl dazu sagen wird, wenn ich ihm davon erzähle?«

Buckingham trat gehorsam einen Schritt zurück und sah mich mit hochgezogenen Augenbrauen an. In seiner Miene spiegelte sich Bestürzung und Verständnislosigkeit. »Majestät, ich fürchte, ich verstehe Euch nicht. Was für ein Ansinnen soll ich denn an Euch gestellt haben?«

»Es kränkt mich, daß Ihr Euch über Dinge auslaßt, die nur den König und mich betreffen.«

»Verzeiht, ich dachte, ein paar Andeutungen... mehr hatte ich wahrhaftig nicht im Sinn, das schwöre ich Euch. Was habt Ihr da nur hineininterpretiert? Ich kann mir beim besten Willen nicht vorstellen, womit ich Euch gekränkt haben könnte.«

Dieser Mann war ein Ungeheuer, eine Schlange, vor deren Gift man sich hüten mußte.

»Ich wollte lediglich über Eure Einstellung zu dem Glauben mit Euch sprechen, der in England überwiegt. Und Euch einen guten Rat geben. Ihr hättet den Gottesdienst der Gräfin von Denbigh in Tichfield keinesfalls stören dürfen...«

»Das ist längst vergeben und vergessen. Die Gräfin trägt mir das nicht nach. Wir haben uns inzwischen miteinander angefreundet.«

»Das freut mich. Und damit komme ich zu einer anderen Frage, von der ich weiß, daß sie den König sehr belastet. Er wünscht, daß Ihr Euer französisches Gefolge endlich nach Frankreich zurückschickt.«

»Das wird nie geschehen?«

»Viele Engländerinnen wären gern an ihrer Stelle.«

»Ich möchte alles auf dem derzeitigen Stand belassen. Ihr braucht Euch nicht weiter zu bemühen. Meine Kammerfrauen suche ich mir lieber selbst aus.«

»Vermutlich sprecht Ihr jetzt dank Eurer drei englischen Kammerfrauen auch ein wenig Englisch.«

»So ist es. Trotzdem wüßte ich nicht, was Euch das angeht.«

»Ich möchte Euch doch nur helfen. Mein größter Wunsch ist es, Euch zu gefallen.«

»Wenn das so ist«, sagte ich mit fester Stimme, »könnt Ihr mir gleich einen Gefallen tun, der Euch nicht viel kostet. Geht endlich und laßt mich in Ruhe!«

Er leistete der Aufforderung unverzüglich Folge, doch ich konnte mich eines unguten Gefühls nicht erwehren.

Es hätte mir eigentlich nicht entgehen dürfen, daß alles auf eine Katastrophe zusteuerte, doch in jenen Tagen sah ich nicht weiter, als meine Nasenspitze reichte. Wenn ich einen kleinen Sieg verzeichnen konnte, bildete ich mir gleich ein, ich hätte die Schlacht gewonnen — wenn ich auch nicht hätte sagen können, warum sich Ehemann und Ehefrau bekriegen sollten.

Im Monat Juni lebten wir in Whitehall. An einem wunderschönen warmen Nachmittag ging ich im Park spazieren. Vater Sancy begleitete mich. Er machte mir Vorhaltungen wegen irgendeiner lächerlichen Kleinigkeit. Ich hörte ihm gar nicht zu, sondern bewunderte die Bäume und freute mich an dem schönen Tag. Mamie ging auf der anderen Seite neben mir. Wir schlenderten aus dem Park hinaus und kamen zu den Galgen in Tyburn. Die entsetzten mich immer, weil dort so viele Menschen elendiglich umgekommen waren. Viele aus Glaubensgründen. Es lag noch gar nicht so lange zurück, da waren die gläubigen Katholiken, die sich vorgenommen hatten, das Parlamentsgebäude in die Luft zu jagen, auf entsetzliche Weise umgekommen. Dabei hatten sie die Ketzer in diesem Land doch nur zum Katholizismus bekehren wollen. Genau das hatte auch ich mir zum Ziel gesetzt.

Das ließ ich nun verlauten. Mamie runzelte die Stirn. Es mißfiel ihr, wenn ich so etwas sagte. Auch sie war natürlich streng katholisch, doch war sie auch durchaus bereit, den Glauben anderer zu tolerieren. Vater Sancy geriet regelrecht in Rage, als er über die armen Menschen sprach, die in Tyburn für ihren Glauben gestorben waren und schlug vor, an der Richtstätte ein kurzes Gebet für diese armen Seelen zu sprechen.

Ich hatte nichts dagegen einzuwenden. Also beteten wir für die Gehenkten.

Natürlich wurden wir dabei beobachtet. Eine Königin ist niemals unbeobachtet. Offensichtlich hatte ich überall Feinde. Der Vorfall wurde aufgebauscht und völlig entstellt. Unglaubliche Geschichten kursierten bei Hofe und auch in der Stadt. Ich habe in Tyburn Buße getan, sagte man mir nach. Ich sei barfuß mit einer Kerze in der Hand einhergegangen. Ich habe dort einen Altar errichtet und die Messe gelesen, zur Jungfrau Maria und allen Heiligen gebetet zwecks Errettung derjenigen, die ich Märtyrer genannt haben soll und die für die Engländer Verbrecher waren.

»Lügen!« schrie ich aufgebracht. »Nichts als Lügen!«

Doch man kann sich gar nicht vorstellen, wie viele Menschen diesen Lügen Glauben schenkten.

Der König nahm mich ins Verhör. Ich berichtete ihm, was sich tatsächlich abgespielt hatte.

»Was für ein Verhängnis!« sagte er. »Warum mußtest du aber auch dort hingehen?«

»Es war ja nicht geplant«, verteidigte ich mich. »Wir sind zufällig dort vorbeigekommen.«

Ich sah ihm an, daß er mir nicht glaubte.

Er nahm mich an den Schultern und schüttelte mich sachte. »Du mußt das verstehen«? sagte er leicht verärgert.

»Ich gehe nie wieder zu den Galgen!« versicherte ich ihm. »Das ist ja schrecklich. Ein wahrer Ort des Grauens. Ich hatte das Gefühl, als könne ich alle diejenigen schreien hören, die dort Qualen gelitten haben.«

»Sie haben Qualen ausgestanden, weil sie Verbrecher waren«, erklärte er schroff.

»Aber nicht alle«, widersprach ich. »Manche sind auch für ihren Glauben gestorben.«

»Es wäre lächerlich, wenn sich ein Katholik über das Unrecht beklagen wollte, das anderen zugefügt wird aus dem einfachen Grund, daß diese einem anderen Glauben angehören als ihre Verfolger.«

Ich schwieg dazu. Ich hatte ja nur erklären wollen, was in Tyburn tatsächlich vorgefallen war.

Charles murmelte: »Dein Priester trägt die Schuld daran.

Er ist ein Spitzel und sonst nichts. Er muß so bald wie möglich fort. Euer ganzes Gefolge zwingt Euch das Benehmen auf, das Ihr an den Tag legt.«

Damit verließ er mich. Er war furchtbar aufgebracht, und ich fand es jammerschade, daß er den Geschichten Glauben schenkte, die über mich im Umlauf waren. Denjenigen, die sie verbreiteten, glaubte er eher als mir, seiner Frau.

Das schmerzte und machte mich sehr zornig. Meine Freunde schlugen vor, in meinen Gemächern im Palast von Whitehall ein kleines Fest zu veranstalten, um mich aufzuheitern. Sie musizierten, und wir probierten ein paar neue Tänze aus. Bald amüsierten wir uns herrlich und waren sehr ausgelassen.

Vermutlich waren wir dabei sehr laut. Ich weiß noch, daß wir alle aus vollem Halse lachten, und als ich gerade mit einem Kammerherrn aus meinem Gefolge tanzte, wurde die Tür ganz plötzlich aufgestoßen. Der König stand auf der Schwelle.

Alle erstarrten, und das Schweigen wurde so bedrückend, daß ich am liebsten laut geschrien und meine Freunde aufgefordert hätte, weiterzumusizieren. Ich sah Charles an, während ich meinen Tanzpartner noch an der Hand hielt, denn das schrieb dieser Tanz vor. Ich sah dem König an, daß er mein Benehmen sehr ungehörig fand.

Er äußerte sich nicht sofort, sondern ließ den Blick schweigend auf uns ruhen. Dann trat er auf mich zu. Alle starrten ihn an; denn er schien sehr langsam zu gehen. Doch er ergriff nur meine Hand und sagte: »Kommt.« Er zog mich in sein Gemach, das neben dem meinen lag und schloß die Tür hinter uns ab.

Ich sah ihn fragend an.

»Ich muß dir etwas sagen«, richtete er das Wort an mich. »Ich wollte dir schon seit geraumer Zeit mitteilen, daß die Leute, die mit dir aus Frankreich hierhergekommen sind, jetzt dorthin zurückkehren müssen.«

Ich war so perplex, daß ich nur stammeln konnte: »Was? Wann...?«

»Sogleich«, antwortete er. »Es ist schon alles vorbereitet. Ihrem Einfluß ist es nämlich zuzuschreiben, daß wir uns nicht sonderlich verstehen und es immer wieder Ärger gibt. Je eher sie in ihr Heimatland zurückkehren, desto besser für uns alle.«

»Nein!« rief ich verzweifelt.

»O doch«, beharrte er auf seinem Vorsatz. Tröstend fügte er hinzu: »Du wirst sehen, daß es so am besten ist.«

»Das lasse ich nicht zu!« zischte ich zornbebend.

»Du solltest dich nicht zu so unüberlegten Äußerungen hinreißen lassen«, riet er mir in gleichbleibend sanftem Tonfall.

Ich stürzte auf die Tür zu. »Die Tür ist abgeschlossen«, sagte er. »Und ich habe den Schlüssel.«

»Dann schließ die Tür gefälligst wieder auf. Ich möchte zu meinen Freunden und ihnen mitteilen, was du mit ihnen vorhast. Der Ehevertrag besagt, daß sie bei mir bleiben dürfen.«

»Die Franzosen haben sich nicht immer an die Klauseln dieses Vertrags gehalten, und ich habe diese Leute satt, die immer nur Ärger machen. Dein Beichtvater hetzt ständig alle auf. Er hat dich nach Tyburn geschleppt und dich dazu gebracht, daß du tust, was du dort leider Gottes getan hast. Er wird umgehend nach Frankreich zurückgeschickt ... und die ganze Bande mit ihm.«

Eine eiserne Faust schien mein Herz zu umklammern. Vor Angst um meine Lieben, vor allem aber um Mamie, konnte ich kaum sprechen. »Nein«, hauchte ich mit schwacher Stimme. »Laß mich wenigstens zu ihnen«, flehte ich Charles an.

»Du sollst sie nicht mehr sehen.«

Entgeistert starrte ich ihn an. Da fügte er hinzu: »Sie verlassen Whitehall heute noch. Die Kutsche, mit der sie fahren, wartet schon.«

»Und wohin werden sie gebracht?«

»Sie werden anderswo untergebracht, bis ihrer Rückkehr nach Frankreich nichts mehr im Wege steht.«

Ihre Rückkehr nach Frankreich! Er sprach von meinen Freunden wie von Stoffballen, doch sie waren mein einziger Trost gewesen. Ohne sie wäre mir das Leben hier unerträglich erschienen.

»Ich lasse es nicht zu, daß du sie zurückschickst!« tobte ich.

»Mein liebes Weib«, sprach er, »so nimm doch Vernunft an. Glaube mir, es ist besser so. Sie müssen endlich fort. Wir beide müssen lernen, uns so zu lieben, daß keinem von uns beiden irgend jemand wichtiger ist als der andere – mit Ausnahme der Kinder, die wir eines Tages haben werden.«

»Ich kann einfach nicht glauben, daß es dir damit ernst ist. Du tust das nur, um mich zu ärgern.«

Charles schüttelte den Kopf. »Nein, es ist die reine Wahrheit. Sie müssen fort, es geht nicht anders. Dies ist ein unhaltbarer Zustand. Wir würden nicht zur Ruhe kommen, solange sie noch hier sind. Komm, ich will es dir beweisen.«

Er zog mich ans Fenster. Unten sah ich Kutschen stehen, in die meine Freunde in diesem Augenblick verfrachtet wurden.

»Nein, nein!« schrie ich auf. Ich entwand mich Charles, als ich mitansehen mußte, wie Mamie in eine Kutsche geschoben wurde.

»Mamie«, flüsterte ich tonlos, »liebe Mamie.« Dann rief ich laut nach ihr, doch sie konnte mich nicht hören. Sie sah todunglücklich aus, gramgebeugt und verzweifelt.

Wie eine Wahnsinnige trommelte ich mit den Fäusten an das Fenster. »Nicht wegfahren! Nicht wegfahren!« schrie ich aus vollem Halse. »Laß nicht zu, daß man dich wegbringt!«

Ich hörte Glas splittern. Die Scheibe hielt dem Ansturm der Schläge nicht stand. Blut tropfte mir von den Händen.

Charles packte mich an den Schultern. »Hör auf!« rief er. »Hör sofort auf!«

»Nein, ich will nicht! Ich hasse England! Ihr alle seid mir verhaßt! Ihr schickt meine Freunde weg, die mir so viel bedeuten.«

Schluchzend sank ich zu Boden, als ich die Kutschen abfahren hörte.

Als ich wieder aufsah, war ich ganz allein. Charles war gegangen und hatte mich eingeschlossen. Die Hände vors Gesicht geschlagen saß ich auf dem Boden und überließ mich meiner Trauer und Verzweiflung. Noch nie war ich so unglücklich gewesen.

Ich kann nicht sagen, wie lange ich so dagesessen habe.

Als die Tür leise aufgestoßen wurde und Lucy Hay erschien, kam ich wieder zur Besinnung. Wortlos half sie mir auf, legte den Arm um mich und führte mich zur Fensterbank. Wie einem Kind strich sie mir übers Haar. Als ich den Kopf an ihre Schulter schmiegte, drückte sie mich an sich. Ohne ein Wort zu verlieren, spendete sie mir den Trost, den ich so bitter nötig hatte.

Schließlich brach ich das Schweigen und flüsterte: »Sie sind alle fort. Man hat mir meine liebe, liebe Mamie weggenommen.«

Lucy nickte schweigend.

»Wie ich diejenigen hasse, die mir das angetan haben!«

Auch dazu äußerte sich Lucy nicht, wohl wissend, daß ich von dem König sprach.

Wir saßen lange in dem Zimmer mit dem kaputten Fenster. Ich erzählte Lucy, daß Mamie schon seit meiner frühesten Kindheit bei mir gewesen war, daß sie mich unendlich viel gelehrt hatte und daß in ihrer Gegenwart niemals Trauer aufgekommen war.

Lucy brach ihr Schweigen. »Dieses traurige Schicksal blüht allen Königinnen«, sagte sie.

Ich sah, daß sie mich voll und ganz verstand. Gar nicht auszudenken, wenn sie mir geraten hätte, meine Freunde und vor allem Mamie zu vergessen. Wie hätte ich Mamie je vergessen können?

Lucy fuhr fort: »Sie werden alle nach Somerset House gebracht. Dort bleiben sie, bis die Reisevorbereitungen abgeschlossen sind. Es fehlt ihnen dort an nichts.«

Bald darauf brachte sie mich in meine Gemächer zurück. Als ich sie bat, bei mir zu bleiben, erklärte sie sich gleich dazu bereit.

Ich machte Buckingham, meinen Erzfeind und Verursacher all meines Kummers, dafür verantwortlich. Allerdings hielt er sich zu dieser Zeit in Frankreich auf, um dort Unruhe zu stiften, doch ich wußte, daß er Charles den Gedanken eingegeben hatte, mich meiner Freunde zu berauben. Er muß Charles vorgehalten haben, daß er mir immer meinen Willen lasse. Ja, Buckingham war an allem schuld.

Mamie fehlte mir entsetzlich. Erst nach ihrem Fortgang machte ich mir bewußt, wie unendlich viel sie mich gelehrt und mir gegeben hatte. Leider war es oft bei dem Versuch geblieben, und ich bereute bitter, nicht immer auf sie gehört zu haben.

Meine drei neuen Kammerfrauen gewann ich immer lieber – ausgerechnet Mitglieder der Familie Buckingham –, doch Lucy mochte ich am liebsten. Sie war mir in dieser schweren Zeit ein wahrer Trost. Lucy war entschieden klüger als ich und erinnerte mich sehr an meine liebe Mamie. Auch gab sie mir die gleichen Ratschläge. »Bleibt ruhig, beherrscht Euch, denkt nach, bevor Ihr handelt oder auch nur sprecht...«

Wenn ich auch einsah, wie recht sie damit hatte, mangelte es mir doch noch an der Disziplin, um diese Ratschläge auch zu befolgen.

Als mir der Brief von Charles an Buckingham zufällig in die Hände fiel, geriet ich so in Rage, daß ich ihn um ein Haar zerfetzt und aus dem Fenster geworfen hätte. Hinterher bereute ich, es nicht getan zu haben. Wie gern hätte ich Charles davon erzählt und mich in meinem Triumph gesonnt.

Ich konnte mir nicht erklären, wieso er so unvorsichtig gewesen war, den Brief offen herumliegen zu lassen. Aber in seinen Privatgemächern hatte er wohl keine Gefahr gewittert. Jedenfalls lag der Brief, so wie er ihn geschrieben hatte, auf dem Tisch und fiel mir sofort auf, als ich den Raum betrat.

›Steenie‹, lautete die Anrede.

»Steenie!« äffte ich den Kosenamen zornig nach. Es war schon grotesk, wie Charles an diesem Schurken hing. Er war ein Schwächling wie sein Vater. Was ging nur in diesen Stuarts vor? Lauter Schwächlinge. Maria Stuart, die schottische Königin, hat es so bunt getrieben, daß ihre Widersacherin Elisabeth sie nach neunzehn Jahren Haft aus Angst vor einer Verschwörung in Fotheringhay enthaupten ließ. Maria Stuart war Charles' Großmutter gewesen.

Ich las weiter.

›Ned Clarke wird dir das Schreiben überbringen, in dem ich dir mitteilen möchte, daß die Gründe sicher bald ausreichen werden, um die Monsers wegzuschicken...‹

Zähneknirschend registrierte ich, daß er mit den ›Monsers‹ Messieurs meinte, also meine Freunde, die französischen Bediensteten, mein eigenes Gefolge.

›Ich habe sie im Verdacht, daß sie mir mein Weib abspenstig machen oder meine Untertanen gegen mich aufwiegeln wollen. Im ersteren Fall kann ich nicht mit Bestimmtheit sagen, ob das Absicht war. Trotzdem muß ich es verhindern. Was das Aufhetzen meiner Untertanen angeht, so habe ich allen Grund zu der Annahme, daß es sich so verhält. Ich gehe der Sache nach. Jeden Tag kann ich mich von der Boshaftigkeit und Hinterhältigkeit der Monsers überzeugen. Sie stacheln meine Gattin auf, bis sie mit nichts mehr zufrieden ist. Ich will dir nicht verhehlen, daß ich diese Gründe für ausreichend halte. Teile der Königinmutter meine Absichten mit.

Ich flehe dich an, mir baldmöglichst mitzuteilen, ob dir dieses Vorgehen genehm ist oder nicht. Solange ich nichts von dir höre, setze ich meine Pläne noch nicht in die Tat um... Ich bin jedoch fest entschlossen, endlich reinen Tisch zu machen und mich ihrer zu entledigen. Schon bald. Du fehlst mir.

Dein dich liebender treuer Freund Charles.‹

Ich war außer mir vor Wut. Es ging um meine Freunde, in deren Gesellschaft ich mich so wohlgefühlt hatte. Doch ohne die Zustimmung Lord Buckinghams gedachte der König nichts zu unternehmen. Das bewies doch, daß Buckingham der Übeltäter war, der mich um mein Lebensglück gebracht hatte. Wie ich ihn haßte!

Es zeigte sich schon bald, daß Buckingham den Plänen des Königs Beifall zollte, da sie ja gegen mich gerichtet waren. Es dauerte nicht lang, und all meine lieben Freunde kehrten zurück nach Frankreich.

Lucy machte sich die Mühe, jemanden am Fluß entlang nach Somerset House zu schicken, damit er in Erfahrung brachte, wie die Abreise meiner Freunde abgelaufen war.

Sie berichtete mir, es habe Ärger gegeben. Meine Freunde sollten per Schiff fortgebracht werden. In den Straßen und längs des Flusses drängte sich eine Menschenmenge, die der Abreise beiwohnen wollte. Meine lieben Freunde erklärten, nicht abreisen zu wollen. Sie seien nicht ordnungsgemäß entlassen worden. Sie seien den Klauseln des Ehevertrages zufolge hier. Der König mußte berittene Leibgardisten mit Herolden und Trompetern zum Fluß schicken, wo die Schiffe auslaufen sollten. Dort wurden meine Freunde aufgefordert, den Befehl des Königs zu befolgen und unverzüglich abzureisen. Mamie soll völlig aufgelöst gewesen sein. Mir wurde berichtet, sie habe geweint und erklärt, sie habe geschworen, mich nie im Stich zu lassen.

Das sah ihr ähnlich. Die liebe gute Mamie.

»Jemand aus der Menge hat einen Stein nach ihr geworfen«, sagte Lucy.

»Mamie mit Steinen beworfen!« schrie ich entsetzt.

»Keine Bange, sie ist unverletzt geblieben. Ihr wurde nur der Hut vom Kopf gefegt. Der Mann, der den Stein nach ihr geworfen hatte, mußte sein Leben dafür lassen. Einer der Soldaten zog sein Schwert und rammte es dem Übeltäter in den Leib. Schluchzend ließ sich Mamie daraufhin an Bord des Schiffes bringen.«

Es war also nichts mehr zu machen. Meine Freunde waren fort.

Ich konnte keinen Bissen zu mir nehmen und fand keinen Schlaf mehr. Ich mußte immer nur an meine lieben Freunde denken, die jetzt für mich verloren waren, vor allem aber an meine geliebte Mamie. Ich wußte, daß die Trennung von mir ihr das Herz brechen würde.

Als Charles zu mir kam, weigerte ich mich, mit ihm zu sprechen. Erst jetzt sehe ich ein, wieviel Geduld er aufgebracht hat, wie leid es ihm tat, daß es so hatte kommen müssen. Doch er war fest davon überzeugt (dafür hatte Buckingham gesorgt), daß mein französisches Gefolge für all die Unstimmigkeiten verantwortlich war, zu denen es zwischen uns gekommen war.

Ich gedachte ihm zu demonstrieren, daß sich hinfort alles noch viel schwieriger gestalten würde, nachdem er meine liebsten Freunde nach Frankreich zurückgeschickt hatte.

Er berichtete mir, er habe nicht alle meine Bediensteten entlassen. Er habe es einer der Kinderfrauen und Madame

Vantelet gestattet, hierzubleiben und auch noch ein paar anderen Bediensteten. Das war jedoch kein großes Zugeständnis; denn von diesen Leuten stand mir niemand besonders nahe, und sie hatten alle niedere Stellungen inne. Deshalb konnte Charles mich damit nicht von meinem Kummer heilen oder auch nur trösten.

»Ich verlange meinen Beichtvater zu sehen!« rief ich ungehalten.

Ich nahm an, daß Vater Sancy entweder schon längst fort war oder bald abreisen würde. Nach seiner Rückkehr würde er in Frankreich allerhand zu erzählen haben.

»Ich schicke dir an seiner Stelle Vater Philip«, sagte Charles.

Aufatmend nahm ich das zur Kenntnis. Vater Philip schätzte ich, weil er nicht entfernt so streng und unbeugsam war wie Vater Sancy. Ich freute mich auf das Gespräch mit ihm.

Vater Philip kam, unterhielt sich mit mir. Wir beteten gemeinsam. Er erklärte mir, daß es im Laufe eines Menschenlebens so manches Kreuz zu tragen gelte. Das sei mir gerade erst widerfahren. Die Augen auf mein Ziel gerichtet, müsse ich das Kreuz tapfer tragen. Mein Ziel müsse es sein, immer und überall die Wahrheit zu verkünden, den wahren Glauben zu verbreiten und mich keinesfalls darin beirren zu lassen.

Nach dem Gespräch fühlte ich mich schon bedeutend besser. Später teilte Charles mir mit, daß Vater Philip vielleicht bleiben könne.

Darüber freute ich mich sehr, ließ mir jedoch nichts anmerken. Mir war nicht danach zumute, ihm auch nur die kleinste Befriedigung zu gönnen.

Am schwersten kam ich darüber hinweg, daß François de Bassompierre nicht eindeutig auf meiner Seite war. In seiner Verzweiflung hatte der König nach ihm geschickt. Bassompierre sollte mir die Leviten lesen und versuchen, mich zur Vernunft zu bringen. Ich dagegen hatte mir Beistand und Trost von ihm erwartet.

»Eure Majestät«, eröffnete er das Gespräch, »wenn Ihr gestattet, will ich ganz offen mit Euch reden. Ich weiß, daß Ihr es mir als treuem Untertan Eures Vaters, den dieser zu seinen engsten Freunden gezählt hat, erlauben werdet, daß ich genau das sage, was ich denke.«

Das klang nicht gerade ermutigend. Die Erfahrung hatte mich gelehrt, daß mit Sicherheit etwas Unangenehmes vorlag, wenn jemand behauptete, er wolle ganz offen sprechen.

»Ich habe Euch in Gesellschaft des Königs beobachtet«, fuhr er fort, »und es will mir scheinen, daß Seine Majestät nichts unversucht läßt, um Euch glücklich zu machen.«

»Indem der König mich meiner Freunde beraubt?« fragte ich hämisch.

»Es ist nun einmal so Brauch, daß das Gefolge, das eine Prinzessin in ihr neues Heimatland begleitet, nach geraumer Zeit wieder zurückkehrt.«

»Aber aus welchem Grund? Warum soll gerade eine Königin ihre Freunde nicht um sich haben dürfen, wenn ihr so sehr daran gelegen ist?«

»Majestät, weil diese Freunde die Sitten und Gebräuche des neuen Landes häufig nicht begreifen oder nicht akzeptieren wollen. Die Prinzessin hat jedoch die Pflicht, diese Sitten und Gebräuche zu übernehmen und sich anzupassen; denn das Land ist ihre neue Heimat.«

»Davon kann keine Rede sein. Ich bin Französin, und das bleibe ich, so lange ich lebe.«

Bassompierre stieß einen Seufzer aus. »Ich fürchte, das ist die Wurzel allen Übels.«

»Wie könnt Ihr nur von mir erwarten, daß ich mich diesem Volk zugehörig fühle? Die Engländer sind Ketzer!«

»Die Vereinbarung lautet, daß Ihr zur Messe gehen dürft, wann immer Ihr es wünscht. Ich konnte mich selber davon überzeugen, daß der König Wort gehalten hat und Euch hier niemand bei der Ausübung Eurer Religion Steine in den Weg legt.«

»Doch meinen Beichtvater hat der König mir genommen.«

»Ich kann mir nicht denken, daß Euch an Vater Sancy sehr gelegen war. Außerdem bleibt Euch ja Vater Philip.«

Dazu schwieg ich lieber. Es entsprach der Wahrheit, daß mir Vater Philip entschieden lieber war als Vater Sancy.

»Wollt Ihr mich denn nicht verstehen?« schrie ich nichtsdestoweniger. »Die Menschen, die mir am liebsten waren, sind mir entrissen worden!«

»Dabei habt Ihr wohl vor allem Eure Erzieherin im Sinn. Sie sieht ein, daß es nicht anders ging. Natürlich trauert sie Euch nach, doch sie geht Euch ja nicht verloren. Ihr könnt ihr schreiben, und sicher verschlägt es sie irgendwann noch einmal an die Gestade Englands. Oder Ihr reist einmal nach Frankreich. Dann habt Ihr Gelegenheit, Eure Erzieherin wiederzusehen.«

Das sollte ein Trost sein? Briefe und gelegentliche Besuche waren wohl kaum mit dem ständigen Beisammensein zu vergleichen und wogen die vertraulichen Gespräche und die Heiterkeit nicht auf, die Mamie ausgestrahlt hatte. Wie gut wir uns verstanden hatten!

Bassompierre fuhr ungerührt fort, mir die Leviten zu lesen. Er neigte zu der Ansicht, daß die Unstimmigkeiten zwischen dem König und mir in erster Linie auf mein Verhalten zurückzuführen waren. Er riet mir dringend zur Vernunft, hielt mir vor, ich müsse mich anpassen, damit ein harmonisches Zusammenleben garantiert sei. »Daß der König viel für Euch empfindet, ist nicht zu übersehen. Er würde sich auch gern noch als viel liebenswürdiger erweisen und wäre zu manchen Zugeständnissen bereit, nur um Euch glücklich zu sehen. Doch Eure Forderungen sind schlichtweg kindisch. Auf dem König lasten die Staatsgeschäfte. Mit Eurem Verhalten seid Ihr ihm keine Hilfe, und auch Euch selbst erweist Ihr einen schlechten Dienst damit. Ihr seid eigensinnig. Wenn Euer Vater Euch jetzt sehen könnte, wäre er sehr ungehalten. Denkt daran, welcher Schaden dadurch entstehen kann, daß Ihr Euch so impulsiv gebt. Denkt nach, bevor Ihr etwas sagt und versucht vor allem, Euer Temperament zu zügeln und Euch zu beherrschen.«

Mit finsterer Miene hörte ich mir all das an, doch Bassompierre war noch nicht fertig. »Es geht bei alledem nicht nur um Euch. Ihr müßt wissen, daß Euer Verhalten Streit und Hader zwischen England und Frankreich heraufbeschwört.«

»Die Lage kann durch mich wohl kaum noch schlimmer

werden. England und Frankreich bekriegen sich seit Hunderten von Jahren.«

»Zwischen diesen beiden Ländern herrschte einmal ein freundschaftliches Verhältnis, das durch Eure Vermählung mit dem König gefestigt werden sollte. Das wäre auch der Fall gewesen, hättet Ihr Euch so verhalten, wie Euer großer Vater es von Euch erwartet hätte. Statt dessen habt Ihr diesen nichtswürdigen Kleinkrieg zwischen Euren Anhängern und denen des Königs angezettelt mit dem Ergebnis, daß Eure Freunde des Landes verwiesen worden sind. Sie sind verbannt worden, weil sie Euch gegen den König aufgewiegelt haben.«

»Ihr glaubt also, daß ich und meine Freunde an allem schuld sind, dabei solltet Ihr doch auf meiner Seite sein. Ihr seid doch auch Franzose, da kann ich doch erwarten, daß Ihr zu mir haltet.«

»Ganz recht, ich bin Franzose, und ich halte zu Euch, doch Ihr müßt Euch umstellen. Ihr solltet Eure Einstellung dem König gegenüber revidieren.«

»Sollte er nicht vielmehr seine Einstellung mir gegenüber ändern?«

Wieder seufzte Bassompierre. »Er ist bereit, sehr viel für Euch zu tun.«

»Läßt er meine Freunde wiederkommen?«

»Ihr solltet wissen, daß Ihr damit etwas Unmögliches verlangt.«

»Nie hätte ich gedacht, daß Ihr Euch von mir abwenden könntet.«

Er kniete vor mir nieder, ergriff meine Hand und küßte sie. Inständig versicherte er mir, er sei ganz auf meiner Seite und würde alles für mich tun. Doch gerade deshalb ließ er keine Gnade walten und nahm kein Blatt vor den Mund, sondern gab mir unverblümt zu verstehen, was er an meinem Verhalten auszusetzen hatte. Er gab der Hoffnung Ausdruck, daß ich Einsicht zeigen würde und ihm vergeben könne, falls er mich gekränkt haben sollte.

Er war mir so ans Herz gewachsen und wirkte so zerknirscht, während er seine Prinzipien verteidigte, daß ich lächelnd sagte: »Steht auf, François. Ich weiß, daß alles, was

Ihr sagt und tut, nur zu meinem Besten ist. Trotzdem ertrage ich es kaum mehr, daß ständig Dinge zu meinem Besten getan werden.«

Da verzog er das Gesicht zu einem Lächeln. Wieder einmal war ich das liebe, anbetungswürdige Kind.

Die gefühlsmäßige Seite der Angelegenheit hatte er nun hinter sich gebracht. Nun konnte er ein ernstes Wörtchen mit mir reden. Genau das tat er auch. Die Lage zwischen England und Frankreich spitze sich zu, erklärte er mir. Die Engländer seien in Frankreich alles andere als beliebt. Durch die Rückkehr meines Gefolges habe sich die Abneigung noch verstärkt. Einige der Leute, die in meinen Diensten gestanden hatten, verbreiteten Gerüchte über die Behandlung, die mir in England zuteil werde. Meine Landsleute seien schon in heller Aufregung.

»Wenn der Herzog von Buckingham jetzt in Frankreich auch nur einen Fuß an Land setzen wollte, würde ihn der Mob in Stücke reißen.«

»Das wäre genau das Ende, das einem solchen Monster ziemt«, bemerkte ich dazu.

»Aber überlegt doch einmal, wie der König darauf reagieren würde. Dadurch könnte es zum Kriegsausbruch kommen.«

Ich schwieg.

»Seht Ihr, Majestät, die Augen vieler Menschen ruhen auf Euch und Eurer Ehe. Eure Mutter und Euer Bruder erhoffen sich von Euch, daß Ihr die Freundschaftsbande zwischen beiden Ländern festigt. Die Geschichten, die Eure Dienerschaft verbreitet, werden sie betrüben.«

»Sie sollen ruhig erfahren, wie es mir hier ergeht.«

»Aber Ihr habt keinen Grund zur Klage. Ihr seid immer untadelig behandelt worden. Der König ist sehr rücksichtsvoll.«

»In meinen Augen spricht es nicht für seine Rücksichtnahme, wenn er mich um meine besten Freunde bringt.«

Verärgerung zeichnete sich auf Bassompierres Zügen ab. »Habe ich Euch nicht schon erklärt, daß das Gefolge stets nach einer bestimmten Zeit zurückkehrt in die Heimat? Das ist nun einmal so Brauch. Ihr könnt auch nicht behaupten,

Ihr wäret hier schlecht behandelt worden. Und Euer Gefolge ebensowenig. Ihr müßt wissen, was sich in Frankreich abspielt. In der Stadt und auf dem Lande ist überall davon die Rede, wie man Euch hier zusetzt. Die Leute tun, als habe man Euch bei Wasser und Brot eingekerkert.«

»Das würde mir nichts ausmachen, wenn Mamie bei mir wäre.«

»Ihr solltet Euch bemühen, die Lage zu erfassen. Ich will Euch einmal etwas erzählen. In Limoges hat ein offenbar geistesgestörtes Mädchen an eine Klosterpforte geklopft und um Einlaß gebeten. Sie nannte sich Prinzessin Henriette von Bourbon und erzählte eine wirre Geschichte. Sie sei vor dem grausamen König Charles aus England geflohen. Dort sei sie um ihres Glaubens willen verfolgt worden. Man habe von ihr verlangt, daß sie zum Protestantismus übertrete. Ich kann Euch sagen, daß ganze Heerscharen von Menschen nach Limoges pilgern, um dieses Mädchen zu erleben. Sie schenken ihr Glauben und schwören König Charles von England Rache.«

»Es läßt sich doch sicher beweisen, daß sie eine Lügnerin ist.«

»Wer bei Hofe ein- und ausgeht, weiß das selbstverständlich, aber das einfache Volk geht ihr auf den Leim. Euer Bruder, der König, ist furchtbar aufgebracht. Er hat weiß Gott andere Sorgen. Die Hugenotten machen ihm sehr zu schaffen.«

»Erzählt mir mehr über dieses Mädchen. Ich würde sie gern kennenlernen. Ist sie mir denn ähnlich?«

»Nach allem, was man hört, spielt sie ihre Rolle gut. Sie legt eine gewisse Würde an den Tag und weiß augenscheinlich viel über das Leben am englischen Hof. Euer Bruder hat eine Erklärung abgegeben, die besagt, daß dieses Mädchen eine Hochstaplerin ist und Ihr herrlich und in schönster Harmonie mit Eurem Gemahl in England lebt, wo Euch jede Ehre zuteil wird, die einer Königin gebührt.«

Ich schwieg, und er fuhr fort:

»Das Mädchen mußte öffentlich erklären, daß es eine Betrügerin ist. Ihr wurde als Buße auferlegt, mit einer brennenden Kerze durch die Straßen zu laufen. Jetzt sitzt sie im

Kerker. Trotzdem gibt es noch immer Menschen, die ihr glauben.« Er neigte sich mir zu. »Majestät, ich lege Euch ans Herz, hier Eure Pflicht zu tun. Seht Ihr denn nicht, wie leicht Euer Verhalten Unruhe und Zwistigkeiten heraufbeschwören kann! Ihr wollt doch sicher nicht an einem Krieg schuld sein und könnt unmöglich wünschen, daß es wegen Eurer Eigenwilligkeit zu unnützem Blutvergießen kommt.«

So gelang es ihm, mir klarzumachen, wie sehr meine vermeintlich harmlosen Anwandlungen ins Gewicht fallen konnten. Ich versprach ihm, seine Ratschläge zu beherzigen. Daraufhin verabschiedete er sich sehr viel zuversichtlicher als er gekommen war.

Nach dem Gespräch mit François de Bassompierre versuchte ich, mich Charles gegenüber ein wenig umgänglicher zu zeigen. Charles nahm das hocherfreut zur Kenntnis und erwies sich als sehr entgegenkommend. Wir wurden wieder Freunde, und da ich Mamie nicht mehr ins Vertrauen ziehen konnte und Vater Sancy mir nicht mehr mit den Schandtaten der Ketzer in den Ohren lag, stand unserem Glück nicht mehr so viel im Wege.

Zu dieser Zeit lasteten die Staatsgeschäfte jedoch schwer auf ihm. So ernst hatte ich Charles noch nie erlebt. Er wollte unbedingt ein guter König sein und das Land gerecht regieren. Ich hörte ihn einmal sagen, daß er und Steenie gut auf das Parlament verzichten könnten. Er sei König von Gottes Gnaden und damit zum Regieren berufen. Dem Parlament dagegen stünde es nicht zu, zu herrschen – wenn die Parlamentsmitglieder auch ins Feld führten, von ihren Landsleuten gewählt worden zu sein. Woher nahmen sie eigentlich das Recht, darüber bestimmen zu wollen, was geschehen und was nicht geschehen sollte?

Zurückblickend erkenne ich die Warnzeichen selbst im Anfangsstadium ganz deutlich. Ich hegte zwar kein besonderes Interesse für die Politik, doch es entging mir nicht, daß es in Frankreich immer wieder zu Unruhen kam und daß die Engländer daran nicht ganz schuldlos waren. Es traf sie zumindest eine Mitschuld.

Kardinal Richelieu hielt inzwischen mehr oder weniger

die Zügel in der Hand. Mein Bruder war ihm dafür offensichtlich dankbar; denn viel Durchsetzungsvermögen hatte er noch nie bewiesen. Meine Mutter, eine geborene Intrigantin, hatte jedoch eine Gegenpartei gebildet, um zu opponieren. Der Kardinal war stark, doch wenn er sich von Menschen umgeben sah, von denen er nicht wußte, ob sie ihn nicht im nächsten Augenblick erdolchen würden, verunsicherte ihn das.

Buckingham ließ mir keine Ruhe. Ich haßte ihn abgrundtief; denn ich machte ihn dafür verantwortlich, daß ich seit meinem Eintreffen in diesem Land so unglücklich gewesen war.

Erfreut nahm ich zur Kenntnis, wie unbeliebt er war. Ich sagte mir immer wieder, daß er seinen Aufstieg nur seinem blendenden Aussehen zu verdanken hatte und ganz gewiß nicht seinem politischen Geschick. Er wäre schon längst zur Verantwortung gezogen worden, hätte Charles sich nicht immer für ihn eingesetzt. Die Mission, die ihn nach Cadiz geführt hatte, war fehlgeschlagen. Es war mir ohnehin ein Rätsel, wie er sich für einen militärischen Befehlshaber halten konnte. Zum Befehlen fehlte ihm die Befähigung. Daß er im Krieg versagt hatte, konnte man ihm nicht anlasten, doch man bezichtigte ihn auch anderer Verbrechen. Charles rettete ihn, indem er das Parlament auflöste. Wozu brauchte er ein Parlament? Immer wieder stellte er sich und anderen diese Frage. Er würde ganz allein regieren.

Buckingham sonnte sich gern im Beifall der Menge. Um seine Popularität wiederherzustellen, spielte er seine Sympathie für die Hugenotten aus, die für meinen Bruder damals ein furchtbares Ärgernis waren. Sie gebärdeten sich in der Tat nicht nur laut und marktschreierisch, das Land drohte zudem im Bürgerkrieg zu versinken.

Buckingham gedachte den Hugenotten, die in La Rochelle Zuflucht gesucht hatten, Hilfstruppen zu schicken; denn mein Bruder wollte eine Blockade über sie verhängen. Das hätte natürlich eine Kriegserklärung Englands an Frankreich bedeutet.

Ich war tiefbetrübt. Was für eine aussichtslose Lage – der Bruder drohte gegen den Gatten Krieg zu führen! Ich mußte ständig an meine lieben Freunde denken, die mir entrissen worden waren. Im allgemeinen verschloß ich zwar die Augen vor der dummen Politik, doch in dieser kritischen Phase gelang mir das nicht ganz.

Mit Charles verstand ich mich immer besser. Zuweilen gewährte er mir sogar Einblick in das, was in ihm vorging. Er war schon immer gegen das Parlament gewesen. Woher nahmen die Mitglieder das Recht, dem König vorzuschreiben, was er zu tun und zu lassen hatte? Diese Frage beschäftigte ihn ständig.

»Ich könnte gut ganz auf das Parlament verzichten«, sagte er, »doch das Parlament muß mir Geld bewilligen. Ohne Geld kann man keine Staatsgeschäfte führen.«

Er war fest davon überzeugt, daß er und sein geliebter Steenie bestens ohne diese trüben, langweiligen Männer auskämen, die ihnen nur Steine in den Weg zu legen pflegten.

Er versuchte, ohne die Hilfe des Parlaments zu Geld zu kommen, indem er alle Untertanen Steuern zahlen ließ. Weigerten sie sich, diese Zahlungen zu leisten, so landeten sie im Gefängnis. Charles stellte ein Heer zusammen. Die Soldaten mußten in Privathäusern Quartier nehmen, ob das den Hausbesitzern recht war oder nicht. Glücklicherweise wurde das Buckingham zur Last gelegt. Wie verhaßt dieser Mann war! Wann immer sich das zeigte, lachte ich mir ins Fäustchen. Charles schätzte ihn jedoch auch weiter über alle Maßen und hielt unverbrüchlich zu ihm. Zornig konstatierte ich, wie sanft seine Stimme klang, wenn er den Namen Buckingham nur aussprach.

Trotz aller gegenteiligen Bemühungen sah Charles sich letztendlich doch gezwungen, das Parlament wieder einzuberufen, das ihm umgehend das Recht streitig machte, Soldaten in Privatunterkünften einzuquartieren und ohne Zustimmung des Parlaments Staatsanleihen aufzunehmen.

Da half Charles all sein Toben nichts. Er sah sich gezwungen, die Bedingungen des Parlaments zu akzeptieren; denn er war auf die Hilfe des Parlaments angewiesen, wenn er sich dem zähen Ringen um La Rochelle anschließen wollte.

Erleichtert atmete ich auf, als die Belagerung von La Rochelle ein Ende nahm. Die Franzosen trugen den Sieg davon. Aus zwei Gründen freute ich mich diebisch: meine Landsleute hatten triumphiert und mein Erzfeind Buckingham wieder einmal versagt. Es entzückte mich geradezu, daß allerorten abfällige Äußerungen fielen. Man schmähte Buckingham. Spottschriften kursierten, und Karikaturen klebten an den Häuserwänden.

Um die Leute wieder versöhnlicher zu stimmen und zu beweisen, wie er zum Protestantismus stand, arbeitete er sogleich einen neuen Schachzug aus. Es ging um die Eroberung der Menschen in La Rochelle.

Als er Charles deswegen aufsuchte, kam es ihm sehr ungelegen, daß wir inzwischen so gut miteinander harmonierten. Natürlich freute es ihn, daß meine Freunde nach Frankreich zurückgeschickt worden waren. Ich fragte mich insgeheim, was er wohl wieder aushecken würde, um mir zu schaden, wenn er von seinen derzeitigen Sorgen befreit war. Im Augenblick war er vollauf mit dem Feldzug nach La Rochelle beschäftigt. Er begab sich nach Portsmouth, um sich zu vergewissern, daß sich genügend Proviant und Munition an Bord befand.

Nachdem er gegangen war, suchte Charles mich auf.

»Steenie befindet sich in einer seltsamen Verfassung«, meinte der König grüblerisch. »Noch nie habe ich ihn in so düsterer Stimmung erlebt. Als siegesgewohnter Mensch zweifelt er normalerweise nicht daran, daß seine Unternehmungen von Erfolg gekrönt sein werden.«

»Dank seiner Mißerfolge sind ihm augenscheinlich Zweifel an seiner Alllmacht gekommen. Doch hat das nicht auch sein Gutes? Sollte man sich nicht so sehen, wie man wirklich ist und nicht so, wie man gern wäre?«

Charles zuckte gepeinigt zusammen wie immer, wenn ich seinem geliebten Steenie etwas am Zeug flickte, doch er wollte um nichts in der Welt einen Streit vom Zaun brechen. Das Thema Buckingham war damit für ihn abgeschlossen, und er wurde wieder zu einem liebevollen Gatten.

Bald darauf geschah es.

Der König war vor Kummer völlig außer sich. Mir tat er entsetzlich leid, weil ich wußte, was es hieß, den liebsten

Menschen zu verlieren, hatte ich doch meine geliebte Mamie eingebüßt.

Die Ironie des Schicksals wollte es, daß der König, der mir meine liebste Gefährtin genommen hatte, nun seines liebsten Gefährten beraubt werden sollte.

William Laud überbrachte die Nachricht aus Portsmouth. Laud war Geistlicher. Sowohl Charles als auch Buckingham hielten große Stücke auf ihn. Mein Gemahl hatte ihm wiederholt Beweise seiner Gunst gegeben, ihn zum Geheimen Staatsrat ernannt und ihm das Bistum London zugesagt. Vermutlich war das darauf zurückzuführen, daß Buckingham so von Laud angetan war. Laud war zu dieser Zeit bereits Bischof von Bath und Wells. Buckingham war er sehr zugetan, denn Buckinghams Mutter drohte dem Katholizismus gänzlich zu verfallen. Charles schickte ihr Laud als Geistlichen ins Haus, um sie dem Protestantismus wieder zuzuführen. Darum bemühte sich Laud dann auch nach Kräften. Während er unter Buckinghams Dach weilte, freundeten sich die beiden Männer miteinander an. Da der König fast alles mit seinem Steenie teilte, betrachtete auch er den Bischof bald als seinen Freund.

So kam es, daß Laud sich bemüßigt fühlte, dem König die Schreckensnachricht zu überbringen.

Ganz Whitehall zeigte sich aufs äußerste angespannt. So kannte ich den König nicht. Er erbleichte und starrte so ungläubig vor sich hin, als wolle er den Allmächtigen anflehen, es wieder ungeschehen zu machen.

Doch Buckingham war tot.

»Eine böse Vorahnung hat ihn gewarnt«, berichtete Laud dem König. »Am Vorabend hat er mich rufen lassen. Er befand sich in tiefernster Stimmung. Majestät wissen ja, daß das seinem Wesen ansonsten nicht entsprach. Euer Majestät, er hat mich angefleht, ihn Euch zu empfehlen. Er läßt Euch bitten, daß Ihr Euch seiner Familie annehmt.«

»Ach, Steenie«, murmelte der König, »du weißt doch, daß ich dich nie im Stich lassen würde.«

»Ich wollte wissen, warum er so trübe Gedanken hege«, fuhr Laud fort. »›Noch nie habt Ihr auch nur angedeutet, daß es schon bald ans Sterben gehen könnte‹, gab ich ihm zu bedenken. ›Bislang wart Ihr immer hoffnungsvoll und guten Mutes.‹ ›Irgendeine waghalsige Unternehmung könnte mich das Leben kosten‹, meinte er. ›So ist es auch anderen schon ergangen.‹ ›Befürchtet Ihr, Ihr könntet einem Mordanschlag zum Opfer fallen?‹, drang ich in ihn. Er nickte. Als ich ihm vorschlug, unter seiner Kleidung ein Kettenhemd zu tragen, lachte er mich aus. ›Das schützt mich auch nicht vor dem Volkszorn‹, tat er meinen Vorschlag geringschätzig ab. Er weigerte sich also, Vorsichtsmaßnahmen zu ergreifen.«

»Steenie, Steenie!« stöhnte der König verzweifelt.

Ich wollte mir nichts entgehen lassen und in allen Einzelheiten wissen, wie Buckingham ermordet worden war. Als ich Laud mit Fragen löcherte, schlug der König die Hände vors Gesicht. Laud flüsterte mir zu, der König würde es nicht verkraften, noch mehr darüber zu hören.

Bei mir war genau das Gegenteil der Fall. Ich konnte gar nicht genug darüber hören und bestand darauf, daß Laud fortfuhr.

»Buckingham weilte im Haus von Captain Mason in der High Street«, sagte Laud. »Das Haus lag sehr günstig, weil man von da aus die Landung gut überwachen konnte. Auch die Herzogin war bei ihm. Bis das Schiff in See stach, wollte sie ihm Gesellschaft leisten. Buckingham war gerade zum Frühstück heruntergekommen, dem er kräftig zusprach. Danach ging er in die Eingangshalle, um sich mit Sir Thomas Tryer zu unterhalten, der ihn eigens zu diesem Zweck aufgesucht hatte. Plötzlich stürzte sich ein Mann auf Buckingham. ›Gott sei deiner Seele gnädig!‹ schrie er und stieß dem Herzog ein Messer in die linke Brust.«

Der König stöhnte leise auf. Ich eilte zu ihm und griff nach seiner Hand. Da drückte er die meine dankbar.

»Der Herzog hat das Messer eigenhändig wieder herausgezogen«, fuhr Laud in seiner Erzählung fort. »In hohem Bogen spritzte das Blut aus ihm heraus. Der Herzog machte zwei Schritte, als wolle er den Mann verfolgen, ›Schurke!‹ knirschte er noch, dann brach er zusammen. Die Herzogin kam angestürzt. Die Ärmste ist im dritten Monat schwanger. Sie kniete neben ihm nieder, doch er lag im Sterben. Ich erkannte gleich, daß er nicht mehr zu retten war. Ich spendete ihm Trost und geistlichen Beistand. Da bat er mich, ihn Euch zu empfehlen und Euch zu bitten, für seine Familie zu sorgen.«

Dem König versagte in seiner abgrundtiefen Verzweiflung die Stimme.

»Ist der Mörder festgenommen worden?« erkundigte ich mich.

»Ja, ein gewisser John Felton hat die Tat begangen, ein entlassener Offizier, der sich ungerecht behandelt fühlte. Als das Unterhaus dem Herzog seine Mißbilligung zeigte, glaubte Felton, seinem Vaterland mit dem Mord an Buckingham einen Dienst zu erweisen.«

Das hat er weiß Gott getan, dachte ich bei mir. Der gute John Felton.

Doch diesen Triumph behielt ich doch lieber für mich, das hatte mich die Erfahrung gelehrt. Ich ließ nichts darüber verlauten und verbrachte fast meine ganze Zeit damit, dem König Trost zu spenden.

Zu Lebzeiten hatte Buckingham wahrhaftig nichts unversucht gelassen, um einen Keil zwischen uns zu treiben. Durch seinen Tod erreichte er jedoch, daß wir uns bedeutend näherkamen, was gewiß nicht in seinem Sinne war.

Ich begriff nur allzugut, welche Trauer Charles empfand. Als ich mich bemühte, mich in ihn hineinzuversetzen, sah ich, daß sein Kummer sehr viel größer war. Steenie war tot und damit für ihn verloren. Ich hingegen konnte Mamie schreiben und sie eines Tages vielleicht sogar wiedersehen.

Charles sprach oft mit mir über Steenie. Es kostete mich große Selbstüberwindung, nichts Abfälliges über ihn zu äußern. Allmählich sah ich ein, was für einen Trost es für Charles bedeuten mußte, über seinen geliebten Freund zu sprechen, den er für vollkommen hielt und dessen Fehler er niemals sehen würde.

Charles konnte dem Leben nichts mehr abgewinnen. Nur ich konnte ihn eventuell für den Verlust entschädigen. Mit Freuden machte ich mich daran, ihm wieder Lebensmut einzuflößen. Bald kam er ohne mich gar nicht mehr aus. Ich empfand eine starke Zuneigung zu ihm. Seine Schwäche störte mich nicht sonderlich, sie nahm mich sogar noch mehr für ihn ein.

Ich ging mit ihm um wie mit einem Kind und nicht wie mit einem voll erwachsenen Mann. Charles fühlte sich wohl dabei. Er genoß es nicht, seinen Willen durchzusetzen. Sehr ernst war es ihm mit der Absicht, stets das Richtige zu tun. Er wollte seinem Volk ein guter König und mir ein guter Gatte sein. Mein Gefolge, die Freunde aus meiner Heimat, hatte er höchst ungern zurückgeschickt und sich dabei nur von dem Gedanken leiten lassen, daß es so für alle Beteiligten am besten sei.

Endlich wurde mir so manches klar. Jeden Tag freute ich mich von neuem auf unsere Gespräche, und nachts wurden wir in der Privatsphäre unseres Schlafgemachs endlich doch noch Liebende.

Allmählich begann ich mich zu fragen, ob der stürmische Beginn unserer Ehe nicht auf zweierlei Faktoren beruhte. Ein Teil der Schuld traf ohne Zweifel Buckingham... aber traf nicht auch mein Gefolge eine Mitschuld? Sancy hatte mich wiederholt in Schwierigkeiten gebracht, die in dem Spaziergang nach Tyburn gipfelten. Meine Hofdamen hatten mir unaufhörlich vor Augen gehalten, daß ich als Französin unter lauter Engländern lebte und zudem noch als Katholikin in einem vorwiegend protestantischen Land.

Mamie war allerdings ein Sonderfall gewesen. Unermüdlich hatte sie versucht, mir Mäßigung anzuraten und mich zu beschwichtigen.

Wochenlang trauerte Charles gramgebeugt um Buckingham, doch ich ahnte schon, daß der Kummer mit der Zeit verebben würde, deutete doch alles darauf hin, daß er voller Freude und tiefbefriedigt konstatierte, wie wir endlich zueinanderfanden.

Eines Tages wurde mir dann klar, daß ich ein Kind unter dem Herzen trug.

Freudige Erregung erfaßte mich bei dem Gedanken an das Kind, und auch Charles war außer sich vor Freude.

»Es soll ein Junge werden«, wünschte ich mir. Charles lächelte nachsichtig und gab der Hoffnung Ausdruck, daß ich nicht enttäuscht sein würde, falls unser erstes Kind ein Mädchen sei. Wir würden schon auch noch Söhne haben, versicherte er mir.

Mit meinen Bediensteten sprach ich über nichts anderes mehr als über dieses Kind. Eine meiner Hofdamen gab mir zu verstehen, daß sie aufgrund meines Verhaltens während der Schwangerschaft davon überzeugt sei, das Kind werde der gewünschte Sohn sein.

»Ach, wie gern wüßte ich, ob ich einem Jungen oder einem Mädchen das Leben schenken werde«, seufzte ich.

Da flüsterte mir eine der Damen zu: »Man könnte Eleanor Davys konsultieren.«

Ich hatte von dieser Frau noch nie gehört und wäre zu diesem Zeitpunkt noch nicht darauf verfallen, daß es ihretwegen einmal Reibungen zwischen Charles und mir geben könnte.

Jedenfalls besprach ich mich mit meinen engsten Freundinnen unter den englischen Kammerfrauen; mit Susan Villiers, verehelichte Feilding, der Gräfin von Denbigh, mit Katherine, der Witwe Buckinghams und Lucy Hay, der Gräfin von Carlisle. Die arme Katherine war zu dieser Zeit noch in tiefer Trauer. Sie konnte den Tod ihres Gemahls nicht verwinden. Mich mutete es seltsam an, daß man einen solchen Mann überhaupt lieben konnte, und doch hatte Katherine ihn offenbar geliebt, wie ja auch mein Gemahl. Katherine erzählte mir, daß sie niemals vergessen würde, wie sie die Treppe hinuntergekommen war und ihn dort in der Eingangshalle in seinem Blut hatte liegen sehen, das noch von den Wänden tropfte. Es wunderte mich nicht, daß sie allnächtlich von Alpträumen geplagt wurde. Wir ließen nichts unversucht, um sie aufzumuntern. Das schweißte uns noch fester zusammen.

»Ja, man könnte Eleanor Davys zu Rate ziehen«, bekräftigte auch Susan. In ihren Augen war das vermutlich eine willkommene Zerstreuung für uns alle, insbesondere natürlich für mich und Katherine.

Lucy berichtete, Eleanor Davys habe den Tod ihres ersten

Gatten vorausgesagt. »Sie hat ihm prophezeit, daß er in drei Tagen sterben werde«, sagte sie. »Und so geschah es.«

Wir waren alle wie versteinert.

»Dann wüßte sie wohl auch, ob ich einem Jungen oder einem Mädchen das Leben schenken werde«, meinte ich.

»Ich würde das einfach abwarten«, wandte Katherine ein. »Wollt Ihr Euch nicht lieber überraschen lassen?«

»Nein, ich möchte Gewißheit haben«, antwortete ich. »Zudem wüßte ich gern, ob die Prophezeiungen dieser weisen Frau auch zutreffen.«

»Dann sollten wir sie kommen lassen«, schlug Lucy vor.

»Wer ist denn diese Frau?« erkundigte sich Katherine.

»Sie ist die Gattin von Sir John Davys, dem ersten Kronanwalt des Königs«, klärte Susan auf.

»Ihr zweiter Gatte«, fügte ich hinzu. »Denn dem ersten hat sie ja den Tod vorausgesagt. Ob sie Sir John wohl auch verraten hat, wieviel Zeit ihm noch bleibt?«

Alle brachen in Gelächter aus, selbst Katherine verzog die Lippen zu einem zaghaften Lächeln.

Es wurde also mit Lady Davys ausgemacht, daß sie zu mir kommen sollte. Sie sagte mit Freuden zu. Inzwischen hatte ich mich näher nach ihr erkundigt. Sie war die Tochter des Earls von Castlehaven und durch ihre Prophezeiungen bereits zu Ruhm gelangt.

Aufgeregt harrten wir auf die Enthüllungen, und als die Dame sich dann bei mir einfand, mußte ich mir eingestehen, daß sie ihren Eindruck auf mich nicht verfehlte. Diese hochgewachsene, dunkelhaarige Frau hatte auffallend große leuchtende Augen – Augen, wie man sie bei einer Seherin erwartet, äußerte ich mich hinterher Lucy gegenüber.

Sie zeigte keinen übermäßigen Respekt vor mir. In den Augen einer Prophetin war eine Königin wohl ziemlich unbedeutend.

Sie erklärte uns, daß sie einen höheren Auftrag habe, da sie mit unsichtbaren Mächten in Verbindung stehe. Sie könne sich und uns das nicht erklären – sie wisse nur, daß sie von irgendeiner höheren Macht dazu ausersehen worden sei, vorauszusagen, was gewöhnlichen Sterblichen verborgen blieb.

Ich bot ihr einen Platz an und berichtete ihr, daß mir

schon viel über ihre wundersamen Fähigkeiten zu Ohren gekommen sei. Ich ließ sie auch nicht länger im Unklaren darüber, was ich wissen wollte, nämlich das Geschlecht meines Kindes. Da verschränkte sie die Arme vor der Brust und sah mir tief in die Augen, während ich ihr die Frage stellte, die mir keine Ruhe ließ. Atemloses Schweigen ringsum, während wir auf ihre Antwort warteten. Die Dame schien es jedoch nicht eilig zu haben. Lange Zeit saß sie zurückgelehnt und mit geschlossenen Augen da. Doch ihr Blick hielt mich gefangen und ließ mich nicht mehr los, sobald sie die Augen wieder aufschlug. »Ihr bringt einen Sohn zur Welt«, eröffnete sie mir.

Alle atmeten erleichtert auf und gaben ihrer Freude Ausdruck.

»Und wird mir Glück beschieden sein?« wollte ich noch wissen.

Zögernd sagte sie: »Ja, eine Weile wird Euch Glück beschieden sein.«

»Nur eine Weile? Ich wüßte gern, wie lange.«

»Sechzehn Jahre«, klärte sie mich auf.

»Und was wird dann geschehen?«

Wieder schloß sie die Augen. Genau in diesem Augenblick ging die Tür auf, und der König kam herein.

Obwohl er mir inzwischen sehr ans Herz gewachsen war, nahm ich ihm die Störung übel. Vor allem lastete ich ihm an, daß er wiederum so eine todernste Miene aufgesetzt hatte. Wie hätte ich es begrüßt, wenn er sich uns angeschlossen und sich die Prophezeiung mit uns zusammen angehört hätte. Wieviel Spaß und Aufregung das mit sich brachte! Doch das war Charles wohl wesensfremd.

Neben dem Tisch blieb er stehen. Alle erhoben sich und machten einen Hofknicks.

Charles sah unserer Wahrsagerin in die Augen und sagte mit vorwurfsvoller Miene: »Ihr seid Lady Davys.«

»So ist es, Majestät«, gab sie stolz zurück. Dabei wirkte sie nicht gerade ehrerbietig.

»Ihr habt Eurem Gatten den Tod vorausgesagt.«

»Ja, Majestät, so ist es. Ich verfüge über geheimnisvolle Kräfte...«

»Mit dieser Prophezeiung habt Ihr ihm wohl kaum eine Freude bereitet«, fertigte Charles sie mit eisiger Miene ab. »Es würde mich nicht wundern, wenn Ihr seinen Tod damit beschleunigt hättet.«

Er wandte sich mir zu und reichte mir den Arm.

Es blieb mir nichts anderes übrig, als mich zu erheben und mit ihm hinauszugehen. Wutschnaubend folgte ich meinem Gemahl. Ich verzieh ihm nicht, mich bei dieser aufschlußreichen Begegnung jäh aufgescheucht zu haben.

Vor der Tür gab er mir zu verstehen: »Ich wünsche nicht, daß Ihr diese Frau konsultiert.«

»Und was habt Ihr dagegen einzuwenden?« fuhr ich auf. »Sie ist sehr weise und hat mir vorausgesagt, daß wir einen Sohn bekommen. Auch Glück hat sie mir prophezeit.«

Das schien ihn etwas aufzumuntern. Trotzdem verurteilte er ihre Weissagungen.

»Dank ihrer Weissagung hat ihr erster Mann vermutlich früher aus dem Leben scheiden müssen.«

»Wie sollte sich das denn zugetragen haben? Er ist ja nicht vergiftet worden, sondern eines ganz normalen Todes gestorben – genau wie sie es vorausgesagt hat.«

»Mit Schwarzer Magie darf man sich gar nicht erst befassen.«

Ich hegte die Befürchtung, daß Charles mir untersagen könnte, Eleanor Davys je wieder zu konsultieren. Um meine Selbstbeherrschung wäre es dann geschehen. Den Gehorsam hätte ich ihm in diesem Fall verweigert. Was für ein Jammer! Wo wir gerade in letzter Zeit so gut miteinander ausgekommen waren.

Ihn mochten ähnliche Gedanken bewegen; denn er ließ sich nicht weiter über dieses Thema aus. Und doch kam noch etwas dabei heraus. Mit meinen Hofdamen alleingelassen, sprach sich Eleanor Davys weiter aus. Was sie jedoch noch zu sagen hatte, war alles andere als erfreulich. Als ich mich wieder zu meinen Hofdamen gesellte, fielen mir sogleich ihre ernsten Mienen auf.

»Ist Lady Davys nach meinem Fortgang noch lange geblieben?« fragte ich.

Lucy wich meinem Blick aus, als sie erwiderte: »Ein Weilchen.«

»Ich habe mich maßlos darüber geärgert, daß ich nicht bleiben durfte. Das habe ich dem König wirklich verübelt.«

»Es war nicht zu übersehen, daß ihm Lady Davys sehr mißfiel«, bemerkte Susan.

»Hat Euch der König untersagt, sie je wieder zu konsultieren?« wollte Katherine wissen.

»Nein, das hat er nicht. Und ich würde es mir auch nicht verbieten lassen. Ich lasse mir nicht vorschreiben, was ich zu tun und zu lassen habe.«

»Nichtsdestoweniger geriete sie dadurch in eine ungute Lage«, meinte Susan, »denn der König könnte ihr verbieten, je wieder bei Hofe zu erscheinen, und natürlich muß man auch ihren Gatten in Betracht ziehen.«

»Glaubt Ihr, daß sich Lady Davys von ihrem Gatten Vorschriften machen läßt?«

»Nein, gewiß nicht«, sagte Susan. »Wenn er das auch nur versuchen wollte, würde sie ihm wahrscheinlich prophezeien, er habe nur noch drei Tage zu leben.«

»Ihr seid boshaft«, protestierte ich. »Ich glaube ihren Weissagungen. Schließlich hat sie mir einen Sohn versprochen.«

Mit einem Schlag verstummten alle um den Tisch herum. Ein unheilschwangeres Schweigen breitete sich aus und lastete auf uns. Das erschien mir höchst verdächtig.

»Was habt ihr denn?« rief ich. »Warum setzt ihr plötzlich solch ernste Mienen auf?«

Als sie sich weiterhin in Schweigen hüllten, trat ich auf Lucy zu und schüttelte sie kräftig. »Sagt mir, was in euch gefahren ist«, verlangte ich. »Ihr wißt mehr, als ihr zugebt. Ich verlange, daß ihr es mir sagt.«

Lucy warf Susan einen flehenden Blick zu. Katherine schüttelte den Kopf.

Ich stampfte wütend mit dem Fuß auf. »Ich will jetzt wissen, was vorgefallen ist, und zwar auf der Stelle! Lady Davys hat wohl noch etwas gesagt. Betrifft es mich?«

»Sie... hm...«, stammelte Katherine, »hat nichts... Wichtiges mehr prophezeit... nichts von Bedeutung...«

»Und weshalb dann diese Trauermienen? Worauf gründet sich dann eure Weltuntergangsstimmung? Ich befehle euch... und zwar euch allen... mir reinen Wein einzuschenken!«

Susan zog ängstlich die Schultern hoch. Lucy nickte ihr aufmunternd zu. Da endlich brach Susan das Schweigen und stammelte bedrückt: »Ach, wißt Ihr, es ist nur Gerede. Es hat nichts zu bedeuten.«

»Was ist nur Gerede? Ich will endlich wissen, was Lady Davys noch gesagt hat!«

»Die Königin muß es erfahren«, sagte Lucy. »Denn wenn es sich tatsächlich bewahrheitet... was ich allerdings nicht glaube... ist es besser, wenn sie darauf vorbereitet ist.«

»Worauf muß ich vorbereitet sein?« schrie ich. Meine Geduld war erschöpft. Die Angst hatte mich in den Klauen.

»Es ist anzunehmen, daß sie das nur erfunden hat, weil sie dem König wegen der Unterbrechung zürnte«, wandte Susan ein.

»Wenn ihr mir jetzt nicht bald sagt, was sie noch prophezeit hat, lasse ich euch alle dafür einsperren, daß ihr euch gegen mich verschworen habt!« drohte ich ihnen.

Da sagte Lucy ganz gefaßt: »Sie hat uns noch einmal gesagt, daß Ihr in der Tat einen Sohn gebären würdet.«

»Das ist nichts Neues. Sprich nur weiter.«

»Sie hat noch vorausgesagt, daß er am gleichen Tag geboren, getauft und begraben werden würde.«

Vor Entsetzen wie gelähmt starrte ich sie an. »Das kann nicht sein.«

»Nein, natürlich nicht«, versuchte Lucy mich zu trösten. »Sie wollte sich nur dafür rächen, daß der König so ungestüm hereingeplatzt kam und sie deutlich spüren ließ, daß ihm ihr Tun mißfällt.«

Ich starrte wie benommen vor mich hin. Vor meinem inneren Auge sah ich einen kleinen, in ein Leichentuch gehüllten Leichnam.

»Verratet dem König nichts davon«, bat Susan.

Ich schüttelte den Kopf. »Was für ein Unsinn!« rief ich. »Sie muß den Verstand verloren haben!«

»Viele behaupten das«, versicherte mir Lucy rasch. »Ihr

werdet sehen, daß Ihr einen bildhübschen Sohn zur Welt bringt. Wie könnte es auch anders sein? Ihr seid bildschön, und der König ist ein gutaussehender Mann.«

»Mein Sohn«, flüsterte ich tonlos. »Wir bekommen einen Sohn.«

Als sie mir versichert hatte, unser erstes Kind werde ein Sohn sein, hatte ich fest daran geglaubt. Mußte ich da nicht auch ihre zweite Weissagung für bare Münze nehmen?

Die Angst hatte mich in den Fängen und ließ mich nicht mehr los.

Die Prophezeiung nahm ganz von mir Besitz. Wann immer ich an das Kind dachte, das ich unter dem Herzen trug, sah ich es nicht als quicklebendigen kleinen Knaben vor mir, ich sah einen kreidebleichen leblosen Säugling in einem kleinen Sarg. Ich konnte kaum mehr etwas essen, und wenn ich des Nachts tatsächlich einmal Schlaf fand, quälten mich die fürchterlichsten Alpträume. Die Besorgnis des Königs wuchs.

»Vielleicht hättest du in deinem Alter noch kein Kind bekommen dürfen«, meinte er.

Zu jung war ich gewiß nicht! Immerhin zählte ich schon achtzehn Lenze und würde im November meinen neunzehnten Geburtstag feiern. Für ein Kind war ich damit sicher nicht zu jung. Von der Weissagung verriet ich dem König nichts. Er hätte sie Lady Davys sehr verübelt. Vermutlich hätte er sich bei ihrem Gatten über sie beklagt. Ich wehrte mich dagegen, ihr zu glauben. Woher wollte sie wissen, wie meine Zukunft aussah? Oder auch nur ihre eigene? Rein zufällig hatte sie recht behalten, was den Tod ihres ersten Gatten anging, doch das bewies noch gar nichts. Vermutlich war er krank gewesen, und sie hatte als seine Frau um seinen Zustand gewußt.

Der König sorgte dafür, daß es mir an nichts fehlte. Augenscheinlich war er weit mehr an mir und dem Kind interessiert als an den Staatsgeschäften. Wenn ihn die Staatsgeschäfte einmal zwangen, uns alleinzulassen, haderte er mit dem Schicksal.

Ich hoffte, daß wir viele Kinder haben würden. Ich sah

uns inmitten einer Kinderschar. Alles bildschöne Kinder. Die Söhne würden dem König ähneln und die Töchter mir. Eine schöne Familie würden wir sein.

Wir lebten im Somerset House. An einem Montag waren wir eingetroffen. In der hauseigenen Kapelle sollte ein Tedeum gesungen werden. In der Kapelle bekam ich einen Schwächeanfall, und mir wurde übel. Das Kind konnte es noch nicht sein, das war erst in einem Monat fällig.

Ich floh aus der Kapelle in mein Schlafgemach. Dort berichtete ich Susan und Lucy, daß ich mich nicht wohlfühlte und sofort zu Bett gehen wollte.

»Kein Wunder, daß Ihr Euch müde und zerschlagen fühlt«, beruhigten sie mich. »Die Niederkunft rückt näher.«

»Das Kind kommt doch erst in einem Monat zur Welt«, wandte ich ein.

Doch in der Nacht bekam ich unerträgliche Schmerzen. Die Wehen hatten eingesetzt. Ich schrie. Bald standen viele Leute um mein Bett herum. Die Schmerzen wurden schlimmer, und ich wußte, daß ich mein Kind vorzeitig zur Welt bringen würde.

An diese Nacht kann ich mich kaum mehr erinnern. Wahrscheinlich muß ich mich glücklich schätzen, daß ich die meiste Zeit bewußtlos war. Am nächsten Abend erblickte dann mein Kind das Licht der Welt... eine Frühgeburt. Es war sehr schwächlich, da es ja nicht voll ausgetragen worden war. Später kam mir zu Ohren, daß sich Charles und mein Beichtvater hinsichtlich der Taufe in die Haare geraten waren. Die Taufe duldete keinen Aufschub, darüber waren sie sich einig. Mein Beichtvater machte geltend, daß die religiöse Unterweisung meiner Kinder in meinen Händen liegen sollte, bis diese dreizehn Jahre zählten, der Säugling müsse infolgedessen katholisch getauft werden. Charles gab zu bedenken, daß der Säugling ein Prinz von Wales sei und die Engländer niemals dulden würden, daß ein Kind, das einmal König von England werden sollte, katholisch getauft würde.

Das Wort des Königs galt natürlich, und so wurde unser kleiner Sohn entsprechend den Riten der Kirche von

England protestantisch getauft. Er erhielt den Namen Charles James.

Er starb, kaum daß er getauft war.

Als ich nach einem todesähnlichen Schlaf erwachte, saß der König an meinem Bett.

»Charles«, flüsterte ich erschöpft.

Ergriffen sank er auf die Knie, nahm meine Hand und küßte sie.

»Haben wir jetzt einen Sohn?« fragte ich ihn.

Er antwortete nicht gleich, dann sagte er zögernd: »Wir hatten einen Sohn.«

Trauer und Verzweiflung überfielen mich. All die Monate der Erwartung, die mir so lang geworden waren, das Gefühl des Unwohlseins, die bösen Träume hatten zu nichts geführt. Statt dessen hatte sich die Weissagung erfüllt.

»Du bist noch so jung«, versuchte der König mir Trost zu spenden. »Du darfst dich nicht der Verzweiflung überlassen.«

»Wie habe ich mich auf dieses Kind gefreut!«

»Wir haben uns beide nach einem Kind gesehnt.«

»Ist es tot zur Welt gekommen?«

»Nein, zwei Stunden hat es gelebt. Wir haben es auf den Namen Charles James getauft.«

»Mein armer kleiner Charles James. Bist du sehr unglücklich, Charles?«

»Ich muß dankbar dafür sein, daß du mir erhalten geblieben bist und bald wieder bei Kräften sein wirst. Du bist jung und kräftig, und die Ärzte haben mir versichert, daß du trotz der überstandenen Strapazen bald wieder auf den Beinen sein wirst. Nichts auf der Welt ist mir so wichtig.«

So erlebte ich zum erstenmal, wie sich Charles verhielt, wenn das Unglück über ihn hereinbrach. Es erwies sich immer wieder, wie gut er mit Enttäuschungen fertigwurde. Kaum je kam eine Klage über seine Lippen. Das sollte ihm später noch sehr zustattenkommen.

Ich erholte mich erstaunlich schnell, obwohl mich die Geburt beinahe das Leben gekostet hätte. Es hatte einen Augenblick gegeben, da die Ärzte vor der Entscheidung standen, ob sie das Kind oder mich am Leben erhalten sollten. Sie hatten den König vor die Wahl gestellt. Er sollte entscheiden, wen sie auf Kosten des anderen retten sollten... mich oder das Kind. Ohne auch nur einen Augenblick zu zögern, hatte er sich sogleich vehement dafür eingesetzt, daß ich gerettet wurde. »Mag das Kind sterben, wenn Ihr die Königin nur retten könnt.«

Womöglich bin ich dadurch erst in Liebe zu ihm entbrannt. Seine Güte rührte mich zutiefst. Durch seine Verletzlichkeit und Schwäche wuchs er mir nur um so mehr ans Herz. Ich war jung, leichtfertig und ungestüm, und doch brachte ich meinem Gemahl unter anderem auch mütterliche Gefühle entgegen. Die mußten wohl um diese Zeit in mir erwacht sein.

Wie ich so im Bett lag, ging mir die Weissagung wieder durch den Kopf. Wie hatte sich Lady Davys ausgedrückt? Ich werde einen Sohn gebären, doch er werde am Tage seiner Geburt noch getauft und zu Grabe getragen werden...

Die Nachricht verbreitete sich in Windeseile. Lady Davys' Prophezeiung war in aller Munde. Sie war in der Tat eine Wahrsagerin. Der König war außer sich vor Zorn, vor allem, als man sich in Andeutungen erging, die besagten, daß mich diese Weissagung so mitgenommen habe, daß das Kind vorzeitig zur Welt gekommen sei.

Ich hielt das für unsinnig. Vermutlich konnte Lady Davys wirklich in die Zukunft sehen.

Charles wollte sie endgültig vom Hof verjagen.

»Aber das kannst du doch nicht tun«, wandte ich ein. »Das macht dich zu einem verdrießlichen, überaus gereizten König, der den Boten für die Botschaft büßen läßt.«

Das leuchtete Charles ein. »Aber von nun an keine Weissagungen mehr, denn sie sind von Übel.«

»Zuweilen sagt Lady Davys auch angenehme Dinge voraus.«

»Zuerst mußte ihr Gemahl dran glauben und nun unser Kind.«

»Es war ihnen vorherbestimmt, in diesem Augenblick zu sterben. Lady Davys hat es nur vorausgesagt.«

»Sie soll mir aus den Augen gehen. Ich will, daß sie von hier verschwindet.«

»Eine Frau wie sie kann man nicht einfach verschwinden lassen. Sie läßt sich nicht ohne weiteres beiseiteschieben. Selbst wenn du sie als Hexe verbrennen lassen wolltest, würde sie dich auf dem Scheiterhaufen noch verfluchen oder etwas Schreckliches voraussagen.«

Charles neigte zum Aberglauben. Darauf war es wohl zurückzuführen, daß er ihr so zürnte.

Er ließ sie zwar nicht vom Hof entfernen, schickte jedoch nach ihrem Gatten John Davys. Von ihm verlangte er, daß er seiner Frau verbot, je wieder etwas zu prophezeien. Doch Sir John konnte dem König das nicht zusagen. Seine Frau sei so stark, ja übermächtig, daß sie sich von niemandem etwas verbieten ließe. »Sie glaubt an ihre Mission. Sie ist von so einem starken Sendungsbewußtsein durchdrungen, daß sie bereit ist, alle Demütigungen und Strafen auf sich zu nehmen, die Unwissende über sie verhängen. Da sie sich berufen fühlt, fühlt sie sich auch verpflichtet, weiter vorauszusagen, was sie zu wissen glaubt.«

Charles zeigte sich sehr verständnisvoll. Er wußte, was Sir John damit ausdrücken wollte und hielt es für heldenhaft, daß er Eleanor Davys zur Frau genommen hatte, nachdem ihr erster Gatte auf so merkwürdige Weise von ihrer Seite gerissen worden war. Sir John verbrannte jedoch einen Teil der alten Manuskripte, die sie gesammelt hatte.

Ich hielt das nicht für richtig und gab das Charles auch deutlich zu verstehen. Wenn sich etwas zusammenbraute, verkraftete man es leichter, wenn man darauf vorbereitet war. So fand ich mich mit dem frühen Tod meines ersten Kindes leichter ab, weil dieser große Kummer und diese schreckliche Enttäuschung mich nicht unvorbereitet getroffen hatten.

Wir konnten keine Einigung erzielen. Wie in alten Zeiten artete das Gespräch fast in einen Streit aus, doch dann rief ich mir ins Gedächtnis, wie liebevoll und zärtlich er sich nach dem tragischen Verlust gezeigt hatte, während Charles sich vor Augen hielt, was ich durchgemacht hatte. So hielten wir beide an uns, um einander nicht zu verletzen.

Er bat mich flehentlich: »Ich bitte dich um den Gefallen, diese Frau nicht mehr zu konsultieren.«

Ich zögerte. Es lag mir auf der Zunge, mich zur Wehr zu setzen und zu sagen: »Aber ich möchte nicht auf sie verzichten. Ich möchte immer alles wissen. Nichts ist schlimmer als die Ungewißheit.«

Doch wir trafen uns auf halbem Weg.

Charles wollte Mr. Kirke, einen der Kammerherren, mit einer Nachricht zu Lady Davys schicken. Die sollte besagen, daß die Königin sie nicht wiederzusehen wünsche.

Mein Zorn loderte noch einmal kurz auf. »Es entspräche eher der Wahrheit, wenn es hieße, der König wünscht nicht, daß die Königin sie je wieder empfängt.«

Sanft küßte er mich auf die Stirn.

»Liebste«, sagte er, »alles was ich anordne, geschieht stets zu deinem Besten.«

Das entsprach der Wahrheit, daher gab ich mich geschlagen. Und doch ließ ich mir die Gelegenheit nicht entgehen, Mr. Kirke aufzuhalten, als er mit der besagten Nachricht zu Lady Davys unterwegs war. Ich ließ ihn zu mir bitten.

»Mr. Kirke, sollt Ihr Lady Davys nicht etwas vom König ausrichten?« fragte ich ihn.

»Jawohl, Eure Majestät.«

»Wenn Ihr ihr die Nachricht überbringt, so vergeßt nicht, ihr Grüße von der Königin zu bestellen und sie zu fragen, ob mein nächstes Kind ein Knabe sein und ob er am Leben bleiben wird.«

Mr. Kirke verneigte sich und ging.

Ungeduldig wartete ich darauf, daß er wiederkam.

Ich schickte einen meiner Bediensteten los, um ihn abzupassen und sogleich zu mir zu bringen. Als er glücklich lächelnd eintrat, wußte ich, daß er mir etwas Erfreuliches zu berichten hatte.

»Habt Ihr Lady Davys meine Frage vorgelegt?« erkundigte ich mich.

Er bejahte. »Majestät, sie hat prophezeit, daß Ihr einem kräftigen, robusten Sohn das Leben schenken werdet, der Euch erhalten bleiben wird und daß Euch sechzehn Jahre Glücks beschieden sind.«

»Sechzehn Jahre? Sonderbar. Aber ein Sohn, sagt Ihr, ein Sohn, der am Leben bleiben wird.«

»Das waren ihre Worte, Majestät.«

»Ich danke Euch.«

Daraufhin begab sich Mr. Kirke zum König, um ihm zu berichten, er habe seinen Auftrag ausgeführt.

›Sechzehn Jahre...‹, sinnierte ich. ›Das Glück wird mir demnach bis etwa 1644 hold sein... also noch eine ganze Weile.‹ Ich würde einem kerngesunden Sohn das Leben schenken.

Ich begab mich zum König. Mr. Kirke war schon gegangen. Sicher glaubte er, die Angelegenheit zur beiderseitigen Zufriedenheit geregelt zu haben.

Ich umarmte Charles und sagte: »Unser nächster Sohn wird kräftig sein und am Leben bleiben.«

Fassungslos sah er mich an.

»Trägst du wieder ein Kind unter deinem Herzen?«

»Nein, noch nicht. Doch Lady Davys hat versichert, daß unser nächster Sohn kerngesund sein wird.«

Freudestrahlend drückte Charles mich an sich. Ich lachte überglücklich.

Da er derlei Prophezeiungen angeblich keinen Glauben schenkte, widersprach das jeder Logik.

An diese Weissagung glaubte er ausnahmsweise.

Ich konnte es mir nicht verkneifen, ihm vorzuhalten: »Es ist vielleicht gar nicht so schlecht, wenn man Weissagungen glaubt, die etwas Gutes in sich bergen. Nur wenn ein Unheil droht, will man es nicht vorher wissen und hegt Zweifel an der Prophezeiung.«

Charles mußte lachen. Voller Vorfreude dachten wir an unseren kräftigen, robusten Sohn.

Glücklicher kann eine Königin kaum sein

Es verstrichen noch beinahe zwei Jahre, bis der versprochene Sohn zur Welt kam. Zwei überaus glückliche Jahre, in denen die Zuneigung, die Charles und ich füreinander empfanden, von Woche zu Woche wuchs. Es erschien mir wie ein Wunder, daß wir uns nach den stürmischen ersten Jahren unserer Ehe tief und leidenschaftlich liebten. Charles erschien mir jetzt viel anziehender als zu Anfang unserer Ehe. Immer öfter verzog er das Gesicht zu einem Lächeln. Daß er so an Buckingham gehangen hatte, war schon längst vergessen, und auch ich gab mich mit den Briefen zufrieden, die zwischen Mamie und mir hin- und hergingen. Aus Mamie war inzwischen Madame St. George geworden. Sie hatte geheiratet und eine gute Partie gemacht; denn ihr Gatte gehörte der Familie derer von Clermont-Amboise an. So hatte sie sich über den Abschied von mir hinweggetröstet und ihr Glück gemacht. Zudem erzog sie die Tochter meines Bruders Gaston, die den Titel Mademoiselle de Montpensier trug und Mamie wohl ganz schön zu schaffen machte. Mamie beteuerte mir in jedem Brief, wie sehr sie an mir hing und schwor mir, die glücklichen Jahre niemals zu vergessen, in denen sie als Madmoiselle de Montglat meine Erzieherin und Freundin sein durfte. Wir wußten beide, daß es wenig Sinn hatte, der Vergangenheit nachzutrauern. Ich wußte, daß sie sich über meine Briefe ebensosehr freute wie ich mich über ihre.

Zu dieser Zeit war ich sehr glücklich. Ich sprach inzwischen leidlich Englisch, wenn auch nicht fließend oder fehlerfrei. Aber immerhin konnte ich mich jetzt in dieser Sprache unterhalten. Charles freute sich sehr darüber, und ich war stets froh, wenn ich ihm eine Freude machen konnte.

Wir stritten uns kaum mehr. Verlor ich doch einmal die Beherrschung, so drohte er mir scherzhaft mit dem Finger. Dann pflegte ich auszurufen: »Du erwartest doch wohl nicht von mir, daß ich ein anderer Mensch werde! Dieses Ungestüm ist mir nun einmal in die Wiege gelegt worden. Ich glaube kaum, daß es sich je ganz verlieren wird.«

Worauf er mir stets versicherte, ich gefalle ihm ganz so, wie ich sei. Das tröstete mich und bewies mir seine Liebe.

Das einzige, was zwischen uns stand, war unsere Religionszugehörigkeit. Ich sagte mir immer wieder, daß mein Glück erst dann vollkommen sei, wenn es mir gelänge, Charles und mit ihm ganz England zum Katholizismus zu bekehren.

Aber das war wohl zuviel verlangt. Selbst ich sah ein, daß ich allen Grund hatte, glücklich und zufrieden zu sein.

Immer wieder erwähnte ich Charles gegenüber Lady Davys' Prophezeiung. Er gab sich skeptisch, war es jedoch in Wahrheit nicht, weil er ja nur allzugern daran glauben wollte.

Daß ich in England viele Feinde hatte, blieb mir nicht verborgen. Es gab sogar viele, die selbst die Aussicht auf einen Thronerben nicht umstimmen konnte. Sie nannten mich eine Götzenanbeterin. Manche besaßen sogar die Frechheit, wüste Verwünschungen hinter mir herzurufen, wenn ich ausfuhr oder ausritt. Das brachte mich immer wieder aus der Fassung und beunruhigte mich sehr, doch ich hatte ja vorausgesehen, daß ich für meinen Glauben würde leiden müssen. Viele Menschen freuten sich jedoch auch auf das Kind und schlossen mich in ihre Gebete ein, damit die Niederkunft gut vonstatten ging und ich möglichst einem Sohn das Leben schenkte.

Wir wurden darin nicht enttäuscht. Am 29. Mai sechzehnhundertdreißig begannen die Wehen. Man brachte mich in den St. James' Palast, und schon nach verhältnismäßig kurzer Zeit erblickte dort mein Sohn das Licht der Welt. Ein kräftiges, robustes, kerngesundes Kind – ganz wie es mir Lady Davys vorausgesagt hatte.

Nie werde ich den Augenblick vergessen, da man mir den Säugling erstmals in den Arm legte. Er war erschreckend häßlich – riesengroß, verblüffend dunkelhäutig, und er wirkte entschieden älter als ein Neugeborenes.

Vor Entsetzen entfuhr mir die Bemerkung: »Aber das ist ja ein kleines Ungeheuer.«

Charles erschien und sah sich seinen Sohn an. »Ein Säugling, wie er im Buche steht. Die Ärzte sagen, er sei kerngesund«, ließ er verlauten.

»Er hat so dunkle Haut — fast wie ein Mohr.«

»Die Haut wird mit zunehmendem Alter heller.«

Doch ich konnte mich nicht beruhigen. »Du bist sehr attraktiv, und ich sehe auch nicht schlecht aus. Wie um alles in der Welt kommen wir zu einem so häßlichen Kind?« wollte ich wissen.

Doch im Grunde störten wir uns nicht an seiner äußeren Erscheinung. Unser Sohn strotzte nur so vor Gesundheit. Seine Züge würden sich schon noch verfeinern.

Freudig erregt betrachtete der König seinen Sohn. Er konnte sich nicht sattsehen an dem Säugling. »Ein Kind, wie man es sich nur wünschen kann«, sagte er ein übers andere Mal. Nichts fehlte diesem Kind. Es schrie lauthals und ließ keinen Zweifel daran aufkommen, daß es überaus lebendig war.

Wir waren außer uns vor Freude. Besser ein häßliches gesundes Kind als ein hübsches kränkliches.

Noch an demselben Morgen, an dem das Kind zur Welt kam, begab sich Charles in die St. Paul's Cathedral, um anläßlich der Geburt des Sohnes und Thronfolgers ein Dankgebet zu sprechen. Das Volk jubelte ihm zu, war er doch beim Volk weitaus beliebter als ich, die Königin.

Das Kind sollte innerhalb der nächsten Tage zur Taufe getragen werden, wie es Brauch war. Da der König und ich verschiedenen Glaubensgemeinschaften angehörten, konnte es gar nicht ausbleiben, daß es zu Differenzen kam. Mir war zugesichert worden, daß mir die religiöse Unterweisung meiner Kinder bis zu deren dreizehntem Lebensjahr oblag. Selbstverständlich gedachte ich sie zu Katholiken zu erziehen.

Es leuchtete mir jedoch ein, daß die Taufe nicht in meiner Privatkapelle abgehalten werden konnte, die mit allen Insignien des Katholizismus ausgestattet war. Der König bestand darauf, den Säugling in der Hofkapelle von St. James taufen zu lassen. Ich war noch viel zu erschöpft und viel zu glücklich, um Einspruch zu erheben.

William Laud, der Bischof von London, taufte das Kind gemeinsam mit dem Bischof von Norwich. Die Taufpaten waren mein Bruder, der König von Frankreich und meine Mutter. Sie konnten bei der Taufe natürlich nicht zugegen sein. Die Herzogin von Richmond und der Marquis von Hamilton vertraten sie.

Mein Sohn ließ die Taufe friedlich über sich ergehen. Er wurde auf den Namen Charles getauft.

Als nächstes mußten wir uns um eine Amme für ihn kümmern. »Sie muß aus Wales stammen«, erklärte mir Charles, »denn traditionsgemäß muß der Prinz von Wales zuerst walisisch lernen und dann erst englisch.«

Wie glücklich war ich damals. In Gedanken durchlebe ich diese Zeit jetzt noch einmal. Ich empfand es als unsagbar schön, ein Kind zu haben und einen Gatten, der mich liebte. Es fiel Charles entsetzlich schwer, sich auch nur für kurze Zeit von uns zu trennen. Jeden Wunsch las er mir von den Augen ab, was ich mir gern gefallen ließ. Stolzerfüllt konnte ich mir sagen, daß ich meinem Gemahl und England den langersehnten Sohn und Thronfolger geschenkt hatte, wenn er auch häßlich war.

Der kleine Charles wuchs zusehends, doch schöner wurde er nicht. Seine Amme behauptete, er sei das lebendigste und heißhungrigste Kind, das sie je gesehen habe. Er werde einmal sehr groß werden. Er sei schon jetzt groß für sein Alter. Man glaubte, ein drei Monate altes Kind vor sich zu haben und nicht einen Säugling, der erst ein paar Wochen zählte. Wenn mein Blick auf dem Säugling in der Wiege ruhte, erwiderte er den Blick gelassen. ›Für ein Kleinkind hat er eine viel zu große Nase‹, dachte ich ›doch seine Lebhaftigkeit macht das wieder wett. Ständig läßt er den Blick umherschweifen. So leicht entgeht ihm nichts. Er nimmt jetzt schon Anteil an seiner Umgebung.‹

»Aus dir wird einmal ein bemerkenswerter Mann«, wandte ich mich an meinen kleinen Sohn. Er sah mich hellwach an, und ich bildete mir ein, er habe mich verstanden.

Ich wollte Mamie in einem Brief von ihm erzählen. Sie hatte ja inzwischen selbst ein Kind, daher kannte sie die Freuden einer Mutter. Ihr zu schreiben war fast, als könne ich mich mit ihr unterhalten. Seit unserer Trennung waren mir ihre Briefe stets ein Trost gewesen.

›Mamie‹, schrieb ich, ›der Mann meiner Kinderschwester reist nach Frankreich. Ich gebe ihm diesen Brief mit. Du kannst Dich bei ihm nach meinem Sohn erkundigen. Der ist so häßlich, daß ich mich seiner schäme. Doch durch seine Größe und durch sein Gewicht macht er diesen Mangel wieder wett. Ich wünschte, Du könntest den kleinen Burschen sehen. Er ist ein außergewöhnliches Kind. Bei allem, was er tut, ist er mit einem solchen Ernst bei der Sache, daß man fast glauben könnte, er habe mich an Klugheit jetzt schon überflügelt.

Wenn ich Dir nicht so häufig schreibe, wie ich könnte, so darfst Du deshalb nicht glauben, daß ich Dich nicht mehr liebhabe. Es liegt einzig und allein daran, daß ich ziemlich faul bin, was ich Dir hiermit gestehe. Außerdem wage ich Dir kaum zu sagen, daß ich wieder ein Kind erwarte, doch ich bin noch nicht ganz sicher.

Adieu, meine liebe Mamie. Jetzt übergebe ich den Brief besagtem Mann.

In Liebe

Deine Freundin Henriette Maria R.‹

In der Tat trug ich schon wieder ein Kind unter dem Herzen. Das kam mir sehr gelegen; denn mein kluger kleiner Charles hatte bewirkt, daß ich mich nach weiteren Kindern sehnte.

Auch der König war entzückt, als er es erfuhr. Es war auch ratsam, dem kleinen Charles Geschwister zu bescheren; denn wenn er auch aussah, als könne ihm nichts etwas anhaben, so konnte man das doch nie mit Bestimmtheit sagen, wenn man an die Pest und andere Widrigkeiten dachte.

Könige und Königinnen sollten viele Kinder haben. Nun da ich das erste Kind zur Welt gebracht hatte, sah es ganz danach aus, als solle ich die in mich gesetzten Erwartungen erfüllen.

Auch als Mutter und glückliche Ehefrau änderte ich mich nicht. Ich tanzte noch immer liebend gern. Da ich gesegneten Leibes war, mußte ich mir natürlich Einschränkungen auferlegen, doch Vergnügungen wie Ballettabende und Bankette brauchte ich mir noch nicht zu versagen. Besonders schätzte ich die Zwerge. Die kleinen Leutchen begeisterten mich. Zwei nannte ich mein eigen. Diese beiden beschlossen eines Tages, den Bund der Ehe einzugehen. Es machte mir große Freude, die Hochzeitsfeier für sie auszurichten und für die Trauung alle Vorbereitungen zu treffen. Ich ließ ein Maskenspiel mit Musik für sie schreiben bzw. komponieren. Unser großer Poet Edmund Waller schrieb den Text. Der wurde dann vertont. Ein paar der Couplets sang ich höchstpersönlich, aber natürlich nicht die Lieder zum Ruhme meiner Schönheit. Solche Lieder wurden bei Hofe häufig vorgetragen. Eitel wie ich war, schmeichelten sie mir.

Wir wollten uns schier ausschütten vor Lachen, als die Zwerge im Saal herumtollten und auf der Festtafel tanzten. Ich fürchtete, das übermäßige Gelächter könne meinem ungeborenen Kind schaden.

Bald darauf unternahmen Charles und ich eine kurze Reise. Wir waren bei der alten Gräfin von Buckingham zu Gast. Unfaßbar, daß ich diese Familie nach dem Tod des Herzogs richtig liebgewonnen hatte.

Diesen Aufenthalt werde ich nie vergessen. Beim Galadiner saß ich auf dem Ehrenplatz neben dem König. Beim Essen spielten Musikanten auf; denn die Gräfin kannte meine Liebe zur Musik.

Als die Musiker pausierten, wurde eine große Torte hereingetragen und mitten auf den Tisch gestellt. Alle starrten wie gebannt auf diese Torte, als sie Risse bekam und von innen her zerbrach. Ein großes Loch entstand. Brocken fielen auf den Tisch. Dann entstieg ein Mann der Riesentorte. Er maß etwa einen halben Meter, war sehr hübsch und war ausnehmend elegant gekleidet, wenn die Kleidungsstücke auch mehr wie Puppenkleider wirkten. Mit zierlichen Schritten stolzierte der kleine Mann zwischen den Tellern hindurch. Vor mir blieb er stehen, verneigte sich tief und richtete das Wort an mich. Seine Stimme klang sehr angenehm. Er gab der Hoffnung Ausdruck, in meine Dienste aufgenommen zu werden, falls ich Gefallen an ihm finden könne.

Lachend klatschte die Gesellschaft Beifall. Selbst der König lächelte gnädig. Wahrscheinlich hatten alle außer mir von vornherein davon gewußt. Es sollte eine Überraschung für mich sein.

Ich bat den kleinen Mann zu mir. Er strich sich mit einer zarten Gebärde Kuchenkrümel von dem Wams und trat vor mich hin. Ich versicherte ihm, ich würde ihn nur allzugern in meine Dienste nehmen. Er gefiele mir ausnehmend gut. Sicher wisse er, daß meine beiden Zwerge gerade erst geheiratet hätten. Natürlich hatte ich sie deshalb nicht entlassen, doch Jungverheiratete widmeten sich lieber ihrem Partner als ihrem Arbeitgeber.

Der kleine Mann nickte verständnisinnig und gelobte, sich ganz seiner Königin zu widmen.

Ich bedankte mich überschwenglich bei der Herzogin, die mir damit eine große Freude bereitet hatte und behielt den Zwerg.

Der kleine Mann stellte sich mir als Geoffrey Hudson vor und ließ durchblicken, er habe schon immer den Wunsch gehabt, mir zu dienen.

So kam es, daß er in meine Dienste trat. Es stellte sich heraus, daß er ausnehmend klug war und knifflige Angelegenheiten mit geradezu staatsmännischem Geschick für mich erledigte. Er wuchs mir so ans Herz, daß ich mich glücklich schätzte, ihn um mich zu haben.

Im November dieses Jahres brachte ich ein Jahr und fünf Monate nach der Geburt meines finsteren Sohnes ein Mädchen zur Welt. Wir entschlossen uns für den Namen Mary. Genau wie ihren Bruder taufte Bischof Laud sie in der Hofkapelle von St. James.

Ein paar Wochen nach der Geburt erkrankte meine Tochter. Für Charles und mich folgten kummervolle Tage. Ich hatte mich so über meine bildhübsche kleine Tochter gefreut. Jetzt machte ich mir Vorwürfe, weil ich am Aussehen meines Sohnes herumgemäkelt hatte. Wir brauchten vor allem gesunde Kinder. Das Aussehen war nebensächlich.

Die Gräfin von Roxburgh wurde zur Erzieherin der kleinen Mary ernannt, Mrs. Bennett zu ihrer Kinderschwester.

Als Königstochter verfügte sie natürlich außerdem noch über die übliche Dienerschaft: die Amme, Aufpasser, Wiegenschaukler, einen Türsteher, zwei Hintertreppendiener sowie eine Näherin, eine Wäscherin und das übliche Gesinde, das einer Königstochter zustand. In Marys ersten Lebenswochen hegte ich die Befürchtung, daß sie all diese Leute gar nicht brauchen würde.

In meiner Privatkapelle flehte ich Gott an, meine Tochter zu verschonen, doch ansonsten wurden im Land keine Bittgottesdienste abgehalten, damit niemand erfuhr, daß wir um das Leben unseres zweitgeborenen Kindes bangten.

Doch nach einer oder zwei Wochen kam Mrs. Bennett freudestrahlend zu mir. »Euer Majestät, die kleine Prinzessin zeigt wieder Appetit, verlangt nach Nahrung. Das ist ein gutes Zeichen. Damit ist das Schlimmste überstanden, sie ist auf dem Weg der Besserung.«

Mary erholte sich tatsächlich wieder.

Charles und ich waren überglücklich. Wir begaben uns in den Kindertrakt. Charles nahm seinen kleinen Namensvetter auf den Arm und ich meine zerbrechlich zarte kleine Tochter. Im Überschwang der Gefühle geriet Charles ins Stottern. Er versicherte mir, niemand auf der Welt könne so glücklich sein wie er, wenn dieses kleine Mädchen am Leben bliebe und ich ihn weiterhin liebe.

Der Hofarzt Dr. Mayerne erklärte uns bald darauf in seiner düsteren Art, daß Mary am Leben bleiben würde. Die Freude übermannte mich so, daß ich ihm überschwenglich dankte. Charles' Danksagung fiel bescheidener aus, doch sie kam ebenso von Herzen.

Als Charles eines Abends in unserem Schlafgemach entkleidet wurde, bemerkte ich ein paar Flecken auf seiner Brust. Ich dachte mir weiter nichts dabei und machte mir noch keine Sorgen, doch am nächsten Morgen fielen mir die Flecken wieder ein. Als ich mir Charles daraufhin ansah, war er regelrecht übersät mit diesen Flecken. Sie reichten bis zum Hals hinauf.

Dr. Mayerne wurde herbeizitiert und diagnostizierte Pokken oder Blattern. Entsetzen erfaßte uns. Der Arzt befahl mir, mich augenblicklich zu entfernen und untersuchte alle

Leute im Palast, um sicherzugehen, daß die gefürchtete Krankheit sonst niemanden befallen hatte.

»Aber es ist meine Aufgabe, mich um meinen Gemahl zu kümmern«, wandte ich ein.

Dr. Mayerne warf mir einen vernichtenden Blick zu. Ich pflegte mit Lucy oft über ihn zu lachen, weil er vor niemandem Respekt hatte und mich nicht nur wie ein Kind, sondern wie ein ausgesprochen dummes Kind behandelte. Er war Franzose, in Mayerne in der Nähe von Genf geboren und Sohn protestantischer Eltern. Sein wirklicher Name lautete Sir Theodore Turquet de Mayerne. Als Arzt hatte er von Anbeginn an Pionierarbeit geleistet und mehrere Heilverfahren entwickelt. Seine Arbeit war ihm wichtiger als alles andere. Er scherte sich nicht darum, wen er bei der Ausübung seiner Arbeit eventuell verletzte. König Jakob, Charles' Vater, hatte eine so hohe Meinung von ihm gehabt, daß er ihn zum Hofarzt ernannt hatte. Charles hatte also schon als kleiner Junge unter Dr. Mayernes ärztlicher Obhut gestanden.

»Wer das Krankenzimmer betritt, begibt sich in Lebensgefahr«, drohte er mir.

»Der König ist mein Gemahl«, gab ich zurück, »und ich lasse es nicht zu, daß ihn irgend jemand anderer pflegt.«

»Ihr liebt es, die Dinge zu dramatisieren«, warf er mir vor. »Aber hier handelt es sich ausnahmsweise einmal nicht um ein Melodram.«

»Ich versichere Euch, daß ich das nicht als Spiel betrachte!« schrie ich ihn entrüstet an. »Ich mache mir große Sorgen um meinen Gemahl. Ich will bei ihm sein, wenn er mich braucht.«

Dr. Mayerne nahm das kopfschüttelnd zur Kenntnis, doch in seinem Blick lag etwas, das ich nicht recht zu deuten wußte. Vermutlich zollte er mir Beifall.

Charles fühlte sich nicht sonderlich elend, was bei dieser Krankheit ziemlich ungewöhnlich war. Er wollte mich zum Gehen überreden, doch das lehnte ich strikt ab.

»Wie eigensinnig du doch bist«, hielt er mir vor.

»Ja, das bin ich, da ich dich nun einmal liebe. Eins kann ich dir sagen, Charles: niemand wird mich aus diesem Raum vertreiben, solange du mich brauchst.«

Charles war tief gerührt und wandte sich ab, damit ich nicht sah, daß er Tränen in den Augen hatte. Trotzdem bat er mich auch jetzt noch, ihn alleinzulassen.

Ich weigerte mich standhaft und pflegte ihn ganz allein. Zum Glück schlug die Krankheit bei ihm nicht mit voller Kraft zu. Wir vertrieben uns die Zeit mit Spielen. Natürlich machte ich mir Sorgen um ihn, doch schon nach ein paar Wochen war er völlig wiederhergestellt. Ich steckte mich nicht an, obwohl ich während seiner Krankheit nicht nur ständig in seinem Schlafgemach gewesen war, sondern auch neben ihm geschlafen hatte.

Dr. Mayerne hielt das für ein Wunder. Er ließ durchblikken, angesichts meiner Narrheit sei das ein unverdientes Glück. Charles liebte mich mehr denn je zuvor. Er hielt sich für den glücklichsten Menschen der Welt. Was die Zukunft ihm auch bringen würde, meinte er, es habe sich gelohnt; denn das Schicksal habe ihm mich beschert. Für einen so wortkargen, in sich gekehrten Menschen war das die reinste Lobeshymne. Ich gestand Lucy, ich sei noch nie so glücklich gewesen.

Bei der armen Lucy, die mir so ans Herz gewachsen war, schlug das Schicksal hingegen erbarmungslos zu. Sie wurde von der schreckenerregenden Pest befallen und zog sich ganz zurück. Für sie, die als eine der schönsten Frauen bei Hofe galt, war das der schwerste Schicksalsschlag, der sich nur denken läßt. Selbst wenn sie der Pest nicht zum Opfer fiel, war anzunehmen, daß sie bis an ihr Lebensende schrecklich entstellt sein würde.

Lucy erstrahlte nicht nur als eine unter vielen Schönheiten bei Hofe, sie stach auch alle anderen aus. In den Augen Edmund Wallers und der Poeten gebührte mir die Krone, aber damit wollten sie wohl vielmehr der Königin Ehre erweisen. Um bei der Wahrheit zu bleiben: eine klassische Schönheit war ich nie gewesen, dafür waren mein Mund und meine Nase viel zu groß. Allerdings konnte ich mich wunderschöner dunkler Augen rühmen. Dank meiner Lebhaftigkeit, die hin und wieder fälschlicherweise für Leichtfertigkeit gehalten wurde, sprühten und funkelten sie mehr als bei anderen Menschen. Meine Gesichtszüge befanden sich kaum jemals lange genug in Ruhestellung, als daß die Länge meiner Nase hätte auffallen können. Dank meiner Vitalität hielten mich die Menschen für überaus charmant und neigten zuweilen dazu, Charme mit Schönheit zu verwechseln. Lucy Hay war jedoch unbestreitbar schön. Poeten rühmten ihre Schönheit in Gedichten. Zudem nahm sie die Menschen durch ihr Temperament und ihre Klugheit für sich ein. Sie befaßte sich auch mit Politik und galt ganz zu Recht als schönste Frau bei Hofe. Der Gedanke, daß ihre Schönheit als Nachwirkung der Pest geschmälert werden könnte, versetzte den Hof in Trauer. Ich war überglücklich, als ich hörte, daß sie sich auf dem Weg der Besserung befand, doch sie lehnte es strikt ab, irgend jemanden bei sich zu empfangen. Mit Ausnahme ihrer Bediensteten durfte niemand zu ihr. Mich quälten trübe Ahnungen.

Lange verließ sie ihr Schlafgemach nicht mehr. Verängstigt warteten wir darauf, daß sie wieder in Erscheinung treten würde. Manche unter den Poeten waren schier untröstlich. Vermutlich hegten sie die Befürchtung, die Hauptquelle ihrer Inspiration sei nun versiegt.

Eines Tages ließ Lucy mich wissen, daß sie beabsichtigte, sich noch am selben Abend im Festsaal zu den Lustbarkeiten unter die Abendgesellschaft zu mischen. Anläßlich Charles' Genesung hatte ich ein besonderes Fest geplant. Ob es Grund gab, auch Lucys Genesung mitzufeiern, blieb noch abzuwarten.

Wie genau ich mich an diesen Abend noch erinnere! Ich trug eine weiße Atlasrobe mit einem breiten, spitzenbesetzten Kragen. Manche Geschehnisse stehen mir noch lebhaft vor Augen. Seltsamerweise sehe ich mich dann auch immer in der entsprechenden Gewandung der damaligen Zeit. Was vermutlich daran liegt, daß mir Schmuck und Kleidung zu der Zeit sehr wichtig waren. Ich litt an einer leichten Wirbelsäulenverkrümmung. Die jeweilige Robe mußte so gearbeitet sein, daß sie das geschickt kaschierte. Ich wollte um jeden Preis verhindern, daß jemand von diesem Manko erfuhr. Also ließ ich so breite Kragen arbeiten, daß sie oft wie Schals von meinen Roben hingen. Weil meine Kleider ausnahmslos diese Eigenheit aufwiesen, wurde das allerorts bald große Mode. Dieses Kleid liebte ich ganz besonders. Ich erinnere mich noch genau an die Machart, weil es eins meiner Lieblingskleider und dieser Abend ein besonderer Abend war. Zuweilen frage ich mich, ob es guttut, sich so genau zu erinnern. Wenn solche Erinnerungen häufig wiederkehren, kann ich mich in jede Zeit zurückversetzen und alles noch einmal durchleben. Ob das erstrebenswert ist, kann ich nicht sagen. Zuweilen bekümmern solche Erinnerungen eher als daß sie einen freuen.

Alle verstummten bewegt, als Lucy erschien. Sie war prächtig gekleidet und hatte eine unübertreffliche Figur. Daran hatte sich kaum etwas geändert, wenn sie auch etwas abgenommen hatte. Doch dadurch wirkte sie nur noch eleganter.

Lucy erschien maskiert. Wir sandten ein Stoßgebet zum Himmel und machten uns keine große Hoffnung mehr, daß sie unversehrt geblieben war. Die schwarze Samtmaske bedeckte ihr ganzes Gesicht. Durch die Augenschlitze konnte man die Augen glitzern sehen. Sie trat auf Charles und mich zu und verneigte sich tief vor uns.

Spontan schloß ich sie in die Arme. Ich wußte, daß sich das nicht schickte, dennoch konnte ich nicht anders. Wie sollte ich anders meiner Verzweiflung darüber Herr werden, daß meine wunderschöne Lucy, die Schönste bei Hofe, sich gezwungen sah, eine Maske zu tragen?

Wenn ich mich nicht irre, war auch sie völlig verzweifelt. Tröstend sprach ich auf sie ein. »Lucy, liebe Lucy«, hub ich immer wieder an.

Lucy trat zurück und fragte unüberhörbar, da ja alle schwiegen: »Eure Majestäten, gestattet Ihr, daß ich meine Maske abnehme?«

»Nur wenn du möchtest, Lucy«, sagte ich.

»Ja, es ist mein Wunsch, daß ich mich allen zeigen darf«, erwiderte Lucy.

Mit einer hochdramatischen Geste riß sie sich die Maske vom Gesicht. Ein Aufatmen ging durch die Menge. Lucys delikate, rosig überhauchte Haut leuchtete makellos wie eh und je. Die Seuche hatte ihrer Schönheit keinen Abbruch getan.

Unruhe griff um sich. Alle kamen herbeigeeilt, um sich mit eigenen Augen davon zu überzeugen, daß sie unversehrt geblieben war und um sie dazu zu beglückwünschen.

Diese dramatische Inszenierung war typisch für Lucy Hay.

Ich wollte die Genesung des Königs und Lucys Genesung feiern, und zwar mit einem Stück oder einem Maskenspiel. Das sollte speziell für diese Gelegenheit geschrieben werden, und zwar von einem Dichter, dessen Arbeiten uns zusagten. Ich dachte dabei an Ben Jonson, einen alternden Mann, der aber die Feder genial zu führen verstand. Ich hatte ihm bereits mehrmals den Auftrag erteilt, ein Maskenspiel für mich zu schreiben. Unser bester Bühnenbildner sollte mit ihm zusammenarbeiten, ein Baumeister namens Inigo Jones. Der Bankettsaal im Palast von Whitehall war den Flammen zum Opfer gefallen, bevor ich nach England kam. Inigo Jones hatte den neuen entworfen. Er war der einzige Sohn eines Tuchhändlers, doch er verstand sein Handwerk. Überall in London zeugten Bauwerke von seiner Genialität. Unglücklicherweise kamen er und Ben Jonson nicht miteinander aus und lagen sich ständig in den Haaren. Jonson hatte einmal behauptet, wenn er in einem seiner Stücke einmal einen Namen für einen Schurken brauche, so wolle er ihn Inigo nennen. Ich hätte wissen müssen, daß es nicht ratsam war, beide gleichzeitig zu beschäftigen. Es dauerte nicht lange, und sie verweigerten die weitere Zusammenarbeit – nur weil auf der Titelseite des Werkes Jonsons Name an erster Stelle stand.

Ich zürnte beiden so, daß ich sie entließ und Walter Montague den Auftrag gab, ganz von vorn anzufangen. Mir schwebte ein Stück mit gut spielbaren Rollen, mit Tanz- und Gesangseinlagen vor. Walter Montague war der Sohn des Earls von Manchester und hatte Jahre im Ausland zugebracht, so in Frankreich und Italien. Wenngleich das Gerücht ging, Montague könne Jonson nicht das Wasser reichen im Hinblick auf Genialität und geistige Fähigkeiten, so erfaßte er doch sogleich, worum es mir bei diesem Stück vor allem ging.

Infolgedessen schrieb er ein Maskenspiel mit dem Titel *Das Paradies des Schäfers*. Mein Gefolge äußerte sich begeistert dazu und hielt es für ein Meisterwerk.

Das Stück hatte viele Rollen. Die Hauptrolle gedachte ich natürlich zu übernehmen. Ich freute mich auf diese große Rolle, erschrak jedoch, als ich entdeckte, wieviel Text ich würde lernen müssen. Fast bereute ich es nun, Ben Jonson den Laufpaß gegeben zu haben. Er mochte streitsüchtig sein, doch er verstand es, mit wenigen Worten sehr viel auszusagen.

Trotzdem ließen wir es uns nicht verdrießen. Wir hörten uns gegenseitig unsere Rollen ab. Das Stück war in aller Munde, das wir bei Hofe und auch außerhalb des Hofes spielen wollten.

Über einen Mangel an Zuschauern konnten wir nicht klagen; denn jeder durfte herein, wenn er durchkam. Das war nicht immer einfach. Der Haushofmeister hatte bestimmte Statuten aufgestellt, nach denen wiederum gewisse Leute nicht zugelassen wurden. Ich aber fand es ganz natürlich, daß das Volk seine Königin gern auf der Bühne erleben wollte. Also bat ich den Haushofmeister, Milde walten zu lassen.

Das Spiel dauerte acht Stunden. Der Tanz und Gesang gefielen mir. Das Publikum war so zahlreich erschienen, daß viele im Schneidersitz auf dem Boden hocken mußten. Immer wieder kam es vor, daß ein Mitspieler den Text vergaß und steckenblieb. Dann mußte man ihm den Text deutlich hörbar soufflieren. Trotzdem war das Maskenspiel ein eindeutiger Erfolg. Ich freute mich, daß die Leute lachten und daß es ihnen so gefiel. Das macht uns beliebt beim Volk, äußerte ich mich hinterher Charles gegenüber.

Dann kam uns der widerwärtige Mr. Prynne in die Quere. Er wählte eben diesen Zeitpunkt, um ein Buch mit dem Titel *Historio-Mastix* zu veröffentlichen, einen dicken Wälzer von über tausend Seiten. Es war eine Schmähschrift gegen die Unmoral, war doch William Prynne ein Puritaner der allerschlimmsten Sorte. Daraufhin haßte ich die Puritaner noch mehr als ohnehin schon. Die Schauspielerei sei ungesetzlich, schrieb er, sie fördere die Unmoral. Die Aufführung von Spielen und Stücken sei schon in der Heiligen Schrift verurteilt worden. Dem schließe er sich heute an.

Sobald wir dieses Buch bei Hof in Händen hatten, stürzten wir uns alle darauf.

Paulus hatte es den Frauen untersagt, in Kirchen zu *sprechen*. ›Sollte es eine Christin wagen, so unklug und leichtfertig zu sein, öffentlich auf der Bühne zu spielen oder auch nur zu sprechen (womöglich noch in kurzen Haaren und Männerkleidung) in Gegenwart diverser Männer und Frauen...‹

Er ließ sich abfällig über Schauspielerinnen aus, die er mit Metzen auf die gleiche Stufe stellte. Das Tanzen hielt er für noch verwerflicher, geradezu für ein Verbrechen. Wer sich dessen schuldig machte, gehörte nach seinem Dafürhalten ins Gefängnis, um dort seine Sünden abzubüßen.

Wir hätten diesen Fanatiker wohl lachend abgetan, hätte er nicht Stellen aus der Bibel und Texte vieler illustrer Christen zitiert. Der Angriff richtete sich gegen mich, die ich auf der Bühne gestanden und mit Freuden geschauspielert, gesungen und vor allem getanzt hatte.

Nachdem der König das Werk gelesen hatte, war er außer sich vor Zorn. Nicht etwa, weil er es für so wichtig hielt, sondern weil es gegen mich gerichtet war. Er wollte den Verfasser kommen lassen und zwingen, sich zu entschuldigen. Das hätte den König sicherlich befriedigt, doch Dr. Laud, inzwischen Erzbischof von Canterbury, hielt diesen Angriff für bedeutsam.

Seiner Meinung nach richtete er sich nicht nur gegen den Königshof, der Verfasser kritisierte damit auch die Meßgewänder, das Ornat der kirchlichen Würdenträger sowie die kirchlichen Zeremonien, die der Klerus zelebrierte.

»Dieser Prynne ist ein äußerst gefährlicher Mann«, behauptete der Erzbischof.

Prynne wurde daraufhin festgenommen und vor Gericht gestellt. Dort wurde er zu einer Gefängnis- und einer Geldstrafe verurteilt. Sein gesellschaftlicher Rang wurde ihm aberkannt. Am Pranger sollten ihm die Ohren abgeschnitten werden.

Charles empfand das als zu schwere Strafe angesichts des

Buches, doch der Erzbischof wollte keine Gnade walten lassen. Er verurteilte das Buch strengstens. »Männer wie dieser Prynne könnten die Kirche und alles, was sie seit jeher befürwortet hat, vernichten«, gab er zu bedenken. »Hier im Lande leben ohnehin schon zu viele Puritaner. Durch solch aufrührerische Schriften könnte ihre Zahl noch größer werden. Es ist sehr heilsam, ihnen zu demonstrieren, wie es denjenigen ergeht, die sich erdreisten, Kritik an der Königin zu üben.«

Damit brachte er Charles zum Schweigen. Ich fand nächtelang keinen Schlaf. Die kleinste Aufregung brachte mich schon um den Schlaf. Im Geiste sah ich diesen Mann am Pranger stehen. Das Blut tropfte ihm von den verstümmelten Ohren.

Natürlich war er ein äußerst unangenehmer Mensch, ein gräßlicher alter Spielverderber, der uns alle nach seinem Bilde formen wollte. Aber ihn dafür zu verstümmeln...

Charles wußte, daß ich mir dieses Mannes wegen Sorgen machte. Ihm selbst erging es ebenso; denn er besaß einen ausgeprägten Sinn für Gerechtigkeit. Andererseits hatte Prynne einen Affront gegen das Königshaus gewagt; denn der Königshof war zweifellos die Zielscheibe seiner Tiraden. In Charles' Augen verging er sich damit gegen die vom Herrn Gesalbten. Ich selbst war allerdings nicht gesalbt, da ich fest auf meinen Glauben baute. Ich durfte mich nicht Königin von Gottes Gnaden nennen.

Charles nahm sich vor, Prynne Feder und Papier ins Gefängnis bringen zu lassen. »Das wird ihn etwas trösten«, meinte er.

»Damit er weiterhin Hetzschriften gegen uns verfassen kann?«

»Der arme Kerl, er hat genug gelitten«, lautete Charles' knapper Kommentar. Ich plädierte ebenfalls dafür, daß er Prynne Schreibzeug bringen ließ, weil ich davon überzeugt war, daß er seine Lektion gelernt hatte und nichts gegen uns Gerichtetes mehr schreiben würde.

Bald nachdem Lucy nach überstandener Krankheit ihren dramatischen Auftritt mit der Maske zelebriert hatte, kam es zwischen zwei wichtigen Männern bei Hofe zu einem ungewöhnlichen Zerwürfnis. Da es dabei auch um einen Brief von mir und um einen meiner besten Freunde ging, war ich ebenfalls betroffen.

Bei dem Freund handelte es sich um Henry Jermyn, den ich sehr amüsant fand. Nie ging uns der Gesprächsstoff aus, wenn wir uns trafen. Obgleich er ziemlich niedrigen Ranges war, besaß er doch ausgezeichnete Manieren. Ich fühlte mich in seiner Gegenwart sehr wohl, was daran liegen mochte, daß er lange in Paris gewesen war, wohin man ihn als Gesandten beordert hatte. Er konnte mir über meine Familie berichten und sehr anschaulich von dem Leben erzählen, das mir von meiner Kindheit her noch so vertraut war.

Henry war hochgewachsen, neigte jedoch etwas zur Leibesfülle. Im Gegensatz zu mir war er hellblond. Seine etwas schläfrige, lethargische Miene amüsierte mich. Ein paar Jahre zuvor war er zum Vizeschatzmeister ernannt worden. Davor hatte er Liverpool im Parlament vertreten.

Er war ein unverbesserlicher Spieler. Zwei gegensätzlichere Männer als meinen Gemahl und ihn konnte man sich schwerlich vorstellen. Charles war stets darum bemüht, das Richtige zu tun. Ich ahnte sogleich, daß Henry dieses unbedingte Pflichtgefühl vermissen ließ und es vorzog, genau das zu tun, was für ihn am bequemsten war und ihn keine allzu große Mühe kostete. Da auch ich zur Faulheit neigte, einen Hang zur Bequemlichkeit hatte und vergnügungssüchtig war, verstanden wir uns auf Anhieb. Geschickt entzog er sich den Konsequenzen seines Tuns. Für gewöhnlich baute er darauf, daß er sich mit Hilfe seines Charmes allem entziehen konnte, was mit einem bequemen Leben nicht in Einklang zu bringen war.

Auf einem der zu Whitehall gehörenden Tennisplätze hatte es Ärger gegeben, weil Henry einem der Männer vorwarf, er habe ihn mit Tennisbällen attackiert. Henry war sehr ausfallend geworden. Wie viele Menschen ließ er sich nicht so leicht aus der Ruhe bringen, aber wenn das doch einmal geschah, kam es zu einer gewaltigen Eruption.

Doch das war eine Bagatelle verglichen mit zwei anderen Kalamitäten, die dicht aufeinander folgten und mit Gefängnis und Verbannung geahndet wurden.

Zu dem ersten Zwischenfall kam es durch den neuen französichen Botschafter, den Marquis von Fontenay-Mareuil, der mir vom ersten Augenblick an unsympathisch gewesen war, als er die Nachfolge meines lieben Marquis von Châteauneuf antrat. Dieser war etwa drei Jahre in England akkreditiert gewesen. Zu dieser Zeit hielt sich bei Hofe ein sehr charmanter junger Mann auf, der Chevalier de Jars. Er war mit dem verschlagenen Kardinal Richelieu aneinandergeraten und ins Exil geschickt worden. So war er zu mir gekommen, und da ich wußte, daß Richelieu und meine Mutter mittlerweile verfeindet waren, hieß ich ihn herzlich willkommen. Der Chevalier war ein junger, gutaussehender, sehr liebenswerter Mann, zudem ein hervorragender Tänzer. Er spielte so gut Tennis, daß Charles, ein ganz ausgezeichneter Tennisspieler, gern eine Partie Tennis mit ihm spielte. Es freute mich natürlich, daß mein Landsmann bei Hofe so gut ankam.

Es gab einen Mann, der mein Mißfallen erregte. Und zwar handelte es sich um Richard Weston, den Earl von Portland und obersten Schatzmeister. Wenn ich jetzt so darüber nachgrüble, weshalb er mir so mißfiel, muß ich sagen, daß es wohl daran gelegen hat, daß Charles sehr viel von ihm hielt. Eingedenk der Tatsache, daß Buckingham seinerzeit so großen Einfluß auf den König ausgeübt hatte, befürchtete ich ständig, daß ein anderer sich mit viel Geschick in diese Position hineinmanövrieren könnte. Zudem weigerte sich Weston häufig, mir Geld zu geben. Manchmal kam ich mir vor wie eine Almosenempfängerin. Darüber beklagte ich mich bei Charles. Mit einem zaghaften Lächeln wies dieser mich zurecht und hielt mir vor, es sei Westons Pflicht, die Staatskasse zu verwalten und stets dafür zu sorgen, daß immer genug Geld vorhanden war für alles, was das Land benötigte. Das leuchtete mir ein. Trotzdem hielt ich ihn für geizig. Ich gab Charles zu bedenken, daß doch für die Bedürfnisse des Landes ohnehin genug da sei und daß meine lächerlichen Ansprüche doch kaum ins Gewicht fallen könnten.

Charles küßte mich und bezeichnete meinen Kommentar als typisch weibliche Logik.

Ich gab mich jedoch nicht so leicht geschlagen und unterhielt mich mit Freunden wie Lord Holland und dem Chevalier de Jars darüber.

Dem Marquis von Fontenay-Mareuil kam zu Ohren, daß ich den Chevalier de Jars ins Vertrauen gezogen hatte. Menschen wie er wittern immer gleich eine Verschwörung. Eines Tages kam der Chevalier ganz aufgelöst zu mir. Verstört berichtete er mir, seine Gemächer seien durchsucht und seine Papiere entwendet worden und somit verschwunden.

Entrüstet schleppte ich ihn sogleich zu Charles. Der setzte eine ernste Miene auf und fragte, wer dafür wohl verantwortlich sein könne.

»Es muß jemand gewesen sein, der nicht gut auf mich zu sprechen ist und mir damit schaden möchte«, erwiderte der Chevalier.

»Wir müssen den Dieb dingfest machen«, ereiferte ich mich. »Er darf nicht ungeschoren davonkommen.«

Charles hielt es für angebracht, den französischen Botschafter kommen zu lassen. Ich bat ihn, bei der Unterredung dabeisein zu dürfen, weil ich es nicht für ausgeschlossen hielt, daß ich mich zur Verteidigung meines lieben Freundes, des Chevaliers, würde aufschwingen müssen.

Damit behielt ich recht. Viel konnte ich allerdings nicht tun. Zudem kam es darüber fast zum Streit zwischen Charles und mir.

Fontenay-Mareuil war sehr überheblich. Er gab unumwunden zu, daß de Jars Gemächer auf seinen Befehl hin durchsucht und die Papiere beiseitegeschafft worden waren.

»Das ist Diebstahl!« schrie ich entrüstet.

»Eure Majestät«, erwiderte der Botschafter, indem er sich mir zuwandte und sich tief vor mir verneigte, »ich stehe im Dienst Seiner Majestät, des glorreichen Königs Ludwig. In seinem Auftrag überwache ich den Chevalier de Jars.«

Charles nickte. Das leuchtete ihm ein.

»Daher habe ich die Dokumente des Chevaliers an mich gebracht«, fuhr Fontenay-Mareuil fort, »und da er jetzt nicht mehr über sie verfügen kann, muß er sich nach Frankreich zurückbegeben.«

»Aber aus welchem Grund?«

»Das, Eure Majestät, wird sich noch herausstellen.«

Dann wollte er von Charles wissen, ob er noch gebraucht werde.

Ich wandte mich an Charles, kaum daß er gegangen war. »Du wirst doch hoffentlich nicht zulassen, daß er Lügen über den Chevalier verbreitet. Ich bin mit dem Chevalier befreundet.«

Zartfühlend erwiderte Charles: »Ich weiß ja, daß er sehr gut tanzt und du dich in seiner Gesellschaft ausgezeichnet unterhältst, doch wenn er gegen seinen König konspiriert, muß er dafür zur Rechenschaft gezogen werden.«

»Aber er ist doch mein Freund.«

»In erster Linie ist er Untertan des Königs von Frankreich.«

»Soll das heißen, daß er nach Frankreich zurückgeschickt wird?«

»Ohne Papiere kann er nicht bleiben.«

»Aber weshalb denn nicht?«

»Weil der Botschafter sie konfisziert hat. Zweifellos werden wir in ein paar Tagen von deinem Bruder hören, daß er den Chevalier zurückbefiehlt nach Frankreich.«

Ich verlegte mich aufs Betteln und aufs Flehen. Charles gab mir zu verstehen, daß er mir gern jeden Wunsch erfüllen würde, daß es sich hier jedoch um eine Staatsaffäre handle und er sich da nicht einmischen dürfe − vor allem, da es sich um den König eines anderen Landes und einen seiner Untertanen handle.

»Es handelt sich hier um *mein* Vaterland!« rief ich.

Charles gab mir zu bedenken, daß ich jetzt Engländerin sei.

Ich spürte, wie ich die Beherrschung zu verlieren drohte. Doch angesichts der Verzweiflung, die aus Charles' Miene sprach, bezähmte ich mich. Ich wollte um jeden Preis verhindern, daß ein Schatten auf unser Glück fiel. Fest entschlossen, mir meine Gereiztheit nicht anmerken zu lassen, nahm ich mir vor, lieber zu schweigen, jedoch nichts unversucht zu lassen, um meinem lieben Freund zu helfen.

Aber was konnte ich schon ausrichten? Nach kaum einer

Woche wurde der Chevalier von meinem Bruder nach Frankreich zurückbeordert. Ich war sehr besorgt um ihn, denn ich war davon überzeugt, daß der widerwärtige Fontenay-Mareuil Gerüchte über ihn verbreiten würde.

Zu meinem Leidwesen geschah genau das. Sobald der Chevalier in Paris eintraf, wurde er festgenommen und eingesperrt.

Im Anschluß daran wurde eine ganze Reihe von Leuten festgenommen. Châteauneuf landete in Angoulême und wurde dort festgehalten. Selbst die leichtlebige Herzogin von Chevreuse, die Châteauneuf meines Wissens zu ihren Bewunderern zählen durfte, mußte sich an einen Zufluchtsort begeben. Das litt sie allerdings nicht lange. Bald kam uns zu Ohren, sie habe ihre Wachen gefangengenommen und sei mit deren Hilfe als Mann verkleidet nach Spanien entkommen.

Aber das geschah erst später. Vorerst galt meine größte Sorge meinem armen Chevalier de Jars.

Damit begann der Ärger, denn ich schrieb an meinen Bruder. Ich bat ihn, den Chevalier freizulassen und versicherte ihm, dieser junge Mann gereiche Frankreich nur zur Ehre. Unglücklicherweise wurde Westons Sohn Jerome als Kurier ausgesandt, um Ludwig in Paris wichtige Dokumente zu überbringen. Auch auf dem Rückweg nach England trug er Dokumente bei sich. Zufällig verbrachte er die Nacht in dem Gasthof, in dem auch der Kurier nächtigte, der Briefe nach Paris bringen sollte. Sie kamen ins Gespräch. Da Jerome als Sohn eines solchen Vaters ein sehr pflichtbewußter Mensch war, wußte er auch, daß ständig Verschwörungen gegen ihn im Gange waren. Daher hielt er es für rechtens, die Post zu überprüfen, die nach Frankreich gebracht werden sollte.

Dabei stieß er auch auf den Brief, den ich meinem Bruder geschrieben hatte sowie auf einen Brief Lord Hollands. In beiden Fällen handelte es sich um Privatbriefe, die mit getrennter Post gehen mußten. Die Tatsache, daß sie sich im Diplomatengepäck befanden, erweckte Mißtrauen in dem diensteifrigen Jerome Weston. Er brachte die beiden Briefe an sich, nahm sie mit zurück nach England und legte sie dem König vor.

Als ich erfuhr, was vorgefallen war, kannte mein Zorn keine Grenzen. Charles gab sich alle Mühe, mich zu beschwichtigen, doch das gelang ihm diesmal nicht.

»Was für eine Erniedrigung!« schrie ich. »Wie kann dieser Emporkömmling es wagen, mich so zu behandeln? Mich, die Königin!«

Charles redete beruhigend auf mich ein. »Er hat nur das getan, was er für seine Pflicht hielt.«

»Damit hat er mich beleidigt! Hat er das für seine Pflicht gehalten?«

»Das lag sicher nicht in seiner Absicht. Privatbriefe gehören nun einmal nicht ins Diplomatengepäck. Begreifst du nicht, daß es ein Leichtes gewesen wäre, damit großes Unheil anzurichten? Größte Vorsicht ist geboten. Der junge Weston hat nur seine Pflicht getan.«

»Lord Holland ist sehr aufgebracht!« schrie ich. »Er wird den jungen Mann dafür gewiß zur Rechenschaft ziehen.«

»Das wäre sehr unklug von ihm; denn damit würde er eine strafbare Handlung begehen, was der junge Weston nicht getan hat.«

Ich konnte es nicht mehr hören und zog es vor, mich zu verabschieden. Wäre ich geblieben, hätte ich für nichts mehr garantieren können. Am Ende hätte ich Charles noch beschimpft.

Als ich mich in meine Gemächer zurückzog, fand ich dort Lucy mit Eleanor Villiers vor, einer Nichte Buckinghams, die seit kurzem zu meinen Kammerfrauen gehörte.

Beide drückten ihr Erstaunen darüber aus, daß sich der junge Jerome Weston so verhalten hatte. Daraus schöpfte ich ein wenig Trost.

Eleanor Villiers wirkte sehr aufgeregt, als sie mir die Nachricht überbrachte.

»Henry Jermyn ist festgenommen worden«, berichtete sie mir.

»Henry Jermyn? Aber aus welchem Grund?«

»Lord Holland hat Jerome Weston zum Duell herausgefordert, weil er Euch und ihn beleidigt haben soll. Henry hat die Forderung überbracht, und das gilt bereits als Vergehen.«

»Und wie steht es mit Lord Holland?«

»Er ist ebenfalls festgenommen worden.«

»Ich suche ohne Verzug den König auf!«

Charles sprach gerade mit einigen seiner Minister über die Affäre, bei der Lord Holland, die Westons und nun auch noch Henry Jermyn in Mitleidenschaft gezogen waren.

»Ich muß Euch auf der Stelle sprechen«, verlangte ich mit einem hochmütigen Seitenblick auf die Minister. »Und zwar ohne Zeugen.«

In den Augen der Minister war Charles ein treuergebener Ehemann; denn er erklärte sogleich, das Gespräch mit ihnen später fortsetzen zu wollen.

Sie waren kaum gegangen, da entfuhr es mir: »Mir ist gerade zu Ohren gekommen, daß Henry Jermyn und auch Lord Holland festgenommen worden sind.«

»So ist es«, erwiderte der König.

»Aber weshalb denn nur?«

»Weil sie das Gesetz mißachtet haben. Sie wissen beide, daß es untersagt ist, sich zu duellieren. Wer immer sich gegen diese Vorschrift vergeht, macht sich einer Gesetzesübertretung schuldig.«

»Lord Holland hat den jungen Jerome Weston zum Duell gefordert. Aber was hat Henry Jermyn...«

»Ich dulde keine Gesetzesübertretungen.«

»Aber Henry ist mein Freund.«

»Meine Liebe, selbst deine Freunde sind keine Freunde der Krone mehr, wenn sie den Gesetzen zuwiderhandeln.«

»Das ist eine Verschwörung.«

»Da magst du recht haben, und zwar richtet sie sich gegen meinen Schatzmeister. Der junge Mann hat recht gehandelt, als er die Briefe abfing. Er vermutet, daß sich eine Gruppe von Leuten gegen seinen Vater verschworen hat, und ich glaube, da vermutet er ganz richtig. Er hat seine Kompetenzen keineswegs überschritten, als er das Diplomatengepäck durchsuchte. Das mußt du einsehen, mein Liebes. Verschwörungen können und dürfen wir nicht dulden. Wir dürfen diejenigen nicht aus den Augen lassen, die das Feuer schüren.«

»Soll das heißen, daß Holland und Jermyn bestraft werden?«

»Sie müssen sich vor Gericht verantworten. Es sind Umtriebe gegen den Schatzmeister im Gange, obwohl dieser ein ehrenwerter Mann ist. Er geht sehr sorgsam mit unserem Geld um, und genau das brauchen wir.«

»Du willst dich also auf seine Seite schlagen!«

»Auf die Seite des Rechts, meine Liebe.«

Ich sah ein, daß alles Flehen nichts half und ich ihn nicht umstimmen konnte. Einen störrischeren Menschen konnte man sich schwerlich vorstellen. Was er für richtig hielt, das tat er. Nichts und niemand konnte ihn davon abbringen.

Er erklärte mir, es sei ein Affront, daß ein Mitglied seines Rates, also Holland, sich mit einem Mann zu duellieren wünschte, der im Dienst des Königs stand und nur seine Pflicht getan hatte.

Natürlich hatte sich weder Lord Holland noch Henry Jermyn eines schwerwiegenden Vergehens schuldig gemacht. Daher hielt sich die Strafe auch in Grenzen. Holland hatte eine Weile Hausarrest und durfte sein Haus in Kensington nicht verlassen. Henry Jermyn durfte sich vorübergehend bei Hof nicht blicken lassen und bezog in einem Privathaus Quartier.

Es ist typisch für diese beiden Männer, wie sie ihre Gefangenschaft zu nutzen wußten. Holland gab Gesellschaften. Die interessantesten Leute vom Königshof sollen bei ihm gesichtet worden sein. Seine Gesellschaften waren in aller Munde. Etwas Faszinierenderes gab es zu der Zeit wohl nicht. Das Leben bei Hofe erschien allen ohne diese beiden Männer reichlich trübselig. Henry Jermyn fehlte mir besonders. Erst seit ich auf ihn verzichten mußte, war mir so richtig klar, wie gut wir uns unterhalten hatten.

Seit dem Zwischenfall mit seinem Sohn war Charles dem Earl von Portland mehr denn je zugetan. Bei mir nannte ich den Sohn den kleinen Spitzel. Beide genossen großes Ansehen bei Charles.

Erbittert beklagte ich mich bei Charles: »Dich läßt völlig kalt, was mir am Herzen liegt. Du erlegst meinen Freunden Strafen auf und paktierst mit meinen Feinden.«

»Du stehst meinem Herzen am nächsten, bist die Königin meines Herzens«, entgegnete der König, der zuweilen recht sentimental sein konnte, »aber ich muß nun einmal dieses Königsreich regieren und in diesem Lande herrschen, da ich von Gott dazu berufen worden bin. Diejenigen, die du für deine Freunde hältst, sind in Wahrheit keine Freunde; denn wenn sie sich gegen mich und meine Minister wenden, sind sie nicht meine Freunde. Da du und ich aber eins sind, kann für dich nicht gut sein, was mir schadet.«

Charles und die Kinder machten mich so glücklich, daß ich gar nicht wollte, daß sich etwas änderte. Doch Lord Holland und Henry Jermyn gingen mir nicht aus dem Kopf. Weil ich sie gar so sehr vermißte, ließ Charles Gnade walten und verwehrte ihnen schon nach ein paar Wochen den Zutritt zum Hof nicht mehr. Zu meiner großen Freude kehrten sie zurück. Charles gab sich beiden gegenüber äußerst kühl. Dem Earl von Portland jedoch vertraute er voll und ganz.

In Charles' Augen war Lord Holland höchst unzuverlässig, und er bat mich, auf der Hut zu sein. Ich erinnerte ihn daran, daß er unsere Heirat zustandegebracht hatte und fügte hinzu: »Dafür werde ich ihm immer von Herzen dankbar sein.«

Das rührte Charles. Bald waren beide Männer wieder in Gnaden aufgenommen, wenn sie auch einsehen mußten, daß das Vertrauen des Königs in seinen Schatzmeister nicht zu erschüttern war.

Bald darauf kam es erneut zu einem Ärgernis.

Mir war aufgefallen, daß Eleanor Villiers in letzter Zeit ein wenig mitgenommen aussah. Allmählich dämmerte es mir, daß sie gesegneten Leibes war, was ich ja selbst schon wiederholt gewesen war. Daher wurde ich schon beim kleinsten Anzeichen aufmerksam.

Eines Tages ließ ich sie dann kommen und trug Sorge, daß niemand uns belauschen konnte. »Eleanor, fühlst du dich nicht wohl?« fragte ich sie.

Sie zuckte zusammen und wurde puterrot. Das zeigte mir, daß meine Vermutung zutraf.

»Wer ist es gewesen?« drang ich in sie.

Doch sie wollte es mir nicht sagen. Ich durfte sie nicht quälen. Ich würde es schon noch herausbekommen.

»Wann ist denn soweit?« erkundigte ich mich.

»In fünf Monaten«, entgegnete Eleanor.
»Gut, daß ich nun Bescheid weiß«, meinte ich. »Wir müssen dafür sorgen, daß du umgehend heiratest.«
Als sie sich nicht dazu äußerte, befürchtete ich schon das Schlimmste.
»Ist er womöglich schon verheiratet?« fragte ich.
Sie schüttelte den Kopf.
»Gut. Wir müssen uns beeilen. Warum hast du mit der Heirat nur so lange gewartet, Eleanor?«
»Er wünscht nicht zu heiraten.«
»Wie, er will nicht heiraten? Aber er wird sein Versprechen halten müssen.«
»Er hat mir die Ehe nicht versprochen.«
»Soll das heißen, daß du – eine Hofdame – dich ihm ohne Heiratsversprechen ...«
»Ja, Euer Majestät.«
»Sag mir endlich, wer der Mann ist!« fuhr ich sie wütend an.
Da verriet sie es mir. »Henry Jermyn.«
»Dieser Schuft!« schrie ich. »Überlaß das mir. Der König wird entrüstet sein. Du weißt, wie sehr er auf Moral bei Hofe hält. Ich spreche umgehend mit Jermyn. Geh nun und überlaß das ruhig mir.«
Ich ließ Henry kommen. Unbekümmert kam er hereingestürmt. Er schien nicht zu ahnen, was ihm bevorstand, griff nach meiner Hand und zog sie an die Lippen.
»Gerade eben habe ich mit Eleanor Villiers gesprochen«, eröffnete ich das Gespräch.
Doch auch das schien ihn nicht zu beeindrucken.
»Sie hatte mir eine traurige Mitteilung zu machen«, fuhr ich fort. »Ihr wißt wohl, was ich damit meine.«
Mit schiefgelegtem Kopf sah er mich ernsthaft an, doch ich ließ mich nicht aufs Glatteis führen, sondern fuhr ihn höchst ungehalten an: »Es hat wenig Sinn, daß Ihr den Ahnungslosen spielt. Ihr wißt ja wohl, was Ihr da angerichtet habt. Ihr habt das arme Mädchen geschwängert.«
»Sehr unvorsichtig«, ließ Henry verlauten.
»Da habt Ihr allerdings recht. Es wird Euch nichts anderes übrigbleiben, als sie zu heiraten.«
»Das kann ich nicht.«

»Das könnt Ihr nicht? Was soll das heißen? Ihr seid doch Junggeselle, oder etwa nicht?«

»Ich bin zwar unverheiratet, aber völlig verarmt.«

»Ich sehe darin keinen Hinderungsgrund für eine Ehe.«

»Leider ist die Dame ebenfalls völlig mittellos, seit ihr Onkel tot ist und der segensreiche Geldquell versiegt ist. Nun sind wir beide völlig verarmt. So mittellos kann man doch keine Ehe schließen.«

»Ihr seid verrucht und niederträchtig«, sagte ich verstimmt.

»Trotzdem findet Ihr mich zuweilen unterhaltsam, Majestät. Da muß ich doch mit mir zufrieden sein.«

»Das wird das Mißfallen des Königs erregen, wenn es ihm zu Ohren kommt.«

»Das bedaure ich zutiefst.«

»Es ist gut möglich, daß er Euch befiehlt, die Dame zu ehelichen.«

»Ich glaube nicht, daß der König seine Kompetenzen überschreitet.«

»Nein, er hält sich stets an die Gesetze und tut, was rechtens ist. Doch es wird noch Ärger geben, Henry. Eleanor Villiers ist schließlich eine Hofdame und zudem ein Mitglied der Familie Buckingham.«

»Ich weiß«, sagte er betrübt.

»Ihr solltet sie zur Frau nehmen.«

»Diese Ehe wäre für uns beide nicht von Vorteil. Sie ist völlig mittellos, und ich bin ein Schurke, wir Ihr sagt, und ihrer gar nicht wert.«

Das war so leichthin gesagt, doch es entging mir nicht, daß es ihm damit ernst war.

Der König war betrübt. »Ich dulde solche Unmoral bei Hofe nicht«, erklärte er.

»Trotzdem kannst du sie nicht zu Heirat zwingen. Glaubst du, daß Eleanor Villiers einen Mann heiraten möchte, der sie gar nicht will?«

»Ja, da sie bald ein Kind bekommt.«

»Aber ich verstehe Henrys Standpunkt. Wenn er sie ehelicht, entfällt für ihn damit die Chance, sein Vermögen wiederzuerlangen.«

»Wenn er sie aber nicht zur Frau nimmt, kann sie keine gute Partie mehr machen.«

Wie hilflos ich mich fühlte! Was hatte ich doch für ein Glück mit meiner Ehe!

Das sagte ich Charles auch und schlang ihm die Arme um den Hals. Angesichts meines impulsiven Verhaltens lächelte er nachsichtig. Spontaneität war ihm nicht gegeben. Gegensätzlicher konnten zwei Menschen wohl kaum veranlagt sein. Er streichelte mich immerhin und versprach mir, sich die Sache durch den Kopf gehen zu lassen.

Der König unterhielt sich dann getrennt mit Henry und Eleanor.

Sein Entschluß stand fest: die beiden sollten heiraten. Er meinte, Henry müsse Eleanor die Ehe versprochen haben, bevor sie sich mit ihm einließ. Doch Eleanor, ein sehr aufrichtiges Mädchen, versicherte ihm, daß von einer Heirat nie die Rede gewesen sei.

Der König konnte es nicht fassen, doch Eleanor gestand ihm: »Ich habe Henry Jermyn über alle Maßen liebgehabt.«

Das rührte Charles, und er zürnte Henry nur noch mehr. Er könne zwar nicht erzwingen, daß Henry Jermyn Eleanor Villiers heirate, da er ihr die Ehe nicht versprochen habe, äußerte sich der König, doch das rechtfertige Henrys Verhalten nicht. Er könne sich damit nicht abfinden. Wenn er auf dieser Ehe auch nicht bestehen könne, so wolle er Henry doch bei Hofe nicht mehr sehen – außer er entschließe sich doch noch zu der Heirat.

Damit verbannte er ihn. Henry verließ England, und ich mußte wieder einmal auf seine Gesellschaft verzichten.

Auch ich war wieder gesegneten Leibes. Zuweilen sagte ich mir, daß Buckingham mich wohl verhext haben mußte; denn während der Zeit, zu der er so viel Macht über Charles besaß, war ich unfruchtbar geblieben. Doch kaum war er tot, bekam ich ein Kind nach dem anderen.

Charles war außer sich vor Freude, als ich ihm anvertraute, daß ich wieder ein Kind erwartete.

»Wir müssen uns bald nach Schottland begeben«, meinte

er, »denn im fortgeschrittenen Stadium der Schwangerschaft kannst du nicht mehr reisen.«

»Schottland!« rief ich entsetzt. Was ich bis dahin über Schottland erfahren hatte, klang nicht sehr erfreulich. Es sollte dort sehr kalt sein, die Leute halsstaarig und mürrisch. So manch einer hier bei Hofe war schon ernst genug. Deshalb legte ich nicht den geringsten Wert darauf, unter Schotten zu leben, die noch viel ernster waren.

»Ich muß mich dort endlich krönen lassen«, sagte Charles. »Die Schotten erwarten das von mir.«

Sofort war ich auf der Hut. Ich hatte mich geweigert, mich zusammen mit dem König in England krönen zu lassen. Wie konnte ich mich da in Schottland krönen lassen? Meine französischen Berater hatten mich darauf hingewiesen, in was für einer schwierigen Lage ich mich befand. Wenn sich eine Königin nicht krönen ließ, konnte ihr das gefährlich werden. Aber wie konnte ich mich als gäubige Katholikin der Doktrin und den Gebräuchen der protestantischen Kirche beugen?

»Ich kann nicht«, sagte ich. »Ich würde mich dafür hassen und verachten. Es wäre auch nicht richtig. Ich kann doch meinen Glauben nicht verleugnen.«

Geduldig versuchte Charles, mir zu erklären, daß gar keine Rede davon sein könne, meinen Glauben zu verleugnen. Niemand erwarte das von mir. Ich brauche nur neben ihm zu stehen und mich krönen zu lassen. Doch ich wußte, daß es zur Krönungszeremonie gehörte, daß der Herrscher schwor und gelobte, gemäß den Glaubensregeln der Reformierten Kirche zu leben. Das bedeutete nur eins: dem Katholizismus abzuschwören, und genau das konnte ich nicht.

Früher wären wir uns darüber in die Haare geraten, doch jetzt fiel kein lautes Wort.

Charles sah mich nur traurig und unendlich zärtlich an. »Ich verstehe deine tiefen Gefühle«, sagte er. »Ich will nichts tun, was dich quält.«

Er reiste also ohne mich nach Schottland, und ich blieb in London, um mich auf die Geburt meines nächsten Kindes vorzubereiten.

Inzwischen bin ich wohl etwas klüger geworden; denn

wenn ich so im nachhinein an diese Zeit zurückdenke, will es mir scheinen, als hätte sich die Katastrophe mit diesem Besuch in Schottland angebahnt. Ich verstehe meinen Gatten jetzt viel besser. Damals liebte ich ihn, weil er so um mich besorgt war, um seiner Hingabe willen und in dem Wissen, daß er bei Hofe zu den wenigen zählte, die ihren Ehefrauen die Treue hielten. Stets gab er mir das Gefühl, geliebt zu werden und wunderschön zu sein. Nun liebe ich ihn nicht mehr ausschließlich um seiner vielen unschätzbaren Eigenschaften willen, sondern auch wegen seiner Schwächen, die ihn ins Unglück stürzen sollten.

Schon damals sah ich in Charles einen der tugendhaftesten und edelmütigsten Männer, die je auf dem Thron Englands gesessen haben. An dieser Überzeugung hat sich bei mir bis heute nichts geändert. Charles war zweifellos ein guter Mensch, doch das bedeutet nicht, daß ein guter Mensch unbedingt auch ein guter König ist. Einige der größten Könige waren alles andere als gute Menschen. Zwischen dem König und dem Privatmann können Welten liegen. Oft erweist es sich als schwierig, wenn nicht gar als unmöglich, diese Sphären zu vergleichen. Wenn wir ein Urteil über einen König fällen, so gilt das nicht dem Menschen. Als Mensch war Charles gut und edelmütig, als König jedoch handelte er oft unvernünftig und wie mit Blindheit geschlagen, als könne er nicht über seine Nasenspitze hinaussehen. Häufig ließ er Weitblick vermissen. Seine Sicht mag getrübt gewesen sein durch die Überzeugung, ein König von Gottes Gnaden könne dank des ihm von Gott übertragenen Rechts, über das Land zu herrschen, keine Fehler machen. Doch er war alles andere als unfehlbar.

Erst in den vielen Jahren, die seither vergangen sind, ist diese Erkenntnis in mir gereift. Damals fehlte mir die Einsicht. Über solche Fragen zerbrach ich mir auch kaum den Kopf. Hätte man mich gefragt, so hätte ich geantwortet, daß wir selbstverständlich weiterleben sollten wie bisher, unsere Kinder aufziehen wollten und mein Ältester zu gegebener Zeit den Thron besteigen würde. Die von den Steuereintreibungen Betroffenen leisteten erbitterten Widerstand. Charles ließ mir gegenüber durchblicken, die Staatskasse befände sich in einem desolaten Zustand. Doch das war schon oft der Fall gewesen, und da ich mir persönlich keine Einschränkungen auferlegen mußte, zerbrach ich mir nicht den Kopf darüber.

Wenn ich derzeit an Charles denke, versuche ich, ihn so zu sehen, wie er war: nicht sehr groß, anspruchsvoll, wählerisch und sehr zurückhaltend. Freundschaften schloß er nicht so leicht, doch wenn er erst einmal jemanden zu seinem Freund erkoren hatte, hielt er ihm auch unbedingt die Treue. Das hatte sich bei Buckingham und später auch bei mir gezeigt. Er zählte zu den Menschen, auf deren Freundschaft man wirklich bauen konnte. Hatte er sich eine Meinung gebildet, so war er kaum mehr davon abzubringen. Wenn er einen Menschen befürwortete oder ablehnte, so war sein Zutrauen oder Mißtrauen kaum mehr zu erschüttern. Er war ein großer Kunstliebhaber. Alle Kunstgattungen bedeuteten ihm viel. Mir gegenüber hat er sich einmal dahingehend geäußert, daß er liebend gern malen, Gedichte schreiben oder komponieren würde. Und wenn er auch nicht kreativ veranlagt war, so konnte er sich doch sehr wohl ein Urteil bilden. Er hat Maler, Musiker und Dichter bei Hofe stets gefördert.

»Ich lege großen Wert auf eine höfische Kultur«, sagte er einmal.

Auch ich hatte eine Schwäche für die Kunst, und so verband uns auch das noch miteinander.

Der gute Charles! Es fiel ihm also nicht leicht, Freundschaften zu schließen, und das Volk, über das gerecht zu herrschen sein größtes Bestreben war, hat er eigentlich nie richtig verstanden. In späteren Jahren habe ich viel über Königin Elisabeth gelesen, als ich herausbekommen wollte, was fehlgeschlagen war. Sie hat regelrechte Pilgerfahrten durch das Land unternommen, um ihr Volk kennenzulernen. Damit nahm sie das Volk natürlich für sich ein. Dem Volk ließ sie eine weit bessere Behandlung zuteilwerden als ihren engsten Freunden. Sie war eine kluge Frau, eine wahrhaft große Königin und großartige Regentin, doch was das noble Wesen, die guten Charaktereigenschaften angeht, konnte sie es mit meinem Charles in keiner Weise aufnehmen.

Bei der Jagd legte er seine Zurückhaltung ein wenig ab. Er war ein Pferdenarr und verstand die Pferde entschieden besser als die Menschen. Vielleicht hielt er sich deshalb so gern bei den Pferden auf und ging den Menschen aus dem Weg. Nur die wenigen Menschen, die er liebte, hatte er gern um sich.

Immer wieder las er das von seinem Vater verfaßte Buch *Basilikon Doron*. Sicher konnte er es auswendig; denn es war nicht sehr umfangreich. Es handelte sich um eine Art Leitfaden für Könige und war für Charles' älteren Bruder gedacht. Doch der war gestorben, und die Bürde ruhte auf Charles' Schultern. In dem Buch ging es vor allem darum, daß ein König seine Krone von Gott verliehen bekommt. Charles war das immer gegenwärtig. Er glaubte fest daran, daß gesalbten Königen von Gott das Recht übertragen wird, über ihr Volk zu herrschen.

Ich gebe mich keiner Täuschung darüber hin, daß mich ein Großteil der Schuld an der Unzufriedenheit des Volkes trifft. Besser gesagt liegt das in meinem Glauben begründet. In England lebten in der Tat auch viele Katholiken, doch die Mehrzahl der Bevölkerung war protestantisch. Und ich, die Königin, hing dem Katholizismus an.

Charles tat alles, was in seiner Macht stand, um mir das Leben zu erleichtern. Nie hat er versucht, mich dazu zu bringen, daß ich meinem Glauben abschwöre, und ich hatte meine eigene Kapelle – ebenso katholisch wie in Frankreich. Doch dem Volk mißfiel das sehr. Charles hatte beim Gottesdienst bestimmte Riten eingeführt, die dem Volk widerstrebten. Da Charles auf dem Standpunkt stand, Gott leite ihn, wies er den Klerus an, die Neuerungen stillschweigend hinzunehmen. Es gab Ärger mit den Leuten, die sich Arminianer nannten, Anhänger des Jacobus Arminius, eines Leidener Professors. Arminius war ein Gegner der calvinistischen Prädestinationslehre. Das Unterhaus plädierte dafür, die Lehren dieses Mannes zu verdammen und ereiferte sich angesichts der Haltung, die der König in dieser Angelegenheit einnahm. Das hatte für den König eine katastrophale Auswirkung; denn er war auf Unterstützung angewiesen im Hinblick auf das ›Pfund- und Tonnengeld‹ auf alle Im- und Exportwaren im Londoner Hafen, womit er die Staatskassen aufzufüllen gedachte.

Ich schenkte alldem kaum Beachtung. Wie ich das jetzt bereue! Vielleicht wäre mir dann aufgefallen, daß sich etwas zusammenbraute und hätte etwas unternehmen können, um die Gewitterwolken zu vertreiben – zu unserem eigenen Schutz.

Charles hatte das Parlament aufgelöst und es dann wieder einberufen. Elf Jahre lang regierte er ohne Parlament. Wie blind sind wir gewesen, daß uns entgangen ist, wie sich alles gegen uns verschwor.

Der König begab sich wie gesagt nach Schottland. Dort zog er sich den Zorn der Schotten dadurch zu, daß er sich von fünf Bischöfen in weißem Rochett, goldfarbenem Chorrock und blauen Seidenschuhen krönen ließ. Das mißfiel den Schotten gründlich. Zudem war der Kommunionstisch wie ein Altar gestaltet. Dahinter war ein Wandteppich angebracht, an dem das Kruzifix hing.

Damit führte Charles in der Kirche etwas ein, was in den Augen der Schotten an Götzenanbetung grenzte. Das nahmen sie ihm ausgesprochen übel. Es braute sich etwas gegen ihn zusammen. Charles sah sich gezwungen, nach seiner Krönung in Edinburgh ein Parlament einzuberufen. Es kam zu einem gefährlichen Zusammenstoß, als die Frage der Gewandung der Geistlichen angesprochen wurde.

Die Mehrzahl der Parlamentsmitglieder sprach sich gegen diesen Pomp aus. Charles war nach wie vor davon überzeugt, daß er auch ohne Parlament ganz gut, ja besser fahren würde, daher ließ er verkünden, die Angelegenheit werde befürwortet.

Charles behauptete dann, die Entscheidung oder der Beschluß müsse wohl seine Richtigkeit haben, da der Urkundsbeamte ihn gefaßt habe. Es sei ein schwerer Rechtsbruch, die Dokumente abzuändern und damit zu verfälschen. Er wollte wissen, ob Parlamentsmitglieder Wert darauf legten, den Urkundsbeamten anzuklagen. Niemand wollte den Urkundsbeamten in so eine schwierige Lage bringen. Woher sollten sie auch wissen, was ihm zur Last gelegt werden würde? Doch die schottischen Adeligen gehörten nicht zu den Menschen, die so etwas einfach hinnehmen. Es gab Einwände. Der Wortführer John Elphinstone, Lord Balmerino, wurde festgenommen und ins Schloß von Edinburgh geschafft. Charles kehrte nach England zurück, bevor Elphinstone verurteilt wurde. Das Urteil mußte ›schuldig‹ lauten. Als das geschah, liefen die Leute in den Straßen von Edinburgh zusammen und drohten damit, den Richter und die Schöffen umzubringen. Sie schworen all denjenigen Rache, die dem Vorgehen gegen ihren Helden Elphinstone Vorschub geleistet hatten. Die Urteilsvollstreckung mußte daraufhin ausgesetzt werden, doch er wurde als Gefangener auf sein Schloß in Balmerino überführt, und schließlich kam er wieder frei.

Ich bringe das zur Sprache, weil dies als Fingerzeig anzusehen ist, womit das Schicksal des Königs seinen Lauf nahm. Damit begann die Ernüchterung der Schotten im Hinblick auf ihren König.

Der König kam gerade noch rechtzeitig zur Geburt unseres nächsten Kindes aus Schottland zurück. An einem Tag im Oktober wurden wir noch einmal Eltern eines Sohnes. Wir gaben ihm den Namen James und benannten ihn damit nach Charles' Vater. Im Gegensatz zu seinem Bruder war er ein bildhübsches Kind. Der arme Charles sah noch immer nicht viel besser aus. Er war jedoch auffallend klug. Neben ihm wirkten James und Mary sehr zart und zerbrechlich.

Als der König mich darauf hinwies, entgegnete ich: »Neben diesem dunklen kleinen Burschen wirken alle Kinder überaus zart. Er ist schon viel größer als andere Kinder seines Alters. Mach dir um die anderen beiden keine Sorgen, weil sie nicht so kräftig sind wie er. Dafür können sie sich damit trösten, daß sie schöne Menschen sind.«

Auch bei diesem Neugeborenen konnte es nicht ausbleiben, daß die Frage der Religionszugehörigkeit wieder aufgeworfen wurde. Wenn Charles seine Pflichten als König nicht so ernst genommen hätte, wäre es mir vermutlich schon längst gelungen, ihn zum Katholizismus zu bekehren. Die Engländer hielten jedoch starrsinnig am Protestantismus fest. Mir waren sie nie sonderlich religiös erschienen. Wenn sie auch Christen waren und zu Gott beteten, so hielt ihre

Bequemlichkeit sie doch meistens davon ab, sich groß zu etwas aufzuraffen — außer es handelte sich um eine Angelegenheit, für die es sich in ihren Augen zu kämpfen lohnte. Ich sollte noch erleben, wie furchterregend sie sich gebärden konnten, wenn so ein Fall eintrat. Zum damaligen Zeitpunkt jedoch erlebte ich sie nur faul und gleichgültig. Und noch etwas entging mir damals: der Puritanismus breitete sich aus und stand in krassem Gegensatz zu den prachtvollen kirchlichen Riten und der feinen Lebensart, die mit Charles' Hilfe eingeführt zu haben ich mir schmeicheln darf. Charles, der soviel Schönheitssinn besaß und ein so großer Kunstliebhaber war.

Mit dem Neugeborenen begann der Ärger. Ein Sohn wurde als wichtiger angesehen als eine Tochter, und da er in der Thronfolge nach unserem dunkelhäutigen, schwarzhaarigen Erstgeborenen an zweiter Stelle stand, mußte er von dem protestantischen Geistlichen des Königs getauft werden. James wurde also getauft und zum Herzog von York und Albany ernannt. Ich war ungeheuer stolz auf ihn, weil er ein liebenswertes, wunderschönes Kind war. Als seine Mutter war ich nicht bereit, den Protestanten in jedem Punkt nachzugeben. Ich stellte also eine Amme ein, von der ich wußte, daß sie katholisch war — genaugenommen entschied ich mich aus eben diesem Grund für sie. Bald munkelte man bei Hofe hinter vorgehaltener Hand, die Amme werde den Säugling mit Götzenanbetung infiltrieren. Charles' Ratgeber legten ihm nahe, die Amme zu entlassen, falls sie nicht bereit war, zum Protestantismus überzutreten.

Besorgt sprach Charles mit mir darüber. Er ließ mich wissen, daß sich die Klagen häuften und versprach mir, die Amme dürfe bleiben, wenn sie bereit sei, gewisse Zugeständnisse zu machen.

Ich protestierte heftig. »Sie ist eine gute Amme. Der Kleine hängt an ihr. So eine gute Amme finde ich vielleicht nicht noch einmal.«

Doch Charles blieb unnachgiebig, was gelegentlich geschah, und ich mußte einsehen, daß ich in dieser Angelegenheit bei ihm nichts erreichen würde.

Charles ließ die Amme kommen und erklärte ihr freundlich, sie habe gute Arbeit geleistet und die Königin sei überaus zufrieden mit ihr, was ihre fachlichen Qualitäten anging. Sie müsse jedoch bedenken, daß der Säugling womöglich einmal König von England werde, wenn es der Zufall wolle. Die Engländer seien daher nicht damit einverstanden, daß er von einer katholischen Amme versorgt werde. Sie brauche aber nur einen Eid zu schwören, der besage, daß die Macht des Papstes, Prinzen zu entthronen, gottlos, ketzerisch und zu verurteilen sei.

»Wenn Ihr diesen Eid schwört, ist alles in bester Ordnung«, versprach ihr der König.

Entsetzt schrie die Amme auf: »Ich soll den Papst verleugnen? Dem Heiligen Vater seine Rechte absprechen? Niemals, niemals, niemals!«

»Dann müßt Ihr den Palast sogleich verlassen«, ordnete der König sofort an.

Ich warf tiefbetrübt. Der König versuchte mich zu trösten, doch davon wollte ich nichts wissen. Aufgebracht wies ich ihn darauf hin, daß jede Frau in England sich die Amme für ihr Kind aussuchen könne – mit Ausnahme der Königin und Tochter König Heinrichs IV., der man dieses Recht verweigerte.

Der König ließ nichts unversucht, um mich zu beschwichtigen – doch die Verzweiflung übermannte mich. Es ging mir nicht nur um die Amme. Bis dahin hatte ich mich in dem Glauben gewiegt, schon etwas erreicht zu haben. Ich bildete mir ein, die Katholiken würden schon viel nachsichtiger behandelt als vor meinem Eintreffen in England. Ich gab mich der Hoffnung hin, daß der König allmählich einsah, daß der Katholizismus der einzige rechtmäßige Glaube war und freute mich schon darauf, ihn endgültig zum Katholizismus zu bekehren und mit ihm natürlich auch sein Volk. Ich würde in die Geschichte eingehen wie der heilige Augustinus oder Bertha aus der Frühgeschichte Englands. Statt dessen gestand man mir nicht einmal eine katholische Amme für meinen zweiten Sohn zu!

Ich verweigerte jegliche Nahrung, lag wie gelähmt zu Bett, und meine Verzweiflung nahm solche Formen an, daß ich ernsthaft erkrankte. Der König ließ die Ärzte rufen, die sich keinen Reim auf meine Erkrankung machen konnten. »Die Königin ist tiefbetrübt und so enttäuscht, daß sie ihre Lebensfreude eingebüßt hat und kein Interesse mehr am Leben zeigt«, konstatierten sie.

Charles war außer sich vor Sorge. Er liebte mich aufrichtig, und ich wollte ihm wirklich keinen Kummer machen. Alles erschien mir hoffnungslos; denn mit der Entlassung dieser Amme hatten sich all meine Träume zerschlagen.

Als ich so darniederlag, erschien Charles eines Tages bei mir und brachte die katholische Amme mit.

»Ich habe sie zurückgeholt«, erklärte er. »Meinetwegen kann sie bleiben. Dem Klatsch werde ich zu begegnen wissen. Ich hoffe, daß du nun zufrieden bist.«

Freudig breitete ich die Arme aus, und wir hielten uns umschlungen. Ich war überglücklich – nicht nur weil ich die Amme wiederhatte, sondern auch, weil ich darin einen weiteren Liebesbeweis sah.

Meine Gesundung ließ nicht auf sich warten.

Ein paar Tage darauf gab es jedoch wieder Ärger. Der protestantische Geistliche des Königs machte mir seine Aufwartung und erklärte, ich könne dem König und dem Volk einen großen Gefallen tun, wenn ich dem Katholizismus abschwor und mich zum Protestantismus bekehren ließe.

Einer strenggläubigen Katholikin so etwas zuzumuten! Was für ein ungeheuerliches Ansinnen! Ich verurteilte seinen Glauben und seine Verhaltensweise auf das Heftigste, doch er ließ sich nicht davon abbringen, mich bekehren zu wollen. Flehend lag er vor mir auf den Knien. Er betete für mich. Das erzürnte mich. Wer kannte die Bedeutung eines Gebetes besser als ich selbst?

Erbost schrie ich ihn an: »*Ihr* seid im Irrtum! *Ihr* werdet im Fegefeuer schmoren! Gott wird Euch nie vergeben, daß *Ihr* dem einzig wahren Glauben abgeschworen habt!«

Dieser Anfall von Hysterie warf mich wieder auf das Krankenbett zurück.

Der König kam, um mich zu trösten. Ich müsse mich beruhigen, meinte er. Er wisse ja, wie ich an meinem Glauben hing und habe nichts unversucht gelassen, um mir das Leben zu erleichtern. Er habe die Gesetze gegen die Katholi-

ken entschärft, was ihm das Volk verüble. Unsere Unbeliebtheit sei größtenteils darauf zurückzuführen. Er lese mir doch ohnehin schon jeden Wunsch von den Augen ab.
»Du würdest mir also jeden Wunsch erfüllen?« fragte ich.
»Jeden.«
»Dann will ich dir sagen, mein lieber Gemahl, was mein allergrößter Wunsch ist. Du würdest mich unendlich glücklich machen, wenn du deine Andacht an meiner Seite verrichten wolltest.«
»Ach, mein Kleines, wenn das doch möglich wäre«, entgegnete Charles seufzend.
Zu der Zeit hatte ich die Hoffnung noch nicht aufgegeben, Charles eines Tages bekehren zu können. Die Lethargie fiel von mir ab, mein Zorn gegenüber denjenigen, die mich um die Amme gebracht hatte, verrauchte. Ich hatte sie ja wieder. Mehr denn je war ich entschlossen, nichts unversucht zu lassen, um meinen Gemahl zum einzig wahren Glauben zu bekehren.

Viele Menschen erstatteten Bericht darüber, was in England vorging. Im Ausland war man gemeinhin der Ansicht, daß sich der König meinem Einfluß nicht entziehen konnte und ich ihn ganz allmählich zum Katholizismus bekehren würde. Das kam der Wahrheit sicherlich sehr nahe und wahr wohl auch der Grund dafür, daß ich in England immer unbeliebter wurde. Ich schlug alle Alarmzeichen in den Wind und zeigte mich diesem Phänomen gegenüber völlig gleichgültig. Wie Charles war ich der Meinung, Könige seien von Gott gesalbt und das einfache Volk müsse sich damit abfinden, daß ihm nichts anderes übrigblieb, als das zu akzeptieren. In Rom setzte man große Hoffnungen auf mich und betrachtete mich als eifrige Botschafterin des Papstes.
Als unser kleiner James etwas über ein Jahr alt war, kam Gregorio Panzani nach London. Der Papst hatte ihn nach England gesandt, damit er sich mit mir unterhalten konnte. Das schmeichelte mir sehr, und ich hatte wieder das Gefühl, daß es trotz einiger Rückschläge nun vorwärtsging.
Gleich nach seinem Eintreffen in England wurde mir Pan-

zani von Vater Philip vorgestellt. Er erwies sich als sehr umgänglich und wohlwollend.

»Der Heilige Vater dankt Euch für alles, was Ihr in diesem fehlgeleiteten Land bisher für den Glauben getan habt und noch tut. Ihr wart wie eine Mutter zu diesen undankbaren Menschen. Glaubt Ihr, daß es Euch noch gelingen wird, ihnen die Augen zu öffnen?«

Ich war zutiefst gerührt.

»Ich kann Euch gar nicht sagen, wie geehrt ich mich fühle, weil der Heilige Vater eine so hohe Meinung von mir hat«, antwortete ich. »Richtet ihm aus, daß ich alles tun will, was in meiner Macht steht, um ihm und Gott gefällig zu sein.«

»Das hat Seine Heiligkeit sich schon gedacht, wird aber über die Bestätigung außer sich vor Freude sein.«

Meine Spontaneität gewann die Oberhand. Ich fühlte mich so geschmeichelt, daß meine Bemühungen auf Anerkennung stießen und ließ es damit noch nicht genug sein. Möglicherweise konnte ich noch größeres Lob einheimsen. Daher gestand ich dem päpstlichen Gesandten zuversichtlich: »Ich bin davon überzeugt, daß ich den König binnen kurzem zum Katholizismus bekehren kann. Er ist ein frommer Mann und respektiert die Kirche. Ja, ich glaube fest daran, daß er sich bald bekehren lassen wird.«

»Das ist die erfreulichste Nachricht, die man sich nur denken kann. Sie übertrifft meine Erwartungen bei weitem«, entgegnete Panzani. Er ließ mich wissen, daß er großen Wert auf eine Begegnung mit dem König lege. Ich versprach ihm, dieses Zusammentreffen sogleich zu arrangieren.

Als Charles erfuhr, daß Gregorio Panzani in England eingetroffen war und mich zudem inoffiziell aufgesucht hatte, reagierte er verstört. Er sah mich mit dieser Trauer im Blick an, die ich so gut an ihm kannte. »Das könnte gefährlich werden«, deutete er an. »Was werden die Leute sagen, wenn sich herumspricht, daß du heimlich päpstliche Gesandte empfängst?«

»Empfängst du ihn ebenfalls, ist sein Besuch kein Geheimnis mehr«, gab ich zurück.

Charles quittierte diese Logik mit einem Kopfschütteln.

Ich gestand dem König, daß ich Panzani ein Zusammentreffen mit ihm zugesagt hatte und bat ihn, mich nicht zu demütigen, indem er sich weigerte, Panzani zu empfangen.

Charles zauderte. Er machte sich weit größere Sorgen um die Leute, mit denen er sich bei Hof umgeben mußte, als ich zu der Zeit ahnte. Manch einer intrigierte gegen ihn. Er machte sich immer mehr Hofschranzen zum Feind.

Schließlich gestand Charles dem päpstlichen Gesandten eine Audienz zu, doch sollte diese heimlich und nicht offiziell stattfinden.

Ich war außer mir vor Freude. »Das genügt vollauf«, rief ich und fiel ihm um den Hals. Wieder einmal dankte ich dem Himmel lauthals, daß er mir einen solchen Gemahl beschert hatte. Ich hielt mich für die glücklichste aller Frauen.

Es wurde also ein Zusammentreffen arrangiert. Charles und Panzani lernten sich ohne großes Zeremoniell kennen. Ich war dabei leider nicht zugegen, doch ich brachte in Erfahrung, daß es friedlich verlief.

Natürlich erwies es sich als unmöglich, die Anwesenheit Panzanis ganz geheimzuhalten. Bei Hofe wußte so mancher, daß er sich in England aufhielt, doch da bekannt war, daß der König den Besuch nicht an die große Glocke hängen wollte, hielten sie sich zurück.

Lange bleibt so etwas kein Geheimnis. Es gibt immer irgend jemanden, der seine Zunge nicht im Zaum halten kann. Eines Tages spielten Charles und ich gerade ein Gesellschaftsspiel, als ein Leibwächter erschien, um uns mitzuteilen, draußen warte ein Mann, der um eine Audienz beim König bitte. Es ginge um eine sehr ernste Angelegenheit.

»Er sieht nicht im mindesten gefährlich aus«, berichtete der Leibwächter. »Er ist unbewaffnet.«

»Dann führ ihn herein«, befahl der König.

Der Mann erschien. Er gehörte jener Sekte an, die innerhalb des letzten Jahres in England immer größeren Einfluß gewonnen hatten. Er war Puritaner – sehr einfach gekleidet und mit einem sonderbaren Haarschnitt. Ein sogenannter Rundkopf.

Ich schüttelte mich innerlich vor Lachen und konnte kaum an mich halten, als der Mann streng vertraulich flüsterte: »Eure Majestät, ich wollte Euch mitteilen, daß ein gefährlicher Mann heimlich in England an Land gegangen ist.«

»Wer verbirgt sich denn hinter diesem gefährlichen Mann?« erkundigte sich der König.

»Euer Majestät, es handelt sich um einen päpstlichen Gesandten. Mir ist zu Ohren gekommen, daß er Panzani heißt. Da habe ich mich entschlossen, Euch umgehend Mitteilung davon zu machen.«

Dem König gelang es auf bewundernswerte Weise, Haltung zu bewahren. Mir hingegen fiel es unsäglich schwer, dabei noch ernst zu bleiben.

»Ich bin Euch für diese Warnung sehr zu Dank verpflichtet«, wandte sich Charles an den Puritaner.

Der Rundkopf ging, fest davon überzeugt, seine Pflicht getan zu haben.

Im nachhinein wollte ich mich schier ausschütten vor Lachen, doch der König stimmte nicht in mein Gelächter ein. Er fand es bewundersnwert, daß der Mann zu ihm gekommen war, um ihn vor der vermeintlichen Gefahr zu warnen.

»Es war nicht zu übersehen, daß wir den Luxus, in dem wir in seinen Augen leben, für eine Sünde hält«, bemerkte ich. »Immer wieder hat er den Blick über die Gobelins und kostbaren Möbel schweifen lassen. Nach seinem Dafürhalten müssen das teuflische Dinge sein.«

»Der arme Kerl«, sagte Charles mitleidig. »Ich stelle es mir traurig vor, keinen Schönheitssinn zu besitzen und Schönheit gegenüber blind zu sein.«

Ich mußte lachen über die Geschichte mit Panzani. Er war ein sehr kultivierter Mensch, und trotz seiner Frömmigkeit wußte er mir artige Dinge über meine Robe und mein Duftwasser zu sagen. Vater Philip war mit mir sehr zufrieden. Panzani gegenüber äußerte er sich dahingehend, daß der König sicherlich innerhalb der nächsten drei Jahre zum Katholizismus übertreten werde. Dann werde es nicht mehr lange dauern, bis ganz England seinem Beispiel folge. Wenn alles so eine glückliche Wendung genommen habe, so sei die christliche Welt vor allem der Königin von England zu Dank verpflichtet.

Diese schmeichelhaften Worte nahm ich nur allzu bereitwillig in mich auf. Unwissend wie ich war, *wollte* ich ihnen Glauben schenken. Woher sollte ich auch wissen, daß die Dinge eine ganz andere Wendung nehmen würden und mich ein Großteil der Schuld daran treffen sollte, daß wir keinen Grund hatten zu triumphieren – ganz im Gegenteil. Es bahnte sich eine Katastrophe an.

Doch in jenen Tagen deutete alles darauf hin, daß alles wunschgemäß verlaufen würde. Im März des folgenden Jahres segnete Richard Weston, der Earl von Portland, das Zeitliche. Der Schatzmeister, der mir wegen meines vermaledeiten Briefes so zu schaffen gemacht hatte, ließ einen katholischen Geistlichen rufen, als er sein Ende nahen fühlte, damit dieser die letzte Ölung vornahm.

Auch Wat Montague, der Dichter, der *Des Schäfers Paradies* geschrieben hatte, trat zum Katholizismus über. Wat war auf dem Kontinent gewesen. Nach seiner Rückkehr nach England verkündete er, ihm sei die Erleuchtung gekommen, woraufhin er konvertierte. Er wünschte nach Rom zu gehen, um dort einer Kongregation von Weltgeistlichen ohne Klostergelübde beizutreten.

›Wie schön‹, dachte ich bei mir. ›Endlich geht es aufwärts.‹

Bald darauf stellte ich fest, daß ich wieder einem Kind das Leben schenken würde.

Während ich darauf wartete, daß mein nächstes Kind das Licht der Welt erblickte, wurde meine neue Kapelle in Somerset House vollendet. Was für ein Freudentag, an dem der erste weihevolle Gottesdienst in der Kapelle abgehalten wurde. Mich bestach vor allem das Deckengemälde in der Kuppel. Erzengel, Cherubim und Seraphim schienen hoch über unseren Köpfen zu schweben. Überglücklich kam ich der Aufgabe nach, die Vorhänge aufzuziehen und diese Herrlichkeit zu enthüllen.

Die feierliche Messe rührte mich fast zu Tränen. Es erschien mir als der erstrebenswerteste Triumph, in einem Land, das die Augen vor der Wahrheit verschloß, eine Enklave zu besitzen. Ich nahm mir vor, bald überall Kapellen errichten zu lassen. Sie mußten nicht so prächtig sein wie diese, die königliche Hauskapelle, doch es mußte allerorten Gotteshäuser geben, in denen die Katholiken Gottesdienste besuchen oder für sich beten konnten. Ich wollte nicht ruhen, bis ich ganz England bekehrt hatte.

Charles konnte natürlich nicht mit mir zusammen am Gottesdienst teilnehmen, doch als Kunstkenner bewunderte er die Gestaltung der Kapelle. Mit leuchtenden Augen sah er sich alles an.

Panzani beglückwünschte mich zu meinen Erfolgen. »Doch das genügt noch nicht«, schränkte er ein. »Was wir brauchen, sind Übertritte in den Reihen hochgestellter Persönlichkeiten.«

Das betrübte mich ein wenig, da ich fand, daß ich ganze Arbeit geleistet hatte. Panzani verstand es, mich zu besänftigen. Der Heilige Vater wisse meine Bemühungen zu schätzen und sei glücklich über das bereits Erreichte. Ich hätte weit mehr geleistet, als er zur Zeit meiner Eheschließung für möglich gehalten hätte. Es gäbe jedoch noch viel zu tun. Noch dürften wir uns nicht auf unseren Lorbeeren ausruhen.

Um der Wahrheit die Ehre zu geben: ich sehnte mich nach Ruhe. Die Geburt meines Kindes stand unmittelbar bevor. Ganz gleich, wie viele Kinder man zur Welt bringt – und ich bekam ein Kind nach dem anderen –, jede Geburt ist eine Qual, wenn nicht gar ein Martyrium.

An einem kalten Dezembertag erblickte Elisabeth das Licht der Welt. Den ganzen langen Tag über hatte ich in den Wehen gelegen und war zu Tode erschöpft. Bei Anbruch der Nacht – genauer gesagt um zehn Uhr – kam meine Tochter dann endlich auf die Welt.

Wie lästig und ermüdend die lange Wartezeit auch ist – alle Plagen sind in dem Augenblick vergessen, in dem das Kind da ist. Dann hat alle Not ein Ende... jedenfalls zunächst einmal. Ich war vom ersten Augenblick an ganz vernarrt in meine kleine Tochter und war froh, daß das Kind ein Mädchen war. Nur um Mary mußte ich mir Sorgen machen. Sie war unendlich zart und hatte uns schon mehrmals einen Schrecken eingejagt. Charles, mein Ältester, blühte und gedieh, wenn er auch noch immer nicht anziehender aussah. Das mag vielleicht grausam klingen, doch er war wirklich alles andere als schön. Dafür besaß er sehr viel Charme. Noch nie hatte ich ein Kind erlebt, das die Menschen so für sich einzunehmen wußte. In dieser Hinsicht konnte es sein Bruder James, ein Bild von einem Jungen, nicht mit seinem älteren Bruder aufnehmen. Mein dunkelhäutiger Ältester setzte mich immer wieder in Erstaunen und entzückte mich. Er gab amüsante Dinge von sich, nahm jedoch alles um sich herum mit tiefem Ernst in sich auf. Seine großen dunklen Augen hatten etwas Faszinierendes. Er langweilte sich nie.

Zuweilen wünschte ich mir, mit Charles und den Kindern einfach nach Oatlands ziehen und dort wie eine einfache Adlige leben zu können. Doch ich war durchaus nicht sicher, wie lange mir das behagen würde. Leichtfertig wie ich war, legte ich allzu großen Wert auf die Maskenspiele, Bälle, die prächtigen Roben und den Schmuck, der Bestandteil meines Lebens war. Vermutlich hatte ich auch einen Hang zum Intrigieren. Aufregungen und Abenteuer waren mein Lebenselixier. Panzanis Besuch war mir eine Genugtuung gewesen. Daß wir uns insgeheim verständigt hatten, erhöhte den Reiz noch für mich. Es konnte mir ja nicht verborgen bleiben, daß ich damit den Wünschen und Sehnsüchten dieser todernsten Puritaner zuwiderhandelte, die überall aus dem Boden schossen.

Ein zusätzliches Kind verursachte natürlich Mehrkosten. Elisabeth wurde der Obhut der Gräfin von Roxburgh anvertraut, die auch schon für ihre ältere Schwester Mary sorgte; aber auch sie brauchte ein Heer von Bediensteten, wie es einer Königstochter zustand – Garderobieren, Aufpasserinnen, Kinderschwestern, Leute, die die Wiege schaukelten und noch eine ganze Reihe niederer Bediensteter. Zudem kamen uns Charles' Neffen, die Söhne seiner Schwester Elisabeth, besuchen. Auch diese galt es zu verwöhnen. Da ging es ziemlich turbulent zu. Charles Louis, der Ältere, wirkte etwas trübsinnig, doch Rupert war ein sehr anziehender junger Mann von siebzehn Jahren. Charles und er verstanden sich auf Anhieb. Es war eine Freude, die beiden jungen Männer dazuhaben. An eine der Lustbarkeiten erinnere ich mich besonders gern. Lady Hatton erwies sich am Hof von Ely als großartige Gastgeberin. Eine ganze Woche lang rissen die Maskenspiele, Theateraufführungen, Bälle und Feuerwerke nicht ab. Den Abschluß und Höhepunkt bildete schließlich ein Ball für die Bürger von London. Der Ball sei nicht für die Leute bei Hofe gedacht, verkündete Lady Hatton.

Henry Jermyn, der zwischenzeitlich wieder in Gnaden vom König aufgenommen war, schlug vor, inkognito auf den Ball zu gehen. Das hielt ich für eine ausgezeichnete Idee.

»Aber wie sollen wir das bewerkstelligen?« fragte ich.

»Wir verkleiden uns als Bürger«, meinte Henry. »Ich gehe als Kaufmann. Vielleicht möchten Euer Majestät sich als Gattin eines Ladenbesitzers ausgeben?«

Wie wir das genossen! Ich wies eine der Näherinnen an, mir ein entsprechendes Kleid samt Haube zu nähen. Die Haube sollte einen Teil meines Gesichts bedecken für den Fall, daß mich jemand erkannte. Ich ließ meine Spitzenklöpplerin kommen, die irgendwo in der Stadt einen Laden besaß und weihte sie in das Geheimnis ein. Sie versprach, uns mitzunehmen.

Es war ein Vergnügen, mit dem einfachen Volk zu tanzen und den Bürgern zuzuhören. Natürlich ärgerte es mich auch ein wenig, daß manche kein gutes Haar an den Katholiken ließen, die im Land immer besser Fuß zu fassen schienen. Ein- oder zweimal fielen auch harte Worte über mich, doch die nahm ich nicht weiter ernst. Sie waren vielmehr dazu angetan, den Reiz des Verbotenen noch zu erhöhen. Henry Jermyn machte sich als Kaufmann prächtig, und auch in Gesellschaft von Lord Holland, der solchen Abenteuern niemals abgeneigt war, fühlte ich mich wohl.

Charles befand sich zu der Zeit in Hochstimmung; denn seine Neffen Louis und Rupert hatten zur Feier der Geburt des neuen Erdenbürgers Geschenke von Charles' Schwester Elisabeth und deren Gemahl mitgebracht, nämlich vier herrliche Gemälde. Mit nichts hätten sie dem König eine größere Freude machen können. Überglücklich verleibte er die beiden Tintorettos und die Tizians seiner Gemäldesammlung ein. Oft ertappte ich ihn dabei, wie er die Gemälde förmlich mit den Augen verschlang, so daß er sich kaum davon losreißen konnte. Die schneeweißen Araber, auch ein Geschenk seiner Schwester, überließ Charles mir.

»Sicher hast du mehr Freude daran als ich«, sagte er liebevoll. »Ich habe ja meine Bilder.«

Als stolze Eltern von vier gesunden Kindern hatten wir allen Grund zum Feiern. Den Gedanken an die leere Staatskasse schoben wir weit von uns.

Es hätte mir auch nicht entsprochen, mir über derlei prosaische Dinge den Kopf zu zerbrechen.

Allerdings stimmte es mich traurig, zu erfahren, daß Lady Eleanor Davys, die mir prophezeit hatte, mein erstes Kind würde noch am Tag seiner Geburt getauft und zu Grabe getragen werden, Witwe geworden war. Sie hatte Sir John den Tod vorausgesagt, hatte ihm prophezeit, daß er in spätestens drei Tagen sterben werde. Wie bei ihrem ersten Mann geschah es dann auch. Sie soll während dieser drei Tage untröstlich gewesen sein und Trauerkleidung getragen haben, so daß er sie bat: »Weine nicht um mich, solange ich noch lebe. Ich gestatte dir, zu lachen, wenn ich tot bin.«

Als Sir John starb, war sie mit ihren Prophezeiungen in aller Munde. Gern hätte ich sie wieder konsultiert, doch ich wußte, daß Charles dem ablehnend gegenüberstand. Inzwischen hatten wir zueinander gefunden. Wir verstanden uns so gut und waren so glücklich miteinander, daß ich tunlichst alles zu vermeiden trachtete, was ihn verstimmen oder traurig machen könnte.

Erst kürzlich war Lady Eleanor zu einer Gefängnisstrafe, die es im Gate House Prison abzusitzen galt, und zur Zahlung von dreitausend Pfund verurteilt worden. Was sie verbrochen hat, entzieht sich meiner Kenntnis, doch sie wurde eines Vergehens im Zusammenhang mit ihrer schriftstellerischen Tätigkeit bezichtigt. Trotzdem schrieb sie unbeirrbar weiter. Ob sie mit dem Teufel im Bunde stand, kann ich nicht sagen. Es steht jedoch außer Zweifel, daß sie aufrichtig an ihre hellseherischen Fähigkeiten glaubte, also auch daran, daß ihre Weissagungen eintreffen würden. Sie hielt es für ihre Pflicht, den Betroffenen Mitteilung davon zu machen.

In England war ein neuer päpstlicher Gesandter eingetroffen. George Conn, ein liebenswürdiger, gutaussehender Schotte, der die Schottischen Kollegien in Paris und Rom besucht hatte. Um seine Studien weiter zu betreiben beziehungsweise zu vollenden, war er im Anschluß daran nach Bologna gereist. Dort war er dem Dominikanerorden beigetreten.

Wie mir später erst zu Ohren kam, sollte seine Mission darin bestehen, sich unter die Leute bei Hof zu mischen und sie äußerst behutsam dazu zu bringen, den katholischen Glauben anzunehmen. Panzani hatte sich als allzu ehrgeizig erwiesen, sich entschieden zu viel vorgenommen. Sein ehrgeiziger Plan ging dahin, gleich alle Engländer zum Katholizismus zu bekehren. George Conn hingegen gedachte sich vorerst damit zu begnügen, die wichtigsten Leute bei Hofe zu bekehren. Darin bestand sein Auftrag.

Als vielgereister Mensch legte er ein Ausmaß an Bildung und Kultiviertheit an den Tag, das beinahe vergessen machte, daß er ein Mann der Kirche war. Charles fühlte sich in seiner Gesellschaft überaus wohl und unterhielt sich gern mit ihm. Das traf selbstverständlich auch auf mich zu. Es dauerte nicht lange, und er war bei Hofe ungemein beliebt. Einige Räume des Hauses, das er erworben hatte, ließ er zu einer ›Päpstlichen Kapelle‹ umgestalten. Alle Katholiken weit und breit gingen dort zur Messe. George Conn berichtete mir, der Papst sei hocherfreut über meine eifrigen Bemühungen zugunsten des Katholizismus. Als Zeichen seiner Dankbarkeit schicke mir der Papst durch ihn ein Kreuz. Es war ein wunderschönes, mit kostbaren Edelsteinen besetztes Goldkreuz. Voller Stolz trug ich es um den Hals und ließ meine Freunde wissen, daß ich es als meinen kostbarsten Besitz betrachtete.

Eines Tages präsentierte mir George Conn ein schönes Bild der heiligen Katharina. Er wollte es für mich rahmen lassen. Es gefiel mir sogleich über alle Maßen, und ich bat ihn, das Bild selbst rahmen lassen zu dürfen. Doch dann überlegte ich es mir anders. Ich wollte es gar nicht rahmen, sondern an meinen Bettgardinen befestigen lassen, damit mein Blick gleich morgens auf das schöne heitere Gesicht der heiligen Katharina fiel, wenn ich die Augen aufschlug.

Das nahm George Conn erfreut zur Kenntnis, er ermahnte mich jedoch, mich nicht in Selbstgefälligkeit zu sonnen, da noch viel Arbeit vor uns liege. Wie freute ich mich darüber, daß sich Charles ebenso gern mit Conn unterhielt wie ich.

Einmal sagte Charles: »Ich glaube, im Grunde meines Herzens bin ich ein Katholik.« George und ich wechselten einen Blick, aus dem Triumph sprach. Der Sieg erschien mir greifbar nahe. George sah das abgeklärter und zog keine voreiligen Schlüsse aus dieser hingeworfenen Bemerkung.

Ich bildete mir ein, mit Recht stolz auf mich sein zu dürfen; denn ich war nicht nur eine glückliche Ehefrau und Mutter, der Papst höchstpersönlich hatte mich zudem noch mit der schwierigen Aufgabe betraut, das Land, das nun das meine war, wieder in den Schoß der einzig wahren Kirche zurückzuführen. Ich hoffte, wie jene Bertha in die Geschichte einzugehen, mit der mich so mancher gern verglich.

Es gab allerdings auch Rückschläge. Ich zweifelte nicht mehr daran, daß Charles zum Katholizismus überzutreten wünschte. Er hatte nichts, aber auch gar nichts von einem Puritaner an sich, doch anläßlich seiner Krönung hatte er gelobt, der reformierten Kirche treu zu bleiben, wie es allen gesalbten Herrschern obliegt. Unter anderem war das ein Grund dafür, warum ich nicht an seiner Seite gekrönt zu werden wünschte.

Es war mir schon zur Gewohnheit geworden, meinen Sohn Charles zur Messe mitzunehmen. Eine der Klauseln des Ehevertrags besagte, daß mir die religiöse Unterweisung meiner Kinder bis zu deren dreizehntem Lebensjahr oblag. Charles war erst sechs Jahre alt, doch ungeheuer aufgeweckt und an allem interessiert. Wie über jedes andere Thema, so stellte er mir auch im Hinblick auf die Kirche viele Fragen. Zufällig kam er auch in Gegenwart seines Vaters auf den Katholizismus zu sprechen.

Charles konnte es nicht fassen. »Soll das heißen, daß du den Jungen zur Messe mitgenommen hast?« schrie er.

»Selbstverständlich geht er mit mir zur Messe. Schließlich ist er erst sechs Jahre alt. Ich will...«

Charles legte mir die Hände auf die Schultern und sah mich mit einem Blick zärtlicher Verzweiflung an, bei dem ich ihn so oft ertappte.

»Mein liebes Herz, du darfst den Prinzen von Wales nicht mit zur Messe nehmen«, versuchte er mir klarzumachen.

»Das sehe ich nicht ein.«

»Liebste, er wird eines Tages König von England sein. Dann muß er genau wie ich einen Eid darauf leisten, daß er stets dem reformierten Glauben anhängen wird.«

»Aber es ist meine Aufgabe, ihn zu erziehen, bis er dreizehn ist.«

»Trotzdem darfst du ihn nicht mit zur Messe nehmen.«

»Wenn ich aber darauf bestehen würde?«

»Ich hoffe sehr, daß du das nicht tun wirst, Liebes, denn sonst müßte ich es dir verbieten, und du weißt ja, wie mir das widerstrebt, wie traurig es mich macht, dir etwas zu versagen.«

Also mußte ich mich wohl oder übel fügen, doch tief im Innern spürte ich, daß Charles zum einzig wahren Glauben tendierte. Das hätte er vermutlich schon längst eingestanden, hätte er als König nicht geschworen, niemals vom reformierten Glauben abzuweichen.

Erst viel später erkannte ich, daß all diese kleinen Vorfälle an einen schwelenden Scheiterhaufen gemahnten, der nur hin und wieder ein wenig qualmt, wenn ein Windstoß hineinfährt. Das war die trügerische Ruhe vor dem Sturm. Das Feuer konnte jederzeit ausbrechen, die Flammen weithin sichtbar auflodern. In jener Zeit war ich mit Blindheit geschlagen. In meiner unglaublichen Leichtfertigkeit brüstete ich mich mit dem, was mich mehr als alles andere beschäftigte.

Eine ganze Anzahl der Damen bei Hofe begannen sich für Religion zu interessieren. George Conn wirkte sehr überzeugend, indem er stets überaus subtil sein Anliegen vorbrachte. Niemals fiel er mit der Tür ins Haus, nie sprach er unmittelbar über religiöse Fragen. Ich hegte große Bewunderung für ihn.

Auch Lucy Hay bekundete Interesse, doch ich konnte mir nicht vorstellen, daß es ihr damit sehr ernst war. Vielmehr hatte sie George Conn ins Herz geschlossen. Bei Hofe ging es vielen Damen so. Sie liebäugelten mit Ideen wie mit Männern, dachten jedoch nicht im Traum daran, sich ernsthaft zu engagieren. Dazu nahmen sie weder die Religion noch die Männer ernst genug.

Bei Lady Newport verhielt es sich jedoch ganz anders. Ihr war es wirklich ernst. Vermutlich hatte sie schon immer eine Schwäche für den Katholizismus; denn ihre Schwester war katholisch. George Conn hatte sich sehr um sie bemüht, Wat Montague ebenfalls. Dieser, einer meiner Favoriten, war mit Sir Toby Matthew, einem weitgereisten, eifrigen Katholiken, nach England zurückgekehrt. Wir alle waren der Ansicht, daß sich Lady Newport schon seit langem danach sehnte, zum Katholizismus überzutreten. Sie brauchte nur noch einen kleinen Anstoß.

Lady Newports Gatte, Zeugmeister und tiefgläubiger Protestant, hatte seiner Gattin strengstens untersagt, dem Götzendienst zu frönen, wie er das ausdrückte. Anne Newport war jedoch eine willensstarke Frau. Mehr und mehr gelangte sie zu der Überzeugung, daß der Glaube, wie ihn die katholische Kirche praktizierte, der einzig wahre war. Trotzdem konvertierte sie noch nicht. Seltsamerweise stand sie stark unter dem Einfluß ihres Handschuhmachers, der zwar ein bescheidener Mensch war, aber Predigten hielt. Als Protestant gehörte er der Sekte der Puritaner an. Seit massive Versuche unternommen wurden, das Land wieder dem Katholizismus zuzuführen, gewannen die Puritaner immer mehr an Einfluß.

Lady Newport besprach ihre Sorgen mit mir. »Ich bin mir natürlich der Tatsache bewußt, daß er ein einfacher Handschuhmacher ist, und doch strahlt er Überzeugungskraft aus und weiß hervorragend mit Worten umzugehen. Nur ein Erleuchteter kann so wortgewaltig sein.«

»Bringt ihn her, damit George Conn sich mit ihm unterhalten kann«, bat ich. »Dann wird sich zeigen, wie weit es mit seiner Erleuchtung her ist.«

Lucy und meine anderen Hofdamen sowie Freunde wie

Wat Montague und Toby Matthews gerieten stets in einen Freudentaumel, wenn ich etwas Unkonventionelles vorschlug. Wir taten uns also zusammen und ließen den Handschuhmacher kommen. George Conn hatte sich schon bereiterklärt, mit ihm zu sprechen.

Der Handschuhmacher mißfiel mir schon auf den ersten Blick — aus dem einfachen Grund, daß auch er einer dieser schwarzgewandeten Puritaner mit der lachhaften Haartracht war, die die Köpfe rund erscheinen ließ.

George Conn hingegen war mit erlesenem Geschmack gekleidet. Er war nicht nur eine blendende Erscheinung, er strahlte auch eine ausgesprochen weltliche Gesinnung aus. Es ist anzunehmen, daß der Handschuhmacher in seinem Widersacher all das bestätigt sah, was ihm über die Götzenanbetung katholischer Geistlicher zu Ohren gekommen war. Es kam, wie es kommen mußte. Zwar legte der arme Mann eine gewisse Eloquenz an den Tag, doch George war er bei diesem Streitgespräch keineswegs gewachsen. Man konnte sich des Eindrucks nicht erwehren, als bekämpften sich zwei Kombattanten mit verschiedenen Waffen — als führe der eine ein Schwert, während der andere mit einem Spaten zuzuschlagen suchte. George führte die Klinge immer kühner. Der arme Handschuhmacher versuchte verzweifelt, die Angriffe zu parieren, doch gegen diese Geschliffenheit kam er nicht an. Seine Verwirrung wuchs zusehends.

Es dauerte nicht lange, da rief er verzweifelt aus: »Ich bitte Euch, verschont mich vorerst einmal. Ich brauche Zeit zum Denken, muß mir das alles durch den Kopf gehen lassen. Ihr bringt mich durcheinander. Ich bin ganz verwirrt...«

Lächelnd legte George Conn dem armen Mann die Hand auf die Schulter. »Geht hin in Frieden, mein Freund«, sagte er freundlich. »Geht und laßt Euch meine Worte durch den Kopf gehen. Ihr werdet feststellen, daß Ihr dabei auf immer neue Erkenntnisse und Wahrheiten stoßt. Und eines müßt Ihr wissen: wenn Ihr bereit seid, Euch von der Wirrnis der Unwissenheit zu befreien, führe ich Euch gern zurück auf den Pfad der Tugend.«

Der Handschuhmacher zog bestürzt von dannen. So

verwirrt hatte ich noch niemanden erlebt. Nach seinem Fortgang scharten wir uns alle um George und gratulierten ihm.

»Ihr habt überaus geschickt argumentiert«, lobte ich ihn. »Der arme Mann! Es war höchst unfair von mir, ihn gegen Euch antreten zu lassen.«

»Nein, daran habt Ihr recht getan, Eure Majestät«, widersprach George Conn. »Wieder einmal eine gute Tat.«

»Ihr seid klar und eindeutig als Sieger aus dem Kampf hervorgegangen«, meinte Lucy.

»Die Wahrheit setzt sich immer durch«, begründete George seinen Sieg.

Dieses Streitgespräch zwischen den beiden Kontrahenten sollte fürchterliche Folgen haben. Ein paar Tage später verlor der Handschuhmacher den Verstand. Er konnte sich nicht zwischen dem Protestantismus und dem Katholizismus entscheiden, und da ihm nichts so wichtig war wie die Religion, war er hin und her gerissen und wußte nicht mehr, was er glauben sollte. Als wir von der Tragödie erfuhren, waren wir betroffen; denn der Arme war ein ehrenwerter Mann und ausgezeichneter Handschuhmacher.

Den größten Aufruhr verursachte jedoch der Übertritt von Lady Newport. Eines Tages erschien sie stark verunsichert bei mir.

»Madam, ich brauche Eure Hilfe«, wandte sie sich flehentlich an mich. »Ich habe mich des öfteren mit meiner Schwester unterhalten und glaube jetzt zu wissen, welches der einzig wahre Glaube ist. Ich möchte mich der römisch-katholischen Kirche wieder zuwenden. Ich wünsche eine Beichte abzulegen und mich zu meinem Glauben bekennen, aber wie soll ich das bewerkstelligen? Wenn mein Gatte erfährt, was ich vorhabe, sperrt er mich ein, oder er schickt mich weit weg in ein anderes Land. Ihm wäre jedes Mittel recht, um zu verhindern, daß ich zum Katholizismus übertrete.«

Das Intrigieren hat mich schon immer fasziniert, und so war ich nur allzugern bereit, ihr beizustehen, war es doch mein größter Wunsch, die Leute zum Katholizismus zu bekehren. Ich konnte es kaum erwarten, daß alle Welt erfuhr, daß Lady Newport zu konvertieren wünschte in der Annahme, daß viele, die noch schwankten, daraufhin ihrem Beispiel folgen würden.

Also besprach ich mich mit George Conn.

Er wußte eine Lösung. »Wir wollen es geheimhalten, bis sie tatsächlich konvertiert ist«, meinte er. »Andernfalls würden vielleicht irgendwelche mächtigen Leute nichts unversucht lassen, um sie an diesem Schritt zu hindern. Sie sollte einen Eurer Kapuzinermönche aufsuchen, wenn es sich einrichten läßt.«

Anne Newport sagte dieser Vorschlag zu. Sie wollte eine Vorstellung in der Drury Lane besuchen und auf dem Heimweg in Somerset House vorsprechen, um sich dort mit dem Mönch zu treffen.

Daraufhin trafen wir die entsprechenden Vorkehrungen. Lady Newport ging ins Theater. Auf dem Heimweg ließ sie sich zu der Kapelle bringen, wo sie bei dem Kapuzinermönch die Beichte ablegte. Im Anschluß daran wurde sie in den Schoß der katholischen Kirche aufgenommen.

Wieder eine Konvertitin! Ich beglückwünschte mich zu meinem Sieg über die Ketzer. Mit dem Sturm der Entrüstung, den Lady Newports Übertritt entfachte, hätte ich nicht einmal im Traum gerechnet. Der Earl von Newport war außer sich vor Zorn, weil seine Frau zum Katholizismus übergetreten war. Er war ein kluger Mann, aber schließlich war er ja der Sohn von Penelope Rich und Enkel von Lettice Knollys, Gräfin von Leicester. Penelope Rich war dank ihrer starken Persönlichkeit immer noch in aller Munde. Die Tatsache, daß der Earl von Newport der illegitime Sohn seiner Mutter war, hatte keineswegs dazu geführt, daß er seines Erbes verlustig ging oder dieser Makel seinem Aufstieg im Wege stand. Er war nicht nur Zeugmeister auf Lebenszeit, sein Amt warf auch einen beträchtlichen Gewinn ab. Dieser tatkräftige Mann dachte nicht daran, tatenlos mitanzusehen, wie ihn seine Gattin in einer Frage hinterging, der er große Bedeutung beimaß.

Also sprach er bei Charles vor. Er zeterte und tobte und wollte sich nicht mit den Tatsachen abfinden. Die Entscheidung seiner Gattin machte ihm sehr zu schaffen. Charles versicherte ihn seines tiefempfundenen Mitgefühls. Newport wagte es natürlich nicht, mich bei Charles anzuschwärzen, doch ließ er durchblicken, daß ich mit meiner Clique heimlich den etablierten Glauben unterminiere, um den meinen wieder einzuführen. Er führte Klage über mehrere meiner Mitstreiter, so zum Beispiel über Wat Montague und Sir Toby Matthews.

»Euer Majestät«, flehte er Charles an, »wollt Ihr Montague und Matthews nicht des Landes verweisen? Sie und ihre Freunde sind die Wurzel allen Übels.«

Newport tat Charles aufrichtig leid, doch er konnte sich auch denken, wie stolz ich darauf war, Lady Newport zum Konvertieren gebracht zu haben. Angesichts der ständig zunehmenden Ressentiments hielt er es für unangebracht, einen so eifrigen Verfechter des Katholizismus wie Montague weiterhin bei Hofe zu dulden. Trotzdem unternahm er nichts, wohl wissend, wie entsetzt ich wäre, wenn man mir Montague entrisse.

Bald zog die Angelegenheit noch weitere Kreise. Als der Earl von Newport erkannte, daß sich der König nicht zu einer Entscheidung durchringen konnte, sprach er bei Erzbischof Laud vor. Dort verlieh er der Befürchtung Ausdruck, der König stände so unter dem Einfluß seiner Gemahlin, daß er nicht fähig sei, Entscheidungen zu treffen, die nicht in ihrem Sinne seien.

Von diesem Zeitpunkt an herrschte zwischen dem Erzbischof und mir eine feindselige Stimmung. Einst hatte ich mir von Laud sehr viel erhofft; denn er hatte eine Schwäche für das kirchliche Zeremoniell. George Conn gegenüber hatte ich einmal verlauten lassen, daß wir den Erzbischof sicherlich für uns gewinnen könnten, wenn ihn der Papst zum Kardinal ernannte. Später war ich mir nicht mehr so sicher. Jedenfalls wurde aus dem Kardinalshut nichts. Andererseits behauptete er, nichts erscheine ihm so erstrebenswert wie die Erhaltung der gemeinsamen Anbetung Gottes, die in manchen Teilen des Landes sträflich vernachlässigt werde. Man müsse so würdevoll und einheitlich wie möglich zu Gott beten. Er sei immer noch der Ansicht, daß es in der Kirche ohne Einheitlichkeit auch keine Einheit geben könne. Das besagte doch nichts anderes, als das er das Zeremoniell der Kirche sehr zu schätzen wußte. Deshalb setzte ich voraus, daß er dem Katholizismus sehr gewogen war. Hatte er doch das Gebetbuch der Anglikanischen Kirche vorgeschrieben und den Schotten aufgezwungen anstelle der Liturgie der schottischen Bischöfe.

Laud war der Sohn eines Tuchhändlers aus Reading und verdankte seinen Aufstieg einzig seiner Klugheit. Bei solchen Menschen erweist es sich oft als unmöglich, sie den eigenen Wünschen entsprechend umzuformen. Wiederholt mußte ich feststellen, daß es eine ganz besondere Intelligenz erfordert, so hoch aufzusteigen. Welche Selbstüberwindung das oft kosten mag! Auch wenn mir solche Menschen feindlich gesonnen sind, kann ich ihnen den Respekt nicht versagen.

Noch etwas wog besonders schwer: aufgrund seiner Vorliebe für das kirchliche Zeremoniell hielten viele Leute Laud für einen verkappten Katholiken. Er bekam das wachsende Ressentiment im Lande viel deutlicher zu spüren als ich. Daher war ihm daran gelegen, ständig unter Beweis zu stellen, daß er ein strenggläubiger Protestant war. Anläßlich einer Ratsversammlung klagte er darüber, daß seit dem Eintreffen der päpstlichen Gesandten Conn und Panzani viele Menschen zum Katholizismus übergetreten seien. Er sei der Ansicht, man zeige den Katholiken gegenüber entschieden zuviel Nachsicht. Er plädiere dafür, Wat Montague und Toby Matthews vor Gericht zu stellen.

Als mir das zu Ohren kam, war ich außer mir vor Zorn. Seitdem betrachtete ich den Erzbischof als meinen Feind. Der arme Charles befand sich in einem fürchterlichen Zwiespalt. Er begriff nur allzugut, was in dem Earl von Newport vorging. Auch den Erzbischof verstand er, doch er wollte es sich keinesfalls mit mir verderben.

Da erst erkannte ich – und mit mir vermutlich viele andere, was für eine wichtige Rolle ich inzwischen in England spielte. Bei den päpstlichen Gesandten war mir Erfolg beschieden. Ich hatte viel dazu beigetragen, das Leben der katholischen Untertanen meines Gemahls erheblich zu erleichtern. Man sah mich nun wohl nicht mehr ausschließlich als leichtfertige, vergnügungssüchtige Königin, sondern als die Macht, die hinter dem Thron stand. Charles hörte auf mich, weil er mich so liebte. Er wollte mich um keinen Preis enttäuschen. Daher durfte ich mich als seinen liebsten und einflußreichsten Berater betrachten.

Auf Thomas Wentworth hielt der König große Stücke. Wentworth war gerade erst aus Irland zurückgekehrt. Ich erfuhr, daß Laud zu Thomas Wentworth sagte: »Ich habe eine schwere Aufgabe zu erfüllen und flehe Gott an, daß er mir Kraft verleiht, denn ich befinde mich zwischen den Fronten wie das Korn, das zwischen zwei Mühlsteinen zermalmt wird.«

Welche Bedeutung dem beizumessen war, machte mir George klar, als er zu mir geeilt kam, um mir zu berichten, was in der Ratsversammlung vorging.

»Ich fürchte, wir haben die Dinge ein wenig überstürzt«, erklärte er. »Laud hat auf der Ratsversammlung dafür plädiert, daß die katholischen Kirchen wieder geschlossen werden, einschließlich Eurer Hofkapelle in Somerset House. Die Ratsversammlung hat ihm begeistert zugestimmt.«

»Das lasse ich nicht zu!« rief ich.

»Seid auf der Hut«, bat Conn. »Sonst zerstört Ihr, was wir bisher erreicht haben.«

»Das bisher Erreichte ist unzerstörbar«, versicherte ich ihm. »Wir haben Seelen gerettet. Das ist unser Bestreben. Ihr dürft diese Drohung nicht so ernst nehmen. Ich kenne Charles. Niemals würde er einem Schritt zustimmen, von dem er weiß, daß er mich unglücklich machen würde.«

Als Charles zu mir kam, war er verzweifelt. »Laud wünscht, daß alle katholischen Kirchen geschlossen werden«, sagte er.

»Wie?« schrie ich. »Der Mann ist ja ein Ungeheuer. »Soll er doch zurückgehen in den Tuchladen seines Vaters!«

»Vergiß nicht, daß er Erzbischof von Canterbury ist.«

»Aber er ist ganz vernarrt in das kirchliche Zeremoniell. Ihm sind die elenden Puritaner ebenso zuwider wie mir.«

»Er steht zum Protestantismus, Liebste.«

»Ich lasse nicht zu, daß er meine Kirchen schließt. Charles, das wirst du doch nicht erlauben? Du hast mir fest versprochen... Charles, versprich mir hoch und heilig... Meine Hofkapelle kannst du doch nicht schließen lassen!«

Er tat alles, um mich zu beschwichtigen und gelobte, meine Hofkapelle zu verschonen. Doch er fügte hinzu: »Für die übrigen katholischen Kirchen gibt es jedoch keine Rettung. Sie müssen geschlossen werden, wo sie sich auch befinden.«

Die Kontroverse schwelte noch eine ganze Weile. Sie zeigte, wie sich die Leute dem Erzbischof widersetzten. Es nimmt mich immer wieder wunder, daß es dem einfachen Volk mißfällt, jemanden aus ihren eigenen Reihen hoch aufsteigen zu sehen. Man hätte meinen sollen, daß sie das freuen müßte, aber nichts dergleichen. Seine einfache Herkunft wurde Laud ständig vor Augen gehalten, und zwar nicht so sehr von den Adligen als vom einfachen Volk. Man sagte ihm nach, tief im Innern sei er ein Katholik. Er solle es nur eingestehen. Sie hielten ihm vor, daß Menschen wie George Conn und ich zumindest kein Geheimnis aus ihrem Irrglauben machten.

Der arme Charles wußte nicht, wie er sich verhalten sollte. Ihm wurde nahegelegt, die Aversion gegen die Katholiken nicht mehr zu ignorieren. Doch ihm widerstrebte es zutiefst, mich zu verletzen.

Schließlich entschied er sich für einen Kompromiß. Er gedachte, den englischen Katholiken mittels einer Proklamation zu drohen. Er hatte die Gesetze gegen die Katholiken jedoch zugleich abgeschwächt und gemildert, so daß von ihnen kaum mehr eine Gefahr ausging. So versuchte er, das Unumgängliche zu tun, ohne dabei jemanden zu verprellen.

Lachend nannte ich ihn einen klugen Kopf, der sich stets zu helfen wisse. Charles blieb jedoch ganz ernst. Seine Melancholie ging mir zu Herzen. Es hatte den Anschein, als wolle er in die Zukunft blicken.

In jener Zeit ahnte der liebe Charles noch nicht, welches Ausmaß die Gefahren angenommen hatten, die ihm von allen Seiten drohten. Und doch war er nicht entfernt so blind wie ich.

Wie wir erfuhren, stand es schlimm um meine Mutter. Sie befand sich in einer verzweifelten Lage. Offensichtlich hatte sie sich so mit Richelieu gestritten, daß der Schaden irreparabel war. Richelieu herrschte über Frankreich und hatte meiner Mutter deutlich zu verstehen gegeben, daß sie in Frankreich unerwünscht sei. Zu allem Unglück hatte er sie auch noch das Landes verwiesen.

Ich machte mir ernsthafte Sorgen um meine Mutter. Was für eine Schande, daß meine Mutter, die ich noch aus Kindertagen als imponierende Gestalt in Erinnerung hatte, jetzt so kläglich dahinvegetieren sollte.

»Wer ist denn dieser Richelieu schon groß?« rief ich wutentbrannt. »Ein Geistlicher, wenn auch ein Kardinal. Trotzdem hat er sich erdreistet, die Herrschaft über Frankreich an sich zu reißen und behauptet zu allem Überfluß auch noch, daß für sie kein Platz mehr sei!«

Charles reagierte recht merkwürdig auf meinen Ausbruch. Fast schien es, als könne er die Zukunft voraussehen, doch er war sich dessen nicht bewußt, und ich natürlich auch nicht. »Ja, es ist sonderbar«, sagte er gedehnt. »Und was geht inzwischen hier in England vor? Zuweilen steigt der Verdacht in mir auf, als würde mich so mancher hier in England auch gern des Landes verweisen.«

Ich lachte ungläubig, doch Charles blieb ganz ernst. »Es braut sich etwas zusammen, Liebes. In Schottland gärt es allerorten...«

»Dieses fürchterliche Land!« rief ich erbost aus. »Waren die Schotten nicht schon immer Unruhestifter?«

Da mußte mir Charles beipflichten. »Diese Puritaner soll einer verstehen«, fuhr er fort. »Es leuchtet mir ja noch ein, wenn das Volk wünscht, einen König durch einen anderen zu ersetzen, von dem es glaubt, daß er ein größeres Anrecht auf den Thron hat. Aber diese Puritaner sind rundweg gegen alle Könige und gegen alles, was die Monarchie ausmacht. Fast scheint es, als wollten sie die Könige ganz abschaffen und neue Gesetze einführen.«

Ich konnte nicht aufhören zu lachen, und auch Charles verzog das Gesicht zu einem Lächeln. Was für eine groteske Vorstellung! Über England hatten immer Könige geherrscht, warum sollte sich das ändern? Wer waren diese Leute mit ihrer sonderbaren Haartracht schon, die wie schwarze Krähen aussahen?

Hätten wir damals einen Blick in die Zukunft tun können, so wäre uns vielleicht noch etwas eingefallen, um die Katastrophe zu verhindern, davon bin ich überzeugt. Zurückblickend muß ich sagen, daß der Weg mit Warnsignalen geradezu übersät war. Doch wir maßen ihnen keinerlei Bedeutung bei und nahmen sie einfach nicht zur Kenntnis.

Das brennendste Problem sah ich in meiner Mutter.

Charles wußte, daß es nicht ratsam war, ihr in England Zuflucht zu gewähren. Doch er kannte mich inzwischen gut genug, um zu erraten, daß ich mir genau das wünschte. Der Gedanke ließ mir keine Ruhe, daß sie durch Europa irrte wie ein Bettler, der an jede Tür klopft und um Einlaß bittet. Es war mir ein Rätsel, wie es mein Bruder zulassen konnte, daß man sie so behandelte. Ich konnte mir das nur so erklären, daß er diesem widerlichen alten Richelieu nicht gewachsen war und sich ihm gegenüber nicht hatte durchsetzen können. Eine Apanage hatte ihr Richelieu zwar zugestanden, doch er hatte darauf bestanden, daß sie Frankreich den Rücken kehrte. Was für eine entsetzliche Demütigung, aus dem Land vertrieben zu werden, das ihr zur zweiten Heimat geworden war. Und über dieses Land hatte sie einst geherrscht.

Sie hatte sich nach Holland begeben. Einer von Charles' Gesandten in Holland hatte ihm eine Nachricht zukommen lassen, die besagte, daß meine Mutter plante, nach England zu ziehen.

»Das wäre den Leuten gar nicht recht«, sagte Charles und sah mich traurig an. Daß sich das Volk gegen mich gewandt hatte, bekümmerte ihn maßlos. Ihm lag wohl mehr daran, daß sie mir zujubelten anstatt ihm selbst. Ich war nicht nur keine Engländerin, sondern auch noch katholisch. Das allein genügte vielen Menschen schon, um sich von mir abzuwenden. »Zudem weißt du ja, in welch desolatem Zustand sich die Staatskasse befindet«, fuhr er fort. »Wir können es uns gar nicht leisten, deiner Mutter das zu bieten, was sie gewohnt ist und hier auch von uns erwarten würde.«

»Die liebe alte Dame wäre vermutlich überglücklich, von jemandem aufgenommen zu werden, der sie schätzt«, sagte ich voller Mitleid.

Charles war tief geknickt. Das lag daran, daß ein Kurier nach Holland unterwegs war, der seinen dortigen Gesandten nahelegen sollte, nichts unversucht zu lassen, um meine Mutter davon abzuhalten, sich nach England einzuschiffen.

Sie muß geahnt haben, daß sie in England nicht willkommen war, doch das konnte sie nicht abschrecken. Schließlich war ich ja ihre Tochter. Sie hielt mich für reich und mächtig, wie es der Königin von England zukam. Möglicherweise war ihr tatsächlich nicht bewußt, daß in England nicht alles zum besten stand, doch selbst wenn sie darüber informiert gewesen wäre, hätte sie das nicht gestört. Ich kannte sie nur allzugut. Meine Mutter gehörte zu den Frauen, die jedwede Lage für sich zu nutzen wußten.

Wie sie wohl zu dem Neugeborenen am Hof von Frankreich stand? Monatelang waren alle in heller Aufregung gewesen; denn Anna von Österreich hatte nach dreiundzwanzig unfruchtbaren Jahren endlich einen Sohn zur Welt gebracht.

Ich konnte dem König nachfühlen, daß er meine Mutter nicht nach England einzuladen wünschte, wollte sie aber andererseits auch nicht im Stich lassen. Deshalb nahm ich mir vor, Charles zu überreden, sie wenigstens zu einem kurzen Besuch einzuladen.

In dieser Phase befanden wir uns, als uns zu Ohren kam, daß meine Mutter sich bereits von Holland aus eingeschifft hatte und auf dem Weg nach England war. Ihr Gefolge bestand aus einhundertundsechzig Leuten, darunter zahlreiche Bedienstete. Zudem brachte sie sechs Kutschen und siebzig Pferde mit – ein deutlicher Hinweis darauf, daß sie wie eine Königin zu empfangen werden wünschte.

Charles konnte es kaum fassen. »Aber ich habe sie gar nicht eingeladen«, eiferte er sich. »Noch habe ich ihr nicht gestattet, überhaupt hierherzukommen...«

Offenbar zerbrach er sich den Kopf darüber, wie er die Unterbringung meiner Mutter und ihres riesigen Gefolges finanzieren sollte. Die Sorgenfalten auf seiner Stirn machten mich traurig, aber wie konnte ich ihm da helfen? Ich ging zu ihm und schlang ihm die Arme um den Hals. Flehend sah ich zu ihm auf. »Ich würde es nicht verkraften, wenn wir sie abweisen müßten«, gab ich ihm zu bedenken. »Sie ist doch meine Mutter...«

Charles versuchte mir klarzumachen, welche horrenden Kosten unsere Gutmütigkeit mit sich brächte. Trotzdem trug ich den Sieg davon. Da ich wieder einmal Mutterfreuden entgegensah, war Charles besonders daran gelegen, mein seelisches Gleichgewicht nicht zu erschüttern. Er gelobte, sie höchstpersönlich zu empfangen, um damit zu demonstrieren, daß sie ein höchst willkommener Gast war. Ich sollte Gemächer für sie herrichten lassen, und er bewilligte mir zudem dreitausend Pfund für eventuelle Umbauten beziehungsweise neue Möbel. Charles sah ein, daß er meine Mutter wohl oder übel willkommenheißen mußte.

Ich drückte ihn gerührt an mich und erklärte ihm, er sei der beste Ehemann der Welt. Meine Mutter würde sich freuen, wenn sie sah, wie glücklich wir miteinander waren.

Charles stand zu seinem Wort und machte sich auf nach Chelmsford. Ich begab mich nach St. James, wo die Kinder untergebracht waren, und wählte fünfzig Räume für meine Mutter aus.

Mein Kind sollte in vier Monaten zur Welt kommen. Ich kam mir unförmig vor. Eine bleierne Müdigkeit steckte mir in den Knochen, doch der Gedanke an das Wiedersehen mit meiner Mutter richtete mich wieder auf. Die Kinder waren darauf vorbereitet, daß sie kommen würde. Die älteren freuten sich schon sehr auf sie. Charles war inzwischen acht Jahre alt und stach von den anderen ab. Seine schwarzen Ponyfransen reichten ihm fast bis an die Augenbrauen. Noch nie hatte ich bei einem Kind so lebendige, blitzende, dunkle Augen gesehen. Mary war ein Jahr jünger als Charles und schon eine kleine Schönheit. Auch James war ausgesprochen hübsch. Elisabeth war drei und Anne noch ein Säugling. Sie war im März des Vorjahres zur Welt gekommen. Ein paar Monate später war ich schon wieder schwanger und zählte noch nicht einmal dreißig Jahre. Zuweilen fragte ich mich, wie viele Kinder ich wohl noch bekommen würde.

Wie glücklich war ich mit meinem hingebungsvollen, liebevollen Gatten, und wie freute ich mich über die ständig wachsende Kinderschar. Doch die häufigen Schwangerschaften erwiesen sich zuweilen als äußerst strapaziös. Während meiner sechsten Schwangerschaft fühlte ich mich ganz und gar nicht wohl. Genaugenommen war es ja schon die siebte.

Doch ich versuchte, meine Beschwerden zu vergessen und bereitete mich auf die Ankunft meiner Mutter vor. Völlig außer Atem kamen Reiter angesprengt. Diese reitenden Boten berichteten mir, daß man meiner Mutter in London einen begeisterten Empfang bereitet hatte. Die Leute hatten überall geflaggt. Der Oberbürgermeister höchstpersönlich hatte sie feierlich begrüßt. Ich war kolossal erleichtert, denn bei den Londonern konnte man nie wissen, wie sie reagieren würden, und angesichts all der fürchterlichen Puritaner, die mehr und mehr an Boden gewannen, hätten sie sich ihr gegenüber auch feindselig verhalten können. Doch die Londoner liebten nun einmal prunkvolle Anlässe; denn sie fanden sie entschieden unterhaltsamer als zügellose Zusammenrottungen. Ich versuchte mir einzureden, daß sie in meiner Mutter die Frau ehrten, die einst über Frankreich geherrscht hatte und deren Tochter jetzt Königin von England war.

Trompetenklänge Fanfarenstöße drangen mir ans Ohr. Das bedeutete, daß sich die Kavalkade St. James näherte. Charles, mein Ältester, stand unmittelbar neben mir, und auch die anderen kamen angetapst und schmiegten sich an mich. Ich eilte in den Hof hinunter. In einem solchen Augenblick konnte ich nicht anders, als das Zeremoniell in den Wind zu schlagen.

Ich stürzte auf die Kutsche meiner Mutter zu, die Kinder dicht auf den Fersen, und versuchte vergebens, die Tür aufzuziehen. Einer der Lakaien half mir. Als meine Mutter aus der Kutsche stieg, sank ich vor Rührung auf die Knie und bat sie um ihren Segen.

Überglücklich brachte ich sie in den Palast und führte sie durch die Gemächer, die ich für sie und ihr Gefolge hatte herrichten lassen. Beim Anblick meiner Mutter war ich maßlos erschrocken. Aber schließlich hatten wir uns ja seit Jahren nicht mehr gesehen. Ich war vom Glück begünstigt. Nachdem die anfänglichen Unstimmigkeiten zwischen Charles und mir ausgestanden waren, liebten wir uns inniglich. Sicher war es nur den wenigsten vergönnt, ein so glückliches, harmonisches Familienleben zu führen. Und dagegen die arme Königin Marie! Sie war inzwischen fünfundsechzig Jahre alt. Für sie waren die letzten Jahre alles andere als befriedigend gewesen. Schön war sie nie gewesen. Die Zeit, die verstrichen war, und ihr bewegtes Leben, hatten ein übriges getan, um ihre Züge zu vergröbern, wenn nicht gar zu verwüsten. Trotzdem konnte ich bald feststellen, daß ihr unbeugsamer Wille intakt geblieben war. Sie war nach wie vor fest entschlossen, das Leben der Menschen in ihrer unmittelbaren Nähe nach ihrem Wunsch zu formen.

Sie redete ohne Unterlaß. Sie war arm, ja, tatsächlich völlig verarmt! Sie, die Königin von Frankreich, lebte jetzt in bitterer Armut. Zwar besaß sie ihren Schmuck noch, o ja, den hatte sie zum Glück mitgenommen. Vielleicht würde sie sich bald gezwungen sehen, einen Teil davon zu veräußern.

»Liebste Mutter, ich kaufe dir deine Juwelen ab«, rief ich. »Dann verfügst du über Geld und weißt zudem, daß die Juwelen bei mir gut aufgehoben sind.«

Sie legte mir die Hand auf den Arm und nannte mich eine gute Tochter. Da ich reich sei, nähme sie das Geld für die Juwelen gern. So gingen sie der Familie wenigstens nicht verloren.

»Reich bin ich eigentlich nicht«, widersprach ich ihr. »Wegen des Geldes gibt es fortwährend Ärger. Nie ist genug da. Charles versucht ständig, Geld aufzubringen. Das erreicht er aber nur, indem er Steuern erhebt und sich damit unbeliebt macht.«

»Ewig klagen die Könige über Geldsorgen«, bemerkte meine Mutter. »Selbstverständlich ist genügend Geld vorhanden, liebes Kind. In jedem Land steckt genügend Geld. Man muß nur wissen, wie man es herausholt. Ja, du sollst meine Juwelen haben. Ich hoffe, daß ich dir nicht lange zur Last zu fallen brauche.«

»Aber Mutter!« rief ich entsetzt. »Davon kann doch keine Rede sein! Wie kannst du so etwas nur sagen?«

»Damit wollte ich nicht ausdrücken, daß ich sterbe«, beschwichtigte sie mich. »Ich weiß ja, daß du froh bist, mich jetzt hier zu haben. Wir waren viel zu lange getrennt, meine geliebte Henriette. Ich möchte bei dir bleiben und dir helfen. Aber möglicherweise werde ich zurückzitiert nach Frankreich.«

»Glaubst du denn, daß der Kardinal...«

»Der Kardinal!« Haßerfüllt spie sie die Worte aus. »Ein fürchterlicher Husten quält ihn, und er friert ständig. Wie ich höre, soll er am Kamin sitzen und diesen widerlichen Erdbeersirup in sich hineingießen. Mit nichts anderem kann er seinem Hals mehr Erleichterung verschaffen. Wenn er nicht förmlich in den Kamin hineinkriecht, zittert er vor Kälte. Was glaubst du wohl, wie lange er noch lebt?«

»Ist er wirklich sterbenskrank?«

»Und ob er das ist! Ich kann es beschwören, liebes Kind. Du darfst nicht denken, daß ich untätig gewesen bin. Ich weiß durchaus, was vorgeht. Wenn man gezwungen ist, im Exil zu leben, so hat das auch Vorteile. Man kann Spitzel losschicken, damit sie auskundschaften, was von Bedeutung ist. Niemand kann sie entlarven. Es gibt nichts auf der Welt, was ausschließlich Nachteile mit sich bringt, mein Kind.«

»Wenn ich doch nur begreifen könnte, warum sich mein Bruder von dir abgewandt hat.«

»Ach, weißt du, Ludwig ist ein Schwächling. Das war er von Anfang an. Er ist Wachs in den Händen von Anna und dem Kardinal. Er ist ein Nichts, eine Marionette, eine Null.«

»Und wie gefällt dir das Kind?«

Da verzog sie das Gesicht zu einem Lächeln. »Ein kerngesunder Junge. Ein zweiter Ludwig.« Sie rückte näher an mich heran. »Nein, lange werde ich nicht bleiben, Kind. Ich brauche nur eine kleine Atempause. Mein Hofastrologe hat vorausgesagt, daß Ludwig höchstens noch ein Jahr zu leben hat. Er ist sehr krank. Kräftig ist er ja nie gewesen. Ein Säugling kann kein Land regieren, wenn sein Vater tot ist. Der kleine Ludwig XIV. wird dann immer noch im Säuglingsalter sein. Dann ist es an mir, nach Frankreich zurückzukehren und die Zügel wieder in die Hand zu nehmen wie nach dem Tode deines Vaters.«

»Hat man dir das prophezeit?«

»Ja, so lautet die Weissagung, und ich verfüge über die besten Astrologen in Europa. Deshalb kann ich nur hoffen, daß dein Charles dich hier glücklich macht; denn das könnte einmal sehr wichtig für ihn sein.«

Das wirkte einschüchternd auf mich. Alles klang so plausibel. Hatte ich doch selbst erlebt, daß Wahrsager und Astrologen recht behielten. Nie würde ich Eleanor Davys vergessen, die mir prophezeit hatte, daß mein Erstgeborener noch am Tage seiner Geburt sterben werde.

Natürlich sah ich mich gezwungen, viel Zeit mit meiner Mutter zu verbringen. Dadurch konnte ich nicht mehr so viel Zeit für Charles erübrigen. Die Kinder gefielen ihr über alle Maßen, und vor allem Charles verfehlte seinen Eindruck auf sie nicht. Selbst seine äußere Erscheinung faszinierte sie. Sie behauptete, er habe Ähnlichkeit mit einigen Ahnen meines Vaters, den Räubern von Navarra, wie sie sie nannte.

»Er ist auch deinem Vater wie aus dem Gesicht geschnitten«, sagte sie. »*Mon Dieu*, wie sehr er mich an ihn erinnert! Er ist so überaus lebendig, alles sieht er, nichts entgeht ihm. Wir wollen hoffen, daß er seine Blicke im Zaum hält, wenn es später einmal um andere Frauen geht als die eigene, damit seine zukünftige Gemahlin nicht gezwungen ist, die Augen vor seinen ständigen Affären zu verschließen. So ist es mir ergangen, wie du ja sicher weißt. Allerdings habe ich mich um der Krone willen klaglos in mein Los gefügt. Dir, meine liebe Henriette, macht dein Gemahl in dieser Hinsicht keinen Kummer. Er ist rührend um dich besorgt und liebt dich hingebungsvoll. Du bekommst ein Kind nach dem anderen. Davon kann ich auch ein Liedchen singen. Zum Kinderzeugen hat sich dein Vater immer Zeit genommen. Dafür hat er sogar seine Affären zeitweilig unterbrochen. Wie anders Charles mit dir umgeht, mein Kind. Du hast wirklich Glück mit deinem Gatten, Henriette.«

Ich konnte ihr da nur beipflichten, doch gab ich ihr auch zu verstehen, daß mein Glück erst dann ungetrübt wäre, wenn Charles sich des Landes wegen nicht ständig Sorgen machen müßte. Auch die vermaledeiten Protestanten, vor allem die Puritaner, machten ihm sehr zu schaffen.

»Herrscher haben wohl immer ihre Sorgen und Probleme. Du aber hast ganze Arbeit geleistet. Ich glaube, daß selbst der Heilige Vater sehr zufrieden mit dir ist.«

»Wie geht es eigentlich Madame St. George? Hast du etwas über sie erfahren!«

»Ich habe sie natürlich nicht mehr zu Gesicht bekommen, seit ich gezwungen war, Frankreich zu verlassen. Ihr kleiner Tyrann scheint ihr ganzes Glück zu sein. Gaston betet seine Tochter an. Zu schade, daß er keinen Sohn hat. Die kleine Mademoiselle von Montpensier ist unglaublich reich. Wie du weißt, hat ihr Gastons Gemahlin nach ihrem Tode alles hinterlassen. Was für ein Jammer, daß Gaston das Vermögen nicht geerbt hat. Meiner Meinung nach ist es nicht gut für junge Leute, schon in so jungen Jahren zu sehr viel Geld zu kommen.«

»Um so leichter findet sie dann später einmal einen Ehemann.«

»Mein liebes Kind, sie können es kaum erwarten zuzuschlagen. Gaston muß auf der Hut sein. Wenn ich in Frankreich wäre, würde ich schon dafür sorgen, daß er keine falsche Wahl trifft. Nun, vielleicht wird ja schon bald etwas daraus...«

Der Gedanke daran, daß mein Bruder Ludwig schon bald sterben würde, machte mich sehr traurig. Wenn ich ihn auch in späteren Jahren kaum noch zu Gesicht bekommen hatte, bevor ich nach England übersiedelte, und wenn ich in ihm auch vor allem den König von Frankreichs sah und nicht den Bruder, so stand er mir doch sehr nah. Meine Mutter schien nicht daran zu zweifeln, daß ihm nicht mehr viel Zeit vergönnt war. Es entsetzte mich, daß sie sein Ende kaum erwarten konnte und sich regelrecht darauf zu freuen schien.

Machtgier, dachte ich. Dieses Machtstreben, wie verformte es die Menschen! Ich glaubte von mir sagen zu können, daß ich nicht davon besessen war. Genaugenommen wünschte ich mir doch nichts sehnlicher, als mit Mann und

Kindern in einem friedlichen Land zu leben, in dem es keinen Ärger gab – allerdings in einem Land, das sich wieder auf den Katholizismus besonnen hatte.

»Ich hätte nach Florenz zurückkehren sollen«, hörte ich meine Mutter sagen.

»Ja, das wäre schön gewesen«, pflichtete ich ihr bei. »Deine Familie hätte dich mit offenen Armen aufgenommen.«

»Das steht fest. Die Medicis hätten das begrüßt. Sie haben ein starkes Zusammengehörigkeitsgefühl. Sicher hätte ich mich in Florenz zunächst ganz fremd gefühlt. Es wäre mir seltsam vorgekommen, am Arno entlangzuschlendern und wieder in dem alten Palast zu wohnen. Aber, als was wäre ich zurückgekehrt? Als Königin, die der eigene Sohn und ein Kardinal aus dem Land vertrieben haben, das ihr zur zweiten Heimat geworden war. Unter diesen Umständen konnte ich nicht nach Florenz zurück.« Der aufgesetzte Optimismus bekam einen Sprung. Unter dieser Maske kam eine verängstigte alte Frau zum Vorschein. Flüchtig ging mir durch den Kopf, inwieweit sie den Weissagungen tatsächlich Glauben schenkte. Betrübt murmelte sie: »Als Versagerin konnte ich doch nicht nach Florenz zurück.« Dann fiel der Vorhang wieder. Ihr wahres Gesicht verbarg sie hinter der wohlbekannten Maske. »Bald werde ich wieder mehr als genug zu tun haben. Sicher erhalte ich bald Nachricht, daß ich nach Paris zurückmuß. Dann weiß ich mich vor Arbeit kaum zu retten. Es ist keine Kleinigkeit, dann die Fäden zu entwirren.«

Während der ihr auferlegten Wartezeit legte sie die Hände auch nicht in den Schoß. Sie mischte sich in alles ein.

Die Kinder waren von ihr begeistert, und es freute mich natürlich, daß sie sich so gut mit ihr verstanden. Sie bestand darauf, sich um meine Nachkommenschaft zu kümmern. Charles pflegte immer ein Holzspielzeug mit ins Bett zu nehmen. Er besaß es, seit er zwei Jahre alt war und hing sehr daran. Von seinen Kinderschwestern wußte ich, daß er es stets mit ins Bett zu nehmen pflegte.

»So ein Unsinn!« schimpfte meine Mutter. »Das muß ein Ende haben. Für einen Prinzen von Wales schickt es sich nicht, Spielzeug mit ins Bett zu nehmen.«

Sie nahm Charles ernsthaft ins Gebet und redete ihm ein, eine solche Verhaltensweise sei kindisch und eines künftigen Königs nicht würdig.

Tatsächlich ließ er sich das Spielzeug daraufhin wegnehmen. Es faszinierte ihn, daß er eines Tages König sein würde. Schon jetzt ließ er sich zuweilen darüber aus, was er dann zu tun gedachte. Nur so läßt es sich erklären, daß er freiwillig auf sein Holzspielzeug verzichtete.

Charles war ein schlauer, manchmal sogar gerissener kleiner Bursche. Wir lachten über den Zwischenfall mit der Arznei, der uns bewies, wie listig unser Sohn seine Klugheit einzusetzen wußte. Er hatte sich geweigert, eine Arznei einzunehmen, die sein Erzieher Lord Newcastle für ratsam hielt. Newcastle hatte sich daraufhin bei mir beschwert. Also schrieb ich Charles, ich wisse von seinem Ungehorsam. Wenn er sich weiter weigere, die Arznei zu nehmen, müsse ich sie ihm selbst einflößen. Schließlich diene sie seiner Gesundheit. Ich fügte noch hinzu, Lord Newcastle werde mir mitteilen, ob er die Medizin eingenommen habe oder nicht und ich hoffe, er werde mich nicht enttäuschen.

Am nächsten Tag überbrachte mir Lord Newcastle eine Nachricht, die der Kronprinz ihm hatte zukommen lassen.

›Mylord‹, hatte Charles in seiner kindlichen Schrift auf vorgezeichneten Linien geschrieben, damit die Zeiten gerade verliefen. ›Allzu häufig möchte ich die Medizin nicht einnehmen, fühle ich mich danach doch elender als zuvor. Glaubt mir, Euch würde es ebenso ergehen. Ich reite täglich und befolge gern alle anderen Anweisungen, die Ihr mir zu erteilen beliebt. Prinz Charles.‹

Ich mußte lachen. Die Findigkeit meines Sohnes beeindruckte mich so, daß ich Lord Newcastle bat, Charles die Arznei vorerst zu ersparen, wenn er sich auch ohne sie wohlfühlte.

Hatte ich nicht allen Grund, stolz zu sein auf diesen Sohn? Vermutlich konnte ihn nicht einmal meine Mutter überlisten.

In letzter Zeit pflegte meine Mutter zu beanstanden, Mary spräche Ihrer Meinung nach dem Frühstück allzu reichlich zu. Über das Brot hinaus nähme sie auch noch Rindfleisch,

Huhn und Hammel zu sich. Auch tränke sie entschieden zuviel Ale.

Mary schien es tatsächlich besser zu gehen, nachdem ihre allzu üppigen Mahlzeiten reduziert worden waren.

Beliebt war meine Mutter nicht. Das Volk hielt sie für verschwenderisch und empfand ihren Unterhalt und den ihres Gefolges als zu kostspielig. Sie bestand tatsächlich darauf, wie eine Königin zu leben, was sie ja auch war.

Bei ihrem Eintreffen war das Wetter umgeschlagen. Im Süden des Landes richteten schwere Stürme fürchterlichen Schaden an. Das abergläubische Volk glaubte daraus schließen zu müssen, daß dem Land Gefahr von meiner Mutter drohte. Das machte mir sehr zu schaffen, und ich befürchtete, diese Gerüchte könnten meiner Mutter zu Ohren kommen. Doch falls sie davon erfahren haben sollte, nahm sie das nicht weiter tragisch. Ich hatte ganz vergessen, daß sie sich ihr Weltbild nach ihren Wünschen formte und stets nur das zur Kenntnis nahm, was ihr behagte.

Bei schlechtem Wetter riefen sich die Fährleute auf der Themse zu, es herrsche wieder einmal das von der Königinmutter nach England mitgebrachte Wetter – als könne sie im Himmel ihren schlechten Einfluß geltend machen, unter dem wir dann zu leiden hatten.

Als Königin betrachtete sie ihr luxuriöses Leben als angestammtes Recht. Es ging sehr zu Lasten der Staatskasse, sie und ihren Troß standesgemäß zu unterhalten. Daß die Engländer dafür aufzukommen hatten, hielt sie für selbstverständlich. Murrend fügte sich das Volk darein, doch die Klagen häuften sich. Hin und wieder kamen mir wenig schmeichelhafte Bemerkungen zu Ohren. Ihr wurde nachgesagt, sie sei eine Unruhestifterin. Wo sie sei, da würde es niemals Ruhe geben. Die Engländer verübelten es ihr, daß sie durch die ihnen abverlangten Steuern für ihr ›Gesindel‹, vermutlich ihr Gefolge, und dessen unbescheidene Ansprüche aufzukommen hatten.

Das stimmte Charles bedenklich. Er wandte sich an König Ludwig und bat ihn eindringlich, seine Mutter zur Rückkehr nach Frankreich zu bewegen. »Das wäre die beste Lösung«, schrieb er ihm. »Sie sehnt sich nach Paris zurück.

Mir ist bekannt, daß sie zum Intrigieren neigt, doch würde sie in Zukunft sicher Abstand davon nehmen, wenn Ihr ihr gestatten wolltet, nach Frankreich zurückzukehren.«

Charles erklärte mir, ihr Aufenthalt in England verschlinge nicht nur Unsummen, das Volk fühle sich zudem durch sie gereizt. Dem müsse er unbedingt entgegentreten. Es sei besorgniserregend, welches Ausmaß die Unruhe im Land schon angenommen habe.

Daß er sich solche Sorgen machte, tat mir wirklich leid. Deshalb verwahrte ich mich nicht dagegen, daß er es kaum erwarten konnte, meine Mutter loszuwerden. Doch Ludwig äußerte sich dahingehend, daß seine Mutter noch so sehr geloben könne, sich nie wieder einzumischen – sie sei die geborene Intrigantin und könne gar nicht anders, als Unfrieden zu stiften. Daher könne er ihr nicht gestatten, nach Frankreich zurückzukehren. Er sprach seinem Schwager sein Bedauern aus und riet ihm, genauso fest zu sein wie er. Charles müsse Königin Marie unmißverständlich zu verstehen geben, daß sie in England unerwünscht sei.

Doch das brachte Charles nicht übers Herz. Schließlich war sie meine Mutter. Trotz ihrer unguten Eigenschaften hing ich sehr an ihr. Um nichts in der Welt hätte Charles mir Schmerz zufügen wollen. Also blieb meine Mutter in England.

Sie konnte nicht anders, als sich einzumischen. Eines Tages sagte sie zu mir: »Ich bin in Holland nicht untätig gewesen. Stets habe ich dein und der Kinder Bestes im Sinn gehabt. Daher habe ich meine Fühler ausgestreckt und die Möglichkeit ins Auge gefaßt, den Prinzen von Oranien mit einer deiner Töchter zu verheiraten.«

»Den Prinzen von Oranien?« rief ich erschrocken aus. »Der ist doch viel zu unbedeutend!«

»Ich habe dabei nicht an Mary gedacht, sondern an Elisabeth.«

»Sie ist doch erst drei Jahre alt.«

»Mein liebes Kind, wenn unsere Kinder noch in der Wiege liegen, müssen wir bereits überlegen, mit wem wir sie einmal vermählen. Aus Gründen der Staatsraison. Ich wünsche die Angelegenheit dem König vorzutragen.«

»Nein«, widersprach ich, »laßt *mich* mit dem König sprechen!«

Meine Mutter war beleidigt. »Liebesgeflüster!« meinte sie verächtlich. »Ihr seid ja wie die Turteltauben. Du scheinst zu vergessen, daß es sich zuweilen auch um Staatsaffären handelt.«

»Ja, und zwar englische Staatangelegenheiten«, entgegnete ich eisig. Anscheinend gab ich mich ihr gegenüber mit der Zeit ebenso hartgesotten wie mein Bruder Ludwig. Hatte sie denn nichts dazugelernt? Wir mußten ihr demonstrieren, daß sie sich in England ebensowenig einzumischen hatte wie in Frankreich. Daß sie des Landes verwiesen worden war, hätte ihr doch die Augen öffnen müssen. Statt dessen warf sie Ludwig, Anna und dem Kardinal vor, daß sie sich ihrer entledigt hatten, statt sich an ihre Ratschläge zu halten.

Bei der ersten sich bietenden Gelegenheit erzählte ich Charles von ihrem Vorhaben.

»Den Prinz von Oranien?« ereiferte er sich. »Der ist viel zu unbedeutend und kommt für eine englische Prinzessin nicht in Frage.«

»Das habe ich mir auch gedacht«, entgegnete ich ihm. »Doch meine Mutter hat das Königshaus in Holland bereits daraufhin angesprochen. Der Prinz von Oranien ist sehr angetan von der Idee.«

»Das steht wohl außer Zweifel, aber ich bin strikt dagegen. Er ist nicht einmal für eine unserer kleinen Töchter gut genug.«

Hinzu kam noch ein weiterer Aspekt, der allen bisher entgangen zu sein schien. Der Prinz von Oranien war Protestant. Meine Kinder sollten Katholiken heiraten.

Ich hatte stark an Leibesumfang zugenommen, konnte jedoch immer noch ein wenig im Park spazierengehen. Den Wildpark von St. James und die terrassenförmig angelegten Parkanlagen liebte ich besonders. Wie gern schlenderte ich mit Charles und den Kindern durch den Park. Charles war so zartfühlend und so um mich besorgt – besonders wenn ich wieder einmal, wie zu diesem Zeitpunkt, gesegneten Leibes war.

Charles und ich pflegten uns auf eine Bank zu setzen, während die Kinder lautstark herumtollten und die Hunde kläfften. Die Herren und Damen auf den gepflegten Wegen rings um den Palast waren ein erfreulicher Anblick.

Wie glücklich waren wir miteinander! Charles sah blendend aus. Mit dem scheuen, zurückhaltenden jungen Mann von einst hatte er nichts mehr gemein. Auch sein Stottern hatte sich weitgehend gelegt. Das kam daher, daß er in Gegenwart seiner Frau und seiner Kinder glücklich und seelisch gefestigt war. Er hörte gern zu, wenn über häusliche Dinge gesprochen wurde. Bereitwillig antwortete er auf die Fragen seines Ältesten. Er schlichtete den Streit, als sich James und Mary um ein Stück Torte stritten. In unserer Gegenwart fühlte er sich offensichtlich wohler als in Gegenwart von Staatsmännern.

Warum wurden ständig Klagen laut, fragte ich mich zuweilen. Warum versuchten nicht einfach alle Menschen, das Leben zu genießen wie wir im Schloßpark von St. James?

Ein strenger Winter brach über uns herein. »Dieses Wetter hat uns die Königinmutter eingebrockt«, behaupteten die Fährleute auf der Themse.

Am Ende des bitterkalten Monats Januar erblickte mein Kind das Licht der Welt. Ein kleines Mädchen, das eiligst auf den Namen Katherina getauft wurde und schon nach ein paar Stunden die Augen für immer schloß.

Das Menschenopfer

Nach Katharinas Tod war mir ein ungetrübtes Glück nicht mehr vergönnt. Nur wenn es mir gelang, mir einzureden, alles sei in bester Ordnung und es fehle uns an nichts, so flackerte das Glück noch hin und wieder auf. Selbst bei dem größten Weitblick hätte ich nicht voraussehen können, welcher schmerzliche Verlust mir noch bevorstand, was für entsetzliche Dinge sich unversehens ankündigen würden, die mir den Verstand zu rauben drohten. Keine frohe Stunde war mir mehr vergönnt, nachdem das Schicksal zugeschlagen hatte. Ich sehnte nur noch den Tod herbei, der mich von meiner Qual befreien und mir Erlösung bringen sollte.

Es ist schwer zu sagen, womit alles begonnen hat. Mit Schottland wohl, diesem verhaßten Land, mit dem es immer Ärger gab und Streitigkeiten um die Liturgie. Aber wer bin ich, daß ich mit dem Schicksal hadere? Wer hätte der Religion eine größere Bedeutung beigemessen als ich selbst? Seit ich zum erstenmal einen Fuß auf englischen Boden gesetzt hatte, war es mir vor allem darum gegangen, dieses Land wieder in den Schoß der katholischen Kirche zurückzuführen, der es das Ungeheuer Heinrich VIII. einer Frau zuliebe grob entrissen hatte. Die Könige, die nach ihm kamen, hatten ihre Chance nicht genutzt, und so war viel Zeit verstrichen. Inzwischen sehe ich ein, daß der Protestantismus den Engländern entsprach – natürlich nicht der Fanatismus der Puritaner, sondern die nicht allzu strenge Church of England, die keine allzugroßen Anforderungen stellte.

Hat alles mit dem Religionsstreit angefangen? Bis zu einem gewissen Grade ganz gewiß. Wenn es sich aber so verhielt, so trifft mich die Schuld daran.

Doch nein, das war ja nicht der wahre Grund. Die Schuld liegt also nicht bei mir allein.

Auch Erzbischof Laud hat sicher sehr viel zu dem beigetragen, was dann geschehen ist. Stets hat er strengstens darauf geachtet, daß das kirchliche Zeremoniell genau eingehalten wurde. Die Geistlichen mußten korrekt gekleidet sein. Das zumindest hatte der Protestantismus mit dem Katholizismus gemein, und eben diesen Prunk und Pomp hatten die Puritaner Erzbischof Laud verübelt. Und so hatten sich todernste, feierliche Menschen zusammengefunden, in deren Augen das Lachen schon eine Sünde war. Freude am Tanzen und am Singen führte in ihren Augen geradewegs zur ewigen Verdammnis. Laud verwahrte sich dagegen, Katholik genannt zu werden, doch er hatte viel von einem Katholiken an sich. Niemand in ganz England war so unbeliebt wie er.

Charles hatte große Hochachtung vor ihm und hielt immer treu zu seinen Freunden, aber lieber als alle anderen war ihm vermutlich Thomas Wentworth. Charles hegte große Bewunderung für ihn; denn er hatte sich schon häufig als grundehrlicher Mann erwiesen. Er war gerade erst aus Irland heimgekehrt, wo er den Flachsanbau gefördert, Handelsbeziehungen zu Spanien angeknüpft und die Piraterie im St. Georgskanal abgeschafft hatte. Er hatte es sich zum Ziel gesetzt, zu erreichen, daß sich die Iren des gleichen Wohlstands erfreuen konnten wie die Engländer, wenn auch abhängig von England. Sie sollten einsehen, daß es sich für sie rentierte, sich England gegenüber loyal zu verhalten.

Charles fand großen Gefallen daran, wie Wentworth das alles handhabte. Er wollte ihn bei sich haben und ließ ihn kommen. Kurz nach seinem Eintreffen in England wurde Thomas Wentworth zum Earl von Strafford ernannt.

In jenem Jahr hatten wir nicht viel Grund zur Freude. Mir war bewußt, daß Charles sich große Sorgen machte, wenn ihm auch Strafford wieder Mut zusprach, den er für einen der fähigsten und loyalsten Männer hielt, wie er mir anvertraute. Ich gab mir alle Mühe, Sympathie für den Earl zu empfinden, was mir auch gelang, sobald ich meinen Neid und meine Eifersucht im Griff hatte. Der Earl von Strafford war nämlich ein Bild von einem Mann – mit erlesenem Geschmack gekleidet, überaus höflich und galant.

Allmählich sah ich mich nicht mehr in so einem falschen

Licht wie ehedem. Während meiner Schwangerschaften hatte ich genügend Zeit zum Nachdenken gehabt. Zu meinem Entsetzen sah ich schon wieder Mutterfreuden entgegen. Charles wußte allerdings noch nichts davon. Der Tod meiner kleinen Katharina war so ein Schock für mich gewesen, daß ich mich nach einer Verschnaufpause sehnte. All die Widrigkeiten einer Schwangerschaft für nichts und wieder nichts. Wenn einem das Kind entrissen wird, kaum daß es den ersten Schrei getan hat, so ist das für eine Mutter eine verheerende Erfahrung. Jedenfalls hatte ich mir eingestehen müssen, daß ich eifersüchtig war, weil Charles so große Stücke auf den Earl von Strafford hielt. Aus dem gleichen Grund war mir Buckingham verhaßt gewesen. Während all meiner glücklichen Jahre mit Charles fürchtete ich immer, es könne ein kluger Mann auftauchen und versuchen, ihn mir abspenstig zu machen. Inzwischen glaubte ich das zwar nicht mehr, aber es hätte schon genügt, daß ich in seiner Achtung sank, um mich unglücklich zu machen.

Doch bei Strafford verhielt es sich ganz anders, und nachdem ich mein anfängliches Mißtrauen überwunden hatte, war er mir sehr sympathisch. Ich konnte ihm gar nicht genug dafür danken, daß er auf Charles so eine positive Wirkung hatte. Schließlich schätzte ich ihn um seiner selbst willen. Außer mir gab es noch jemanden ganz in meiner Nähe, der eine Schwäche für ihn hatte, nämlich Lucy Hay. Lucy war zehn Jahre älter als ich, also beinahe vierzig. Man sah ihr das nicht an. Dank ihrer Lebenserfahrung wirkte sie sogar noch faszinierender als früher. Wenn sie auch nicht mehr jung war, so war sie doch noch immer die attraktivste Frau bei Hofe.

Katherine Villiers und Susan Feilding gingen im Somerset House zur Messe. Sie bekannten sich frei und offen dazu, zum Katholizismus übergetreten zu sein. Ich war tief bewegt, doch so sehr ich die beiden auch schätzte, so fühlte ich mich in Lucys Gesellschaft doch immer noch am wohlsten. Sie war so klug und geistreich. Ständig war sie in irgendwelche Intrigen verwickelt, über die sie sich zuweilen ausließ. Doch oft hüllte sie sich auch in Schweigen. Dadurch erschien sie mir noch interessanter.

Ich flehte Charles an, sich nicht anmerken zu lassen, was ihn quälte und ihm Sorgen machte. Hielt ich es doch für besser, daß alles ganz normal erschien. Zu Neujahr wollte ich ein Maskenspiel und eine Komödie anberaumen und selbst die Hauptrolle übernehmen.

Charles war von der Idee begeistert. Freudig sprach er mit mir über das Stück und die Rolle, die ich spielen würde. Es ging natürlich auch um das Kostüm. Lewis Richard, der Hofkomponist, schrieb die Musik. Inigo Jones sollte für das Bühnenbild und die Kostüme sorgen, um für eine glanzvolle Aufführung zu garantieren.

Dieses Maskenspiel steht mir immer noch lebhaft vor Augen. Das muß wohl daran liegen, daß es das letzte Stück war, in dem ich in Whitehall auftrat. Es war ein ehrenwerter Versuch. Auch Charles ließ nichts unversucht, damit es ein denkwürdiges Ereignis wurde. Mir machte es große Freude, als Amazone in silberner Rüstung und einem Helm mit einer prächtigen Feder über die Bühne zu stolzieren.

Es war ein harter Winter. Das neue Jahr rückte mit eisiger Kälte näher. Da ich Mutterfreuden entgegensah, fühlte ich mich nicht besonders wohl. Auch ging mir nicht aus dem Kopf, daß Katharina gleich nach der Geburt gestorben war.

Eines Tages sprach Strafford in Whitehall vor. Nachdem er gegangen war, wirkte Charles überaus bedrückt. Wie immer, so kam er auch diesmal gleich zu mir, um mir zu berichten, worüber gesprochen worden war. Der Gute tat immer, als verstünde ich etwas von Staatsgeschäften, was beileibe nicht der Fall war, wenn ich mir auch große Mühe gab, alles zu durchschauen.

»Strafford plädiert dafür, das Parlament wiedereinzuberufen«, sagte er, »denn wir brauchen Geld, um Krieg gegen die Schotten führen zu können. Es gibt nur diese eine Möglichkeit, an Geld zu kommen.«

Ich legte die Stirn in Falten. Das Parlament war mir ebenso zuwider wie der Krieg gegen die Schotten. Das Parlament allein war schon schwer zu verkraften. Auch die Schotten hätten allein schon genügt. Das Parlament *und* die Schotten erschienen mir jedoch schier unerträglich. Kriege entführten mir Charles, worunter wir beide litten. Das Parlament verabschiedete die Gesetze, die sich fast immer gegen die Katholiken richteten. Und damit gegen mich.

»Muß das Parlament unbedingt wiedereinberufen werden?« erkundigte ich mich. »Mit dem Parlament gibt es doch nichts als Ärger.«

Charles pflichtete mir bei. Zwischen ihm und dem Parlament hatte niemals Einigkeit geherrscht. Charles sah nicht ein, warum ein König nicht unumschränkt herrschen konnte, da ihm die Krone von Geburt an bestimmt gewesen war. Damit hatte Gott ihn zum Herrscher über England bestimmt. Nein, aus freien Stücken hätte Charles das Parlament gewiß nicht einberufen. Doch für die Kriegsführung benötigte er Geld, und nur das Parlament konnte auf Mittel und Wege sinnen, dieses Geld aufzubringen.

»Wenn man uns doch nur in Frieden leben ließe!« stöhnte ich.

»Da kann ich dir nur aus vollem Herzen beipflichten«, erwiderte der König. »Doch Strafford hat sicher recht. Wie meistens.«

»Du wirst also das Parlament einberufen?«

»Ich habe keine andere Wahl.«

»Dann solltest du keine Zeit verlieren. Wir wollen hoffen, daß es nicht lange dauert.«

So kam es dann auch. Der König berief das ›Kurze Parlament‹ ein und löste es schon nach drei Wochen wieder auf. Er fühlte sich äußerst unbehaglich, berichtete mir von drei Männern. Von John Pym, einem Puritaner reinsten Wassers, der offensichtlich über sehr viel Macht verfügte und zum Führer der Partei des Unterhauses wurde, die gegen den König opponierte. Außerdem erzählte er mir von John Hampden, der eine Freiheitsstrafe verbüßt hatte aufgrund seiner Weigerung, die ›erzwungene Anleihe‹ zu zahlen, wie er die Abgaben nannte. Dadurch war er landesweit bekannt geworden, viele Menschen hatten sich ihm angeschlossen. Von dem dritten Mann hatte ich noch nie gehört, und doch sollte sich sein Name für immer in mein Gedächtnis eingraben. Er war wohl ein Verwandter Hampdens. Soviel ich weiß, war Hampdens Mutter seine Tante. Er kam aus Huntingdon. Als Parlamentsmitglied vertrat er Cambridge. Sein Name lautete Oliver Cromwell.

Vor diesen Männern fürchtete sich Charles. Sie sprachen sich strikt dagegen aus, daß zwecks Finanzierung eines Krieges Steuern erhoben werden sollten. Das Parlament zog mit. Charles befand sich in einer verzweifelten Lage.

Zunächst freute ich mich darüber, daß das Parlament nur so kurz tagte. Doch es bestand kein Grund zur Freude. Schließlich machte Strafford einen Vorschlag. Da er in Irland so gute Arbeit geleistet hatte, war er zum Vizekönig von Irland ernannt worden. Er konnte dort ein Heer zusammenstellen und es nach England holen, damit es für den König kämpfte.

Damit bahnte sich das Unheil an. Ich weiß noch immer nicht, wo unsere Feinde steckten. Vermutlich waren sie so zahlreich, daß ich sie gar nicht alle kennen konnte. Ich nehme an, daß Richelieu hinter vielen Verschwörungen gegen uns steckte. Als Herrscher über die Franzosen war es für ihn von Vorteil, England geschwächt zu sehen. Er wollte verhindern, daß die Engländer Freunden im Ausland beistanden, die Frankreich feindlich gesonnen waren. Diese listenreichen Schachzüge waren so kompliziert, daß ich sie nicht durchschaute. Für mich gab es nur Licht oder Schatten, schwarz oder weiß, dazwischen keinerlei Schattierungen. In meinen Augen gab es nur die Guten und die Bösen. Die Guten konnten für mein Gefühl nichts falsch machen, die Bösen hingegen nichts richtig. Ich fürchte, ich habe mich allein von Emotionen leiten lassen, nicht aber vom Verstand.

In meinen Augen war Charles ein Heiliger und ich seine hingebungsvolle Frau. Wer gegen uns war, konnte nur ein Schurke sein. So einfach stellte sich mir alles dar.

Wir hatten Feinde außerhalb des Landes, aber noch weit mehr in allernächster Nähe.

Strafford ließ nicht locker und stand dem König treu zur Seite. Mit der Zeit mußten sich viele eingestehen, daß er der fähigste Staatsmann Englands war. Eben deshalb wollten ihn viele unbedingt zur Strecke bringen.

Sie nutzten ihre Chance. Nach der Auflösung des ›Kurzen Parlaments‹ verbreitete sich das Gerücht in Windeseile überall im Land. Es hieß, Strafford wolle ein irisches Heer nach England holen, angeblich um gegen die Schotten Krieg zu führen, in Wahrheit aber, um die Engländer zu unterwerfen.

In London herrschte Aufruhr. Charles eilte zu mir nach Whitehall, so schnell er konnte. Ich war im sechsten Monat schwanger und ziemlich mitgenommen. Die politische Lage machte mir große Sorgen. Zudem hatte ich den Tod der kleinen Katharina noch immer nicht verwunden. Ich fühlte mich ziemlich schwach und ruhte die meiste Zeit.

Charles vertraute mir seine Ängste an. »Sie sind gegen Strafford«, berichtete er mir. »Und zwar, weil sie gegen mich sind.«

Ich rief ihm ins Gedächtnis, daß er König war.

»Ja, allerdings«, erwiderte er und sah mich zärtlich an. Er erkundigte sich nach meinem Befinden und sagte, er wolle am nächsten Tag die Kinder in St. James besuchen.

Wir verbrachten einen wunderschönen Abend miteinander. Dann kam ein Wachsoldat mit einem Schild herein, das von irgendeinem Unbekannten am Tor des Palastes befestigt worden war. Auf dem Schild stand zu lesen: ›Whitehall zu vermieten.‹

Charles erbleichte; denn es war unschwer zu erraten, was das besagen sollte.

»Du solltest dich besser aufs Land begeben, solange du noch reisen kannst«, schlug er mir vor.

Während wir noch darüber sprachen, wurde Charles ein Schreiben überbracht.

»Von wem ist dieser Brief?« wollte Charles wissen.

»Einer der Lakaien sagte, er habe ihn von einem der Torhüter erhalten. Dieser habe den Mann nicht gekannt, der ihm den Brief übergeben habe.«

Ich sah Charles über die Schulter und las mit: ›Jagt den Papst und den Teufel auf St. James, wo die Königinmutter untergebracht ist.‹

Wortlos sahen Charles und ich uns an. »Was soll das heißen?« fragte ich, als ich die Sprache wiederfand.

»Unsere Feinde haben sich zu Wort gemeldet.«

»Meine Mutter wird bedroht.«

»Irgend jemand hetzt das Volk gegen uns auf«, sagte der König.

»Ich will sofort nach St. James!« rief ich. »Die Kinder und meine Mutter sind dort nicht mehr sicher!«

»Wir fahren gemeinsam hin«, versprach mir Charles.

Als wir in St. James eintrafen, überfiel uns meine Mutter mit den Worten: »Ich habe nichts zu essen bekommen! Wie ist so etwas nur möglich? Ständig treffen Briefe ein, in denen man uns mit Beschimpfungen wie ›Götzenanbeter‹ tituliert. Man sollte sie alle an den Galgen bringen! Charles, wie könnt Ihr es nur zulassen, daß sich Eure Untertanen so aufführen?«

Ich beschwichtigte sie und bat sie, zu bedenken, daß sie mit dem König sprach, doch Charles erwiderte nur lächelnd: »Es kommt zuweilen vor, Madam, daß es einem König oder auch einer Königin an Macht fehlt, die Feinde von ihren Grausamkeiten abzuhalten. Man muß seine Feinde erst einmal dingfest machen, ihrer habhaft werden. Erst dann kann man sie der gerechten Strafe überantworten.«

Meine Mutter wandte sich ab. Wahrscheinlich wünschte sie sich so weit wie möglich weg. Ich sagte mir, daß auch das Schlimmste noch sein Gutes hatte; denn wenn meine Mutter sich jetzt sagte, daß sie diesem Aufruhr nicht gewachsen war und es vorzog, England den Rücken zu kehren, so würde ich sie ohne Bedauern reisen lassen. Das mag herzlos klingen, doch ich liebte meine Mutter und wünschte mir sehnlichst, daß es ihr an nichts fehlte. Das änderte jedoch nichts an der Tatsache, daß es ihretwegen ständig zu Streitigkeiten kam. Sie mischte sich in die Kindererziehung ein, und ich war mir sicher, daß sie insgeheim Katholiken aus ihnen machen wollte. Bisher hatte ich die Augen vor der Wahrheit verschlossen, doch der neueste Stand der Dinge hatte mich gelehrt, auf der Hut zu sein. Ich konnte mir den unbändigen Volkszorn vorstellen, wenn das Volk Grund zu der Annahme hatte, daß der Prinz von Wales und seine Geschwister nicht im Sinne der Church of England erzogen wurden.

Auch die Kinder wirkten ganz verängstigt, vor allem Charles, der sich des Ernstes der Lage bewußt zu sein schien. Lady Roxbury berichtete uns, er habe mehrmals Alpträume gehabt, irgend etwas müsse ihn wohl stark belasten. Natürlich hatte sie ihn gefragt, worüber er sich solche Sorgen machte. Charles hatte zwar nicht abgestritten, daß ihn etwas bedrückte, die Antwort auf ihre Frage war er ihr jedoch schuldig geblieben.

Wir als seine Eltern wollten in Erfahrung bringen, was so schwer auf unserem Sohn lastete. Ich gab der Meinung Ausdruck, daß er unmöglich wissen könne, was sich außerhalb von St. James abspiele. Von den dramatischen Ereignissen könne ihm nichts zu Ohren gekommen sein. Und doch schien es, als sei er ganz genau im Bilde.

Charles ließ den Jungen kommen. Aufmerksam und mit hellwachem Blick sah der Sohn den Vater an.

»Was bedrückt dich denn, mein Sohn?« erkundigte sich der König. »Du weißt doch, daß du dich mir oder deiner Mutter immer anvertrauen kannst. Sprich dich nur ruhig aus, du brauchst keine Angst zu haben.«

»Ich habe keine Angst«, versicherte ihm unser Sohn.

»Dann sag mir, was dich quält.«

»Wie viele Königreiche hat Euch mein Großvater hinterlassen?« Der Knabe wartete die Antwort nicht erst ab, sondern beantwortete sich seine Frage selbst. »Vier. Überall im Land herrscht Unruhe. Ich weiß genau Bescheid. Ich höre ja, was die Leute reden. Sie glauben, daß ich noch zu klein bin, um so etwas zu verstehen. Deshalb nehmen sie auch keine Rücksicht. Sie achten nicht auf ihre Worte und sprechen in meiner Gegenwart nicht leiser. Für mich ist das von Vorteil. Ich mache mir tatsächlich große Sorgen. Ihr, mein Vater, habt vier Königreiche übernommen, mich aber quält die Furcht, daß mir, Eurem Sohn, nicht eines bleibt.«

Entrüstet rief ich aus: »Wie kannst du so etwas Ungeheuerliches zu deinem Vater sagen?«

Der kleine Charles sah mich unter seinen schwarzen Ponyfransen hindurch mit ernster Miene an und sagte: »Ihr wolltet doch die Wahrheit hören, meine Mutter. Ich habe Euch gesagt, was mich bedrückt. Wenn Ihr die Wahrheit nicht ertragen könnt, so dürft Ihr mich nicht auffordern, sie zu sagen.«

Der König legte dem Knaben die Hand auf den Kopf. »Du hast recht daran getan, mein Sohn, uns anzuvertrauen, was du über all das denkst. Es entspricht der Wahrheit, daß ich mich in einer äußerst schwierigen Lage befinde. Menschen, die mir feindlich gesonnen sind, verbreiten Gerüchte über mich. Das kommt wiederum anderen Menschen zu Ohren, und sie erfahren auf diese Weise nichts als Halbwahrheiten. Fürchte dich nicht, mein Sohn, sei unbesorgt. Ich kämpfe um dieses Königreich, damit ich es dir übereignen kann, wenn die Zeit gekommen ist.«

Ich war so aufgewühlt, daß mir die Worte fehlten. Mein Sohn hatte von seinem Erbe gesprochen. Dieses Erbe konnte er erst antreten, wenn mein geliebter Gemahl das Zeitliche gesegnet hatte. Ein unerträglicher Gedanke.

Charles' Blick ruhte auf mir. Er ahnte instinktiv, was in mir vorging. »Deine Mutter fühlt sich nicht wohl. Ich führe sie jetzt in ihr Schlafgemach«, erklärte er unserem Sohn.

»Sie ist guter Hoffnung«, sagte der Junge altklug. »Ich hoffe, sie bekommt ein kleines Mädchen. Eine Schwester wäre mir lieber als ein Bruder.«

»Geh jetzt zurück in dein Klassenzimmer«, ordnete der König an. »Ich versichere dir, daß ich mein Reich zu verteidigen weiß. Du wirst es später einmal ungeschmälert übernehmen.«

»Ich bin Euch sehr zu Dank verpflichtet«, sagte der kleine Charles mit ernster Miene.

Sobald wir allein waren, bemerkte der König: »Was für ein aufgeweckter Junge. Wir haben allen Grund, stolz auf ihn zu sein.«

»Seine Reden haben mir sehr mißfallen.«

»Mein liebes Herz, du darfst es dem Jungen nicht verübeln, daß er sich Gedanken über sein Erbe macht. Ich weiß das sehr zu schätzen. Er würde notfalls auch für seine Rechte kämpfen, wenn ich auch inständig hoffe, daß das niemals nötig sein wird. Und nun will ich dir einmal etwas sagen, meine Liebe: es tut dir nicht gut, ständig an unangenehme Dinge zu denken. Du mußt jetzt auf deine Gesundheit achten. Willst du mir versprechen, daß du alles für eine sofortige Abreise aus London vorbereiten läßt?«

»Ja, ich verspreche es«, versicherte ich ihm, »und ich weiß auch schon, wohin ich mich begebe.«

»Verrätst du es mir?«

»Nach Oatlands. Dort halte ich mich gern auf, und ich empfinde es als angenehm, so nah am Fluß zu wohnen.«

»Eine bessere Wahl hättest du kaum treffen können«, äußerte sich Charles befriedigt. »Du machst dich also bald auf den Weg nach Oatlands.«

Oatland gefiel mir zunehmend gut. Das mochte daran liegen, daß es nicht allzuweit von London entfernt lag, so daß die Fahrt in die Hauptstadt nicht allzu strapaziös war. Der Fluß machte natürlich einen Großteil des Charmes von Oatlands aus. Darüber hinaus hatte Charles mir das Besitztum auf Lebzeiten übereignet. Ich betrachtete es daher als mein Eigentum. Freudige Erregung ergriff mich jedesmal, wenn wir das herrliche gewölbte Eingangstor passierten, das Inigo Jones entworfen hatte. Von ihm stammte auch das von meiner Vorgängerin Anna von Dänemark in Auftrag gegebene Seidenraupenzimmer. Das Besitztum bestand aus zwei viereckigen Gebäudekomplexen, drei Einfriedungen und dem dahinterliegenden Park. Der Hauptgebäudekomplex hatte einen mit Zinnen bewehrten Zugang mit Türmchen und Erkerfenstern. An Oatlands gefiel mir einfach alles. Für einen Palast war es nicht einmal besonders groß, doch Oatlands strahlte königliche Würde aus. Ja, dort fühlte ich mich wohl.

In den letzten Monaten vor dieser neuerlichen Niederkunft hätte ich mich eigentlich unbeschwert und heiter fühlen müssen, doch ich sah dem neuen Erdenbürger nicht voll freudiger Erwartung entgegen, weil sich meine Gedanken zumeist um Charles drehten. Ich konnte mir vorstellen, daß ihn Ängste quälten, über die er mit mir nicht immer sprach – nicht etwa, weil er mir nicht vertraut hätte oder befürchtete, das könnte mein Begriffsvermögen übersteigen, sondern weil er verhindern wollte, daß ich mir Sorgen machte. Ich fürchte jedoch, ich machte mir weit mehr Sorgen, weil er mich so im dunkeln ließ.

Ich gehörte nicht zu den Menschen, die tatenlos herumsaßen. Geduld war nicht meine Stärke. Ich fühlte mich entschieden wohler, wenn ich etwas unternehmen konnte, neigte jedoch dazu, mich Hals über Kopf in eine Angelegenheit zu verstricken, ohne das Für und Wider zuvor gegeneinander abzuwägen. Meist konnte ich es kaum erwarten, mich zu betätigen.

Während ich der Niederkunft entgegensah, schrieb ich an den Papst. Ein überaus riskantes Unterfangen, doch ich hielt mir vor Augen, wie zufrieden der Papst bisher mit mir gewesen war. Hatten mich Conn und Panzani nicht seiner Wertschätzung versichert, da ich nichts unversucht gelassen hatte, um die Engländer zum Katholizismus zu bekehren? Das kostbare Kreuz, das mir der Papst verehrt hatte, trug ich zum steten Angedenken um den Hals.

Zu meinem Leidwesen weilte der arme George Conn nicht mehr unter den Lebenden. Er hatte England den Rücken kehren müssen, weil er die naßkalten Winter nicht vertrug. Doch er starb bald nach seiner Rückkehr nach Italien. Seine Stelle nahm jetzt Graf Rosetti ein. Ich mochte ihn eigentlich recht gern. Doch ein so guter Freund wie George würde er wohl niemals werden.

Charles gegenüber ließ ich von diesem waghalsigen Unternehmen nichts verlauten; denn ich war davon überzeugt, daß er es mir nicht gestattet hätte. Ich schrieb seiner Heiligkeit, daß die Puritaner in England alles versuchten, um meinen Gemahl, den König, zu vernichten. Weiter schrieb ich, daß Charles dringend Geld brauchte, um seine Gegner bekämpfen zu können. Ob uns der Papst wohl zu Hilfe kommen würde?

Als der Kurier unterwegs war, fühlte ich mich gleich viel besser. Der Papst würde uns unterstützen, da war ich mir ganz sicher. Auf ihn durften wir zählen. Schließlich war er mir wohlgesonnen und zu Dank verpflichtet.

Inzwischen war es sehr heiß geworden, und ich sah meiner Niederkunft mit Schrecken entgegen. Die Erinnerungen an die letzte Niederkunft verfolgten mich. Ich sehnte mich nach der Gesellschaft Mamies. Zuweilen vermißte ich sie unbeschreiblich. Wie gern hätte ich ihre klugen Kommentare zur gegenwärtigen Situation gehört. Natürlich stand mir Lucy zur Verfügung. Sie war amüsant und überaus lebendig, doch abgesehen davon unterschied sie sich sehr von Mamie. Ihr fehlte ganz und gar der mütterliche Zug, der mir an Mamie so gefallen hatte und den ich als Trost empfand. Mamie war einzigartig. Nie wieder würde mir eine Mamie zur Seite stehen. Mamie war inzwischen selbst Mutter von drei Kindern. Ihre Gesundheit ließ in letzter Zeit sehr zu wünschen übrig. Wie sehnte ich mich danach, mich ihr anzuvertrauen und ihr von den Sorgen zu berichten, die uns quälten! Doch ich sah ein, daß es viel zu gefährlich wäre, sich brieflich über so geheime Dinge auszulassen.

Täglich rechnete ich mit dem Kurier vom Papst. Ich sah schon vor mir, wie ich Charles erzählte, was ich beim Papst erreicht hatte. Er würde stolz sein auf seine kluge kleine Frau!

Bis dahin mußte ich auch an den neuen kleinen Erdenbürger denken, der bald das Licht der Welt erblicken würde.

Am achten war es dann soweit. Die Geburt verlief ohne Komplikationen, das Kind war kerngesund. Ich schenkte einem Sohn das Leben. Überglücklich schloß ich ihn in die Arme. Die gefürchtete Niederkunft war glatt verlaufen, und um dieses Kind brauchten wir uns offensichtlich keine Sorgen zu machen.

»Ich muß schon sagen«, äußerte ich mich Lucy gegenüber, »nach keiner der Geburten habe ich mich so wohlgefühlt.«

»Das ist ein gutes Zeichen«, versicherte mir Lucy. »Bei Knaben verläuft die Geburt stets leichter als bei Mädchen.«

In den nächsten Tagen schob ich alles weit von mir und blieb einfach im Bett. Charles besuchte mich und seinen Sohn. Wir genossen eine Weile ungetrübten Glückes. Nur eins betrübte mich: vom Papst war noch keine frohe Botschaft eingetroffen.

›Und wenn schon‹, dachte ich bei mir, ›sicher trifft die Antwort schon bald ein. Dann haben wir erst recht Grund zur Freude.‹

Bald mußte Charles zur Grenze; denn die Schotten machten schon wieder Schwierigkeiten.

Etwa eine Woche später traf der Kurier des Papstes ein. In freudiger Erwartung las ich, was er mir geschrieben hatte.

Ich muß sagen, daß ich kaum je im Leben so enttäuscht war. Der Heilige Vater ließ mich wissen, daß er bereit sei, uns zu helfen. Er könne uns achttausend Soldaten zur Verfügung stellen, sobald der König von England zum Katholizismus überträte. Sei der König dazu nicht bereit, bedaure er, nicht helfen zu können.

Mir fehlten die Worte, um meiner Enttäuschung Ausdruck zu verleihen. Ich vergrub den Kopf im Kissen und weinte bitterlich.

Dann traf mich ein Schicksalsschlag, der alle sonstigen Sorgen und Ängste in den Schatten stellte.

Meine kleine Anne erkrankte. Dieses zerbrechlich zarte Kind quälte seit seiner Geburt ein schlimmer Husten. Nach der Geburt des jüngsten Sohnes, den wir auf den Namen Henry tauften, schien sich Annes Zustand zu verschlimmern.

Als ihr Ende nahte, wachte ich Tag und Nacht an ihrem Bett und flehte Gott an, sie mir nicht zu nehmen. Anne war drei Jahre alt. Wenn sie starb, ließ sich das mit dem Tod von Katharina nicht vergleichen. Katharina war schon kurz nach der Geburt gestorben. Ihr Lebenslicht war gleich wieder erloschen. Als winzigen Säugling hatten wir sie zu Grabe getragen. Aber Anne, meine geliebte kleine Tochter, hatte ich drei Jahre gehegt und gepflegt, und nun lag sie im Sterben.

›Sie ist zu gut für diese Welt‹, dachte ich bei mir. Nie werde ich die letzten Augenblicke an ihrem Bett vergessen. Diese Erinnerung übertrifft an Tragik alles Schwere, was ich sonst noch durchzustehen hatte. Ihr allerliebstes Gesichtchen sehe ich bis heute vor mir. Ihre ernste Miene und der Ausdruck ihrer wunderschönen Augen verrieten mir, daß sie um ihr baldiges Ende wußte.

»Das lange Gebet kann ich nicht mehr sprechen«, sagte sie und meinte damit das Vaterunser, »also werde ich das kurze sprechen.« Sie hielt inne, um Atem zu schöpfen. Es zerriß mir fast das Herz, sie so schwach zu sehen. »Erleuchte meine Augen, o Herr«, betete sie, »damit ich nicht den Schlaf des Todes schlafe.«

Dann schloß sie die Augen und verstarb.

Ich warf mich vor ihrem Bett zu Boden und weinte bitterlich. Charles beugte sich über mich und zog mich hoch. Lange trauerten wir schweigend um unser totes Kind. Schließlich ergriff er meine Hand und erinnerte mich an die uns verbliebenen schönen, kerngesunden Kinder.

»Wir dürfen uns glücklich schätzen«, sagte er. »Nicht nur um unserer Kinder willen, sondern auch, weil wir einander haben.«

Wir klammerten uns aneinander fest, als ahnten wir, daß wir nicht immer so zusammenbleiben würden und als müßten wir die gemeinsame Zeit nach Kräften nutzen, die uns noch vergönnt war.

Wir sprachen über Anne. Charles wollte wissen, woran sie gestorben war. Deshalb ordnete er eine Obduktion an. Er befürchtete, sie könnte an den Folgen eines Unfalls gestorben sein, zum Beispiel infolge eines Sturzes. Möglicherweise hatte jemand Anne fallenlassen, uns aber nichts davon gesagt. Unser alter Freund Sir Theodore Mayerne leitete die Untersuchung. Es stellte sich heraus, daß Anne ihrem Katarrh erlegen, ja regelrecht erstickt war. Sie hatte schon immer an Atemnot gelitten, ständig gehustet, Fieber gehabt und mehrere Lungenentzündungen hinter sich gebracht.

Die Ärzte machten uns klar, daß sie eine Todgeweihte gewesen war, daß die ärztliche Kunst sie nicht zu retten vermocht hätte.

Das tröstete uns ein wenig, weil wir uns in der Gewißheit wiegen konnten, daß ihr Tod nicht auf menschliches Versagen zurückzuführen war.

Wir ließen sie in der Kapelle Heinrichs VII. in der Westminsterabtei zur letzten Ruhe betten. Traurig dachten wir an unser geliebtes Kind zurück. Es blieb uns stets gegenwärtig.

Annes Tod war so ein schwerer Schicksalsschlag für mich, daß er mein ganzes Denken einnahm und ich vorübergehend ganz vergaß, was sich um uns herum zusammenbraute.

Die Schotten machten wie gewöhnlich Schwierigkeiten. Da Charles nicht über die nötigen Mittel verfügte, um sie zur Raison zu bringen, fand er, es bliebe ihm keine andere Wahl, als das Parlament wiedereinzuberufen. Ich verwahrte mich dagegen. Welchen Nutzen hatte uns das Parlament denn je gebracht? Ich redete Charles ein, er könne ohne Parlament weit mehr erreichen.

Damit sollte ich recht behalten. Kaum hatte er es einberufen – der verhaßte Pym zeichnete dafür verantwortlich –, da verhielt sich das Parlament so heimtückisch und gemein, daß ich es nicht fassen konnte.

Die Parlamentsmitglieder waren offenbar entschlossen, den König zu vernichten, indem sie ihn seiner fähigsten Männer beraubten. Sie warfen Strafford Staatsverbrechen vor. Das war so ein haarsträubender Nonsens, daß ich zunächst nur lachen mußte, anstatt ihnen zu zürnen. Doch bald wurde ich eines Besseren belehrt. Diese überaus mächtigen, arglistigen Männer wußten ganz genau, was sie taten.

Der arme Charles war ganz krank vor Kummer und Sorge.

»Sie klagen ihn des Hochverrats an«, schrie er. »Pym hat eine Untersuchung der Vorgänge in Irland angeordnet.«

»Aber was er in Irland getan hat, spricht doch nur *für* Strafford!« rief ich aus.

»Meine Gegner werden die Behauptung aufstellen, er habe vorgehabt, ein irisches Heer nach England zu bringen, um die Engländer zu bekämpfen.«

»Aber das ist doch blanker Unsinn!«

»Selbstverständlich ist das Unsinn, doch sie sind fest entschlossen, ihn zu Fall zu bringen. In Wahrheit ist das natürlich ein Schlag gegen *mich*.«

Leidenschaftlich schlang ich ihm die Arme um den Hals und küßte ihn. Um ihn zu trösten, schwor ich ihm, daß wir unseren Feinden Paroli bieten und Strafford vor ihrem Zugriff retten würden.

»Wir werden ihnen zeigen, was es heißt, sich mit uns anzulegen«, behauptete ich kühn. »Diesen gottlosen Männern wollen wir eine Lektion erteilen. Wie können sie sich erdreisten, sich gegen ihren König aufzulehnen?«

»Was täte ich nur, wenn ich dich nicht hätte?« meinte Charles gerührt.

›Was für eine Ironie des Schicksals‹, habe ich mir später oft gedacht. Inzwischen sehe ich natürlich ein, daß er ohne mich weit besser drangewesen wäre. Wer weiß, vielleicht hätte er sogar überlebt?

Völlig weltfremd und ohne die geringste Ahnung von dem, was in England vorging, machte ich mich ungestüm daran, meinen Gemahl zu unterstützen. Dabei hätte ich mich aus allem heraushalten und ihn sich selber überlassen müssen! Der liebe Charles war der beste Mensch und Ehemann, den man sich nur denken konnte. Doch um der Wahrheit die Ehre zu geben, muß ich inzwischen eingestehen, daß er als König Schwächen zeigte. Er war wie besessen von dem Wunsch, alles richtig zu machen. Damit gewannen seine Feinde Macht über ihn, denn sie kannten keine Skrupel. Zudem wiegte Charles sich in dem Glauben, als König könne er gar nicht irren. Könige betrachtete er als unfehlbar. Er schwankte, bevor er einen Weg einschlug, sah tatenlos zu, wenn es zu handeln galt und stürzte sich kopfüber in eine unüberlegte Tat, wenn er besser abgewartet hätte.

Bei dem Gedanken an die Monate, die folgten, erröte ich noch heute. Ich war schon immer töricht gewesen. Jetzt kam zu meiner Torheit noch Leichtsinn und Verwegenheit hinzu. Das lag daran, daß ich Charles über alle Maßen liebte. Meine Sinnlichkeit war nicht stark ausgeprägt. Charles rief in mir den Beschützerinstinkt wach. Ich hegte mütterliche Gefühle für ihn. Als Bürgerliche hätte ich eine glückliche, zufriedene Mutter abgegeben, doch einer Königin ist es ja nicht vergönnt, so viel Zeit mit ihren Kindern zu verbringen wie einer gewöhnlichen Sterblichen. Kinderschwestern, Erzieherinnen und ein ganzer Stab von weiteren Bediensteten sorgen für die Königskinder und entziehen sie dem Einfluß ihrer Mutter. Die Tradition gebietet das, es ist nun einmal so und nicht anders. Ich betrachtete Charles als eins meiner Kinder, besonders in diesem Zustand der Verwirrung und Bestürzung, als er um Straffords Leben bangen mußte. Mir hätte es vollauf genügt, an einem schönen Ort zu leben wie in Oatlands, mit Charles und den Kindern spazierenzugehen, bei ihren Mahlzeiten zugegen zu sein und ihnen zuzuhören. Doch das stand mir nicht zu.

Jetzt mußte ich mitansehen, wie verzweifelt mein Gemahl war. Ich gedachte zu tun, was in meiner Macht stand, um ihm das Leben zu erleichtern.

Also bemühte ich mich, die gestrengen Parlamentsmitglieder versöhnlich zu stimmen, die mir so verhaßten düster gewandeten Rundköpfe. Mehrmals schrieb ich an das Parlament. Ich entschuldigte mich wegen meiner Hauskapelle in Somerset House. Ich versprach, nicht zu übertreiben und niemanden zu provozieren. Mir war bekannt, daß viele mit dem päpstlichen Gesandten Rosetti nicht einverstanden waren. Ich versprach, ihn heimzuschicken, sollten sie darauf bestehen. Ich wolle ihren Wünschen gern entsprechen. Damit kroch ich zu Kreuze, was meinem Wesen nicht entsprach. Das Parlament nahm keinerlei Notiz von meinen Briefen und demütigte mich dadurch zutiefst.

Vater Philip ersuchte mich um eine Audienz.

»Weshalb kommt mir der Heilige Vater nicht zu Hilfe?« klagte ich. »Ich habe diese Krise doch dadurch heraufbeschworen, daß ich mich dem Katholizismus ganz und gar verschrieben habe.«

»Ihr wißt doch, Euer Majestät, was der Heilige Vater als Gegenleistung dafür erwartet. Charles muß konvertieren und katholisch werden. Sobald das geschehen ist, wird Euch der Heilige Vater seine Hilfe nicht mehr verweigern.«

»Die Puritaner würden sich seiner sofort entledigen, wenn er katholisch würde«, wandte ich ein.

Was sollte der arme Vater Philip dazu sagen? Mir dämmerte allmählich, wie angespannt die Situation war. Ich war mir der Gefahr bewußt. Es war höchste Zeit, den Leuten klarzumachen, daß bei uns im Hinblick auf den Glauben von Fanatismus keine Rede sein konnte, daß wir durchaus bereit waren, ihre Bindung an den Protestantismus zu akzeptieren. Meiner Meinung nach konnten wir den Beweis dafür am besten dadurch erbringen, daß wir uns dem Prinzen von Oranien gegenüber gnädig zeigten.

»Die Oranier sind Protestanten«, sagte ich zu Charles. »Man hat mir vorgeworfen, ich sei gegen die Verbindung mit dem Haus Oranien, weil ich meine Töchter mit Katholiken zu vermählen wünschte.«

»Was nicht ganz von der Hand zu weisen ist, meine Liebe«, erwiderte Charles lächelnd.

Das konnte ich nicht abstreiten. Doch der Prinz von Oranien ließ sich nicht so leicht abweisen. Neuerdings wollte er unsere Tochter Elisabeth für seinen Sohn. Obwohl Elisabeth unsere zweite und nicht unsere älteste Tochter war, erschien uns die Partie nicht passend. Der Prinz von Oranien war herzlich unbedeutend, wir aber herrschten über ein wahrhaft großes Land.

Ich legte Charles die Hand auf den Arm. »Wir wollen einer Verbindung mit dem Haus Oranien nicht im Wege stehen«, sagte ich. »So können wir den Leuten zeigen, daß wir für eine Allianz mit dem Protestantismus sind. Vermählen wir Mary, unsere Älteste, mit dem Sohn des Prinzen von Oranien.«

Ungläubig starrte Charles mich an. Allmählich dämmerte ihm die Tragweite meiner Worte.

Charles brauchte jemanden, auf den er sich verlassen konnte. Männer wie Strafford oder Buckingham. Buckingham war durch einen Meuchelmörder ins Jenseits befördert worden, und es war durchaus möglich, daß Strafford durch die Axt beziehungsweise das Beil des Scharfrichters um Leben kam. Dann hatte er nur noch mich. Wenn ich auch nicht klug oder gerissen war und die Staatsaffären nicht so recht durchschaute, so war ich Charles doch treuer ergeben als irgend jemand sonst.

Er verließ sich ganz auf mich. Das bestärkte mich noch in meinem Beschluß, alles Menschenmögliche zu tun – ganz gleich, was die anderen davon hielten. Ich hätte alles für ihn getan, aber auch wirklich alles.

Nach der Festnahme von Erzbischof Laud erschienen Vater Philip und Rosetti bei mir und nahmen mich wegen der Puritaner im Parlament ernsthaft ins Gebet.

»Der König muß jetzt zum Katholizismus übertreten«, gaben sie mir zu verstehen. »Die Zeit ist jetzt reif dafür. Es läßt sich nicht länger hinausschieben. Das Parlament kann sich jederzeit gegen den König erheben. Träte der König zum Katholizismus über, so hätte er den Papst auf seiner Seite. Das Parlament mit seinen Puritanern hätte dann keine Chance mehr, es hätte ausgespielt.«

»Dazu findet sich der König nicht bereit. Er hat gelobt, das Land gemäß dem reformierten Glauben zu regieren.«

»Wenn er das Militär hinter sich weiß, kann er von diesem Eid Abstand nehmen. Wie viele seiner Untertanen stünden ihm dann wohl zur Seite?«

»Seine Gegner wären entschieden zahlreicher als seine Anhänger.«

»Dann sollte er für Gewissensfreiheit plädieren. Es sollte gestattet sein, zu denken, was einem beliebt und Gott nach Gutdünken zu dienen.«

»Auch damit wäre er nicht einverstanden. Doch ich will ihm das gern vortragen, wenn ich mir auch nicht viel davon verspreche.«

»Sie haben Strafford und Laud bereits in ihren Fängen. Wer wird der nächste sein?« wollte Rosetti wissen.

»Das kann ich auch nicht sagen«, rief ich verzweifelt.

Sie würden entsetzt sein, wenn sie erfuhren, daß wir an eine Verbindung mit dem Haus Oranien dachten. Auf die Parlamentmitglieder wirkte sich das nicht entfernt so positiv aus, wie ich gehofft hatte.

Strafford und Laud saßen auch dann noch im Tower.

Der Prinz von Oranien konnte gar nicht schnell genug auf unseren Vorschlag eingehen. Wegen der bevorstehenden Vermählung kam unsere Unpopularität vorübergehend zum Stillstand.

Marys Vermählung hätte uns glücklich machen müssen, doch das war nicht der Fall. Wir vermählten unsere Älteste mit einem nichtswürdigen Prinzen! Doch war das nicht der wahre Grund für unsere Niedergeschlagenheit.

Das Gerichtsverfahren gegen Strafford war eröffnet worden. Tief im Herzen wußten wir natürlich, daß sich der Kampf in Wahrheit zwischen dem Königsthron und dem Unterhaus abspielte. Der König und das Parlament bekämpften sich erbittert. Charles war kreuzunglücklich. Stets hatte er treu zu seinen Freunden gehalten. Er war sich darüber im klaren, daß Strafford nicht wegen Landesverrats der Prozeß gemacht wurde, sondern weil er treu zu seinem König hielt.

Charles hatte ihm geschrieben. Ich war dabeigewesen, hatte ebenfalls für ihn gebetet und ebenfalls um ihn geweint.

»Obgleich ich hinfort nicht mehr daran denken darf, Euch weiter zu beschäftigen und mit meinen Staatsgeschäften zu betrauen, läßt mir mein Gewissen keine Ruhe und werde ich meines Lebens nicht mehr froh, bevor ich Euch, der Ihr im Elend lebt, versichert habe, daß ich Euch mein Wort als König darauf gebe, daß Ihr weder den Tod erleiden, noch Eurer Ehre oder Eures Vermögens verlustig gehen werdet.«

Wir atmeten erleichtert auf, nachdem das niedergelegt worden war. Die gottlosen Menschen, die ihm den Prozeß machten, würden nicht davor zurückschrecken, ihn aufs Schafott zu bringen. Der König mußte jedoch das Todesurteil unterschreiben. Ohne seine Zustimmung konnte Strafford das Henkerbeil nicht treffen. »Niemals werde ich mich dazu bereiterklären, dieser Greueltat zuzustimmen«, erklärte Charles.

Das Gericht tagte in Westminster Hall. Die Peers, der Lordkanzler auf dem Wollsack (Sitz des Lordkanzlers im englischen Oberhaus) und die Commons waren zugegen. Diese Schwarzgewandeten waren mir in tiefster Seele zuwider. Grausame Rundköpfe pflegte ich sie zu nennen.

Zusammen mit Charles erlebte ich alles durch ein Gitter mit. Ich hatte dafür plädiert, daß unsere beiden Ältesten uns begleiteten, also waren Charles und Mary ebenfalls zugegen. Nie werde ich den angespannten Blick meines ernsten Ältesten vergessen. Charles war fest entschlossen, zu lernen, wie man König wurde. Mary hingegen wirkte ein wenig ängstlich. Vermutlich war sie in Gedanken bei dem blutjungen Bräutigam, der bald kommen würde, um seiner Braut seine Aufwartung zu machen und sie zu ehelichen.

Den ganzen Tag verfolgten wir die Verhandlungen. Erst am Abend kehrten wir zurück in den Palast von Whitehall. Wir wurden von Tag zu Tag bedrückter. Ich mußte etwas unternehmen. Es lag mir nicht, die Hände untätig in den Schoß zu legen.

Also schrieb ich dem Papst noch einmal. Ich bat ihn um fünfhundert Crowns; denn ich hoffte, die Parlamentsmitglieder mit diesem Geld bestechen zu können. Ein grotesker Gedanke. Die Reue erfaßte mich sogleich, doch da war es schon zu spät, und ich schalt mich um meiner Dummheit willen. Doch die grausamen Mienen dieser schrecklichen Rundköpfe mit den bleichen ehernen Gesichtern schreckten mich. Ich wußte, daß die den lieben, guten Strafford völlig ungerührt zu Tode hetzen würden. Das trieb mich fast zum Wahnsinn. In meiner Verzweiflung redete ich mir ein, daß diese Schurken ganz gewiß bestechlich waren.

Nicht einmal darin gipfelte meine Torheit. Ich agierte weiter. Mir war bekannt, daß Lucy der Doktrin der Puritaner nicht ablehnend gegenüberstand. Im Grunde genommen lachhaft! Lucy und die Puritaner! Sie selbst war nämlich alles andere als eine Puritanerin. Ihr Hauptinteresse galt ihrem Teint und ihrer Kleidung. Doch so war Lucy nun einmal, sie steckte voller Widersprüche. Sonderbarerweise war sie mit diesem widerlichen Pym recht gut befreundet.

Ich konnte mir das nur so erklären, daß sie sich große Sorgen um den Earl von Strafford machte und annahm, Pym könne ihm zur Freilassung verhelfen. Gar nicht einmal so ein abwegiger Gedanke! Pym hatte im Unterhaus sehr viel zu sagen. Er führte ja den Vorsitz, und man konnte Strafford am besten dadurch helfen, daß man sich Männern wie Pym gegenüber freundschaftlich gebärdete und versuchte, ihnen klarzumachen, daß Strafford alles andere als ein Verräter war.

Ich ließ Lucy gegenüber durchblicken, daß ich auch gern einige Parlamentsmitglieder kennenlernen würde, um ihnen Einsicht und Vernunft zu predigen.

Lucy plädierte für eine Geheimzusammenkunft.

»Kannst du sie nach Whitehall holen?« fragte ich.

»Nun, es ist Euch ja wohl nicht entgangen, daß ich seit geraumer Zeit viel mit Pym zusammen bin.«

»Ja, das ist mir bekannt, Lucy. Wie gerissen du doch bist. Glaubst du, daß du ein Treffen arrangieren kannst?«

Intrigen waren Lucys Lebenselixier. Sie sprach davon, daß wir einen der Räume im Palast benutzen könnten. Eine der Hofdamen sei für eine Weile fort, wir könnten uns also in deren Zimmer treffen. Lucy wollte versuchen, ein paar

Parlamentsmitglieder zusammenzutrommeln und in den Palast zu zitieren.

Also schlich ich mich nach Einbruch der Dunkelheit wie eine Diebin durch die Korridore des Palastes, um mit den Männern zu verhandeln, die Lucy dazu hatte überreden können, sich in die ›Höhle des Löwen‹ zu begeben. Verwundert und erschrocken sahen sie mich an, wenn auch hocherhobenen Hauptes. Ich empfand ihr kurzes, glattes Haar als unvorteilhaft, wenn nicht gar abstoßend. Ehrerbietig hörten sie mir zu, doch fanden sie sich nicht bereit, Strafford beizustehen. Und eben darum ging es mir ja vor allem.

Charles gegenüber ließ ich davon nichts verlauten. Unkonventionelle Dinge widerstrebten ihm. Bei ihm mußte sich alles ordnungsgemäß abspielen. Bald erkannte ich, daß ich mich auf ein völlig sinnloses Unternehmen eingelassen hatte. Lucy pflichtete mir bei.

Der Prozeß gegen Strafford nahm also seinen Fortgang. Tag für Tag hörte ich durch das Gitter alles mit an. Die Männer unten im Saal dachten nicht im Traum daran, ihn zu verschonen, dessen war ich mir sicher. Wie das Endurteil auch lauten mochte, sie waren darauf aus, ihn zu vernichten.

Die Trumpfkarte konnten sie jedoch nicht ausspielen, die hielten wir in der Hand. Charles hatte Strafford hoch und heilig versprochen, das Todesurteil keinesfalls zu unterzeichnen. Ohne die Zustimmung des Königs konnte der Verurteilte nicht hingerichtet werden.

Wir klammerten uns an diesen Strohhalm. Allein der Gedanke daran gab uns Kraft.

Gegen Monatsende traf der Bräutigam unserer Ältesten in England ein, eskortiert von zwanzig Schiffen. Der berühmte Admiral van Tromp befehligte die Flotte. Der prunkvolle Einzug erregte großes Aufsehen. Charles entsandte den Earl von Lindsay. Der sollte Marys Bräutigam in seinem Namen begrüßen. Er nahm ihn in Gravesend in Empfang. Charles schickte dem Prinzen eine Staatskarosse. Als die Kutsche mit dem Prinzen sich dem Tower näherte, krachten hundert Böllerschüsse als Willkommensgruß. Gegen fünf Uhr nachmittags erreichten der Prinz und sein Gefolge Whitehall. Charles war angesichts der Unmutsäußerungen des Volkes stark beunruhigt. Der Prozeß gegen den Earl von Strafford versetzte das Volk in Aufregung. Die Leute schlugen sich auf die Seite des Parlaments und waren gegen ihren König eingestellt.

Eine Katastrophe schien sich anzubahnen. Das aufgewiegelte Volk hätte jederzeit unsere Gäste angreifen können. Deshalb ließ der König vorsichtshalber mehrere Regimenter antreten. Wenn sie sich auch den Anschein eines Ehrengeleits gaben, so waren sie doch in Wahrheit eher eine Schutzeskorte.

Der junge Prinz gefiel mir ausnehmend gut. Er war fünfzehn Jahre alt und sah sehr gut aus. Mary war übrigens zehn Jahre alt. Überdies sah man ihm an, daß er davon überzeugt war, eine gute Partie zu machen. Das entsprach der Wahrheit. Der Prinz durfte zufrieden sein. Diese ausgezeichnete Partie verdankte er allerdings der Staatsräson und dem traurigen Stand der Dinge in England. Hätten wir zu jener Zeit unter einem glücklicheren Stern gestanden, so hätten wir ihm unsere Tochter nicht gegeben.

Mary hielt sich in Somerset House auf, war also nicht zugegen, als der Prinz in Whitehall eintraf. Der Prinz bat sogleich, sich verabschieden zu dürfen, um Mary aufzusuchen. Charles gestattete ihm das natürlich, ließ jedoch verlauten, daß der Prinz doch gewiß erst der Königinmutter seine Aufwartung machen wolle, die sich im Palast von St. James aufhielt. Dann stünde der Begegnung mit Mary nichts mehr im Wege.

Der Prinz verneigte sich und versprach, zunächst der Königinmutter seine Aufwartung zu machen. Ich wußte, daß er es kaum erwarten konnte, Mary kennenzulernen. Doch Charles wollte zugegen sein, wenn sich die jungen Leute zum erstenmal begegneten. Während William nach St. James fuhr, begaben wir uns in aller Eile zum Somerset House.

Überglücklich konstatierte ich, daß William und Mary sich auf Anhieb mochten. Ich wußte ja aus eigener Erfahrung, wie beängstigend es sein kann, wenn man einem Mann angetraut wird, den man nie zuvor gesehen hat.

Ich flüsterte Charles zu: »Im Augenblick flehe ich den

Himmel nur um eines an: daß Mary mit ihrem Gemahl so glücklich werden möge, wie wir es geworden sind. Oder zumindest fast so glücklich; denn den vollkommensten aller Ehemänner habe ich ja schon.«

Charles lächelte verlegen. So reagierte er stets auf meine überschwenglichen Worte und Taten. Doch er war tiefbewegt und sagte, auch er dürfe sich mehr als glücklich schätzen, denn ich sei die beste aller Ehefrauen.

Die Hofkapelle in Whitehall erstrahlte im Glanz der Hochzeitsfeierlichkeiten. Der Bräutigam war zu diesem festlichen Anlaß in roten Samt gekleidet. Sein Wams zierte ein kostbarer Vandyckkragen. Auch Mary sah ganz entzückend aus. Sie trug ein einfach geschnittenes Gewand aus silberdurchwirktem Stoff und als Schmuck nur Perlen. Ihr Haar war mit silbernen Bändern umwunden. Sie wirkte unglaublich rein und jungfräulich. Ich selbst hatte ihre Robe ausgewählt. Jetzt war ich froh darüber, daß ich auf dieser Einfachheit bestanden hatte; denn an der Seite ihres prunkvoll gewandeten Bräutigams wirkte sie schlicht und elegant, der arme Junge hingegen ausgesprochen neureich, fast ein wenig protzig.

An der protestantischen Trauung konnte ich selbstverständlich nicht teilnehmen. Zusammen mit meiner Mutter und meiner Tochter Elisabeth saß ich auf einer durch einen Vorhang nicht einsehbaren Empore, von der aus wir die Hochzeitszeremonie mitansehen konnten, ohne selbst gesehen zu werden.

Der Bischof von Ely vollzog die Trauung. Angstgepeinigt hielt ich mir vor Augen, daß unser Erzbischof im Tower gefangensaß. Der König übergab dem Prinzen seine Tochter, der ihr den Ring an den Finger steckte.

Dann begab sich die ganze Hochzeitsgesellschaft in den großen Saal zum festlichen Hochzeitsmahl. An den Wänden hingen herrliche Gobelins, auf denen der Sieg über die spanische Armada dargestellt war. Das damalige England hatte mit dem unseren kaum etwas gemein. Die tapferen Untertanen hatten sich um ihre Königin geschart und für ihr Land gekämpft. Wehmütig dachte ich daran, was für ein guter Mensch mein Charles war. Königin Elisabeth war nicht unbedingt ein guter Mensch gewesen. Wie war es ihr nur gelungen, die Menschen so an sich zu fesseln? Meinem geliebten Charles gelang das ganz und gar nicht.

Das jungvermählte Paar begab sich dann offiziell zu Bett. Auch diese Farce mußten wir noch über uns ergehen lassen. Die Ehe sollte beileibe nicht vollzogen werden; denn dafür war Mary noch zu jung. Sie würde ihren Ehemann auch nicht begleiten, wenn er nach Hause zurückkehrte, sondern noch eine Weile im Schoße der Familie leben.

Mein kleines Mädchen wurde entkleidet und in ein Nachtgewand gesteckt. Sie legte sich in das mit blauem Samt geschmückte Prunkbett in meinem Schlafgemach. Der Prinz von Oranien kam herein. In seinem Mantel aus mit Silberborte eingefaßtem blau-grünen Satin sah er hinreißend aus. Als auch er im Bett lag, gab er Mary einen Kuß. Die Kinder lagen miteinander im Bett, doch jedes an seinem Ende, ein ganzes Stück voneinander entfernt. Eine Viertelstunde blieben sie so liegen. Dann gab Prinz Wilhelm Mary wieder einen Kuß und stieg aus dem Bett.

Damit endete das Zeremoniell. Meine Tochter war nun mit dem Prinzen von Oranien vermählt.

Nach dieser höchst angenehmen Abwechslung sahen wir uns gezwungen, uns wieder den unangenehmen Dingen zuzuwenden.

Während der finsteren Tage, die auf die Hochzeit folgten, war ich ständig verzweifelt auf der Suche nach einem Hoffnungsschimmer. Als George Goring mit einer für mein Gefühl glänzenden Idee bei mir erschien, glaubte ich mich schon am Ziel meiner Wünsche.

George Goring gefiel mir ausnehmend gut. Dieser außergewöhnlich gutaussehende, liebenswerte junge Mann war der Sohn des Earls von Norwich. Aufgrund seiner Schönheit erlag er ständig irgendwelchen Versuchungen, die an ihn herantraten. Er neigte zur Verschwendungssucht und führte ein lasterhaftes Leben. Deshalb sah er sich schließlich gezwungen, eine ganze Weile im Ausland zuzubringen und sein Leben dort sehr bescheiden zu fristen. Doch er hatte gute Freunde, zu denen auch der Earl von Strafford zählte.

Die brachten ihn als Oberst bei den Soldaten unter, wo er zweiundzwanzig Kompanien befehligte. Er hatte einen Beinschuß abbekommen. Seitdem hinkte er ein wenig.

Er bat mich also um eine Audienz, die ich ihm nur allzugern gewährte. Als er mir seine Pläne auseinandersetzte, kannte meine Begeisterung keine Grenzen.

»Es sieht nicht gut aus für den Earl von Strafford«, sagte er. »In Wahrheit will das Parlament über den Earl den König treffen.«

Das befürchtete ich ebenfalls.

»Nun, Euer Majestät«, meinte dieser forsche Mann, der übrigens in meinem Alter war, »da können wir doch nicht einfach untätig im Lehnstuhl sitzen und uns an der Nase herumführen lassen.«

»Nein, ganz sicher nicht. So etwas liegt mir auch nicht.«

»Dann müssen wir zur Tat schreiten«, bestimmte Goring. »Das Heer muß in London sein. Der erste Schritt muß darin bestehen, den Tower in unsere Gewalt zu bringen.«

Ich klatschte begeistert in die Hände. Meine Augen leuchteten. Endlich geschah etwas. Wie hatte ich mich danach gesehnt, etwas zu unternehmen.

Aufgeregt erzählte Goring mir, wie er den Plan in die Tat umzusetzen gedachte. Zunächst einmal wollte er zum Generalleutnant des Heeres ernannt werden. Das erachtete er als sehr wichtig.

Ich hatte nichts dagegen einzuwenden.

»Majestät«, sagte er, »ich habe mich an Euch gewandt, weil mir bekannt ist, wie hoch der König Eure Meinung einschätzt. Ich wußte auch, daß ich mit Eurem Einverständnis rechnen konnte. Seid Ihr bereit, dem König meinen Plan zu unterbreiten?«

Das versprach ich ihm nur allzugern. Ich konnte es ja kaum erwarten.

Sobald ich mich zu Charles begeben hatte, berichtete ich ihm überstürzt, wir würden unsere Feinde überwältigen, weil wir das Militär auf unserer Seite hätten. Ich könne den Beweis antreten.

Mit geistesabwesender Miene entgegnete Charles: »Laß mich erst einmal berichten.«

»Ja, bitte«, erwiderte ich voller Ungeduld. »Was gibt es denn zu berichten? Beeil dich; denn du kannst dir ja nicht vorstellen, was für aufregende Neuigkeiten *ich* für dich habe.«

»Es geht um eine Verschwörung, an der das Heer beteiligt ist.«

Im ersten Augenblick nahm ich natürlich an, er rede von der gleichen Angelegenheit, George Goring habe sich auch noch an ihn gewandt. Doch das war nicht der Fall. Es handelte sich offenbar um eine andere Verschwörung, die vier Parlamentsmitglieder angezettelt hatten – ausnahmslos Heeresoffiziere, die mit dem Lauf der Dinge nicht einverstanden waren.

»Sie behaupten«, erzählte Charles erregt, »daß das Heer die Parlamentarier ablehnt und sie bekämpfen möchte.«

»Aber das ist ja fantastisch!« rief ich aus. »Wer sind denn diese Männer?«

»Sie sind alle Parlamentsmitglieder, und das ist besonders wichtig. Du kennst sie übrigens. Es handelt sich um Henry Percy, Henry Wilmot, William Ashburton und Hugh Pollard.«

»Und was ist mit George Goring?«

Verständnislos sah mich der König an. Da konnte ich nicht mehr an mich halten. »George Goring hat mich um eine Audienz ersucht. Ich habe ihn also empfangen. Er möchte Heerestruppen aus dem Norden des Landes nach London befehligen, um erst den Tower und dann ganz London einzunehmen.«

»George Goring...«, murmelte der König. Mit leuchtenden Augen wandte er sich mir zu. »Es sind also zwei verschiedene Verschwörungen im Gange. Das beweist doch ganz eindeutig, was in unseren Freunden vorging. Ach, Liebste, endlich ein Hoffnungsschimmer.«

Überwältigt schloß ich ihn in die Arme. Dann sammelten wir uns wieder. Natürlich bewegte uns beide der gleiche Gedanke. Zwei getrennte Verschwörungen waren unangebracht. Die Verschwörer mußten sich zusammentun. Es war eine großartige Idee, den Tower einzunehmen. Die vier edlen Männer mußten benachrichtigt werden.

»Wir bringen die beiden Verschwörergruppen zusammen!« rief ich aufgeregt.

»Doch wir müssen dabei behutsam zu Werke gehen«, gab Charles zu bedenken. »Du weißt ja, daß man uns nicht aus den Augen läßt. Wir dürfen uns keinesfalls zusammen mit den Verschwörern sehen lassen. Jedenfalls vorerst noch nicht.«

»Wir brauchen also einen Mittelsmann«, sprudelte ich hervor.

»Ja, einen Menschen, dem wir trauen können. Einen getreuen Versallen. Ich glaube, Jermyn ist der richtige.«

Mir lag sehr viel an Henry Jermyn. Die Verleumdungen, die über ihn und mich in Umlauf waren, spotteten jeder Beschreibung. Sie waren nichts als üble Nachrede. Ich muß jedoch zugeben, daß ich große Stücke auf Henry Jermyn hielt. Es erschien mir sehr gefährlich, sich mit den Verschwörern einzulassen – und doppelt so gefährlich für denjenigen, der zu keiner der beiden Gruppen gehörte uns sich der äußerst kniffligen Aufgabe unterziehen sollte, diese Gruppen zusammenzuschweißen.

»Nein, Jermyn kommt nicht in Frage«, wehrte ich ab. »Er steht uns viel zu nahe. Es würde sofort auffallen, wenn er vom üblichen Weg abwiche.«

»Es muß aber jemand sein, auf den wir bauen können.«

»Das steht außer Frage, doch ich halte es nicht für angebracht, Henry Jermyn damit zu beauftragen.«

»Ich dagegen fände es sehr unklug, einen anderen damit zu betrauen.«

»Jermyn ist nicht der richtige dafür.«

»Doch, das ist er.«

Früher wäre das in eine wüste Szene ausgeartet, doch wir stritten uns schon längst nicht mehr. Die Gefahr, in der wir schwebten, stand uns stets vor Augen, und wir hatten uns auch viel zu lieb, um uns zu kränken. Ich wollte um jeden Preis verhindern, daß sich Henry Jermyn in Gefahr begab, da ich ihn sehr gern um mich hatte und ihn als Trost empfand. Sein heiteres Wesen stand in krassem Gegensatz zu Charles' Nüchternheit. Natürlich verhielt ich mich Jermyn gegenüber wie eine Königin, die es mit einem guten Freund zu tun hat. Mit meiner Beziehung zu Charles ließ sich das nicht vergleichen.

Nachdem wir gründlich erwogen hatten, was dafür und was dagegen sprach, glaubten wir beide, Henry Jermyn dazu ausersehen zu müssen, sich mit beiden Gruppen von Verschwörern in Verbindung zu setzen. Sie mußten gemeinsame Sache machen. Henry übernahm diese Aufgabe bereitwilligst, doch bald schon fand er sich wieder bei mir ein. Ich sah ihm an, daß er sich Sorgen machte, was sonst nicht seine Art war.

»Goring brennt vor Ehrgeiz«, berichtete er mir, »und Ihr wißt ja, daß der König den Plan von Percy und Wolmot eher befürwortet, damit das Land sich für den König und gegen das Parlament ausspricht. Wilmot hat mir gestanden, daß er die Einnahme des Towers für zu riskant hält. Er steht auf dem Standpunkt, daß das ganze Unternehmen zum Scheitern verurteilt ist, wenn der erste Schritt mißlingt. Goring ist alles andere als begeistert. Er hat es sich nun einmal in den Kopf gesetzt, den Oberbefehlshaber zu spielen. Eben darauf möchte auch Wilmot um keinen Preis verzichten.«

»Wie ich diese kleinlichen Streitereien hasse!« rief ich aus. »So etwas dürfte in unserer Lage gar keine Rolle spielen!«

Es sah bald danach aus, als hätten sie sich geeinigt. Goring ließ Wilmot den Vortritt. Er selbst begab sich nach Portsmouth, um die vereinbarten Vorbereitungen zu treffen.

Lucy überbrachte mir die Nachricht. Sie war genauestens über alles im Bilde, was vorging, und ich unterhielt mich oft mit ihr, obwohl mich Charles beschworen hatte, mit keiner Menschenseele auch nur andeutungsweise über den Aufstand mit Hilfe des Heeres zu sprechen. Ich hatte es ihm fest versprochen.

Bei ihrem Anblick wußte ich sogleich, daß etwas Schreckliches geschehen sein mußte. »Was ist denn, Lucy?« rief ich.

»Eine Verschwörung ist angezettelt worden«, berichtete sie mir. »Das Heer ist daran beteiligt. Der Tower sollte eingenommen werden und dann London.«

Ich erbleichte, und mein Herz schlug stürmisch. »Eine... Verschwörung?« stammelte ich.

»Ja, sie richtet sich gegen das Parlament. Wilmot und Percy sind die Rädelsführer.«

»Das kann doch nicht sein«, hauchte ich.

»Dadurch wird das Urteil gegen Strafford ausfallen.«

»Gegen Strafford? Aber wieso denn? Er hat doch nichts damit zu tun.«

»Er ist gegen das Parlament und für den König.«

»Ich... ich verstehe das alles nicht.«

»John Pym hat im Parlament eine entsprechende Rede gehalten. Er ist genauestens informiert und besitzt eine Liste mit den Namen der Verschwörer.«

›Ist uns denn nie Erfolg beschieden?‹ dachte ich. Dann fiel mir Henry Jermyn ein, den ich auf dem Gewissen hatte. Ich hätte nicht zulassen dürfen, daß er mit hineingezogen wurde. Nun würde er als Verräter dastehen. Alle, nicht nur er. Ich wußte, wie man mit Verrätern verfuhr und welcher Tod ihrer harrte. Obwohl ich ganz krank vor Angst und Sorge war, ließ ich mir nichts anmerken. Während wir uns noch unterhielten, betrat ein Mitglied der Leibwache meine Gemächer.

»Euer Majestät«, sagte er ehrerbietig, »ich habe Order, Sorge dafür zu tragen, daß niemand den Palast verläßt.«

»Gilt das auch für die Königin?« versuchte ich zu scherzen.

»›Niemand‹ lautet meine Order, Majestät.«

»Junger Mann, ich bin die Tochter Heinrichs IV.«, hielt ich ihm vor. »Diesen großen französischen König hat keine Gefahr je schrecken können. Darin bin ich ganz seine Tochter.«

Verlegen murmelte der junge Mann, er dürfe seinen Vorgesetzten den Gehorsam nicht verweigern.

»Das ist nicht verwunderlich«, versicherte ich ihm, »denn schließlich müssen diese ja dafür den Kopf hinhalten.«

Ein Gedanke ließ mich nicht mehr los. Ich mußte Henry Jermyn unbedingt eine Nachricht zukommen lassen. Er und natürlich auch die übrigen Verschwörer mußten schleunigst ihre Flucht vorbereiten.

Tatsächlich gelang es mir, eine Nachricht aus dem Palast zu schmuggeln, doch mir kam zu Ohren, daß er London bereits verlassen hatte und nach Portsmouth unterwegs war, um Goring über die Vorkommnisse zu berichten. Es würde ihnen gar nichts anderes übrigbleiben, als das Land zu verlassen. Von Portsmouth aus war das nicht weiter schwierig.

Ich blieb währenddessen in Whitehall, wußte aber, daß ich dort nicht sicher war. Am besten erschien es mir, mich heimlich davonzumachen und nach Portsmouth zu begeben. Von dort aus konnte ich mich nach Frankreich einschiffen und meinen Bruder aufsuchen. Vielleicht gelang es mir auf diese Weise, Geld aufzutreiben, um damit ein Heer zu finanzieren, das für Charles kämpfen würde.

Es sah ganz danach aus, als könne es mir gelingen, den Palast unbemerkt zu verlassen; denn die Wachen waren abgezogen worden. Ich hatte meinen Schmuck an mich gebracht und auch noch ein paar andere Dinge. Die Kutsche war schon vorgefahren. Doch als ich gerade aufbrechen wollte, traf der französische Botschafter im Palast ein. Als er bemerkte, daß ich im Aufbruch war, sah er mich mißbilligend an.

»Euer Majestät können jetzt nicht fort«, rief er mich zur Ordnung. »Das hätte katastrophale Auswirkungen.«

»Hier kann ich nicht mehr bleiben. Das Volk fängt schon an zu murren. Ich bin hier nicht mehr sicher, und meine Mutter und meine Kinder ebensowenig.«

»Trotzdem könntet Ihr gar nichts Schlimmeres tun, als Euch jetzt abzusetzen. Wißt Ihr denn nicht, was vorgefallen ist?«

Ich schlug die Hände vors Gesicht. »Ich weiß nur, daß jeder Versuch, uns zur Wehr zu setzen, zum Scheitern verurteilt ist. Ich kann nicht untätig hierbleiben, sondern muß Geld auftreiben, um damit ein Heer zu finanzieren. Das ist die letzte Rettung für den König.«

»Majestät, George Goring hat dem Parlament von dem Komplott berichtet, an dem das Heer beteiligt ist.«

»George Goring? Nie und Nimmer!«

»Und doch ist daran nicht zu rütteln. Er hat auf der obersten Befehlsgewalt bestanden und konnte sich mit Wilmot darüber nicht einig werden. Um sich zu rächen, wurde er zum Verräter.«

»Das will mir nicht in den Kopf.«

»Ob Eure Majestät das nun glauben oder nicht – es ist die reine Wahrheit«, sagte er. »Die Verschwörer sind übrigens nach Frankreich geflohen. Eines muß man Goring allerdings zugute halten: er hat Jermyn entkommen lassen. Jermyn hatte ihm vorsorglich mitgeteilt, daß das Komplott verraten worden war, und da er nicht wissen konnte, wer den Verrat begangen hatte, flehte er Goring an, sich schnellstens abzusetzen. Goring hätte Jermyn auf der Stelle festnehmen lassen können, doch zum Glück besaß er wenigstens soviel Anstand, daß er davon Abstand nahm.«

»Und was ist aus Jermyn geworden?« erkundigte ich mich besorgt.

»Der ist in Sicherheit und auf dem Weg nach Rom.«

»Dem Himmel sei Dank dafür.«

»Majestät, ist Euch bekannt, was für Gerüchte über Euch und Jermyn in Umlauf sind?«

»Ich weiß, daß den Leuten jedes Mittel recht ist, um mich zu diffamieren.«

»Es wird behauptet, Jermyn sei Euer Liebhaber. Was bislang reine Spekulation war, würde zur Gewißheit, wenn Ihr jetzt fliehen und Euch ihm und den anderen anschließen wolltet.«

»Was für bösartige Verleumdungen!« rief ich höchst aufgebracht. »Wie können sie es wagen, so etwas zu behaupten!«

»Sie schrecken vor nichts zurück«, erklärte Montreuil ungerührt, »deshalb möchte ich Euch bitten, dem Klatsch keine neue Nahrung zu geben. Einige Eurer Hofdamen sind verhört worden. Es war die Rede von nächtlichen Besuchen und Treffen mit Parlamentsmitgliedern.«

»Sie sollten überredet werden, dem Earl von Strafford beizustehen.«

»Wenn sich eine Königin mitten in der Nacht mit verschiedenen Männern trifft, wird das leicht falsch ausgelegt.«

»Das ist doch barer Unsinn. Ich bin dem König eine getreue Frau und ihm untertan.«

»Majestät, wir wissen das, und wer Euch nahesteht, würde daran auch niemals zweifeln. Eine Königin muß jedoch nicht nur über jeden Tadel erhaben sein, sondern das auch noch für jedermann klar ersichtlich. Man kann schwerlich behaupten, daß Ihr Euch Zurückhaltung auferlegt habt.«

»Zurückhaltung ist zur Zeit nicht angebracht. Nun ist es an der Zeit, etwas zu unternehmen. Warum sind nur alle gegen mich?«

»Das entspricht nicht den Tatsachen. Als Botschafter und Gesandter Eures Bruders bin ich hier, um Euch zu Diensten zu stehen. Am besten kann ich Euch dienen, wenn ich Euch die Wahrheit nicht verhehle.«

Dieses Argument überzeugte mich. Ich sah ein, daß ich noch eine Weile bleiben mußte.

Noch am selben Tag erreichte mich die Nachricht. Nachdem die Verschwörung aufgedeckt worden war, fällten die Parlamentmitglieder das Urteil. Strafford wurde unter anderem bezichtigt, ein Heer aus Irland mitgebracht zu haben, um gegen die Engländer zu Felde zu ziehen.

Er wurde zum Tode verurteilt.

Was daraufhin geschah, ist Charles angelastet worden, doch er hatte keine andere Wahl.

In jenen grauenhaften Tagen nahm die Katastrophe ihren Lauf.

Der König traf in Whitehall ein, aufs äußerste angespannt und so verzweifelt, wie ich ihn noch nie gesehen hatte. All seine Gedanken galten Strafford. Wie hatte er an diesem Mann gehangen! Auch ich hatte ihn sehr geschätzt. Wir wagten nicht daran zu denken, was ihn erwartete.

»Er darf nicht sterben«, sagte Charles wiederholt – wie eine Beschwörungsformel. »Ich habe ihm versprochen, daß er am Leben bleibt.«

»Du bist der König dieses Landes«, rief ich ihm ins Gedächtnis. »Weigere dich einfach, das Todesurteil abzusegnen. Dann können sie ihn nicht töten. Wenn diese elenden Puritaner auch jetzt schon tun, als gäbe es dich nicht mehr, so bist du doch noch König.«

»Nein, ich unterzeichne das Todesurteil nicht«, gelobte Charles mit fester Stimme.

London glühte wie im Fieber. Die Leute konnten es kaum

erwarten, Straffords Enthauptung zu erleben. Sie wollten seinen Kopf. Was faszinierte das einfache Volk nur so an einem solchen Schauspiel? Vielleicht lag es daran, daß diejenigen, die sie ihr Leben lang beneidet hatten, sie nun glühend darum beneideten, daß sie weiterleben durften, wenn auch bitterarm und namenlos. Der Mob wollte jedenfalls Straffords Kopf rollen sehen und lechzte nach seinem Blut.

Gerüchte kursierten allerorten. So hieß es zum Beispiel, die fanzösische Flotte habe sich der Kanalinseln bemächtigt. Also verfluchten die Leute mich... und meine Mutter. Was hatte sich meine arme Mutter damit eingebrockt, daß sie sich zu mir nach England geflüchtet hatte! England war kein Zufluchtsort.

Die darauffolgende Nacht war eine der schlimmsten meines Lebens. Selbst die Heroischsten bekommen es mit der Angst zu tun, wenn der Pöbel schreit und tobt. Laute, wie sie Tiere von sich geben, die darauf aus sind, ihre Beute zu verschlingen. Mit dem Verstand läßt sich das nicht erklären. Die Begierde, dem Opfer Schmerzen zuzufügen, es zu martern, ist stärker als alle Überlegungen.

Diese blutrünstigen Männer und Frauen redeten sich wahnwitzige Dinge ein, verbreiteten unwahre Gerüchte über mich, brachten Anschuldigungen gegen den König, diesen guten Menschen vor und gierten nach Straffords Blut. Dabei war dieser stets ein getreuer Untertan gewesen. Wäre es dem Volk vergönnt gewesen, einmal kurz innezuhalten, um über all das nachzudenken, wäre es sicher zur Einsicht gelangt. Doch die dünne Kruste der Zivilisation war aufgebrochen, und sie gebärdeten sich wie wilde Tiere. Schlimmer noch. Tiere machen Jagd auf andere Tiere, um zu überleben, diese Menschen jagten jedoch aus Rachedurst und verfolgten diejenigen erbarmungslos, die sie auf der Sonnenseite des Lebens glaubten. Sie waren mir in tiefster Seele verhaßt! Das war der ungewaschene, schwachsinnige, mißgünstige, blutrünstige Abschaum der Menschheit.

Dieser Abschaum lärmte vor den Toren von Whitehall. Vage vernahm ich Rufe wie ›Gerechtigkeit! Hinrichtung!‹ Welche Gerechtigkeit sollte einem guten Menschen wie Strafford widerfahren? Das Volk konnte Straffords Hinrichtung kaum mehr erwarten, wollte Blut sehen. Strafford sollte ihre Blutgier als erster stillen. Sie erinnerten an hungrige Wölfe, die einem Schlitten folgten. Werft Strafford raus, damit wir ihn fressen können. Dann sind wir für eine Weile satt.

Scharen von Katholiken kamen in meine Kapelle geströmt, um zu beten; denn ihnen dämmerte, daß sich der Zorn des Pöbels nicht nur gegen Strafford richtete. Sie kamen nicht zur Ruhe, weil mein Name immer wieder fiel. Manche nahmen ihre Wertsachen an sich und versuchten, zur Küste zu gelangen.

Schutzsuchend wandte ich mich an Pym, den Vorsitzenden des Unterhauses. Lucy war mir dabei behilflich. Sie war Pym freundschaftlich verbunden. Sicher fühlte er sich ob der Zuneigung einer so schönen Hofdame geschmeichelt. Ich wußte von ihrer Beziehung zu Strafford und konnte mir gut vorstellen, was sie durchmachte und wie sie um ihn litt.

Pyms Antwort lautete, ich solle mich bereithalten, um aus England abzureisen; denn nur so sei ich sicher.

Charles traf in Whitehall ein. Er war den Leuten nicht so verhaßt wie ich. Wenn er Straffords Todesurteil unterzeichnete, würden sie ihm möglicherweise sogar zujubeln.

Charles' Verzweiflung kannte keine Grenzen. »Was soll ich nur machen?« rief er aus. »Strafford hat sich mir gegenüber stets loyal gezeigt. Er war mein Freund, mein allerbester Freund. Ich habe ihm zwar prophezeit, daß er seiner Stellung möglicherweise verlustig gehen, daß ich sein Todesurteil aber niemals unterzeichnen würde. Er hat meine Zusage, daß ich ihn nicht sterben lasse.«

Wir standen engumschlungen da. Charles strich mir übers Haar. »Was für eine verzweifelte Lage«, murmelte er. »Es bedrückt mich sehr, was ich dir alles zumute.«

»Du mutest mir nicht zuviel zu. An deiner Seite bin ich glücklich, das darfst du nicht vergessen«, entgegnete ich.

Wir setzten uns, hielten uns an den Händen und trösteten uns gegenseitig.

»Was auch geschehen mag«, sagte Charles feierlich, »wir waren und sind so glücklich miteinander, wie es nur wenigen Menschen beschieden ist.«

Das entsprach der Wahrheit. Zusammen fühlten wir uns noch immer einigermaßen sicher und geborgen, obwohl der Pöbel schon an die Tore donnerte.

Plötzlich herrschte draußen eine Grabesruhe. Jeder Laut erstarb. Charles schickte die Wache hinaus, um nachzusehen, was vorgefallen war. Was die Wache dann berichtete, ließ mich vor Entsetzen schaudern. Irgend jemand in der Menschenmenge hatte gerufen, die wahre Schuldige sei die Königinmutter. Alles sei schiefgelaufen, seit sie in England eingetroffen sei. Selbst auf das Wetter habe sie einen schlechten Einfluß.

»Auf zum St. James Palast!« hatte die Menge gegrölt.

Ich schlug die Hände vors Gesicht. Ich hätte viel darum gegeben, meine Mutter abreisen zu sehen. Es gab hier ihretwegen nichts als Schwierigkeiten. Aber schließlich war sie meine Mutter, und ich hing an ihr. Der Gedanke war mir unerträglich, daß sie gedemütigt werden könnte. Es stimmte, daß sie sich stets in Dinge einzumischen pflegte, die sie nicht betrafen. So hatte sie versucht, die Kinder katholisch zu erziehen. Mich hatte sie gedrängt, meinen Gegnern gegenüber unnachgiebig aufzutreten. Sie machte keinen Hehl aus der Verachtung, die sie für die Protestanten hegte und propagierte öffentlich ihre Zugehörigkeit zur katholischen Kirche. Es entfiel ihr immer wieder, daß sie Gast in diesem Lande war und Charles Unsummen kostete, weil sie darauf bestand, sich von einem Hofstaat eskortieren zu lassen, den sie sich nicht leisten konnte. Und doch war und blieb sie meine Mutter.

Unsere Jüngsten hielten sich zusammen mit ihr im St. James Palast auf. Nur Charles war bei uns in Whitehall. Mary befand sich in Somerset House.

Die Nacht schien kein Ende nehmen zu wollen. Hand in Hand saßen Charles und ich da. Wir wechselten kaum ein Wort miteinander. Wir fanden keinen Schlaf und waren zu Tode erschöpft.

Am Morgen suchten mehrere Bischöfe den König auf.

»Es gibt wohl keine andere Möglichkeit, als das Todesurteil zu unterzeichnen«, meinten sie einhellig. »Das Volk dürstet nach Straffords Blut.«

»Ich kann den Hinrichtungsbefehl nicht geben«, setzte sich Charles zur Wehr. »Das würde ja bedeuten, wortbrüchig zu werden.«

»Majestät, zuzeiten müssen gewisse Dinge einfach getan werden. Es ist besser, ein Kopf rollt als Tausende.«

»Tausende...«, wiederholte Charles tonlos.

»Die Leute sind furchtbar aufgebracht und kaum mehr im Zaum zu halten. Ich fürchte, sie werden den Palast stürmen, wenn Ihr nicht unterschreibt.«

»Meine Gemahlin... meine Kinder...« stammelte Charles.

»Eure Familie ist dann nicht mehr sicher, Majestät. Das Volk will Straffords Kopf. Er symbolisiert etwas für die Menschen. Wenn Ihr Euch weigert, den Hinrichtungsbefehl zu unterzeichnen, stellt Ihr Euch damit gegen das Parlament, das das Todesurteil ausgesprochen hat. Eure Weigerung liefe auf eine Mißachtung des Parlaments hinaus.«

»Ich setze mich bewußt über das Parlament hinweg. Wie kann ich einen Mann so einfach fallenlassen, der immer treu zu mir gehalten und mir immer nur Freundschaft entgegengebracht hat?«

Die Bischöfe reagierten mit Bestürzung. »Wir wagen nicht daran zu denken, was das für Folgen haben wird. Das Volk wird den Palast stürmen. Die Königin...« Sie sahen mich mit ernster Miene an. »Der Zorn des Pöbels richtet sich vor allem gegen die Königin.«

Blankes Entsetzen zeichnete sich auf Charles' Miene ab. Er zitterte um mich und die Kinder.

»Laßt mir Zeit, ein wenig Zeit.« Da begriff ich, daß er schwankend wurde.

Die Bischöfe traten den Rückzug an. Charles sah mich ratlos an. »Was soll ich denn nur tun?« rief er verzweifelt. »Du bist in Gefahr, und die Kinder...«

»Ich darf bei der Entscheidung keine Rolle spielen, Charles. Du mußt tun, was du für richtig hältst.«

»Natürlich denke ich dabei vor allem an dich. Ich würde alles tun, aber auch wirklich alles, damit dir nichts geschieht.«

Wir küßten uns zärtlich und verstummten. Sein scheinbar

so unumstößlicher Entschluß geriet ins Wanken. Er würde ihnen geben, wonach sie verlangten. Nicht etwa, weil er für sein Leben fürchtete. Niemand konnte tapferer sein als er, doch der Gedanke war ihm unerträglich, daß mir etwas geschehen könnte. Wir wußten, daß schon Königinnen enthauptet worden waren. Doch das war noch nicht einmal das Schlimmste. Wenn ich dem Pöbel in die Hände fiel, würde er mich in Stücke reißen, bevor das Urteil auch nur gesprochen war.

Unser Sohn erschien bei uns. Er war auffallend ernst und wußte ganz genau, was vorging. Charles war schon immer ein frühreifes Kind gewesen. Er sah seinen Vater fragend an. Der König wandte sich an seinen Sohn: »Der Pöbel dürstet nach Straffords Blut, aber wie kann ich den Mann opfern, der mir so treu gedient hat?«

Charles sah uns mit ernster Miene prüfend an. Dieser hochgewachsene Knabe wirkte mit seinen elf Jahren schon königlich und überlegen. Sein dunkles Haar und seine dunkle Haut, seine ganze düstere Erscheinung verliehen ihm Autorität. Er gehörte zu den Kindern, die man nicht ignorieren konnte.

Dem König war etwas eingefallen. »Mein Sohn, du sollst dem Oberhaus eine Nachricht überbringen. Ich möchte an den Gerechtigkeitssinn der Parlamentsmitglieder appellieren. Das soll der letzte Versuch sein, den Earl von Strafford zu retten.«

Charles fand sich gern bereit, diesen Auftrag zu übernehmen. Die ganze Nacht hindurch arbeiteten der König und ich an dem Brief, den Charles überbringen sollte. Wir feilten Stunden am Wortlaut herum. Unser Sohn würde seinen Eindruck nicht verfehlen und dank seiner Jugend Sympathie erwecken.

Am nächsten Morgen legte unser Sohn dann Amtstracht an und nahm seinen Platz im Oberhaus ein. Mir kam zu Ohren, daß er bei seinem Eintreten auf allgemeines Interesse stieß. Ich kann mir gut vorstellen, mit welchem Ernst er auftrat. Seine königliche Würde wirkte bei einem Knaben seines Alters besonders eindrucksvoll.

Er legte unseren Brief vor. Wäre die Angelegenheit nicht

schon so weit gediehen gewesen, so hätte unser letzter verzweifelter Versuch womöglich noch Erfolg gehabt. Doch es war schon so spät, und so fruchtete er nicht.

Strafford selbst schrieb an den König. Tiefgerührt las Charles den Brief. Strafford war sich darüber im klaren, was auf dem Spiel stand. Vermutlich überblickte er die Lage besser als der König oder ich. Er wußte, daß es zu immer schwerwiegenderen Kontroversen zwischen dem König und dem Parlament kam, daß ein Bürgerkrieg aber noch abgewendet werden konnte. Das Parlament hatte das Todesurteil über ihn gesprochen. Wenn der König sich nun weigerte, den Hinrichtungsbefehl zu unterschreiben, würden die Folgen nicht abzusehen sein. Das Parlament würde nicht davor zurückschrecken, alles zu zerstören, was die Monarchie vertrat. Strafford mußte das durchschaut haben, und als getreuer Untertan seines Königs wollte er Unheil von seinem Vaterland abwenden. Also entband er den König von seinem Versprechen.

Tiefbewegt nahm Charles das zur Kenntnis. Die Entscheidung fiel ihm daraufhin nicht mehr so schwer. Den ganzen nächsten Tag wälzten sich Menschenmassen durch die Straßen. Sie stürmten auf die Paläste von Whitehall und St. James zu. Die Lage wurde immer brenzliger. Der Zorn des Pöbels konnte sich jeden Augenblick entladen.

Hatte ich Charles bislang gedrängt, nicht klein beizugeben, so war mir inzwischen klargeworden, daß sich das nicht vermeiden ließ. Blieb er standhaft, war es um uns geschehen.

Dachte ich an meine Mutter, meine Kinder und den König selbst, so sagte mir mein gesunder Menschenverstand, daß Strafford geopfert werden mußte.

Der Kummer raubte Charles fast den Verstand. Dabei brauchte er nicht einmal wortbrüchig zu werden. Strafford hatte ein Einsehen gehabt und ihn von seinem Versprechen entbunden. Tief im Innern war er jedoch sicher davon überzeugt, daß der König seiner Hinrichtung niemals zustimmen würde.

»Du hast alles Menschenmögliche getan«, hielt ich Charles vor Augen. »Niemand hätte mehr tun können.«

Der König nickte traurig. »Aber ich habe ihm mein Wort gegeben. Daran müßte ich mich halten.«

»Aber um welchen Preis?« hielt ich ihm vor. »Das Schicksal unserer Kinder und auch das meine wären damit besiegelt.«

»Sprich nicht davon«, flehte er mich an. »Der Gedanke, daß dir etwas zustoßen könnte, ist mir unerträglich.«

»Wir dürfen nur Vernunftsgründe gelten lassen, Charles. Auch ich mochte Strafford. Er ist einer unserer treuesten Freunde. Doch du darfst nicht vergessen, was jetzt auf dem Spiel steht, wie viele Menschenleben du riskierst.«

Er schloß mich in die Arme, wirkte ruhig und gefaßt. Sicher dachte er an mich und unsere Kinder.

Schließlich sprach er die folgenschweren Worte: »Es gibt keine andere Möglichkeit. Ich muß das Todesurteil unterschreiben und damit den Hinrichtungsbefehl.«

Straffords Hinrichtung wurde auf den folgenden Tag angesetzt. Diesen Tag, den zwölften Mai, werde ich nie vergessen. Charles legte großen Wert darauf, in Erfahrung zu bringen, wie Strafford darauf reagiert hatte, daß er, Charles, sich nun doch bereitgefunden hatte, das Todesurteil zu unterzeichnen.

Charles hat das nie verwunden. Sicher hat er Strafford bis zu seinem letzten Atemzug vor sich gesehen. Stets stand ihm vor Augen, wie dem Freund, den er unter allen Umständen hatte retten wollen, die Nachricht überbracht worden war, daß der König Verrat an ihm begangen hatte. Denn der König betrachtete sich hinfort als Verräter, obwohl ich ihn immer wieder darauf hingewiesen habe, daß von Verrat gar keine Rede sein konnte, da Strafford selbst ihm ja dazu geraten hatte. Doch ihm war zu Ohren gekommen, daß Strafford gemurmelt hatte: »Traue keinem Herrscher.« Der arme Mann muß völlig überreizt gewesen sein. Nicht so sehr um seinetwillen, sondern im Hinblick auf seine Familie.

Er hatte Erzbischof Laud, der ebenfalls im Tower gefangensaß, eine Nachricht zukommen lassen. Er hatte ihn gebeten, am Fenster zu sein, wenn er vorüberkäme und ihm seinen Segen zu erteilen. Laud kam der Bitte nach, segnete ihn, als er vorüberging und sank besinnungslos zu Boden, als Strafford das Schafott auf dem Tower Hill bestieg.

Eine riesige Menschenmenge fand sich ein, um der Hinrichtung beizuwohnen. Als er die Hand hob, um das Wort an sie zu richten, herrschte sogleich betretenes Schweigen.

Wir erfuhren von verschiedenen Seiten, was er zu sagen hatte. Im wesentlichen war es folgendes:

»Ich habe mich immer in dem Glauben gewiegt, ein Parlament garantiere in England dem Königreich eine glückverheißende Verfassung und sei unter Gottes Schirmherrschaft am besten dazu angetan, den König und sein Volk glücklich zu machen. Doch darf das Glück der Menschen nicht mit Blut erkauft werden.«

In diesen Worten lag deutlich eine Warnung, doch die Menschen überhörten sie geflissentlich.

Strafford starb, wie man es von einem Edelmann erwartet. Er lehnte es ab, sich die Augen verbinden zu lassen, bat nur um einen kleinen Aufschub, um ein Gebet sprechen zu können und versprach, im Anschluß daran die Hand zu heben, damit der Scharfrichter seines Amtes walten könne.

So nahm sein Erdenleben ein jähes Ende.

Uns, den Davongekommenen, stand ebenfalls Schlimmes bevor.

Die Verräterin

Meine Mutter fand ich in einem fürchterlichen Erregungszustand vor. Schon in ihrem eigenen Land hatte sie den Zorn des Volkes zu spüren bekommen. Es war daher nichts Neues für sie, unbeliebt zu sein. Doch hier spitzte sich die Aversion so zu, daß sie gefährliche Formen annahm.

»Ich muß so schnell wie möglich fort«, drängte sie. »In England bin ich nicht mehr sicher. Eins will ich dir sagen, Henriette: ich sehe bereits vor mir, wie der Pöbel den Palast stürmt. Nicht einmal Königinnen bringt man hier Respekt entgegen. Das hätte ich hier nicht für möglich gehalten. Und dabei hatte ich angenommen, daß du hier sicher und in Freuden lebst. Die Engländer sind Barbaren. Sie hassen ihren König und auch die Königin. Am allermeisten scheinen sie mich zu hassen. Wilde! Keine Spur von Zivilisation. Sie setzen sich gegen Ausländer zur Wehr, die Fremde für sie sind.«

»Sie haben sich auch gegen Strafford verschworen«, verwahrte ich mich gegen diesen Vorwurf. »Er war kein Ausländer. Aber du hast natürlich recht, liebe Mutter, du solltest wirklich aus England abreisen... falls das noch möglich ist.«

»Du solltest mich begleiten, meine Liebe.«

»Ich lasse doch Charles nicht im Stich!«

»Komm mit. Vielleicht können wir nach Frankreich übersetzen.«

»Mein Bruder würde das wohl kaum begrüßen.«

»Das wäre schändlich! Er kann doch seiner Mutter und Schwester nicht die Tür weisen!«

»Vergiß nicht, daß er König von Frankreich ist und erst in zweiter Linie Sohn und Bruder.«

»Er hat keine eigene Meinung. Das lassen Richelieu und Anna von Österreich nicht zu. Seit seine Gemahlin einem Thronfolger das Leben geschenkt hat, tut sie, als sei das etwas Einzigartiges. *Mon Dieu*, schließlich hat es ja lange genug gedauert.«

»Charles ist davon überzeugt, daß man dir keine Schwierigkeiten machen wird, wenn du das Land verlassen möchtest.«

»Dann sollte ich das schnellstens tun.«

»Mir ist etwas eingefallen. Wir haben jetzt einen neuen Verbündeten in dem Prinzen von Oranien. Bei näherer Betrachtung ist diese Heirat wohl doch keine Mesalliance. Mir ist bewußt, daß das Haus Oranien in Europa keinen hohen Rang einnimmt, doch ist der Prinz unglaublich reich. Möglicherweise verhilft er uns zu einem Heer, das ich dem König zur Verstärkung mit nach England bringen könnte. Da könnten wir diesen Puritanern im Parlament den Krieg erklären, damit sie sehen, wer das Sagen hat – sie oder der gesalbte König.«

»Das klingt einleuchtend. Ich möchte so bald wie möglich fort von hier. Erst wenn ich das Land verlassen habe, kann ich wieder ruhig schlafen.«

Ich wollte mich mit Charles beraten. »Er wird nicht wollen, daß ich reise«, meinte ich. »Er möchte mich um keinen Preis außer Landes wissen.«

»Ich bitte dich«, wehrte meine Mutter ungeduldig ab. »Das klingt, als sei er ein leidenschaftlicher Bräutigam und als ginge es um die Hochzeitsreise.«

»Wir führen eine Ehe, als nähmen die Flitterwochen nie ein Ende. Ich kann mir beim besten Willen nicht vorstellen, daß diese Flitterwochen jemals aufhören, daß unsere Liebe jemals abflaut.«

Meine Mutter zuckte aufgebracht die Achseln. Sie gehörte nicht zu den Frauen, die eine solche Liebesbeziehung nachempfinden können.

Ich suchte Charles auf, um ihn zu fragen, was er von meinem Vorschlag hielt. Er pflegte mir immer genauso aufmerksam zuzuhören wie seinen Ministern.

»Mary ist noch zu jung, um die Ehe zu vollziehen, doch der Prinz von Oranien drängt uns, sie nach Holland zu schicken. Und warum auch nicht? Dort ist sie entschieden sicherer als hier. Ich selbst könnte sie hinbringen, vielleicht zusammen mit meiner Mutter reisen. Dann könnte ich immer noch behaupten, ich wolle wegen meines schlechten

Gesundheitszustandes nach Lothringen zur Kur. Selbstverständlich würde ich mich nicht dorthin begeben, sondern mich in Holland aufhalten und möglicherweise auch zu meinem Bruder reisen. Wer weiß, wenn er mir von Angesicht zu Angesicht gegenüberstünde, brächte er es gewiß nicht über sich, mir die erbetene Hilfe abzuschlagen.«

Charles begrüßte meinen Plan.

»Wir würden ohnehin getrennt sein«, erklärte er, »denn ich muß nach Schottland.«

»Schon wieder Schottland!«

»Mir ist daran gelegen, die Schotten zu beschwichtigen und ihren Wünschen nachzugeben. Im Gegenzug gedenke ich sie anzuwerben, um mit ihrer Hilfe gegen diejenigen in England vorzugehen, die sich mir in den Weg stellen.«

Ich rieb mir die Hände. Jeder neue Plan erfüllte mich mit neuer Hoffnung. Hätte ich gründlicher darüber nachgedacht, wäre mir wohl klargeworden, daß dieses Vorgehen von vornherein zum Scheitern verurteilt war. Doch solange ich fieberhaft Pläne schmieden konnte, war ich allen vernünftigen Argumenten gegenüber blind und hegte nicht die geringsten Zweifel daran, daß meine Bemühungen von Erfolg gekrönt sein würden. Charles war mir darin ziemlich ähnlich. Daran mochte es liegen, daß wir blindlings Pläne schmiedeten und diese in die Tat umsetzten, ohne die Folgen richtig zu bedenken.

Als im Parlament bekannt wurde, daß meine Mutter England den Rücken zu kehren wünschte, begrüßten die Parlamentsmitglieder diesen Plan einhellig und machten keine Einwände geltend. Deutlicher hätte man ihr kaum zu verstehen geben können, wie froh man war, sie wieder loszuwerden. Das Parlament stellte sogar Geld für die Reise zur Verfügung. Am Geld sollte die Abreise nicht scheitern.

Meinem Vorhaben, das Land ebenfalls zu verlassen, standen sie hingegen eher mißtrauisch gegenüber. Sie nahmen mir nicht ab, daß ich dem Land aus Gesundheitsgründen den Rücken kehren wollte. Man verhielt sich mir gegenüber beleidigend und unverschämt. Sie gaben Anweisung, daß ich meine Juwelen nicht außer Landes bringen dürfe und wiesen zu allem Überfluß auch noch Sir Theordore Mayerne an, mich zu untersuchen, ob nur das Heilwasser eines ausländischen Kurorts meiner Gesundheit zuträglich sei.

Der gute alte Mayerne konnte einen zum Wahnsinn treiben. Er war Hugenotte und hatte für den Katholizismus nicht viel übrig. In seinen Augen war ich vermutlich ein fehlgeleitetes Kind. Er brachte es nicht über sich, zu behaupten, meine Gesundheit sei ernsthaft gefährdet, wenn ich nicht zur Kur fuhr. Ich ärgerte mich maßlos über ihn, als ich erfuhr, wie sein Bericht ausgefallen war. Mir wurde infolgedessen untersagt, England zu verlassen.

Mayerne bekam meinen Zorn zu spüren, doch er lächelte nur hämisch und ließ mich nicht aus den Augen. Trotzdem durfte ich ihm nicht androhen, er könne dafür entlassen werden. Als Arzt genoß er einen ausgezeichneten Ruf, auch hätte Charles sein Einverständnis dazu nicht gegeben. Er hegte große Bewunderung für Mayerne und hielt ihn für den besten Arzt Europas. Er meinte, seine Offenheit entspräche eben seinem Wesen. »Er ist unfähig, zu heucheln oder sich zu verstellen. Mit solchen Menschen müssen wir uns umgeben. Menschen, die die Wahrheit um ihrer selbst willen verkünden und sie nicht aus Furcht oder um irgendwelcher Vergünstigungen willen für sich behalten.«

Wohl oder übel mußte ich mich mit Mayernes abschlägigem Bescheid abfinden. Schließlich entsprach sein Befund ja der Wahrheit. Trotzdem kannte mein Zorn keine Grenzen. Die schreckliche Zeit der Ungewißheit im Hinblick auf Strafford hatte mir sehr zugesetzt, und vor lauter Sorge um unsere Zukunft konnte ich kaum mehr klar denken.

»Ich fürchte, ich verliere den Verstand«, äußerte ich mich Mayerne gegenüber, woraufhin er mich eindringlich ansah.

»Diese Furcht ist unbegründet«, meinte er nach einer Weile, »denn von Verstand kann bei Eurer Majestät wohl kaum die Rede sein.«

Ich mußte wider Willen lachen. Wie konnte ein Untertan es wagen, so mit seiner Königin zu sprechen. Doch er sah in mir nicht die Königin, sondern eine hysterische, überdrehte Frau, die entweder an eingebildeten Krankheiten litt oder zumindest so tat, um in den Genuß einer Kur im Ausland zu kommen.

Als Charles in Schottland und meine Mutter auf dem Weg nach Antwerpen war, begab ich mich nach Oatlands. Ich gedachte mir dort einen Plan zurechtzulegen, wie ich Mary nach Holland schaffen und sie begleiten konnte. Auch wenn es mir nicht gelänge, das Land zu verlassen, wäre Mary in Holland auf jeden Fall viel besser dran.

Während ich auf Charles' Rückkehr wartete, versuchte ich, ein wenig Seelenfrieden zu finden. Wenn es ihm gelang, die Schotten für sich zu gewinnen und sie auf seine Seite zu bringen, konnten wir uns dieses elenden Parlaments vielleicht entledigen. Ich stimmte mit Charles darin überein, daß ein König als König von Gottes Gnaden herrschte und dazu durchaus allein imstande war, ohne daß sich das Parlament in die Staatsaffären einmischte. Mit Parlamenten hatte man nur Ärger. Warum ließen sie uns nicht in Ruhe?

Nicht einmal in Oatlands war ich vor diesen Einmischungen sicher. Mir wurde vorgeworfen, der Prinz von Wales besuche mich zu oft und ich hätte es mir in den Kopf gesetzt, ihn im katholischen Glauben zu erziehen.

Meine Antwort lautete, der König habe den Erzieher des Kronprinzen ausgewählt und ich sei mir der Tatsache bewußt, daß der König nicht wünsche, daß auch nur eins unserer Kinder katholisch erzogen werde.

Damit mußte sich das Parlament wohl oder übel zufrieden geben. Während meines Aufenthalts in Oatlands geschah jedoch etwas Außerordentliches. Eines Tages erschien der Bürgermeister und bat um eine Privataudienz. Ich gewährte sie ihm auf der Stelle und erfuhr, das Parlament habe ihm befohlen, das gesamte Militär der Region zusammenzuziehen und bis Mitternacht nach Oatlands zu versetzen. Dort würde eine Schwadron Kavallerieoffiziere zu den Soldaten stoßen und ihnen Instruktionen geben.

»Ich habe Eure Majestät aufgesucht, weil ich befürchte, es könnte eine Verschwörung gegen Euch angezettelt worden sein«, berichtete der Bürgermeister. »Es liegt mir sehr viel daran, Eurer Majestät zu dienen, und sollte es mich das Leben kosten.«

Tiefbewegt angesichts dieser Loyalität dankte ich ihm

überschwenglich. Ich vertraute ihm an, es könne sehr wohl eine Verschwörung im Gange sein mit dem Ziel, mich oder meine Kinder gefangenzunehmen, möglicherweise auch uns alle. »Mein Freund, ich habe viele Feinde«, gestand ich ihm. »Diese Männer mit den finsteren Mienen, die an Heiligkeit selbst Gott noch in den Schatten stellen wollen. Ich fürchte, im Parlament wimmelt es von ihnen. Sicher wollen sie mir etwas antun. Ich bin Euch dafür sehr zu Dank verpflichtet, daß Ihr mich gewarnt habt. Nun bin ich auf alles vorbereitet.«

Das war ich in der Tat. Der Tag verging wie im Flug. Trotz aller Widrigkeiten erschien mir das Leben äußerst lebenswert, weil ich gezwungen war, umgehend zur Tat zu schreiten. Ich sorgte dafür, daß jedermann im Haus bewaffnet war. Dann harrten wir der Nacht und bereiteten uns auf den Angriff vor, der unweigerlich erfolgen würde.

Doch nichts geschah.

Ich konnte mir das nicht erklären; denn ich baute auf das Wort des Bürgermeisters, der absolut glaubwürdig über seine Instruktionen gesprochen hatte.

Wer immer die Verschwörung angezettelt hatte, mußte von der Loyalität des Bürgermeisters Wind bekommen haben und hätte darauf gefaßt sein müssen, auf erbitterten Widerstand zu stoßen.

Der Zwischenfall bestärkte mich jedoch in dem Gefühl, daß ich fort mußte und Eile geboten war. Wenn das Parlament das nicht billige, mußte ich das Land eben heimlich verlassen.

Ich schmiedete Komplotte, verwarf die Pläne wieder und besprach das Für und Wider unausgesetzt mit Lucy, meiner einzigen Vertrauten, wie ich annahm. Wir bemühten uns um Pferde, da es nach Portsmouth gehen sollte. Durch diese Vorbereitungen wurde mir die Zeit nicht lang.

Ich beschloß, mich von Oatlands aus zunächst nach Hampton Court zu begeben; denn ich hatte die Nachricht erhalten, daß sich Charles auf dem Heimweg befand. In Hampton Court würde ich mit einigen der einflußreichsten Männer des Landes zusammentreffen, und ich hoffte inständig, daß ich sie dazu bringen konnte, dem König beizustehen.

Als Charles in Hampton eintraf, kannte die Wiedersehensfreude keine Grenzen. Lange hielten wir uns fest umschlungen, ganz so als wollten wir nie wieder voneinander lassen. Auch die Kinder waren zugegen. Es kam zu einer allgemeinen freudigen Begrüßung. Doch ich bedeutete Charles am meisten, und ich erwiderte seine Gefühle voll und ganz. Entsprechend fielen meine Zärtlichkeiten aus.

Wir redeten und redeten. Bei der Reise nach Schottland war Charles kein Erfolg beschieden, aber in dem Augenblick, in dem wir uns wieder in die Arme sinken konnten, hatte das keinerlei Bedeutung mehr.

Viele Leute machten dem König in Hampton ihre Aufwartung. Es war wie in alten Zeiten. Ein leiser Hoffnungsschimmer keimte in mir auf. Ich redete mir ein, bald werde alles wieder gut sein.

Wir gedachten in einem Triumphzug nach Whitehall zurückzukehren. Einige unserer Freunde versicherten uns, man werde uns herzlich willkommenheißen. Die Leute waren außer sich vor Freude, weil meine Mutter aus England abgereist war. Damit war in ihren Augen ein großes Ärgernis aus der Welt geschafft. Auch der päpstliche Gesandte hielt sich nicht mehr im Lande auf. Der König war ohne das schottische Heer aus Schottland zurückgekehrt. Diese Sorge waren die Leute also auch los.

»Nun ist alles ausgestanden«, ließen die unverbesserlichen Optimisten verlauten. Ich glaubte ihnen selbstverständlich.

Doch dann kam es zu diesem unliebsamen Zwischenfall. Wir standen alle am Fenster und sahen hinaus – der König, die Kinder, ich und ein paar Freunde. Da trat eine Zigeunerin hinzu und bettelte um Geld. Am Arm trug sie einen Korb. Sie war ganz krumm und bucklig und ein so grotesker Anblick, daß irgend jemand aus unserer kleinen Gruppe in Gelächter ausbrach.

Einer nach dem anderen fing an zu kichern. Ich nicht, denn ich lachte niemals über solche armen, verkrüppelten Geschöpfe. Ich besaß natürlich meine Zwerge, doch die behandelte ich mit dem gebührenden Respekt, genau wie alle anderen Menschen auch. Es war nicht ihre kleinwüchsige

Gestalt, die mich an ihnen faszinierte, ich fand sie einfach schön. Außerdem waren sie ausgezeichnete Bedienstete. *Ich lachte nicht über die Zigeunerin.*

Das Gesicht zu einer bösartigen Grimasse verzogen, sah sie zu uns auf. Ich prallte entsetzt zurück; denn ihr gemeiner Blick war auf den König, auf unsere Kinder und auf mich gerichtet.

Die Zigeunerin zog einen Handspiegel aus ihrem Korb und reichte ihn dem König.

»Nein, ich will nicht!« wehrte dieser ab.

»Blickt hinein!« befahl die Zigeunerin, »und seht, was es da zu sehen gibt!«

Also sah der König in den Spiegel. Da ich dicht neben ihm stand, sah ich das gleiche wie er. Ich stieß einen Schrei aus. Der König wurde leichenblaß. Als sich unsere Freunde um uns scharten, um auch einen Blick in den Spiegel zu erhaschen, erblickten sie nichts als ihr eigenes Konterfei. Nun sah ich auch nur mein Spiegelbild, aber kurz zuvor hatte ich noch etwas anderes gesehen... und der König ebenfalls.

Im Spiegel war der Kopf des Königs zu sehen gewesen – der Kopf, der nicht mehr auf dem Körper saß.

Ich drohte die Besinnung zu verlieren. Der König legte rasch den Arm um mich. Ich hörte die Zigeunerin noch boshaft gackern.

»Nun, hat Euch gefallen, was Ihr gesehen habt? Ihr solltet mich dafür bezahlen. Ihr solltet die Zigeuner immer gut behandeln, sonst bekommt Ihr Dinge zu Gesicht, die Ihr besser nicht sehen solltet.«

»Gebt der Frau Geld«, befahl der König.

Man warf es ihr hinunter. Sie hob es auf und legte es in ihren Korb. Mit dem Spiegel in der Hand sagte sie noch: »In dem Gemach, in dem Ihr Euch befindet, wird ein anderer schlafen, der einen Hund sein eigen nennt. Wenn der Hund tot ist, bekommt der König das Königreich zurück.«

Damit humpelte sie davon. Aufgeregt sprachen alle in der kleinen Gruppe durcheinander. Ich war in den Armen meines Gatten einer Ohnmacht nahe.

Der König sah ein, daß ich Ruhe brauchte und brachte mich in unsere Gemächer im Palast.

»Was für ein entsetzliches Erlebnis!« keuchte ich.

»Wir haben uns im ersten Augenblick von einem Trugbild täuschen lassen«, meinte er. »Wie kann man etwas im Spiegel sehen, was gar nicht existiert?«

»Trotzdem haben wir es beide gesehen«, rief ich ihm ins Gedächtnis. »Aber das ist doch gar nicht möglich«, wehrte er ab.

Er versuchte mich mit der Mitteilung zu trösten, die Londoner bereiteten uns einen herzlichen Empfang.

»Sie sehen uns nun mit anderen Augen«, sagte Charles. »Diejenigen, die vor dem Palast geschrien und die Fäuste gegen uns erhoben haben, nehmen uns jetzt mit offenen Armen auf.«

»Kann man denn diesen Menschen nach einem so raschen Sinneswandel trauen?«

»Sie haben ja nun, was sie wollten. Strafford ist nicht mehr am Leben, und deine Mutter hat England verlassen. Du wirst sehen, das Volk liebt uns jetzt wieder.«

»Angesichts dieser Wankelmütigkeit bin ich mir da nicht so sicher«, meinte ich.

Charles drückte mich zärtlich an sich und dankte Gott dafür, daß wir uns wiederhatten.

Trotz des kühlen Wetters fror ich nicht. Die Freude wärmte mich auf. Seite an Seite ritten Charles und ich in Moorgate ein, wo uns der Bürgermeister und die Ratsherrn schon erwarteten, um uns gebührend zu empfangen. Man machte uns zwei Pferde mit kostbaren Schabracken und eine goldene Karosse zum Geschenk. Der Bürgermeister gab dazu die Erklärung ab, die Pferde seien für den König und den Kronprinzen bestimmt, die Karosse hingegen für mich und unsere übrigen Kinder.

In seiner übergroßen Freude schlug Charles den Bürgermeister und den Richter augenblicks zum Ritter. Nach dieser ergreifenden Zeremonie scharten sich die Kaufleute der Stadt um den König, um ihm die Hand zu küssen.

Charles, mein Gemahl, und Charles, mein Sohn, bestiegen die Pferde, die sie soeben geschenkt bekommen hatten. Ich stieg währenddessen mit den Kindern in die Kutsche. Wir begaben uns zum Londoner Rathaus.

So glücklich war ich schon lange nicht mehr gewesen. Unter den flatternden Fahnen und goldenen Bändern, die die Leute uns zu Ehren herausgehängt hatten, fuhren wir durch die Straßen Londons, eskortiert von meinem Sohn und meinem Gatten hoch zu Roß.

Die beiden sahen auf ihren herrlichen Zeltern überwältigend aus. Mir wollte gar nicht in den Kopf, wie man sich um dieser abstoßenden Rundköpfe mit ihrer schwarzen Kluft und den verkniffenen Gesichtern willen vom König und Thronfolger abwenden konnte.

Im Rathaus erwartete uns ein üppiges Bankett. Die Würdenträger der Stadt ließen uns das Essen auf dem goldenen Geschirr servieren, das nur bei sehr wichtigen Anlässen überhaupt zum Vorschein kam.

Was für ein Empfang! In diesem Willkommen spiegelte sich die Einstellung des Volkes wider. Wir hatten nur Strafford opfern müssen, was Charles immer noch schwer zu schaffen machte. Man hatte zudem von uns erwartet, daß wir uns meiner Mutter entledigten; denn sie war einer der Hauptgründe dafür, daß wir so unbeliebt waren. Sie hätte gar nicht erst nach England kommen dürfen. Nun, inzwischen war sie ja wieder abgereist, war vielleicht schon in Antwerpen eingetroffen. Ich hoffte, daß sie dort keinen Ärger machen würde.

Alles würde sich zum Besten wenden. Wir mußten nur Stärke beweisen und fest bleiben. Darüber würde ich mit Charles noch sprechen. Dieser liebe gute Mensch war allzu nachsichtig und nahm von jedem immer gleich das Beste an.

Schließlich trafen wir todmüde, aber überglücklich wieder in Whitehall ein.

Alles würde gut werden.

Charles und ich unterhielten uns, sobald wir unter uns waren. Er barst förmlich vor Ideen. Er wollte die Wachmannschaft entlassen, die das Parlament in Westminster zur Bewachung des Parlamentsgebäudes stationiert hatte.

»Das Parlament soll seine Wache abziehen«, sagte er. »Meine tritt an ihre Stelle. Du denkst wahrscheinlich, ich mache es mir leicht, doch ich bin nicht untätig gewesen. Es gibt Männer im Königreich, die mir treu ergeben sind. Sie können eigene geschulte Wachen stellen. Die sollen das Parlament bewachen.«

Freudig klatschte ich in die Hände. »Das ist ja wunderbar.«

»Natürlich wird ihnen das nicht sonderlich gefallen«, fuhr Charles fort. »Männer wie Pym werden mißtrauisch sein.«

»Und wenn schon!« rief ich aus. »Wir müssen dafür sorgen, daß uns unsere Wache treu ergeben ist.«

»Manche Parlamentsmitglieder würde ich am liebsten festnehmen lassen. Sie könnten wegen Verrats an der Krone zur Rechenschaft gezogen werden.«

»Ja, warum sorgst du nicht dafür, daß das geschieht?« fragte ich erregt.

»Ich bin mir nicht ganz sicher.«

»Wen würdest du denn ins Gefängnis werfen lassen? Pym doch ganz bestimmt.«

»Pym selbstverständlich, und auch Hampden. Dann auch noch Holles, Strode und Haselrig. Denen traue ich am wenigsten. Wenn wir diese Leute los wären, könnten wir im Parlament möglicherweise Fortschritte erzielen.«

»Du mußt sie festnehmen lassen.«

»Ich will es mir durch den Kopf gehen lassen.«

»Warte damit nicht zu lange«, bat ich ihn.

Charles hob mich hoch und meinte, es sei Zeit, zu Bett zu gehen.

Vor Aufregung fand ich kaum Schlaf. Die Stadt London hatte uns einen großartigen Empfang bereitet. Oft hieß es, wenn wir London erst einmal für uns gewonnen hätten, würde bald das ganze Land auf unserer Seite sein.

Eine Wandlung schien sich zu vollziehen. Wir hätten wohl gar nicht in Panik zu geraten brauchen. Wir waren nervös geworden, hatten uns unnötigerweise in Angst und Schrecken versetzen lassen.

Es erschien mir ratsam, dafür zu sorgen, daß Charles bei seinem Entschluß blieb. Es war schon viel gewonnen, wenn es ihm gelang, die Männer zu überrumpeln und festnehmen zu lassen, ohne daß sie damit rechneten. Wenn er mit Leuten von der Wachmannschaft unverhofft im Unterhaus erschien, um sie zu verhaften, konnte er sie ins Gefängnis werfen lassen, bevor sie wußten, wie ihnen geschah. Wenn sie erst einmal im Gefängnis saßen, dürfte es nicht weiter schwierig sein, dem Volk klarzumachen, daß sie eine Bedrohung für den Frieden darstellten.

Er mußte es unbedingt tun.

Mir war klar, daß er unschlüssig sein und schwanken würde. Ständig quälte ihn die Furcht, er könne etwas Falsches tun. Doch dies war das einzig Richtige. Was hatten sie dem lieben guten Strafford, diesem edlen Menschen angetan? Sie hatten ihn ermorden lassen. Wenn sie es auch Justizmord nennen mochten, so war und blieb es doch ein Mord. Allein für diese Missetat gehörten sie schon alle aufs Schafott.

Ich konnte den Morgen kaum erwarten.

Charles war nachdenklich und in sich gekehrt. Die Ungeheuerlichkeit dieses Vorhabens machte ihm zu schaffen. Jetzt würde mit offenen Karten gespielt werden, meinte er. Wenngleich es die Leute tief im Innern sicherlich gewußt hatten, so hatte doch bislang niemand verlauten lassen, daß diese geteilte Meinung im Lande zum Bürgerkrieg führen mußte. Die Aussicht darauf würde wohl jeden nachdenklich stimmen, der es gut mit England meinte.

Charles konnte sich nicht zu einem Entschluß durchringen.

Ich drängte ihn, flehte ihn an. Ich ließ sogar durchblicken, in meinen Augen sei es Feigheit, wenn nicht sogar Dummheit, sich eine solche Gelegenheit entgehen zu lassen. Wenn er die Gelegenheit nicht beim Schopfe packe und zu seinem Vorteil ummünze, sei er allein dafür verantwortlich, wenn er um sein Reich kämpfen müsse.

Fassungslos vor Entsetzen sah er mich an. Ich rief völlig außer mir: »Ja, ich halte Augen und Ohren offen. Um deinetwillen bin ich stets auf der Hut. Es ist mir nicht gegeben, tatenlos mitanzusehen, wie du dein Reich einbüßt. Mein geliebter Charles, du mußt etwas unternehmen, und zwar unverzüglich. Eben jetzt gilt es zu handeln; denn die Gelegenheit dazu bietet sich wohl kein zweites Mal.«

Da endlich rang er sich zu einer Entscheidung durch. Er hätte mir nicht mehr in die Augen sehen können, hätte er es nicht wenigstens versucht.

Es war soweit. Charles gedachte das zu tun, was abgesprochen war. Begeistert schlang ich ihm die Arme um den Hals. »Du ahnst ja nicht, wie stolz ich auf dich bin, mein König«, sagte ich. »Alles wird sich ändern, dies ist der Wendepunkt.«

Charles flüsterte mir zu: »Ich gehe jetzt. Wenn du innerhalb der nächsten Stunde keine schlechten Nachrichten erhältst, kehre ich als Herr über mein Reich zurück.«

Ich nahm Abschied von meinem Gemahl. »In Gedanken werde ich stets bei dir sein«, gelobte ich.

»In einer Stunde bin ich wieder da«, versprach er.

Diese Stunde nahm und nahm kein Ende. Endlos dehnte sich die Zeit. Alle paar Minuten sah ich auf die Uhr. Lucy war bei mir. »Wie ruhelos Ihr heute morgen seid, Madam«, bemerkte sie.

»Nein, nein, Lucy, ich bin nicht ruhelos.«

»Doch Ihr habt in den letzten fünf Minuten mindestens dreimal auf die Uhr gesehen.«

»Ausgeschlossen, da irrst du dich bestimmt.« Lächelnd gab sich Lucy damit zufrieden und schnitt ein anderes Thema an.

Es treibt mir die Schamesröte in die Wangen, wenn ich an diesen Morgen denke. Meine Dummheit und Kurzsichtigkeit sind unverzeihlich. Wie konnte mir nur verborgen bleiben, was sich unmittelbar vor meinen Augen abspielte? Wenn ich daran zurückdenke, werden die Schuldgefühle übermächtig.

Irgendwann war die Stunde dann doch vorüber. Nun ist es bereits geschehen, dachte ich. Die Rädelsführer sind schon hinter Schloß und Riegel. Alle werden einsehen, daß der König nur zurückerobert hat, was ihm gebührt. Er konnte nicht einfach hinnehmen, daß diese gräßlichen verschlagenen Puritaner die Macht an sich zu reißen drohten.

Ich sprang auf, konnte nicht länger an mich halten. Lucy trat zu mir. »Ich spüre, daß Euch etwas quält. Schon seit einer Stunde.«

»Nun ist es ausgestanden. Ich brauche mir keine Sorgen mehr zu machen!« rief ich aus. »Für mich bricht jetzt eine Freudenzeit an. Ich habe allen Grund zu der Annahme, daß der König jetzt wieder unumschränkter Herrscher über sein Reich ist. Pym und seine Verbündeten sind festgenommen worden.«

Lucy konnte es nicht fassen. »Tatsächlich?« fragte sie. »Hat sich der König ins Unterhaus begeben, um sie festzunehmen?«

»So ist es.«

»Dann kann man den König nur beglückwünschen. Ich hole Wein, damit wir auf ihn trinken können.«

»Ja, Lucy, tu das.«

Lucy lief davon. Es wunderte mich, daß sie nicht wiederkam, doch war ich viel zu aufgeregt, und so störte mich das weiter nicht. Ich trat ans Fenster, sah hinaus und wartete.

Ich mußte lange warten.

Der König kehrte zurück – furchtbar niedergeschlagen. Nun erfuhr ich, was geschehen war.

Zur Festnahme war es nicht gekommen. Irgend jemand hatte Pym und seine Freunde gewarnt. Daraufhin waren sie geflohen. Als der König mit der Wache das Unterhaus betrat, befanden sich die Gesuchten bereits auf der Flucht.

Charles war untröstlich. Das Schicksal meinte es offenbar nicht gut mit uns. Wer konnte Pym gewarnt haben? Kaum jemand hatte von dem Vorhaben gewußt.

»Unter unseren engsten Vertrauten befindet sich ein Spitzel«, sagte ich.

»Das fürchte ich auch«, erwiderte der König. Er berichtete mir, er sei aufgehalten worden, als er das Unterhaus betreten wollte. »Du weißt ja, wie es ist, wenn ich im Parlament erscheine. Ganze Heerscharen lauern mir dort auf. Alle haben ihre Kümmernisse oder wollen eine Bittschrift überreichen. Da bleibt mir nichts anderes übrig, als mir das alles anzuhören. Schließlich sind diese Menschen meine Untertanen. Wegen des Zeitverlusts machte ich mir keine Sorgen, weil ich mir sicher war, daß niemand von unserem Vorhaben etwas ahnte. Deshalb habe ich mich verspätet. Pym und seine Freunde müssen kurz zuvor die Flucht ergriffen haben.«

»Aber wie... woher...?«

»Irgend jemand hat Bescheid gewußt und Pym gewarnt.«

»Aber wer könnte das gewesen sein?«

Charles sah mich an. In seinem Blick lag abgrundtiefe Trauer. »Hast du wirklich mit niemandem über die Angelegenheit gesprochen?«

»Nur mit Lucy, doch da war die angesetzte Stunde schon vorüber.«

»Weißt du denn nicht, daß Lucy Carlisle die Geliebte Pyms ist?«

»*Mon Dieu!*« Übelkeit stieg in mir auf. »Lucy? Sie kann uns nicht verraten haben. Sicher, sie ist mit Pym befreundet. Aber nur, damit sie so viel wie möglich über die Parlamentsmitglieder in Erfahrung bringen kann. Das hinterbringt sie uns, um uns zu unterstützen...«

»Es könnte ebensogut sein«, bemerkte Charles mit finsterer Miene, »daß sie dich aushorcht und den Gegnern dann berichtet, was sie wissen wollen.«

»Du wirst doch hoffentlich nicht glauben, daß Lucy...«

»Ich habe erfahren, daß ein Bote Pym gewarnt hat. Sie hat ihn geschickt.«

»Ich lasse Lucy sofort kommen.«

Lucy erschien jedoch nicht; denn sie war nicht im Palast.

»Was hast du ihr denn anvertraut?« wollte der König wissen.

»Während der ausgemachten Stunde überhaupt nichts. Dann wollte ich sie an meiner Freude teilhaben lassen. Schließlich mußte ich ja annehmen, daß du wieder unumschränkter Herrscher über dein Reich bist; denn du warst ja ausgezogen die Unruhestifter festzunehmen. Ich nahm an, das sei geschehen.«

»Nach Ablauf der vereinbarten Stunde! Erst eine gute halbe Stunde später bin ich in das Unterhaus gelangt. Da blieb ihr genügend Zeit, um Pym zu warnen... was sie ja auch getan hat.«

Ich schlug die Hände vors Gesicht.

»Ach, Charles«, schluchzte ich, »wie konnte ich nur so töricht sein? Ich habe deinen Plan vereitelt. Ich habe dich vernichtet! Ich, die ich mein Leben für dich geben würde!«

Charles wehrte ab. Davon wollte er nichts hören. Er versuchte mich zu trösten und versicherte mir, es sei gar nicht so wichtig. Die Hauptsache sei für ihn, daß ich ihn liebe. So könne ich ihn das Debakel schnell vergessen machen.

»Das alles ist *meine* Schuld. Wenn du mir auch verzeihst, so werde ich selbst mir das noch niemals verzeihen!«

Charles wiegte mich in den Armen wie ein kleines Kind. Für mich grenzte es ans Wunderbare, daß er mich so liebte. Wie konnte er einen Menschen so tief und innig lieben, der ihm durch seine Unüberlegtheit einen solchen Schlag versetzt hatte?

Wie sollte ich ihm meine Liebe nur beweisen, wie ihm zeigen, daß ich ihm unendlich dankbar dafür war, daß er mir meine Torheit verziehen hatte? Würde es mir je gelingen, ihm zu demonstrieren, wie sehr ich ihn liebte?

Ich sehnte die Möglichkeit herbei, mein Leben für ihn zu lassen. Doch solche Gelegenheiten bieten sich einem nicht.

Erst später wurde uns bewußt, wie jämmerlich die Sache fehlgeschlagen war – durch meine Schuld. Die Absichten des Königs lagen nun klar auf der Hand und waren kein Geheimnis mehr. Mit dem leisen Anflug von Beliebtheit, in der wir uns gesonnt hatten, war es nun vorbei. Alle schienen sich von uns abzuwenden. Nein, das trifft nicht unbedingt auf alle zu. Ein paar treue Freunde waren uns geblieben. Lord Digby schlug zum Beispiel vor, mit einem Reitertrupp Pym und den anderen nachzusetzen und sie festzunehmen, wenn er ihrer habhaft wurde. Das erschien mir durchaus angebracht. Doch der König wollte davon nichts wissen.

Zumindest erwies sich jetzt, auf wessen Freundschaft wir wirklich zählen durften. Lucys perfider Verrat machte mir sehr zu schaffen. Ich war bestürzt und konnte es nicht fassen. Ich dachte an die letzten Jahre zurück und mußte mir eingestehen, daß ein klügerer Mensch als ich schon längst Verdacht geschöpft hätte. Daß sie mit Pym befreundet war, hätte mich mißtrauisch machen sollen. Wie konnte ich nur so dumm sein, mir einzureden, ihr Interesse an ihm und seinen Angelegenheiten sei nur gespielt, und zwar mir zuliebe! Weit mehr als Lucys Treulosigkeit schmerzte mich jedoch die Tatsache, daß ich Charles' Hoffnungen zunichte gemacht hatte. Zuweilen will es mir scheinen, als habe niemand so unermüdlich an seinem Untergang gearbeitet wie ich, die ich ihn doch liebte. Mein Leben hätte ich für ihn hingegeben.

Wir lernten zwischen echten und falschen Freunden zu unterscheiden. Männer wie der Earl von Holland und der Earl von Essex zogen sich mit fadenscheinigen Entschuldigungen vom Leben bei Hofe zurück. Da ich inzwischen schlauer geworden war, erkannte ich, was das zu bedeuten hatte.

In Panik gerieten wir erst so richtig, als der Pöbel die Straßen unsicher machte. Die Leute trugen Plakate beziehungsweise Schilder mit der Aufschrift ›Freiheit‹ bei sich. Ich verstand nicht, was sie damit ausdrücken wollten. Bildeten sie sich etwa ein, sie würden nach dem Willen der gestrengen puritanischen Parlamentsmitglieder mehr Freiheit genießen?

Meine Mutter weilte nicht mehr in England, der päpstliche Gesandte hielt sich auch nicht mehr hier auf. Was verlangte das Volk denn noch von uns?

Charles war besorgt um mich; denn der Zorn der Leute richtete sich vor allem gegen mich. Er hielt es für besser, wenn wir Whitehall verließen. Wir bereiteten uns sogleich darauf vor.

Diese fürchterliche Fahrt wird mir immer im Gedächtnis bleiben. Verängstigt saßen wir in der vergoldeten Kutsche, in der wir erst vor kurzem im Triumphzug in London eingetroffen waren. Das Volk hatte uns zugejubelt. Jetzt verließen wir die Stadt. Haßerfüllte, bösartige, bedrohliche Gesichter, wohin man auch blickte. Die Menschen umringten die Kutsche und starrten uns unheilverkündend an.

Ich trauerte Westminster nicht nach. Die Felder, Wiesen und Ländereien um Hampton Court herum entzückten mich, doch obwohl Hampton Court wunderschön war und ich mich gern dort aufzuhalten pflegte, mußte ich jetzt immer an die Zigeunerin mit dem wilden Blick denken, die uns einen Spiegel vorgehalten hatte.

Hampton Court machte einen unwirtlichen, ja beinahe abweisenden Eindruck. Niemand erschien, um die Pferde auszuspannen. Niemand half uns aus der Kutsche. Die mitgeführten Wachsoldaten halfen uns schließlich heraus. Eisige Kälte schlug uns entgegen, als wir das Schloß betraten. Nirgends brannte ein Feuer im Kamin, kein einziges Gemach war für uns hergerichtet.

Die ganze Nacht hindurch verbrachten der König und ich mit unseren drei Kindern Charles, Mary und James zusammen in einem Raum.

»Wenigstens sind wir alle zusammen«, wandte ich mich an Charles.

»Hier können wir nicht bleiben«, entgegnete er. »Morgen fahren wir nach Windsor.«

Am nächsten Morgen brachen wir schon zeitig auf. Wie tröstlich wirkte der Anblick dieses wunderschönen Schlosses auf uns alle, wie königlich, wie stark und uneinnehmbar. Das war zu jener Zeit besonders wichtig. Ich freute mich, dem kalten unwirtlichen Hampton Court entronnen zu sein und fürchtete, daß es mir dort auch in Zukunft nicht mehr gefallen würde.

»Wir müssen mit allem rechnen«, erklärte der König. »Pym und seinen Freunden ist bekannt, daß ich sie unter Anklage stellen wollte. Sie werden nichts unversucht lassen, das Volk gegen mich aufzuwiegeln. Dadurch ist das Volk gezwungen, zwischen dem König und dem Parlament zu wählen. Ich baue auf meine getreuen Untertanen.«

»Unzählige halten Euch die Treue«, versicherte ihm Denbigh. »Wir müssen sie zusammentrommeln. Sie wissen, daß von den Puritanern Gefahr ausgeht.«

»Wir müssen unbedingt zu Geld kommen«, meinte ich. »Darum kümmere ich mich wohl am besten. Ich könnte meinen Bruder sicher dazu bringen, uns zu helfen, wenn ich zu ihm reisen dürfte.«

Sie sahen mich erwartungsvoll an. ›Wenn ich doch etwas Fantastisches zustandebrächte, was an ein Wunder grenzt‹, ging es mir durch den Kopf. ›Ich möchte wiedergutmachen, was ich angerichtet habe.‹ Sicher lasteten sie alle mir die Lage an, in der wir uns befanden. Mit der Festnahme der Rädelsführer hätten wir das Unheil von uns abwenden können. Nur Charles gab sich den Anschein, als sei das nicht so wichtig.

Verzweifelt sehnte ich mich danach, ihm zu beweisen, daß ich vor nichts zurückschreckte, wenn es darum ging, ihm zu helfen.

Der Gedanke war nicht von der Hand zu weisen. Hilfe konnte Charles weiß Gott gebrauchen. Die Bedingungen des Papstes, die sich an die Unterstützung knüpfen würden, waren inakzeptabel. Zwar war der Papst bereit, Charles dazu zu verhelfen, daß er auf dem Thron blieb, doch das Zugeständnis, das er dafür von Charles verlangte, war vielmehr dazu angetan, mit einem Mißerfolg zu enden. Vermutlich würde es ihn den Thron kosten. Die Engländer würden sich nicht mit einem katholischen König abfinden. Sogar ich sah das inzwischen ein. Unsere Freunde hatten nicht einen Augenblick vergessen, daß der König von Frankreich mein Bruder war. Wenn sie auch nicht damit rechneten, daß Ludwig vor Altruismus strotzte, so sagten sie sich doch, daß ihm nicht daran gelegen sein konnte, einen Monarchen entthront zu sehen. Es bestand also durchaus die Möglichkeit, daß er uns unterstützen würde, und wer war besser geeignet, ihm diese Bitte vorzutragen als seine Schwester?

Ich setzte große Hoffnungen auf den Prinzen von Oranien. Die Verbindung des englischen Königshauses mit dem Haus Oranien begeisterte ihn so, daß er sich möglicherweise bereitfinden würde, uns mit Waffen oder Geld zu unterstützen. Ich erwärmte mich immer mehr für den Plan. Ja, ich gedachte unter dem Vorwand nach Holland zu reisen, meine Tochter ihrem Gatten zuzuführen.

»Das Parlament hat Euch aber ausdrücklich untersagt, das Land zu verlassen«, wandte Denbigh ein.

»Ich werde England mit oder ohne Erlaubnis des Parlaments verlassen, und ich nehme auch Wertgegenstände mit, die ich gegen das eintauschen möchte, was wir benötigen.«

Der König sah mich an. Er war offensichtlich stolz auf mich. »Ich muß nach Hull«, erklärte er. »Da wären wir ohnehin getrennt. In Hull ist Munition gelagert, die dort bereitliegt für den Fall, daß wir die Schotten angreifen müssen. Wenn ich mir die sichern kann, so nehme ich es jederzeit mit unseren Feinden auf.«

Unser Plan sah folgendermaßen aus: Der König würde sich nach Hull begeben, damit ihm nötigenfalls die Waffen zur Verfügung standen, um seine Feinde zu bekämpfen. Gleichzeitig würde ich meine Tochter nach Holland bringen, mit oder ohne Genehmigung des Parlaments.

»Vielleicht sollten wir doch lieber erst die Genehmigung abwarten«, schlug Charles vor. Ihm war sehr daran gelegen, möglichst keinen Konflikt heraufzubeschwören. Zu unserer Verwunderung hatte das Parlament jedoch nichts dagegen einzuwenden, daß ich mit meiner Tochter England den Rücken kehrte.

Charles begleitete uns bis an die Küste. In Canterbury machten wir Zwischenstation. Die eisigen Februarstürme erschienen mir erträglicher als die Eiseskälte in meinem Herzen. Ich mußte mich von Charles trennen. Wie immer, wenn wir voneinander Abschied nehmen mußten, stellte ich mir die bange Frage, wann wir uns wiedersehen würden.

Ich rang mir ein Lächeln ab, versicherte Charles, daß meine Mission von Erfolg gekrönt sein würde. Irgendwann seien unsere Probleme und Schwierigkeiten dann aus der Welt geschafft. Es würde keine grimmigen, schwarzgewandeten Puritaner mehr geben, die einen Schatten auf unser Glück warfen.

»Die Zeit ohne dich wird mich schwer ankommen«, sagte Charles. »Wenn ich dich nur bei mir habe, erscheint mir nichts anderes mehr wichtig.«

»Ich weiß«, erwiderte ich. »Mir geht es ebenso. Es wird schon alles gutgehen. Manchmal habe ich fast das Gefühl, als müßten wir um unser Glück kämpfen, es erkaufen. Liebster, ich bringe dir Truppen oder Waffen mit, die deiner Sache dienen sollen und mit deren Hilfe wir die Rebellen in den Boden stampfen werden.«

»Meine hitzige kleine Generalin«, sagte er leise, »bleib nicht zu lange fort.«

»Nicht einen Tag länger als unbedingt erforderlich«, versicherte ich ihm, »und du wirst sehen, daß das Wiedersehen nur um so schöner ist, nachdem wir eine Weile getrennt waren.«

Ich hätte viel darum gegeben, hätten wir uns in Canterbury im Schatten der großen Kathedrale eine Weile aufhalten können, doch Eile war geboten. Niemand konnte wissen, ob unsere Feinde ihre Meinung nicht doch noch ändern und versuchen würden, mich an der Abreise zu hindern.

Am nächsten Tag brachen wir nach Dover auf. Die holländischen Schiffe im Hafen waren ein beruhigender Anblick – ein Flottengeschwader von fünfzehn Schiffen unter dem Kommando des Admirals van Tromp.

»Sie können es kaum erwarten, ihre kleine Prinzessin heimzuholen«, äußerte ich mich Charles gegenüber.« Sicher möchten sie den Eltern der Prinzessin helfen.«

Zu unserer Freude war auch Prinz Rupert erschienen, der uns schon einmal mit seinem Bruder Charles Ludwig einen Besuch abgestattet hatte. Charles Ludwig hatte sich geweigert, zu Marys Hochzeit zu erscheinen, was uns maßlos amüsierte. Er hatte Trübsal geblasen, weil Mary mit dem Prinzen von Oranien und nicht mit ihm vermählt worden war. Rupert war jedoch dagewesen und hatte der Vermählung beigewohnt. Dieser kluge, gutaussehende junge Mann schien uns wirklich gern zu haben.

Nach der liebevollen Begrüßung erklärte er, ihm sei zu Ohren gekommen, daß in England unruhige Zeiten herrschten. Er wolle sich seinem Onkel zur Verfügung stellen und an seiner Seite gegen die erbärmlichen Puritaner kämpfen.

Charles dankte ihm und gab ihm zu verstehen, daß ein Krieg nicht zur Debatte stehe. Wer auch nur eine Spur von gesundem Menschenverstand besitze, müsse sich doch sagen, daß ein Krieg niemandem nutzen könne. Er müsse sich glücklich schätzen, daß es noch nicht dahin gekommen sei und hoffe inständig, daß es auch in Zukunft keinen Krieg geben werde.

Rupert war sichtlich enttäuscht, und da er nicht in England bleiben wollte, wenn es keinen Krieg gab, erbot er sich, mit uns nach Holland zurückzukehren und mich und meine Tochter zu beschützen.

Worauf Charles erwiderte, daß er seinem lieben Neffen dafür sehr zu Dank verpflichtet sei.

»Du mußt wissen, daß die Königin mein kostbarstes Juwel ist«, sagte er. »Du kannst mir keinen größeren Dienst erweisen als sie zu behüten.«

Rupert würde also mit uns nach Holland zurückkehren.

Der endgültige Abschied nahte! Die Erinnerung daran wird mich nie mehr loslassen.

Charles trug Jagdkleidung, um von seinem wahren Vorhaben abzulenken. Er wollte sich ja, wie gesagt, zu dem Munitionslager in Hull begeben. Er hatte sicherheitshalber überall verbreitet, er wolle im Norden Englands auf die Jagd, nachdem er sich von mir verabschiedet habe.

Zuerst gab er unserer Tochter einen Abschiedskuß, dann wandte er sich mir zu und schloß mich in die Arme. Wieder und wieder küßte er mich. Schließlich gab er mich frei, riß mich aber gleich wieder in die Arme.

»Wie soll ich es nur ohne dich aushalten?« fragte er.

»Ich muß es ja auch ohne dich aushalten«, meinte ich.

»Liebste, laß mich nicht allein. Du sollst immer in meiner Nähe sein.«

»Ich komme reich beladen zurück, du wirst schon sehen. Mit allem, was wir benötigen, um unserer Feinde Herr zu werden. Dann, mein liebes Herz, trennen wir uns nie mehr und leben glücklich miteinander, solange es uns vergönnt ist.«

Wieder umarmten und küßten wir uns. Wir konnten einfach nicht voneinander lassen.

Doch es mußte sein, und so riß ich mich schließlich widerstrebend los. Charles sah mir nach, als ich an Bord ging. Ich stand an Deck, Charles blieb an Land zurück. Sehnsüchtig sahen wir uns an, bis das Schiff Kurs aufs Meer nahm.

Charles galoppierte die Küste entlang und winkte uns nach. Er winkte uns mit seinem Hut, bis wir seinen Blicken entschwanden.

Ich war blind vor Tränen und erkannte ihn kaum mehr, doch auch ich winkte verzweifelt, bis ich mich wirklich nicht mehr der Täuschung hingeben konnte, daß ich ihn noch sah.

Ihre Majestät die Königin als Generalissima

Das Meer war mir verhaßt. Wann immer ich das Meer befuhr, schien es seine übelste Seite herauszukehren. Kaum lag die englische Küste hinter uns, als ein heftiger Sturm aufkam. Seereisen sind mir schon immer endlos vorgekommen, doch diesmal verdankte ich es der stürmischen See, daß ich von meinem Abschiedsschmerz abgelenkt wurde. Während der gesamten Überfahrt peinigte mich die Angst. Ich fürchtete nicht etwa, zu ertrinken. Mich quälte vielmehr der Gedanke, daß dann auch die Schiffe mit meinem Tafelsilber und meinen Wertsachen kentern und sinken würden.

Es sollte sich erweisen, daß meine Befürchtungen nicht ganz unbegründet waren. Als Helvoetsluys in Sicht kam, fiel eins der Schiffe der rauhen See zum Opfer. Es sank vor unseren Augen. Zu meinem Kummer ausgerechnet das Schiff mit den Gegenständen an Bord, mit denen ich mir während meines Auslandsaufenthaltes in meinen Gemächern eine Kapelle einzurichten gedachte.

Ich betrachtete das als schlechtes Omen.

Nur wenige Freunde begleiteten mich. Darunter Lord Arundel und Lord Goring, der Vater von George Goring, der Verrat an uns begangen hatte, als es um die Verschwörung mit Hilfe des Heeres ging. Er war jedoch so reumütig zu uns zurückgekehrt, daß Charles ihm verziehen hatte. George Goring hatte hoch und heilig versprochen, uns wegen seines Treuebruchs in Zukunft nur um so treuer dienen zu wollen, um uns für die Schwierigkeiten zu entschädigen, die er verursacht hatte. Mein Beichtvater Vater Philip und Vater Cyprien Gamache begleiteten mich ebenfalls. Unter den wenigen Damen befanden sich Susan, die Gräfin von Denbigh, die Herzogin von Richmond sowie ein paar Französinnen aus meinem Gefolge.

Was für ein Genuß, wieder festen Boden unter den Füßen zu haben. Ich war kolossal erleichtert, als ich in Hounslerdike mit Mary zusammen an Land ging. Dort empfing uns der freudig erregte junge Bräutigam. Böllerschüsse krachten, als er uns zu den Kutschen geleitete, in denen wir nach Den Haag fahren sollten.

Es stand außer Frage, daß der Prinz von Oranien uns zu schätzen wußte. Er hatte der Vermählung begeistert zugestimmt. In seinen Augen gereichte die Verbindung seinem Haus zur Ehre. Ich legte jedoch keinen Wert auf großartige Zeremonien. Mein Hauptinteresse galt den geschäftlichen Transaktionen, die ich so bald wie möglich in Angriff nehmen wollte. Es galt, ein Heer zusammenzustellen, es nach England übersetzen zu lassen und Charles zu übergeben.

Charles' Schwester, Elisabeth von Böhmen, begrüßte mich. Eine strahlend schöne Frau, die jedoch auf ihr Äußeres nicht viel gab. Uns trennten Welten. Zur Zeit meiner Ankunft auf dem Kontinent sah sie aufgrund der Tragödien, die sich in ihrem Leben abgespielt hatten, gramzerfurcht und mitgenommen aus. Sie ließ mich deutlich spüren, wie verächtlich und lächerlich es ihr erschien, daß ich meiner äußeren Erscheinung einen so großen Wert beimaß. Auch die Art, wie ich mich kleidete, schien ihr zu mißfallen. Die Freude an schönen Kleidern war bei mir wohl angeboren. Auch störten sie mein kleiner Wuchs und meine Weiblichkeit. Möglicherweise wußte sie, daß meine Torheit ihrem Bruder nicht gerade von Nutzen gewesen war. Sie hatte nicht vergessen, daß sie eine englische Prinzessin war und reagierte zornig auf die Geschehnisse in England. Größere Sorgen als ich sie mir machte, konnte sie sich jedoch kaum machen. Ich ertrug es nur schwer, daß sie mir offensichtlich anlastete, was in England schiefgelaufen war.

Rupert war liebenswert und ehrerbietig. Er hielt seine Abenteuerlust im Zaum und war wild entschlossen, den Wunsch des Königs zu erfüllen und sich um mich zu kümmern. Charles Ludwig schmollte immer noch und ließ sich nicht blicken.

Ach, wenn Charles doch bei mir wäre, seufzte ich insgeheim. Wenn auch zu Hause alles in Ordnung wäre, könnte niemand glücklicher sein als ich.

Kalt und stürmisch hielt der Monat März Einzug. Während der Fahrt und des triumphalen Einzugs in die Hauptstadt konnte ich meine Ungeduld kaum mehr bezähmen. Der Prinz von Oranien ließ es sich jedoch nicht nehmen, uns gebührend zu feiern. Wie hätte ich mich mit Charles zusammen vor Lachen ausgeschüttet angesichts des linkischen Benehmens dieser Holländer. Nichts erinnerte hier auch nur entfernt an die geschliffenen Etikette am englischen Königshof, und wenn ich mich recht erinnere, waren mir diese bei meiner Ankunft in England als jungvermählte Braut schon grob erschienen im Vergleich zu der höfischen Etikette, die ich als Kind gewohnt gewesen war. So behielten die Bürgermeister zum Beispiel in meiner Gegenwart die Hüte auf. Zu Hause hätte das als unglaublicher Affront gegolten. Ich redete mir ein, das sei beabsichtigt; denn einige dieser sehr einfach gekleideten, todernsten Männer konnten eine gewisse Ähnlichkeit mit unseren Rundköpfen nicht verleugnen. Doch es zeigte sich, daß ihr Fehlverhalten nur auf Unwissenheit zurückzuführen war. Nachdem sich das aufgeklärt hatte, brach ich um ein Haar in hysterisches Gelächter aus; denn einer dieser Holländer küßte meinem Zwerg Geoffrey Hudson die Hand. Er hielt ihn für einen meiner Söhne.

Wie indigniert wären meine Söhne angesichts dieser Tatsache gewesen!

Nachts weinte ich vor Sehnsucht nach Charles. Mein einziger Trost waren die Briefe, die ich ihm schrieb. Beim Schreiben war ich blind vor Tränen. Die tropften auf das Papier, verwischten die Schrift.

»Das sind Tränen der Liebe«, schrieb ich ihm – und sie bewiesen, wie ich um ihn weinte.

Als ich einen Brief von ihm erhielt, war das ein Freudentag für mich. Er enthielt nur wenig über den Stand der Dinge, doch schrieb er mir, der Gute, ohne mich sei jeder Tag ein Trauertag und er sei ganz der Meine.

Woche um Woche verging. Die Zeremonie nahm viel Zeit in Anspruch. Mir wurde klar, daß ich nicht viel Aufhebens von meiner Ankunft hätte machen dürfen; denn mir bot sich kaum eine Gelegenheit, mich um die Belange zu kümmern, um derentwillen ich gekommen war.

Es wurde Mai, bis wir uns von Den Haag nach Rotterdam begaben. Ich empfand die Verzögerung als ärgerlich. Charles schrieb mir regelmäßig und bewies mir damit seine Ergebenheit. Doch die Briefe konnten mir Charles nicht ersetzen. Ich wollte bei ihm sein. Vor meiner Abreise hatten wir einen kleinen Geheimkode ausgearbeitet. Eine herrliche Vertrautheit überkam mich, wenn ich seine Briefe öffnete und las. Ich lebte nur für seine Briefe und sehnte den Tag herbei, an dem wir uns wiedersehen würden.

Ganz plötzlich verstarb eine der Töchter des Prinzen von Oranien. So fanden die Feierlichkeiten ein jähes Ende. Wir kehrten nach Den Haag zurück. Der Prinz von Oranien schloß sich seinem Heer an. Er bestand darauf, daß wir seine Truppen inspizierten, was natürlich eine große Ehre war, doch auf die dringlichste Frage blieb er mir die Antwort schuldig. Sie lautete: Inwieweit würde mir durch ihn Hilfe zuteil werden? Oder vielmehr: War er überhaupt bereit, mir zu helfen?

Schließlich wurde mir hinterbracht, der Prinz von Oranien sei zwar willens, zwischen dem König und dem Parlament zu vermitteln, er halte es aber für unklug, Charles mit Waffen zu versorgen, mit denen dieser gegen seine eigenen Untertanen kämpfen würde. Die Holländer waren eben strenggläubige Protestanten und unseren Rundköpfen nicht unähnlich.

Es würde mir also nichts anderes übrigbleiben, als die Juwelen und das Tafelsilber zu versetzen, um mein Ziel zu erreichen. Die folgende Zeit durchlebte ich wie im Traum. Aus mir wurde eine Geschäftsfrau. Ich stellte meine Ware zur Schau und ging damit hausieren, versuchte mit Leuten ins Geschäft zu kommen, wie sie mir noch nie begegnet waren.

Ein entmutigendes Unterfangen. Zumeist suchten mich Juden auf, die sich als sehr geschäftstüchtig erwiesen. Sie hatten eine Schwäche für Juwelen. Aber wer hätte die nicht? Die englischen Kronjuwelen waren von unschätzbarem Wert.

»Wunderschöner Schmuck«, versicherte mir ein Händler. Seine Augen leuchteten, als er ehrerbietig über die Juwelen strich. »Aber, Eure Majestät, Ihr dürft diese Juwelen nicht verkaufen. Da es sich um die Kronjuwelen handelt, sind sie unveräußerlich.«

Ein rasender Zorn bemächtigte sich meiner. »Mein Gemahl hat mir den Schmuck zum Geschenk gemacht, wie sollte er da nicht mir gehören?« gab ich zurück.

»Wenn wir den Schmuck erstehen wollten, könnte es durchaus sein, daß er eines Tages zurückverlangt würde mit der Begründung, der Verkäufer habe kein Recht gehabt, ihn zu veräußern.«

»Das ist blanker Unsinn!« schrie ich.

»Genauso würde es kommen«, beharrte der Händler auf seiner These. »Und wer würde auch schon eine solche Krone kaufen wollen? Die kann mit Ausnahme eines Monarchen niemand tragen.«

»Ihr könntet sie ja auseinandernehmen. Die Rubine sind von unschätzbarem Wert.«

»Aber Majestät, ich bitte Euch! So etwas Schönes nimmt man doch nicht auseinander! Es würde mir das Herz brechen!«

So argumentierten diese Händler. Ihre größte Befürchtung war, daß die Juwelen zurückgefordert werden könnten. Jedes Gericht würde vermutlich befinden, daß sie kein Anrecht darauf hatten. Ihr Standpunkt leuchtete mir durchaus ein.

An einigen der kleineren Objekte waren sie jedoch interessiert. Ich wußte, daß ich dafür keinen sehr hohen Preis erzielen würde, doch besser wenig als nichts.

Meine Reise war nicht gerade von Erfolg gekrönt. Allmählich begann ich mich zu fragen, was Charles wohl ohne mich und meinen Rat tat. Ich weiß, daß das angesichts meiner Fehler und Irrtümer hochmütig und unsinnig klingt, doch ich liebte meinen Gatten, ohne blind zu sein, was seine Schwächen anging. Wurde er unter Druck gesetzt, so gab er nach. Ich mußte ihm zur Seite stehen, damit er seinen Feinden gegenüber standhaft blieb.

Es war ein schwerer Schlag für uns, daß Hull sich gegen ihn aussprach. Als er den kleinen James aussandte, um die Stadt in seinem Namen zu besetzen, stand dieser vor verschlossenen Toren und wurde nicht eingelassen. Hull, die Stadt mit dem Munitionslager, das Charles sich für den Kampf gegen die Schotten hatte aneignen wollen.

»Nichts als Katastrophen«, äußerte ich mich der Gräfin Denbigh gegenüber. »Kein Volk ist so vom Pech verfolgt wie wir.«

Ein Bote erschien. Nicht Charles hatte ihn geschickt – es ging um meine Mutter. Sie lebte in kläglichster Armut in einem kleinen Haus in Köln. Ihr Gefolge hatte sie im Stich gelassen, weil sie den Leuten seit längerer Zeit den Lohn nicht mehr hatte zahlen können. Sie war gezwungen gewesen, das Mobiliar zu verheizen, weil sie so gefroren hatte. Sie würde nicht mehr lange leben und wollte mich noch einmal sehen, bevor sie starb.

Ich wollte mich sofort auf den Weg machen, erfuhr jedoch, daß die Holländer diesen Besuch nicht gutheißen würden. Sie empfanden sich als Republikaner und mochten Königinnen nicht. Während ich noch zauderte, erhielt ich die nächste Nachricht. Meine Mutter war verstorben.

Verzweiflung überkam mich. Meine Mutter, Gemahlin von Heinrich IV., dem großen König, der einst über Frankreich geherrscht hatte, war als Bettlerin gestorben! Wie hatte mein Bruder das zulassen können?

Warum wurden uns allen nur ständig so schreckliche Dinge angetan? Weshalb mußte uns immer wieder ein neues Unglück ereilen? Es wollte mir nicht in den Kopf, daß es auf der Welt so grausam zugehen sollte. Noch jemand war gestorben, dessen Tod mir entschieden näher ging als der meiner Mutter. Es lag schon Jahre zurück, daß ich gewaltsam von Mamie getrennt worden war. In dieser Zeit war mir Charles so wichtig geworden, daß ich eine so starke Zuneigung zu ihm empfand wie nie zuvor für einen anderen Menschen. Doch auch Mamie hatte ich zärtlich geliebt, und daran würde sich niemals etwas ändern. Sie war die liebste Gefährtin meiner Kindheit. Nun lebte sie nicht mehr.

Als ich so kurz nach dem Tode meiner Mutter die Nachricht von ihrem Ableben erhielt, war ich zutiefst bestürzt.

Mamie war noch viel zu jung zum Sterben. Nach unserer

Trennung mußte ihr Leben ganz anders verlaufen sein als vorher. Ehe... Kinder... ob sie wohl glücklich gewesen war? Nach ihren Briefen zu urteilen, mußte sie es wohl gewesen sein, doch woher sollte ich das so genau wissen? Ihre Kinder mußten noch ziemlich klein sein. Die gute Mamie, wie mußte sie an ihnen gehangen haben, und die Kinder natürlich auch an ihr. Sie war Erzieherin bei Mademoiselle de Montpensier gewesen – ein sehr schwieriger Zögling. Doch als Mamies Ende nahte, hatte sie an Mamies Bett gesessen. Mamies letzte Gedanken galten ihren Kindern. Sie hatte sie Mademoiselle de Montpensier ans Herz gelegt. Auch von mir soll sie noch gesprochen haben.

Ich vergoß bittere Tränen. Wäre ich doch nur bei ihr gewesen. Liebe Mamie, dachte ich. Inständig hoffte ich, daß ihre Ehe so glücklich gewesen war wie die meine – aber das konnte ja nicht sein; denn einen Mann wie Charles gab es auf Erden nicht noch einmal.

»Liebste Mamie«, flüsterte ich tieftraurig. »Mögest du in Frieden ruhen und Gottes Segen dir gewiß sein.«

Während ich noch um meine Mutter und meine beste Freundin trauerte, erhielt ich ausnahmsweise einmal eine erfreuliche Nachricht. Kuriere von George Digby, dem Earl von Bristol und Henry Jermyn trafen ein. Sie hegten den Wunsch, sich mir anzuschließen, wollten sich aber zuvor vergewissern, ob sie auch willkommen sein würden. Ich ließ den Kurier die Nachricht überbringen, daß ich sie mit Freuden empfangen würde.

»Von vertrauenswürdigen Freunden unterstützt kann ich viel erreichen«, schrieb ich.

Sie gesellten sich also zu mir. Trotz meines Kummers lebte ich ein wenig auf. Wie glücklich wäre ich gewesen, wenn es sich um einen Staatsbesuch gehandelt hätte und Charles hiergewesen wäre. Der Prinz von Oranien und sein Vater hielten sich nicht mehr bei Hofe auf, sondern befanden sich im Manöver. Deshalb ging es bei Hofe merklich ruhiger zu. Mary schien sich nach ihrem Gemahl zu sehnen. Natürlich nahm ich das hocherfreut zur Kenntnis; denn ich wünschte mir nichts sehnlicher, als daß unsere Kinder mit ihren Partnern einmal ebenso glücklich wurden wie ich mit Charles. Durch unsere Feinde fiel allerdings ein Schatten auf unser Glürk. Charles erschien mir einzigartig.

Henry Jermyn verstand sich großartig darauf, mich aufzuheitern. Auch Digby bemühte sich nach Kräften, doch er berauschte sich am Klang der eigenen Stimme. Ständig ließ er sich über die Rechtsverletzungen des Parlaments aus, bis ich es nicht mehr hören konnte. Henry Jermyn war anders geartet. Er versprühte seinen Charme und brachte mich zum Lachen, so daß mir die Lage bald nicht mehr so hoffnungslos erschien.

Die Prinzessin von Oranien schenkte einer Tochter das Leben. Man bat mich, das Kind über das Taufbecken zu halten. Zu Ehren des neuen Familienmitglieds sollte das Kind auf den Namen Mary getauft werden. Ich konnte es jedoch nicht mit meinem Glauben vereinbaren, an einer Taufe in einer protestantischen Kirche teilzunehmen. Daher nahm Mary meinen Platz ein.

Manche neigten zu der Ansicht, ich hätte die Prinzessin und den Prinzen von Oranien nicht brüskieren dürfen, indem ich es ablehnte, bei der Taufe zugegen zu sein. Möglicherweise war auch Henry Jermyn dieser Ansicht, doch er war viel zu taktvoll, um auch nur ein Wort darüber zu verlieren. Um nichts auf der Welt hätte ich gegen meine Prinzipien verstoßen.

Nach der Ankunft von Henry und Digby war das Glück mir zuweilen hold. Wenn ich die Kronjuwelen auch nicht veräußern konnte, so konnte ich sie doch verpfänden. Es gab Kaufleute, die mir große Summen Geldes vorschießen wollten, jedoch nur unter einer Bedingung: wenn die Juwelen nicht durch Rückzahlung des Geldes und der entsprechenden Zinsen eingelöst wurden, hatten sie einen rechtmäßigen Anspruch darauf.

Weitblickend war ich nie gewesen. Ich brauchte dieses Geld, und zwar unverzüglich. Hier bot sich mir nun eine Chance. Waffen, Munition, ein Heer und Schiffe bedeuteten mir entschieden mehr als die Juwelen.

Überdies war der Prinz von Oranien, der öffentlich erklärt hatte, er könne mir nicht helfen, privat nicht ganz so abgeneigt. Die Verbindung mit dem englischen Königshaus erfüllte ihn mit Stolz. Er wollte nicht tatenlos mitansehen, wie es an Bedeutung verlor. Unauffällig glitten Schiffe über die Nordsee und gingen im Fluß Humber vor Anker. Überglücklich konstatierte ich, daß meine Mission schließlich und endlich doch noch von Erfolg gekrönt war. Zwar hatte das alles sehr viel Zeit erfordert und war auch nicht so abgelaufen, wie ich es mir vorgestellt hatte, doch was spielte das für eine Rolle. Für mich zählte nur, daß ich meinen Auftrag ausgeführt hatte.

Voller Freude schrieb ich Charles, daß das Gewünschte erreicht war, doch was wir einander auch mitzuteilen hatten, wurde übertroffen von unseren Liebeserklärungen. Besorgt erkundigte ich mich nach seinem Gesundheitszustand und bat ihn, sich keine Sorgen um mich zu machen. Ich sei für ihn tätig. Er werde staunen, wozu ich imstande sei. Wir würden dafür sorgen, daß diese jämmerlichen Rundköpfe sich trollten und sich irgendwo verbargen. Ich schrieb ihm, daß ich mich nach England zurücksehnte. »Holland liegt mir nicht. Vielleicht ist die Luft hier anders als in England. Du liebst England, weil es dein Vaterland ist. Auch ich liebe England, und zwar aus dem gleichen Grund. Meine Augen schmerzen, zuweilen sehe ich nicht mehr so gut. Ich habe wohl zuviel um dich geweint. Wenn ich dich wiedersehe, wird das Balsam für meine Augen sein. Das ist die einzige Freude, die ich auf der Welt noch habe, und ohne dich würde ich nicht einmal mehr eine Stunde leben wollen.«

Eines Tages Ende August suchte mich Rupert auf und verkündete aufgeregt: »Der König hat seine Standarte in Nottingham aufgestellt. Das bedeutet Krieg. Ich möchte zu ihm und an seiner Seite kämpfen.«

Nun war es also doch soweit. Ich hatte es ja kommen sehen, trotzdem erschrak ich maßlos, als ich davon erfuhr. Ich mußte unbedingt zurück nach England. Länger konnte ich nicht bleiben.

Ich begann augenblicklich mit den Vorbereitungen für meine Rückkehr.

Der Abschied von Mary fiel mir schwer. Das arme Mädchen weinte bitterlich.

»Aber, Liebling, du verstehst doch sicher, daß ich zurück muß zu deinem Vater«, versuchte ich ihr klarzumachen. »Ich lasse dich bei deiner lieben neuen Familie zurück. Wenn mich nicht alles täuscht, bist du ja schon in deinen Prinzen verliebt. Daß er deine Gefühle erwidert, ist nicht zu übersehen. In glücklicheren Zeiten kommt ihr dann an unseren Königshof und wir an den euren. Ich freue mich schon darauf, durch den herrlichen Schloßpark von Den Haag zu promenieren. Die Zierhecken, die Statuen und Springbrunnen sind wirklich eine Pracht, und das wunderschöne imposante Schloß ist fast so groß wie unseres in Westminster. Sei nicht traurig, liebes Kind, du kommst uns ja bald besuchen. Bete für uns. Dein Vater ist der beste Mensch auf der Welt, und wir können uns alle glücklich schätzen, ihm anzugehören. Das darfst du nie vergessen.«

Das arme Mädchen war ja noch blutjung. Es war zuviel verlangt, von ihr zu erwarten, daß sie ihren Kummer vor aller Welt verbarg.

Wie schon gesagt war mir das Meer verhaßt. Es hat nie Erbarmen mit mir gehabt. Man konnte beinahe glauben, der böse Geist des Wassers habe es darauf angelegt, mir das Leben auf hoher See zur Hölle zu machen, kaum schickte ich mich an, die Überfahrt zu wagen. Zum Glück hatte ich meinen lieben alten Hund Mitte bei mir. Von dieser Hündin hatte ich mich nicht trennen wollen; denn ich empfand sie als Trost. Mit Grauen dachte ich an den Tag, an dem es für immer Abschied von ihr zu nehmen galt; denn Mitte war schon sehr betagt. Natürlich liebte ich alle meine Hunde und hatte sie ständig um mich, doch Mitte besaß ich schon so lange. Charles hatte sie mir zum Geschenk gemacht. Ich sprach mit der Hündin, sie kuschelte sich an mich, und ich flüsterte ihr zu, daß wir bald wieder in England wären.

Die *Princesse Royale* war ein schönes altes englisches Schiff. In Scheveningen lichteten wir die Anker, insgesamt elf vollbeladene Schiffe samt den Waffen und der Munition, die ich erstanden hatte. Ich muß gestehen, daß ich ziemlich stolz auf mich war. Ich schickte ein Stoßgebet zum Himmel in der Hoffnung, daß ich England ohne Zwischenfall erreichen würde. Da uns der große Admiral van Tromp begleitete, rechnete ich mir gute Chancen aus.

Ich hätte wissen müssen, daß bei mir niemals eine Seereise glatt vonstatten gehen würde. Das war mir nun einmal nicht vergönnt. Die Küste lag erst ein paar Seemeilen hinter uns, da kam ein schwerer Sturm auf. Was für eine Pein! Festgebunden lagen wir in unseren engen, kleinen Kojen, damit wir bei dem heftigen Seegang nicht herausfielen.

Diese Seereise war der reinste Alptraum. Trotzdem schien ich sie besser zu verkraften als meine Gefährten. Mir war es auf hoher See schon so oft schlecht ergangen, daß ich darauf vorbereitet war. Möglicherweise erschien mir die stürmische Überfahrt angesichts meiner Angst vor der Zukunft und meiner Sorge um Charles diesmal nicht so tragisch. Mir war nicht entfernt so übel wie manchen anderen an Bord. Wenn es mir gelang, aus der Koje zu klettern und an Deck zu torkeln, belebte mich die frische Luft. Alle hielten den Aufenthalt an Deck für sehr gefährlich, doch ich ließ mich nicht davon abhalten. Meine Hofdamen, die sich verpflichtet fühlten, mich an Deck zu begleiten, jammerten und stöhnten.

»Wir werden alle ertrinken!« riefen sie verschreckt.

»Keineswegs«, gab ich zurück. »Beruhigt Euch. Es ist noch nie eine englische Königin ertrunken.«

Der Gedanke daran, daß es jetzt zurück nach Hause ging und ich mich als sehr geschäftstüchtig erwiesen hatte, ließ mich nicht mehr los und ließ mir alles in einem rosigeren Licht erscheinen. Alle staunten ob meiner Munterkeit. Ich empfand es als lachhaft, wie sich mein Gefolge nach Kräften bemühte, die höfische Etikette auch an Bord zu wahren und mir zu Diensten zu sein, wie es sich gehörte, obwohl der Sturmwind sie über Deck trieb und sie sich mir zuweilen auf allen vieren näherten.

Mehrere Geistliche befanden sich an Bord. Mit ihrer Würde war es nicht mehr so weit her; denn sie glaubten nicht daran, daß sie überleben würden. Ich mußte mich sehr bezähmen, um mir nicht anmerken zu lassen, was für eine hämische Freude ich angesichts ihrer Furcht empfand. Für gewöhnlich gaben sie sich stets belehrend. Ich ließ mir selbst von Geistlichen nur ungern sagen, ich sei eine Sünderin und müsse auf diese oder jene Weise Buße tun. Deshalb amüsierte es mich, ihre Todesangst mitzuerleben und die Furcht davor, womöglich nicht einmal mehr die letzte Beichte ablegen zu können und ohne die Vergebung ihrer Sünden sterben zu müssen.

Einige unter den Geistlichen schrien ihre Sünden in allen Einzelheiten lauthals gen Himmel. Es mußte ja grotesk anmuten, diese Männer zu beobachten, die sich zu unseren Hirten berufen fühlten, obwohl sie sich selbst der schlimmsten Sünden schuldig gemacht hatten – als da wären Unzucht, Hurerei, Unehrlichkeit und dergleichen mehr. Sie, die sich stets auf einem Podest gesehen hatten, von dem aus sie uns in *unseren* Pflichten unterwiesen, stellten sich nun als ebenso lüstern und geldgierig heraus wie viele andere Menschen auch.

Nachdem wir neun Tage lang auf der stürmischen See hin- und hergeworfen worden waren, kam endlich Land in Sicht. Leider zeigte sich, daß wir wieder in Scheveningen anlangten, von wo wir ausgelaufen waren.

Als wir in den Hafen einliefen, wurden wir von meiner Tochter, dem Prinzen von Oranien und Prinz Wilhelm begrüßt. Die Nachricht, daß uns der Sturm nach Scheveningen zurückgetrieben hatte, war auch nach Den Haag gelangt.

Ich stolperte an Deck, ohne mir klarzumachen, was für einen jämmerlichen Anblick ich vermutlich bot – bleich, zerzaust, übelriechend und in beschmutzter Kleidung, die ich ja neun Tage nicht hatte wechseln können.

Der überaus galante Prinz ließ die Kutsche bis ins Wasser fahren, damit ich hineingehoben werden konnte. So entzog ich mich den Blicken der neugierigen Menschenmenge, die sich an der Küste eingefunden hatte.

Damit hatte unsere furchterregende Seereise zunächst einmal ein Ende, wenn wir uns auch wieder am Ausgangspunkt befanden. Wir hatten zwei Schiffe eingebüßt. Die meisten Menschen waren der Ansicht, daß wir von Glück sagen konnten, daß wir nicht weit mehr als zwei verloren hatten.

Nachdem ich ein Bad genommen und mich umgekleidet hatte, setzte ich mich sofort hin und schrieb an Charles.

»Gottlob bin ich noch am Leben, um dir weiterhin zu dienen. Ich muß gestehen, daß ich bereits die Furcht hegte, ich würde dich niemals wiedersehen. Nur um deinetwillen bange ich um mein Leben. Adieu, mein liebes Herz.«

Ich war fest entschlossen, nur zu bleiben, bis ich mich einigermaßen von den Strapazen der Reise erholt hatte. Dann konnten wir erfrischt wieder aufbrechen.

Wir landeten in der Burlington Bay in Bridlington. Es war bitterkalt, die Erde schneebedeckt, doch mich störte das nicht im geringsten. Wir waren sicher im Hafen eingelaufen, und mir stand ein ganzes Flottengeschwader mit den ersehnten Schätzen zur Verfügung. Bald konnten Charles und ich uns in die Arme schließen.

Es war eine verlassene Gegend, doch in Küstennähe fiel mir ein strohgedecktes Häuschen auf. Von da aus konnte ich das Löschen der Ladung am besten beaufsichtigen. Also befahl ich, dort Station zu machen.

Ich schickte ein paar Männer los, damit sie die entsprechenden Absprachen trafen. Bald saß ich in dem Häuschen und aß, was für mich zubereitet worden war. Jetzt erst spürte ich meine Erschöpfung so richtig. Während des ersten katastrophalen Stadiums unserer Seereise hatte ich kaum ein Auge zugetan. Jetzt wo ich mir nicht mehr solche Sorgen zu machen brauchte, befiel mich eine unsagbare Müdigkeit. Auf mein Gefolge traf das in noch stärkerem Maße zu, hatten die Leute doch unter den verheerenden Stürmen noch weit mehr gelitten als ich.

Mit dem Löschen der Ladung konnten wir erst beginnen, wenn ich Nachricht von Lord Newcastle hatte, der für das Gebiet zuständig war und von dem ich wußte, daß er dem König treu ergeben war. Ich war auf seine Hilfe angewiesen, denn wir mußten ja die Waffen und die Munition so rasch wie möglich zu den Streitkräften des Königs befördern. Da ich vorerst nichts ausrichten konnte, ruhte ich mich erst einmal aus.

Ich begab mich in das kleine Zimmer, das für mich hergerichtet worden war und starrte noch eine Weile aus dem winzigen Fenster in den Nebel hinaus, der über dem Meer hing. Mein Blick schweifte über die verschneiten Hausdächer der Stadt. Ich fragte mich, wo Charles blieb. Doch das würde ich sicher bald erfahren. Wie er sich freuen würde, wenn er erfuhr, daß ich sicher in England angelangt war!

Kaum lag ich im Bett, als mir auch schon die Augen zufielen.

Ein Schuß riß mich aus dem Schlaf. Ich fuhr erschrocken hoch, hörte Stimmen, jemand kam herbeigeeilt, und da wurde meine Zimmertür auch schon aufgestoßen. Jemand trat dicht an mein Bett.

»Henry!« rief ich aus. In dem diffusen Licht hatte ich Henry Jermyn erkannt.

»Ihr müßt Euch sofort erheben«, bat er mich. »Wir müssen raus aus diesem Haus. Vier Schiffe des Parlaments sind in die Bucht eingelaufen. Den Parlamentariern ist bekannt, daß Ihr Euch in diesem Haus aufhaltet. Sie haben das Feuer eröffnet.«

Henry Jermyn ergriff ein langes wallendes Gewand und legte es mir um die Schultern.

»Sputet Euch!« befahl er. In seiner Erregung schien er zu vergessen, daß er die Königin vor sich hatte.

Ich ließ mich willig von ihm in das Gewand wickeln, dann stürzte ich hinaus, wo mich meine Hofdamen und das übrige Gefolge schon voller Ungeduld erwarteten.

»Wir müssen so schnell wie möglich von der Küste weg«, erklärte Henry. Kaum hatte er das gesagt, da wurde der Ort beschossen. Eine der Kugeln schlug in das Dach des Hauses ein, aus dem ich gerade erst geflohen war. »Es eilt«, bemerkte Henry. »Wir müssen in Deckung gehen.«

Plötzlich fiel mir ein, daß Mitte noch auf meinem Bett schlief. Ich blieb wie angewurzelt stehen und rief: »Mitte ist noch im Hause.«

»Eure Majestät, um einen Hund können wir uns jetzt nicht kümmern.«

»Da mögt Ihr wohl recht haben, was Euch betrifft, auf mich trifft das jedoch nicht zu«, gab ich zurück. Ich riß mich los und lief zurück ins Haus.

Obwohl eine Kanonenkugel in das Hausdach eingeschlagen war, stand das Haus noch. Mitte lag zusammengerollt auf dem Bett und schlief sanft und selig inmitten des Tumults. Dieses liebe alte Tier war wirklich schon sehr gebrechlich. Charles hatte sie mir als verspieltes kleines Hündchen geschenkt. So sah ich sie immer noch vor mir. Ich riß Mitte an mich und stürzte aus dem Haus, wo mich alle schon sehnsüchtig erwarteten.

Henry wollte mir den Hund abnehmen, doch ich gab Mitte nicht her.

Die Schüsse folgten inzwischen rascher aufeinander. Eine Kugel bohrte sich so dicht neben uns in den Boden, daß das Erdreich aufbrach und Erdklumpen sich über unsere Gesichter und über unsere Kleidung ergossen. Ich hastete durch das Dorf auf den Graben zu, der um das Dorf herum verlief. Henry hieß uns alle in den Graben steigen, wo wir uns niederlegten. Die Schüsse pfiffen über uns hinweg, doch solange es nicht zu einem direkten Einschlag kam, waren wir in dem Graben sicher.

Mit Mitte auf dem Arm kauerte ich verkrümmt im Graben und dachte an die Munition, die ich nach England mitgebracht hatte. Wenn die nun nach all den Bemühungen und all der Plage den Feinden in die Hände fiele? Ein unerträglicher Gedanke.

Nachdem wir etwa zwei Stunden in einer höchst unbequemen Lage in dem schmutzigen Graben zugebracht hatten, hörte der Beschuß auf. Ein paar der Männer wagten sich aus dem Graben, um auszukundschaften, welcher Tatsache das zuzuschreiben war. Sie meldeten bei ihrer Rückkehr, van Tromp habe die Parlamentsmitglieder wissen lassen, er werde das Feuer auf sie eröffnen, obwohl sein Land neutral sei, wenn sie nicht augenblicklich mit der Bombardierung aufhörten.

Das freute mich natürlich, doch ich ärgerte mich auch ein wenig, weil van Tromp mit dieser Erklärung so lange gewartet hatte.

»Er hat sich Zeit gelassen«, lautete mein trockener Kommentar.

Unglaublich erleichtert konstatierte ich, daß unsere Angreifer den Rückzug angetreten hatten. Sie mußten wohl eingesehen haben, daß sie gegen van Tromp und sein mächtiges Geschwader kaum etwas ausrichten konnten.

Henry Jermyn überzeugte mich davon, daß ich in dem Häuschen nicht mehr bleiben konnte, obwohl der Schaden sich in Grenzen hielt, den die beiden Einschläge verursacht hatten.

»Boynton Hall liegt nur drei Meilen von hier entfernt«, erklärte er. »Es ist das einzige Herrenhaus weit und breit. Drei Meilen sind ja keine große Entfernung. Von dort aus seid Ihr schnell an der Küste und könntet so jeden Tag das Löschen der an Bord befindlichen Fracht überwachen.«

»Und wer ist der Besitzer von Boynton Hall?«

Henry verzog das Gesicht. Ich wies ihn immer wieder darauf hin, daß ihn sein seltsamer Humor noch einmal ins Verderben stürzen würde. Doch gerade dieser Wesenszug gefiel mir so an ihm.

»Ich freue mich, Eurer Majestät mitteilen zu können, daß Sir Walter Strickland hier zu Hause ist«, erklärte er.

Ich runzelte die Stirn, dann brachen wir beide in Gelächter aus. Strickland war als Gesandter in Den Haag gewesen, als ich nichts unversucht gelassen hatte, um Geld für Waffen aufzutreiben. Er stand voll und ganz auf Seiten des Parlaments und hatte alles Menschenmögliche getan, um meine Pläne zu vereiteln.

Nun schlug mir Henry vor, in seinem Hause zu logieren.

»Er selbst ist ja weit weg, um seinen Herren zu dienen«, sagte Henry hinterlistig. »Wie Eure Majestät ja wohl wissen, stellen alle getreuen Untertanen ihre Besitztümer gern der Königsfamilie zur Verfügung, wenn die Monarchen in der Gegend sind. Niemand würde sich diese Ehre entgehen lassen wollen. Ihr mißgönnt Lady Strickland doch diese Freude nicht?«

Da stand mein Entschluß fest. Ich mußte in Küstennähe bleiben, in dem Haus am Meer konnte ich jedoch nicht mehr wohnen. Ich wollte auf meine königlichen Privilegien pochen, damit nicht in Vergessenheit geriet, daß ich die Königin war.

»Also gut«, entschied ich, »quartieren wir uns in Boynton Hall ein.«

Ich wagte mir nicht vorzustellen, wie Sir Walter reagiert hätte, wäre er dagewesen, doch die Damen des Hauses zitterten nur so vor freudiger Erregung, als sie meiner am Tor ansichtig wurden.

Henry ging vor und erklärte ihnen, ich habe in der Gegend zu tun und gedenke, ein paar Tage in Boynton Hall zu verbringen. Er fügte noch hinzu, daß sie sich doch wohl darüber im klaren seien, welche Ehre ihnen damit widerfahre.

Lady Strickland wurde mir vorgestellt und sank in die Knie. Sitten und Gebräuche sind schwer auszumerzen. Sicher zogen es die Damen des Hauses vor, die Königin unter ihrem Dach zu beherbergen und nicht irgendeinen jämmerlichen alten Rundkopf, der um Quartier bat. Nach anfänglichem Zögern ließ Lady Strickland die besten Gemächer herrichten und auffahren, was Küche und Keller hergaben. Gespeist wurde mit dem herrlichen Tafelsilber, das nur für sehr wichtige Gäste aufgedeckt wurde.

Am nächsten Tag erschienen Männer, die der Earl von Newcastle geschickt hatte, um die Schiffe zu entladen, und so ging es endlich weiter. Zu weiteren Bedrohungen kam es nicht, die Arbeit war von Erfolg gekrönt. Daß ich nach England zurückgekehrt war, blieb nicht lange ein Geheimnis. Ich malte mir Charles' Ungeduld aus. Er würde zu mir eilen, sobald sich das nur irgend machen ließ.

Zuvor erhielt ich jedoch einen Brief von General Fairfax, einem der Anführer der Gegenseite. Zornbebend las ich diesen Brief.

›Madam‹, schrieb er, ›das Parlament hat mich abkommandiert, damit ich dem König und Eurer Majestät bei der Sicherung des Friedens in den nördlichen Landesteilen zu Diensten stehen kann. Mein größtes Bestreben und meine bescheidenste Bitte besteht darin, daß Eure Majestät mir gestatten mögen, Euch mit Hilfe meiner Streitkräfte zu bewachen und zu schützen. Sowohl ich selbst als auch dieses Heer würden eher unser Leben opfern, als das in uns gesetzte Vertrauen zu mißbrauchen.

Ich verbleibe, Madam, Euer ergebener Diener Fairfax.‹

Beim Lesen dieses Briefes stieg mir die Zornesröte ins Gesicht. Dieser Mann hielt mich wohl für eine Närrin. Worin sollte das Bewachen und Beschützen denn bestehen? Höchstwahrscheinlich würde er mich festnehmen und ins Gefängnis werfen lassen. »Nein, Master Fairfax«, sagte ich, »so leicht gehe ich Euch nicht auf den Leim. Wenn Ihr Euch auch nur in meine Nähe wagen solltet, würde ich Euch einsperren lassen. Dann wäre der König vor Euch sicher.«

Ich konnte es kaum erwarten, mich mit den Kriegswaffen auf den Weg zu machen und mich dem König anzuschließen. Was für ein freudiges Wiedersehen würde das sein!

Die Fracht war inzwischen ausgeladen worden. Doch die Schwierigkeit des Abtransports bereitete mir Kopfzerbrechen. Zehn Tage gingen ins Land, und ich hatte noch immer keine Wagen zur Verfügung, auf die die mitgebrachten Kriegsmaterialien verladen werden konnten. Ich war auf Hilfe angewiesen, doch von Lord Newcastle hörte ich nichts mehr. Ich nahm mir schließlich vor, mit den Streitkräften, die ich angeworben hatte, nach York zu marschieren, einen Teil der Waffen mitzunehmen und die übrigen in Bridlington zu lassen, wo sie bewacht werden sollten, bis es uns gelang, sie abzutransportieren.

Da erhielt ich einen Brief von Charles.

›Mein liebes Herz, obwohl ich schon seit Sonntag inständig hoffte, daß du gelandet seist, stand es erst gestern fest. Da erst erhielt ich die freudige Nachricht. Ich hoffe, du erwartest kein schriftliches Willkommen, doch wenn ich es in meinen Grenzen noch auf irgendeine andere Weise versäumen wollte, meiner Liebe zu dir Ausdruck zu verleihen, dann sollen alle ehrenhaften Menschen Zweifel an mir hegen und mich als Ungeheuer meiden. Doch verdienst du weit mehr, als ich dir je geben kann. Ich entsende eiligst meinen Neffen Rupert, damit er den Weg nach York freimacht... Meine erste und größte Sorge gilt dir und deiner Sicherheit. Ich kann es kaum erwarten, dich wiederzusehen. Sehnsüchtig warte ich auf Nachricht von dir. Ewig der Deine...‹

Ich brach in Tränen aus und traf Vorbereitungen für den Weg nach York. Es galt endlich aufzubrechen. Ich hatte zweihundertfünfzig Gepäckwagen organisieren können.

Die ließ ich mit Waffen, Munition und Wertgegenständen beladen. Mir standen inzwischen mehrere tausend Mann zu Pferde und Fußvolk zur Verfügung, denn viele getreue Untertanen des Königs hatten sich mir angeschlossen.

Als es losgehen sollte, meinte Henry: »Die Besitzer von Boynton Hall haben wunderschönes Tafelsilber. Es wäre doch eine Schande, wenn es zum Nutzen unserer Feinde veräußert würde.«

»Was wollt Ihr damit sagen?« fuhr ich auf. »Wir können dieses Tafelsilber doch nicht an uns bringen.«

»Wir könnten es uns ausleihen. Und Zahlung für den Fall zusagen, daß der Thron gesichert ist. Ist das nicht eine herrliche Geschichte? Sir Walter Strickland hilft dem König mit seinem Tafelsilber aus der Klemme.«

Je länger ich überlegte, desto mehr freundete ich mich mit dem Gedanken an. Sir Walter war mir regelrecht verhaßt. Er hatte mir meine Mission in Holland unsagbar erschwert. Seine Frau war jedoch ein liebenswerter Mensch. Sicherlich hielt sie nur um ihres Mannes willen zur Gegenseite. Ohne ihn wäre sie gewiß Monarchistin gewesen.

Ich ließ Lady Strickland rufen. »Ihr umgebt Euch hier mit allem nur erdenklichen Luxus«, sagte ich. »Der König und ich müssen mit jeder beliebigen Unterkunft vorliebnehmen. Findet Ihr es unter diesen Umständen angebracht, daß die Parlamentarier so hochherrschaftlich leben?«

Die arme Frau errötete. In ihrer Verwirrung fiel ihr darauf keine Antwort ein. Rasch fuhr ich fort: »Daher nehme ich Euer Tafelsilber an mich. Es ist sehr schön und auch einigermaßen wertvoll. Der König ist auf Hilfe angewiesen, und Ihr werdet sicher einsehen, daß es einer guten Sache dient, was auch immer Euer schurkischer Gemahl davon halten mag. Ich würde niemals eine Ehefrau für die Missetaten ihres Gatten verantwortlich machen. Wir nehmen also Euer Tafelsilber mit. Wir entwenden es beileibe nicht, wir nehmen es nur an uns, bis alles wieder seine Ordnung hat. Wenn wieder alles in geregelten Bahnen verläuft und die alte Ordnung wiederhergestellt ist, lösen wir das Tafelsilber ein und Ihr erhaltet es zurück. Bis dahin überlasse ich Euch ein Pfand. Das wird bei solchen Transaktionen immer so gehandhabt. Als Unterpfand für Euer Tafelsilber bekommt Ihr dieses prächtige Porträt von mir. Es soll Euch auch an meinen Besuch in Boynton Hall erinnern.«

Wir brachen also mit dem Tafelsilber auf und überließen Lady Strickland dafür das Porträt.

Wir wandten uns gen Westen und stießen auf eine Menschenmenge, die sich um einen untröstlichen Mann auf einem Pferd scharte. Man hatte ihm Handfesseln angelegt und die Beine unter dem Pferdeleib zusammengebunden. Die Leute grölten und beschimpften ihn. Ich hielt an und erkundigte mich, wer dieser Mann war und was ihm zur Last gelegt wurde.

»Das ist Captain Batten, der Fregattenkapitän der Flotte, die in die Bucht eingelaufen ist. Er hat sich nach Kräften bemüht, Euch zu ermorden«, hieß es.

»Ein Glück, daß es ihm nicht gelungen ist«, entgegnete ich.

»Ja, dafür müssen wir Gott ewig dankbar sein, Euer Majestät«, sagte Henry, der neben mir ritt.

»Ich danke Euch und all meinen treuen Freunden«, erwiderte ich gerührt. »Was geschieht denn nun mit diesem Captain Batten?«

»Unsere Freunde, die Royalisten, haben ihn gefangengenommen. Sie sind erzürnt darüber, daß er Euch ins Jenseits befördern wollte. Sie werden ihn hängen... wenn ihm nicht Schlimmeres widerfährt. Es ist auf jeden Fall um ihn geschehen.«

»Aber ich habe ihm bereits vergeben. Er hat vermutlich nur getan, was er für seine Pflicht hielt.« Die Wachen wollten nicht zulassen, daß ich ihm zu nahekam, doch ich darf wohl mit Recht von mir behaupten, daß es um meine Menschenkenntnis besser bestellt ist als um die ihre.

»Er ist ein tapferer Mann«, ließ ich verlauten. »Jetzt da ich ihm das Leben rette, wird er mich nicht mehr hassen.«

Damit sollte ich recht behalten. Er warf sich mir zu Füßen und gelobte, diesen Gnadenakt niemals zu vergessen. Jetzt hege er nur noch den Wunsch, seiner Königin zu dienen.

Ich sah ihn lächelnd an. Er sah gut aus und machte einen **aufrichtigen Eindruck.**

»Nun gut, wir wollen sehen«, meinte ich. »Ihr seid Fregattenkapitän. Vielleicht könnt Ihr noch andere dazu bringen, daß sie Eurem Beispiel folgen und getreue Untertanen ihres Königs werden.«

»Es ist mein Herzenswunsch, dies zu erreichen«, gestand er mir.

Er hielt tatsächlich Wort und wurde einer der getreuesten Anhänger des Königs.

Als ich in York eintraf, scharten sich die Leute um mich. Ein herzerwärmender Anblick. Ich freute mich, als William Cavendish, der Earl von Newcastle, eintraf. Ich hatte ihn schon immer sehr gemocht. Er war uns treu ergeben, ein Kavalier vom Scheitel bis zur Sohle, sah sehr gut aus und setzte sich nach Kräften für uns ein. Dabei handelte er zuweilen fahrlässig. Sein übereiltes Handeln schreckte Charles, mir hingegen sagte es zu. Auf mich wirkte William ausgesprochen vertrauenswürdig, und ich wußte, daß seine Whitecoats überall im Norden stationiert waren. Natürlich handelte es sich bei diesen Männern nicht um ausgebildete Soldaten, sondern um Pächter des Earls. Sie betrachteten ihn als ihren Herrn, und er erwies sich ihnen gegenüber als sehr großzügig. Stolz trugen sie ihre Uniformen aus ungefärbtem Wollstoff. Daher der Name Whitecoats, also Weißröcke.

James Graham, Earl von Montrose, ein romantischer Schotte, war plötzlich zu der Einsicht gelangt, daß er freundschaftliche Gefühle für uns hegte. Auch er war ein ausgesprochen attraktiver Mann, wenn er auch nicht durch Körpergröße auffiel. Er stach durch seine würdevolle Haltung von der Masse ab. Bald brachte auch ich ihm Freundschaft entgegen, obwohl er einst die Covenants, Bündnisse der schottischen Presbyterianer zur Verteidigung ihres Glaubens, unterstützt und ihre Truppen befehligt hatte. Zu jener Zeit war er alles andere als ein Royalist gewesen und hatte gegen diejenigen gekämpft, die sich in Schottland für den König einsetzten. Er besiegte sie in Stonehaven und an der Brücke über den Dee. Als sich die Covenants jedoch weigerten, ihn zu ihrem obersten Befehlshaber zu ernennen, ließ er sie im Stich und bekannte sich zu den Royalisten.

Ich brachte viel Zeit damit zu, mit ihm und William zu besprechen, wie wir in Zukunft vorgehen sollten. Auch Henry Jermyn war bei diesen Besprechungen stets zugegen. Ich genoß diese Gespräche, weil ich jeden der drei Männer äußerst anziehend fand. Ich hatte schon immer eine Schwäche für gutaussehende Männer. Alle drei waren äußerst vital und ehrgeizig. So etwas wie Unentschlossenheit kannten sie nicht. Ich fürchte, daß man das von meinem geliebten Charles nicht unbedingt behaupten konnte.

Montrose wollte sich nach Schottland begeben, um dort ein Heer für den König aufzustellen. Er betonte, daß das bald geschehen müsse, weil sonst die Parlamentarier das Land in ihre Gewalt bekämen. William hatte mehrere Scharmützel mit Streitkräften der Parlamentarier ausgefochten. Wie Henry war er ein Mann der Tat. Hätte die Entscheidung bei uns gelegen, so hätten wir einen entscheidenden Schritt getan, das steht fest.

Charles war damit jedoch ganz und gar nicht einverstanden. Vorwurfsvoll erinnerte er mich in einem Brief daran, daß Montrose noch vor drei Jahren zu seinen Feinden gezählt hatte. Charles traute solchen Wendehälsen nicht, wie er sie nannte. Als Gegenargument hätte ich natürlich Captain Batten anführen können, um Charles zu beweisen, daß ein Feind, der zur Besinnung kam und sich der Gegenseite anschloß, aus Dankbarkeit oft ein besonders treuer Untertan wurde. Doch es hatte wenig Sinn, Charles umstimmen zu wollen. Obwohl es ihm sehr schwerfiel, Entscheidungen zu treffen, revidierte er diese keinesfalls, wenn sie erst einmal getroffen waren.

Er hatte kein Zutrauen zu Montrose. Traurig erklärte ich dem Earl, daß der König keinen Gebrauch von seinem Anerbieten zu machen wünsche.

Dadurch kühlte sich das Verhältnis zwischen Charles und mir ein wenig ab — kaum nennenswert. Doch nach allem was ich getan und durchlitten hatte, war ich leicht pikiert. Mein vorschnelles Handeln, wie er es nannte, war ihm sicher wieder einmal nicht geheuer.

Nichts konnte unserer Liebe etwas anhaben. Nach dieser kleinen Meinungsverschiedenheit waren wir beide ganz zerknirscht. Unsere Briefe waren liebevoller als je zuvor. Wir sehnten uns nacheinander und ärgerten uns über die Verzögerung. Von York aus zettelte ich einige Plänkeleien an. Zuweilen trugen wir sogar den Sieg davon. Ich ritt gern an der Spitze meiner Truppen. Oft ritt Cavendish, Montrose oder Henry dicht an meiner Seite.

Die Parlamentarier gaben sich den Anschein, als nähmen sie meine Angriffe nicht ernst, doch ich lehrte sie das Fürchten. Ich nannte mich Königin Generalissima. Diese Bezeichnung gefiel mir ausnehmend gut. Was sie besagte, machte mich stolz. Ich bat auch meine Freunde, mich so zu nennen.

Meine Stimmung besserte sich gleich, wenn ich die Leute eins der Lieder singen hörte, die ein Royalist geschrieben hatte. Auch meine Bediensteten summten es, während sie ihrer Arbeit nachgingen.

Der Text hatte es mir besonders angetan:

›Gott segne den König, die Königin, den Prinzen und alle getreuen Untertanen, gleich welchen Ranges. Die Rundköpfe können selbst ein Stoßgebet gen Himmel schicken, das wird ja wohl niemand bestreiten.

Pym und seinesgleichen wünschen wir die Pest an den Hals. Hoch lebe Prinz Rupert samt seinen Kavalieren! Wenn sie hier erscheinen, bekommen es die Hunde mit der Angst zu tun, das wird ja wohl niemand bestreiten.‹

Ich konnte es nicht fassen, als ich eines Tages aus Frankreich die Nachricht erhielt, mein Bruder sei gestorben. Er war zwar immer ziemlich schwach gewesen, aber ich hätte nicht gedacht, daß er so früh sterben würde. So kurz nach dem Tode meiner Mutter nahm mich sein Tod sehr mit. Zwar hatte ich ihn Jahre nicht gesehen, und er hatte mir seine Hilfe verweigert, als wir sie so dringend gebraucht hätten, doch der Tod ist so etwas Endgültiges. Vor allem aber war mein Bruder König von Frankreich gewesen.

Anna übernahm die Regentschaft; denn Ludwig XIV. war noch zu klein, um den Thron schon zu besteigen. Ich konnte mir nicht vorstellen, daß Anna mir eine gute Freundin sein würde. Sie ließ sich stark von Mazarin beeinflussen. Dieser hatte mit Richelieu an einem Strang gezogen. So lag das Schicksal Frankreichs also wieder einmal in den Händen einer Regentin und eines arglistigen Kardinals.

Doch mich drückten eigene Probleme, die es zu lösen galt, und so blieb mir kaum Zeit, mir über mein Heimatland den Kopf zu zerbrechen. Was Frankreich anging, so konnte man nur abwarten, was sich dort abspielen würde. Die Lage in England erforderte meine ganze Kraft.

Meine Stimmung wechselte von einem Tag auf den anderen. Konnte ich mich eines Sieges rühmen, so konnte ich sicher sein, daß die Freude darüber nicht allzulange währen würde.

In den Hochburgen der Puritaner wurden katholische Geistliche verfolgt. Mir blutete das Herz um ihretwillen. Dann beschloß das Parlament, mich wegen Hochverrats vor Gericht zu stellen. Sie gönnten mir nicht einmal den Titel Königin. Mir fiel ein, daß mich Charles darauf hingewiesen hatte, wie töricht es von mir sei, mich nicht krönen zu lassen. Aber spielte das denn wirklich eine Rolle für mich? »Sie können mich ruhig für schuldig befinden«, rief ich aus. Genau das geschah. Mich berührte das nicht sonderlich. Ich setzte mich für den König ein. An manchen Tagen fühlte ich mich siegesgewiß, es gab jedoch auch Tage, an denen mich die Verzweiflung packte.

Auf einem Tiefpunkt angelangt, schrieb ich an Charles: ›Geduld aufzubringen, macht mich wahnsinnig, und liebte ich dich nicht so, so würde ich wahrhaftig lieber in ein Kloster gehen als so zu leben.‹

Die Feinde fürchteten sich wohl ein wenig vor mir. Angesichts meiner Erfolge ahnten sie Böses. Sie versuchten, einen Keil zwischen Charles und mich zu treiben. Selbst vor den übelsten Verleumdungen schreckten sie nicht zurück. Sie glaubten mir im Hinblick auf mein Privatleben etwas am Zeuge flicken zu können und stellten meine Moral in Frage. Doch Charles und ich liebten uns viel zu sehr, als daß uns diese Verleumdungen etwas hätten anhaben können. Als das Gerücht ausgestreut wurde, mir läge weit mehr an William Cavendish, als es einer tugendhaften Ehefrau anstünde, glaubte Charles kein Wort. Sie hatten ja auch schon die Behauptung aufgestellt, Henry Jermyn sei mein Liebhaber. Ich tat das mit einem Achselzucken ab und hoffte, daß Charles das auch tat.

Dann rümpften sie über meinen Titel die Nase. Sie wandelten ihn in ›Maria, mit der Hilfe Hollands Generalissima‹ ab. Stets nannten sie mich Königin Maria. Das taten übrigens viele Leute. Vermutlich erschien ihnen der Name Henriette zu fremdländisch, obwohl die Engländer selbst Henrietta daraus gemacht hatten.

Meine Stimmung erreichte ihren Höhepunkt, als wir nach Stratford-on-Avon kamen. Eine sehr lebhafte, geistvolle Lady nahm uns dort in ihrem schönen Haus mit Namen New Place auf. Sie war die Enkelin des berühmten Stückeschreibers William Shakespeare, und sie wußte so manche amüsante Anekdote über ihren illustren Großvater zu erzählen.

Am meisten aber freute ich mich über das Zusammentreffen mit Rupert in Sratford-on-Avon. Seit ich ihn zuletzt gesehen hatte, war er sehr gewachsen. Ein gutaussehender, vitaler, kampfeslustiger junger Mann war inzwischen aus ihm geworden. Ich werde nie vergessen, wie enttäuscht er war, als wir uns in Dover begegneten und er erfuhr, daß der Krieg noch nicht ausgebrochen war. Er war sehr aufgeregt und vermittelte mir den Eindruck, als sei der Sieg in Reichweite. Die beste Nachricht bestand jedoch darin, daß Charles jetzt unterwegs und schon ganz in der Nähe war. Wir sollten nach Oxford reiten, um dort auf ihn zu stoßen.

Die Begegnung fand im Tal von Kineton statt. Ich kann nicht beschreiben, was ich empfand, als ich ihn auf mich zukommen sah. Charles, meinen geliebten Gemahl und ihm zur Seite unsere beiden Söhne Charles und James. Beide waren wir so bewegt, daß uns die Worte fehlten. Charles hatte Tränen in den Augen, und seine Lippen bebten.

Er stieg vom Pferd, trat auf mich zu, nahm meine Hand und küßte sie leidenschaftlich. Dann sah er zu mir auf, die ich noch im Sattel saß. Seine ganze Liebe lag in seinem Blick.

Die Wiedersehensfreude war so groß, daß ich sie fast als Schmerz empfand. Rückblickend fragte ich mich, wie wir es so lange ohne einander ausgehalten hatten. Ich hatte die

Trennung von ihm überhaupt nur ertragen, weil ich für ihn tätig war und dieses Wiedersehen herbeisehnte.

Nun waren wir endlich wieder vereint.

Ich begrüßte meine Söhne. Wie sie gewachsen waren! Charles wirkte nach wie vor fremdländisch durch seinen dunklen Teint und bestach durch seine Klugheit. James war ein ausnehmend hübscher Knabe, stand aber sichtlich im Schatten seines Bruders.

Ich sonnte mich in meinem Glück, mußte mir aber eingestehen, daß dieses starke Glücksgefühl auch auf die Strapazen zurückzuführen war, die ich erduldet hatte und ohne die das Wiedersehen nicht so freudig ausgefallen wäre.

Seite an Seite ritten wir zurück nach Oxford. Wir sprachen nicht vom Krieg, auch nicht über die prekäre Lage, in der sich England befand. Statt dessen versicherten wir uns, wie entsetzlich wir uns gefehlt und wie wir uns nacheinander gesehnt hatten.

Diese wenigen in Oxford verbrachten Monate müssen wohl die glücklichsten meines Lebens gewesen sein. Wie genoß ich es, wieder mit Charles vereint zu sein! Ich war fassungslos angesichts der Klugheit meiner Söhne. Charles wirkte mit seinen dreizehn Jahren schon überaus verständig. Er zeigte sich jeder Situation gewachsen und erfaßte sie sogleich. Wenn er auch zuweilen einen etwas trägen Eindruck machte, so entging ihm doch nichts. Mir fiel auf, daß sein größtes Interesse hübschen Mädchen galt. Als ich den König darauf aufmerksam machte, lachte er und behauptete, Charles sei doch noch ein Kind.

Der König erzählte mir, er habe das Tal von Kineton als Ort des Wiedersehens gewählt, weil es nahe Edgehill gelegen sei, wo er aus einer Schlacht gegen die Streitkräfte des Parlaments als Sieger hervorgegangen sei. Der Gegner mochte behaupten, es handle sich nicht um einen Sieg, doch hatten die Parlamentarier weit größere Verluste zu beklagen als die Royalisten, und das zählte schließlich vor allem anderen. Ganz gleich wie der Feind das auch sehen mochte – Charles war im Vorteil; denn er hatte Banbury eingenommen und war ohne nennenswerten Widerstand bis nach Oxford vorgedrungen. Der Verräter Essex war zu Warwick übergelaufen. Wir bedauerten zutiefst, daß sich uns Adlige entgegenstellten. Weshalb hatte sich Essex auf die Seite des Feindes geschlagen? Es fiel leichter, Männer wie Pym zu vergeben.

Ich residierte im Merton College. Von einem Fenster aus hatte ich einen herrlichen Blick auf den großen, von Gebäuden umschlossenen viereckigen Hof. Ein Großteil meines Gefolges und meiner Bediensteten logierte in einer Zimmerflucht nahe dem Fellows Park und fühlte sich dort sehr wohl. Ich sehe den alten, von James I. gepflanzten Maulbeerbaum noch vor mir.

Die meiste Zeit herrschte schönes, sonniges Wetter. Zumindest erscheint es mir im nachhinein so. Ich hielt mich gern in meinen Gemächern auf, umgeben von meinen lieben kleinen Hündchen. Mitte hatte die Strapazen überlebt. Sie verlangte mehr Aufmerksamkeit denn je zuvor. Meine Bediensteten murrten, sie sei ein garstiges, launisches Tier, doch das überhörte ich geflissentlich. Ich rief mir ins Gedächtnis, was für ein entzückendes kleines Hündchen sie gewesen war. So sah ich sie noch immer.

Viele Leute sprachen bei mir vor. Ich galt noch immer als Generalissima. Meine Bemühungen konnte nun niemand mehr mit einem Achselzucken abtun. Schließlich hatte ich aus Holland mitgebracht, was uns mehr als alles andere nottat. Ich war an der Spitze meiner Truppen geritten. Das Parlament hatte es für nötig gehalten, mich unter Anklage zu stellen. Man durfte mich nicht unterschätzen, sondern mußte mit mir rechnen.

Natürlich wurden unter anderem auch Stimmen laut, die bemängelten, der König gebe zuviel auf meine Meinung. Sie schreckten nicht einmal davor zurück, mich mit Efeu zu vergleichen, das die Eiche mit Klammergriff umfängt und den Baum mit der Zeit zerstört. Daran sollte ich im Laufe der Jahre noch oft zurückdenken.

Doch vorerst war jeder Tag ein Freudentag. Wir waren alle davon überzeugt, daß unserem endgültigen Sieg nichts mehr im Wege stand. Wir gedachten nach London zurückzukehren, in die Stadt einzumarschieren, Whitehall wieder in Besitz zu nehmen und uns gegen die Feinde zur Wehr zu setzen. Charles und ich pflegten Arm in Arm durch die gedeckten Säulengänge zu schlendern. Zuweilen begleiteten uns unsere Söhne. Wir machten Zukunftspläne. Alles erschien uns im rosigsten Licht.

Natürlich kam es immer wieder zu kleineren Ärgernissen, die mich zuweilen sehr trafen. So nahm es mich zum Beispiel furchtbar mit, daß die Kapelle, die ich so freudig hatte erbauen lassen, vernichtet worden war. Der Pöbel hatte sich gewaltsam Zugang verschafft und das Gotteshaus verwüstet. Selbst das Gemälde von Rubens über dem Hochaltar war dem Pöbel zum Opfer gefallen. Um mich persönlich zu treffen, hatte der Pöbel sich besonders haßerfüllt darangemacht, den Stuhl kurz und klein zu schlagen, auf dem ich zu sitzen pflegte. Am meisten schockierte mich jedoch die Nachricht, daß diese Vandalen Christus und dem heiligen Franziskus die Köpfe abgeschlagen und damit Ball gespielt hatten.

Zu meinem Leidwesen blieb das nicht die einzige schlechte Nachricht. Edmund Waller, der in glücklicheren Zeiten so herrliche Gedichte für mich geschrieben hatte, nahm in London an einer Verschwörung zur Vernichtung der Parlamentarier teil, um dem König wieder zur Macht zu verhelfen. Die Verschwörung flog jedoch auf. Waller landete im Gefängnis. Als noch weit tragischer empfand ich es, daß einer meiner treuesten Diener, Master Tomkins, der ebenfalls an der Verschwörung beteiligt gewesen war, vor seiner Haustür in Holborn gehängt wurde.

Doch Charles zufolge durfte man sich durch solche Zwischenfälle nicht entmutigen lassen. Er ließ verlauten, es gelte den endgültigen Sieg anzustreben, dann könnten wir auch unserer Freunde gedenken.

»Falls sie dann noch am Leben sind«, wandte ich ein.

»Wir werden die Familien derjenigen unterstützen, die sich für uns geopfert haben«, entgegnete der König.

Während unseres Aufenthalts in Oxford herrschte reges Leben in der Stadt. Menschen aus dem ganzen Lande kamen herbeigeströmt, um bei Hofe vorzusprechen. In fast jedem Haus der Stadt mußten Gäste aufgenommen werden.

Die feinsten Damen und Herren nahmen mit kleinen Zimmern in winzigen Häusern vorlieb. Die Einheimischen begrüßten das; denn dadurch kehrte in der Stadt bald Wohlstand ein. Die Colleges waren uns treu ergeben und fest entschlossen, uns zu helfen. Im Glockenturm von St. Magdalena stapelte sich Munition, damit im Falle eines feindlichen Angriffs von dort aus geschossen werden konnte. Wir befestigten die Mauern. Die Professoren kamen aus ihren Colleges und halfen uns beim Ausheben der Gräben.

Auch Rupert und sein Bruder Moritz waren anwesend. Bei Einbruch der Nacht machten sie sich stets auf, um sich eventueller Feinde zu erwehren. Die Puritaner haßten Rupert. Sie nannten ihn Robert den Teufel. Er war von unschätzbarem Wert für uns; denn er setzte sich enthusiastisch und wild entschlossen für uns ein, als handle es sich um sein eigenes Land.

Der Sommer neigte sich dem Ende zu, der Herbst hielt ganz allmählich Einzug. Niemals mehr war mir ein solches Glück vergönnt. Vielleicht genoß ich diese Zeit besonders in dem Wissen, daß sie vergänglich war, daß es so nicht bleiben konnte. Ich wußte, daß ich jeden flüchtigen Augenblick ergreifen und voll auskosten mußte. Und genau das tat ich auch.

Im September wurde Henry Jermyn zum Baron Jermyn von St. Edmundsbury ernannt. Diesen Titel hatte er weiß Gott verdient. Dagegen erschreckte uns die Dreistigkeit des Earls von Holland, der zum Parlament übergelaufen war und es trotzdem wagte, vor den König hinzutreten in der festen Hoffnung, genauso zuvorkommend behandelt zu werden wie früher, bevor er zum Feind übergelaufen war.

Charles war geneigt, ihm zu vergeben und alles zu vergessen, doch ich brachte das nicht über mich.

Henry riet mir, Holland in Gnaden wiederaufzunehmen, weil er sehr wichtig sei. Wenn solche Männer zu der Einsicht gelangten, daß sie dem falschen Herrn gedient hatten und sich wieder als getreue Untertanen erweisen wollten, so solle man sie gewähren lassen. Das ließe darauf schließen, daß man uns allgemein für die Stärkeren hielt.

Es war mir nicht gegeben, mich der Zweckdienlichkeit zu

beugen. Daß Charles solchen Menschen immer wieder auf den Leim ging, nahm ich ihm allmählich übel.

Holland versuchte Charles dazu zu bringen, daß er einlenkte und Frieden mit dem Parlament schloß, ich hingegen riet ihm ganz entschieden davon ab. Charles sollte sich nicht nur König nennen, sondern auch tatsächlich König sein. Dann aber durfte er nicht auf Männer wie den Earl von Holland hören, die ihr Mäntelchen stets nach dem Wind hängten und zur Gegenseite überliefen, wenn es ihnen angebracht erschien.

Später erwies es sich, wie recht ich hatte. Obwohl Holland dem König während der Belagerung von Gloucester noch zur Seite stand, hielt er es bald für besser, sich auf die Seite des Parlaments zu schlagen und kehrte Oxford den Rücken. Er gehörte zu den Männern, die sich niemals ernsthaft engagieren. Sie warten ab, woher der Wind weht, um sich dann für die Seite des Siegers zu entscheiden.

Ich gab mich darüber keinen Illusionen hin, konnte Charles jedoch nicht zur Besinnung bringen. Auch Henry pflichtete mir bei, stand jedoch auf dem Standpunkt, Holland könne uns nützlich sein.

Als der Earl sich von Oxford abwandte und seinen Sitz im Parlament einnahm, schloß ich daraus, daß er sich bei den Rundköpfen größere Chancen ausrechnete. Für solche Menschen brachte ich keinerlei Verständnis auf. Mit ihnen wollte ich auch dann nichts zu schaffen haben, wenn sie zufällig einmal auf meiner Seite waren.

Ich wollte nur von treuen, zuverlässigen Freunden umgeben sein. Es schmerzte mich, wenn jemand Verrat beging. Daß mich Lucy Hay so hintergangen hatte, tat mir noch immer weh. Der Stachel saß tief im Fleisch.

Als der Herbst Einzug hielt und die Stadt in Nebel hüllte, stellte ich altbekannte Symptome an mir fest.

Ich sah wieder einmal Mutterfreuden entgegen.

Doch diesesmal kam mir das denkbar ungelegen. Ich befand mich in einem Zustand der Erschöpfung und fühlte mich richtig krank. Im Land tobte der Bürgerkrieg – zumindest aber herrschten bürgerkriegsähnliche Zustände. Wir waren bereits stolze Eltern einer gesunden Kinderschar und wünschten uns kein weiteres Kind. Doch es war nun einmal geschehen. Wenn das Kind erst einmal auf der Welt war, würde ich es sicher lieben, falls es nicht schon bei der Geburt starb. Ich fühlte mich nämlich sterbenselend, schon zu Beginn der Schwangerschaft. Meine Kräfte nahmen stetig ab. Ein schmerzhafter Rheumatismus hatte mich zudem befallen, der zweifellos auf meine Reisen zurückzuführen war. Unterwegs hatte ich manchmal in feuchten Betten genächtigt. Diese ungewollte Schwangerschaft machte alles noch viel schlimmer.

Charles war ganz bestürzt. Er wünschte, daß ich mich nach Exeter begab, wo ich in Bedford House residieren konnte. Er wollte Dr. Mayerne bitten, mir beizustehen. Doch der sonderbare Sir Theodore würde womöglich nicht einmal dem König Folge leisten. Er war ein alter Mann und wollte mit den Konflikten des Landes sicher nichts zu schaffen haben. Doch an Charles hatte er immer sehr gehangen. Er hatte Charles schon betreut, als dieser noch ein Knabe war. Wenn ich in seinen Augen auch ein törichtes Weib sein mochte, womit er nicht einmal hinterm Berg hielt, so empfand er doch so etwas wie Ehrerbietung für den König. ›Steht meiner Gemahlin bei, ich bitte Euch! Tut es um *meinetwillen!*‹ schrieb ihm Charles. Da konnte er sich nicht weigern.

Auch ich schrieb dem Arzt. ›Helft mir, oder alles war umsonst, was Ihr bisher getan habt.‹ Dann sagte ich mir jedoch, daß er daraufhin vielleicht nicht kommen würde. Also fügte ich hinzu: ›Selbst wenn Ihr jetzt nicht zu mir kommen könnt, wo ich Euch so sehr brauche, werde ich Euch immer dankbar sein für alles, was Ihr für mich getan habt.‹

Daraufhin begab sich Dr. Mayerne eiligst nach Exeter, wo ich völlig verängstigt der Geburt meines Kindes harrte.

Ich schrieb meiner Schwägerin Anna nach Frankreich, um ihr mitzuteilen, daß ich im Juni ein Kind erwartete. Wir waren zwar nie Freundinnen gewesen, doch auch sie hatte sehr gelitten, weil sie sich dem Einfluß Richelieus nicht hatte entziehen können. Vielleicht hatte sie das milder gestimmt, und sie brachte jetzt mehr Verständnis für die Leiden anderer auf. Als Regentin befand sie sich inzwischen in einer Position der Stärke. Mazarin stand ihr zur Seite. Sie hatte nichts zu befürchten. Ich hoffte sehr auf ihren Beistand. Vielleicht konnte ich mich nach Frankreich begeben, sollte ich mich je wieder von dieser Geburt erholen. Dort könnte ich versuchen, wie in Holland Geld und Waffen aufzutreiben.

Anna antwortete mir umgehend. Ich hatte also recht behalten. Wenn ehrgeizigen Menschen Erfolg beschieden war, so hatte das oft eine Wesensänderung zur Folge. Der Erfolg schien manche Menschen umgänglicher zu machen. Anna schickte mir fünfzigtausend Pistolen, also einen sehr ansehnlichen Betrag. Außerdem alles, was ich für die Niederkunft brauchen würde. Sie schrieb mir, sie schicke mir Madame Perrone, ihre eigene *sage-femme*. Sie könne mir diese Hebamme wärmstens empfehlen.

Ich wußte mich vor Freude nicht zu lassen angesichts dieses Freundschaftsbeweises. Auch das Geld wußte ich sehr zu schätzen. Den größten Teil davon ließ ich Charles sogleich für militärische Zwecke zukommen.

An einem heißen Junitag kam meine Tochter zur Welt. Sie war vom ersten Augenblick an ein zauberhaftes Kind. Obwohl ich sie nicht gewollt hatte, liebte ich sie widersinnigerweise noch mehr als meine anderen Kinder.

Ich gab ihr meinen Namen, Henriette. Später erhielt sie auch noch den Namen Anna, nach der Königin von Frankreich, der ich sehr dankbar war für ihren Beistand. Ich hoffte inständig, daß sie uns auch in Zukunft helfen würde. Anfänglich nannten wir unsere kleine Tochter jedoch einfach nur Henriette.

Ich machte mir Sorgen um unsere kleine Tochter; denn es schien mir, als entwickelten sich die Dinge nicht so, wie wir es uns erhofft hatten in der ersten euphorischen Wiedersehensfreude.

Sofort schickte ich einen Kurier zu Charles, der ihm die Nachricht von der Geburt unserer Tochter überbringen sollte. Ich bat ihn, den Gerüchten keinen Glauben zu schenken, die besagten, das Kind sei tot zur Welt gekommen. Sie sei quicklebendig und ein ganz entzückendes Geschöpf. Er werde vom ersten Augenblick an in das Kind vernarrt sein.

Charles ließ verlauten, sie solle nach den Lehren der Church of England in der Kathedrale von Exeter getauft werden. Der liebe gute Charles schien zu befürchten, ich könnte sie katholisch taufen lassen!

Charles hatte natürlich recht damit, daß er sichergehen wollte. Auch Dr. Mayerne ließ durchblicken, daß die Unruhe, die im Lande herrschte, unter anderem darauf zurückzuführen sei, daß ich mich weigerte, mich vom Katholizismus loszusagen und sogar versuche, das Volk zum Katholizismus zu bekehren.

Ich fügte mich Charles' Wünschen. Unser kleines Mädchen wurde in der Kathedrale von Exeter getauft, wenn diese Taufe auch bescheidener ausfiel als gemeinhin üblich.

Was sich auch im Lande abspielen mochte, berührte mich zunächst nicht sonderlich. Wie alle Mütter war ich vor allem überglücklich, ein gesundes Kind zur Welt gebracht zu haben. Hätte Charles bei uns sein können, wenn auch nur für kurze Zeit, so wäre mein Glück vollkommen gewesen.

Etwa eine Woche nach der Niederkunft, als ich noch zu Bett lag, um mich von den Strapazen der Geburt zu erholen, trat Henry Jermyn erregt vor mich hin.

Das Protokoll mißachtend, rief er aus: »Euer Majestät sind in Gefahr! Essex zieht Truppen in der Stadt zusammen. Er wird die Stadt auffordern, sich zu ergeben, oder die Stadt befindet sich bald im Belagerungszustand.«

»Dann brechen wir am besten unverzüglich auf.«

»Das wäre zu gefährlich. Schon jetzt haben sich Essex' Truppen ringsherum verschanzt.«

»Wie kann er nur so ein Unmensch sein? Ist ihm denn nicht bekannt, daß ich mich noch nicht einmal von der Niederkunft erholt habe?«

»Er weiß Bescheid und hält das wohl für eine glänzende Gelegenheit, Euch seinen Willen aufzuzwingen.«

»Bringt mir Feder und Papier. Ich will ihm schreiben und ihn um sicheres Geleit bitten. Wenn er überhaupt einer menschlichen Regung fähig ist, wird er mir diese Bitte nicht abschlagen.«

Henry brachte mir das Gewünschte. Ich schrieb an den Earl von Essex und bat ihn, mir zu gestatten, ungehindert nach Bath oder Bristol zu reisen. Es widerstrebte mir sehr, ihn darum bitten zu müssen.

Als ich seine Antwort las, erfaßte mich ein unbändiger Zorn. Er lehnte meine Bitte schlichtweg ab. Ich hätte das voraussehen müssen und mich erst gar nicht an ihn wenden dürfen. Essex gab mir jedoch zu verstehen, daß er die Absicht habe, mich nach London zu geleiten. Dort sollte ich mich vor dem Parlament dafür verantworten, daß ich England in den Krieg gestürzt hatte.

Das kam einer Drohung gleich. Mir wurde klar, daß ich mich absetzen mußte, bevor sie meiner habhaft wurden.

Doch wie sollte ich die Flucht mit einem Neugeborenen bewerkstelligen? Ausnahmsweise wußte ich mir einmal keinen Rat. Der teuflische Essex hatte das mit Sicherheit nur ausgeheckt, um mich festnehmen zu können. Wie haßte und verachtete ich diesen Mann! Er gehörte auf unsere Seite. Sein Verhalten spottete seiner Erziehung Hohn. Er hatte sich von Seinesgleichen abgewandt. Da ließ sich das Verhalten des Verräters Oliver Cromwell schon viel leichter rechtfertigen. Von diesem war immer häufiger die Rede. Ihm schienen die Rundköpfe die Macht zu verdanken, über die sie inzwischen verfügten. Ja, für Cromwell hatte ich Verständnis. Er war ein Mann aus dem Volke. Doch daß sich ein Mann wie Essex von Seinesgleichen abwandte, war in meinen Augen unverzeihlich.

Doch was nutzte es, meine Wut auf Essex auszuleben? Damit durfte ich jetzt keine Zeit vergeuden. Es galt vielmehr, über Fluchtwege nachzudenken; denn es stand außer Zweifel, daß ich fliehen mußte. Ich durfte mich nicht festnehmen und nach London bringen lassen. Das wäre eine Katastrophe. Charles würde jede erdenkliche Zusage machen, damit man mich wieder freiließ.

Ich mußte die Flucht ergreifen, und da ich meine neugeborene Tochter nicht mitnehmen konnte, mußte ich sie zwangsläufig dalassen.

Ich ließ Sir John Berkeley kommen, den Stadtkommandanten von Exeter und Pächter von Bedford Haus, wo ich Quartier bezogen hatte. Lady Dalkeith hielt sich schon bei mir auf, eine sehr verständige Frau. Charles und ich waren uns darin einig, daß sie sich um unsere Tochter kümmern sollte. Es erwies sich, daß wir mit ihr die richtige Wahl getroffen hatten. Es fällt mir schwer, in Worten auszudrücken, was wir dieser Frau verdanken.

Kurz erklärte ich, daß mir um des Königs willen keine andere Wahl blieb, als die Flucht zu ergreifen. Die Rundköpfe stünden schon vor den Toren, um mich zu ergreifen und nach London zu verfrachten, wo ich des Verrats angeklagt werden sollte.

»Wie Ihr ja wohl wißt, wäre das ein solcher Schlag für den König, daß er alles Menschenmögliche tun würde, um mich aus der Schlinge zu befreien. Notfalls würde er dafür sogar auf den Thron verzichten. Mir bleibt nur ein einziger Weg, um das zu verhindern. Das versteht Ihr doch gewiß.«

Sir John pflichtete mir bei und versprach, mir nach Kräften zu helfen. Auch Lady Dalkeith versicherte mir, sie sei mir treu ergeben und gelobte, um mein Kind zu kämpfen, notfalls unter Einsatz ihres eigenen Lebens.

Gerührt schloß ich sie in die Arme. Unsere Tränen flossen. Sir John küßte mir ehrerbietig die Hand.

Zwei Wochen nach der Geburt meiner kleinen Henriette nahm ich verzweifelt und mit gebrochenem Herzen Abschied. Ich wußte, daß mir keine andere Wahl blieb.

Ich wartete, bis es dunkel wurde. Als Dienstmagd verkleidet, flüchtete ich mit zwei meiner Bediensteten und einem Beichtvater.

Wer mich von meinem Gefolge sonst noch zu begleiten wünschte, sollte das Haus wie vereinbart verkleidet verlassen, damit man meine Leute nicht erkannte. Alle sollten zu verschiedenen Zeiten aufbrechen. Geoffrey Hudson, mein getreuer Zwerg, der einst aus einer Torte gestiegen war und mich immer zu zerstreuen gewußt hatte, flehte mich an, mit von der Partie sein zu dürfen. Wie hätte ich ihm diesen Wunsch abschlagen können? In einem Wald bei Plymouth kannte er eine alte, halbverfallene Hütte. Die schlug er als Treffpunkt vor. Auf verschiedenen Wegen und Straßen wollten wir uns alle bei dieser Hütte wieder zusammenfinden.

Als der Morgen dämmerte, waren wir erst drei Meilen

von Exeter entfernt. Es war viel zu gefährlich, bei Tage weiterzugehen, denn es wimmelte überall von Soldaten. Zum Glück erspähten wir eine Hütte, angefüllt mit Stroh und Waldstreu. Eiligst suchten wir in dieser Hütte Zuflucht. Kaum hatten wir uns dort versteckt, als wir Hufgetrappel hörten. Eine Horde von Rundköpfen kam vorbeigeprescht. Sie sollten zu den Streitkräften stoßen, die sich um Exeter zusammenzogen.

Erschrocken konstatierten wir, daß die Reiter direkt auf die Hütte zugeritten kamen. Hastig gruben wir uns in das Stroh ein.

Als ich die Stimmen der Soldaten vor der Tür vernahm, drohte mein Herz auszusetzen. Mir war zum Ersticken. Ich hörte die Tür ächzen und knarren und dachte, es sei aus mit mir. Selten habe ich solche Angst gehabt. Verschreckt hielten wir den Atem an, als ein Soldat in die Hütte gepoltert kam und dem Stroh einen Tritt versetzte.

Im stillen schickte ich ein Stoßgebet zum Himmel. Es muß wohl erhört worden sein; denn ich hörte den Soldaten rufen: »Hier ist niemand – nichts als Stroh.« Die Tür knarrte wieder, als der Soldat sie hinter sich schloß.

Mit angehaltenem Atem lauschten wir. Der Soldat lehnte wohl an der Wand der Hütte und unterhielt sich mit einem anderen Soldaten.

»Auf ihren Kopf stehen fünfzigtausend Crowns«, erzählte er.

Ich wußte, daß von meinem Kopf die Rede war.

»Wie gern würde ich den Kopf nach London bringen!«

»Das täte jeder gern. Fünfzigtausend Crowns, das ist nicht schlecht. Das ist nicht nur ein schöner Batzen Geld, man täte auch noch ein gutes Werk, wenn man das Land von dieser katholischen Hure befreien könnte.«

Ich bebte vor Zorn und konnte kaum mehr an mich halten. Am liebsten wäre ich hinausgestürzt, um sie wegen dieser Worte anzuprangern. Schließlich verrieten sie damit die Krone. Doch ich unternahm nichts, weil ich an Charles denken mußte. Ich konnte diesen Verrätern, diesen Lügnern leider nichts anhaben, die meine Tugend in den Schmutz zogen und sich ungestraft über den Katholizismus lustig machten. Aus Liebe zu Charles würde ich alles auf mich nehmen – jede Unbequemlichkeit, Beleidigung, alle Schmerzen, alle Mühsal –, für Charles würde ich alles tun.

Es dauerte noch eine ganze Weile, bis die Soldaten weiterritten. Trotzdem wagten wir uns erst bei Einbruch der Dunkelheit wieder aus der Hütte und hasteten weiter. Glücklicherweise gelangten wir unbeschadet zu dem vereinbarten Treffpunkt, der Hütte im Wald. Dort sah ich viele meiner treuen Freunde wieder, unter anderem auch Geoffrey Hudson. Er hatte mir Mitte und noch einen anderen meiner Hunde mitgebracht, wohl wissend, daß ich ohne sie nicht glücklich war.

Diese treuen Freunde wogen den Verrat der anderen auf.

Henry Jermyn erwartete mich in Pendennis Castle. Auch eine Wache hatte er organisiert. Als er sah, wie elend ich mich fühlte, sorgte er dafür, daß ich den Rest des Weges nach Falmouth auf einer Bahre getragen wurde. Dafür war ich ihm unbeschreiblich dankbar. Erleichtert atmete ich auf, als ich in der Bucht eine Flotte holländischer Schiffe sah. Endlich in guter Hut!

Bevor ich an Bord ging, schrieb ich noch an Charles und erklärte ihm, warum ich das Kind zurückgelassen hatte. Ich hatte mich um seinetwillen so verhalten; denn unsere Feinde hätten mich mit Sicherheit gefangengenommen, wäre ich in Exeter geblieben. Das wäre ein schwerer Schlag für uns gewesen. All das gab ich ihm zu verstehen.

›Unter Einsatz meines Lebens hoffe ich inständig, daß ich dir keine Unannehmlichkeiten mache. Adieu, mein liebes Herz. Sollte ich mein Leben lassen müssen, bitte ich dich, mir zu glauben, daß ich immer ganz die Deine war. Durch meine Liebe habe ich mich um dich verdient gemacht, so daß du mich wohl nicht vergessen wirst.‹

Zu Tode erschöpft stand ich an Deck, jedoch fest entschlossen, oben an Deck zu bleiben, bis das Land, in dem Charles lebte, meinen Blicken entschwand. Unter der Trennung litt er ebenso wie ich.

Mord in Whitehall

Erneut bekam ich die Feindseligkeit des Meeres zu spüren. Da ich dringend der Ruhe bedurfte, begab ich mich in meine Kabine. Entsetzensschreie drangen an mein Ohr. Gleich darauf kam Henry Jermyn verschreckt in meine Kabine gestürzt.

»Es widerstrebt mir, Euch zu beunruhigen«, sagte er, »wir haben jedoch drei Schiffe gesichtet, die uns offenbar verfolgen.«

»Feindliche Schiffe?« erkundigte ich mich.

»Das steht zu befürchten«, erwiderte Henry. »Ich sollte hierbleiben. Wir sind durchaus in der Lage, uns gegen sie zur Wehr zu setzen.«

»Es gibt für uns kein Entkommen, wenn wir uns damit aufhalten, den Beschuß zu erwidern«, wandte ich ein. »Wir sollten vielmehr das englische Hoheitsgebiet schnellstens verlassen, statt uns noch länger in englischen Gewässern aufzuhalten.«

»Wenn wir uns nicht verteidigen, fallen wir den Feinden womöglich in die Hände«, gab Henry zu bedenken.

»Mich sollen sie nicht bekommen!« rief ich aufgebracht. »Jedenfalls nicht lebendig. Lieber gebe ich mir selbst den Tod. Bekämen mich die Feinde in ihre Gewalt, so würde ich dem König damit einen schlechten Dienst erweisen. Tot wäre ich ihm dienlicher.«

Entgeistert sah mich Henry an. »Aber Majestät«, stammelte er. »Wie könnt Ihr so etwas nur sagen! Euer Tod wäre der allerschlimmste Schlag für mich.«

»Mein lieber Freund, der eigene Kummer fällt in so schweren Zeiten gar nicht ins Gewicht«, sagte ich. »So, nun helft mir auf.«

»Wo wollt Ihr hin?«

»Zum Kapitän.«

Ich schlug seine Einwände in den Wind. Matt aber fest entschlossen arbeitete ich mich an Deck hinauf. Der Kapitän wunderte sich, als er mich sah. Inzwischen waren uns die feindlichen Schiffe schon dicht auf den Fersen.

»Erwidert das Feuer nicht, sondern setzt die Segel«, befahl ich dem Kapitän. »Volle Kraft voraus.«

»Aber Majestät, der Feind wird uns mitsamt unseren Schiffen kapern.«

»Das darf auf keinen Fall geschehen. Zündet das Pulver an, wenn Ihr glaubt, es gibt kein Entkommen mehr. Jagt uns in die Luft. Ich darf den Feinden nicht in die Hände fallen.«

Mein Gefolge und meine Bediensteten scharten sich an Deck um mich. Als sie meine Worte hörten, gerieten sie in Panik und schrien vor Entsetzen. Der Kapitän sah mich erschrocken an, doch war er es gewohnt, Befehle zu befolgen. Er würde sich mir nicht widersetzen. Von Henry hatte ich jedoch Einwände zu befürchten. Um diesen zuvorzukommen, sagte ich: »Ich will mich wieder in meine Kabine begeben, um dort abzuwarten, wie sich die Dinge entwickeln. Ich bin bereit – ob ich nun frei sein werde oder mir der Tod blüht.«

In der Kabine befielen mich Gewissensbisse. Wenn ich auch bereit war, mein Leben hinzugeben, so gab mir das doch noch lange nicht das Recht, die anderen dem gleichen Schicksal zu überantworten.

»Für Charles wäre es das Ende, wenn ich gefangengenommen würde«, sagte ich mir. »Mit mir hätten sie ein Druckmittel gegen ihn. Und das darf nicht sein. Wenn ich ihm lebend nicht mehr dienlich sein kann, so ist ihm mein Tod vielleicht von Nutzen.«

Plötzlich vernahm ich Schüsse und gleich darauf Rufe: »Land in Sicht!« Frankreich konnte es nicht sein. Vermutlich lagen die Kanalinseln in Sichtweite. Es bestand also noch Hoffnung. Wenn wir Land gewannen und die Leute mir beistünden... In diesem Augenblick kam es zu einer ohrenbetäubenden Explosion. Das Schiff schien einen Satz zu machen und erbebte.

›Getroffen‹, dachte ich. ›Nun sind wir verloren.‹

Es kam mir vor, als rühre sich das Schiff nicht mehr.

Der Kapitän würde meinem Befehl Folge leisten, und alles wäre zu Ende.

Ich wartete und wartete. Als ich es nicht mehr aushielt, trat ich aus meiner Kabine und erblickte Henry. Er war auf dem Weg zu mir, um mir zu berichten, daß Einschüsse die Takelage schwer in Mitleidenschaft gezogen hatten.

»Sinken wir?« wollte ich wissen.

»Wir befinden uns dicht vor der Küste von Jersey Island. Die Rundköpfe haben die Flucht ergriffen, weil eine ganze Anzahl französischer Schiffe aufgetaucht ist. Sie halten auf uns zu.«

»Gott sei Lob und Dank!« rief ich erleichtert aus. »Wir sind noch einmal davongekommen. Ach, Henry, wie grausam ich doch war. Glaubt mir, sobald ich den Befehl gegeben hatte, befiel mich tiefe Reue.«

Henry verstand, was in mir vorging. Er ahnte, daß ich völlig außer mir war. In solchen Fällen pflegte er Ruhe zu bewahren. Zuweilen scherzte er sogar. So gelang es ihm stets, mich zu beschwichtigen.

»Kommt mit hinauf«, schlug er mir vor. »Suchen wir den Kapitän auf. Meines Wissens nimmt er Kurs auf Dieppe.«

Es erscheint mir wie ein Fluch, aber meine Erzfeindin, die See, ließ mich auch jetzt noch nicht in Frieden. Ein heftiger Sturm kam auf, als Dieppe schon in Sichtweite lag. Henry riet mir, in meine Kabine zurückzukehren. Ich befolgte seinen Rat. Während ich so in meiner Koje lag und dem Tosen des Sturmes lauschte, stellte ich mir die Frage, ob mir das Schicksal wieder einmal einen Streich spielen wollte, indem es mich in dem Glauben ließ, ich sei den Rundköpfen wie durch ein Wunder entronnen. Dafür sollte ich jetzt dem Orkan zum Opfer fallen.

Das Unwetter hielt etwa eine Stunde an. Die Geleitschiffe waren inzwischen in alle Winde verstreut. Ganz auf sich gestellt, mußte mein gebrechliches Schiff den Stürmen trotzen. Doch nach einer Ewigkeit strandeten wir an einer Felsenküste.

Ich konnte es nicht fassen. Frankreich, meine Heimat!

»So sieht also der Besuch in meiner Heimat aus«, äußerte ich mich Henry gegenüber.

»Frankreich wird sich durch Euren Besuch hochgeehrt

fühlen«, versicherte er mir. »Denn seid Ihr nicht die Tochter des größten Königs, den Frankreich jemals hatte?«

Fast wäre ich vor Rührung in Tränen ausgebrochen. Ich fühlte mich todkrank und hundeelend. Die Sorge um Charles brachte mich fast um den Verstand, und doch begann ich aufzuleben, weil ich endlich wieder in Frankreich angelangt war.

Ein kleines Beiboot brachte mich an Land. Da stand ich also und starrte fasziniert die Klippen an. Ich wollte den Boden Frankreichs unter den Füßen spüren. Um ein Haar wäre ich auf die Knie gesunken, um die Heimaterde zu küssen, doch auf dem schmalen Sandstreifen durften wir uns nicht aufhalten. Wir mußten die Felsen erklimmen. Mühselig arbeitete ich mich hinauf. Ich erlitt Schürfwunden. Meine Hände bluteten. Völlig zerzaust und mit zerfetzter Kleidung langte ich oben an. Ich befand mich in einem winzig kleinen bretonischen Fischerdorf.

Hundegebell drang an mein Ohr. Die Fischer kamen mit Sensen und Äxten bewaffnet aus ihren Häusern gestürzt, weil sie uns für Piraten hielten, die es auf ihre klägliche Habe abgesehen hatten.

»Haltet ein!« rief ich. »Wir sind keine Piraten und wollen Euch nichts tun. Ich bin die Königin von England, die Tochter Eures großen Königs Heinrich IV. Wollt Ihr mir nicht helfen?«

Mißtrauisch näherten sie sich uns. Ich war am Ende meiner Kraft. Henry Jermyn fing mich auf, als ich zusammenbrach.

Als ich wieder zu mir kam, lag ich in einer kleinen Kammer, und Henry saß an meinem Bett. Ich setzte mich mühselig auf, obwohl mir noch immer schwindlig war und ich mich noch ganz elend fühlte.

Henry versuchte mich zu trösten. »Es ist alles in bester Ordnung. Die Leute wissen, wer Ihr seid und wollen Euch nach Kräften helfen.«

»Ach, Henry!« Ich war den Tränen nahe. »Was täte ich nur ohne Euch?«

»Solange noch ein Fünkchen Leben in mir steckt, lege ich es Euch zu Füßen«, lautete sein Kommentar.

Ich ließ den Tränen ihren Lauf. Ich war gerührt und fühlte mich entsetzlich hilflos. Das Schicksal schien entschlossen, mir nichts, aber auch gar nichts zu ersparen.

»Wie soll es nur weitergehen, Henry?« fragte ich beklommen.

Er wurde nachdenklich. Schließlich meinte er: »Die Königin von Frankreich hat sich als gute Freundin erwiesen. Es erscheint mir ratsam, mich auf dem schnellsten Weg zu ihr zu begeben, um ihr mitzuteilen, daß Ihr hier seid und dringend Hilfe braucht. Darin muß der erste Schritt bestehen.«

»Ohne Euch wird mir sehr unbehaglich zumute sein.«

»Ihr seid umringt von guten Freunden. Von den Rundköpfen habt Ihr hier nichts zu befürchten. Hier seid Ihr zunächst einmal in Sicherheit. Wenn Ihr gestattet, so breche ich gleich am nächsten Morgen auf. Ich glaube, Ihr begebt Euch am besten gleich in ärztliche Behandlung. Ihr habt Schreckliches durchgemacht. Diese Strapazen so kurz nach der Geburt Eurer Tochter haben Euch völlig entkräftet.«

Damit hatte er natürlich recht. Ich sah ein, daß er aufbrechen mußte, gab ihm zu verstehen, daß er mir sehr fehlen würde und gab der Hoffnung Ausdruck, daß er nicht allzulange fortbleiben würde.

Er brach am nächsten Tag in aller Herrgottsfrühe auf. Gerührt konstatierte ich, daß sich die Besucher die Klinke in die Hand gaben, die mir in dem winzigen schilfgedeckten Häuschen ihre Aufwartung machen wollten. Der niedere Adel aus dem ganzen Umkreis kam herbeigeströmt, um mich mit Nahrung, Kleidung, Pferden und Kutschen zu versorgen.

Ich bedankte mich bei ihnen und sie knieten vor mir nieder, um der Tochter ihres großen Königs die gebührende Ehre zu erweisen.

Bald konnte ich von meinem Krankenlager aufstehen, doch aufgrund meines Erschöpfungszustandes durfte ich nur kurze Etappen zurücklegen, und so brauchten wir zwölf Tage bis nach Nantes. Von da aus begaben wir uns nach Ancenis. Dort begrüßte uns der Graf d'Harcourt. Er berichtete mir, die Königin habe Henry empfangen. Sie bedauerte zutiefst, was ich alles hatte auf mich nehmen müssen, und hatte Henry in Begleitung von zwei Ärzten zu mir zurückgeschickt.

Unter Freunden fühlte ich mich gleich viel besser, doch nachdem die Ärzte mich untersucht hatten, setzten sie eine ernste Miene auf und empfahlen mir eine Kur.

Ich begrüßte Henry freudig. Er durfte seine Mission als erfolgreich betrachten. Voller Stolz berichtete er mir, die Königin habe ihm zehntausend Louisdor zur Bestreitung der Reisekosten gegeben und ihm den Anspruch auf eine Rente von dreißigtausend Pfund bestätigt.

Wie hatte ich nur je daran zweifeln können, daß Anna meine Freundin war? Wie glücklich waren wir an dem Tag gewesen, an dem wir sie in unsere Familie aufgenommen hatten! Nun herrschte sie über ganz Frankreich. Zum erstenmal seit langem schien mir das Glück wieder hold zu sein.

Eine der nobelsten Gesten der Königin war in meinen Augen das Verständnis dafür, daß ich dringend eine Freundin brauchte, zu der ich Vertrauen haben und der ich mich anvertrauen konnte, die zu mir hielt wie Mamie früher. Anna schickte mir Madame de Motteville, mit der ich mich vom ersten Augenblick an glänzend verstand.

Ihre Mutter, eine Spanierin, war eine gute Freundin der Königin und hatte Anna nach der Vermählung mit meinem Bruder nach Frankreich begleitet. Ihr Vater war Kammerherr. Sie selbst war eine Schönheit und überaus charmant, sanftmütig und von ruhiger Wesensart, jedoch scharfsinnig und verständnisvoll. Für sie war ich der Königin mindestens ebenso dankbar wie für das Geld und die mir ausgesetzte Apanage, die es mir gestatten würde, standesgemäß zu leben.

In Bourbon l'Archambault erholte ich mich rasch. An diesem schönen Ort mit seiner friedvollen Atmosphäre fühlte ich mich mit jedem Tag jünger. Ich hatte soviel Schlimmes durchgemacht, daß ich nichts Bestimmtes herauskristallisieren konnte, um darüber nachzugrübeln. Am schwersten wurde mir die Trennung von meinem Gemahl. Er lebte in England, ich in Frankreich, doch da wir beide noch unter den Lebenden weilten, bestand noch Hoffnung, daß wir uns eines Tages wiedersehen würden.

Im August wurde es sehr heiß. Vom Fenster des Schlosses aus hatte ich einen Blick auf wogende Getreidefelder. Ochsenkarren holperten die Wege entlang. Innerhalb der efeubewachsenen Mauern unseres Schlosses waren wir vor den neugierigen Blicken der Kurgäste geschützt. Schon seit den Zeiten der alten Römer kamen Kranke und Gebrechliche herbeigeströmt, die die Quellen der kleinen Stadt als segensreich empfanden. Mir haben sie jedenfalls geholfen; denn es ging mir schon sehr bald besser. In Gesellschaft guter Freunde wie Henry Jermyn und Madame de Motteville, die mir immer mehr ans Herz wuchs, fühlte ich mich schon bald wieder ganz gesund.

Die gute Madame de Motteville quälten eigene Sorgen. Sie zog mich ins Vertrauen. Obwohl sie erst dreiundzwanzig Jahre zählte, war sie bereits Witwe. Man hatte sie im blühenden Alter von achtzehn Jahren mit einem Achtzigjährigen vermählt, doch dem Paar war nicht viel Zeit vergönnt. Jetzt genoß sie ihre Freiheit in vollen Zügen. Sie stand auf dem Standpunkt, so richtig wisse man die Freiheit erst zu schätzen, wenn man sie einmal eingebüßt hatte.

»Wenn man sich nicht zu dem Ehepartner hingezogen fühlt«, fügte ich hinzu. »Manchmal sage ich mir, daß die Liebe ein Geschenk ist, das das größte Glück, aber auch den größten Kummer bewirken kann. Das eine ist ohne das andere nicht möglich; denn wenn man über alle Maßen liebt, macht man sich auch ständig Sorgen um den anderen, vor allem wenn man gezwungen ist, von dem Liebsten getrennt zu leben.«

Damit sollte ich wahrhaftig recht behalten! Kaum war ich wieder genesen und empfand das Leben nicht mehr nur als Last, da erhielt ich Nachricht aus England.

In Marston Moor hatte eine fürchterliche Schlacht getobt. Die Royalisten hatten bei diesem erbitterten Kampf den kürzeren gezogen. Beide Seiten hatten schwere Verluste zu beklagen. Über viertausend Soldaten waren ums Leben gekommen. Dreitausend davon waren jedoch Royalisten gewesen. Das Regiment der Weißröcke meines hochgeschätzten Lord Newcastle hatte sich heftig zur Wehr gesetzt, war jedoch völlig zerschlagen worden. Die gesamte Artillerie, der Troß von Charles' Streitkräften samt zehntausend Waffen war vom Gegner überwältigt worden.

Meine Hoffnung auf einen baldigen Sieg erstarb. Eine vernichtende Niederlage! Charles befand sich in einer verzweifelten Lage, ich aber war nicht bei ihm, um ihn wie sonst zu trösten.

Die Rundköpfe triumphierten. Das verdankten sie mit Sicherheit diesem gräßlichen Oliver Cromwell, der über ausgebildete Streitkräfte verfügte und sie irgendwie durch Berufung auf Gott zu einem Rachefeldzug animiert hatte, so daß er diesen Krieg als Religionskrieg tarnen konnte.

Mich schmähten und beschimpften sie. Pamphlete kursierten allerorten.

Eins bekam ich in die Finger, in dem über die Schlacht bei Marston Moor berichtet wurde. Über mich stand darin zu lesen: ›Ob die Heilquellen von Bourbon sie wirklich heilen können? Die protestantische Kirche bietet ihr alle möglichen Heilquellen. Ach, daß sie doch bereuen möge, auf daß das Evangelium sie von der Papisterei reinwasche, denn eines solchen Reinigungsprozesses bedarf sie dringend!«

Ich weinte, bis ich völlig ausgedörrt war und der Tränenstrom versiegte. Eine fürchterliche Lethargie nahm von mir Besitz. Alles erschien mir hoffnungslos. Das Glück war uns nicht hold.

Meine trübe Stimmung hielt jedoch nicht lange an. Die sanfte, ruhige und so kluge Madame de Motteville redete sehr überzeugend auf mich ein, bis ich mich schließlich getröstet fühlte.

Wenn ich auch in diesem efeuumrankten Schloß ein abgeschiedenes Leben führte, blieb ich von den Stürmen nicht verschont, die sich um mich zusammenbrauten. Zwar ließen sie sich mit dem Sturm, der zur selben Zeit in England toste, nicht vergleichen, doch ich litt hinlänglich darunter.

Obwohl ich mich allmählich besser fühlte, hatten die erlittenen Strapazen ihre Spuren hinterlassen. Meine Sehkraft ließ sehr zu wünschen übrig, auf dem einen Auge sah ich fast gar nichts mehr. Zudem war ich aufgedunsen. Ein Geschwür entstellte meine eine Brust. Nachdem dieses geöffnet worden war, fühlte ich mich etwas besser und nahm bald wieder meine normale Gestalt an.

Mein Favorit Geoffrey Hudson bekam Ärger. Viele neckten ihn ob seines kleinen Wuchses. Er aber wünschte, daß seine Würde unangetastet blieb. Ich selbst hatte vollstes Verständnis dafür und behandelte ihn ganz bewußt wie jeden Menschen von normalem Wuchs. Vermutlich war mir Geoffrey deshalb so treu ergeben.

Bei irgendeinem Scherz ging es um einen Truthahn. Ich bin der Sache nie wirklich auf den Grund gekommen. Vermutlich ist Geoffrey mit einem Truthahn verglichen worden. Erzürnt verwahrte Geoffrey sich dagegen, und je mehr er sich in seinen Zorn verrannte, desto schlimmer spielten sie ihm mit.

Eines Tages erklärte Geoffrey aufgebracht, er werde den nächsten zum Duell auffordern, der es wage, ihn mit einem Truthahn zu vergleichen. Ein junger Mann namens Will Crofts konnte nicht widerstehen und nahm die Herausforderung an. Geoffrey ließ sich nicht erweichen. Ihm war es bitterernst. Sie entschieden sich für Pistolen. Crofts betrachtete die Angelegenheit als Farce und hegte nicht die Absicht, Hudson anzuvisieren und ihn zu erschießen, doch Geoffrey machte seine Drohung wahr. Crofts mußte sein Leben lassen.

Zorn und Verzweiflung übermannten mich; denn ich hatte Crofts gemocht, und Geoffrey war, wie gesagt, mein Favorit gewesen. Leider lag die Entscheidung, was nun aus ihm werden sollte, nicht bei mir. Wir befanden uns in Frankreich. Er unterstand also der französischen Rechtssprechung. Auf Mord stand die Todesstrafe. Einzig Kardinal Mazarin konnte diese aussetzen. Ich war mir nicht sicher, ob ich auf ihn bauen konnte. Vielleicht würde ich ihn ohnehin noch einmal um einen Gefallen bitten müssen. Daher sah ich keine Veranlassung, über ihn etwas zu erwirken, was Charles nicht zugutekam.

Aber schließlich ging es um den armen Geoffrey. Ich nannte ihn einen Toren, und er pflichtete mir bei. Er fürchte sich nicht vor dem Tode, meinte er, wenn auf seine Tat nun einmal die Todesstrafe stünde. Es bedrücke ihn lediglich, daß er sich in Zukunft nicht mehr um mich würde kümmern können.

Seine tiefempfundenen Worte rührten mich so, daß ich beschloß, für ihn zu tun, was in meinen Kräften stand. Also bat ich Mazarin um Milde.

Der Kardinal ließ mich lange warten. Schließlich teilte er mir mit, er wolle Gnade walten lassen. Der Zwerg sei frei — jedoch nur unter der Bedigung, daß er sofort das Land verließ. Der arme Geoffrey! Manchmal frage ich mich wahrhaftig, ob er nicht lieber sein Leben hingegeben hätte als mich im Stich zu lassen. Einige gute Freunde waren mir immerhin geblieben, wenn mich auch andere verrieten.

Geoffrey weinte bitterlich, als der Abschied nahte. Seine Trauer erschien mir schier unerträglich, doch es war unabänderlich. Ich habe niemals in Erfahrung bringen können, was aus ihm geworden ist; denn ich habe ihn nie wieder zu Gesicht bekommen.

Die Ereignisse überstürzten sich. Mein Bruder Gaston erschien mit seiner Tochter, um mich nach Paris zu geleiten. Das Wiedersehen mit Gaston nahm mich sehr mit. Ich dachte an unsere gemeinsame Kindheit zurück. Da wir beinahe gleich alt waren, hatten wir viel Zeit miteinander verbracht. Jetzt erkannte ich diesen jungen Mann in der stark parfümierten Kleidung, mit seinem buschigen Bart und Schnurrbart kaum wieder, der seine schwarzen Augen blitzschnell hier und dahin schweifen ließ. Auch er sah mich verwundert an. Vermutlich erkannte er mich auch nicht mehr. Mit dem recht anziehenden Mädchen, das vor vielen Jahren aus Frankreich fortgezogen war, hatte ich wohl kaum mehr Ähnlichkeit. Zudem wirkte sich die Erkrankung nachteilig auf mein Aussehen aus. Nur meine großen Augen waren mir noch geblieben. Wenn sie mir auch den Dienst versagten und ich nicht mehr so gut sah, so strahlten sie doch manchmal noch im Glanz von ehedem. Gastons Tochter erwies sich als schnippisches, naseweises junges Ding. Sie gefiel mir nicht besonders. Dieses überaus verwöhnte Mädchen hatte von seiner Mutter ein enormes Vermögen geerbt, das sie zur begehrtesten Erbin Frankreichs machte. Doch es handelte sich um meine Verwandten, und es tat mir unendlich gut, wieder bei ihnen zu sein, wenn ich auch nur noch ein Wrack und ein Schatten meiner selbst war. Ich war gezwungen, im Exil zu leben und kam als Bittstellerin. Von einer glücklichen Heimkehr konnte also keine Rede sein.

Als wir uns Paris näherten, kam uns die Königin höchstpersönlich mit ihren beiden Söhnen entgegen – mit dem sechsjährigen Ludwig XIV. und seinem vierjährigen Bruder Philippe, dem Herzog von Anjou.

Tiefgerührt schloß ich meine beiden kleinen Neffen in die Arme. Beide waren wunderhübsche Kinder, vor allem der jüngere mit seinen schwarzen Augen, die vor Freude leuchteten. Mit unverhüllter Neugier betrachteten sie mich.

Doch mir war vor allem an der Begegnung mit meiner Schwägerin Anna gelegen. Sie hatte sich in den sechzehn Jahren, die wir uns nicht gesehen hatten, unglaublich verändert. Sie war sehr dick geworden, schien aber immer noch sehr stolz zu sein auf ihre wunderschönen weißen Hände, die sie nach wie vor sehr geschickt zur Geltung zu bringen wußte.

Auf ihrem runden Gesicht spiegelten sich Mitgefühl und Herzenswärme. Ich brach in Freudentränen aus. Liebevoll schloß sie mich in die Arme. Gleich machte ich mir wieder Hoffnung.

»Du fährst mit mir in der Kutsche«, bestimmte sie. »Auch meine Söhne fahren mit.«

Also hielt ich neben der Königinmutter, dem kleinen König und seinem jüngeren Bruder Einzug in Paris.

Ich erinnerte mich an alle Straßen, durch die wir kamen. Mir zu Ehren prangten sie jetzt im Fahnenschmuck. Wie liebenswürdig Anna war! Voller Reue dachte ich daran zurück, daß ich sie nicht entfernt so vorbildlich behandelt hatte, als sie nach Frankreich kam. Meiner Mutter hatte sie mißfallen, und das hatte vermutlich auf mich abgefärbt. Doch das lag schon so lange zurück. Anna erinnerte sich wohl nicht mehr daran und erwies sich als gute Freundin.

Wir fuhren über den Pont Neuf zum Louvre, wo ich geboren bin.

»Hier sind Gemächer für dich gerichtet worden«, sagte Anna.

Wortlos wandte ich mich ihr zu, um ihr die Hand zu drücken. Ich war so überwältigt, daß mir jegliche Worte fehlten.

Gleich am nächsten Tag suchte mich Kardinal Mazarin auf. Der Kardinal sah nicht nur gut aus, er war ein ausgesprochen schöner Mann. Es wunderte mich nicht, daß die Königin so unter seinem Einfluß stand. Der Kardinal hatte etwas Faszinierendes an sich. Seiner Ausstrahlung konnte man sich nur schwer entziehen. Es hieß, er und Anna seien ein Liebespaar. Anfänglich hatte ich diesen Gerüchten keinen Glauben geschenkt, doch nun erschien es mir durchaus denkbar, daß in diesen Gerüchten ein Körnchen Wahrheit steckte. Später kam mir sogar zu Ohren, daß es Leute gab, die davon überzeugt waren, Anna und Mazarin seien verheiratet gewesen. Daran mochte ich allerdings nicht so recht glauben. Es war jedoch nicht zu übersehen, daß die Königin und den Kardinal sehr viel miteinander verband.

Mazarin erwies sich als sehr scharfsinnig. Sonst hätte Richelieu ihn wohl auch kaum zu seinem Nachfolger ernannt. Anna hatte in Richelieu einen Feind gesehen. Doch hatte ausgerechnet er ihr den Mann zugeführt, mit dem sie dann so eng befreundet war.

Meine Sorge galt jedoch nicht der komplizierten Beziehung zwischen den beiden Menschen, die sich mir gegenüber hoffentlich als Wohltäter erweisen würden. Ich war auf ihre Hilfe angewiesen, um meinen armen, vielfach heimgesuchten Charles zu retten.

Anna hätte mir sicherlich vieles zugesagt. Doch Mazarin war auf der Hut. Der derzeitige Stand der Dinge in England kam ihm gar nicht ungelegen; denn so konnte England nicht zum Nachteil Frankreichs Einfluß auf die französische Politik ausüben. Die gutherzige Anna ließ sich von Emotionen leiten, Mazarin wollte jedoch als scharfsinniger und souveräner Staatsmann sichergehen, daß jedwede Aktion Frankreich zum Vorteil gereichte.

Mir gegenüber erwies er sich als äußerst liebenswürdig und zuvorkommend. Er bekannte, wie unsympathisch ihm das Parlament in England war. Für die Verräter, die sich vom König abgewandt hatten, um gegen ihn zu kämpfen, hatte er nichts als Verachtung übrig. Er gab mir zu verstehen, daß er sehr behutsam zu Werke gehen müsse; denn militärische Hilfe aus Frankreich könne als Kriegshandlung angesehen werden.

Mir lag es nicht, vorsichtig zu sein, und so war ich trotz des herzlichen Empfangs und der überaus freundlichen Aufnahme schon bald ziemlich deprimiert. Allerdings konnte ich Charles einen Teil der mir von Anna ausgesetzten Pension zukommen lassen, doch im Vergleich zu den Waffen und Soldaten, auf die ich gehofft hatte, war das jämmerlich wenig.

Schließlich machte mir Mazarin den Vorschlag, mich an den Herzog von Lothringen zu wenden. Der Herzog stand auf gutem Fuß mit Spanien und verfügte über enorme Mittel, die er in Spanien zu investieren gedachte. Wenn man ihn statt dessen für England interessieren könnte, so wäre sein Geld Charles eine große Hilfe.

»Es dürfte nicht weiter schwierig sein, dem Herzog Spanien auszureden«, meinte Mazarin. »Er wünscht sich für eine gute Sache zu engagieren. Hinsichtlich England würde man an seine Ritterlichkeit appellieren sowie an die Sympathien, die er für den Adel hegt.«

Ich durfte es mir nicht erlauben, mir eine solche Gelegenheit entgehen zu lassen, daher sandte ich umgehend einen Mittelsmann nach Lothringen. Gleichzeitig streckte ich meine Fühler nach Holland aus. Mein Sohn Charles wuchs rasch heran, da galt es, eine Frau für ihn zu suchen, mit der er sich vermählen konnte. Dabei dachte ich an die älteste Tochter des Prinzen von Oranien. Ich ließ Holland nicht im Zweifel darüber, daß die Prinzessin im Fall einer Vermählung mit dem Prinzen von Wales eine stattliche Mitgift in die Ehe einbringen müsse.

Nachrichten aus England drangen bis zu mir durch. Besorgniserregende Neuigkeiten. Mein alter Freund, der Earl von Newcastle, hatte beschlossen, das Land zu verlassen, in dem er sich nicht mehr zu Hause fühlte. Er hatte auf die Befehlsgewalt verzichtet und sich nach Holland begeben, wo er sich niederlassen wollte. Man hatte ihm übel mitgespielt. Ich vermutete, daß er sich die Dezimierung seiner Weißrökke in Marston Moor sehr zu Herzen genommen hatte.

Er blieb nicht der einzige Royalist, der das Land verließ. Das durfte man nicht auf die leichte Schulter nehmen. Diese Männer mußten sich wohl gesagt haben, daß Charles sich auf Dauer kaum auf dem Thron würde behaupten können.

Charles gab jedoch nicht auf, er kämpfte weiter. Ich machte mir unentwegt Sorgen um ihn. Alpträume quälten mich, in denen Charles in Gefahr war. Männer wie Fairfax, Essex und Oliver Cromwell geisterten durch meine Träume.

›Sei vorsichtiger, paß besser auf dich auf‹, schrieb ich Charles. ›Du gehst viel zu häufig persönliche Risiken ein. Wenn mir so etwas zu Ohren kommt, sterbe ich fast vor Angst und Sorge um dich. Schone dich, ich flehe dich an — wenn schon nicht um deiner selbst willen, so um meines Seelenfriedens willen.‹

Das Gerücht kam auf, er wolle einlenken, damit wieder Frieden herrsche. Ich erschrak maßlos und schrieb ihm, er dürfe seine Ehre nicht aufs Spiel setzen. Ich flehte ihn an, sich an die einmal gefaßten Entschlüsse zu halten. Er sei König und im Angesicht Gottes gesalbt. Das dürfe er nicht vergessen.

Mit seiner Antwort richtete er mich wieder auf. Um nichts in der Welt könne er irgend etwas tun, wodurch er in meinen Augen meiner Liebe nicht mehr würdig sei. Auch im tiefsten Elend, ja, sogar in Todesangst gedenke er diesem Grundsatz treu zu bleiben.

Ich glaube, wir liebten uns mehr denn je zuvor. Die Widrigkeiten brachten uns einander noch näher. Wir lebten beide nur für den Tag, an dem wir uns wiedersehen würden und sehnten diesen Tag herbei. Mit dem Gedanken daran hielten wir auch angesichts der schlimmsten Katastrophen durch.

Ein Hoffnungsschimmer flammte auf, als der Herzog von Lothringen mich wissen ließ, er werde uns zehntausend Mann zur Verfügung stellen, und sich der Prinz von Oranien erbot, den Truppentransport zu übernehmen. Ich war außer mir vor Freude. Endlich hatte ich etwas erreicht. Doch als ich Charles gerade schreiben und ihm die freudige Nachricht übermitteln wollte, wurde entschieden, daß diese Männer das Staatsgebiet nicht passieren dürften, da die Parlamentarier dies als Kriegshandlung betrachten würden.

Ich tobte und wütete, war völlig außer mir. Was spielte es für eine Rolle, ob dies eine Kriegshandlung war oder nicht? Mir wollte partout nicht in den Kopf, was an diesen jämmerlichen Rundköpfen so furchterregend war.

Ich mußte mir die Wahrheit eingestehen. Unsere Gegner gewannen ständig an Boden. Viele glaubten, Charles sei schon besiegt.

Als ich mich in meiner Verzweiflung noch einmal an Mazarin wandte, reagierte er wie Lothringen. Der Aufstieg der Rundköpfe beeindruckte ihn so, daß auch er uns nicht gestattete, die angeworbenen Männer samt den Waffen durch Frankreich zu schleusen.

Fehlschläge, wohin man auch blickte! Hätte mich nicht die Hoffnung aufrechterhalten, Charles eines Tages wiederzusehen, so hätte ich mich von der Welt ganz abgewandt, wäre in ein Kloster eingetreten, um mein Leben dort zu fristen, bis mich der Tod ereilte. Doch solange Charles am Leben war, wollte auch ich weiterleben. Solange noch Hoffnung auf ein Wiedersehen bestand, würde ich mich nicht geschlagen geben.

Seine Briefe waren mir ein Trost. Ich las sie immer und immer wieder.

›Ich liebe dich mehr als alles auf der Welt‹, schrieb er. ›Mein Glück ist untrennbar mit dem deinen verwoben. Du kannst dir nicht vorstellen, wie mein Leben aussieht... Selbst was die Gespräche angeht, die für mich zu den Hauptfreuden oder auch Plagen des Lebens zählen, würdest du mich vermutlich zutiefst bedauern; denn manche sind zu gelehrt, andere wiederum zu albern, manche übereifrig, andere überaus zurückhaltend. Wahrscheinlich kann man es mir, der ich deine Gesellschaft gewohnt bin, schwerlich mehr recht machen. Nur du kannst mich von meinen Leiden heilen...‹

Erst Ende Juli 1645 erfuhr ich von der vernichtenden Niederlage in der Schlacht bei Naseby. Cromwell, seit 1628 Mitglied des Unterhauses und ein leidenschaftlicher Verfechter der Parlamentsrechte, hatte ein straff organisiertes Reiterheer aufgebaut – die Ironsides, in dem die sogenannten ›Independenten‹, eine radikale puritanische Gruppe, den Kern bildeten. Gegen dieses vom religiösen Fanatismus beflügelte Heer konnten sich die königlichen Kavaliere schließlich nicht mehr behaupten. So unterlagen sie dem übermächtigen Gegner. Es herrschte allgemein die Auffassung, dies sei der Anfang vom Ende. Ich wollte das jedoch nicht wahrhaben. Solange Charles und ich noch lebten, bestand in meinen Augen Hoffnung. Es galt also weiter auf einen Sieg hinzuarbeiten.

Trotz allem wollte es mir nicht in den Kopf, daß wir diese Niederlage erlitten hatten. Das Leben meinte es nicht gut mit uns. Ich wütete und tobte, haderte mit dem Schicksal, schrie und weinte. Doch das nutzte selbstverständlich nichts. Zu Beginn der Schlacht hatte es noch ausgesehen, als hätten wir eine faire Chance, doch wie üblich verschwor sich wieder einmal alles gegen uns. Charles hatte auf einer Erhebung namens Dust Hill Stellung bezogen, die zwei Meilen nördlich des Dorfes Naseby lag. Unser Reiterheer war dem des Gegners zahlenmäßig überlegen. Dem Geschick von Fairfax und Oliver Cromwell war es zu verdanken, daß die Gegenseite die Oberhand gewann. Prinz Rupert hatte anfänglich einige Erfolge zu verzeichnen und bildete sich ein, die Schlacht gewonnen zu haben. Er machte sich auf, um den Troß des Parlaments anzugreifen und stürzte sich erst zu einem Zeitpunkt wieder in das Schlachtgetümmel, als alles bereits verloren war. Glücklicherweise gelang sowohl Charles als auch Rupert die Flucht. Die Rundköpfe büßten zweihundert Kavalleristen ein, die Royalisten tausend, aber das ist noch nicht alles. Fünftausend Mann mitsamt den Waffen und dem Troß wurden gefangengenommen. Auch Charles' Privatkorrespondenz fiel dem Feind in die Hände.

Eine Katastrophe – die schlimmste, die uns bis dahin getroffen hatte.

Königin Anna erbot sich freundlicherweise, mir den Sommer über das *Château de St. Germain* zur Verfügung zu stellen. Dafür war ich ihr sehr dankbar. In diesem wunderschönen Schloß grübelte ich über die Geschehnisse in England nach.

Es sollte noch schlimmer kommen! Rupert hatte den Rundköpfen Bristol übergeben. Bristol, eine Stadt mit einer so loyalen Bevölkerung! Charles schwor, Rupert das niemals zu verzeihen. Armer Rupert! Armer Charles! Wie elend muß ihnen zumute gewesen sein. In der Schlacht bei Naseby büßte Charles die Hälfte seiner Streitkräfte ein. Gegen Cromwells Ironsides mußte er ja unterliegen. Cromwells Name war in aller Munde. Ich haßte diesen Mann, und doch schwang in dem Widerwillen gegen ihn ein Anflug von Bewunderung mit. Wäre er doch für uns statt gegen uns gewesen! Er war ein großer Mann, der jedoch zu meinem Leidwesen die Gegenseite unterstützte. Er war besessen von dem Wunsch, den König abzusetzen und die Monarchie endgültig abzuschaffen. Nach der Niederlage in der Schlacht bei Naseby und dem Verlust von Bristol sah es ganz danach aus, als könne er sein Ziel erreichen.

Die Sorgen brachten mich fast um den Verstand. Charles war mehr oder weniger flüchtig, und meine Kinder befanden sich mit Ausnahme des Kronprinzen in der Gewalt des Gegners. Sie galten als Bürgerliche und wurden auch so behandelt. Die königlichen Privilegien, ja der Rang, wurden ihnen abgesprochen. Gerüchte kamen mir zu Ohren. So hieß es, mein kleiner Henry, der Herzog von Gloucester, solle zu einem Schuster in die Lehre gehen.

Ich weinte, bis ich blind vor Tränen war. Meine Freunde konnten mich nicht trösten. Selbst von Henry Jermyn und Madame de Motteville ging kein Trost aus.

Doch nach einer Weile faßte ich mich wieder. Noch war nicht alles verloren. Charles war nach Schottland geflohen. Er wollte versuchen, die Schotten dazu zu bringen, daß sie ihn im Kampf gegen die Rundköpfe unterstützten. Die Differenzen in Religionsfragen gedachte er beizulegen. Als Gegenleistung für ihre Unterstützung würde er ihnen jede erdenkliche Zusage machen.

Wir befanden uns in einer verzweifelten Lage, doch als meine Stimmung auf dem Tiefpunkt angelangt war, schöpfte ich allmählich wieder Hoffnung und fing an, Pläne zu machen.

Meine Hoffnung stützte sich auf meinen ältesten Sohn. Charles war nach Jersey Island entkommen. Ich wünschte, daß er zu mir nach Frankreich kam. Charles war inzwischen zu einem jungen Mann von fünfzehn Jahren herangewachsen. Wenn ich dafür sorgte, daß er eine Ehe schloß, die uns finanziell zum Vorteil gereichte, so konnte ich vielleicht noch einmal ein Heer aufstellen und nach England schikken. Der Prinz und die Prinzessin von Oranien waren von der Aussicht der Vermählung ihrer Tochter mit dem englischen Thronfolger nicht gerade begeistert. Das bedeutete, daß sie schon fest mit einem Sieg der Rundköpfe rechneten und daß ein Thronfolger, dem es nie vergönnt sein würde, den Thron auch wirklich zu besteigen, keine sonderlich gute Partie war. Ich wollte meinen Ältesten in meiner Nähe haben. Wenigstens ein Familienmitglied sollte bei mir sein. Nach meiner Jüngsten sehnte ich mich mehr als nach all meinen anderen Kindern. Um sie machte ich mir ständig Sorgen. Henriette war inzwischen etwas über ein Jahr alt. Was sollte nur aus ihr werden? Als Exeter von den Rundköpfen eingenommen worden war, hatte man Henriette nach Oatlands gebracht. Bei Lady Dalkeith befand sie sich immer noch in guter Hut.

Ich schrieb dieser treuen Seele und flehte sie förmlich an, nichts unversucht zu lassen, um mir meine Tochter bringen zu können. Als sie aber während der Belagerung mit Henriette in Exeter gewesen war, hatte ich sie beschimpft, weil sie die Stadt nicht mit dem Kind verlassen hatte.

Viele Royalisten waren bei mir in Frankreich aufgetaucht. Auch das zeigte mehr als deutlich, wie schlimm es in England stand. Manche hielten es nicht für angebracht, daß der Prinz von Wales nach Frankreich kam. Sie hegten den Verdacht, ich könnte versuchen, einen Katholiken aus ihm zu machen. Als Katholik hätte er seinen Anspruch auf den Thron verwirkt. Mir gingen jedoch ganz andere Dinge durch den Kopf. Was mir vorschwebte, war eine ausgezeichnete Partie.

Lord Digby gehörte zu den Leuten, die dagegen waren,

daß ich den Prinzen holen ließ. Ich wußte, daß er sich von religiösen Gründen leiten ließ, konnte ihn jedoch von der Notwendigkeit überzeugen, Waffen für den König zu beschaffen, damit er weiterkämpfen konnte. Schließlich stimmten mir die Leute zu und begaben sich nach Jersey, um dem Prinzen von mir auszurichten, er solle zu mir nach Paris kommen.

Die Abordnung blieb lange aus. Schließlich erhielt ich eine Nachricht von Digby, die besagte, der Prinz weigere sich, Jersey zu verlassen. Er habe sich in die Tochter des Gouverneurs verliebt. Dies war die erste von Charles' zahlreichen Liebesaffären, von denen man bald in ganz Europa sprach. Er war zwar erst fünfzehn Jahre alt, doch schien sein Leben vorgezeichnet. Es erzürnte mich maßlos, daß er herumtändelte, obwohl soviel auf dem Spiel stand. Ich sandte eine Eilbotschaft an Digby, doch Charles weigerte sich standhaft, von der Tochter des Gouverneurs abzulassen.

Inzwischen hatte ich Nachricht vom König. Er befand sich auf dem Weg nach Schottland. Ich war völlig außer mir und bat ihn, unserem Sohn zu befehlen, unverzüglich nach Paris zu kommen.

Ich wartete auf meinen Sohn, der nun sicher bald erscheinen würde. Währenddessen wandte ich meine Aufmerksamkeit meiner Nichte, Mademoiselle de Montpensier, zu oder der Grande Mademoiselle, wie sie genannt wurde – der reichsten Erbin Frankreichs. Anne-Marie Louise von Orleans war eine Prinzessin königlichen Geblüts, die Tochter meines Bruders Gaston. Aufgrund ihres Standes und des Geldes, das sie von ihrer Mutter geerbt hatte, kam sie als Gemahlin für meinen ältesten Sohn Charles durchaus in Frage. Doch ich hatte nicht viel für sie übrig. Sie war ein arrogantes, hochnäsiges Geschöpf und ließ mich ständig spüren, daß sie sich darüber im klaren war, in welcher unglückseligen Lage ich mich befand. Prahlerisch spielte sie sich auf und machte keinen Hehl aus ihrer Überlegenheit. Sie war prächtiger gekleidet als alle anderen. Ihr kostbarer Schmuck funkelte und glitzerte, als wolle sie damit ausdrücken: ›Seht her, ich bin die beste Partie in Frankreich! Eine überaus begehrte Frau, die ihren Gemahl einmal sehr glücklich machen wird. Doch ich wähle ihn mir selbst aus.‹ Sie war ihr Leben lang unsäglich verwöhnt worden. Jetzt war es zu spät, um daran noch etwas zu ändern. Sie war blond und hellhäutig. Damit stach sie gegen uns dunkelhaarige Familie mit den schwarzen Augen ab. Ihre großen blauen Augen traten etwas aus den Höhlen, und wenn sie auch kein dunkler Typ war, so hatte sie doch die für unsere Familie so typische große Nase geerbt. Sie strahlte Gesundheit aus. Erfreut stellte ich mit einer gewissen Häme fest, daß ihre Zähne nicht weiß schimmerten, wie es sich gehörte. Das war ihrem Aussehen sehr abträglich. Die gutherzige Königin mußte ihr wohl befohlen haben, mich hin und wieder zu besuchen. Sie pflegte herablassend dazusitzen und meine Kleidung zu begutachten. Meine Kleidung mochte zwar etwas abgetragen sein, doch kleidete ich mich entschieden eleganter als meine hochnäsige Nichte. Ich hielt sie für etwas vulgär. Nur aufgrund ihres immensen Vermögens erschien sie mir als die geeignete Gemahlin für meinen ältesten Sohn Charles.

Wegen eben dieses Vermögens sah ich mich gezwungen, mich um meine Nichte zu bemühen.

»Meines Wissens seid Ihr noch nie in England gewesen«, wandte ich mich an sie. »Ihr ahnt ja nicht, was Euch da bislang entgangen ist.«

»Im Augenblick entgeht mir da wohl nicht besonders viel, Madame.«

»Ihr solltet die üppigen grünen Felder und Wiesen sehen! Die kleinen Flüßchen, die in der Sonne glitzern. So schön wie England ist kein anderes Land. Ich muß gestehen, daß ich mich nach dem Anblick der weißen Klippen sehne.«

»Wir wollen hoffen, daß sich der König auf dem Thron behaupten kann.«

»Daran wird wohl niemand ernsthaft zweifeln. Was in England im Augenblick geschieht, ist nicht der Rede wert. Ein paar niederträchtige Männer rebellieren. Der König hat bald wieder alles im Griff, das steht fest.«

»Darum bemüht er sich schon ziemlich lange, liebe Tante.«

»Der Sieg ist in Reichweite.«

Ihr zynischer Blick traf mich. Ich sah ihr förmlich an, was

in ihr vorging. Sie sah Bristol und Naseby vor sich und mußte daran denken, wie sich der König in Schottland krampfhaft bemühte, den einstigen Feind für sich zu gewinnen. Auch die in alle Winde verstreute Familie ging ihr durch den Kopf.

»Der Kronprinz ist schon fast erwachsen«, gab ich zu bedenken. »Bald kann er seinem Vater zur Seite stehen.«

»Er ist doch erst fünfzehn, wenn ich mich nicht irre. Ich bin schon siebzehn Jahre alt.«

»Das ist mir bekannt. Trotzdem seid ihr so etwa in einem Alter. Ich habe ganz deutlich im Gefühl, daß ihr euch gut verstehen werdet, wenn er herkommt.«

»Ich mache mir nicht viel aus der Gesellschaft solcher Grünschnäbel«, erwiderte sie roh.

»Charles ist schon ein Mann — viel reifer, als seine Jahre vermuten lassen. In Jersey zum Beispiel...«

Nein, ich durfte mich nicht spontan dazu hinreißen lassen, meiner Nichte von Charles' Tändelei mit der Tochter des Gouverneurs zu erzählen.

»Wie Ihr wißt, ist meine Tante gestorben«, sagte meine Nichte.

»Ja, ich kann den Tod meiner lieben Schwester einfach nicht verwinden«, entgegnete ich ihr.

»Das läßt den Schluß zu, daß der König von Spanien bald wieder auf Brautschau gehen wird. Das Trauerjahr ist fast vorüber.«

›Dieses kleine Biest will mich ärgern!‹ dachte ich. Kein geringerer als der König von Spanien schwebt ihr also vor. Der Witwer ihrer Tante ist jetzt wieder frei und auf dem Heiratsmarkt ein heißbegehrter Kandidat. Schließlich kann er ihr eine Krone bieten und nicht nur die Aussicht auf die Krone.

Lachend sah sie mich mit ihren leicht hervorquellenden Augen an, als wolle sie sagen: ›Ich durchschaue dich, meine liebe Tante Henriette. Bildest du dir etwa ein, ich wüßte nicht, daß du regelrecht darauf versessen bist, eine reiche Frau für deinen Sohn zu finden?‹

Vermutlich mischte ich mich damit wieder einmal in Dinge ein, die mich nicht unmittelbar betrafen. Ich sollte es Charles wohl besser überlassen, den Frauen den Hof zu machen, bis er eine freite. Angesichts der Liebesaffäre auf Jersey Island war er dazu durchaus selbst imstande.

Im Juni traf mein Sohn dann endlich in Paris ein. Auch um der charmanten jungen Dame auf Jersey Island willen konnte er sich dem Befehl seines Vaters nicht widersetzen. Er hatte sich nur ungern von ihr losgerissen, ging jedoch in Paris bald wieder auf Eroberungen aus.

Ich freute mich unsagbar, weil ich ihn endlich wieder um mich hatte. Die Wiedersehensfreude übermannte uns, so daß wir uns in die Arme sanken. Charles war schon immer ein kräftiger Junge gewesen. Aus meinem Ältesten war inzwischen ein hochgewachsener junger Mann geworden, dessen würdevolles Auftreten mich mit Stolz erfüllte. ›Jeder Zoll ein König‹, konnte ich mit Recht behaupten. Er hatte immer noch den gleichen dunklen Teint und die gleichen schwarzen Haare wie als Neugeborener. Wegen seiner groben Züge konnte man ihn eigentlich nicht als gutaussehend bezeichnen. Sah man ihn sich genauer an, so mußte man ihn fast häßlich nennen, doch sein Lächeln, seine Stimme, sein ganzes Auftreten ließen ihn unwiderstehlich erscheinen. Er würde in jedweder Gesellschaft auffallen und den allerbesten Eindruck hinterlassen. Sein königliches Auftreten war nicht zu übersehen.

Als er eintraf, befand sich der Hof in Fontainebleau. Die überaus gütige Königin Anna lud uns sofort dorthin ein.

Zusammen mit Charles machte ich mich auf den Weg. Kurz bevor wir das Schloß erreichten, kam uns die Königin mit dem kleinen König Ludwig in der Kutsche entgegen. Sie verlieh ihrer Freude über das Kennenlernen des Thronfolgers Ausdruck. Vor dem Schloß angekommen, reichte sie ihm den Arm, damit er sie hineinführen konnte. Ich wurde der Obhut des kleinen Königs anvertraut.

Es dauerte nicht lange, und Charles entflammte für seine Cousine La Grande Mademoiselle, wie sie sich gern nennen ließ, doch ich erkannte bald, daß sie nur mit ihm spielte. Aus einer Verbindung zwischen den beiden konnte nichts werden, solange der König in England nicht wieder fest im Sattel saß.

Vorerst hielt sich der König in Schottland auf. Ich bangte

und zitterte um ihn. Wie sollte es nur weitergehen? Was würde aus uns werden?

Doch das Leben hielt auch freudige Überraschungen für mich bereit, nicht nur Kummer und Qualen. Eines schönen Tages traf Lady Dalkeith (seit dem Tode ihres Schwiegervaters vielmehr Lady Morton) mit meiner kleinen Henriette in Frankreich ein. Ich konnte mein Glück kaum fassen nach all den niederschmetternden Ereignissen der letzten Zeit.

Madame de Motteville überbrachte mir die freudige Nachricht. Ich lief hinunter, so schnell mich meine Füße trugen und riß meine Jüngste in die Arme. Natürlich erkannte sie mich nicht mehr wieder. Sie war ja erst zwei Wochen alt gewesen, als ich fliehen mußte. Inzwischen zählte sie zwei Jahre. Sie konnte schon ein wenig sprechen und sah mich mit ernster Miene an. Ich war entzückt von diesem allerliebsten kleinen Mädchen, und das im doppelten Sinne. Sie war nicht nur das hübscheste von meinen Kindern, sondern stand meinem Herzen auch am nächsten. Daran würde sich nie etwas ändern.

Was für ein freudiges Wiedersehen! Fast hätte man glauben können, das Schicksal meine es von nun an gut mit mir. Die abgrundtiefe Verzweiflung gehörte der Vergangenheit an. Eine Weile sonnte ich mich in meinem Glück.

Die liebe gute Lady Morton. Ich war nicht immer so nett zu ihr gewesen, wie sie es verdiente. Immer wieder verfiel ich in den Fehler, andere für die mir zugedachten Schicksalsschläge verantwortlich zu machen. Dabei waren die Liebe und Treue dieser guten Frau schwerlich zu übertreffen. Henriette hing sehr an ihr und wich nicht von ihrer Seite. Ich begrüßte sie freudig und bat sie um Verzeihung für das an ihr begangene Unrecht, meine ungerechtfertigte Kritik. Da fiel sie vor mir auf die Knie und versicherte mir, sie könne sich nichts Schöneres vorstellen, als mir und der Prinzessin bis an ihr Lebensende zu dienen.

Ach, hätten wir doch mehr Getreue wie diese gute Seele, dachte ich.

Ich machte es mir bequem, um mir von ihr über die abenteuerliche Reise berichten zu lassen. Die Flucht aus Oatlands war nämlich minuziös geplant gewesen, was für die Klugheit Lady Mortons sprach.

»Im Unterhaus war nämlich beschlossen worden, Prinzessin Henriette bei ihrem Bruder und ihrer Schwester im St. James' Palast unterzubringen. Dort sollte ihr Gefolge dann entlassen werden, mich natürlich eingeschlossen. Doch ich hatte Euch, Madam, und dem König fest versprochen, die Prinzessin auf keinen Fall im Stich zu lassen, außer auf Euren ausdrücklichen Befehl. Und so sagte ich mir, daß uns nur die Flucht blieb«, berichtete Lady Morton.

»Ach, meine liebe Anne, wie klug Ihr doch gehandelt habt!« rief ich überglücklich aus.

»Man hätte uns nie ziehen lassen«, fuhr sie fort, »also sagte ich mir, daß wir uns verkleiden müßten. Gaston, ein Franzose, unterstützte mich. Er gehörte zur königlichen Hofhaltung und schlüpfte in die Rolle eines Kammerdieners. Ich sollte als seine Frau und die Prinzessin als unser Kind reisen, und zwar als kleiner Junge. Das hielt ich am besten für den Fall, daß man uns verdächtigte. Ich ließ Briefe an Menschen zurück, denen ich vertrauen konnte und bat sie, unsere Abreise drei Tage lang geheimzuhalten. Bis dahin wären wir weit genug entfernt und nicht mehr in Gefahr. Wir machten uns auf den Weg.«

Ich lauschte aufmerksam. Es hätte auch mir sehr gelegen, so etwas auszuhecken.

»Ich sagte der Prinzessin, sie sei keine Prinzessin mehr. Sie sei jetzt ein kleiner Junge namens Pierre. Ich entschloß mich für diesen Namen, weil er ein wenig wie Prinzessin klang — für den Fall, daß sie sich verplappern sollte. Sie wollte nichts davon wissen. Auch die zerlumpte Kleidung behagte ihr ganz und gar nicht, in die wir sie hüllen mußten. Unterwegs drohte uns noch so manchesmal Gefahr, vor allem durch die Prinzessin, die am liebsten allen Leuten erzählt hätte, daß sie nicht wirklich Pierre oder Peter sei, sondern die Prinzessin. Ich kann Euch gar nicht sagen, Madam, wie froh ich war, als wir an Bord gehen konnten.«

»Wie ich mich freue!« rief ich erneut aus.

Seit ich meine kleine Tochter wieder bei mir hatte, erschien mir alles nur noch halb so schlimm. Zwei meiner Kinder waren endlich wieder um mich. Charles und Henriette, mein Ältester und meine Jüngste. Wie tröstlich, mitanzusehen, wie gut sie sich verstanden. Charles, dessen Hauptinteresse zugegebenermaßen jungen Damen galt, erübrigte trotz allem Zeit für seine kleine Schwester. Er nannte sie zärtlich Minette, und wann immer Henriettes Blick auf ihren großen Bruder fiel, leuchteten ihre Augen.

Natürlich hielt das Glück nicht lange an. Wie töricht von Charles, sich von den Schotten etwas zu erhoffen. Ich konnte es nicht fassen, als mir zu Ohren kam, daß die Schotten Charles für vierhunderttausend Pfund an die Engländer verkauft hatten.

»Was für gemeine, verräterische Kreaturen!« rief ich halb verrückt vor Kummer.

Tief im Herzen wußte ich, daß dies das Ende war, doch mir war auch klar, daß ich weiterkämpfen würde, sobald ich mich von dem Schock erholt hatte. Ich war eine Kämpfernatur und würde niemals die Hände einfach in den Schoß legen – nicht einmal angesichts von Tod und Verzweiflung.

Charles schrieb mir: ›Ich sehe darin auch etwas Positives. Es ist mir lieber, unter denjenigen zu weilen, die mich so teuer erkauft haben, als unter den Treulosen, die so hinterhältig Verrat an mir geübt haben.‹

Eine große Anzahl von Kavalieren kam nun nach Paris geströmt. Sie fanden sich im Louvre ein, und da die Königsfamilie nicht zugegen war, hatte ich den ganzen riesigen Palast für mich. Also brachte ich sie im Louvre unter. Es gab Franzosen, die bemängelten, daß ich es ihnen gestattete, im Louvre protestantische Gottesdienste abzuhalten, doch ich rief ihnen ins Gedächtnis, daß Charles mich niemals an der Ausübung meiner Religion gehindert hatte. Es sei daher das mindeste, den Menschen, die zu mir kamen, um seiner Sache zu dienen, dies ebenfalls zu gestatten. Rupert erschien bei mir. Er wirkte ziemlich mutlos und hegte einen Groll gegen den König, der ihn nach dem Verlust von Bristol verwünscht und geschmäht hatte und gänzlich vergessen zu haben schien, was Rupert alles für ihn geleistet hatte.

Ich bemühte mich, ihn zu beschwichtigen und versuchte, ihm klarzumachen, in welcher Gemütsverfassung der König sich befinden mußte. In dem Land, über das zu herrschen ihm von Gott bestimmt gewesen war, saß er nun gefangen, befand er sich in der Gewalt der Gegner.

Mein Sohn brach nach Holland auf in der Hoffnung, dort Hilfe zu erlangen. Dort wurde er herzlich von seiner Schwester Mary aufgenommen, die nach dem Tode des Vaters ihres Gatten Prinzessin von Oranien war. Trotzdem durfte sich der arme Charles dort nicht glücklich schätzen; denn gleich nach seiner Ankunft erkrankte er an den Pocken und war wochenlang ans Bett gefesselt. Ich muß dem Himmel wohl dafür danken, daß er von der Krankheit genas, doch zu jener Zeit war ich so vom Pech verfolgt, daß es mir sehr schwerfiel, auch nur eine Spur von Dankbarkeit zu empfinden. All meine Gedanken galten meinem Gemahl, der den Feinden in die Hände gefallen war.

Zurückblickend frage ich mich zuweilen, ob nicht auch da noch Hoffnung bestanden hätte, ihn und die Krone zu retten; denn es gab Leute, die zu glauben schienen, er hätte sich noch irgendwie mit Cromwell einigen können. Inzwischen ist mir klargeworden, daß er die Menschen nicht verstand, mit denen es zu verhandeln galt. In ihm hatte sich die Vorstellung festgesetzt, sie würden ihm den Thron nicht weiter streitig machen, wenn er sie in den Adelsstand erhob. Männer wie Cromwell waren und blieben ihm ein Rätsel. Inzwischen ist mir so manches klargeworden, doch damals war ich ebenso mit Blindheit geschlagen wie Charles.

Es gelang Charles, einen Brief für mich herauszuschmuggeln, in dem er mir mitteilte, er werde wieder die Oberhand gewinnen. Sobald er wieder an der Macht sei, wolle er sie alle hängen.

Cromwell war ein kluger Mann und zog diese Möglichkeit natürlich in Betracht. Es ist mir immer schwergefallen, mich in den Gegner hineinzuversetzen, doch mir war schon damals klar, daß sich Cromwell nicht ausschließlich von persönlichen Machtgelüsten leiten ließ, wenn er sich auch den Anschein gab. Manche hielten ihn für einen schlechten Menschen, für diese hohe Stellung mehr als ungeeignet, doch an seiner Tapferkeit konnte niemand Zweifel hegen. Er schonte weder andere noch sich selbst. Cromwell war ein frommer Mann. Er behauptete, zu den Waffen gegriffen zu haben, um dem Volk die Bürgerrechte und Religionsfreiheit zu garantieren, doch inzwischen weiß wohl jedermann, daß der Herrschende unter Religionsfreiheit zumeist etwas anderes versteht: die Freiheit besteht darin, die Religion gemäß den Forderungen der Unterdrücker auszuüben. Ich bin sicher, daß mein guter Charles die Religionsfreiheit seiner Untertanen nicht einzuschränken wünschte. Cromwell bezeichnete sich als ›simples Instrument Gottes, damit beauftragt, Gottes Kindern Gutes zu tun und Gott zu dienen.‹ Doch er stürzte so manche englische Familie ins Unglück — von der Königsfamilie ganz zu schweigen.

Als meinem Sohn James die Flucht nach Holland gelang, atmete ich auf. Endlich ein Lichtblick im trüben Einerlei der Tage, die nicht vergehen wollten. Das Parlament hatte ihn zusammen mit seiner Schwester Elisabeth und seinem Bruder Henry in den St. James Palast beordert. Sie durften den König jedoch in Caversham und später in Hampton Court und Zion House besuchen, wo er gefangengehalten wurde. Ich pflegte mir diese Zusammenkünfte bis in alle Einzelheiten auszumalen und hätte viel darum gegeben, hätte ich dabeisein dürfen.

Eines Tages spielte James mit seinen Geschwistern Verstecken. Dabei gelang es ihm, der Wache zu entwischen und sich zum Fluß hinunter durchzuschlängeln. Dort erwarteten ihn seine Freunde schon. James legte Mädchenkleidung an, in der er sicher ganz entzückend aussah, denn James war schon immer ein ausnehmend hübsches Kind gewesen. Sein Bruder Charles wäre schwerlich als Mädchen durchgegangen. James' Freunde hatten dafür gesorgt, daß er nach Middleburg übersetzte, wo ihn seine Schwester in Empfang nahm. Charles hielt sich bereits dort auf, und bald kam mir zu Ohren, daß sich die Brüder ständig in den Haaren lagen.

Ich schrieb den Streithähnen, um sie daran zu erinnern, daß wir uns Streitigkeiten innerhalb der Familie nicht leisten konnten. Wir hatten außerhalb der Familie schon genügend Feinde. Da mußten wir uns als Familie wenigstens vertragen.

Allmählich neigte sich dieses qualvolle Jahr dem Ende zu. Der König befand sich in Gefangenschaft, und im Parlament zerbrach man sich den Kopf darüber, wie es mit ihm weitergehen sollte. Ich sehnte mich nach ihm. Gern hätte ich sein Schicksal geteilt, was immer es auch für ihn bereithielt. Wäre es mir vergönnt gewesen, die letzten Tage zusammen mit ihm im Gefängnis zu verbringen, hätte mich nichts mehr erschüttern können.

Ich schrieb dem französischen Botschafter und flehte ihn an, dem Parlament mein Gesuch vorzulegen. Die Parlamentarier sollten mir das Zusammensein mit meinem Gemahl gestatten. Ich war gern bereit, seine Gefangenschaft mit ihm zu teilen. Sie konnten mit mir machen, was sie wollten — wenn ich nur bei ihm sein durfte.

Sehnsüchtig wartete ich auf Antwort. Die blieb jedoch aus. Später brachte ich dann in Erfahrung, daß der französische Botschafter dem Parlament meinen Brief vorgelegt hatte. Das Parlament hatte sich jedoch geweigert, ihn zu öffnen.

Dann endlich eine höchst erfreuliche Nachricht: Charles hatte seinen Gefängniswärtern entwischen können und hielt sich auf der Insel Wight auf. Schloß Carisbroke war sein neuer Zufluchtsort.

Ungefähr zur gleichen Zeit brach in Frankreich Krieg aus. Meine ureigenen Angelegenheiten beschäftigten mich so, daß ich kaum wahrnahm, was um mich herum vorging. Als der Krieg dann unversehens über uns hereinbrach, erschrak ich zu Tode.

Die arme Anna war der Verzweiflung nahe. Sie befürchtete, ihr Sohn könne die Krone einbüßen. Es kam zum Aufstand der Fronde, einer Erhebung des Hochadels, die das Pariser Parlament, den Staatsgerichtshof, unterstützte. Der Aufstand richtete sich nicht gegen die Monarchie, vielmehr sollten die Machtbefugnisse des ungeliebten Ausländers Mazarin eingeschränkt werden. Anna war so vernarrt in Mazarin, daß sie ihm die Zügel überlassen hatte. Der Adel war erzürnt, weil zu viele hohe Posten Ausländern anvertraut worden waren, vor allem natürlich Italienern, da Mazarin seinen Landsleuten den Vorrang gab. Die erdrückende Steuerlast war vielen ein Dorn im Auge, und das Parlament bemängelte, daß sich der hochmütige Kardinal über die vorgetragenen Wünsche einfach hinwegsetzte.

Also griffen die Leute zu den Waffen. Der Aufstand wurde mit dem Namen Fronde belegt. Als Krieg konnte man das kaum bezeichnen; denn eine Fronde ist eine Steinschleuder, wie die Straßenjungen in Paris sie zu benutzen pflegten, wenn sie ihre Straßenkämpfe austrugen.

Als die Menschen Barrikaden errichteten, suchte ich Anna auf. Ich hoffte, ihr nützlich sein zu können; denn mit unzufriedenen Untertanen hatte ich Erfahrung.

Doch Anna, die Mazarin die Führung überlassen hatte, machte sich keine großen Sorgen mehr.

»Es handelt sich ja nur um einen kleinen Aufstand«, versuchte sie mich zu beschwichtigen.

»Meine Liebe«, erwiderte ich, »auch die Rebellion in England hat so angefangen.«

Dadurch gelang es mir, sie aufzurütteln. Was sich jenseits des Ärmelkanals abspielte, konnte sie nicht einfach ignorieren. Die Hofhaltung wurde aus Paris nach Ruel und dann nach St. Germain verlegt. Ich blieb im Louvre, nachdem die Königsfamilie geflohen war. Gegen mich hatten die Aufständischen nichts einzuwenden. Damals habe ich jedoch am eigenen Leib erfahren müssen, was es bedeutet, in bitterer Armut dahinzuvegetieren. Ich bekam kein Geld mehr ausbezahlt. Den größten Teil davon hatte ich ohnehin Charles überlassen. Nun war mir nichts geblieben, womit ich etwas zu essen und Heizmaterial hätte kaufen können.

Meine kleine Henriette begriff natürlich nicht, worum es ging. Das arme Kind muß geglaubt haben, die ganze Welt habe sich gegen uns verschworen. Wie gern hätte ich ihr eine glückliche Kindheit beschert, wie sie einer Prinzessin zustand. Doch ich war schon dankbar dafür, daß wir zusammen sein durften.

Nie zuvor war es mir so schlecht gegangen wie Weihnachten des Jahres 1648. Ich hatte zwar auch zuvor schon sehr gelitten, doch zu den Seelenqualen gesellten sich jetzt auch noch körperliche Martern. Wir litten Hunger und froren jämmerlich. Ich war zwar schon öfter krank gewesen, hatte den Hungertod jedoch noch nie zu fürchten brauchen. Am härtesten traf mich die Tatsache, daß ich meinem Kind nicht helfen konnte. Henriettes wunderschöne dunkle Augen schienen mit jedem Tag größer zu werden und tiefer in den Höhlen zu liegen.

In Paris herrschten chaotische Zustände. Zu dem Krieg kam noch hinzu, daß die Seine über die Ufer trat und große Teile der Stadt überschwemmte. Die Straßen erinnerten an sturmgepeitschte Kanäle. Das sahen wir vom Fenster aus. Der Wind drang durch sämtliche Ritzen, und wir hatten keine Möglichkeit, uns aufzuwärmen.

Ich war ratlos. Wie lange wir das wohl noch durchstehen würden? Wir litten sehr unter den Entbehrungen und verfügten buchstäblich kaum noch über etwas Eßbares. Selbst Henry Jermyn wirkte niedergeschlagen. Was sollten wir nur tun? Wohin konnten wir uns wenden? Dies war unser Zufluchtsort gewesen.

An einem dunklen, unheilschwangeren Morgen drang das kalte winterliche Tageslicht in die Gemächer. Draußen jagten Wolkenfetzen vorüber. Sicher würde es bald schneien. Meine kleine Henriette lag in meinem Bett. Ich hatte alles zusammengetragen, was ich finden konnte, damit sie nicht fror. Teppiche und Wandbehänge lagen übers Bett gebreitet. Ich saß mit einer Steppdecke um die Schultern auf einem Stuhl am Bett. Henriette ließ keinen Blick von mir und starrte mich mit ihren großen Augen an. »Liebling, versuch doch zu schlafen«, sagte ich.

Ihre Antwort zerriß mir fast das Herz. »Ich bin so hungrig, Mami.«

Was sollte ich dazu sagen?

»Vielleicht gibt es heute Suppe«, fuhr sie fort, und ihre Augen leuchteten bei dem Gedanken daran.

»Ja, Liebling, das kann schon sein.« Ich wollte ihr diesen Hoffnungsschimmer nicht nehmen, obwohl ich genau wußte, daß wir nichts besaßen, woraus man eine Suppe hätte zubereiten können.

In diesem Augenblick trat Lady Morton ein. Sie schürte das Feuer mit Teilen einer hölzernen Truhe.

»Das wird uns guttun, liebe Anne«, sagte ich dankbar.

»Das ist der Rest der Truhe, Majestät. Morgen müssen wir uns etwas anderes einfallen lassen. Aber damit sind wir erst einmal gerettet. Heute geht das Feuer nicht mehr aus. Hoffentlich brennt die Truhe gut, so daß es ordentlich warm wird.«

»Wenn nur der eisige Wind nicht wäre, der durch alle Ritzen dringt.«

Anne sah bleich und elend aus. Die arme Frau. Da hatte sie wie durch ein Wunder die abenteuerliche Flucht heil überstanden – und nun dies. Ob sie wohl lieber unter den Rundköpfen in England leben würde? Dort bräuchte sie zumindest nicht zu hungern und zu frieren.

Sie trat ans Bett und griff nach Henriettes Hand. »Gottlob, die Hand fühlt sich ganz warm an«, seufzte sie erleichtert.

»Weil ich sie unter die Decke stecke«, erklärte Henriette. »Sobald ich sie rausstrecke, wird sie eiskalt. Gibt es zum Abendessen Suppe?«

Anne zögerte. »Wir werden sehen.«

Das Wunder geschah. Es gab tatsächlich Suppe. Was für Überraschungen das Leben doch zuweilen bereithält! Hochstimmungen und Tiefpunkte hielten sich die Waage. Etwa eine Stunde nach diesem trostlosen Gespräch bekamen wir Besuch. Es war kein Geringerer als der Kardinal von Retz, einer der Anführer der Fronde-Bewegung. Er hatte es sich in den Kopf gesetzt, sich selbst davon zu überzeugen, wie ich im Louvre lebte. Als er das Gemach betrat, erstarrte er vor Entsetzen, als er mich mit der Decke um die Schultern zusammengekauert dasitzen und meine kleine Tochter unter all den Teppichen und Bettüberwürfen hervorlugen sah, die ich über das Bett drapiert hatte, damit Henriette nicht fror.

»Majestät!« rief er verschreckt. »Was hat das zu bedeuten?«

Er kniete vor mir nieder und küßte mir die Hand.

»Wir fragen uns allmählich, ob wir wohl erfrieren oder verhungern werden«, klärte ich ihn auf.

»Aber das ist ja... ungeheuerlich!«

Er war zutiefst erschüttert. Ich hatte ihn schon immer gemocht. Er stand in dem Ruf, als junger Mann ein ausschweifendes Leben geführt zu haben. Vielleicht hatte ihn das so menschenfreundlich gemacht. In seiner Herzensgüte konnte er gar nicht anders, als Notleidenden voller Mitgefühl umgehend tatkräftig zu helfen. Diese Güte lassen Menschen, die immer tugendhaft gelebt haben, oft vermissen. Jedenfalls war er entsetzt.

»Die Tochter unseres großen Körigs unter so jämmerlichen Bedingungen vorzufinden«, stammelte er gepeinigt. »Majestät, ich will gar nicht erst Zeit mit Worten vertun. Ich lasse Euch alles bringen, was Ihr braucht. Dafür sorge ich persönlich. Dann werde ich die Angelegenheit dem Staatsgerichtshof vortragen. Alle französischen Edelleute werden entsetzt sein, wenn sie erfahren, wie Ihr und Eure Tochter hier gelebt habt.«

Am liebsten hätte ich ihn geküßt, so dankbar war ich ihm. Er stand zu seinem Wort. Er ließ augenblicklich Feuerholz und Nahrungsmittel aus seinen eigenen Beständen bringen. Bald stiegen uns köstliche Essensdüfte in die Nase. An diesem Tag waren wir überglücklich.

Gleich am nächsten Tag brachte der Kardinal die Angelegenheit im Parlament zur Sprache. Tochter und Enkelin des großen Königs Heinrich IV. mit ihrer getreuen Dienerschaft im Louvre dem Hungertod geweiht! Dem müsse sofort abgeholfen werden. Der Kardinal setzte sich so beredt für uns ein, daß man sogleich auf Abhilfe sann. Mir wurde der Betrag von vierzigtausend Pfund zugestanden.

Im Augenblick hatte es keinen Sinn, Charles das Geld zukommen zu lassen, also steckte ich es in die Hofhaltung. Wir wollten es samt unseren Getreuen hinfort etwas leichter haben. Ich weidete mich am Anblick meiner kleinen Tochter. Ihre Augen leuchteten, wenn ihr die Suppe serviert wurde. Hinterher hielt sie die Händchen über die knisternden Scheite im Kamin.

Meine Freude war jedoch nicht von langer Dauer. Ein neues Jahr war angebrochen – das entsetzlichste, düsterste Jahr meines Lebens. Ich erhielt keinen einzigen Brief mehr von Charles, doch hin und wieder sickerten Nachrichten durch. Charles war von Carisbroke nach Hurst und von dort nach Windsor verlegt worden. Schließlich brachte man ihn in den St. James Palast, damit er sich in Westminster Hall vor dem Untersuchungsausschuß verantworten konnte.

»Ihm wird der Prozeß gemacht?« Ich konnte es nicht fassen. »Diese Schurken wollen den König vor *Gericht* stellen? Eines Tages werden die Köpfe von Cromwell, Essex und von Fairfax auf der London Bridge zur Schau gestellt, das schwöre ich vor aller Welt! Was für eine Erniedrigung! Was mag nur in meinem lieben Charles vorgehen? Und ich kann ihm nicht zur Seite stehen.«

Kummer, Schmerz und Angst brachten mich schier um den Verstand. Ich hätte das Land niemals verlassen dürfen, sondern bei ihm bleiben müssen. Ihm zur Seite stehen. Was immer auch geschah, mein Platz war an seiner Seite. Wie konnte ich ihm von hier aus beistehen?

Am besten verstanden mich Henry Jermyn und Madame de Motteville zu trösten. Henry versicherte mir hoch und heilig, daß sie es nicht wagen würden, den König zu verurteilen. »Das würde das Volk niemals zulassen«, behauptete er.

»Ja«, rief ich erleichtert aus, indem ich mich an jeden kleinsten Strohhalm klammerte. »Beim Volk war er immer sehr beliebt. Ich hingegen war verhaßt. Ach, Henry, wird das Volk auch wirklich zu ihm stehen? Werden sich die Leute um ihn scharen und ihren Hohn über diese jämmerlichen Rundköpfe ergießen?«

»Das werden sie ganz sicher«, versicherte mir Henry. »Wartet es nur ab. Bald wird er erneut zum König ausgerufen werden, dann läßt er Euch holen, und die Familie wird wieder vereint sein.«

Wenn ich seinen Worten auch nicht immer Glauben schenkte, so klangen sie doch ungeheuer tröstlich. Henry Jermyn war ein großer, gutaussehender, souveräner Mensch, der stets den Eindruck machte, als könne er alles wieder ins rechte Lot bringen. Ihn in so schweren Zeiten zur Seite zu haben, beruhigte mich ungemein. Als ich ihm das zu verstehen gab, küßte er mir die Hand und sagte: »Ihr wißt doch hoffentlich, daß ich Euch niemals im Stich lassen könnte.«

»Wenn Ihr das tätet, wäre das mein Ende«, versicherte ich ihm.

Auch Madame de Motteville war eine treue Seele, doch sie verstand es bei weitem nicht so gut, mir Trost zu spenden. Sie war sehr um mich besorgt. Diese sanfte, ruhige Frau rechnete stets mit dem Schlimmsten und versuchte, mich darauf vorzubereiten, damit der Schlag nicht völlig unerwartet kam.

Der Februar zog ins Land. Mir war unbegreiflich, weshalb ich nichts erfuhr.

»Wie ist der Prozeß denn ausgegangen?« wollte ich wissen. »Was ist dabei herausgekommen? Woran mag es liegen, daß man uns nicht benachrichtigt?«

Henry sah stirnrunzelnd aus dem Fenster. »Zuweilen erweist es sich als schwierig, etwas in Erfahrung zu bringen«, murmelte er.

Mir fiel auf, daß so mancher aus meinem Gefolge mir nicht in die Augen sehen konnte.

»Irgend etwas muß geschehen sein«, äußerte ich mich Madame de Motteville gegenüber. »Wenn ich nur wüßte, was sich abgespielt hat.«

Madame de Motteville hüllte sich in Schweigen.

Das brachte mich zur Raserei. Ich ließ Henry kommen und sagte ihm auf den Kopf zu: »Henry, Ihr wißt doch etwas, das könnt Ihr nicht leugnen. Verratet mir um Himmels willen, was Ihr in Erfahrung gebracht habt.«

Er zögerte, doch dann sah er zu mir auf und sagte: »Seid guten Mutes. Der König ist tatsächlich vor Gericht gestellt und verurteilt worden.«

»O Gott...«

Henry legte den Arm um mich und stützte mich.

»Alles wird wieder gut«, versicherte er mir. »So hört doch, hört mich an...« Er verstummte. Seine sorgenvolle Miene war nicht gerade dazu angetan, mich zu beruhigen. Nach einer kurzen Zeit des Schweigens, die mir wie eine Ewigkeit erschien, sprudelten die Worte nur so aus ihm heraus. »Alles ist in bester Ordnung... Der König ist gerettet... im allerletzten Augenblick... Er war zum Tode verurteilt worden und sollte enthauptet werden... Aus dem St. James Palast wurde er nach Whitehall gebracht, um das Schafott zu besteigen...«

»Henry, Ihr bringt mich noch unter die Erde...«

Henry holte tief Luft und sagte mit fester Stimme: »Als der König den Kopf auf den Richtblock legte, erhob sich das Volk wie ein Mann. Stimmen wurden laut, die riefen: ›Das darf nicht geschehen! Charles ist unser König. Nieder mit dem Parlament!‹«

»Henry...« Mir schwanden fast die Sinne vor Erleichterung.

»Alles wird wieder gut«, sagte er immer und immer wieder.

Sein Verhalten und die Art, wie er das erzählte, erschienen mir sehr sonderbar. Doch darüber wurde ich mir erst sehr viel später klar. In dem alles entscheidenen Augenblick konnte ich nur denken: ›Er ist gerettet. Das Volk hat nicht zugelassen, daß ihm etwas geschieht. Seine getreuen Untertanen, wer hätte das gedacht?‹

»Seine Untertanen hängen sehr an ihm«, bemerkte ich. »Viele wären bereit, ihr Leben und ihr Vermögen für ihn hinzugeben. Die Grausamkeit seiner Verfolger wird ihn seinen Anhängern nur noch näherbringen.«

Immer wieder brachte ich Madame de Motteville, Henry und all meinen Bediensteten gegenüber Charles' wunderbare Errettung zur Sprache.

»Bald werden wir Genaueres erfahren«, bemerkte ich hoffnungsvoll. »Endlich einmal gute Nachrichten. Dies ist der Wendepunkt.«

Doch am nächsten Tag erfuhren wir nichts Neues. Nachts hatte ich wachgelegen und auf die erlösenden Schritte gewartet, doch niemand war gekommen. Ein zweiter Tag verstrich und auch noch ein dritter, ohne daß wir etwas erfuhren.

»Es ist mir unbegreiflich«, sagte ich, »daß wir nicht benachrichtigt werden.«

Die Anspannung wuchs, steigerte sich ins Unerträgliche. Ein ungutes Gefühl beschlich mich. Selbst Henry erschien mir mit einemmal ganz fremd. Keine Spur mehr von seiner sonstigen Heiterkeit. Madame de Motteville ging mir ganz offensichtlich aus dem Weg.

Ich mußte etwas unternehmen. Nichts war schlimmer als diese fürchterliche Ungewißheit.

»Warum erfahren wir denn nichts?« wandte ich mich an Henry. »Bei Hofe wird man doch wohl wissen, was in England vorgeht. Ich schicke einen der Herren nach St. Germain, damit er sich erkundigt, ob es in England etwas Neues gibt.«

»Man würde Euch gewiß sofort benachrichtigen, wenn man bei Hofe etwas wüßte«, wandte Henry ein.

»Dort hat man ganz andere Sorgen. Ich schicke sofort einen Mann los mit der Anweisung, umgehend zurückzukehren.«

Henry verneigte sich und entsandte einen vertrauenswürdigen Mann nach St. Germain.

Wir saßen beim Abendessen. Das Gespräch verlief hölzern und wollte nicht so recht in Gang kommen. All meine Gedanken drehten sich um die Vorgänge in England, doch darüber wollte sich augenscheinlich niemand in der Tafelrunde auslassen.

Vater Cyprien, mein Beichtvater, hatte nach dem Mahl das Tischgebet gesprochen und wollte sich erheben, da trat Henry zu ihm, legte ihm die Hand auf die Schulter und sprach im Flüsterton mit ihm.

»Was soll das?« rief ich. »Was gibt es da zu flüstern?«

Zutiefst verzweifelt sah mich Henry mit einer wahren Leidensmiene an. Vater Cypriens Hände zitterten.

»Was gibt es? Laßt mich nicht länger im Ungewissen«, bat ich flehentlich.

Da trat Henry vor mich hin. Sein Gesicht war zur Maske erstarrt. Gramzerfurcht murmelte er: »Ich habe Euch belogen. Es war mir unmöglich, Euch anzuvertrauen, daß das Volk dem König nicht beigestanden hat.«

Er führte mich zu einem Stuhl, kniete vor mir nieder und sah zu mir auf. In seinem Gesicht spiegelte sich die durchlittene Qual.

»Ich konnte es Euch nicht sagen. Mir blieb nichts anderes übrig, als Euch zu belügen. Es hat sich nicht so abgespielt, wie ich es Euch berichtet habe, es hat sich anders zugetragen. Er wurde in Whitehall aufs Schafott geführt. So tapfer, wie er im Leben war, ist er auch in den Tod gegangen.«

Ich war vor Kummer wie versteinert. Ohne etwas zu sehen, starrte ich vor mich hin. Von all den Menschen, die sich im selben Raum aufhielten, nahm ich keinen einzigen wahr. Nur Charles' liebes Gesicht war mir ganz gegenwärtig.

Ich war unfähig, mich zu rühren. Ganz am Rande nahm ich ein ersticktes Schluchzen wahr. Eine der Frauen konnte die Tränen nicht zurückhalten. Henry sah mich an. In seinem Blick lag die flehentliche Bitte um Vergebung. Er hatte mich belogen, weil er so an mir hing, daß er mir diesen Schmerz zunächst einmal ersparen wollte.

Mir war nichts geblieben. Ich fühlte mich innerlich ganz leer. Mein König, mein Gemahl, mein Herzallerliebster war von mir gegangen. Er weilte nicht mehr unter den Lebenden. Seine Mörder hatten ihn mir weggenommen.

Noch empfand ich nichts, was sie betraf. Das würde noch eine Weile dauern. Im Augenblick konnte ich ohnehin nichts unternehmen, konnte nur an das Ungeheuerliche denken, was geschehen war. Was für ein unsagbares Unglück!

Charles war tot. Ich würde ihn nie wiedersehen.

Verzweiflung

Ich kann nicht sagen, wie lange ich so dagesessen habe. Ich hatte jegliches Zeitgefühl verloren. Die guten Seelen, die sich um mich scharten und stumm mit mir litten, nahm ich gar nicht wahr.

Madame de Motteville half mir schließlich auf und brachte mich zu Bett. Stumm und mit weitaufgerissenen Augen lag ich da. Sie kniete vor dem Bett. Über ihre Wangen rollten unaufhörlich Tränen. Ich konnte nicht weinen. Mein Kummer saß zu tief. Tränen flossen bei den üblichen Tragödien, wenn man enttäuscht oder verbittert war. Ein schlimmeres Unglück hätte mich nicht treffen können. Ich sehnte mich mit allen Fasern meines Wesens danach, neben Charles in seinem kalten Grab zu liegen.

Ich wagte kaum an ihn zu denken... an sein edles Gesicht, das ich so oft gestreichelt habe. Nein, nur nicht daran denken.

»Tod, sei mir gnädig«, betete ich, »und nimm mich zu dir. Laß mich im Tode wie im Leben bei ihm sein.«

Madame de Motteville sprach unendlich sanft auf mich ein. »Madame, so etwas dürft Ihr nicht sagen. Euer Sohn braucht Euch. Für ihn müßt Ihr am Leben bleiben. England hat jetzt einen neuen König. Gott segne Charles II.«

Damit hatte sie natürlich recht, das leuchtete mir ein. Ich durfte mich nicht so gehenlassen, mich nicht selbstsüchtig in meinen Kummer verbeißen. Was hätte mein Gemahl dazu gesagt? Er hatte an die Krone geglaubt. Ein König von Gottes Gnaden. Der König weilte nicht mehr unter den Lebenden. Jetzt mußte es heißen ›Lang lebe König Charles II.!‹ Mein ältester Sohn war ein kräftiger junger Mann von neunzehn Jahren, der geborene König.

Vielleicht war doch noch etwas zu retten.

»Madame«, meinte Madame de Motteville, »sicher wollt Ihr der Königin von Frankreich eine Nachricht zukommen lassen.«

»Ja, ganz recht«, erwiderte ich. »Schickt jemanden zu ihr, der ihr von meiner Verfassung berichtet und ihr mitteilt, daß der Tod des Königs, meines Gemahls, mich zur unglücklichsten Frau auf der Welt gemacht hat. Liebe Freundin, man muß die Königin von Frankreich warnen. Sie darf ihr Volk niemals gegen sich aufbringen, solange nicht feststeht, daß sie die Macht besitzt, das Volk zu unterjochen. Zuweilen gebärdet sich das Volk wie wilde Tiere. Mein geliebter dahingegangener König hat das am eigenen Leib erfahren müssen. Ich hoffe inständig, daß es ihr in Frankreich nicht ebenso ergeht. Nun übermannt mich die Verzweiflung. Ich habe denjenigen verloren, der mir mehr bedeutet hat als alles auf der Welt – meinen Gemahl und allerbesten Freund, den König.«

Madame de Motteville ließ den Kopf hängen und wandte sich ab. Sie konnte meine Qualen nicht mehr mitansehen.

Ich flehte Gott um Hilfe an. Warf ihm vor, daß er so ein Unrecht hatte geschehen lassen. Das bereute ich sogleich. »Dein Wille geschehe«, betete ich – und: »Gib mir die Kraft, mein Leid geduldig zu tragen.«

Madame de Motteville erbot sich, die Königin aufzusuchen und ihr auszurichten, worum ich gebeten hatte. Als sie gerade aufbrechen wollte, rief ich sie zurück.

»Eines sollt Ihr ihr noch sagen. Oder vielmehr in meinem Namen eine Bitte aussprechen. Wenn sie mir diese Bitte erfüllt, so ist das in der Finsternis, die mich umgibt, ein kleiner Hoffnungsschimmer. Ich lasse sie bitten, meinen Sohn, den Prinzen von Wales, als König Charles II. von England anzuerkennen. Mein Sohn James, der Herzog von York, steht damit in der Thronfolge an zweiter Stelle. Auch das bitte ich sie anzuerkennen.«

Madame de Motteville ging, um den Auftrag auszuführen. Wenn ich an meinen Sohn dachte, spürte ich, daß das Leben weiterging.

Ich wollte genauestens wissen, was dazu geführt hatte, daß Charles enthauptet worden war, doch es dauerte geraume Zeit, bis ich mir alles zusammenreimen konnte. Am Ende seines Lebens war Charles vom Pech verfolgt gewesen. Er war nach Carisbroke geflohen, um dort bei Getreuen Aufnahme zu finden, doch Oberst Hammond, der Gouverneur der Insel, hatte ihn verraten. Charles hatte Hammond begreiflicherweise für einen Freund gehalten; denn er war ein Neffe seines Hofgeistlichen. Charles hatte jedoch nicht gewußt, daß Hammond mit einer Tochter John Hampdens verheiratet war. Dadurch war er mit der Zeit zu einem glühenden Fürsprecher Oliver Cromwells geworden. Hammond hatte Charles zunächst als Ehrengast behandelt. Trotzdem teilte er den Rundköpfen Charles' Aufenthaltsort mit. Bald mußte mein armer Gemahl feststellen, daß er in der Falle saß. Wie verzweifelt und enttäuscht muß er gewesen sein! Doch wahrscheinlich hat er Ruhe bewahrt und ist zuversichtlicher geblieben, als es die meisten in seiner Situation gewesen wären. Solange er in dem Schloß festsaß, schaffte er sich Bewegung, indem er auf den Wällen entlanglief. Er erging sich auf dem Rasen und brachte sehr viel Zeit mit Lesen zu.

Ich brachte in Erfahrung, daß er einen Fluchtversuch unternommen hatte, als er von Hammonds Doppelzüngigkeit erfuhr. Sein getreuer Page Firebrace schmiedete mit ihm zusammen Fluchtpläne. Firebrace schlug vor, das Gitter am Fenster durchzusägen, doch Charles fürchtete, dadurch Aufmerksamkeit zu erregen. Er hoffte, sich durch die Gitterstäbe schlängeln zu können. Er versuchte, den Kopf durchzubekommen. Es gelang. Nun stand der Flucht nichts mehr im Wege. Von außen war eine Leiter ans Fenster gelehnt. Unten angelangt wollte Firebrace ihn über den großen Schloßhof zur Außenmauer bringen, die er mit Hilfe eines Seils übersteigen sollte. Vor dem Schloß standen Männer mit einem Pferd für Charles bereit. Ganz in der Nähe lag ein Schiff, das ihn nach Frankreich bringen sollte. Alles schien in bester Ordnung. Die Flucht wäre mit Sicherheit gelungen, hätte es nicht einen Hinderungsgrund gegeben: Charles hatte sich verrechnet. Den Kopf bekam er zwar zwischen den Gitterstäben hindurch, doch dann blieb er mit Brustkorb und Schultern stecken und konnte weder vor noch zurück.

Der arme Charles! Manchmal will es mir fast scheinen, als

hätte sich selbst der Himmel gegen ihn verschworen. Sollte es mir je vergönnt sein, den guten Firebrace zu finden, so würde ich ihn reich dafür belohnen, daß er versucht hatte, dem König zu helfen.

Nach diesem Zwischenfall wurde Charles nach Schloß Hurst verlegt. Es lag auf einer Art Vorgebirge, das sich an die Insel Wight anschloß. Ein schlimmeres Gefängnis kann man sich kaum vorstellen. Der Sturmwind pfiff ums Schloß. Bei Flut war es von der Insel abgeschnitten. Ich sehe ihn in dieser düsteren Festung vor mir. Sicher hat er an einige seiner Ahnen denken müssen, die ihre Feinde gegen sich aufgebracht hatten, in unwirtlichen Verliesen wie Schloß Hurst gelandet und eines grausamen Todes gestorben waren.

Glücklicherweise brauchte er auf Schloß Hurst nicht lange auszuharren. Man brachte ihn zunächst nach Windsor und dann am fünfzehnten Januar nach London.

Inzwischen hatte Cromwell die Macht an sich gerissen. Befriedigt dachte ich, daß es dem Volk doch sicher nicht behagte, unter einem Militärregime zu leben. Cromwells Soldaten bereitete es großes Vergnügen, schöne Kirchen und Häuser zu zerstören, die sie in ihrer puritanischen Engstirnigkeit für sündig hielten. Selbst Westminster Abbey haben sie geschändet und entweiht. Diese unfaßbare Beschränktheit! Jetzt würde das Volk erleben, was es hieß, von Menschen regiert zu werden, denen jede Spur von Lebensfreude fehlte, ja suspekt war, die strikte Regeln aufstellten und selbst das Lächeln schon für eine Sünde hielten.

Sie haben meinen Charles also vor Gericht gebracht und zum Tode verurteilt. An die entsetzlichen Einzelheiten will ich gar nicht denken. Obgleich das schon so lange zurückliegt, schmerzt es noch immer über alle Maßen. Mutig und gelassen ist er in den Tod gegangen.

Der Gedanke an das letzte Zusammentreffen mit unseren beiden jüngeren Kindern, Henry und Elizabeth, ist mir unerträglich. Sie wurden vom Zion House zu ihm gebracht, damit sie von ihrem Vater Abschied nehmen konnten.

Mir ist von verschiedenen Seiten wiederholt darüber berichtet worden, doch ich breche heute noch in Tränen aus, wenn ich an die Szene denke.

Wie konnten sie zwei unschuldigen Kindern so etwas Grausames antun.

Als meine Tochter Elizabeth ihren Vater erblickte, begann sie jämmerlich zu schluchzen. Sie wußte ja, was ihn erwartete. Vermutlich sah er sehr mitgenommen aus und hatte nichts mehr mit dem gutaussehnden Mann gemein, als den sie ihren Vater kannte. Seit ihrer letzten Begegnung hatte er viel durchgemacht. Ich sehe ihn mit ergrautem Haar vor mir, Resignation im Blick. Trotzdem war er sicher bis zum letzten Augenblick untadelig gekleidet. Nichts konnte ihn davon abbringen, auch in dieser Situation noch Haltung zu bewahren.

Elizabeth weinte so herzzerreißend, daß sie nicht sprechen konnte. Als Henry seine Schwester weinen sah, brach auch er in Tränen aus.

Charles zog seine beiden Kinder an sich und schloß sie in die Arme. Elizabeth war zu dem Zeitpunkt erst zwölf Jahre alt, doch gleich nach diesem bitteren Abschied schrieb sie alles bis in alle Einzelheiten nieder. Wie oft habe ich ihre Niederschrift schon gelesen! Jedesmal überkommt mich die gleiche sanfte Trauer.

»Ich bin froh, daß du gekommen bist«, wandte sich Charles an Elizabeth, »denn ich möchte dir etwas erzählen, was ich sonst niemandem sagen kann. Es ist so entsetzlich und so grauenhaft, daß ich es nicht fertigbringe, es schriftlich festzuhalten. Aber du wirst nicht vergessen, was ich dir sage, mein Liebling.«

Elizabeth versicherte ihm, daß sie es nicht vergessen würde. »Ich schreibe es nämlich auf«, versprach sie, »und werde bis an mein Lebensende daran denken.«

»Gräme dich nicht um meinetwillen. Trauere nicht allzusehr. Mir wird ein ruhmreicher Tod zuteil, weil ich für die Gesetze und die Religion in England sterbe. Ich habe all meinen Feinden längst verziehen und hoffe nur, daß auch Gott ihnen vergeben wird. Ihr und eure Geschwister müßt ihnen ebenfalls verzeihen. Wenn du deine Mutter siehst...«, bei dieser Stelle war ich immer blind vor Tränen, »... richte ihr von mir aus, daß all meine Gedanken immer nur ihr gegolten haben und daß ich sie unverbrüchlich lieben werde bis zu meinem letzten Atemzug. Gehorcht ihr und seid lieb zu ihr. Trauert nicht um mich. Wenn ich auch sterben muß, so zweifele ich doch nicht daran, daß Gott eurem Bruder wieder zum Thron verhelfen wird. Dann werdet ihr alle wieder glücklich sein – viel glücklicher als zu meinen Lebzeiten, dürfte ich am Leben bleiben.«

Dann nahm er den kleinen Henry auf den Schoß. »Mein Sohn, dein Vater wird nun bald enthauptet«, sagte er zu ihm.

»Achte genau auf meine Worte, Kind«, fuhr der König fort. »Meine Feinde schlagen mir den Kopf ab, und vielleicht machen sie dich zum König. Aber merk dir, was ich dir zu sagen habe: Du darfst nicht König werden, solange deine Brüder Charles und James noch am Leben sind. Daher verbiete ich dir, dich von ihnen zum König machen zu lassen.«

Der arme kleine Henry gab sich alle Mühe, die Worte seines Vaters zu erfassen. Schließlich holte er tief Luft und sagte: »Lieber will ich mich in Stücke reißen lassen.«

Sie sprachen ein Gebet. Charles bat seine Kinder, ein gottesfürchtiges Leben zu führen. Sie versprachen es ihm.

Einer der Bischöfe erschien, um die Kinder abzuholen. Beide weinten bitterlich. Charles blickte ihnen nach. Als sie an der Tür anlangten, rief er ihnen nach und riß sie noch einmal in die Arme. Sie klammerten sich an ihn, als wollten sie ihn nie wieder loslassen.

Die Zeit, zu der das Urteil vollstreckt werden sollte, stand schon fest. Eine Mahlzeit wurde Charles serviert, doch er hatte keinen Appetit.

»Ihr solltet aber etwas essen«, ermahnte ihn Bischof Juxon. »Sonst erleidet Ihr womöglich einen Schwächeanfall.«

»Ihr habt völlig recht«, pflichtet Charles ihm bei. »Dazu darf es nicht kommen. Das könnte mir falsch ausgelegt werden.« Er nahm etwas zu sich und trank auch ein paar Schlucke von dem Wein.

Nach dem Essen sagte er: »Ich bin bereit. Jetzt können sie mich holen.«

Doch es erschien niemand, um ihn abzuholen. Die Hinrichtung verzögerte sich. Zwei der Kommandeure, die bei der Hinrichtung die Aufsicht führen sollten, verweigerten in letzter Minute den Befehl. Sie beharrten auf ihrem Standpunkt und ließen sich durch nichts umstimmen. Man verspottete und bedrohte sie, doch es nutzte alles nichts. Sie weigerten sich standhaft, sich dieser schrecklichen Aufgabe zu unterziehen. Die Männer hießen Hunks und Player. Auch bei ihnen wollte ich mich erkenntlich zeigen.

Es tröstet mich ein wenig, daß man demjenigen, der dem Scharfrichter zur Hand gehen würde, dafür hundert Pfund geboten hat. Trotzdem haben sich achtunddreißig Leute geweigert.

Zum Schluß wurde ein Feldwebel eines anderen Regiments gezwungen, dem Scharfrichter zu assistieren. Der Scharfrichter selbst versuchte, sich zu verstecken. Als man ihn ausfindig machte, verrichtete er seine Arbeit nur auf Strafandrohung hin. Um ihm die Sache etwas zu versüßen, bot man ihm dreißig Pfund. Das Hinrichtungskommando bestand jedoch darauf, sich zu maskieren, weil niemand mitbekommen sollte, wer das Todesurteil als Scharfrichter vollstreckte.

Als Charles von unserem Ältesten ein leeres Blatt Papier mit seiner Unterschrift erhielt, muß er sich sehr gefreut haben. Auf einem anderen Briefbogen hatte Charles mitgeteilt, er sei bereit, alles zu tun, was von ihm verlangt werde, wenn man seinen Vater dafür am Leben ließe.

Charles drückte einen Kuß auf das Blatt Papier und verbrannte es.

Ich erfuhr, daß er die letzte Nacht ganz ruhig schlief, bevor er sich seinen Mördern stellte. Thomas Herbert, der das Schlafgemach als Kammerherr mit dem König teilte, schrie im Schlaf und erzählte dem König, er habe einen Alptraum gehabt. Er habe geträumt, Erzbischof Laud sei im Schlafgemach erschienen und vor dem König in die Knie gesunken, bevor sie sich unterhielten.

Der König konnte sich vorstellen, warum Thomas Herbert so verstört war. Erzbischof Laud war tot, war schon vor Jahren hingerichtet worden.

Obgleich es erst fünf Uhr war, fanden sie danach beide keinen Schlaf mehr.

Als Herbert ihn am Morgen ankleidete, bestand der König darauf, ebenso sorgfältig gekleidet zu sein wie an seinem Hochzeitstag. Es heißt, die Stimme habe ihm versagt, als er diese Bitte aussprach. Sicher hat er daran gedacht, welches Leid dieser Tag über mich bringen würde.

Er bat Herbert um zwei Hemden.

»Draußen ist es kalt«, begründete er seinen Wunsch. »Es könnte sein, daß ich bei dem eisigen Wind auf dem Weg zum Schafott zittere. Ich wünsche nicht, daß man mir unterstellt, ich hege Furcht; denn ich fürchte mich nicht vor dem Tod. Gottlob bin ich bereit zu sterben. Sollen mich die Schurken holen kommen, wann immer es ihnen beliebt.«

Gern würde ich diese Szene aus meinen Gedanken verbannen, doch ich sehe sie so deutlich vor mir, daß ich das Bild nicht verdrängen kann. Die Menschenmenge durfte nicht allzunah an das Schafott heran. Cromwell hatte ganze Heerscharen von Soldaten zur Richtstätte befohlen, damit sie dort für Ordnung sorgten. Er und seine Anhänger müssen mit Zwischenfällen gerechnet haben, was ihnen offensichtlich Angst eingejagt hat.

Charles trat aus dem Bankettsaal. Zu diesem Zweck war ein Fenster entfernt worden.

Immer wieder frage ich mich, was auf dem Weg zum Schafott in ihm vorgegangen sein mag. Ich möchte mir gern sagen können, daß er an mich gedacht hat. Trotzdem wäre es mir lieber, er hätte nicht an mich gedacht; denn das hätte seinen Kummer gewiß noch verstärkt.

Woran denkt ein Mensch im Angesicht des Todes? Charles war ein guter Mensch, der sich immer darum bemüht hat, seine Pflicht zu tun, und wenn es ihm auch nicht gelungen ist, sein Volk glücklich zu machen, so hat er sich doch stets darum bemüht. Er hat immer genau das getan, was er für richtig hielt. Bald sollte es sich erweisen, daß England nach Charles' Tod keineswegs glücklichen Zeiten entgegenging. Die Menschen, die sich tapfer für Cromwell geschlagen hatten, würden sich bald nach der Zeit zurücksehnen, als noch getanzt und gesungen wurde. Unter Cromwells gestrengem, freudlosem Regime konnte von Lebensfreude keine Rede sein. Dem Volk würde rasch aufgehen, daß es durch die ehernen Gesetze der Puritaner nichts gewonnen hatte. Das freute mich. Ich haßte und verachtete die Puritaner. Mir war es nicht gegeben, so ruhig und gelassen wie Charles zu reagieren. Ich betrachtete die Puritaner als meine Erzfeinde. Sie hatten einen großen König und herzensguten Menschen auf dem Gewissen. Ich war von dem glühenden Wunsch beseelt, sie alle in der Hölle schmoren zu sehen.

Charles war also wie immer ein Bild von einem Mann, als er aus dem Bankettsaal trat. Er schien keine Spur von Angst zu haben.

Ich kann mir vorstellen, wie er seine maskierten Mörder verachtet haben muß. Sie hatten nicht einmal den Mut, die Hinrichtung ganz offen vorzunehmen. Sie verbargen sich unter Perücken und hinter Masken.

Der Scharfrichter kniete nieder und bat um Vergebung.

Ruhig und würdevoll antwortete Charles: »Ich kann den Untertanen nicht vergeben, die mein Blut vergießen.«

Die Menschenmenge schwieg entsetzt, als Charles das Schafott betrat. Ruhig und ehrerbietig bat der Scharfrichter den König, sein Haar unter die Haube zu schieben.

Charles kam der Bitte wortlos nach.

Danach verkündete er laut und deutlich: »Ich verlasse eine korrumpierbare Welt, um in eine nicht korrumpierbare einzugehen.« Er entledigte sich seiner Jacke, zog sein Wams aus.

Dann bat er den Scharfrichter, sich zu vergewissern, daß der Richtblock festsaß.

»Nun spreche ich ein schweigendes Gebet, und wenn ich dann die Hand hebe, könnt Ihr das Fallbeil hinuntersausen lassen«, lauteten seine letzten Worte.

So endete sein Leben.

Charles war tot. Ich hatte meinen Gemahl, meinen Herzallerliebsten, meinen besten Freund und Märtyrer verloren.

Mir wurde noch berichtet, daß ein Stöhnen durch die Menge ging, und daß dieser Tag in Whitehall als böses Omen galt.

Ich wollte allein sein. Die Anwesenheit meines Gefolges, meiner Bediensteten, war mir vorerst unerträglich. Ich empfand die Erinnerungen als erdrückend.

Meine arme kleine Henriette, die noch nicht einmal fünf Jahre alt war, verstand das alles nicht. Sie beobachtete mich ständig, ließ mich nicht aus den Augen und brach wiederholt in Tränen aus.

»Ich bin kein Gewinn für sie und für mich selbst am allerwenigsten«, gestand ich Lady Morton. »Unter Eurer Obhut ist sie weit besser dran.«

Lady Morton war eine vernünftige Frau und widersprach mir nicht. Daher beschloß ich, mich für eine Weile in mein Lieblingskarmeliterkloster in Faubourg St. Jacques zurückzuziehen, um meinen inneren Frieden wiederzuerlangen. Im Gebet hoffte ich in dieser Abgeschiedenheit auch Trost zu finden. Ich vertraute meine Tochter Lady Morton an mit der Auflage, für das körperliche Wohlbefinden meiner Tochter Sorge zu tragen. Vater Cyprien sollte die religiöse Unterweisung übernehmen. Damit glaubte ich mein Bestes getan zu haben. Im Kloster betete und meditierte ich. In dieser Abgeschiedenheit rüttelten mich nur die Glocken auf. Doch diese Abgeschiedenheit war mir ein inneres Bedürfnis. Ich zürnte dem Allmächtigen ob seiner Gleichgültigkeit meinem Leid gegenüber. Er hatte zugelassen, daß mein Gemahl so grausam hingerichtet wurde. Es war Sein Wille, doch ich verwahrte mich dagegen, war untröstlich, bis ich mich zum inneren Frieden durchgerungen hatte, doch erst nach langem, zähen Ringen.

Ich trug Trauerkleidung und schwor, diese bis an mein Lebensende nicht mehr abzulegen. Um Charles würde ich ewig trauern. In meinen langen, raschelnden Gewändern sah ich wie eine der Klosterschwestern aus. Auch trug ich eine Witwenhaube, die die Stirn verdeckte und deren schwarzer Schleier mir über den Rücken hinabfiel.

Nach den ersten Wochen im Kloster begann ich mich mit der Tatsache abzufinden, daß ich lernen mußte, ohne Charles zu leben. Eines Tages suchte mich Vater Cyprien auf und erhob so schwere Vorwürfe gegen mich, daß ich ihn am liebsten an den Ohren gezogen hätte. Ich erkannte, daß ich auf dem besten Wege war, wieder ich selbst zu sein.

»Weshalb kapselt Ihr Euch so völlig von der Welt ab?« machte Vater Cyprien mir Vorhaltungen. »Ihr habt wohl ganz vergessen, daß Ihr einen Sohn habt, der gezwungen ist, um seinen Thron zu kämpfen. Ihr seid die Tochter eines großen Königs. Heinrich IV. würde Eure Flucht gewiß verurteilen. Haltet Ihr es für angebracht, Eure Tage untätig zu vertun, obwohl soviel Arbeit auf Euch wartet?«

»Habe ich nicht schon genug getan? Es hat alles nichts genutzt!« rief ich.

»Euer Vater hat *nie* aufgegeben. Selbst wenn er einmal eine Niederlage erlitt, kämpfte er weiter, bis er den Sieg davontrug.«

»Und was hat ihm das eingebracht? Er ist ermordet worden, genau wie mein Gemahl«, rief ich ihm ins Gedächtnis. »Und doch kann man seinen Tod nicht mit dem von Charles vergleichen. Es wäre mir lieber gewesen, ein Wahnsinniger hätte Charles ein Messer in den Leib gerannt. Ihn haben statt dessen kaltblütige Mörder abgeschlachtet, damit der Thron verwaist.«

»Seht Ihr, nun seid Ihr schon fast wieder Ihr selbst. Ihr werdet gebraucht. Denkt doch an Eure kleine Tochter. Sie sehnt sich nach Euch. Und es geht auch um Euren Sohn. Ihr müßt Charles auffordern, nach Paris zu kommen. Die Sache duldet keinen Aufschub. Er mußt um seinen Thron kämpfen.«

Am übernächsten Tag schlossen sich die Klosterpforten hinter mir, die Welt hatte mich wieder.

Was Vater Cyprien mir vorhielt, war nicht von der Hand zu weisen. Es galt, Pläne zu machen. Ich war in meinem Element und fing wieder an zu leben. Meine Kinder hielten mich am Leben. Sie waren ein wahrer Segen für mich. Auf einen Sohn wie Charles mußte eine Mutter stolz sein. James war aus Holland nach Paris gekommen. Er sah sehr gut aus, war überaus charmant und verstand sich zu benehmen. Ich hatte immer den allergrößten Wert auf untadelige Manieren gelegt. Obwohl ich meinen Gemahl so sehr geliebt hatte, waren mir seine Schwächen nicht verborgen geblieben. Mit seiner Zurückhaltung und Reserviertheit hatte er die Menschen befremdet. Vielleicht lag es auch daran, daß sich so viele von ihm abwandten. Herrscher dürfen sich nicht allzusehr von ihren Untertanen absondern. Es war nicht leicht, die vage Grenze zwischen königlichem Gehabe und Volksnähe einzuhalten, mit der man das Volk für sich gewann. Mein Vater hatte es verstanden, sich beim Volk beliebt zu machen. Auch Charles besaß dieses Charisma in hohem Maße. Bei James war es noch nicht so stark ausgeprägt, doch auch er fand bereits den rechten Mittelweg, und er war ja noch sehr jung.

Mary hatte sich uns gegenüber rührend gezeigt. Sie und der Prinz von Oranien — sie hingen maßlos aneinander — hatten uns Gastfreundschaft gewährt, die wir als großen Trost empfanden. Sie hatten alles nur Erdenkliche getan, um uns zu helfen. Jetzt hatte ich meine geliebte kleine Henriette bei mir. Meine ganze Sorge galt Elizabeth und Henry, die sich beide im Machtbereich der Rundköpfe befanden. Es wäre mir eine ungeheure Erleichterung gewesen, auch sie bei mir zu haben.

Ich mußte Charles dazu bringen, um seinen Thron zu kämpfen. Zu diesem Zweck wollte ich ihn zunächst einmal nach Paris zitieren.

Also schrieb ich ihm. Gleich nach meinem Eintreffen in Frankreich war es mir geglückt, einige meiner Rubine wieder einzulösen. Ich bewahrte sie für den Tag auf, an dem ich sie verpfänden oder verkaufen konnte, um meinem Sohn damit ein Heer zu finanzieren wie ehedem meinem Gemahl.

Es galt Charles zu vermählen, und zwar mit einer Frau, die ihm dabei helfen konnte, den Thron zurückzugewinnen.

Daher war meine Freude groß, als mich die Grande Mademoiselle im Louvre aufsuchte. Sie gab sich ausgesprochen wohlwollend, als sie diesmal bei mir vorsprach und sprach mir ihr Beileid aus. Ich gab mir die größte Mühe, um mir vor ihr keine Blöße zu geben und nicht in Tränen auszubrechen; denn in ihrer Gegenwart fühlte man sich nie recht wohl. Mit der warmherzigen Königin Anna hatte sie nichts gemein.

»Mein Sohn kommt bald zu mir nach Paris«, verriet ich meiner Besucherin.

»Ich hatte eigentlich den Eindruck, Ihr Sohn sei bereits hier bei Ihnen, Madame«, gab sie zurück.

»Ach, Ihr meint meinen Sohn James, den Herzog von York. Ich habe vom König gesprochen.«

»Aber natürlich, er wird ja nun König... falls es ihm gelingt, den Thron zurückzuerobern.«

»Das wird er zweifelsohne«, wies ich sie scharf zurecht.

»Es freut mich, das zu hören.«

In ihrem Kopf arbeitete es. Mich konnte sie nicht hinters Licht führen, diese verschlagene Grande Mademoiselle. Hinter ihr lagen zwei bittere Enttäuschungen. Der König von Spanien hatte seine Nichte zur Frau genommen, der armen Mademoiselle würde es also nicht vergönnt sein, als Königin von Spanien Staat zu machen. Und der österreichische Kaiser hatte sich für eine seiner Cousinen entschieden. Daher trug Mademoiselle die Nase nun nicht mehr ganz so hoch. Vielleicht würde sie ihren Vetter Charles jetzt nicht mehr so herablassend behandeln. Allerdings mußte er sich seinen Thron tatsächlich erst zurückerobern. Doch nachdem der Thron von Spanien sowie der von Österreich für Mademoiselle verloren waren, sagte sich dieses ehrgeizige Geschöpf womöglich, daß sie nun nicht mehr allzu wählerisch sein durfte. Zudem war sie inzwischen wohl etwa zweiundzwanzig Jahre alt, für eine heiratsfähige Prinzessin schon ein recht fortgeschrittenes Alter. Lange hatte sie sich für die begehrenswerteste Partie gehalten, doch nun kamen ihr womöglich Zweifel.

»Wann kommt er denn nach Paris?« Sie wollte um jeden Preis vermeiden, daß das allzu interessiert klang.

»Schon sehr bald, das könnt Ihr mir glauben.«

»Wenn Ihr nur selbst daran glaubt, liebe Tante.«

Was für ein unverschämtes Luder! Wäre es mir nicht um ihr Geld gegangen, hätte ich sie nicht einmal empfangen, geschweige denn als Schwiegertochter in Betracht gezogen.

Charles kam meiner Aufforderung nicht gleich nach. Zunächst machte er Ausflüchte, dann behauptete er einfach, er sei noch nicht soweit.

Ich war außer mir. Charles brachte mich zur Raserei. Schließlich schlug ich Henry Jermyn vor, an Mademoiselle heranzutreten und für Charles um ihre Hand zu bitten.

Henry war von dem Vorschlag nicht sehr angetan und

hielt es nicht für ratsam, daß ich darauf bestand. Doch solange nur irgend etwas geschah und die Dinge in Bewegung kamen, war das Balsam auf meine Wunden. Nur wenn ich beschäftigt war und Pläne machte, konnte ich vergessen, daß Charles tot war.

Henry führte seinen Auftrag aus. Er kehrte ganz bestürzt zurück und berichtete, wie das Gespräch verlaufen war.

»Ich erzählte ihr, Charles sei bei ihrem Anblick sprachlos vor Bewunderung gewesen. Wie Ihr wißt, hat Mademoiselle eine sehr scharfe Zunge. Sie gab zurück: ›Ach so, ich dachte, das sei der Tatsache zuzuschreiben, daß er des Französischen nicht mächtig ist. Er hat sich überhaupt nicht mit mir unterhalten. Wenn ein Mensch nicht fähig ist, ein Gespräch zu führen, so ist das in meinen Augen das allergrößte Manko.‹«

»Sie kann wirklich widerwärtig sein.«

»Sie hat immer sehr viel von sich gehalten.«

Nachdem sich ihre Hoffnung auf den Thron von Spanien oder Österreich zerschlagen hat, sollte man doch meinen, daß ihr das zu denken gibt und sie sich etwas bescheidet.«

»Weder der König von Spanien noch der Kaiser von Österreich hat sich verpflichtet, eine Verbindung mit ihr einzugehen«, rief mir Henry ins Gedächtnis.

»Nein, das nicht, aber die Möglichkeit war doch nicht ganz auszuschließen. Sprecht weiter.«

»Dann gab sie mir zu verstehen, daß sie es vorzieht, die Angelegenheit mit Charles selbst zu besprechen. Einem Vermittler könne sie keine Zusage machen. Sie fügte noch hinzu, daß Charles sicher konvertieren werde, da er sie ja so sehr liebe. Wenn er dazu bereit sei, würde sie ihm glauben, daß er viel für sie empfinde und die Sache ernsthaft in Erwägung ziehen.«

»Dieses Biest! Sie weiß ganz genau, daß er nicht die geringste Chance hätte, den Thron zurückzuerobern, wenn er zum Katholizismus überträte.«

»Majestät, ich fürchte, wir müssen auf den König warten. Vorher können wir nichts ausrichten.«

Charles kam erst im Sommer nach Paris. In meinen Augen war er eine eindrucksvolle Erscheinung – hochgewachsen, mit nicht sehr ansehnlichen, aber gütigen Gesichtszügen, einer wohlklingenden Stimme und königlichem Auftreten. Mir gegenüber gab er sich sehr zurückhaltend. Später erkannte ich, daß er mir damit zeigen wollte, daß er seine ureigenen Angelegenheiten selbst in die Hand zu nehmen gedachte. Meine kleine Henriette war außer sich vor Freude. Ich war glücklich, wenn ich miterleben konnte, wie die beiden aneinander hingen. Als Henriette ihres Bruders ansichtig wurde, warf sie sich ihm entgegen, schlang ihm die Ärmchen um den Hals und wollte ihn gar nicht mehr loslassen. Er nannte sie zärtlich seine kleine Minette. Sie betete ihren großen Bruder nicht nur an, für sie war er ein Gott.

Mir ging das Herz auf bei dieser rührenden Begrüßungsszene, doch ich konnte es kaum erwarten, Mademoiselles riesiges Vermögen für die Wiedererlangung der Krone einzusetzen.

Also entließ ich alle, um mit Charles allein zu sprechen. Ich machte ihm klar, daß Mademoiselle jetzt Vernunftsgründen zugänglich sei.

»Natürlich wird sie dich auf die Probe stellen und von dir verlangen, daß du ihr zuliebe konvertierst, aber das brauchst du nicht ernstzunehmen.«

»Natürlich nehme ich das ernst«, gab Charles zurück. »Laß dir gesagt sein, daß ich gar nicht daran denke, mir die Möglichkeit zu verscherzen, den Thron in England zu besteigen.«

»Ich weiß. Du sollst König von England sein, das versteht sich doch von selbst. Aber laß dich durch sie nicht ärgern, Charles. Reiß sie mit und überrumple sie. Nach meinem Dafürhalten ist sie eine sehr ehrgeizige junge Dame, die es jetzt mit der Angst zu tun bekommt. Sowohl der König von Spanien als auch der österreichische Kaiser haben sie trotz ihres Vermögens nicht zur Frau genommen.«

Unter den Leuten, die Charles von Holland nach Paris gefolgt waren, fiel mir eine junge Frau auf. Auf eine unverfrorene kühne Art war sie ein Bild von einem Mädchen. Wann immer ich auf sie zu sprechen kam, erhielt ich ausweichende Antworten. Da ich Charles ja kannte und seine Nachstellungen und Eroberungen auf Jersey mir noch im Gedächtnis hafteten, wurde ich allmählich mißtrauisch.

Richtig unbehaglich fühlte ich mich jedoch erst, als ich erfuhr, daß sie ein Baby hatte, einen Säugling von zwei oder drei Monaten.

»Übrigens, Charles«, sprach ich ihn daraufhin an, »wer ist denn diese hübsche junge Frau in deinem Gefolge?«

»Sicher meinst du Lucy.«

»Und wer ist Lucy, wenn du mir die Frage gestattest?«

»Selbstverständlich darfst du fragen.« Charles setzte eine Miene auf, die mich nicht im Zweifel darüber lassen sollte, daß ich zwar eine Königinwitwe, er aber der König war. »Sie heißt Lucy Walter und ist eine sehr gute Freundin.«

»Eine sehr gute Freundin?«

»Du hast mich schon verstanden. Genau das habe ich gesagt.«

»So... und das Kind?«

»Ist mein Kind. Meines.«

»Aber Charles, das ist doch...«

Er zuckte die Achseln und sah mich lächelnd an. »Der Kleine ist ein sehr liebenswertes Kind.«

»So hat sich dein Vater niemals aufgeführt.«

»Nein, gewiß nicht. So wie er darf ich mich nie benehmen.«

Mir war, als habe er mich ins Gesicht geschlagen. Er bereute seine Worte auf der Stelle; denn er hatte seinen Vater sehr geliebt. Und doch hatte er recht. Selbst ich mußte das zugeben. Was Charles zugestoßen war, hatte er größtenteils durch sein Verhalten selbst herbeigeführt.

Er sagte leise: »Lucy ist ein liebes Mädchen. Sie ist mir sehr zugetan und ich ihr auch. Sie ist ein idealer Zeitvertreib, wir langweilen uns niemals.«

»Und wie steht es mit dem Mädchen von Jersey Island?«

»Auch ein entzückendes Geschöpf.«

»Charles, du mußt das Leben ernster nehmen.«

»Ich versichere dir, daß niemand das Leben ernster nehmen kann als ich. Mein größtes Bestreben ist es, den Thron zu besteigen, der mein rechtmäßiges Erbe ist.«

»Mademoiselle darf von dieser Lucy Walter nichts erfahren.«

Charles zuckte gleichgültig die Achseln.

»Charles, begreifst du denn nicht, daß diese gute Partie die Rettung sein könnte? Mit ihrem Vermögen...«

»Ich weiß, daß sie ein riesiges Vermögen ihr eigen nennt.«

»Dann mußt du ihr den Hof machen, Charles, und um sie freien. Das dürfte doch nicht allzu schwierig sein. Sie ist das überheblichste, verwöhnteste Geschöpf auf Erden.«

»Und du verlangst von mir, daß ich eine solche Kreatur zur Frau nehme?«

»Es geht schließlich um ihr Geld. Damit hättest du eine Chance. Such sie bitte auf und schmeichle ihr. Das ist unumgänglich. Königin Anna hat schon eine Begegnung in Compiègne arrangiert. Im Schloß von Compiègne. Das ist sehr romantisch.«

»Es gibt nichts Romantischeres als ein riesiges Vermögen«, äußerte Charles sich zynisch.

Er erklärte sich jedoch bereit, sich nach Compiègne zu begeben.

Die Begegnung erwies sich als Katastrophe. Ich habe Charles allerdings im Verdacht, daß genau das in seiner Absicht lag. Er sah distinguierter aus als alle anderen, weil er so groß war, daß er alle überragte. Auch Königin Anna war zugegen, hilfsbereit wie immer. Der junge König von Frankreich war bei ihr. Es amüsierte mich, daß Mademoiselle die größte Sorgfalt auf ihre Kleidung verwandt und sich die Haare eigens hatte kräuseln lassen. Mit ihren blauen, leicht vorstehenden Augen nahm sie Charles unter die Lupe und ließ sich nichts entgehen.

Charles gab sich ihr gegenüber freundlich, aber distanziert. Das Mahl gestaltete sich schwierig. Königin Anna und Mademoiselle brannten darauf, etwas über England zu erfahren, doch obwohl das für Charles von größter Wichtigkeit war, wußte er kaum etwas darüber. Er sei so lange in Holland gewesen, erklärte er, daß er vieles nur vom Hörensagen wisse. Ich ahne, daß Mademoiselle ihn ziemlich langweilig fand. Ihm war es völlig gleichgültig, was sie von ihm hielt. Er sprach nicht entfernt so gut französisch wie sein

Bruder James. Immer wieder mußte er sich wegen seiner mangelhaften Sprachkenntnisse entschuldigen.

Als die Gartenammern serviert wurden, lehnte Charles ab und ließ sich statt dessen ein Stück Hammel geben. Mademoiselle war zutiefst schockiert. In ihren Augen war das eine Geschmacksverirrung, und sie gelangte zu der Einsicht, daß er für eine feine Dame wohl kaum der richtige Gemahl sei.

Nach dem Essen sorgte die hilfsbereite Königin dafür, daß Charles und Mademoiselle allein waren.

Sie unterhielten sich höchstens eine Viertelstunde. Was in dieser kurzen Zeit zur Sprache kam, erfuhr ich nicht. Doch eines kristallisierte sich dabei ganz klar heraus: Charles war fest entschlossen, sich seine Braut selbst auszusuchen und dachte nicht im Traum daran, sich von mir hineinreden oder beeinflussen zu lassen.

Die Begegnung verlief höchst unbefriedigend. Mademoiselle war verständlicherweise pikiert, und Charles setzte die ganze Zeit eine feierliche, geheimnisvolle Miene auf. Er, der seine Wirkung auf Frauen nie verfehlte, verstand sich offensichtlich auch darauf, sie sich vom Hals zu halten.

Später erzählte er mir dann, daß er ihr nicht geschmeichelt, ihr keine Komplimente gemacht hatte, weil ihm das in ihrem Fall grotesk erschienen wäre. Da man das aber von ihm zu erwarten schien – und zwar sowohl die Königin von England als auch die von Frankreich –, hatte er Mademoiselle beim Abschied ganz formell erklärt, Henry Jermyn sei des Französischen entschieden besser mächtig als er selbst und könne daher auch besser formulieren, was er ihr zu sagen wünsche.

Henriette verbrachte so viel Zeit wie nur irgend möglich mit ihrem großen Bruder. »Vergiß nicht, daß er König ist und damit eine Respektsperson«, erinnerte ich sie.

Doch Henriette lachte nur und sagte, er sei ihr geliebter Bruder Charles und sie seine Minette. Ehrerbietig brauche sie ihm gegenüber nicht zu sein. Er liebte sie heiß und innig und gab ihr das auch immer wieder zu verstehen.

Natürlich machte es mich sehr glücklich, daß sie so aneinander hingen. Henriette war ein liebes Mädchen. Ich hatte sie stets in meiner Nähe, kümmerte mich selbst um ihre Erziehung. Zusammen mit Vater Cyprien erzog ich sie im katholischen Glauben.

Lady Morton hielt das nicht für angebracht. Da ich sie ins Herz geschlossen hatte und ihr nie vergessen würde, daß sie mir unter größten Gefahren meine Tochter wieder zugeführt hatte, war mir sehr daran gelegen, daß auch sie in den Genuß des einzig wahren Glaubens kam. Das vertraute ich Henriette an. »Liebes, du magst doch Lady Morton, oder nicht?« fragte ich sie.

»O ja, ich mag sie sehr.«

»Findest du es nicht traurig, daß sie im dunkeln tappt? Wir sollten uns bemühen, auch sie zu erleuchten. Es würde mich sehr glücklich machen, wenn unsere gute Lady Morton sich vom Protestantismus lossagen und zum Katholizismus übertreten wollte. Dabei müssen wir ihr helfen.«

»Ja, das tun wir«, pflichtete mir meine kleine Tochter eifrigst bei.

Nach ein paar Tagen erkundigte ich mich, wie es denn nun mit der Bekehrung aussehe. Henriette versicherte mir ernsthaft, sie gebe sich die größte Mühe.

»Und wie gehst du dabei vor?« wollte ich wissen.

»Ich herze und küsse sie und bitte sie immer wieder: ›Liebe Madam, werdet doch katholisch. Bitte, bitte, werdet doch katholisch. Eure Seele kann nur gerettet werden, wenn Ihr katholisch werdet.‹«

Ich mußte lachen und erfuhr, daß Lady Morton zwar gerührt war, aber gar nicht daran dachte, zum Katholizismus überzutreten. Sie ließ durchblicken, sie durchschaue unsere Verschwörung und versicherte mir glaubhaft, Vater Cyprien belehre in Wahrheit wohl eher sie als Henriette.

Irgendwann weihte Henriette ihren Bruder in ihr Vorhaben ein. Damit fingen die Schwierigkeiten an.

Was Charles von einer Sache hielt und was in ihm vorging, konnte man nie wissen. Ganz im Gegensatz zu mir verlor er niemals die Beherrschung, wirkte vielmehr gleichgültig und sorglos. Zuweilen machte er den Eindruck, als genüge es ihm vollauf, die Zeit auf dem Kontinent zu vertrödeln. Dann fragte ich mich allen Ernstes, ob er überhaupt daran interessiert war, den Thron zurückzuerobern. Doch wenn sein Entschluß feststand, er sich zu einer Entscheidung durchgerungen hatte, war daran nicht zu rütteln. Zuweilen stieg Ärger in mir auf, weil man sich mit ihm nicht streiten konnte. Ich hätte es vorgezogen, wenn er in Rage geraten wäre. Dann hätte ich wenigstens gewußt, was in ihm vorging.

Einmal hielt er mir vor: »Es ist sehr unklug, daß Minette katholisch erzogen wird.«

»Ich dagegen bin der Ansicht, daß es ihrem Seelenheil abträglich wäre, sie anders zu erziehen«, setzte ich mich zur Wehr.

»Das eben war der Grund für einen Großteil unserer Probleme.«

»Man muß häufig für seinen Glauben kämpfen. Der Weg zum wahren Glauben ist mit Märtyrern gesäumt.«

»Zu denen gehört auch mein Vater.«

Diese Bemerkung tat ihm gleich darauf schon wieder leid, denn wann immer von dem verstorbenen König die Rede war, versank ich in Melancholie, von der ich mich tagelang nicht mehr erholte.

»Er hatte andere Schwierigkeiten«, fuhr Charles mit sanfter Stimme fort. »Gott möge seiner Seele gnädig sein. Aber wenn in England bekannt wird, daß Henriette zur Katholikin erzogen wird und ich mich dagegen nicht verwahre, so mindert das meine Chancen, die Krone je zu tragen.«

»Das sehe ich nicht ein.«

»Und doch ist es so«, erklärte er. »Das Volk könnte die Befürchtung hegen, ich oder James dächten genauso.«

»Ich gäbe viel darum, wenn es so wäre! Hör mir bitte zu, Charles. Als ich die Frau deines Vaters wurde, gehörte zu dem Ehevertrag eine Klausel, die besagte, daß die religiöse Unterweisung meiner Kinder bis zu deren dreizehntem Lebensjahr meine Aufgabe sei. Das hat sich jedoch nie ergeben.«

»Das hätte ja auch bedeutet, daß wir alle Katholiken gewesen wären; denn was Kinder in den ersten Lebensjahren lernen, hat für gewöhnlich ein Leben lang Bestand. Nein, Henriette dürfte nicht ständig über den Katholizismus sprechen und auch nicht überall herumerzählen, wie sehr sie sich bemüht, Lady Morton zum Konvertieren zu überreden.«

»Aber sie ist doch noch ein Kind.«

»Es wäre besser, sie Vater Cyprien nicht mehr zu überlassen.«

»Ich denke nicht daran, sie seiner Obhut zu entziehen«, sagte ich mit fester Stimme.

Charles seufzte. Er wollte mir nicht wehtun; denn im Grunde genommen war er ein herzensguter Mensch. Ärger wollte er um jeden Preis vermeiden. Wenn es trotzdem Schwierigkeiten gab, ging er diesen aus dem Weg, indem er einen anderen mit der Angelegenheit betraute. Als König konnte er das tun. In meinen Augen war dieser Wesenszug von Nachteil. Erst später begann ich einzusehen, daß es ein Vorzug war. Er wehrte sich dagegen, Gefühle in kleinliche Streitereien zu investieren. Nur selten verlor sich seine heitere Gelassenheit, die ihm später einmal den Ruf einbringen sollte, ein Zyniker zu sein. Vorerst widersprach er mir nicht mehr, was Henriette anging, doch ich wußte, daß die Sache damit noch nicht ausgestanden war. Charles würde jemanden damit beauftragen, mich umzustimmen. Diese heikle Aufgabe übertrug er Sir Edward Hyde, der mir verhaßt war, der jedoch zugegebenermaßen immer ein getreuer Royalist gewesen war. Nun war er Charles' ständiger Begleiter und Berater.

Ich entließ ihn bald mit ein paar scharfen Worten.

Zwischen Charles und mir wehte daraufhin ein kühlerer Wind, und ich mußte einsehen, daß mein Sohn nicht die Absicht hatte, auf meinen Rat zu hören.

Ein paar Wochen später verlor der Kaiser seine junge Frau. Ich konnte mir einen kleinen Seitenhieb auf Mademoiselle nicht verkneifen.

»Vielleicht sollte ich zum Tod der Kaiserin gratulieren«, säuselte ich hinterhältig. »Denn wenn aus der geplanten Verbindung auch bisher nichts geworden ist, so besteht doch jetzt wieder Hoffnung.«

Mademoiselle errötete und erwiderte sehr von oben herab: »Das ist mir noch gar nicht in den Sinn gekommen.«

»Es soll ja Leute geben, die alte Männer von fast fünfzig Jahren mit vier Kindern einem gutaussehenden neunzehnjährigen König vorziehen. Schwer zu verstehen, aber damit muß man sich wohl abfinden. Übrigens ist mein Sohn ganz vernarrt in diese entzückende junge Frau dort drüben.«

Charles stand ganz in der Nähe. Es ärgerte ihn, daß man in seinem Beisein von ihm sprach. Aber als seine Mutter tat ich, was mir beliebte.

Ich fuhr fort: »Mademoiselle, mein Sohn ist viel zu arm und mittellos, als daß Ihr Gefallen an ihm finden könntet. Trotzdem wünscht er nicht, daß Ihr erfahrt, was er für diese junge Frau empfindet. Er hat große Angst, daß ich sie Euch gegenüber einmal erwähnen könnte.«

Charles verneigte sich vor mir und vor Mademoiselle. Mit undurchdringlicher Miene verließ er den Raum. Ob und wie sehr er sich ärgerte, war ihm nicht anzusehen. Doch ich zürnte Mademoiselle und konnte mir eine solche Gelegenheit doch nicht entgehen lassen. Charles hätte sie becircen können, hätte er sich das in den Kopf gesetzt. Vor anderen Frauen konnte er sich ja kaum retten.

Die königliche Hofhaltung befand sich noch immer in St. Germain; denn von der Fronde drohte nach wie vor Gefahr. Anna hielt es für zu gefährlich, mit dem kleinen König in den Louvre zurückzukehren. Ich lebte noch immer dort. Die Feindseligkeit mir gegenüber nahm jedoch merklich zu. Anfänglich hatten alle Mitleid mit mir, der Tochter ihres geliebten Königs Heinrich IV. Inzwischen sahen sie mich als Mitglied der Königsfamilie, eng verbunden mit Königin Anna und daher auch mit Mazarin. Feindliche Blicke trafen mich und die königliche Hofhaltung.

Anna war besorgt um uns und ließ uns bitten, zu ihr und König Ludwig nach St. Germain zu kommen. Charles war der Ansicht, daß wir der Aufforderung nachkommen sollten, denn die Pariser verhielten sich uns gegenüber immer feindseliger.

Also machten wir uns eines Tages auf, doch natürlich ließ sich das nicht verheimlichen. Als wir aus dem Palasttor kamen, sahen wir uns einer aufgebrachten Menschenmenge gegenüber. Hohngelächter wurde laut, hämische Bemerkungen prasselten auf uns hernieder. Ich muß allerdings gestehen, daß ich bei zahlreichen Geschäftsleuten noch Schulden hatte. Sie fürchteten wohl um ihr Geld und glaubten, ich wolle mich der Bezahlung durch die Flucht entziehen.

Gern hätte ich ihnen erklärt, daß es sich nicht so verhielt, doch wie kann man mit einer Menschenmenge sprechen, die wüste Verwünschungen ausstößt?

Ich war ihnen verhaßt. Sie drängten sich um meine Kutsche. Ein paar grauenhafte Augenblicke lang fürchtete ich allen Ernstes, sie könnten mich aus der Kutsche zerren und lynchen.

Nirgends ist der Pöbel so schlimm wie in Paris. Er wirkt viel aufgebrachter als in England und zum Äußersten entschlossen.

Gerade als ich mich darauf gefaßt machte, daß irgendein Wüstling den Wagenschlag aufreißen und mich herauszerren würde, trat mein Sohn Charles in Erscheinung. In seiner schwarzen Trauerkleidung wirkte er so imposant und würdevoll, daß die Menge im ersten Augenblick zurückprallte. Das genügte schon. Mit der Hand auf dem Wagenschlag befahl Charles dem Kutscher, langsam weiterzufahren. Er ging neben der Kutsche her. Die Menge teilte sich und ließ uns durch. Das verdankte ich ausschließlich dem großartigen Auftreten meines Sohnes. Charles war nicht bewaffnet. Mit dem Schwert hätte er sich ohnehin nicht gegen den Pöbel zur Wehr setzen können. Sie erkannten, daß er von königlichem Geblüt war und respektierten ihn.

Mein tränenumflorter Blick ruhte voller Stolz auf ihm. Eines Tages würde er König sein – im wahrsten Sinne des Wortes.

Diesen Vorfall vergaß ich nicht so bald, und auch Charles gab er offenbar zu denken. Damit änderte sich unsere Beziehung. Ich sah ein, daß ich einem solchen Menschen nichts vorschreiben konnte. Auch er brachte hinfort weit mehr Verständnis auf; denn er erkannte, daß alles, was ich tat, im Grunde gutgemeint war und übergroßer Liebe entsprang, wenn es ihm auch falsch oder zumindest unangebracht erscheinen mochte.

Nach der Niederlage bei Worcester

Zum Glück kamen Charles und ich uns näher. Wir schieden – ich, die liebende Mutter, und er, der zärtliche Sohn.

Doch ansonsten schien sich alles gegen uns verschworen zu haben. Es war eigentlich ausgemacht gewesen, daß Charles sich zunächst nach Irland begeben sollte – Irland als Sprungbrett für England. Doch kaum hatten wir uns darüber geeinigt, da erfuhren wir, daß Cromwell zu einer Strafexpedition nach Irland aufgebrochen sei. Damit fiel unser Plan ins Wasser.

Charles sagte sich jedoch, daß er in Paris nicht bleiben könne und brach mit seinem Gefolge nach Jersey Island auf. Dazu gehörte auch seine Mätresse Lucy Walter mit ihrem kleinen Sohn James, der erst ein paar Monate alt war. Mir erschien das mehr als ungehörig, doch ich war zu dem Schluß gelangt, daß ich mich nicht einmischen durfte, was Charles' Privatangelegenheiten betraf.

Von Jersey aus konnte er die Vorgänge in England weit besser im Auge behalten und womöglich über Schottland nach England gelangen, sollte sich Irland auch weiterhin als ungünstig erweisen.

Als ich gerade anfing, mir eine rosige Zukunft auszumalen, beutelte mich das Schicksal wieder. Von diesem Schicksalsschlag erholte ich mich nicht so rasch. Ich hatte meine beiden Kinder, die sich in der Gewalt der Rundköpfe befanden, schon lange nicht mehr gesehen, doch es verging kein Tag, an dem ich nicht an sie dachte. Ständig überlegte ich, wie ich sie zu mir holen konnte.

Um Elizabeth machte ich mir weit größere Sorgen als um Henry. Elizabeth war schon ein wenig älter und wußte, was es hieß, zu trauern. Der Tod ihres Vaters hatte sie tief getroffen. Hin und wieder erhielt ich Nachricht von ihr. Ich hatte mich schon wiederholt an das Parlament gewandt und dieses angefleht, mir meine Tochter und meinen kleinen Sohn zu schicken. Inwiefern sollten solche Kinder einer Sache schaden können?

Diese grausamen Menschen dachten jedoch nicht im Traum daran, mir meine Kinder wieder zu überantworten, und ich machte mir beständig Sorgen um die beiden.

Ich erfuhr, daß Charles in Schottland gelandet war und man ihm Hilfe zugesagt hatte. Die hatte er allerdings teuer erkaufen müssen. Mit dem Covenant, mehreren Bündnissen der schottischen Presbyterianer zur Verteidigung ihres Glaubens, hatte er sich darauf geeinigt, nicht mit den irischen Rebellen zu verhandeln oder zu paktieren. Wenn Charles erst einmal auf dem Thron saß, wollte er das Papsttum im Keim ersticken, wo immer es auftauchte. Als Gegenleistung wollten die Schotten ihm zur Seite stehen, ihm ein Heer stellen, mit dem er in England einmarschieren und um seinen Thron kämpfen konnte.

Ich war völlig außer mir, als ich das erfuhr. Mir kam das wie ein Verrat an seiner eigenen Familie vor. Das konnte sich doch nur gegen mich richten. Auch die kleine Henriette betraf es; denn sie war genau wie ich katholisch.

Ich kochte vor Zorn. Ausgerechnet Henry Jermyn erinnerte mich daran, daß auch mein Vater Frieden geschlossen hatte und König von ganz Frankreich geworden war. Unter seinem toleranten Regime waren die Religionskämpfe zur Ruhe gekommen. Seine Anerkennung im Lande hatte er damit durchgesetzt, daß er 1593 selbst zum Katholizismus übertrat. ›Paris ist eine Messe wert‹, lauteten seine Worte.

Charles hielt sich also in Schottland auf, und ich schöpfte wieder Hoffnung. Da schlug das Schicksal erneut zu. Hätte ich doch bei meinem Kind sein können, mit ihr sprechen, sie in die Arme schließen können — mein Kummer wäre nicht entfernt so groß gewesen. Was waren das nur für Menschen, die das Leben kleiner Kinder ruinierten?

Meine kleine Elizabeth war erst fünfzehn Jahre alt. Was für eine traurige Kindheit! Das Unheil nahm seinen Lauf, als sie etwa sieben Jahre alt war — ein entzückendes, liebevolles kleines Mädchen, meine Tochter, die ich schon so lange nicht mehr gesehen hatte.

Die Rundköpfe hatten sie zusammen mit ihrem Bruder der Gräfin von Leicester in Penthurst anvertraut. Ich kannte Penthurst. Ein wunderschönes Schloß in Hanglage, umgeben von Wäldern, Feldern und Hopfengärten. Ich erinnerte mich noch gut an den alten Bankettsaal. Durch fünf gotische Fenster fiel Licht hinein. Im Geist sah ich meine Kinder dort an dem Eichentisch sitzen. Das Parlament hatte verkündet, ein Königreich gäbe es nicht mehr, also auch keine Königswürde. Die Kinder sollten aufgezogen werden wie die eines gewöhnlichen Edelmannes. Das belastete sie sicher nicht besonders. Die Trennung von ihrer Familie wog da weitaus schwerer. Mir kam zu Ohren, daß die Rundköpfe die Gräfin verdächtigten, den Kindern allzuviel Respekt zu zollen. Mehrere Parlamentsmitglieder machten sich sogar auf den Weg nach Penthurst, um sich selbst davon zu überzeugen, daß ihre Anordnungen befolgt wurden. Wie ich sie dafür verachtete, daß sie zwei hilflose Kinder so bespitzelten!

Diese Spitzel waren offensichtlich ganz und gar nicht angetan von der Art und Weise, wie die Gräfin die Kinder unterwies. Sie warfen ihr allzugroße Ehrerbietung vor, um nicht zu sagen Unterwürfigkeit. Die liebe gute Gräfin! Ich hatte sie stets sehr gemocht, und ich hatte erleichtert aufgeatmet, als ich erfuhr, daß sich die Kinder in ihrer Obhut befanden; denn damals gingen Gerüchte um, die mich in Angst und Schrecken versetzten. Es hieß, Henry solle zu einem Schuhmacher in die Lehre gegeben werden. Diese gottlosen Menschen waren durchaus dazu imstande. Es war auch die Rede davon, daß die Kinder eine Wohlfahrts- bzw. Armenschule besuchen sollten – unter den Namen Bessy und Harry Stuart.

Lady Leicester besorgte einen Privatlehrer bzw. Erzieher für die Kinder, einen Mann namens Richard Lovell, der auch ihre eigenen Kinder schon unterrichtet hatte. Trotzdem konnte sich diese beherzte Lady dem Parlament nicht ewig widersetzen. Erschreckende Gerüchte machten um diese Zeit die Runde. Es hieß sogar, die Kinder sollten vergiftet werden. Ich war entsetzt und befürchtete, sie könnten enden wie vor langer Zeit die beiden kleinen Prinzen, die im Tower von London verschwunden waren.

Die Rundköpfe mußten erschrocken sein, als Charles in Schottland eintraf. Möglicherweise befürchteten sie, er könne versuchen, die Kinder zu entführen. Deshalb ließen sie sie ins Schloß von Carisbroke bringen.

Wie mögen sich meine beiden Kleinen wohl gefühlt haben, als sie wieder in dem Gefängnis landeten, in dem ihr Vater kurz vor seinem gewaltsamen Tod gelebt hatte?

Eine Woche nach ihrer Ankunft in Carisbroke spielten Elizabeth und Henry auf dem Rasen Ball, als urplötzlich ein heftiger Regenguß niederging und die Kinder bis auf die Haut durchnäßte. Schon am nächsten Tag hatte Elizabeth hohes Fieber und mußte das Bett hüten.

Sicher war sie ohnehin tieftraurig und niedergedrückt in dem Gefängnis ihres Vaters. Das letzte Gespräch mit ihm muß ihr wohl wieder in den Sinn gekommen sein. Sie hatte so an ihm gehangen und seit seinem Tode unendlich um ihn getrauert. Sicher hatte sich das arme Kind Tag für Tag gefragt, welches Schicksal ihr wohl blühen mochte, da sie sich in den Händen der Mörder des Vaters befand.

Wäre doch der alte Dr. Mayerne zu Rate gezogen worden! Doch die Rundköpfe hatten ihn entlassen und waren strikt dagegen, daß der berühmte Arzt ein Mitglied der königlichen Familie behandelte. Dr. Mayerne war inzwischen fast achtzig Jahre alt, doch er versah seinen Beruf noch ebenso fachkundig wie ehedem. Vielleicht hätte er mein Kind retten können.

Die Rundköpfe mußten jedoch andere Ärzte zu Rate ziehen. Einer dieser Ärzte, Dr. Bagnall, schickte einen Boten zu Mayerne und bat um seinen fachkundigen Rat. Als der gute Doktor daraufhin Arzneien schickte, war es bereits zu spät.

Meine liebe Tochter wußte, daß sie im Sterben lag. Ich wage kaum daran zu denken, wie verzweifelt und untröstlich der arme kleine Henry gewesen sein muß. Elizabeth schenkte ihm ihre Perlenkette und schickte dem Earl und der Gräfin von Leicester eine mit Diamanten besetzte Brosche — mehr besaß sie nicht.

Die Rundköpfe verfügten, daß ihr keine besondere Ehre zuteilwerden sollte. Von einem königlichen Begräbnis konnte keine Rede sein. Sie wurde in einen bleiernen Sarg gelegt und in einer gemieteten Kutsche nach Newport gebracht. Nur wenige Menschen, die ihr zu Diensten gewesen waren, begleiteten den Sarg. In der Thomaskapelle wurde der Sarg auf der Ostseite des Altarraums placiert und mit einer einfachen Inschrift versehen:

Elizabeth, zweite Tochter des jüngst verstorbenen Königs, Charles I., dahingegangen am 8. September MDCL

Kein Grabstein und keine Grabplatte zeugten von ihrer letzten Ruhestätte, nur die Buchstaben E. S. an der Wand oberhalb der Stelle, an der sich ihr Sarg befand.

So starb meine Tochter, das Kind, auf das ich mich so gefreut und das ich so geliebt hatte.

Ist es da ein Wunder, daß ich dachte, selbst der Himmel habe nichts Gutes mehr mit mir im Sinn?

Kinder sind ein wahrer Segen, doch muß man sich auch ständig Sorgen um sie machen.

Zum Beispiel machte James mir sehr zu schaffen. Er wuchs ganz anders als sein Bruder auf. Sie waren sich in keiner Hinsicht ähnlich. Beider Betragen war allerdings untadelig. Darauf hatte ich stets den allergrößten Wert gelegt. James war hellhäutig, Charles hingegen ein dunkler Typ, was vermutlich von seinen Ahnen aus Navarra herrührte. Niemand hätte die beiden für Brüder gehalten. James besaß ein ungestümes Temperament, und man geriet sehr leicht mit ihm in Streit. Mit Charles hingegen konnte man sich gar nicht streiten. Er blieb stets gelassen, erweckte zuweilen den Eindruck, als ginge ihn die ganze Angelegenheit nichts an und wich einem aus. Wenn man schließlich zu der Auffassung gelangte, er habe ein Einsehen und gebe sich geschlagen, zog er sich zurück und tat genau das, was er von Anbeginn im Sinn gehabt hatte.

Ich weiß, daß es nicht leicht ist, mit mir auszukommen. Von frühester Kindheit an war es stets mein Ziel gewesen, anderen meinen Willen aufzuzwingen, jedoch nur zu ihrem Besten. Mancher sah das jedoch anders.

James war rastlos. Vermutlich behagte es ihm nicht, in Paris festzusitzen, während sein Bruder in Schottland Vorbereitungen traf, die es ihm ermöglichen sollten, den ihm angestammten Thron zu besteigen. Es mißfiel James sicher, der jüngere Sohn zu sein. Obgleich er blendend aussah – weit besser als sein Bruder Charles, hatte er stets in dessen Schatten gestanden.

Nun, da Charles nicht mehr bei uns in Paris war, zeigte sich sein Bruder störrisch. Zuweilen schien es mir beinahe, als suche er Streit und als weide er sich daran. Das Leben war ohnehin weiß Gott schon schwer genug. Verglichen mit meinem Kummer waren James' Sorgen nicht der Rede wert.

Eines Tages geriet James wegen einer lächerlichen Bagatelle in Rage, die er sich sehr zu Herzen nahm. Aufgebracht gab er mir zu verstehen: »Ich will endlich fort von hier. Ich bin es müde, hier untätig herumzusitzen. Ständig diese Einmischungen und Vorschriften. Ich bin alt genug, um selbst Entscheidungen zu treffen.«

»Das bist du ganz offensichtlich nicht«, gab ich zurück. »Du redest wie ein dummer Junge, was kein Wunder ist; denn genau das bist du.«

Bald schrien wir uns an. James ließ sich gehen und blieb mir den Respekt schuldig, den er mir nicht nur als Mutter, sondern auch als Königin von England hätte zollen müssen.

»Was ich auch tue, geschieht stets zum Besten meiner Kinder!« rief ich aus. »Gerade du bist mir am wichtigsten.«

Er wandte sich mir zu und sagte etwas Unverzeihliches. Aufgebracht, beinahe schon haßerfüllt, schleuderte er mir entgegen: »Am wichtigsten! Am wichtigsten ist doch wohl Henry Jermyn. An ihm liegt dir doch offensichtlich mehr als an all deinen Kindern zusammen!«

Im ersten Augenblick war ich wie versteinert. Fassungslos starrte ich James an. Dann schrie ich: »Wie kannst du es wagen!« und schlug ihm mit dem Handrücken ins Gesicht.

James wurde leichenblaß. Fast schien es, als wolle er zurückschlagen, doch dann machte er auf dem Absatz kehrt und stürzte hinaus.

Ich war furchtbar aufgebracht. Selbstverständlich lag mir viel an Henry Jermyn. Er war mein treuester Freund und hatte mir in all den Jahren stets zur Seite gestanden. Er sah nicht nur sehr gut aus, sondern verstand es auch, mich aufzuheitern. Bei den vielen Schicksalsschlägen, die auf mich herniederprasselten, war es keine leichte Aufgabe, mich aus meiner trüben Stimmung zu reißen.

Was hatte James mit seiner unverfrorenen Bemerkung andeuten wollen? Daß Henry Jermyn mein Liebhaber war?

Man konnte mich schwerlich eine ›sinnliche Frau‹ nennen. Die ›ehelichen Pflichten‹ hatte ich immer nur als lästig, aber nie als angenehm empfunden. Ich hatte es als meine Pflicht betrachtet, Kinder in die Welt zu setzen. In dieser Hinsicht ließ ich nichts zu wünschen übrig. Ich hatte meinen Gemahl von ganzem Herzen geliebt, liebte ihn noch immer. Aber ich würde es nie fertigbringen, mir nach seinem Tode einen Liebhaber zu nehmen. Das wäre mir wie ein Treuebruch erschienen.

Aber hatte ich mir nicht doch einen Liebhaber zugelegt? Physisch gesehen wohl nicht, doch ich liebte Henry Jermyn wirklich. Ohne ihn wäre mein Leben schrecklich leer.

Ich war aufgewühlt und durcheinander. James würde sicher kommen und sich bei mir entschuldigen. Doch er dachte nicht daran. Er war längst abgereist.

Es brach mir fast das Herz, daß er abgereist war, ohne sich zu verabschieden und ohne daß wir uns ausgesprochen hatten. Ich fragte mich, wohin er sich wohl gewandt haben mochte. Vermutlich war er auf dem Weg zur Charles. Doch nein, sein Weg führte ihn nicht nach Schottland, sondern nach Brüssel, wo er mit Freuden aufgenommen wurde.

Das war mir sehr peinlich. James hatte sich nicht nur nach dieser verheerenden Bemerkung sang- und klanglos abgesetzt, Brüssel befand sich zu allem Unglück auch noch in spanischem Besitz. Spanien aber führte Krieg gegen Frankreich.

Ich entschloß mich, ihm kein Geld mehr zukommen zu lassen. Ohne Geld konnte er nicht leben und wäre gezwungen, zu mir zurückzukehren.

Auch Mary beschäftigte mich sehr. Sie war mir immer eine gute Tochter gewesen. Die Ehe mit William von Oranien gereichte uns nun doch zum Vorteil, wenn wir auch anfänglich der Meinung gewesen waren, es sei eigentlich unter der Würde der Tochter des englischen Königs, einen Prinzen von Oranien zum Mann zu nehmen. Nur aus einem einzigen Grund haben wir das zugelassen. Durch Marys Eheschließung mit einem Protestanten gedachten wir das Parlament zu beschwichtigen. Holland hatte sich uns gegenüber stets hilfsbereit gezeigt, was wir in erster Linie Mary und ihrem Gemahl verdankten.

Auf Mary war immer Verlaß gewesen. Sie hatte Charles geholfen, an dem sie sehr hing. Viele unserer Anhänger hatten sich an ihren Hof geflüchtet und dort Aufnahme gefunden.

Nun sah sie erstmals Mutterfreuden entgegen. Ich freute mich auf das Kind und schrieb ihr, daß sie das Kind nach ihrem Vater und ihrem Bruder Charles nennen müsse, falls es ein Junge sei.

Da erreichte mich eine traurige Nachricht. Der Prinz von Oranien erkrankte an den Pocken. Schon nach ein paar Tagen fiel er der Krankheit zum Opfer und starb. Die Prinzessinnenwitwe Amelia war stets darauf bedacht, anderen ihren Willen aufzuzwingen. Ich hatte sie noch nie gemocht. Sie ordnete an, Mary vor der Niederkunft nichts vom Tode ihres Gatten zu erzählen.

Mary erfuhr trotzdem davon. Sie war jedoch fest entschlossen, ein gesundes Kind zur Welt zu bringen. Das gelang ihr auch. Ich war hocherfreut ob dieser Nachricht. »Unser kleiner Charles«, nannte ich den Säugling.

Zu meinem großen Kummer hatte die verwitwete Prinzessin jedoch darauf bestanden, daß das Kind den Namen William erhielt nach seinem Vater. Zu meinem Leidwesen hatte sich Mary damit einverstanden erklärt.

Das Kind war ein wahrer Segen, doch der plötzliche Tod seines Vaters eine Tragödie. Als ich davon erfuhr, schien es mir fast, als wolle Gott mir damit demonstrieren, daß ich mich von der Welt lossagen solle, denn er nahm mir all die Menschen, um derentwillen ich so an der Welt hing. Durch den Tod meines Schwiegersohns wurde mir das deutlich vor Augen geführt; denn meine Hoffnungen im Hinblick auf Charles' Thronbesteigung gründeten sich vor allem auf Wilhelm von Oranien. Und meine Tochter zog es vor, sich den Wünschen ihrer Schwiegermutter zu fügen statt denen ihrer eigenen Mutter.

Es gab keinen Trost, wohin ich mich auch wandte.

Die Königin von Frankreich verhielt sich mir gegenüber jedoch rührend. Mit mir zusammen trauerte sie um Elizabeth und meinen Schwiegersohn.

»Das Leben kann sehr grausam sein«, erklärte sie. »Eine Zeitlang ist man glücklich, doch dann schlägt das Schicksal wieder unerbittlich zu − nicht nur einmal, sondern wiederholt −, wie um zu beweisen, daß wir vor solchen Schicksalsschlägen niemals sicher sind.«

Ich gab ihr zu erkennen, welche Sorgen ich mir um sie machte.

»Mit dem Volk habe ich Erfahrung, das kannst du mir glauben«, sagte ich. »Wenn die Menschen aufgerüttelt werden, führen sie sich auf wie wilde Tiere. Ich werde nie vergessen, wie sich Charles mit dem Arm auf dem Wagenschlag schützend vor meine Kutsche gestellt hat, als ich aus dem Louvre kam. Ich war von einer dichtgedrängten Menschenmenge eingekeilt. Nicht mehr lange, und der Pöbel hätte mich in Stücke gerissen, da bin ich mir ganz sicher.«

Anna schien das nicht zu behagen. Sie wirkte ungehalten. Sie sah die Dinge gelassener und nahm sie nicht so tragisch. Zudem hielt sie Mazarin garantiert für so klug und gerissen, daß er zu allem fähig war. Es behagte ihr keineswegs, daß ich sie warnte. Ich bemängelte an Anna, daß sie nicht wahrhaben wollte, was ihr nicht gefiel, daß sie die Augen einfach davor verschloß. Doch ich durfte es mir eigentlich nicht erlauben, Anna zu kritisieren, die so gut zu mir gewesen war.

Doch nach allem, was ich ausgestanden hatte, erschien mir Annas Verhalten als Höchstmaß an Unvernunft. Man mußte ständig auf der Hut sein. Immer mit dem Schlimmsten rechnen und die Möglichkeit nicht in den Wind schlagen. Ich wäre vielleicht gar nicht in der Lage, in der ich mich befand, wenn Charles und ich das rechtzeitig beherzigt hätten.

Ich hielt es daher für meine Pflicht, Anna zu warnen und ließ mich auch durch ihre gerunzelte Stirn nicht davon abbringen. Ich erteilte ihr Ratschläge, bis sie verärgert sagte: »Schwester, willst du auch noch Königin von Frankreich sein und nicht nur Königin von England?«

Ich verübelte ihr diesen Vorwurf nicht, sah sie nur traurig an. Leise bat ich sie: »Sieh nur zu, daß *du* jemand bist, wenn *ich* schon niemand bin.«

Sie mußte wohl begriffen haben, was ich damit sagen wollte. Sie stellte sich der Wahrheit und versetzte sich in meine Lage – die einer Königin ohne Königreich. Ihr muß wohl klargeworden sein, daß der bloße Titel ohne Bedeutung war, wenn man nicht mehr auf dem Thron saß.

Ihre Rüge tat ihr sofort leid. Sie hielt sich vor Augen, was das Schicksal mir alles aufgebürdet hatte. Vor allem mußte sie an den Tod meiner Tochter denken. Sie selbst war eine liebevolle Mutter, die nur für ihre Kinder lebte. Daher hatte sie vollstes Verständnis für den Kummer, der einen nach dem Tode eines Kindes quälte.

Sie griff nach meinen Händen. »Ach, meine arme Schwester, ich kann mir denken, wie traurig du bist. Daß du dich manchmal am liebsten von allem lossagen und in den Faubourg St. Jacques zurückziehen möchtest, um dort unter den Nonnen zu leben. Entspricht das deinem Wunsch?«

»Wie gut du mich doch kennst! Wenn ich die Wahl hätte, würde ich mich tatsächlich dorthin zurückziehen und den Rest meines Lebens in Frieden verbringen. Aber es ist unmöglich. Was sollte dann aus meinen Söhnen werden, und aus meiner kleinen Henriette?«

»Ja, natürlich«, pflichtete mir Anna bei. »Unter diesen Umständen würdest du selbst im Kloster keinen Frieden finden. Ich habe darüber nachgedacht und glaube, mir ist etwas eingefallen, worüber du dich freuen wirst.«

»Ich kann mir nicht vorstellen, womit man mich zur Zeit aufheitern oder erfreuen könnte. Nur die Wiedereinsetzung der Stuarts könnte mich jetzt glücklich machen, und selbst da müßte ich noch daran denken, um welchen Preis dies geschieht.«

»Schwester, du bist in der Tat eine unglückliche Königin. Ich weiß jedoch, daß du schon immer den Wunsch gehegt hast, selbst einen Orden zu gründen.«

Fassungslos sah ich sie an. Lächelnd erwiderte sie meinen Blick.

»Ich habe mir gedacht, du könntest es als Trost empfinden, wenn du ein eigenes Kloster hättest. Habe ich damit nicht recht?«

»Ein eigenes Kloster gründen! Damit würde sich ein Traum erfüllen! Aber wie sollte ich das machen? Den Erlös aus dem Verkauf meines Schmucks muß ich in Soldaten und Waffen investieren, damit Charles den Thron besteigen kann.«

»Ich würde dir doch helfen, was das Kloster angeht«, versprach Anna.

Ich war so überwältigt, daß mir die Worte fehlten. So schloß ich Anna in die Arme und drückte sie fest an mich.

Als ich wieder sprechen konnte, sagte ich: »Liebe Schwester, ich segne diesen Tag vor langer Zeit, an dem du als Gemahlin meines Bruders nach Paris gekommen bist.«

»Anfänglich hast du mich nicht sehr gemocht.«

»Die wahre Zuneigung entwickelt sich erst mit den Jahren«, entgegnete ich ihr und fügte noch hinzu: »Ich kann dir gar nicht sagen, wie dankbar ich dir bin und wieviel mir deine Freundschaft in dieser schweren Zeit bedeutet.«

»Erst in schweren Zeiten zeigt sich richtig, was wahre Freundschaft ist«, erwiderte Anna. »Nun wollen wir Pläne machen, was das Kloster angeht. Zunächst einmal müssen wir ein geeignetes Gebäude finden. Kennst du das Landhaus auf dem Hügel von Chaillot?«

»Ja, ich kenne es!« rief ich freudig erregt. »Es ist ein wunderschönes Haus. »Der Maréchal von Bassompierre hat es bewohnt. Mein Vater hat ihm das Haus geschenkt. Seit seinem Tode steht es leer.«

»Deshalb ist es mir auch eingefallen. Ich habe mich auch schon erkundigt, was es kostet. Sechstausend Pistolen.«

»Liebe Anna, willst du es mir wirklich kaufen?«

»Ich habe mir schon gedacht, daß du damit einverstanden sein wirst und bin daher fest entschlossen.«

So glücklich war ich schon lange nicht mehr gewesen. Wir vergaßen unsere Sorgen, während wir Pläne im Hinblick auf das Kloster machten. Wir konnten uns beide dorthin zurückziehen, wenn uns danach zumute war. Wir sahen uns das Haus an, und ich suchte die Gemächer aus, die wir beziehen würden, wenn wir im Kloster Zuflucht suchten. Aus den Fenstern fiel der Blick auf die Seine und auf die Avenue du Cours de la Reine.

Ich glaube, Anna machte dieses Vorhaben ebensoviel Freude wie mir.

Zwei Jahre waren verstrichen, seit Charles Frankreich verlassen hatte, und ich machte mir die größten Sorgen. Gerüchte drangen über den Kanal zu mir. Zuweilen hieß es, er sei krank, dann wieder hieß es, er sei nicht mehr am Leben. Ich weigerte mich standhaft, diesen Gerüchten Glauben zu schenken. Eine innere Stimme sagte mir, daß Charles noch am Leben war. Er hatte den Schotten schwören müssen, daß er sich ihren Wünschen fügen würde, und das hatte er dann auch getan, um sich ihren Beistand zu sichern. Zum Dank dafür hatten sie ihn in Scone gekrönt, doch sollte er je den Sieg über das Parlament davontragen, so wäre er als König diesseits und jenseits der Grenze Presbyterianer.

Cromwell marschierte in Schottland ein. Bald erhielten wir die Nachricht, daß die Royalisten in Dunbar geschlagen worden waren und die Rundköpfe Edinburgh eingenommen hatten.

Charles setzte sein Heer in Richtung Süden, also nach England in Marsch. Die Verzweiflung hatte ihm diesen Schritt eingegeben, doch unter den gegebenen Umständen sah er keine andere Möglichkeit. Das leuchtete auch mir ein. Ich betete und hoffte inständig, daß in England noch ein paar königstreue Engländer zu ihm halten würden. Leider erwies sich das als irrige Annahme. Kaum einer gesellte sich zu dem aus zehntausend Mann starken Heer. Charles hatte alle durch seine Tapferkeit beeindruckt. Er hatte sich wacker geschlagen. Stets blieb er ruhig und gelassen. Selbst die größten Gefahren und Desaster schreckten ihn nicht nachhaltig. Eine bewunderswerte Eigenschaft, die er gewiß nicht von mir geerbt hatte.

Es kam zur Schlacht bei Worcester. Als die Nachricht uns erreichte, war es die ewig gleiche Geschichte. Cromwell hatte den Sieg davongetragen, die Royalisten eine Niederlage erlitten. Aber wie stand es um Charles? Er war verschwunden und blieb unauffindbar. Die Gerüchte überstürzten sich.

Die meisten Menschen glaubten, er sei tot.

Nachts quälten mich schreckliche Alpträume. Wo war mein Sohn nur abgeblieben? Welche fürchterlichen Schicksalsschläge standen mir noch bevor, die alle bisherigen in den Schatten stellen würden.

Zutiefst niedergeschlagen brütete ich in meinen Gemächern im Louvre vor mich hin. Da kam ein Mann ganz protokollwidrig hereingestürmt. Ich starrte ihn erschrocken an. Der ungebetene Gast brachte mich in Rage. Er war weit über einen Meter achtzig groß, hager und eingefallen. Vor allem aber trug er den Haarschnitt, der mir so verhaßt war — den der Rundköpfe.

»Ich bin es, Mutter!« rief er aus.

In fliegender Hast stürzte ich auf ihn zu. Die Tränen strömten mir nur so über das Gesicht. »Bist du es wirklich? Ich glaube zu träumen...«, stammelte ich verwirrt.

»Ich bin es wirklich, Mutter. Sobald es ging, bin ich zu dir geeilt.«

»Ach, Charles Charles, mein geliebter Sohn. Gottlob, du lebst noch, bist gerettet.«

»Mutter, ich stehe als Besiegter vor dir. Aber es wird nicht so bleiben, das verspreche ich dir hoch und heilig.«

»Das glaube ich dir. Ach, Charles, ich hatte solche Angst um dich. Nacht für Nacht haben mich Alpträume gequält. Doch jetzt will ich deine Schwester holen lassen. Sie ist dem Trübsinn verfallen und muß sogleich erfahren, daß du hier bist. Dann kannst du mir erzählen, was geschehen ist.«

Ich schickte Bedienstete aus, um Prinzessin Henriette so schnell wie möglich herzubringen.

Während wir auf meine Jüngste warteten, griff ich nach Charles' Händen und bedeckte sie mit Küssen. Ich zog Charles an mich, hielt ihn fest. In seinem Lächeln lag ein Hauch von Ironie, doch auch eine leise Zärtlichkeit.

Ich hörte eilige Schritte vor der Tür. Meine siebenjährige Tochter kam hereingelaufen und stürzte auf ihren großen Bruder zu. Charles hob sie hoch und tanzte mit ihr durch das Zimmer.

»Ich wußte, daß du wiederkommen würdest! Ich wußte,

daß du wiederkommen würdest«, sang sie ohne Unterlaß.
»Dich kann *niemand* töten... nicht einmal der böse alte Cromwell!«

»Nein, nicht einmal der böse alte Cromwell. Ich bin unzerstörbar, du wirst schon sehen, Minette.«

»Und wenn du deine Krone wiederhast, nimmst du mich mit nach England. Dann bleiben wir für alle Zeiten zusammen, wir trennen uns nie mehr...«

»Wunder geschehen, wenn ich den Thron besteige.«

Es war eine Freude, den beiden zuzusehen. Der flüchtige Wunsch stieg in mir auf, Charles möge die gleiche Zuneigung für mich hegen wie für seine kleine Schwester. Ein Kind zu lieben, das einen vergötterte, war nicht weiter schwierig. Ich hingegen hatte eine Aufgabe zu erfüllen und fiel zuweilen bei denen in Ungnade, die ich am meisten liebte — weil ich meine Pflicht tat.

Ich bat Charles, uns von seinen Abenteuern zu erzählen. Ich könne es kaum erwarten, Näheres darüber zu erfahren.

»Du bist sehr lange fortgewesen«, warf ihm Henriette vor.

»Ja, aber nur gezwungenermaßen. Viel lieber wäre ich in Paris gewesen als in Schottland bei den Presbyterianern. Das sind harte, verbissene Menschen, meine kleine Minette. *Dir* würden sie ganz sicher nicht gefallen. In ihren Augen ist es schon eine Sünde, wenn man am Sonntag lacht.«

»Dann heben sie sich also ihre Scherze für die anderen Tage auf?«

»O nein, beileibe nicht; denn auch Scherze sind eine Sünde. Zähle einmal auf, was du am liebsten tust, und ich möchte wetten, daß das in den Augen der Presbyterianer alles Sünden sind.«

»Da bin ich aber froh, daß du jetzt wieder da bist. Geht es denn in England auch so traurig zu?«

»Bestimmt nicht, wenn ich erst einmal König bin. Denn das ist kein Leben nach meinem Geschmack.«

Er berichtete, wie er nach der Schlacht bei Worcester entkommen war und erzählte von den schrecklichen Verlusten, die sie erlitten hatten. Seine Freunde hatten ihn nicht im Stich gelassen und ihm zur Flucht verholfen, allen voran Derby, Lauderdale, Wilmot und Buckingham. Ja, ganz richtig, der Sohn des Störenfrieds aus meiner eigenen Jugendzeit war einer von Charles' besten Freunden. Er hatte Charles etwa drei Jahre voraus. Ich hoffte inständig, daß er nie so einen fatalen Einfluß auf Charles ausüben würde wie sein Vater seinerzeit auf meinen Gemahl, den König. Doch ich glaube, mein Sohn gehört nicht zu den leicht beeinflußbaren Menschen. Ich konnte es kaum erwarten, Charles weitersprechen zu hören. Obwohl ein Preis auf seinen Kopf ausgesetzt war, gelang Charles die Flucht aus Worcester. Charles erzählte, daß der Earl von Derby einen Herrn anbrachte, sogar einen Katholiken. Dieser Charles Giffard hatte ihn auf Schleichwegen nach Whiteladies und Boscobel gebracht. Er, der König von England, hatte sich in einfachen Dorfgasthäusern etwas zu essen geben lassen. Es war jedoch zu gefährlich, sich dort aufzuhalten, und so war er mit Beuteln voller Brot und Fleisch davongeritten.

Charles erzählte uns, wie sein Blick zum erstenmal auf Whiteladies gefallen war, das einstige Kloster und jetzige Bauernhaus. Noch nie hatte ich Charles so bewegt gesehen. Dort hatte er Schutz gesucht, und die zwei Brüder, die dort lebten — die Penderels —, waren eherne Royalisten.

»Da saß ich also in diesem bescheidenen Bauernhaus, umgeben von meinen Freunden Derby, Shrewsbury, Cleveland, Wilmot und Buckingham, zusammen mit Giffard und den Penderels. Wir überlegten, wie der nächste Schritt aussehen sollte. Die Penderels schickten eine Nachricht nach Boscobel, wo noch mehr Penderels lebten. Ihr hättet sehen sollen, welche Kleidung sie mir anschleppten. Ein grünes Wams samt Rehlederweste. Dazu einen spitzen Hut. Ich muß wie ein Bauerntölpel ausgesehen haben. Ihr hättet mich sicher nicht erkannt.«

»Dich würde ich immer und überall erkennen«, versicherte ich ihm zärtlich.

»Wilmot hatte mir den Kopf geschoren und mir diese höchst unkleidsame Haartracht verpaßt. Ihr kennt ja Wilmot. Ihm muß diese Aufgabe ein diebisches Vergnügen bereitet haben. Entsprechend ist der Haarschnitt dann auch ausgefallen. Die Penderels gaben meiner Frisur dann noch den letzten Schliff, denn es durfte ja nicht aussehen, als sei mir die Haartracht in aller Eile verpaßt worden. Ich mußte lernen, zu gehen und zu sprechen wie ein Bauerntölpel. Ich kann dir sagen, Mutter, das war Schwerarbeit!«

»Es freut mich, das zu hören«, sagte ich. »Aber du hast es zweifellos gelernt; denn du bist nicht aufgefallen, sonst wärst du jetzt nicht hier bei uns.«

»Nein, sehr überzeugend habe ich sicher nicht gewirkt. Ich war ein sonderbarer Bauerntölpel. Wilmot pflegte zu sagen, trotz meiner Rundkopf-Haartracht könne ich den König nicht verleugnen. Ich bin so weit gelaufen, daß meine Füße bluteten. Joan Penderel, die Ehefrau von einem der Brüder, hat mir die Füße gewaschen und mir Papier zwischen die Zehen gesteckt, wo diese aufgescheuert waren. Ich befand mich in einem beklagenswerten Zustand, das kann ich euch sagen. Es sprach sich bis zu uns herum, daß es überall ringsum von Soldaten der Rundköpfe nur so wimmelte, die nur eins im Sinn hatten: mich zu suchen. Hätten sie mich gefunden, so hätte mich das gleiche Schicksal ereilt wie meinen Vater.«

Ich schauderte bei dem Gedanken und streichelte zärtlich seine Hand.

»Verzeih mir, Mutter«, murmelte er schuldbewußt.

Als ich nickte, fuhr er fort: »Ein sehr guter Freund erschien in Boscobel, um mich zu warnen. Oberst Carlis, ein Mann, auf den ich bauen konnte. Er berichtete, ich sei in großer Gefahr. Die Soldaten durchsuchten jedes Haus und kämen gewiß auch bald nach Boscobel. Wir beratschlagten, was zu tun sei. Als der Oberst aus dem Haus trat, erblickte er ganz in der Nähe eine dichtbelaubte, stämmige Eiche. ›Dieser Baum ist unsere letzte Hoffnung‹, meinte er. Also erklommen wir den Baum und verbargen uns inmitten des dichten Blätterkleids. Die Penderels versicherten uns, wir seien von unten nicht zu sehen, und wenn sich die Soldaten nicht entschlössen, auf den Baum zu klettern, würden sie uns nicht entdecken. Ein Wunder ist geschehen, Mutter. Wir konnten von dem Baum aus sehen, wie die Soldaten den Wald und jedes Haus durchsuchten, doch sie kamen nicht darauf, den Kopf zu heben und in den Baum hinaufzublicken.«

Wir hatten ihn also wieder. Er hatte überlebt, war unversehrt. So manches Abenteuer hatte er bestanden, doch das konnte über die erlittene Niederlage nicht hinwegtäuschen.

Charles war zum Zyniker geworden. Manchmal schien es mir, als habe er die Hoffnung aufgegeben, den Thron jemals zu besteigen und als König über sein Land zu herrschen – als habe er beschlossen, dort zu leben, wo er das Leben auch genießen konnte. Er hing an seinen Freunden, führte gern ernsthafte Gespräche, und auf Frauen war er ganz versessen. Glücklicherweise hatte er sich dieser schamlosen Lucy Walter entledigt. Während seiner Abwesenheit hatte sie ihn betrogen und keinen Hehl daraus gemacht. Eine solche junge Frau konnte wohl nicht zwei Jahre warten. Doch sie hatte mit Charles einen Sohn. Was für ein Unglück! Charles schien das Kind sehr zu mögen. Nach meinem Dafürhalten war es ein bildhübsches Kind.

Ich wurde den Gedanken an das Geld der Grande Mademoiselle nicht los, das brachlag, obwohl man damit ein ganzes Heer hätte finanzieren können. Ich hoffte immer noch, daß die Partie zustandekommen würde.

Zu jener Zeit war sie vom Hof verbannt und lebte sozusagen im Exil, weil sie der Fronde ganz offen beigestanden hatte. Auch Gaston, ihr Vater, hatte die Fronde unterstützt. Nicht nur ich empfand das als Schande, weil er damit seiner eigenen Familie in den Rücken fiel. Extravagant wie immer hatte Mademoiselle sich sogar einmal ins Kampfgetümmel gestürzt, bezeichnenderweise ausgerechnet in Orléans, als die Fronde die Stadt im Sturm einnahm.

Was bezweckte sie damit wohl? Sie wollte Jeanne d'Arc nacheifern.

Diesmal zeigte sie sich an Charles interessiert. Seit den nach der Schlacht bei Worcester bestandenen Abenteuern betrachtete man ihn als Helden. Noch nie hatte ich ihn so gesprächig erlebt wie nun, da er von seinen Erlebnissen berichten konnte. Ansonsten zog er es stets vor, sich hinsichtlich seiner Heldentaten in Schweigen zu hüllen. Diese ganz anders gearteten Abenteuer schienen ihn zu faszinieren, und er erzählte bereitwillig davon.

Mademoiselle veranstaltete eine ganze Reihe von ›Zusammenkünften‹, wie sie sie zu nennen pflegte. Bei Hofe war ihr Erscheinen nicht erwünscht, doch daraus schien sie sich nichts zu machen. Ihr ging es nur darum, die interessantesten Leute einzuladen und Speisen zu servieren, die die bei Hofe bei weitem übertrafen.

Charles wurde zu diesen Festlichkeiten immer eingeladen. Ich glaube, daß sie ihn nun doch als Gatten in Erwägung zog. Anscheinend geriet sie allmählich in Panik. Sie war inzwischen fünfundzwanzig Jahre alt, also beileibe kein junges Mädchen mehr. Der Kaiser von Österreich hatte sich zum drittenmal vermählt, doch seine Wahl war wieder nicht auf sie gefallen.

Bei einem dieser Anlässe war auch ich zugegen. Mademoiselle suchte das Gespräch mit mir. Es schien ihr ein diebisches Vergnügen zu bereiten, meine Hoffnungen zu schüren, damit ich mir wieder einbildete, sie sei nun doch bereit, Charles zum Mann zu nehmen.

»Seine Abenteuer haben einen anderen aus ihm gemacht«, versicherte sie mir. »Er ist reifer geworden, ein ernsterer Mensch – oder soll ich sagen abgeklärter? Wer hätte gedacht, daß es sich so positiv auf die Menschwerdung auswirkt, sich in der Krone einer Eiche zu verstekken!«

»Auch du bist nicht mehr dieselbe, meine liebe Nichte«, parierte ich die Bosheit. »Du bist ebenfalls reifer geworden. Schließlich muß es sehr abenteuerlich gewesen sein, die Jungfrau von Orléans zu spielen.«

»Ja, das war es, das war es in der Tat. Nach allem, was man so hört, ist der König so versessen auf die Frauen, daß er einer einzelnen nicht treu sein kann.«

»Du sprichst von Frauen, aber nicht von Ehefrauen.«

»Liebe Tante, glaubt Ihr wirklich, daß ein Mann, der in seinen Jugendjahren ein Weiberheld gewesen ist, später ein Mustergatte wird?«

»Ich halte das durchaus für möglich.«

»Für mich käme das einem Wunder gleich. Denkt doch nur an Euren Vater, liebe Tante.«

»Ich denke oft an meinen Vater, der übrigens dein Großvater gewesen ist. Wir haben beide allen Grund, stolz auf ihn zu sein. Er war der größte König, den es in Frankreich je gegeben hat.«

»Ich bin davon überzeugt, daß mein junger Gemahl einmal ein ebenso großer König wird.«

»Dein junger Gemahl?«

»Nun«, ihre Augen glitzerten boshaft, »gar so viele Jahre trennen uns ja nicht... elf Jahre und ein paar Monate. Ludwig ist ja schon vierzehn.«

»Er scheint von der Vorstellung nicht gerade entzückt zu sein, sonst hätte er dich ja wohl kaum vom Hof verbannt.« Das war an Schärfe kaum mehr zu überbieten.

»Der kleine Ludwig und *mich* verbannen! Aber nicht doch. Das ist das Werk von Mazarin und Ludwigs Mutter.«

»Trotzdem bezweifle ich...«

Sie lächelte nur hämisch. Ich wechselte das Thema, weil in mir ein solcher Zorn aufstieg, daß ich nicht mehr an mich halten konnte. Daher war es besser, von etwas anderem zu sprechen.

Die enttäuschte Mutter

Das Leben bereitete mir nicht nur Kummer. Gegen Ende des Jahres hieß es, Cromwell sei bereit, Henry ausreisen zu lassen. Er dürfe sich zu mir begeben. Ich schloß daraus, daß selbst die Rundköpfe nicht ganz gefühllos waren. Zudem hatte der Tod meiner Tochter Elizabeth im ganzen Land Bestürzung ausgelöst. Sie war so ein herzensgutes Kind gewesen – ein Engel, fast schon eine Heilige –, unter so tragischen Umständen gestorben. Aber was auch immer die Rundköpfe zu diesem Schritt bewogen haben mochte – Henry durfte endlich zu mir kommen.

Henriette freute sich auf ihren Bruder. Sie stellte Fragen über Fragen, die ich ihr jedoch nicht beantworten konnte, da mein kleiner Sohn so lange von mir ferngehalten worden war.

Er traf in Holland ein. Dort nahm ihn seine Schwester Mary auf. Sie freute sich so über ihn, daß sie ihn am liebsten ganz bei sich behalten hätte. Ich dachte jedoch nicht daran, das zuzulassen; denn ich wußte, daß sie versuchen würde, ihn zum Protestanten zu erziehen. Insgeheim hatte ich mir aber vorgenommen, ihn wie seine Schwester Henriette katholisch zu erziehen.

Henry kam nach Paris und zeigte sich überglücklich, endlich mit seiner Familie vereint zu sein. Auch er sah zu Charles auf und hegte große Bewunderung für ihn. Er hatte die Abenteuer seines Bruders verfolgt, wann immer sich die Möglichkeit geboten hatte. Henry und Henriette beteten Charles förmlich an. Charles hatte etwas an sich, das die Menschen dazu trieb, ihn glühend zu bewundern. Ich fragte mich zuweilen, ob das auf seine imposante Statur zurückzuführen war oder auf seine Gelassenheit und seinen Charme. Die Kinder himmelten ihn an und wichen ihm nicht von der Seite.

Man hätte meinen können, daß auf etwas Schönes unbedingt rasch etwas Schlimmes folgen müsse. Uns wurde hinterbracht, daß sich die Länder Europas mit der neuen Regierung in England arrangierten. Cromwell schloß Verträge mit verschiedenen Ländern. Auch Frankreich gedachte mit Cromwell zu paktieren. In Paris würde es also in absehbarer Zeit eine englische Vertretung geben.

»Für mich ist das ein unhaltbarer Zustand«, erklärte Charles. »Man wird mir nahelegen, das Land zu verlassen.«

»Dann mußt du darum bitten, das zu unterlassen.«

Charles sah mich verärgert an. »Verehrte Mutter«, sagte er, »wenn der König von Frankreich, die Regentin oder Mazarin mich auffordern, das Land zu verlassen, bleibt mir nichts anderes übrig, als mich dem Wunsch zu fügen. Es steht mir jedoch frei, zu gehen, bevor ich dazu aufgefordert werde.«

Damit hatte er sicher recht. Jedenfalls machte er sich sogleich an die Vorbereitungen.

Henriette war außer sich vor Kummer. Auch Henry litt unter der Trennung. Ich bedauerte zutiefst, daß Charles Abschied nehmen mußte, tröstete mich jedoch damit, daß ich während seiner Abwesenheit meine Absichten im Hinblick auf Henrys katholische Erziehung am besten in die Tat umsetzen konnte.

Henry bat Charles flehentlich, ihn mitzunehmen. »Ich bin kein kleiner Junge mehr«, beschwor er ihn. »Ich werde demnächst fünfzehn und bin damit alt genug zum Kämpfen.«

Charles überlegte. Er mochte Henry und hielt sehr viel von ihm. Doch ich war strikt dagegen.

»Er ist doch noch ein Kind, Charles«, sagte ich. »Er muß noch so viel lernen, und wo ginge das besser als in Paris? Es wäre eine Sünde, ihn in seinem Alter vom Unterricht fernzuhalten.«

Charles zeigte sich einsichtig. Henrys Enttäuschung kannte keine Grenzen.

»Bruder, in ein paar Jahren wirst du mir zur Seite stehen, das verspreche ich dir«, versicherte ihm Charles.

Damit mußte sich Henry wohl oder übel zufriedengeben.

Charles hatte beschlossen, zunächst nach Köln zu gehen. Bevor er aufbrach, nahm er mich noch ins Gebet. »Vergiß nicht, daß Henry Protestant ist«, bat er mich eindringlich. »Er ist Prinz eines protestantischen Landes und muß protestantisch bleiben. Du darfst auf keinen Fall versuchen, einen Katholiken aus ihm zu machen, hörst du?«

Genau das lag in meiner Absicht, und Charles wußte es.

Als ich zögerte, fuhr Charles fort: »Wenn du mir das nicht fest versprichst, kann ich ihn nicht bei dir lassen. Dann nehme ich ihn entweder mit oder schicke ihn zu meiner Schwester Mary, der es sehr schwergefallen ist, sich von ihm zu trennen, wie du weißt.«

Ich gelobte also feierlich, jeglichen Bekehrungsversuch zu unterlassen, und Charles machte sich auf den Weg. Meinen Sohn im einzig wahren Glauben zu erziehen, erschien mir jedoch als so erstrebenswert, daß ich glaubte, ruhig wortbrüchig sein zu dürfen. Was war schon eine Lüge gegen so ein gutes Werk?

Henry hatte Mr. Lovell mitgebracht, den Erzieher, den ihm die Gräfin von Leicester in Penthurst zur Verfügung gestellt hatte. Henry und Mr. Lovell hingen sehr aneinander. Mr. Lovell war überzeugter Protestant. Charles hielt sehr viel von Mr. Lovell; denn dieser war nicht nur ein hervorragender Lehrer und Erzieher, er hatte auch dazu beigetragen, daß Henry freigelassen wurde. Der Erzieher war selbst nach London gereist und hatte mehrere der führenden Köpfe der Regierung unter Cromwell aufgesucht. Da Mr. Lovell ein guter Protestant war, fand er bald Gehör. Seine Fürsprache und der Tod Elizabeths hatten sie unter anderem bewogen, Henry freizulassen.

Charles hielt Mr. Lovell für unbedingt loyal. Kluge Menschen fesseln einen solchen Mann mit Stahlzwingen, um sich seiner zu versichern.

Ich sagte mir, daß Mr. Lovell mir im Weg sein würde. Es wäre am besten, sich seiner auf irgendeine Weise zu entledigen. Doch dabei mußte ich vorsichtig zu Werke gehen. Er durfte nicht wissen, was ich vorhatte.

Nun, da ich meine beiden Jüngsten bei mir hatte, lebte ich auf. Jetzt konnte ich im Hinblick auf die beiden Pläne machen. Henriette, mein liebstes Kind, machte mir große Sorgen. Sie war überaus zart und zerbrechlich. Ich wünschte, sie hätte den klassischen Schönheitsidealen entsprochen. Obgleich sie liebreizend und anmutig war und eine makellose Haut besaß, war ihr Rücken genau wie der meine nicht ganz gerade. Ich hütete sie wie einen Schatz. Für sie hegte ich große Pläne, die jedoch ein Geheimnis bleiben mußten. Eigentlich war gar nicht einzusehen, warum sie nicht ihren Vetter Ludwig heiraten sollte, wenn auch die Grande Mademoiselle ein Auge auf ihn geworfen hatte. Was für eine glänzende Aussicht! Meine Kleine Königin von Frankreich! Und warum auch nicht? Sie hatten beide denselben Großvater. Henriette war die Tochter des englischen Königs, und wenn Frankreich auch so grausam und unvernünftig war, Cromwell anzuerkennen, so blieben Könige doch Könige.

Ich war außer mir vor Freude, als sie zu einem Ballett eingeladen wurde, in dem neben ihr auch noch der König und sein Bruder tanzen sollten. Henriette war eine begnadete Tänzerin. Meines Wissens gab es bei Hofe niemanden, der so leichtfüßig tanzte wie mein Kind. Beim Tanzen trat ihre unendlich zarte, schwebende Anmut so richtig zutage.

Was für ein himmlisches Gefühl, als sich der Vorhang hob und mein Blick auf meinen Neffen, Ludwig XIV., fiel, der damals etwa fünfzehn war. Prachtvoll gewandet saß er als Apollo auf dem Thron. Um ihn scharten sich die Musen. Das Stück handelte von der Vermählung Peleus' mit Thetis, und meine kleine Henriette spielte eine Rolle in dem Stück. Ihre vollendete Art zu tanzen trieb mir Tränen der Rührung in die Augen. Ich bedauerte zutiefst, daß Henriettes Vater jetzt nicht neben mir sitzen konnte, um seinem entzückendsten Kind zu applaudieren.

Ich setzte große Hoffnungen in meine jüngste Tochter. Sie war dazu prädestiniert, die Gemahlin des jungen Königs zu werden.

Als ich mich fast ausschließlich Henry widmete, mußte ich zu meinem Leidwesen feststellen, daß er ein störrischer Junge war. Als ich mit ihm über die ruhmreiche katholische Kirche sprach, meinte er nur lakonisch: »Das mag ja sein, Mutter, doch ich bin kein Katholik und will auch keiner werden. Ich habe meinem Vater feierlich gelobt, niemals von dem Glauben abzuweichen, in dem ich getauft bin und der der Glaube meines Vaterlandes ist.«

Er reizte mich zum Lachen. »Ach, du bist wirklich ein lieber, kleiner Junge. Es ist schön, daß du an deinen Vater denkst. Könnte er jetzt bei uns sein, würde er sicher anders darüber denken. Hast du denn ganz vergessen, was ihm die Menschen des Glaubens angetan haben, auf den du so großen Wert legst?«

»Mutter, ich habe es ihm versprochen. Es hat keinen Zweck, mich umstimmen zu wollen«, sagte er mit fester Stimme.

Nun, Henry war noch sehr jung und leicht zu beeinflussen. Ich würde schon noch ans Ziel meiner Wünsche gelangen. Damit wären dann zwei meiner Kinder gerettet. Um seine Eigenständigkeit zu demonstrieren, besuchte Henry vorerst jeden Sonntag den protestantischen Gottesdienst, eine Einrichtung der Engländer in Paris.

Doch auch Henrys Starrsinn brachte mich nicht von meinem Vorsatz ab. In Mr. Lovell hatte Henry einen nicht zu unterschätzenden Befürworter und Verbündeten. Ich fragte mich immer häufiger, wie ich ihn am besten loswurde. Am liebsten hätte ich ihn einfach entlassen, doch das ging nicht an. Ein Schrei der Entrüstung wäre die Folge gewesen. Das käme auch Charles zu Ohren, dem König, dessen Anordnungen selbst seine Mutter zu befolgen hatte. Meine Kinder übten mir gegenüber keine Nachsicht und ließen mich nicht so bereitwillig gewähren wie ihr Vater.

Mir fiel ein, daß ich Henry ja zu einem renommierten Erzieher schicken könne. Mr. Lovell würde sich damit erübrigen. Henry müßte seine Dienste nicht mehr in Anspruch nehmen. Ich gedachte meinen Sohn Walter Montague anzuvertrauen, dem Abt von St. Martin bei Pontoise und Almosenpfleger. Wir waren gute Freunde. Er war gläubiger Katholik, vor etwa zwanzig Jahren konvertiert, nachdem er Zeuge der Teufelsaustreibungen bei den Ursulinerinnen in Loudon geworden war. Wir waren befreundet, seit er zur Zeit meiner Vermählung nach Frankreich gekommen war. Seit seinem Übertritt standen wir uns noch näher. Er würde sogleich begreifen, was ich im Sinn hatte und würde seinen ganzen Ehrgeiz darauf richten, meinen Sohn zum Katholiken zu erziehen.

Ich teilte Charles mit, Henry fühle sich in Gesellschaft von Nichtstuern allzu wohl, ich sei dafür, ihn an einen abgelegenen Ort zu schicken, wo er in Ruhe lernen könne. Was wäre da besser geeignet als Pontoise, wo unser guter Freund, der Abt, seine Ausbildung beaufsichtigen könne?

Mr. Lovell konnte ich nicht entlassen, das hätte Charles mit Mißtrauen erfüllt. Er würde mir nicht abnehmen, daß Henry ohne diesen guten Lehrer und Erzieher ausschließlich nach Pontoise gegangen war, um dort in Ruhe arbeiten zu können.

Für Mr. Lovell muß es beunruhigend gewesen sein, mit Ausnahme von Henry der einzige Protestant unter lauter Katholiken zu sein. Es leuchtete ihm ein, daß er nicht bleiben konnte. Ich konnte ihn ohne große Mühe dazu überreden, eine kleine Reise nach Italien zu unternehmen, da er dieses Land schon immer kennenlernen wollte.

Zu meiner Erleichterung machte er keine Schwierigkeiten und reiste ab. Natürlich konnte ich nicht wissen, daß er zuvor noch ein ernstes Gespräch mit Henry geführt hatte. Er hatte ihm erklärt, was mich zu diesem Schritt veranlaßt hatte und was dem Abt vorschwebte. Er hatte ihn angefleht, auf seinem Standpunkt zu beharren und seinem Bruder, dem König, so bald wie möglich mitzuteilen, worauf das alles hinauslief.

Der Abt schrieb mir, Henry berechtige zu den schönsten Hoffnungen und werde sicher bald zum Katholizismus übertreten. Er habe sich mit dem Knaben über seine Möglichkeiten unterhalten. Als Herzog von Gloucester, Königssohn und Bruder eines Königs, könne er in den Genuß besonderer Vorteile gelangen. Kardinal zu werden, sei eine große Ehre.

Doch Henry sah das anders. ›Der Knabe ist sehr willensstark‹, schrieb Montague. ›Er meint, er wolle gar nicht erst versuchen, meine Argumente zu widerlegen, er wisse jedoch ganz genau, was richtig sei und was sein Bruder von ihm erwarte. Nichts könne ihn von seinem Entschluß abbringen, seine Pflicht zu tun. Er behauptet steif und fest, sein Vater habe von ihm verlangt, stets zu dem Glauben zu stehen, dessen Taufe er empfangen habe. Das erwarte auch sein königlicher Bruder von ihm. Er fügte hinzu: ›Ihr könnt mit mir machen, was Ihr wollt. Ich aber bleibe meinem Glauben treu, wie ich es meinem Vater kurz vor seinem Tode noch versprochen habe!‹

Der Abt wurde immer ungeduldiger, Henry immer störrischer. Mein Sohn schrieb mir und bat mich, nach Paris zurückkehren zu dürfen. Da ich einsah, daß es wenig Sinn hatte, ihn noch länger in Pontoise zu lassen, willigte ich ein.

Bei seiner Rückkehr fiel mir sein entschlossener Gesichtsausdruck auf. Ich glaubte seinen Bruder Charles vor mir zu haben. Für mich war es eine Ironie des Schicksals, daß sie diesen Starrsinn, diese wilde Entschlossenheit, ihren Willen durchzusetzen, von mir geerbt hatten und nicht von ihrem Vater.

Henry war zudem ein kluger Bursche. Wie ärgerte ich mich, als ich erfuhr, daß er Bischof Cosin hatte kommen lassen, um ihn zu fragen, wie er reagieren sollte, wenn ihn der Abt ins Kreuzverhör nahm. Cosin war ein strenggläubiger Protestant und Katholikenhasser. Mein Gemahl hatte ihn als Geistlichen für die Mitglieder meiner Hofhaltung nach Paris entsandt, die der Kirche von England angehörten. Zunächst war er seiner Arbeit in einem Privathaus nachgegangen. Das erwies sich bald als unzulänglich. Eine Kapelle wurde eingerichtet, um die stetig wachsende Gemeinde aufzunehmen. Cosin war ein von allen hochgeachteter Mann. Anfänglich hatte ich mir eingebildet, ich könne ihn bekehren. In England wäre er inzwischen wohl nicht mehr willkommen; denn für die Puritaner hatte er genauso wenig übrig wie für die Katholiken. Genau wie Erzbischof Laud seinerzeit liebte er das kirchliche Zeremoniell. Das war Lauds Ruin gewesen. Cosin ging es jedoch glänzend, da er nach Frankreich entkommen war. Nichts lag ihm ferner, als zum Katholizismus überzutreten. Er war grundsätzlich dagegen, und da er einer der größten Prediger und Redner seiner Zeit war, wurde er zwar geachtet, aber auch gefürchtet.

Als ich hörte, daß mein Sohn Henry ihn konsultiert hatte, machte ich mir größte Sorgen und bekam es mit der Angst zu tun. Ich sagte mir, daß sofort etwas geschehen mußte.

Ich schickte Henry wieder nach Pontoise zurück, doch

jetzt besaß er Papiere, von Cosin für ihn verfaßt. Natürlich machte ihn die Unterstützung eines solchen Mannes nur noch siegessicherer und damit noch störrischer.

Mir schien eine drastische Maßnahme angebracht. Ich nahm mir vor, ihn ins Jesuitenkolleg von Clermont zu schicken. Als Henry das erfuhr, wurde er bleich vor Zorn. Er wußte, daß es kein Entkommen gab, wenn er erst einmal in einem Jesuitenkolleg war. »Lieber sollen mich die Rundköpfe in Carisbroke gefangenhalten«, wütete er. »Dort hat man zumindest nicht von mir verlangt, daß ich gegen mein Gewissen handle.«

»Du bist ein schlechter Sohn, der seiner Mutter nicht gehorcht«, hielt ich ihm vor. »Eines Tages wirst du mir noch dankbar sein, daß du erleuchtet worden bist.«

An dem Morgen, an dem er nach Clermont aufbrechen sollte, kamen in fliegender Hast Kuriere des Königs angeritten. Sie überbrachten Briefe für mich und für Henry. Charles machte mir Vorhaltungen, weil ich mein Versprechen ihm gegenüber, aber auch meinem Gemahl gegenüber nicht gehalten hatte. Auch an mehrere meiner Freunde hatte er sich gewandt, um ihnen Vorwürfe zu machen. Besonders Henry Jermyn, der mich von dieser unverantwortlichen Handlungsweise hätte abhalten sollen, wie der König meinte. Am schlimmsten aber war der Brief an Henry.

Ich las ihn mit eigenen Augen; denn Henry konnte nicht widerstehen und zeigte ihn mir gern. Gleich zu Anfang des Briefes mußte ich mich ärgern; denn Charles schrieb, er habe Henrys Brief erhalten. Henry hatte es also tatsächlich gewagt, Charles zu schreiben und sich zu beklagen!

›... die Königin ist bestrebt, alles nur Erdenkliche zu tun, damit du konvertierst und Katholik wirst. Wenn du auf sie hörst, wirst du weder England noch mich je wiedersehen. Überleg dir gut, welche Auswirkungen das hätte ... du würdest nicht nur deinen Bruder ruinieren, der dich wirklich liebt, sondern du wärst auch der Ruin des Königs und deines Vaterlands ...‹

›Mir ist zu Ohren gekommen, daß die Absicht besteht, dich in ein Jesuitenkolleg zu schicken. Ich befehle dir hiermit, dich damit keinesfalls einverstanden zu erklären ...‹

Eine verheerende Nachricht! Was sollte nun aus meinen Plänen werden?

Als ich den Brief zu Ende gelesen hatte, ließ ich ihn einfach fallen und schloß Henry in die Arme.

»Mein liebes Kind«, sagte ich, »es geht mir doch nur um dich. Ich wollte, daß keine Versuchung an dich herantritt. Nichts ist mir so wichtig wie die Rettung deiner Seele.«

»Ich werde selbst für meine Seelenrettung sorgen«, gab der jugendliche Rebell zurück, »indem ich meine Pflicht tue – meinem König, meinem Vaterland und meiner Religion gegenüber. Ich spreche von dem Glauben, in dem ich getauft und in England erzogen worden bin.«

Seine Augen sprühten Funken. Auch ich war furchtbar aufgebracht. »Wie kann ein Sohn es wagen, seiner Mutter den Gehorsam zu verweigern?« fragte ich ihn erbost.

»Ich gehorche meinem König und meinem Gewissen«, erwiderte Henry.

Wo hatte er solche Antworten gelernt? Vermutlich war das Cosins Werk.

»Begib dich in deine Gemächer!« befahl ich ihm. »Ich schicke dir Abbé Montague. Du sollst hören, was er dir zu sagen hat.«

»Ich bin es leid, ihm zuzuhören. Mein Entschluß steht fest.«

Da verlor ich die Beherrschung. Ich sah in Henry nur noch den ungehorsamen Sohn, der meine schönsten Pläne zunichte machte. Charles, James und Mary hatten sich von mir abgewandt, und nun auch noch Henry mit Hilfe seines Bruders.

»Wenn du dich nicht dem Katholizismus zuwendest und konvertierst, will ich dich nie mehr wiedersehen!« schrie ich völlig außer mir.

Fassungslos starrte mich Henry an.

»Ja, geh nur!« schrie ich. »Geh mir aus den Augen! Du bist ein böser, undankbarer Sohn!«

Henry verließ den Raum. Ich sah ihn erst nach ein paar Tagen wieder, als ich gerade nach Chaillot aufbrechen wollte. Ich sehnte mich nach ein wenig Frieden. An diesem abgeschiedenen Ort konnte ich in Ruhe darüber nachdenken, wie es zu diesem Bruch gekommen war. Der Gedanke daran war mir unerträglich. Vor allem schmerzte es mich, Henriette ständig in Tränen aufgelöst zu sehen. Wie hatte sie sich gefreut, als Henry kam. Immer wieder hatten sie sich über Charles' Abenteuer unterhalten und sich ausgemalt, welchen herrlichen Zeiten sie entgegengingen, wenn Charles erst wieder auf dem Thron saß. Und nun war Henry in Ungnade gefallen. Das konnte sie nicht verstehen. Der Anblick ihres schmerzverzerrten Gesichtchens zerriß mir fast das Herz. Daher wollte ich ein paar Tage in Chaillot verbringen.

Als ich aus dem Palast trat, lief mir Henry nach und kam auf mich zu.

»Mutter«, sprach er mich ganz ruhig an. Vermutlich wollte er Frieden schließen. Wenn er sich meinen Wünschen fügte, sollte es mir recht sein. Doch er beharrte auf seinem Standpunkt, also wandte ich mich von ihm ab und ließ ihn stehen.

Auf dem Weg nach Chaillot lächelte ich zornig. Mein Sohn würde noch zu spüren bekommen, was es hieß, sich mir zu widersetzen. Immerhin war ich ja Königin von England, wie die Puritaner auch dazu stehen mochten – und nicht nur seine Mutter.

Später erfuhr ich, daß er nach diesem fehlgeschlagenen Aussöhnungsversuch schnurstracks zum protestantischen Gottesdienst gegangen war; denn es war Sonntag. Doch als er im Anschluß daran ins Palais Royal zurückkehrte, mußte er feststellen, daß es für ihn nichts zu essen gab und daß sein Bett sogar abgezogen worden war. Das sollte ihm zeigen, daß er nicht mehr erwünscht war.

Von Henriette erfuhr ich dann, was vorgefallen war; denn Henry hatte sich von ihr verabschiedet, bevor er ging. Henriette war untröstlich.

Viele Protestanten in Paris eilten ihm zu Hilfe. Lord Hatton und Lord Ormonde stellten sich ihm zur Verfügung. Noch am selben Tag brach mein Sohn Henry von Paris nach Köln auf. Dorthin hatte er von Anfang an gewollt. Jetzt begab er sich zu seinem Bruder Charles.

Henrys ›Fahnenflucht‹, wie ich es nannte, machte mich sehr traurig. Königin Anna tröstete mich. Auch sie hatte insgeheim gehofft, mein Sohn werde sich von seinem ketzerischen Glauben lossagen. Wir hielten uns beide in Chaillot auf, wo wir uns wie schon so oft über die Schwierigkeiten unterhielten, die das Leben mit sich brachte. Ich machte ihr klar, daß sie sich nicht beklagen durfte. Sie nannte zwei prächtige Söhne ihr eigen. Niemand machte dem siebzehnjährigen Ludwig den Thron streitig. Von Tag zu Tag wirkte er königlicher.

Königin Anna strahlte vor Freude. Sie betete ihren Ältesten förmlich an, wofür ich vollstes Verständnis hatte. Er machte ihr keinen Kummer wie mir meine Kinder.

»Ich mache mir große Sorgen«, sagte ich. »Monat um Monat, Jahr um Jahr vergehen, und mein Sohn sitzt immer noch nicht auf dem Thron. Die elenden Rebellen in England scheinen immer stärker zu werden. Wegen eben dieser Stärke werden sie von anderen auf eine Art und Weise akzeptiert, die schwer zu verstehen ist.«

Ich konnte es mir nicht verkneifen, sie meine Verärgerung darüber spüren zu lassen, daß Mitglieder meiner eigenen Familie bereit waren, mit den Rundköpfen, diesen Verrätern, zu verhandeln und Verträge mit ihnen abzuschließen.

Anna traf natürlich keine Schuld. In Wahrheit herrschte sie nicht über Frankreich – sie war lediglich Regentin. Da Ludwig fast erwachsen war, würde sie auch das bald nicht mehr sein. Anna verriet mir, daß Cromwell sich inzwischen Lordprotektor nannte, und daß das Volk sich offensichtlich mit ihm abgefunden hatte.

»Ich mache mir ständig Sorgen um meine kleine Henriette. Was soll nur aus ihr werden? Da ist sie nun Prinzessin, die Tochter des Königs von England – und was für ein Leben führt sie!«

»Wir geben einen Ball für sie.«

»Ach, liebe Schwester, was bist du für ein guter Mensch! Aber wir können uns auch kein Ballkleid leisten und alles, was sonst noch so dazugehört. Es wäre eine klägliche Parodie und nicht ein Ball, wie er einer königlichen Prinzessin angemessen wäre.«

Anna überlegte. Schließlich sagte sie: »Ich gebe mehrere kleine Gesellschaften in meinen Gemächern. Auch der König und sein Bruder sollen zugegen sein und einige wenige ausgewählte junge Leute. Da kann Henriette uns zeigen, wie wunderbar sie tanzt.«

Ich war ganz aufgeregt. Wir würden ihr ein Kleid nähen lassen, das für eine solche Gesellschaft angemessen war. Henriette war erst elf Jahre alt, deshalb war eine kleine Gesellschaft genau das richtige.

Mir war sehr daran gelegen, daß sie sich mit ihrem Vetter anfreundete. Ludwig war keineswegs herzlos oder unfreundlich. Er tanzte liebend gern, und Henriette war die beste Tänzerin bei Hofe. Das entspricht der Wahrheit und entspringt nicht meinem mütterlichen Stolz. Henriette war zart und graziös. Die Leute waren begeistert gewesen, als sie in dem Stück *Peleus' und Thetis' Vermählung* aufgetreten war.

›Henriette ist erst elf Jahre alt und Ludwig siebzehn‹, dachte ich. ›Es ist also noch viel Zeit. Ach, wenn Charles doch nur den Thron besteigen könnte, wäre seine Schwester die ideale Gemahlin für den König von Frankreich!

Wie ich mich auf die Gesellschaft freute! Ich konnte ja nicht wissen, welche Demütigung ich dort würde erdulden müssen. Was für eine Kränkung für meine kleine Henriette!

Sobald ich Henriette sah, erzählte ich ihr, daß die Königin ein Fest zu geben gedachte, und zwar in ihren Räumen. »Es ist deine Gesellschaft«, fuhr ich fort, »denn es ist anzunehmen, daß die Königin das Fest dir zu Ehren gibt. Der König wird auch kommen. Hast du deine Tanzschritte geübt? Du darfst uns keine Schande machen. Der König von Frankreich wird mit dir tanzen – was nicht nur für dich eine große Ehre ist, mein Liebling, sondern auch für ihn.«

»Du sagst zuweilen merkwürdige Dinge, Mutter«, gab Henriette zurück. »Warum sollte es für Ludwig eine Ehre sein, mit mir zu tanzen?«

»Vergiß nicht, du bist die Tochter eines englischen Königs.«

»Ach, wäre es nicht herrlich, wenn Charles den Thron besteigen und wir alle nach England zurückkehren könnten? Ich kann mir nichts Schöneres vorstellen, als bei Charles zu sein, solange ich lebe.«

Dummes Kindergeschwätz! Henriette bliebe auch dann in Frankreich, wenn Charles den Thron zurückgewänne. Als Königin von Frankreich! Etwas Geringeres kam für meine Lieblingstochter nicht in Frage. Als einziges unter meinen Kindern hatte sie mich noch nie enttäuscht – natürlich mit Ausnahme von Elizabeth. Doch selbst dieses arme Kind hatte mir durch seinen frühen Tod eine herbe Enttäuschung bereitet.

Der große Tag rückte immer näher und war schließlich da. Meine kleine Henriette sah ganz allerliebst aus. Ihre Robe konnte man nicht gerade prächtig nennen. Die Grande Mademoiselle hätte beim Anblick dieses sehr einfach gehaltenen Kleides wahrscheinlich nur verächlich die Mundwinkel hinabgezogen. Zum Glück war sie nicht zugegen. Wäre es nicht ein Triumph, wenn meine kleine Henriette den Preis einheimste, den diese lächerliche alte Jungfer sich erhoffte! Ludwig würde sich dagegen wehren, eine ältere Frau zu ehelichen. Es zeigte sich immer deutlicher, daß Ludwig gar nicht daran dachte, andere für sich entscheiden zu lassen. »Wenn er auch noch sehr jung ist«, wandte ich mich an Anna, »so ist er doch schon sehr willensstark und weiß, was er will.«

»Das war schon immer so«, erklärte Anna stolz. Wieder berichtete sie von dem Vorfall, den ich schon in- und auswendig kannte. Als er einmal zu den Karmeliterinnen mitgenommen worden war, hatte er ihnen prompt den Rücken zugewandt und sich eingehend mit dem Türschloß beschäftigt. Anna konnte das nicht oft genug erzählen; denn seine Worte imponierten ihr. Sie hatte ihm befohlen, sich den Nonnen zuzuwenden und nicht mehr an dem Türschloß herumzuspielen. »Aber es ist ein sehr schönes Türschloß«, hatte er erwidert. »Es gefällt dem König.« »Ich tadelte ihn ob seiner schlechten Manieren Damen gegenüber, und zwar ausgerechnet Nonnen«, fuhr Anna fort. »›Nun komm, begrüße sie doch wenigstens‹, flehte ich ihn an. ›Ich sage kein Wort der Begrüßung; denn ich wünsche jetzt mit diesem Schloß zu spielen. Aber eines Tages werde ich mich laut und vernehmlich zu Wort melden‹, prophezeite er.« Ich war mir nicht sicher, ob sich die Szene tatsächlich so abgespielt hatte oder ob Anna um der Wirkung willen etliches hinzugefügt hatte, was prophetisch klang. Auf jeden Fall war sie ganz vernarrt in ihren Sohn.

Er war inzwischen zu einem imposanten jungen Mann herangewachsen und würde an diesem Festtag mit meiner Tochter tanzen. Ihm blieb gar nichts anderes übrig. Die Etikette machte es erforderlich, daß er zuerst die ranghöchste Dame zum Tanz aufforderte, und da weder ich noch seine Mutter tanzten, blieb nur Henriette.

Ich saß neben Anna auf einem kleinen Podium. Mein Blick fiel unmittelbar auf Henriette hinunter. Die Musiker verhielten sich abwartend. Der König würde den Tanz eröffnen, vorher durfte niemand tanzen. Noch war der König nicht erschienen. Ich freute mich darauf, hier neben Anna sitzend unsere geliebten Kinder zusammen tanzen zu sehen. Ihre Augen würden unentwegt auf Ludwig ruhen, doch ich gedachte sie darauf hinzuweisen, wie anmutig Henriette sich zu bewegen wußte und was für ein schönes Paar die beiden waren. So elegant, so *königlich*.

Ludwig war eingetreten. Er bot einen prachtvollen Anblick. Keine Spur mehr von einem Kind. Er wirkte selbstsicher – ganz der König. Ich sah Anna von der Seite an. Stolzgeschwellt und freudestrahlend sah sie ihren Sohn an.

Bei seinem Eintreten erhob sich die ganze Gesellschaft mit Ausnahme von Anna und mir. Ludwig trat zu dem Podium, auf dem wir saßen und küßte erst seiner Mutter und dann mir die Hand.

Nun da der König da war, begannen die Musiker zu spielen. Ludwig blickte in die Runde. Er schien sich etwas zu langweilen. Natürlich konnte niemand tanzen, bis er den Tanz eröffnete. Alle warteten darauf, daß er sich eine Tanzpartnerin wählen und mit ihr den Tanz eröffnen würde. Wen anders konnte er zum Tanz auffordern als meine kleine Henriette?

Ludwig schien nicht in Eile zu sein. Ich ließ ihn nicht aus den Augen, beobachtete ihn gespannt. Seine Augen leuchteten, als sein Blick auf Henriette fiel, doch dann entschied er sich für eine Verwandte Mazarins, eine gutaussehende Frau, die ein paar Jahre älter war als er.

Die Königin ereiferte sich nicht so leicht, doch sie hatte immer großen Wert darauf gelegt, daß man sich an die Etikette hielt. Wer die Etikette umging oder mißachtete, zog sich ihren Zorn zu.

Anna konnte den schwerwiegenden Faux-pas nicht dulden, wenngleich das für alle Anwesenden einfacher gewesen wäre. Zittrig erhob sie sich. Beim langen Sitzen hatte sich das Blut in den Adern gestaut. Gerade als der König der Dame seiner Wahl den Arm zum Tanze reichen wollte, trat Anna neben ihn.

»Mein Lieber«, flüsterte sie, jedoch so laut, daß es alle ringsum hören konnten, »du hast sicher übersehen, daß Prinzessin Henriette anwesend ist. Du solltest den Tanz mit ihr eröffnen.«

»Ich tanze mit wem ich will«, gab Ludwig schroff zurück.

Das ging entschieden über meine Kraft. Was für ein Affront gegen meine arme kleine Tochter! Dem mußte ich sofort ein Ende machen. Rasch erhob ich mich, eilte auf die Tanzfläche und legte Anna die Hand auf den Arm. Laut und vernehmlich sagte ich: »Meine Tochter kann heute nicht tanzen, sie hat sich den Fuß verletzt.«

Da verlor Anna die Beherrschung, was nicht oft geschah. In ihrer Herzensgüte hatte sie diese Gesellschaft für Henriette gegeben. Daß bei einem solchen Anlaß die Etikette ganz außer acht gelassen wurde, war mehr, als sie ertragen konnte. Zu allem Unglück traf ausgerechnet ihren Sohn die Schuld, um den sich bei ihr alles drehte. Daher erwachte sie aus ihrer sonstigen Lethargie und geriet in Rage.

So zornig hatte ich sie noch nie erlebt. »Wenn die Prinzessin heute abend nicht tanzen kann, so kann es der König auch nicht«, bestimmte sie.

Damit zitierte sie Henriette zu sich. Mein armes Kind – Schamröte im Gesicht – mußte sich natürlich fügen. Als Henriette nahe genug war, ergriff Anna ihre Hand und drückte sie Ludwig gewaltsam in die Hand.

»Tanz mit ihr!« befahl sie.

Ludwig sah das verschreckte kleine Mädchen an, dessen Hand er in der seinen hielt. Sicher empfand er Reue und Zerknirschung; denn im Grunde seines Herzens war er ein guter Mensch. Ihm mußte plötzlich klargeworden sein, wie er sie im Beisein all dieser Leute brüskiert hatte.

Also tanzten sie, doch beide wirkten leblos. Ludwig gönnte meiner Tochter ein frostiges Lächeln und sagte: »Dich trifft keine Schuld, Henriette. Ich habe heute abend einfach keine Lust auf Kinder.«

Seine düstere Stimmung hellte sich an diesem Abend nicht mehr auf. Doch das spielte keine Rolle mehr. Der Abend war ohnehin verdorben.

Der Vorfall lastete schwer auf Henriette. Mehr denn je sehnte sie sich danach, Frankreich zu verlassen, um bei ihrem Bruder Charles zu sein.

Monat um Monat verstrich. Von Charles hörten wir nichts Erfreuliches. Er führte ein unstetes Leben, befand sich auf Wanderschaft, wozu ihn das Schicksal zwang. Charles schrieb, Henry sei überglücklich, bei seinem Bruder zu sein. Doch ich wollte nichts von Henry hören.

Meine Kinder waren eine einzige Enttäuschung — mit Ausnahme von Henriette. Doch wenn es mir gelang, sie mit Ludwig zu vermählen, konnte mir nichts und niemand mehr etwas anhaben; denn dann konnte ich mit Fug und Recht behaupten, daß all die Mühsal nicht umsonst gewesen war.

Doch vorerst ging dieses eintönige und höchst unbefriedigende Leben seinen Gang, ohne daß etwas geschah.

Dann schlug meine Tochter Mary vor, nach Paris zu kommen.

Ich nahm es ihr noch immer übel, daß sie mich hintergangen hatte, was den Namen ihres Sohnes betraf. William beziehungsweise Wilhelm! Was für ein grauenhafter Name! Charles erschien mir sehr viel schöner. Mir war bekannt, daß es beim Haus Oranien schon zahllose Williams bzw. Wilhelms gab. Dieser Name war also weiß Gott oft genug vertreten. Charles wäre viel passender gewesen — im Angedenken an Marys Vater und voller Hoffnung, was den Bruder anging. Doch Mary hatte genau wie ihre Brüder störrisch auf ihrem Willen beharren müssen. Sie hatte sich durchgesetzt und sich von ihrer herrischen Schwiegermutter beeinflussen lassen, statt auf mich zu hören. Deshalb hegte ich verständlicherweise einen Groll gegen meine Tochter.

Sie hatte mir geschrieben, sie fühle sich seit einiger Zeit nicht wohl. Eine Reise nach Paris könne ihr nur guttun. In meinem Antwortbrief schlug ich ihr vor, in Chaillot Quartier zu beziehen. Für eine ruhebedürftige Rekonvaleszentin sei das der ideale Ort.

Mary ließ jedoch keinen Zweifel daran, daß sie nicht nach Paris gekommen war, um sich hier auszuruhen. Sie hatte nämlich eine Unmenge Schmuck und Kleidung mitgebracht, womit sie bei Hofe Eindruck zu machen hoffte. »Das muß sehr viel gekostet haben«, meinte ich. Ich verkniff mir die Bemerkung, ihr Bruder hätte das Geld besser brauchen können, ließ jedoch in etwa durchblicken, was mir beim Anblick ihrer Preziosen durch den Kopf ging. Natürlich mußte ich zugeben, daß Mary viel getan hatte, um ihrem Bruder zu helfen. Wann immer Charles es für nötig hielt, war er bei Hofe in Holland herzlich willkommen. Ich zürnte Mary jedoch immer noch ein wenig, weil sie sich meinem Wunsch widersetzt hatte, was den Namen ihres Sohnes anging.

Ich mußte zugeben, daß Mary bildhübsch und eine auffallende Erscheinung war. Sie hatte wunderschönes braunes Haar mit einem leichten Rotton und topasfarbene Augen. Sie weigerte sich nicht nur, in Chaillot zu residieren, sie zeigte auch kein sonderliches Interesse an meinem wunderschönen Zufluchtsort. Aufgrund ihrer Fröhlichkeit und ihres guten Aussehens war sie bei allen gern gesehen. Eines Tages fiel mir in ihrem Gefolge die Tochter von Edward Hyde auf. Ich fand es ausgesprochen rücksichtslos von Mary, daß sie das Mädchen nach Paris mitgebracht hatte.

»Ich habe Edward Hyde noch nie gemocht«, bekannte ich. »Mir ist unbegreiflich, daß dein Bruder eine so hohe Meinung von ihm hat.«

»Mutter, Charles ist sehr klug«, erklärte Mary. »Er braucht Männer wie Edward Hyde in seiner nächsten Nähe. Alle Herrscher sollten auf solche Männer bauen können.«

»*Mir* war er stets zuwider«, sagte ich erbost. »Doch obwohl dir das bekannt ist, hast du seine Tochter in deinem Gefolge mitgebracht.«

»*Ich* mag das Mädchen sehr.«

»Aber du mußt doch wissen, daß ich niemanden aus dieser Familie sehen möchte.«

»Ich sehe das ganz anders, und da meine Hofhaltung allein meine Sache ist, entscheide auch nur ich, wer aus meinem Gefolge mich begleitet und wer nicht.«

Das schmerzte. Warum verhielten sich meine Kinder mir gegenüber nur so rücksichtslos?

Es bereitete mir ein diebisches Vergnügen, als die Königin verkündete, sie halte es nicht für schicklich, daß Witwen tanzten. Das bedeutete, daß Mary gezwungen war, neben der Königin und mir zu sitzen und sich mit Zuschauen begnügen mußte. Sie war noch ziemlich jung und schien ganz zu vergessen, daß sie Witwe war. Ich fragte mich, ob sie wohl noch einmal heiraten würde und ob ich mich schon jetzt nach einem geeigneten Gemahl für sie umsehen sollte.

Auch der Herzog von Anjou gab einen Ball für Mary. Auf diesem Ball sah der Herzog wie gemalt aus. Er hatte eine ausgesprochene Schwäche für elegante Kleidung und verstand es ganz hervorragend, die Farben so zusammenzustellen, wie sie sich am besten ausnahmen. Auch sein Schmuck konnte sich sehen lassen. Die Königin vertraute mir an, Philippe sei seinem Bruder nicht im geringsten ähnlich. Ludwig war auf männliche Sportarten erpicht, doch Philippe unterhielt sich am liebsten über Modefragen. Es lag ihm, Kleider zu entwerfen und die Stoffe auszuwählen. Er zog Frauenkleider vor und trug sie manchmal selbst. Er war ein begnadeter Tänzer. Tanzte er mit Henriette, so gaben sie ein schönes Paar ab. Sie waren die anerkannt besten Tänzer bei Hofe, das schmiedete sie eng zusammen. Doch am besten gefiel mir an dem Ball, daß auch der König zugegen war. Diesmal eröffnete er den Ball ohne zu zögern mit Henriette. Das bewies, daß mein kleines Mädchen allmählich erwachsen wurde und nicht mehr als Kind galt.

Es war mein sehnlichster Wunsch, daß Charles den Thron besteigen konnte und Ludwig Henriette zur Frau nahm. Anna hatte mir gegenüber durchblicken lassen, daß sie

Henriette sehr mochte und es begrüßen würde, sie als Schwiegertochter in die Arme zu schließen — wenn aus der Vermählung etwas wurde.

Doch Ludwig war König von Frankreich und Henriette? Sie war die Tochter eines Königs, der nicht nur den Thron eingebüßt, sondern auch mit dem Leben bezahlt hatte — und die Schwester eines Königs, der noch immer vergebens darauf wartete, den Thron wieder in Besitz zu nehmen.

»Lieber Gott«, betete ich, »gib, daß Charles schon bald den Thron besteigen kann und Ludwig Henriette zur Frau nimmt.«

Alle Feste wurden Mary zu Ehren veranstaltet. Der König befahl, ein Ballett für sie aufzuführen. Auch Henriette trat darin auf. Die Königin gab ein Bankett für Mary. Das gedachte die Grande Mademoiselle nicht einfach hinzunehmen. Noch immer unerwünscht bei Hofe, lud sie Mary ins Schloß von Chilly zu einem prunkvollen Fest ein. Mary und Mademoiselle verstanden sich ausgezeichnet. Mich beschlich jedoch die Ahnung, daß Mary zu gesprächig war und Mademoiselle sie darin noch bestärkte. Sicher würde sie andernorts wieder hinausposaunen, was sie von Mary erfuhr. Deshalb hoffte ich sehr, daß Mary keine Indiskretionen verlauten lassen würde. Als ich sah, wie verschwenderisch und üppig Mademoiselle ihre Gäste zu bewirten wußte, sagte ich mir wieder einmal, daß sie die richtige Frau für Charles wäre. Es tat mir leid um all das viele Geld, das sie für prächtige Gewänder, Schmuck, köstliche Speisen, Weine und Schauspiele verschwendete, und das Charles nicht für militärische Zwecke zur Verfügung stand.

Ich hatte Gelegenheit, mit ihr zu sprechen. Schön war sie nie gewesen. Inzwischen zeigte sich unübersehbar, daß sie gealtert war. Ohne das immense Vermögen, das ihr zur Verfügung stand, wäre es niemandem eingefallen, sie zu heiraten. Nachdem sich schon so viele Hoffnungen zerschlagen hatten, mußte sie sich allmählich fragen, ob sie dazu verdammt war, den Rest ihres Lebens allein zu verbringen.

»Sicher fragst du dich, was Charles macht«, begann ich das Gespräch.

»Wieso seid Ihr da so sicher?«

Was für eine Unverfrorenheit. Dieses törichte Ding! Wenn sie sich nicht vorsah, würde sie als alte Jungfer enden.

»Er liebt dich, weißt du?« fuhr ich fort. »An andere Frauen denkt er nicht einmal.«

»So? Ich hatte vielmehr den Eindruck, daß ihn eine ganze Anzahl von Frauen nicht kaltläßt.«

»Ich spreche von der Ehe.«

»Ach, liebe Tante, ich glaube kaum, daß ich der Grund dafür bin, daß er noch immer Junggeselle ist. Er kann sich ja selbst kaum erhalten, geschweige denn eine Frau.«

»Er ist völlig durcheinander. Hier sind wir öfter in Streit geraten. Wenn er unglücklich ist, macht ihn das streitsüchtig. Sicher würden wir uns weit besser verstehen, wenn er eine Frau hätte.«

»Majestät«, meinte sie ironisch, »warum sollte er sich mit der ihm Angetrauten besser vertragen, wenn er sich mit Euch schon nicht versteht?«

Ihr affektiertes Gehabe brachte mich zur Weißglut. Am liebsten hätte ich sie ins Gesicht geschlagen. Sie wußte natürlich ganz genau, daß es mir nur um ihr Geld ging, das Charles so nötig brauchte. Was hatte sie sonst zu bieten? Nichts, rein gar nichts.

Stets brachte sie es fertig, mir alles zu verderben. Da konnte mich auch der Anblick meiner kleinen Henriette nicht aufmuntern, die an der Seite eines gutaussehenden Edelmannes so anmutig tanzte, daß es eine Freude war.

Noch etwas beunruhigte mich zutiefst, wenn ich auch damals noch nicht ahnen konnte, welche Ausmaße die Sache noch annehmen würde. Mein Sohn James fühlte sich immer stärker zu Anne Hyde hingezogen. Er war ein paar Jahre älter als sie und hatte genau wie sein Bruder Charles schon immer eine Schwäche für Frauen gehabt. Das konnten sie wohl kaum von ihrem Vater geerbt haben, und von mir erst recht nicht. Möglicherweise war ich aber doch dafür verantwortlich; denn in bezug auf Frauen stand Charles meinem Vater in nichts nach.

Mehrmals hatte ich mitangesehen, wie James Anne Hyde ständig auf den Fersen blieb, wenn er glaubte, er sei unbeobachtet. Einmal ging ich ihnen nach. Da erhärtete sich mein Verdacht. Mein Sohn umarmte die junge Frau. Sie zeigte sich sehr widerspenstig – ein sicheres Zeichen dafür, daß sie zu allem bereit war.

Ich ärgerte mich damals lediglich, weil mir die Hydes ein Dorn im Auge waren. Dann machte ich mir jedoch klar, daß es nicht weiter schlimm war, wenn meine Söhne flüchtige Affären mit Frauen wie Lucy Walter hatten, die sie einfach fallenlassen konnten, wenn sich die Sache totgelaufen hatte. Doch wenn es um die Tochter eines Mannes wie Edward Hyde ging, der eine so hohe Position bekleidete, sah die Sache gleich ganz anders aus.

Ich beschloß, James ins Gebet zu nehmen.

»Mir ist zu Ohren gekommen, daß du eine Liebschaft mit Anne Hyde hast«, hielt ich meinem Sohn vor.

»Es ist dir nicht zu Ohren gekommen, du hast es mit eigenen Augen gesehen«, verbesserte mich James. »Es ist mir nämlich nicht entgangen, daß du uns nachspioniert hast.«

Immer wieder war ich fassungslos angesichts der Unverschämtheit meiner Kinder. Erst Henry, dann Mary, und jetzt auch noch James. Charles verweigerte mir zumindest den Respekt nicht, wenn er meine Ratschläge auch für gewöhnlich in den Wind schlug, und Charles war immerhin der König, dem man ein anmaßendes Gehabe unter Umständen sogar verziehen hätte.

»Ich halte es für meine Pflicht...«

Er wagte es tatsächlich, mir ins Wort zu fallen. »Mein Gott, Mutter, du solltest nicht gleich eine Staatsaffäre daraus machen, wenn ich mich ein bißchen amüsiere.«

»Mir wäre es lieber, wenn du diese Frau aufgeben würdest.«

»Mir aber ganz und gar nicht. Ich denke nicht daran!« gab er zurück.

»James!«

»Ja, Mutter?«

»Denk daran, daß du mein Sohn bist.«

»Das habe ich nicht vergessen. Aber ich bin inzwischen majorenn, bin also kein Kind mehr. Daher dulde ich es nicht, daß man sich in meine rein persönlichen Angelegenheiten einmischt.«

Seine Augen funkelten vor Zorn. Er war genau wie ich mit einem überschäumenden Temperament ausgestattet. Mit keinem meiner Kinder geriet ich so leicht in Streit. Ich wollte Mary nicht in Schwierigkeiten bringen und wollte mich mit James nicht streiten.

Also hielt ich an mich und sagte nur mit einem Seufzer: »Sieh dich bitte vor. Anne ist die Tochter Edward Hydes, von dem dein Bruder offensichtlich sehr viel hält. Mit dieser Lucy Walter ist sie nicht zu vergleichen, mit der dein Bruder diese leidige Affäre hatte. Die hat ihm zweifelsohne sehr geschadet und verhindert, daß er den Thron besteigen konnte.«

»Aber das ist doch absurd!« rief James aus. »Charles war mit Lucy ausgesprochen glücklich. Sie ist ein entzückendes Geschöpf, und du weißt ja, wie Charles an seinem Sohn hängt... wenn er ihn zu sehen bekommt.«

»Ich kann so etwas nicht hören. Wärt ihr beide doch wie euer Vater.«

James wurde mit einemmal tiefernst – wie immer, wenn es um seinen Vater ging. Wahrscheinlich lag ihm eine hämische Bemerkung auf der Zunge, doch er verkniff sie sich. Das stimmte mich milder, und so sagte ich nur noch: »Sieh dich bitte vor, James.«

Auch er kam zur Besinnung. Nun bestand keine Gefahr mehr, daß er ausfallend werden könnte.

»Mach dir keine Sorgen, Mutter«, bat er mich. »Ich werde sehr gut selbst mit allem fertig. Du solltest dich da nicht einmischen.«

Genau das hatte mir auch Mary zu verstehen gegeben. Halt dich da heraus, das ist nicht deine Angelegenheit. Seltsamerweise ging es beide Male um Anne Hyde. Ich durfte mich von so einem albernen Geschöpf nicht aus der Fassung bringen lassen. Sehr klug war sie sicher nicht, wenn ich auch zugeben mußte, daß sie ein erfreulicher Anblick war und sich wahrhaftig sehen lassen konnte.

›Das geht vorüber‹, redete ich mir ein. Denn Streit mit meinen Kindern wollte ich in Zukunft um jeden Preis vermeiden.

Bald darauf erhielten wir Nachricht aus Holland. Der kleine Wilhelm war an Masern erkrankt. Widerstrebend kehrte Mary Paris mit all seinen Zerstreuungen den Rücken, um zu ihrem Kind zu eilen.

Die Zeit verging, und nichts geschah – außer daß ich immer ärmer wurde. Von meiner Pension konnte ich kaum leben; denn ich glaubte es Charles schuldig zu sein, daß ich mir nichts von dem versagte, was mir als Mutter eines Königs zustand. Niemand sollte über mich die Nase rümpfen.

Das Zeremoniell und die Festlichkeiten begannen mich zu langweilen. Ich nahm zwar nicht an vielen teil, doch es mißfiel mir immer mehr, neben Königin Anna sitzen und mir irgendein Ballett ansehen zu müssen. Anna war keine interessante Gesprächspartnerin, doch möchte ich die Frau nicht kritisieren, die so gut zu mir gewesen ist. Ich dachte immer häufiger darüber nach, wie ich wohl ohne ihre Unterstützung auskommen konnte. Manchmal sehnte ich mich nach dem Leben irgendeiner Adeligen, die nicht unmittelbar am Hofe lebte und sich nicht ständig fragen mußte, ob man sie auch mit dem ihr gebührenden Respekt behandelte und die sich nicht so teuer kleiden mußte, daß sie nicht schäbig wirkte. Vor allem brauchte sich so eine Adelige keine Bediensteten zu halten, die sie sich nicht leisten konnte.

Es erschien mir immer häufiger als wünschenswert, mich aufs Land zurückzuziehen. Selbstverständlich in Gesellschaft Henry Jermyns, des lieben treuen Freundes. Er setzte allmählich Fett an, hatte aber eine gesunde Gesichtsfarbe und sah für sein Alter noch sehr gut aus. Gern hätte ich auch den kleinen Geoffrey wieder um mich gehabt. Ich lächelte noch immer, wenn ich daran dachte, wie er aus der Torte herausgestiegen war. Wie fröhlich er in Erscheinung getreten war. Dagegen der traurige Abschied.

Ja, ich hätte mich gern aufs Land zurückgezogen, aber ich hatte ein Tochter, die es zu vermählen galt. Meine Gedanken drehten sich vor allem um Henriette. Als einziges meiner Kinder war sie katholisch und lebte bei mir. Ich hatte stets ein Auge auf sie. Um dieses überaus zarte, zerbrechliche Kind machte ich mir ständig Sorgen. Henriette war erschreckend mager und sah oft totenbleich aus, doch es erschien mir immer wieder wie ein Wunder, wie anmutig sie tanzte. Ich freute mich unbeschreiblich, wann immer sie eine Einladung zu einer Festlichkeit erhielt, bei der auch der König zugegen sein würde. Wenn sie dann den Einladungen folgte, hoffte ich, daß man sie auch mit dem nötigen Respekt behandeln würde und nicht vergaß, daß sie eine Prinzessin war, eine Königstochter, die in der Rangfolge gleich nach der Königin und mir kam.

Nichts ging je glatt, es gab ständig neue Aufregungen. Ludwig war verliebt, und dank seiner Unerfahrenheit wußten das bei Hofe bald alle. Marie Mancini war eine der bildschönen Nichten, die Mazarin aus Italien nach Frankreich mitgebracht hatte. Schon bald nach ihrer Ankunft waren sie wegen ihrer Schönheit in aller Munde. Marie gefiel mir eigentlich am wenigsten. Ihre Schwester Hortense stach alle anderen aus. Doch Marie stach Ludwig in die Augen. Er war ganz vernarrt in sie. Anna erzählte mir, er sei zu ihr gekommen, um ihr zu verkünden, er wünsche sich mit Marie zu vermählen.

»Er will sie zu seiner Frau machen?« rief ich entrüstet aus. »Dann muß er den Verstand verloren haben!«

Das würde mit einem Schlag meine schönsten Hoffnungen zunichte machen.

»Er behauptet, er könne ohne sie nicht leben«, erklärte Anna nachdenklich.

»Aber er ist doch noch ein Kind!«

Anna starrte vor sich hin. Mich packte das blanke Entsetzen. Was war an all den Geschichten dran, die über Anna und Mazarin kursierten? Es gab sogar Leute, die behaupteten, die beiden seien verheiratet. Ich fragte mich, ob Anna dazu imstande gewesen sein konnte. Ob sie jetzt wohl die Vermählung des Königs von Frankreichs mit der Nichte des Kardinals ernsthaft in Erwägung zog?

Hilflos sah sie mich an. »Daß er bald heiraten muß, steht fest.«

»Ich hege die Hoffnung, daß Charles bald seinen Thron besteigen kann. Gestern habe ich gehört, ein weiser Mann habe prophezeit, innerhalb der nächsten Jahre kehre Charles als König in sein Land zurück.«

»Mir ist daran gelegen, daß er sich mit einer spanischen Infantin vermählt, einem jungen Mädchen aus meinem Heimatland«, bekannte Anna offen und ehrlich. »Sollte daraus nichts werden, wäre ich für Henriette, die ich wie eine Tochter liebe. Aber Ludwig hat seinen eigenen Willen und will keinesfalls, daß man über seinen Kopf hinweg entscheidet.« Ihre Augen leuchteten vor Stolz. Sie bewunderte an Ludwig, was ich an meinen Kindern bemängelte. »Ich habe schon mit ihm gesprochen«, sagte Anna.

»Im Hinblick auf Henriette?«

Sie nickte.

»Ich glaube, er liebt sie.« Meine Stimme sank zu einem Flüstern herab.

»Ja, er liebt sie, aber wie eine Schwester. Er sagt, sie tue ihm leid, weil sie so arm und schwach und kränklich sei, doch sein Herz hänge an Marie Mancini.«

»Aber das ist doch nicht möglich.«

Sie zögerte und sagte dann: »Ich habe auch schon mit dem Kardinal gesprochen.«

Ich starrte sie entsetzt an. Wie konnte sie nur mit dem Kardinal darüber sprechen? Sie mußte den Verstand verloren haben. Der Kardinal würde natürlich alles tun, was in seiner Macht stand, damit diese Verbindung zustandekam.

Doch ich sollte mich irren. »Der Kardinal ist strikt dagegen. Er hält diese Verbindung nicht für ratsam.«

Ich traute meinen Ohren kaum.

»Obwohl es um seine eigene Nichte geht?«

»Ja. Mazarin ist ein kluger Mann. Er sagt, es widerspräche der königlichen Tradition. Das Volk wäre mit dieser Verbindung niemals einverstanden. Möglicherweise käme es sogar zu einer Rebellion. Und ihm würde das alles angelastet. Er meint, ungebildete Menschen neigen dazu, stets ihre Herrscher für alles verantwortlich zu machen, was schiefgeht – selbst wenn diese nicht das geringste damit zu schaffen haben. Er meint, eine Ehe zwischen Ludwig und Marie Mancini wäre für das Land die reinste Katastrophe. Das gelte auch für ihn selbst.«

»Ein weises Urteil.«

»Ja, die einzig richtige Entscheidung«, sagte Anna liebevoll. »Ludwig ist jedoch furchtbar aufgebracht. Ach, Schwester, ich muß bald eine Frau für ihn finden.«

›Diese Frau muß Henriette sein‹, sagte ich mir. ›Für Henriette habe ich mir Ludwig in den Kopf gesetzt. Wenn Henriette Königin von Frankreich würde, könnte ich fortgehen, ein zurückgezogenes Leben führen und alles übrige dem Schicksal überlassen.‹

Wieder mußte ich mich ärgern, und wieder einmal war die Grande Mademoiselle der Grund. Wo immer sie auftauchte, gab es Ärger. Wegen ihres Eintretens für die Fronde war sie nun nicht mehr vom Hof verbannt. Aber sie sorgte dafür, daß sie stets im Mittelpunkt des Geschehens stand, wenn auch nicht mehr so strahlend wie ehedem, sondern schon etwas verknittert. Kardinal Mazarin hatte uns zu einer Abendgesellschaft eingeladen, bei der auch der König und der Herzog von Anjou zugegen sein würden. Es war mir immer eine große Freude, Henriette dorthin mitzunehmen, wo sich auch der König aufhielt, und abgesehen von einem Zwischenfall wurde es auch ein sehr schöner Abend. Als wir aufbrachen, trat Mademoiselle vor meiner Tochter aus der Tür, was wohl besagen sollte, daß sie in der Rangfolge noch vor Henriette kam.

Ich war gerade aus dem Saal gegangen und rechnete damit, daß Henriette mir auf den Fersen folgen würde. Als ich feststellte, was geschehen war, kochte ich vor Zorn. Innerlich bäumte sich alles in mir gegen Mademoiselle auf, und ich wünschte, man hätte sie für alle Zeiten vom Königshof verbannt.

Doch damit war die Angelegenheit noch nicht erledigt; denn der Kardinal erfuhr, was vorgefallen war. Auf die höfische Etikette legte er den allergrößten Wert. Daher reagierte er verärgert, weil zum einen das Protokoll mißachtet worden war und zum andern Henriette und ich als seine Gäste brüskiert worden waren.

Einige Tage später gab er bei sich eine Gesellschaft, zu der der König, der Herzog von Anjou und Mademoiselle eingeladen wurden. Zum Glück waren weder Henriette noch ich zugegen; aber mir wurde später von mehreren Seiten berichtet, was zur Sprache gekommen war.

Der Kardinal wollte von Mademoiselle wissen, ob es zutreffe, daß sie den Saal vor kurzem vor Prinzessin Henriette verlassen habe. Der König und der Herzog von Anjou hörten das mit an.

An ihrer Stelle antwortete der Herzog von Anjou: »Und was ist, wenn meine Cousine das tatsächlich getan hat? Warum sollten Menschen den Vorrang vor uns haben, die wir ernähren und auch noch beherbergen müssen? Wenn ihnen die Behandlung nicht paßt, die ihnen hier zuteil wird, können sie ja gehen.«

Das nahm mich entsetzlich mit. Ich war völlig außer mir. Man betrachtete uns also als Bettler! Und ausgerechnet der Bruder des Königs hatte diesen Vorwurf ausgesprochen. Ludwig hatte das mitangehört, aber nichts dagegen unternommen. Das ging über meine Kraft.

Mir dämmerte die schreckliche Erkenntnis, daß sie unserer überdrüssig waren.

Ich war so aus dem Gleichgewicht geraten, daß ich den Kardinal aufsuchte, um ihm zu sagen, daß ich es als Demütigung empfand, auf die Gnade und Barmherzigkeit der Königin angewiesen zu sein und mich gezwungen zu sehen, eine Pension von ihr anzunehmen. Die Königin hatte sich mir gegenüber immer sehr großzügig gezeigt und war mir eine wunderbare Freundin gewesen. Ich würde ihr nie vergelten können, wie sie mir in meiner Not geholfen hatte. Aber nun zog ich es doch vor, nicht mehr abhängig von ihr zu sein. Als Königin von England hatte ich eine Mitgift mitgebracht, als ich die Frau des Königs wurde. Einen Teil dieser Mitgift verlangte ich jetzt zurück. Ich fand, daß mir das zustand. Ich wollte nicht, daß die Königin von Frankreich weiter für mich aufkam, sondern das Parlament in England, das mir meine Mitgift vorenthielt.

Mazarin hörte sich das an und schüttelte den Kopf. »Majestät glauben doch wohl nicht im Ernst, daß das Parlament in England Euch eine Pension aussetzen würde?«

»Ich weiß nicht recht. Ihr steht doch auf ziemlich gutem Fuß mit diesem Oliver Cromwell. Ihr nennt ihn sogar einen integren Mann. Jetzt kann er beweisen, ob das wirklich auf ihn zutrifft.«

»Diese Bitte würde abschlägig beschieden, da bin ich mir ganz sicher.«

»Wollt Ihr es nicht doch versuchen?«

»Wenn Ihr darauf besteht...«

»Ja, ich bestehe darauf.«

Die Anfrage war nicht nur ein Fehlschlag, das Parlament beleidigte mich auch noch. Da ich nie zur Königin von England gekrönt worden sei, betrachte mich das Parlament auch nicht als Königin.

Als ich das vernahm, wurde ich so wütend, daß ich im Angesicht des Kardinals die Beherrschung verlor.

»Soll das vielleicht heißen, ich sei die Konkubine des Königs gewesen? Hört sich der König von Frankreich seelenruhig an, was seiner Tante nachgesagt wird? Der Tochter seines Großvaters...«

Mazarin blieb ruhig und gab mir zu bedenken: »Es wird ja lediglich behauptet, daß Ihr nicht die Rechte einer Königin genießt, da Ihr nicht gekrönt seid. Wenn ich mich nicht irre, habt Ihr euch strikt geweigert, Euch zur Königin krönen zu lassen.«

»Wie ich sehe«, sagte ich, »habt Ihr Euch die Logik Eures *lieben* Freundes Oliver Cromwell schon zu eigen gemacht.«

Anna bat mich zu sich. Sie war wirklich eine gute Seele, doch ich hoffte, daß sie mich nicht allzusehr langweilen würde.

»Ich weiß ja, wie lange du dich schon nach einer eigenen Bleibe sehnst«, begann sie, »einem nicht allzu großen Haus, in das du dich zurückziehen kannst, wenn dir der Trubel bei Hofe zuviel wird.«

»Aber ich habe doch Chaillot«, wandte ich ein.

»Von einem Kloster habe ich nicht gesprochen. Ich habe ein Heim gemeint, in dem du dich zu Hause fühlst. Weißt du, ich verstehe dich nur allzugut; denn mir ist auch oft danach zumute. Mir ist es natürlich nicht vergönnt, mich zurückzuziehen. Vielleicht später einmal, wenn Ludwig verheiratet ist und seine Kinder nicht mehr ganz so klein sind. Aber jetzt machst du mir Sorgen, Schwester. Dein Leben ist sehr schwer.«

»Wie wahr, wie wahr. Ich bin arm und auf dich angewiesen. Meine Tochter und ich sind die Zielscheibe schwerer Anschuldigungen.«

»Ach, du sprichst von dieser leidigen Affäre hinsichtlich der Grande Mademoiselle. Ich nehme das nicht weiter tragisch; denn ich nehme sie nicht ernst.«

»Ihr Fehlverhalten berührt mich nicht so sehr. Weit schlimmer sind für mich die Vorwürfe des Herzogs von Anjou...«

»Philippe sagt oft Dinge, ohne vorher darüber nachzudenken. Ich habe ihm ob seiner Rücksichtslosigkeit schwere Vorhaltungen gemacht. Er wirkte ganz zerknirscht. Aber wir wollen uns nun nach einem geeigneten Haus für dich umsehen. Weißt du noch, welche Freude es war, Chaillot einzurichten?«

»Ach, Anna, meine Schwester, du bist so lieb und gut.«

»Ich weiß, was in dir vorgeht und möchte dir das Leben ein wenig leichter machen«, entgegnete sie.

»Selbst wenn ich ein geeignetes Haus fände, könnte ich es mir nicht leisten.«

»Zunächst müssen wir einmal auf die Suche gehen, der Rest findet sich dann schon.«

Diese großmütige Seele war mir wieder einmal ein ganz starker Trost.

Gemeinsam entdeckten wir das kleine *Château* in dem Dorf Colombes. Es lag nur sieben Meilen von Paris entfernt und doch auf dem Lande. Das Schloß war in einem friedvollen, bildschönen Dorf gelegen. Eine Kirche mit einem Kirchturm aus dem zwölften Jahrhundert überragte das Dorf. Groß war das *Château* nicht. Es sah eher wie ein Landhaus aus, doch mir war sogleich klar, daß ich dort glücklich sein würde.

Ich befand mich in Hochstimmung, als Anna und ich gemeinsam überlegten, wie wir das Schloß möblieren sollten, und als alles fertig war, fühlte ich mich wie im Himmel.

Vielleicht begann damit eine bessere Zeit. Kurz nach meinem Einzug – an einem wunderschönen Septembertag des Jahres 1658 – erschien ein Kurier bei mir in Colombes.

Ich sah ihm auf den ersten Blick an, daß er eine äußerst wichtige Nachricht für mich hatte; denn er zitterte vor Ungeduld.

»Eine Botschaft für die Königin«, rief er völlig außer Atem. »Oliver Cromwell ist tot!«

England bekam einen neuen Lordprotektor – Richard Cromwell, den Sohn Oliver Cromwells.

Bei Hofe war von nichts anderem mehr die Rede. Ständig kamen neue Nachrichten aus England. Richard konnte seinem Vater nicht das Wasser reichen. Es mangelte ihm an Autorität. Er war zu zartbesaitet und hatte nicht den Wunsch, zu herrschen. Stimmen wurden laut, die meinten, er erinnere eher an den König, der als Märtyrer gestorben sei, und habe kaum Ähnlichkeit mit seinem Vater.

Alle fragten sich, wie es nun weitergehen sollte.

Nach ein paar Monaten legte sich die Erregung, und es stand zu befürchten, daß Richard Charles ebensowenig zu seinem Recht verhelfen würde wie sein Vater.

Immerhin war dieser Unmensch tot, und es zeigte sich immer deutlicher, daß dem neuen Protektor die Eigenschaften fehlten, die seinem Vater zum Sieg verholfen hatten.

Anna betrieb die Brautsuche für ihren Sohn mit zunehmendem Eifer. Meine Nichte Marguerite, die Tochter meiner Schwester Christine, wurde nach Paris gebracht, damit Ludwig sie kennenlernen konnte. Sie war alles andere als eine Schönheit und zudem auch noch älter als Ludwig. Sie mißfiel ihm auf den ersten Blick. Das tat mir zwar sehr leid für Marguerite, doch um Henriettes willen war ich kolossal erleichtert.

Es ließ sich nicht verleugnen, daß Ludwig ein ausgesprochen willensstarker Mensch war. Seine Mutter hatte ihre helle Freude an ihm. Er war ihr ganzer Stolz, doch sie litt auch unter ihm.

Als der Kardinal ihr eines Tages mitteilen konnte, daß zwischen Spanien und Frankreich aufgrund seiner geschickten diplomatischen Schachzüge hinfort Frieden herrschen werde, war Anna hocherfreut. Zudem hatte er die feste Zusage, daß die Infantin Marie Theresa zur Gemahlin Ludwigs auserkoren sei.

Das war ja ohnehin schon immer Annas Wunsch gewesen. Sie konnte ihre Freude kaum verhehlen, so sehr sie sich in meiner Gegenwart auch darum bemühte. Ihr war schließlich bekannt, welche Pläne ich für meine Tochter hegte.

Doch Enttäuschungen waren für mich nichts Neues. Jedenfalls war die biedere Tochter meiner Schwester Christine damit aus dem Rennen. Ich sah mich zu meinem Leidwesen gezwungen, mich endgültig damit abzufinden, daß Henriette niemals Königin von Frankreich werden würde.

Der französische Hof hatte sich zur spanischen Grenze begeben, um die spanische Infantin zu begrüßen. Henriette und ich waren in Paris geblieben. Glücklicherweise, kann ich nur sagen. Ich hatte Henriette nach Colombes mitgenommen. Sie war tiefbetrübt. Vermutlich war sie ein wenig in Ludwig verliebt. Es mußte ihr wehgetan haben, von ihm abgewiesen zu werden, wenn sie sich auch damit trösten konnte, daß der Hauptgrund darin zu suchen war, daß sie in geldlicher Hinsicht vom französischen Königshof abhing. Säße ihr Bruder in England auf dem Thron, so wäre aus der Verbindung wohl etwas geworden. Sie wäre mit größter Wahrscheinlichkeit zustandegekommen.

Als ich gerade mit ein paar Freunden in meinem Lieblingssalon saß, wurde mir ein Besucher gemeldet. Ein Mann mit dunklem Teint und dunklen Haaren betrat den Raum.

»Charles!«

Er war es wirklich. In all den Jahren hatte er sich geändert. Es mußte sechs Jahre her sein, seit wir uns zuletzt gesehen hatten, und wegen Henry standen wir nicht gerade auf gutem Fuße miteinander. Obwohl eine Veränderung mit ihm vorgegangen war, hatte er nichts von dem Charme eingebüßt, der ihm stets den Weg durchs Leben ebnen würde.

»Nur ein kurzer Besuch, Mutter«, sagte er. »Ich glaube sagen zu können, daß es jetzt nicht mehr lange dauern wird. Bestimmt werden sie mich jetzt bald bitten, nach England zurückzukehren.«

Er sah sich um, griff sich eine meiner schönsten Hofdamen und küßte sie leidenschaftlich. Wir wunderten uns sehr darüber, bis er sie mit Henriette ansprach. Da begriff ich, daß er meine Hofdame für die Prinzessin gehalten hatte. Oder vielleicht doch nicht? Hatte er nur so getan? Er hatte die Gelegenheit genutzt, ein hübsches Mädchen zu küssen. Seine Anwandlung blieb mir ein Rätsel. Aber wie dem auch sei – er war wieder da. Was für eine Freude!

Ich ließ sofort Henriette holen. Sie kam eilends angelaufen und stürzte sich ihm in die Arme. Die Kinder empfanden immer noch die gleiche starke Zuneigung füreinander wie vor Jahren.

Meine kleine Henriette hatte vor Freude Tränen in den Augen. Ihr angebeteter Bruder hatte ihr offensichtlich sehr gefehlt. Zwischen Charles und Henriette herrschte vollkommene Harmonie. Sie fühlten sich sehr eng verbunden. Das ging über die üblichen geschwisterlichen Bande weit hinaus. Man hätte neidisch werden können. Wie gern hätte ich auf so gutem Fuße mit meinem Sohn gestanden, doch ich konnte ihm nicht verzeihen, daß er auf Henrys Seite stand. Er hingegen konnte mir mein Verhalten dem Jungen gegenüber nicht vergeben.

Doch in dieser großen Stunde schwiegen alle Ressentiments.

Charles war erregt. Mehrmals erhielt er Briefe von General Monck. Das Volk wollte nicht mehr von Puritanern regiert werden. Es zog das bunte, fröhliche Leben eines Königshofes vor. England sehnte sich nach der alten Zeit zurück. Das Volk bestand auf der Rückkehr der Monarchie.

Ich entließ all meine Bediensteten, damit sie ein Festmahl zu Ehren von Charles zubereiteten. Als ich mit Charles und Henriette allein war, sprach Charles über den Stand der Dinge.

»Noch möchte ich nicht allzuviel darüber sagen«, meinte er, »für den Fall, daß es sich, wie schon so oft, als Fehlschlag erweist. Aber diesmal sieht alles besser aus. Wir führen keinen Krieg, sondern leben in Friedenszeiten. Es handelt sich nicht um eine Herausforderung, sondern um eine Aufforderung. General Monck ist ein guter Freund. Einst hat er Cromwell unterstützt, aber ich glaube nicht, daß er je viel für das übrig hatte, was die Rundköpfe Leben nennen. Oliver Cromwell hat ihm nie getraut, und das ganz zu Recht. Monck ist ein großartiger Mensch, ein rauher Soldat zwar, doch ein getreuer Anhänger der Royalisten. Wenn ich den Thron zurückgewinne, will ich mich dafür erkenntlich zeigen. Übrigens hat er seine Waschfrau geheiratet...« Dabei warf Charles mir einen sonderbaren Blick zu. »Das schokkiert dich offensichtlich, Mutter, aber ich glaube, diese Frau hat viele gute Eigenschaften. So war sie zum Beispiel schon immer eine begeisterte Royalistin.«

»Willst du damit ausdrücken, daß er, ich meine dieser General, dir zu deinem Königreich verhelfen soll?« erkundigte ich mich.

»Er ist General und Oberbefehlshaber der Landstreitkräfte. Seit dem Tode Oliver Cromwells ist ihm das Regime der Rundköpfe in zunehmendem Maße zuwider. Er sagt, er habe es zu Cromwells Lebzeiten hingenommen, weil Cromwell ein *guter* Herrscher und eine starke Persönlichkeit gewesen sei. Doch jetzt sieht alles anders aus. Man wird mich bitten, nach England zurückzukehren. Ich darf das unter gar keinen Umständen falsch anfangen. Ich nehme mir fest vor, zu bleiben, nachdem ich heimgekehrt sein werde. Ich habe nicht die Absicht, mich wieder auf Wanderschaft zu begeben.«

Wir waren so aufgeregt, daß wir kaum einen Bissen hinunterbrachten. Ein Glück, daß wir uns in Colombes aufhielten. Da waren wir unter uns, nur der allerengste Familienkreis. Wir redeten und redeten... und faßten uns in Geduld.

Dann geschah das Wunder auf nicht vorherzusehende Art und Weise – nach all unseren vergeblichen Bemühungen, nachdem ich kostbaren Besitz veräußert hatte, um Geld für Waffen aufzubringen, nach all den Tragödien, Niederlagen und Enttäuschungen.

Charles wurde aufgefordert, nach England zurückzukehren. An einem strahlend schönen Tag im Mai des Jahres 1660 traf er in Dover ein, wo ihn General Monck empfing. Auf dem ganzen Weg nach London waren die Straßen von Menschen gesäumt, die ihm Blumen zu Füßen streuten, ihm zujubelten und es sehr begrüßten, daß er aus dem Exil zurückgekehrt war.

Seit dem Beginn der Tragödie war das der glücklichste Tag für mich.

Die Restauration, die Wiedereinsetzung der Stuarts in England, hatte endlich stattgefunden. Unser aller Leben würde von nun an ganz anders verlaufen.

Henriette

Ja, von da an verlief das Leben anders. Mein sehnlichster Wunsch war in Erfüllung gegangen. Mein Sohn war König von England. Natürlich sagte ich mir, daß nicht alles eitel Sonnenschein sein konnte, doch zumindest hatte das Trauerspiel ein Ende. Ich zweifelte nicht daran, daß Charles sich auf dem Thron würde halten können. Seinem Vater war er nicht sehr ähnlich. Es mangelte ihm an den starken moralischen Prinzipien. Schon mehr als einmal hatte er bewiesen, daß er gar nicht daran dachte, sich eisern an starre Regeln zu halten, wenn er damit sich selbst und den Thron in Gefahr brachte. Er hatte ja deutlich ausgesprochen, daß er nicht die Absicht habe, sich noch einmal auf Wanderschaft zu begeben. Damit war es ihm ernst. Schon jetzt bewunderte und liebte ihn das Volk weit mehr als seinen Vater. Wie merkwürdig es im Leben manchmal zuging. Sein Vater, dieser gute Mensch – mit hohen moralischen Ansprüchen, fromm und in jeder Hinsicht tugendhaft –, hatte das Volk nicht für sich gewinnen können. Doch mein Sohn, der häßlich war und doch so viel Charme besaß, hatte die Herzen des Volkes im Sturm erobert. Er nahm das Leben, wie es sich ihm darbot. Gerade um seiner Sünden willen liebte ihn das Volk, wie es seinen Vater um dessen Tugenden willen niemals geliebt hatte. Mein Sohn war für seine Liebschaften bekannt, seine zahlreichen Affären.

Es läßt sich nur schwer beschreiben, was es für ein herrliches Gefühl war, wieder hocherhobenen Kopfes auftreten zu können.

Henriette wollte unbedingt nach London, doch das schob ich noch eine Weile hinaus; denn inzwischen hatte sich eine neue Situation ergeben, die uns in Paris festhielt.

Ich genoß das großartige Schauspiel, als Ludwig mit seiner Braut Marie Theresa in Paris Einzug hielt. Marie Theresa erwies sich allerdings als ziemlich farbloses Geschöpf. Ich konnte mich des Eindrucks nicht erwehren, daß es für alle

Beteiligten besser gewesen wäre, wenn Ludwig und Anna nichts übereilt und gewartet hätten, bis Charles wieder auf dem angestammten Thron saß. Damit wäre Henriette als Braut für Ludwig in Frage gekommen.

Obwohl die Enttäuschung an mir nagte, war es ein herrliches Gefühl, nicht mehr als arme Bittstellerin auftreten zu müssen.

Henriette und ich saßen neben der Königin auf dem Balkon des Hôtel de Beauvais. Über uns spannte sich ein Baldachin aus rotem Samt. Rangmäßig stand ich Anna nun in nichts mehr nach. Beide waren wir Mütter von regierenden Monarchen. Wir unterschieden uns durch nichts mehr.

Welch prächtiger Festzug − der Magistrat, Musketiere, Herolde. Das königliche Schwert in seiner Scheide aus blauem Samt mit den goldfarbenen Lilien wurde dem König vorangetragen. Dann folgte Ludwig selbst − ein König, auf den jedes Land stolz gewesen wäre. Er war ein wahrhaft königlicher Anblick, wie er gemessen auf seinem rotbraunen Hengst dahinritt. Ein Baldachin aus Brokat wurde von beiden Seiten über ihn gehalten.

Das Volk jubelte ihm begeistert zu. Ich war stolz auf meinen Neffen und mußte natürlich an jenen anderen König denken, der vor kurzem erst Einzug in eine andere Stadt gehalten hatte. Ludwig sah wie ein junger Gott aus in seinem Wams aus silberfarbener Spitze − mit Perlen bestickt. Ein überwältigender Anblick war auch die elegante Feder an Ludwigs Hut, die ihm bis auf die Schultern fiel − mit einer großen Diamantagraffe am Hut festgesteckt. Hinter Ludwig kam Philippe. Um ihn mußte ich mir jetzt Gedanken machen. Natürlich war er nicht der Hauptgewinn, jedoch ein sehr ansehnlicher zweiter Preis. Philippe sah blendend aus, genaugenommen sogar besser als sein Bruder, wenn auch nicht so männlich wie der König. Auch er war in Silber gekleidet, der kostbare Stoff über und über mit Edelsteinen bestickt, die um die Wette funkelten. Ich warf Henriette einen forschenden Blick zu. Sie sah Ludwig nach − ein wenig sehnsüchtig, wie mir schien. Doch ich konnte mich auch irren.

Es folgte die Braut − bei weitem nicht schön und elegant

genug für Ludwig. Ich durfte gar nicht daran denken, daß es auch Henriette hätte sein können, die da als Königin von Frankreich in der Staatskarosse fuhr. Hätten sie doch nur die Vernunft besessen, sich noch etwas zu gedulden! Meine Henriette war auf jeden Fall jetzt eine begehrte Partie.

Marie Theresas Kutsche war mit goldener Spitze überzogen. Auch sie selbst trug eine goldfarbene Robe. So gewandet und in so einer prächtig herausgeputzten Kutsche war selbst sie ein schöner Anblick, wenn auch etwas grobschlächtig, wenn man genauer hinsah. Wie überaus elegant und ätherisch zart meine Kleine ausgesehen hätte! Ich hätte sie keinesfalls goldfarben gekleidet. Das wirkt leicht vulgär, auch trug die Braut entschieden zuviel Schmuck, und zu allem Überfluß auch noch in Kontrastfarben. Ich hätte Henriette silberfarben gewandet und ihr als einzigen Schmuck Brillanten zugestanden.

Aber was nutzten solche Überlegungen? Diese kleine spanische Infantin hatte den Hauptgewinn gezogen. Ich sagte mir, daß sie das noch bereuen würden.

Dann lachte ich in mich hinein; denn auf die Kutsche der Braut folgte die der Prinzessinnen von Frankreich. Dazu gehörte auch die Grande Mademoiselle. Im Vorbeifahren sah sie zu uns hoch, so daß wir Blicke wechseln konnten. Ich lächelte ironisch und verstand es, in dieses Lächeln einen Hauch von Mitleid mithinein zu legen. Ich wußte, daß sie daraus die richtigen Schlüsse ziehen würde, dieses Lächeln so zu deuten wußte, wie es gemeint war. Ich hatte damit in etwa ausdrücken wollen: ›Liebe, arme Nichte, so ist dir also wieder einmal ein Heiratskandidat entgangen. Meine Güte, wo nehmen wir nur einen Gatten für dich her?‹

Nun würde sie sich garantiert Hoffnung auf Ludwigs jüngeren Bruder machen — auf Philippe. Aber das ging nicht an. Die Tochter eines Königs ist der Tochter des Bruders eines Königs rangmäßig haushoch überlegen, insbesondere in diesem Fall; denn die Grande Mademoiselle hatte sich dadurch disqualifiziert, daß sie sich auf die Seite der Fronde geschlagen hatte.

Der König ritt jetzt genau unter dem Balkon vorbei. Jedenfalls hatte es zunächst so ausgesehen. Doch dann blieb er stehen, um uns zu grüßen. Mir fiel auf, daß er und Henriette sich lange ansahen. Fast zärtlich lächelten sie sich an.

Mir wurde schwer ums Herz.

Zu spät, dachte ich verärgert. Wir sind überrumpelt worden. Wieder einmal hat uns das Schicksal einen Streich gespielt.

Königin Anna schloß mich am nächsten Tag zärtlich in die Arme. Dabei lächelte sie, wie sie es immer tat, wenn sie mir etwas Erfreuliches mitzuteilen hatte.

»Ich bin ja so glücklich«, sagte sie. »Mein Sohn Philippe hat sich mir anvertraut. Er ist verliebt und wünscht sich zu vermählen.«

Mein Herz schlug so stürmisch, daß ich mich ängstigte. Philippe mußte in Henriette verliebt sein, sonst sähe Anna nicht so glücklich aus.

Ich versuchte, Haltung zu bewahren. »Er möchte Henriette zur Frau«, fuhr Anna fort.

Was für ein Glück! Ich konnte es kaum fassen. Wenn Henriette Ludwig schon nicht haben konnte, und daran bestand ja wohl kein Zweifel mehr, so war Philippe doch immerhin die zweitbeste Möglichkeit. Meine kleine Henriette nähme unter den Damen Frankreichs die dritte Stelle ein. Sollte Ludwig ohne Erben sterben, konnte Henriette noch immer Königin von Frankreich werden. Doch diese kleine Spanierin sah eigentlich nicht aus, als sei sie unfruchtbar.

»Ich bin ja so froh«, erklärte Anna. »Philippe ist bis über beide Ohren verliebt.«

Bislang hatte ich mich des Eindrucks nie erwehren können, Philippe sei ausschließlich in sich selbst verliebt. Wenn er überhaupt für irgendeinen anderen Menschen eine Spur von Gefühl aufbrachte, so allenfalls für den Grafen von Guiche, einen bildschönen jungen Edelmann, der schon in sehr jungen Jahren mit der Erbin des Hauses Sully vermählt worden war. Er hatte nie sonderliches Interesse an seiner Frau gezeigt, allenfalls an ihrem Vermögen. Er zog es abgesehen davon vor, Philippes Intimfreund zu sein.

Immerhin war Philippe der Bruder des Königs, der im

Augenblick in der Thronfolge an zweiter Stelle stand. Henriette hatte ihn schon gekannt, als sie noch ein kleines Mädchen war. Wenn sie ihn heiratete, brauchte sie nicht fortzugehen. Ich würde sie nicht verlieren. Ich war begeistert von dem Gedanken, um es einmal milde auszudrücken.

Anna hatte das vorausgesehen und freute sich mit mir.

»Ludwig begrüßt die Verbindung, und auch der Kardinal ist damit einverstanden.«

›Der alte Fuchs, natürlich ist er einverstanden‹, dachte ich. Durch Ludwigs Heirat enge Bande zu Spanien und durch die Verbindung zwischen Henriette und Philippe zu England.

Mir war es jedoch recht, das hatte ich mir gewünscht. In den vergangenen Jahren hatte ich die bittere Erfahrung machen müssen, daß man sich am besten mit dem Nächstbesten zufriedengibt, wenn der Herzenswunsch nun einmal nicht in Erfüllung gehen kann.

Auch aus einem anderen Grund freute ich mich diebisch. Ich wußte, daß sich die Grande Mademoiselle auf Philippe versteift hatte, nachdem Ludwig für sie nicht mehr erreichbar war. Und nun dieser neuerliche Schlag. Allmählich gelangte ich wirklich zu der Überzeugung, daß sie gar keinen Gemahl mehr finden würde, und ich konnte es kaum erwarten, ihr Gesicht zu sehen, wenn sie erfuhr, daß Philippe und Henriette nun als Verlobte galten.

Henriette war alles andere als begeistert, als sie von ihrem vermeintlichen Glück erfuhr. Oft fragte ich mich, was in meiner Tochter vorging. Sie sah mich nur traurig an und fragte: »Will sich Philippe tatsächlich vermählen... mit mir vermählen?«

»Selbstverständlich will er heiraten. Das ist seine Pflicht. Wenn sein Bruder morgen stürbe, wäre er der König.«

»So etwas solltest du nicht sagen, liebe Mutter.«

»Willst auch du mir jetzt vielleicht noch vorschreiben, was ich sagen und nicht sagen darf? Allmählich gelange ich zu der Auffassung, ein Heer von Lehrern in die Welt gesetzt zu haben. Du bist nicht mein Vormund, merk dir das!«

Da gab sie mir einen Kuß und sagte, sie wisse ja, wie ich meine Kinder immer geliebt und daß ich alles für sie getan habe. Wenn es denn mein und auch Philippes Wunsch sei, so müsse sie ihn wohl heiraten.

»Liebes Kind!« fuhr ich sie heftig an. »Du scheinst von der zweitbesten Partie in Frankreich nicht sehr erbaut zu sein.«

»Ich glaube, ich hätte es vorgezogen, noch eine Weile nicht zu heiraten. Ich möchte so gern nach England, um bei Charles zu sein.«

»Charles ist König von England, und es ist ganz richtig, daß du ihn liebst und achtest, doch darfst du nicht vergessen, daß er nur dein Bruder ist. Du mußt dein eigenes Leben führen.«

»Aber wir *wollten* doch nach England.«

»Ja. Sobald ich sicher bin, daß ihr Verlobte seid, besuchen wir deinen Bruder. Nach unserer Rückkehr findet die Vermählung statt. Deine Hochzeit, mein liebes Kind. Mein Sohn sitzt auf dem Thron, und mein liebstes Kind vermählt sich. Allmählich scheint sich der Schleier der Düsternis zu heben. Wie lange waren wir in Dunkelheit gehüllt!«

Schöne Wochen folgten. Vollauf beschäftigt mit den Reisevorbereitungen versuchte ich, nicht an die Überfahrt zu denken, vor der es mir stets graute. Doch diesmal würde es sich lohnen. Die unvermeidliche kleine Unterhaltung mit Mademoiselle war sehr befriedigend verlaufen. Am Ende des Gesprächs zeigte sich Mademoiselle vollkommen aufgelöst und krank vor Eifersucht. Sie gönnte meiner Tochter Philippe nicht.

Mademoiselle suchte mich von sich aus auf. Sie mußte einen ganz bestimmten Grund dafür haben; denn in Anbetracht der Verlobung hätte ich eher vermutet, daß sie sich nicht blicken lassen würde.

»Sicher bist du gekommen, um mir zu gratulieren«, sagte ich scheinheilig, wohl wissend, daß das nun wirklich das letzte war, wonach ihr der Sinn stand.

»Ihr müßt doch hocherfreut sein, daß Eure Pläne endlich Früchte getragen haben«, meinte sie.

»Pläne?« wiederholte ich und riß die Augen auf. »Das war keineswegs geplant. Ich kann dir versichern, liebe Nichte, daß niemand verwunderter hätte sein können als ich, als mir die Königin erzählte, Philippe habe ihr gestanden, er liebe Henriette und wolle keine andere heiraten als sie.«

»Ja, das muß wirklich eine Überraschung gewesen sein«, pflichtete Mademoiselle mir bei. »Wer hätte gedacht, daß Philippe überhaupt noch Zeit bleibt, sich über derlei Fragen den Kopf zu zerbrechen, da doch sein lieber Freund de Guiche all seine Zeit in Anspruch nimmt.«

»Ach, er hat schon seit langem ein Auge auf Henriette geworfen. Das gute Kind ist außer sich vor Freude. Du kannst ja nicht wissen, wie schön es ist, von einem solchen Mann geliebt zu werden.«

Nun wirkte sie doch etwas angespannt. »Wie ich höre, habt Ihr vor, Euch nach London zu begeben.«

»Ja, das ist unsere Absicht. Nach unserer Rückkehr findet dann die Hochzeit statt.«

»Wie geht es dem König von England?«

»Gut... sogar ganz ausgezeichnet.«

»Sicher hat er seine Zeit hier in Paris noch nicht vergessen... und auch seine alten Freunde nicht. Es ist eine Schande, alte Freunde einfach im Stich zu lassen. Wie gern würde ich den König einmal wiedersehen.«

Ich lächelte in mich hinein. So, das ist es also. Jetzt, da sie bei Ludwig und Philippe nicht mehr die geringste Chance hat, verlegt sie sich auf Charles.

Doch daraus wird nichts, meine liebe Mademoiselle. Zu spät. Als Prinzen im Exil hast du ihn abgelehnt. Als König von England ist er der begehrteste Junggeselle ganz Europas. Arme Mademoiselle, wieder einmal Pech gehabt. Zu spät! Du hättest die Gelegenheit beim Schopfe packen sollen, als sie sich dir bot.

Sie wirkte so verloren und gealtert, daß sie mir beinahe leidtat. Doch trotz ihres riesigen Vermögens kam sie nun für Charles nicht mehr in Frage.

Unter den gegebenen Umständen hätte man glauben sollen, daß ein Besuch in London eine reine Freude sei, doch eine reine Freude war mir mein Lebtag nicht vergönnt.

Kurz vor der Abreise erhielten wir eine Nachricht aus England, die mich völlig konsternierte. Vor Entsetzen war ich wie gelähmt. Ich las die Botschaft und konnte es nicht fassen. Immer und immer wieder las ich die unheilvollen Worte und traute meinen Augen nicht. Und doch war ein Irrtum ausgeschlossen. Das Entsetzliche war geschehen.

Als Henriette erschien, war ich von dem Schock noch ganz benommen.

Sie setzte sich zu mir und griff besorgt nach meiner Hand, doch ich entzog sie ihr sogleich. In mir hatte sich inzwischen ein solcher Zorn aufgestaut, daß ich nicht mehr an mich halten konnte.

»Ich kann es nicht glauben!« schrie ich. »Ich kann es einfach nicht glauben!«

»Charles...«, hauchte Henriette und wurde leichenblaß.

»Ja, Charles!« Ich spie den Namen förmlich aus. »Er hat seine Zustimmung zu dieser Narretei gegeben. Haben denn alle den Verstand verloren?«

Henriette flehte mich an, ihr zu erzählen, was vorgefallen war. Von einem unbändigen Zorn erfüllt, sprudelte ich hervor: »Es geht um deinen Bruder James. Er hat diese Hure, die Intrigantin, tatsächlich geheiratet. Anne Hyde, dieses scheinheilige Luder! Ihr Vater, dieser Schurke, hat das ausgeheckt, das kannst du mir glauben. Und ohne meine Zustimmung, ohne die Zustimmung des Königs! Heimlich hat er sie zur Frau genommen, sich mit ihr vermählt.«

»Dann liebt er sie wohl sehr«, meinte Henriette versonnen.

Ich war so aufgebracht, daß ich sie dafür beinahe geschlagen hätte. Ja, sogar mein allerliebstes Kind.

»Von Liebe kann keine Rede sein!« verwahrte ich mich gegen diese These. »Sie hat ihn in die Falle gelockt. Ich habe es kommen sehen. Mary hätte Anne Hyde keinesfalls an ihrem Hof Aufnahme gewähren dürfen. Ein noch weit schlimmerer Fehler war es, sie mit nach Paris zu bringen. Was für ein Desaster! Mein Sohn James heiratet diese Frau, und offenbar gerade noch zur rechten Zeit, damit ihr Bastard nicht unehelich zur Welt kommt.«

»James wird auch gewollt haben, daß sein Kind ehelich geboren wird.«

»Sie hat ihm das eingebrockt. Das Kind. So weit ist es also schon gekommen. Wäre ich doch nur dagewesen, ich hätte das zu verhindern gewußt. Charles hätte ihnen Einhalt gebieten sollen.«

»Aber sie haben doch heimlich geheiratet.«
»Und Charles empfängt die Frau bei Hofe.«
»Weil sie James' Frau ist, Mutter.«
»James' Schlampe, Hure, Konkubine. Zum Glück sind wir ja bald in England. Vielleicht gelingt es mir, das alles rückgängig zu machen und die Ehe annullieren zu lassen. Charles sieht das alles tatenlos mit an, zuckt die Achseln und wünscht ihnen viel Glück... Wenn er sich nicht vorsieht, ist er seine Krone wieder los.«

Wie immer ereiferte sich Henriette, sobald man etwas sagte, was Charles abträglich sein konnte. »Ich glaube, seine Herzensgüte und seine unabänderliche gute Laune werden das verhindern, Mutter. Er ist sehr beliebt beim Volk.«

Am liebsten hätte ich sie geschüttelt. Wollte sie damit sagen, daß ihr Vater seiner Krone verlustig gegangen war, weil er nicht wie ihr Bruder gewesen war? Als ich mich abwandte, sagte sie flehentlich: »Mutter, wir müssen zu James' Frau freundlich sein.«

»In meinen Augen ist James nicht verheiratet«, erwiderte ich unerbittlich.

Henriette hüllte sich daraufhin in Schweigen. Um mich von diesem so unerfreulichen Thema abzubringen, meinte sie schließlich: »Und dann ist da ja auch noch Henry.«

Dadurch geriet ich nur noch mehr in Rage.

»Henry ist doch auch in London, Mutter, und ihr seid im Streit voneinander geschieden.«

»Ich habe nicht vergessen, daß er mir den Gehorsam verweigert hat. Er hat sich mir widersetzt, und ich habe mir geschworen, ihn mir aus dem Herzen zu reißen und ihn nie wiederzusehen.«

»Er wird aber bei Hofe sein. Charles hängt sehr an Henry und hat mir erzählt, daß Henry ihm sehr nützlich ist. Mutter, kannst du den Streit denn nicht begraben? Wollt ihr einander nicht wieder gut sein? Charles würde sich sehr freuen. Schließlich ist Henry doch dein Sohn.«

»Ich habe allen Heiligen geschworen, daß ich Henry nicht wiedersehen werde, bevor er Katholik ist. Er ist jedoch nicht konvertiert, und solange er das nicht tut, soll er mir nicht unter die Augen kommen; denn damit würde ich ja mein Gelübde brechen.«

Da ereiferte sich ausnahmsweise sogar Henriette. »Du würdest es über dich bringen, um eines Gelübdes willen dein eigenes Kind zu verstoßen und deinem Sohn, dem König, damit sehr wehzutun?«

»Mein Kind, ich habe es Gott geschworen.«

Henriette wandte sich wortlos ab. Daß auch sie, mein Lieblingskind, sich von mir abwandte, war mir unerträglich. Traurig flüsterte ich ihren Namen. Da wandte sie sich mir wieder zu und warf sich in meine Arme.

Sie hatte Tränen in den Augen.

»Meine Kleine«, sagte ich zärtlich, »wir dürfen uns nicht streiten. Ich muß mich doch auf meine kleine Henriette verlassen können.«

»Dann bist du also bereit, Henry zu empfangen?«

»Nein, mein Kind, ich breche mein Gelübde nicht.«

Ich hatte mich so auf England gefreut, doch James und Henry vergällten mir die Freude – James durch seine schändliche Heirat und Henry durch seinen Starrsinn. Nun machten mir nicht mehr die Rundköpfe zu schaffen, sondern meine eigenen Söhne.

Doch damit noch nicht genug, wiederr erwartete mich ein neuerlicher Schlag.

Auf dem Weg nach Calais erhielten wir Depeschen aus London. Die Hauptstadt wurde von einer Pockenepidemie heimgesucht, die bereits zahlreiche Opfer gefordert hatte. Zu diesen zählte auch mein Sohn Henry.

Als ich das las, war ich wie benommen. Vor kurzem hatten wir noch über ihn gesprochen, und ich hatte ihn nicht wiedersehen wollen. Das war mir jetzt ohnehin verwehrt – für alle Zeiten. Ein- für allemal. Wie glücklich waren Charles und ich gewesen, als Henry auf die Welt kam. Dann waren Henry und ich zu erbitterten Gegnern geworden. Er hatte mir getrotzt und ich hatte mich von ihm abgewandt... ihm selbst das Essen und ein Dach über dem Kopf verweigert. Sogar sein Bett hatte ich abziehen lassen, um ihm zu demonstrieren, daß er bei mir nicht mehr zu Hause war.

Die arme Henriette war krank vor Kummer. Zwar hatte sie Henry schon lange nicht mehr gesehen, doch verknüpfte sie mit ihm starke Familienbande. Vor allem aber bangte sie um mich in der Annahme, ich müsse mir schwere Vorwürfe machen.

Erst nach einer ganzen Weile fand sie den Mut, mich daraufhin anzusprechen.

»Mutter, du brauchst dir keine Vorwürfe zu machen«, sagte Henriette.

»Mir Vorwürfe machen?« rief ich entrüstet aus. »Warum sollte ich?«

»Weil Henry gestorben ist, bevor ihr euch aussöhnen konntet. Weil ihr in Unfrieden auseinandergegangen seid.«

»Mein liebes Kind, alles was ich getan habe, war immer nur zu seinem Besten. Hätte er unseren Glauben angenommen, so wäre alles in Ordnung gewesen, und wir hätten uns so nahegestanden wie du und ich. Ich bedaure keineswegs, daß ich mein Gelübde nicht gebrochen habe. Die Nonnen müssen dich doch gelehrt haben, daß ein vor Gott abgelegtes Gelübde ein heiliges Gelübde ist?«

»Gott hätte dir sicherlich verziehen, hättest du noch Gelegenheit gehabt, dein Urteil zu revidieren.«

»Ich habe mir nichts vorzuwerfen«, beharrte ich auf meiner Meinung. »Es war alles nur zu seinem Besten.«

Doch kaum war ich allein, da weinte ich um meinen Sohn. Ich war untröstlich; denn ich sah den winzig kleinen Säugling vor mir, an dem ich so gehangen hatte. Was für ein tapferer Knabe! Auch er hatte sich im Recht geglaubt. Die Religion hatte uns entzweit. Bei allem, was mir im Leben zugestoßen war, hatte die Religion stets eine wichtige Rolle gespielt.

An der Tatsache war nicht zu rütteln, daß ich einen Sohn und meine Tochter Elizabeth verloren hatte. Beide waren als Ketzer gestorben.

Ich bat Gott um Vergebung ihrer Sünden.

»Sie selbst trifft keine Schuld. Sie sind als Ketzer erzogen worden«, flocht ich in mein Gebet ein.

Ich versuchte mir einzureden, daß mich gerade das so mitnahm. Doch das entsprach nicht ganz der Wahrheit.

James kam uns mit einem Flottengeschwader nach Calais entgegen. Seine Seemannschaft hatte ihm inzwischen einen hervorragenden Ruf eingetragen.

Er schloß mich zärtlich in die Arme. Auch jetzt sah er wieder blendend aus und wirkte unbekümmert. Über Anne Hyde verlor er kein einziges Wort. Auch ich hütete mich wohlweislich, das Thema anzuschneiden. Doch ich nahm mir vor, möglichst bald mit Charles darüber zu sprechen. Ich gedachte diese leidige Affäre aus der Welt zu schaffen. Mein Sohn sollte weder ein so nichtswürdiges Geschöpf zur Frau nehmen noch ihrem Kind seinen Namen geben, wenn ich das verhindern konnte.

Doch zunächst einmal war mein schöner Sohn erschienen, um mich über den Ärmelkanal zu eskortieren, und ich überließ mich ganz der Freude, so nach England heimzukehren, wie ich es mir immer erträumt hatte.

Die See blieb ungewöhnlich ruhig. Zumeist hatte sie sich mir entschieden anders gezeigt. Dankbar konstatierte ich, daß ich nicht seekrank wurde. Da wir in eine Flaute gerieten, dauerte die Überfahrt jedoch zwei ganze Tage. Der Anblick der weißen Klippen wühlte mich unendlich auf. Ich mußte daran denken, wann ich sie zuletzt gesehen hatte. Mein geliebter Charles stand mir wieder deutlich vor Augen.

Mein Sohn Charles stand zu unserem Empfang bereit, umringt von einer großen Menschenmenge. Ich war sehr stolz auf ihn. Er schien gewachsen zu sein, doch das lag vermutlich daran, daß ich ihn eine Weile nicht gesehen hatte. Mir gegenüber verhielt er sich ausgesprochen liebenswürdig. Sein Blick ruhte zärtlich auf seiner Schwester Henriette.

Die Menschen waren zur Küste geeilt, um das Wiedersehen mitzuerleben. Ich konnte mich des Eindrucks nicht erwehren, als juble mir die Menge nicht so begeistert zu wie meinen Söhnen Charles und James. Von Henriette schienen die Menschen jedoch entzückt zu sein. Es freute sie sichtlich, daß Charles so an seiner Schwester hing.

Im Schloß erwartete uns ein Bankett. Henriette und ich saßen neben Charles. Er erzählte uns, Mary sei auf dem

Weg nach England. Er freue sich darauf, die ganze Familie bei sich zu haben.

Später unterhielten wir uns dann allein. Dabei erkundigte ich mich nach Henry. Charles war in seiner Todesstunde bei ihm gewesen. Ich wies ihn darauf hin, daß ich das für sehr leichtfertig hielt. Schließlich waren die Pocken eine sehr ansteckende Seuche. Charles hätte sich anstecken und der Seuche ebenfalls zum Opfer fallen können. Ich fragte ihn, ob er sich überlegt habe, was ohne den König aus England werden solle.

»Dann würde James den Thron besteigen, Mutter.«

»Mit dieser Frau an seiner Seite würden ihn die Leute niemals akzeptieren. Wie konntest du das nur zulassen, Charles?«

»Ich maße mir nicht das Recht an, einer so großen Liebe im Weg zu stehen.« Charles konnte sehr respektlos sein. In seinem Blick lag eine Warnung. Charles hatte seine Geschwister immer sehr gern gehabt. Familienzwistigkeiten waren ihm verhaßt. Doch ich dachte nicht im Traum daran, mir von meinem Sohn vorschreiben zu lassen, was ich zu tun oder zu lassen hatte.

Ich gab ihm nochmals zu verstehen, daß er sein Leben nicht dadurch hätte aufs Spiel setzen dürfen, daß er Henry nicht von der Seite gewichen war, als dieser starb. Auch konnte ich mir die Frage nicht verkneifen, ob Henry auf dem Totenbett von mir gesprochen hatte.

»Ja, das hat er«, sagte Charles eisig. »Euer Zwist hat ihn tief bekümmert, und er mußte immer daran denken, wie sich euer letztes Beisammensein gestaltet hat.«

Ich nickte verständnisinnig. »Daß es ihm eines Tages leid tun würde, habe ich mir schon gedacht.«

»Ich riet ihm, sich nicht zu grämen. Und wies ihn darauf hin, daß er sich deinem Willen gar nicht beugen konnte; denn dann hätte er das seinem Vater gegebene Wort gebrochen. Außerdem hätte er das mit seinem Gewissen nicht vereinbaren können. Ich habe ihm versichert, daß er in den Augen Gottes das einzig Richtige getan hat.«

»Das einzig Richtige? Wie kannst du so etwas behaupten? Er ist als Ketzer, als Abtrünniger gestorben. Hätte er auf mich gehört...«

»Weißt du Mutter, ich glaube, Gott wird nicht so streng mit ihm ins Gericht gehen wie du.«

Ich protestierte, doch etwas an Charles warnte mich und sagte mir, daß es sehr unklug wäre, weiter auf meinem Standpunkt zu verharren. Ich mußte das Thema vorerst fallenlassen. Zuweilen kehrte Charles den König stark heraus.

Einen Augenblick sah er mich traurig an. Dann sagte er: »Mutter, die Jahre im Exil haben dich nichts gelehrt. Das Leben ist so kurz. Wir sollten es genießen. Deshalb muß die Familie zusammenhalten und du darfst sie nicht entzweien.«

Daraufhin erhob er sich und ging. Ob es mir wohl je vergönnt sein würde, aus Charles klug zu werden? Er war von allen meinen Kindern am schwersten zu durchschauen. Schon als ernster kleiner Junge hatte er sich geweigert, sich von dem Holzspielzeug zu trennen, das er mit ins Bett zu nehmen pflegte. Schon damals war es mir schwergefallen, seine Gedankengänge nachzuvollziehen.

So glücklich hatte ich Henriette noch nie erlebt. Am Hofe ihres Bruders fühlte sie sich in ihrem Element. Charles schlug ihr eines Tages vor, eins der Ballette einzustudieren, die am Hof Ludwigs XIV. so beliebt waren. Henriette stürzte sich mit Feuereifer in die Vorbereitungen.

Der Herzog von Buckingham, leichtlebiger Sohn eines Vaters, dem ich immer einen schlechten Einfluß zugeschrieben hatte, verliebte sich Hals über Kopf in Henriette. Zunächst reagierte mein liebes Kind bestürzt, doch dann schien sie die Aufmerksamkeiten des jungen Mannes zu genießen. Es handelte sich nur um eine kleine Tändelei, denn Buckingham war verheiratet und Henriette verlobt. Außerdem war ein Herzog für eine Prinzessin ohnehin nicht standesgemäß. Ich brauchte sie daher gar nicht zu ermahnen. Wenn ich daran dachte, wie sie einst am französischen Königshof behandelt worden war, so konnte es ihr jetzt nur guttun, zu erkennen, daß sie sich zu einer sehr begehrten jungen Frau gemausert hatte.

Mary traf in England ein. Ich freute mich, sie wiederzusehen. Wir waren uns sofort einig. Sie reagierte aufgebracht, als sie von James' Vermählung mit Anne Hyde erfuhr. Ich konnte es mir nicht verkneifen, sie daran zu erinnern, daß sie den beiden selbst den Weg geebnet hatte, indem sie diese geltungssüchtige Person in ihr Gefolge aufgenommen hatte.

»Hättest du damals nur auf mich gehört!« hielt ich ihr vor.

Sie pflichtete mir zwar nicht bei, lehnte es jedoch ab, Anne Hyde zu empfangen. Die Frau wäre arm drangewesen, hätte Charles sie nicht so überaus freundlich und zuvorkommend behandelt.

Die Wochen vergingen wie im Flug – eine wunderschöne Zeit. Trotzdem mußte ich immer an Henrys Tod denken. Charles konnte nur schlecht verhehlen, daß er es nicht richtig fand, wie ich Henry behandelt hatte. Auch die absurde Ehe, die James eingegangen war, machte mir zu schaffen. Ohne diese Kümmernisse, die ständig an mir nagten, wäre mein Glück vollkommen gewesen.

Anne Hyde hatte einem Sohn das Leben geschenkt, einem schwächlichen Kind, das wohl keine großen Überlebenschancen hatte.

»James hätte lieber warten sollen«, meinte ich. »Dann hätte womöglich kein Grund mehr zur Heirat bestanden.«

Meine Freude war groß, als Sir Charles Berkeley erklärte, er sei Annes Liebhaber gewesen und er wisse auch noch von mehreren anderen Galanen, die sich ihrer Gunst erfreut hatten. Es stünde daher keineswegs fest, daß James der Vater dieses Kindes sei.

Ich wollte James mit diesen Fakten konfrontieren, doch sie waren ihm bereits zu Ohren gekommen. Er war so erregt, daß er erkrankte und hohes Fieber bekam. Wir begannen schon zu befürchten, daß auch er der Pockenepidemie zum Opfer fallen könne.

Anne Hyde wurde von allen geschnitten, war verfemt. Selbst ihr Vater wandte sich nun von ihr ab. Die Affäre nahm ihn furchtbar mit. Anne hatte bei Hofe keine Freunde mehr. Ich verlangte von Charles, daß er ihren Vater entließ – inzwischen der Earl von Clarendon. Doch Charles lehnte das rundweg ab. Clarendon sei ein hervorragender Kanzler, begründete er diese Abfuhr, und er denke nicht daran, den Vater für die Affären seiner Tochter zur Verantwortung zu ziehen.

Weihnachten stand vor der Tür. Charles bestand darauf, daß wir noch über die Feiertage blieben. Das war mir natürlich sehr recht. Zum Glück verstand ich mich jetzt auch mit Mary wieder besser, und es tat so gut, mitanzusehen wie Henriette aufblühte. Sie war für das Ballett verantwortlich und verstand sich glänzend mit dem Herzog von Buckingham.

Etwa fünf Tage vor Weihnachten erkrankte Mary. Seit Tagen schon hatte sie sich nicht besonders wohlgefühlt, hatte das jedoch irgendwelchen Unpäßlichkeiten zugeschrieben. Als die Ärzte die Pocken diagnostizierten, war ich entsetzt.

Charles bestand darauf, daß ich mit Henriette Whitehall umgehend verließ. »Bring sie zum St. James Palast, und bleib mit ihr dort«, befahl er.

»Henriette soll sich allein nach St. James begeben«, widersprach ich. »Ich bleibe hier und pflege Mary.«

»Du darfst das Krankenzimmer nicht betreten«, verwahrte sich Charles dagegen.

»Mein lieber Charles«, gab ich zurück, »wenn du auch König bist, so bist du doch auch mein Sohn, und hier geht es um meine Tochter. Sie ist krank, und ich will bei ihr sein.«

»Vergiß nicht, daß du dich anstecken könntest.«

»Das ist mir bekannt. Trotzdem möchte ich bei meiner Tochter bleiben; denn sie braucht mich.«

»Mutter«, sagte Charles gedehnt, »für Gespräche auf dem Totenbett ist jetzt keine Zeit. Mary ist nämlich krank. Wie du ihr Seelenheil einschätzt, dürfte sie derzeit wohl kaum interessieren.«

»Ich möchte Mary pflegen.«

»Davon verstehst du nichts. Geh zu Henriette. Du würdest es dir doch nie verzeihen, wenn du dich infizieren und Henriette anstecken würdest.«

Bei diesem Gedanken durchfuhr mich ein eisiger Schreck. Meinem geliebten Kind durfte um keinen Preis etwas zustoßen. Allein der Gedanke daran machte mich schaudern, ließ mich schwanken. Andererseits war ja auch Mary meine Tochter. Henry war gerade erst gestorben, ohne zum einzig wahren Glauben und damit zu Gott gefunden zu haben.

Wenn nicht sehr bald etwas geschah, würde Mary womöglich auch als Ketzerin sterben.

»Es wäre zu gefährlich«, sagte Charles. »Außerdem verbiete ich es dir.«

Also begab ich mich nach St. James und erzählte Henriette, daß ihre Schwester schwer erkrankt sei. Wir beteten zu Gott und baten ihn, sie wieder gesund werden zu lassen. Wenn sie jedoch sterben müssen, solle sie die Wahrheit noch rechtzeitig erkennen, damit sie nicht wie ihr Bruder Henry als Ketzerin in die Ewigkeit einging.

Doch unsere Gebete wurden nicht erhört. Am Weihnachtsabend erlosch Marys Lebenslicht. Sie starb mit neunundzwanzig Jahren.

Charles war bis zu ihrem Ableben bei ihr gewesen. Seine Trauer kannte keine Grenzen. Er liebte seine Geschwister sehr, vor allem seine Schwestern.

Ich war in Tränen aufgelöst. »Wie es scheint, will Gott mich strafen«, schluchzte ich. »Liegt denn ein Fluch auf meiner Familie? Erst Elizabeth, dann Henry und jetzt auch noch Mary! Warum nur, warum?«

»Das kann niemand sagen«, antwortete Charles. »Aber etwas muß ich dir noch sagen. Als Mary im Sterben lag, hat sie etwas sehr gequält.«

Mit leuchtenden Augen wandte ich mich ihm zu.

»Nein, nein«, wehrte er ungeduldig ab, »mit Religion hat das nichts zu tun. Es ging um Anne Hyde, und Mary wollte ihr Gewissen erleichtern.«

»Das habe ich mir schon gedacht. Hätte sie diese Frau damals nicht in ihr Gefolge aufgenommen... Ich habe ihr ja gleich gesagt, daß das ein Fehler war...«, sprudelte ich hervor.

»Nein, Mutter, davon war keine Rede«, unterbrach mich Charles. »Sie schämte sich, weil sie Anne verleumdet hatte. Mary hat mir gebeichtet, sie habe sehr dazu beigetragen, daß Anne in Mißkredit geriet, obwohl sie tief im Innern nie daran geglaubt hatte, daß Anne sich auch nur das geringste hatte zuschulden kommen lassen. Sie glaubte fest daran, daß Anne und James sich wirklich liebten und daß James ihr die Ehe schon versprochen hatte, bevor sie seine Geliebte wurde.«

»Aber da wußte sie schon nicht mehr, was sie sagte. Sicher hatte sich ihr Geist bereits verwirrt.«

»Keineswegs, sie war klar bei Verstand. Sie meinte, irgendwelche Leute müßten die Gerüchte in die Welt gesetzt haben, wohl wissend, daß mit dieser Verbindung niemand einverstanden war. Mary hat sich die schlimmsten Vorwürfe gemacht und sich sehnlichst gewünscht, daß Anne zu ihr käme, damit sie sie um Verzeihung bitten konnte. Ich konnte es jedoch nicht zulassen, daß sich Anne als Mutter eines Neugeborenen so in Gefahr begab.«

»Ich glaube kaum...«

»Durch die Ansteckungsgefahr verbot sich das von selbst«, fuhr Charles unbeirrbar fort. »Aber ich gehe selbst zu Anne, um ihr zu sagen, daß Prinzessin Mary sie um Verzeihung bitten läßt und daß ich im Namen meiner Schwester um Vergebung für das bitten möchte, was Mary ihr angetan zu haben glaubt.«

»Noch nie habe ich so einen Unsinn gehört!«

Doch Charles sah mich nur lächelnd an und verlor kein Wort mehr über diese Angelegenheit.

Als nächster machte uns James große Sorgen; denn er erkrankte schwer.

»Diese Frau ist eine Hexe«, sagte ich zu Henriette. »Erst hat sie ihn geködert und verführt und schließlich dazu gebracht, sie zur Frau zu nehmen, und nun, da er sie verstoßen hat, wünscht sie ihm den Tod.«

Henriette antwortete nicht. Ich verstand mein Kind nicht mehr. Dieses ruhige, bislang ätherisch schlanke Mädchen, war zu einer strahlenden Schönheit erblüht und nun auch so gewandet, wie es ihr entsprach. Es war die große Mode, so zerbrechlich zu sein wie Henriette, und die Damen bei Hofe scheuten keine Mühe, um das wegzuschnüren und zu kaschieren, was sie einst so freigebig zur Schau gestellt hatten. Bei allen Festen und Vergnügungen stand Henriette im Mittelpunkt. Buckingham wich ihr nicht von der Seite. Gerüchte rankten sich um sie, allerorten wurde über sie geklatscht. Sie drohten in einen Skandal verwickelt zu werden. Ich mußte mich vergewissern, daß das Henriette nicht schaden konnte. Charles war ganz vernarrt in seine Schwester und hing ebenso an ihr wie an seiner Mätresse Barbara Castlemaine. Angesichts seiner unersättlichen Begierde im Hinblick auf das andere Geschlecht deutete so manches Klatschmaul sogar an, er habe sich mit seiner Schwester eingelassen. Zweifellos Verleumdungen.

Damit die Dinge nicht ausuferten, nahm ich mir vor, Henriette mit Philippe zu vermählen, sobald wir wieder in Frankreich waren. Seit dem Tode meines Bruders Gaston war Philippe Herzog von Orléans. Ich trauerte nicht sehr um meinen Bruder. Wenn wir uns auch als Kinder nahegestanden hatten, so konnte ich ihm doch später nicht verzeihen, daß er sich mit der Fronde eingelassen hatte.

James' Gesundheitszustand gab ernsthaft Anlaß zur Besorgnis. Zum Glück war er nicht an den Pocken erkrankt. Ich neigte zu der Ansicht, daß er die Eheschließung mit dieser Frau zutiefst bereute, daß er erst jetzt begriff, auf was er sich da eingelassen hatte und daß ihn dieser Mißgriff so mitnahm, daß er sich nicht mehr auf den Beinen halten konnte.

Die Ärzte schrieben seine Krankheit einer emotionellen Überbeanspruchung zu. Sir Charles Berkeley machte Furore, als er in James' Schlafgemach geplatzt kam, sich vor ihm auf die Knie warf und erklärte, die Anschuldigungen gegen Anne Hyde entbehrten jeder Grundlage. Sie sei völlig frei von Schuld, absolut rein und habe nie einen anderen als James geliebt. Berkeley habe andere Männer dazu angestiftet es ihm gleichzutun und Anne Hyde zu beschuldigen. Sie hätten angenommen, der Herzog von York werde wie erlöst sein, wenn diese Ehe annulliert werde und er eine Verbindung mit einer Frau eingehen könne, die seiner Stellung besser entsprach.

In Windeseile verbreitete sich diese Nachricht überall bei Hofe. Anne Hyde war damit von allen Vorwürfen reingewaschen. James erholte sich erstaunlich schnell. Das bewies, daß ihn die Verleumdungen im Zusammenhang mit Anne Hyde aufs Krankenlager geworfen hatten.

Charles zeigte sich erleichtert, daß die Angelegenheit sich sozusagen in Luft aufgelöst hatte. Er befand, Anne solle an den Hof zurückkehren. Ihr Sohn solle getauft werden.

Er kam zu mir, um mir zu berichten, was geschehen war.

»Du willst sie also an den Hof holen«, wollte ich mich vergewissern.

»Selbstverständlich«, entgegnete er. »Ich bin heilfroh, daß die Angelegenheit so ausgegangen ist. Anne hat hervorragende Anlagen und ist eine kluge, kultivierte Frau. Sie hört auf ihren Vater, und auf James übt sie einen guten Einfluß aus. Das hat er dringend nötig.«

»Wenn du mit dem Loblied auf sie fertig bist, will ich dir einmal etwas sagen. Wenn diese Frau Whitehall durch die eine Tür betritt, entschwinde ich durch eine andere.«

Damit erzürnte ich meinen Sohn. »Ich weiß ja, daß du einfach nicht in Frieden leben kannst«, hielt er mir eiskalt vor. »Wenn man dir nahelegt, endlich einmal Ruhe zu geben, fährst du gleich aus der Haut.«

Er ließ mich einfach stehen und ging.

Seufzend konstatierte ich wieder einmal, daß ich mit lauter schwierigen Kindern geschlagen war. Entweder starben sie mir unter den Händen weg oder sie trotzten mir.

Charles gab sich mir gegenüber kühl und zurückhaltend. Als ich Vorbereitungen für die Rückkehr nach Frankreich traf, machte er keine Anstalten, mich daran zu hindern. Er bestand vielmehr darauf, Anne Hyde an den Hof zu holen und zwang mich damit, abzureisen. Henriette war untröstlich. Niemand wäre bei ihrem Anblick darauf verfallen, daß sie in Frankreich eine glänzende Partie machen sollte. Sie erklärte, der Abschied von England und von ihrem Bruder falle ihr unendlich schwer. Ihr schmerzverzerrtes Gesicht sprach Bände. Ich fand, man habe mich gekränkt. Mein Sohn hatte mir eine Frau vorgezogen, die nicht einmal von Stand war und die ein Kind in die Welt gesetzt hatte, das um ein Haar ein Bastard geworden wäre. Jedenfalls war sie in keiner Hinsicht ebenbürtig. Und einer solchen Frau zuliebe vertrieb Charles seine eigene Mutter!

Henriette versuchte immer wieder mit einer Engelsgeduld, mir klarzumachen, daß er mir nicht die Tür weise. Ich selbst habe den Wunsch geäußert, abzureisen.

»Er läßt mir ja keine andere Wahl«, verteidigte ich mich.

»Er vergißt wohl ganz, daß er zwar der König, ich aber nicht nur seine Mutter, sondern auch Königin bin.«

»Nein, Mutter, das hat er keineswegs vergessen. Er bedauert sehr, daß ihr in Unfrieden voneinander scheidet.«

»Wenn ihn das bekümmert, so hat er eine seltsame Art, das zu zeigen. Wenn er sich umstimmen läßt und diese Frau nicht empfängt, bin ich durchaus bereit, meine Abreise aufzuschieben.«

»Aber Mutter, wie könnte er das tun? Anne Hyde ist doch James' Frau.«

»Frau, wenn ich das schon höre! Ich möchte wissen, wie vielen Männern sie schon angehört hat.«

»Du weißt doch, daß alle Anschuldigungen entkräftet worden sind. Jeder dieser Männer hat bekannt, Lügen über sie in die Welt gesetzt zu haben. Ich verabscheue diese Männer — jeden einzelnen!«

Traurig wandte ich mich ab. Sogar Henriette war gegen mich.

Ein paar Tage vor der geplanten Abreise erschien ein Kurier aus Frankreich. Bei Hofe hatte man erfahren, was hier vorgefallen war. Skandale verbreiten sich in Windeseile. Der Brief Mazarins war sehr vorsichtig formuliert, doch ich verstand zwischen den Zeilen zu lesen. Der Inhalt war unmißverständlich. Mazarin ließ mich nicht im Zweifel darüber, daß ich in Frankreich nicht willkommen sei, wenn ich mit meinem Sohn in Zwietracht lebe. Charles hatte sowohl mir als auch Henriette ansehnliche Pensionen ausgesetzt und Henriette auch eine beträchtliche Mitgift zugesagt. Mazarin befürchtete, Charles könne Abstand davon nehmen, wenn wir uns entzweiten. Er hegte offenbar auch Zweifel daran, daß Philippe Henriette ohne diese Mitgift zur Frau nehmen würde. Allein die Tatsache, daß Charles nun endlich auf dem Thron saß, machte Henriette zu einer überaus begehrten Partie.

Ein schwieriges Dilemma, in dem ich mich da befand. Sollte ich meinen Stolz bewahren und als Bettlerin nach Frankreich zurückkehren? Es konnte nämlich durchaus sein, daß wir dann aus England kein Geld bekommen würden. Henriette erhielte in dem Fall keine Mitgift! Charles wäre es nur allzu lieb, wenn seine Lieblingsschwester bei ihm in England bliebe, und auch *ihr* wäre das nur recht. Nein, um keinen Preis wollte ich noch einmal wie all die Jahre auf die Großmut anderer angewiesen sein. Tief im Herzen spürte ich, daß ich Gefahr lief, genau das wieder zu riskieren, wenn ich mich mit meinem Sohn entzweite. Und das wäre sicherlich so, wenn ich jetzt die Flucht ergriff.

Mir blieb nichts anderes übrig, als mich mit Anne Hyde abzufinden. Also erklärte ich mich bereit, sie zu empfangen.

Niemals werde ich diese Demütigung vergessen. Charles hatte offenbar beschlossen, mich nicht zu verschonen. Man hätte das Zusammentreffen sicher auch diskreter arrangieren können, doch Charles fand, daß daraus kein Geheimnis gemacht werden dürfe. Es sollte sich herumsprechen.

Also sah ich mich gezwungen, meinen Sohn James ganz offiziell zu bitten, mir seine Gemahlin zuzuführen, damit ich sie begrüßen konnte. Ich sollte sie in meinem Schlafgemach empfangen. Da vielen Menschen bekannt war, was sich zuvor abgespielt hatte, wimmelte es in meinem Schlafgemach von aufdringlichen Menschen, die diese Aussöhnung um keinen Preis versäumen wollten.

Alles in mir wehrte sich gegen diese Farce, doch ich rief mir die demütigenden Jahre in Frankreich wieder ins Gedächtnis und sagte mir, daß es dazu keinesfalls noch einmal kommen durfte. Die reinste Erpressung. Aber hatte ich nicht alles Menschenmögliche für meinen Gemahl getan? So wollte ich auch nichts unterlassen, womit ich meiner Tochter helfen konnte.

Als die Frau dann mit James erschien, erwies sich alles als viel einfacher, als ich erwartet hatte. Sie kostete ihren Triumph nicht aus, trumpfte nicht auf, sondern gab sich ganz demütig und bescheiden. Henriette hatte ich fortgeschickt, weil es mir widerstrebte, sie mitansehen zu lassen, wozu ich mich zwingen mußte. Ich hatte ihr bedeutet, sie setze sich unter so vielen Menschen der Ansteckungsgefahr aus, da die Pockenepidemie noch immer wütete.

Anne Hyde kniete ehrerbietig vor mir nieder, als James sie mir vorstellte. Ich beugte mich vor und küßte sie. Anne war eine junge Frau von sehr angenehmen Äußeren, mit einem offenen, ehrlichen Gesicht, wie ich eingestehen muß. Es wäre mir nicht schwergefallen, sie ins Herz zu schließen, hätte ihre Herkunft das gerechtfertigt.

Ich war ihr ausgesprochen dankbar dafür, daß sie mir meine Aufgabe so erleichterte. Wir begaben uns in den Vorraum. Zwischen James und Anne bahnte ich mir einen Weg zwischen all den Höflingen hindurch. Wir setzten uns und unterhielten uns ein wenig.

Ich erkundigte mich nach dem Säugling. Sie gedachten ihn Charles zu nennen. James bat mich, die Patenschaft zu übernehmen. Dazu erklärte ich mich gern bereit.

Schließlich glaubte ich getan zu haben, was man von mir verlangte. Doch das war offensichtlich nicht der Fall; denn Charles erwartete auch noch von mir, daß ich den Earl von Clarendon empfing. Ich entsprach auch diesem Wunsch, obwohl mir dieser Mann schon immer unsympathisch war – vor allem seit dem Ärger hinsichtlich seiner Tochter.

Er näherte sich mir sehr ehrerbietig. Ich gab ihm zu verstehen, daß es mich sehr glücklich mache, seiner Tochter eine Mutter sein zu dürfen. Dann ließ ich durchblicken, daß er als Entgelt für meine Kapitulation selbst auch tun solle, was in seiner Macht stehe. Er wußte, worauf ich anspielte. Als Kanzler war er ein sehr einflußreicher Mann. Zudem war er bekannt für seinen Scharfsinn. Ich wollte ihm nahelegen, dafür zu sorgen, daß Henriette ihre Mitgift erhielt und wir beide unsere Pensionen.

Nach diesem Gespräch war ich zu Tode erschöpft, doch Clarendon hatte sich sehr zufrieden gezeigt, und ich war davon überzeugt, daß er tun würde, was er mir versprochen hatte.

Am Tag nach dieser öffentlichen Aussöhnung trafen wir Vorbereitungen für die Abreise und Rückkehr nach Frankreich. Da erlebte ich meinen größten Schock. Es stand zu befürchten, daß sich Henriette trotz all meiner Vorsichtsmaßnahmen angesteckt hatte und die Pocken sie wie ihre Geschwister dahinraffen würde. Kaum waren wir aus Portsmouth ausgelaufen, als Henriette aufs heftigste erkrankte. Ich war dem Wahnsinn nahe. Hastig begab ich mich zum

Kapitän des Schiffes, um ihn dazu zu bringen, daß er kehrtmachte. Meine Tochter brauchte ärztliche Betreuung.

Der Kapitän tat wie geheißen. Erleichtert kehrte ich der See den Rücken, um wieder an Land zu gehen. Der König wurde unverzüglich benachrichtigt. Er war untröstlich und erklärte, es müsse alles Menschenmögliche getan werden, um Henriette zu retten.

Zu unserer großen Freude stellte sich jedoch heraus, daß Henriette an den Masern erkrankt war und nicht an den Pocken, wie wir befürchtet hatten. Nach vierzehn sorgenvollen Tagen konnten wir wieder die Segel setzen und erneut Kurs auf Frankreich nehmen.

Diesmal verlief die Überfahrt ohne Zwischenfälle. Sicher liefen wir in Le Havre ein.

Was für eine Begrüßung wurde uns zuteil! Die Fahrt nach Paris nahm sehr viel Zeit in Anspruch. Ich wollte nicht über Rouen fahren, wo die Pockenepidemie besonders wüten sollte. Bisher war es mir gelungen, meinen Liebling davor zu bewahren, und ich hatte nicht die Absicht, sie in Gefahr zu bringen.

Königin Anna begrüßte mich freudig und schloß mich in die Arme. Philippe schien wirklich sehr verliebt in Henriette zu sein und eifersüchtig auf den Herzog von Buckingham. Dieser hatte darauf bestanden, uns hierher zu begleiten, weil er sich nicht von Henriette losreißen konnte. Es gelang uns jedoch, Philippe zu beschwichtigen und sein Mißtrauen zu zerstreuen. Ludwig gab sich überaus freundlich und ließ durchblicken, daß ihm Henriette sehr viel bedeutete. Aus der Gerüchteküche verlautete, er sei an mehreren jungen Frauen bei Hofe interessiert, aber wenn er Henriette auch verschmäht hatte, als beide noch Kinder waren, so war ihm doch inzwischen aufgegangen, daß sie sich durch ihre ureigene innere und äußere Schönheit von den anderen Damen bei Hofe unterschied. Das hatte ich vorausgesehen.

Zum großen Kummer Ludwigs und der Königin starb Mazarin ganz plötzlich. Ich rechnete mit einer Trauerzeit bei Hofe und nahm an, daß die Hochzeit wegen der Hoftrauer aufgeschoben werden müsse. Doch der Dispens vom Papst traf am Todestag des Kardinals ein. Wegen des Verwandtschaftsgrades von Philippe und Henriette war der Dispens erforderlich gewesen. Jedenfalls erklärte Ludwig, die Hochzeitsvorbereitungen sollten nicht abgebrochen werden. Man solle nur nicht so viel Aufhebens darum machen.

Ende März fand dann die Hochzeit statt. Die Trauung wurde in der Privatkapelle des Palais Royal vollzogen. Mein guter alter Henry Jermyn nahm stellvertretend für Charles daran teil. Ich hatte Charles dazu gebracht, ihn zum Earl von St. Albans zu ernennen.

Aus meiner lieben kleinen Henriette wurde also mit siebzehn Jahren die Herzogin von Orléans. Ich war überglücklich. Wenn schon nicht der Hauptgewinn, so doch der zweite Preis. Hoffnung bestand immer...

Das Glück schien mir nun hold zu sein. Charles saß auf dem Königsthron von England, von dem ihn so leicht niemand vertreiben würde. Und mein kleines Mädchen, mein allerliebstes Kind, ein überaus zartes Geschöpf, hatte schwere Krankheiten überlebt und nahm jetzt unter den Damen Frankreichs die zweite Stelle in der Rangfolge ein.

Colombes

Inzwischen entgleiten mir die Jahre immer schneller. Ich stehe nicht mehr im Mittelpunkt des Geschehens, erlebe den Strudel der Ereignisse nur noch als Zuschauerin am Rande mit. Anfänglich erschien mir das sehr ungewohnt.

Henriette brauchte mich jetzt nicht mehr. Bei Hofe war sie der strahlend helle Stern. Der König war offenbar in sie verliebt und sie vermutlich hin und wieder auch in ihn. Daß Philippe ein gleichgültiger Gemahl sein würde, hatten wir von vornherein gewußt. Er fühlte sich weit mehr zu seinen schönen jungen Freunden hingezogen als zu irgendeiner Frau. Henriette tat das mit einem Achselzucken ab. Aus dem stillen kleinen Mädchen, um das ich mir stets Sorgen hatte machen müssen, war eine lebenslustige junge Frau geworden.

Sie schien in der Tat unermüdlich zu sein. Häufig entwarf und schrieb sie Ballette, um den König damit zu unterhalten. Als hochbegabte Tänzerin übernahm sie darin stets die Hauptrolle. Sie erblühte bei dem Leben, das sie führte. Es hieß, ihr Teint sei wie Jasmin und Rosen, und mit ihren saphirblauen Augen nahm sie alle Männer für sich ein. Ludwig hegte unübersehbar große Bewunderung für sie und überließ ihr Entscheidungen, bis seine kleine Königin so eifersüchtig war, daß sie ihrer Schwiegermutter ihr Herz ausschüttete. Anna waren Auseinandersetzungen schon immer ein Greuel gewesen, daher sprach sie mich auf Henriettes freundschaftliche Beziehung zu dem König an. »Henriette darf nicht ständig an der Seite des Königs anzutreffen sein«, belehrte sie mich. »Diese Stelle muß die Königin einnehmen.«

Ich hörte mir das an, bekundete pflichtschuldigst mein Mitgefühl, doch insgeheim wußte ich mich vor Freude darüber kaum zu lassen, daß meine Tochter jetzt die Schönste und Begehrenswerteste bei Hofe war. Ich versprach Anna, mit Henriette zu sprechen, schlug ihr jedoch auch vor, sich an ihren Sohn zu wenden, denn von dem König ging ja schließlich alles aus.

Währenddessen registrierte ich tiefbefriedigt die zahlreichen Eroberungen Henriettes.

Ludwig beherrschte zu der Zeit ihr Leben. Umgekehrt verhielt es sich vermutlich ebenso. Es machte mich immer wieder wütend, wenn ich daran dachte, daß sie ein ideales Paar abgegeben hätten. Sie waren wirklich füreinander geschaffen. Ständig steckten sie zusammen, und die Leute sagten schon: »Wo der König ist, da ist auch Madame nicht weit.«

Um die Zeit war sie sehr glücklich. Aufgrund der Entbehrungen ihrer Jugend wußte sie das um so mehr zu schätzen. Ihr geliebter Bruder hatte den Thron bestiegen, den ihm niemand streitig machte. Der König von Frankreich liebte sie. Die beiden mächtigsten Männer in Europa liebten sie aufrichtig.

Ihr Einfluß auf den König war nicht zu übersehen. Das geistige und kulturelle Leben bei Hofe nahm durch sie einen starken Aufschwung. Sie hatte schon immer großes Interesse für Bücher und Musik gehegt. Bald teilte Ludwig ihre Begeisterung für Dichtung und Musik. Henriette holte den Komponisten Jean-Baptiste Lully an den Hof. Molière gegenüber zeigte sie sich als Gönnerin. Sie machte die Werke von Madeleine de Scudéry bekannt. Es war allein Henriette zu verdanken, daß das kulturelle Leben bei Hofe einen solchen Aufschwung nahm.

Für Henriette war diese Zeit ein fortwährender Triumph. Wer weiß, wie lange sie sich noch in ihrem Triumph hätte sonnen können, hätte sie nicht eines Tages Mutterfreuden entgegengesehen. Ich kannte Henriette immerhin so gut, daß ich sagen zu können glaubte, daß Philippe der Vater war und nicht sein Bruder Ludwig. Darin ähnelte mir Henriette: sie ließ sich gern den Hof machen, doch das schöne Beiwerk genügte ihr vollauf. An dem Vollzug war sie nicht im geringsten interessiert. Soviel mir auch an Charles gelegen war, so hätte ich auf diesen Aspekt der Ehe doch gut verzichten können, wäre es nicht meine Pflicht gewesen, Kinder in die Welt zu setzen. Wenn Henriette ein Kind erwartete, so mußte es von ihrem Gatten sein.

Die Schwangerschaft machte ihr sehr zu schaffen. Sie erkrankte. Ich nahm sie mit ins Palais Royal. Ludwig kam sie besuchen. Um Klatsch zu vermeiden, sorgten wir dafür, daß eine von Henriettes Hofdamen mit ihm gesehen wurde. Es sollte aussehen, als habe er ihr einen Besuch abgestattet.

Es handelte sich um ein stilles, unauffälliges Mädchen, das das Bein ein wenig nachzog. Sie hieß Louise de la Vallière. Mit unserem Komplott schossen wir weit über das Ziel hinaus.

Henriette brachte eine Tochter zur Welt. Weder Philippe noch Henriette machten einen Hehl aus ihrer Enttäuschung. Beide hatten sich einen Sohn gewünscht.

Von der Niederkunft hatte sich Henriette schon bald erholt, doch sie wurde ihres Lebens nicht mehr froh, denn die Gerüchte über den König und Louise de la Vallière häuften sich. Dann erhielten wir aus England die Nachricht, daß Charles Catherine de Braganza geheiratet hatte. Da wußte ich, daß es Zeit war, England zu besuchen.

Henriette begleitete mich bis Beauvais. Sie wirkte zwar nach den Strapazen der Geburt noch immer sehr zerbrechlich, war aber schöner denn je. Die Trennung fiel uns unsagbar schwer. Beide vergossen wir bittere Tränen. Henriette hätte vermutlich viel darum gegeben, mich begleiten zu können und trug mir viele Grüße an ihren Bruder Charles auf.

Bei meinem Gefolge befand sich auch ein junger Mann von dreizehn oder vierzehn Jahren. Er trug den Namen James Crofts. Als damals seine Mutter, die berüchtigte Lucy Walter starb, wurde er der Obhut Lord Crofts anvertraut, der ihn als einen Verwandten ausgab, obwohl jeder wußte, daß er der Sohn des Königs war.

James selbst war sich dieser Tatsache jeden Augenblick bewußt. Auch sorgte er dafür, daß niemand das vergaß. Er war ein ausnehmend hübscher Knabe und sah ganz entschieden wie ein Stuart aus. Selbst wenn Charles das gewollt hätte, so wäre es ihm schwerlich gelungen, die Vaterschaft abzustreiten. Er dachte jedoch nicht einmal im Traum daran.

James Crofts erwies sich als klug, humorvoll, verwegen und ausgesprochen hoheitsvoll. Mit seinem gewinnenden Wesen nahm er alle für sich ein. Auch ich bildete da keine Ausnahme.

Ich freute mich auf meine Schwiegertochter. Henry Jermyn war vor kurzem in England gewesen und hatte nur das Allerbeste über sie zu berichten gewußt. Das nahm ich hocherfreut zur Kenntnis, zumal sie auch katholisch war. Gab das doch Anlaß zu der Hoffnung, daß sie ihren Einfluß auf Charles geltend machen würde.

Wie gewöhnlich setzte mir die Überfahrt sehr zu. Seereisen waren mir verhaßt, doch ich erachtete es als meine Pflicht, mich nach England zu begeben. Mein Vaterland war mir entschieden lieber. Ich würde den Engländern nie verzeihen, was sie Charles Entsetzliches angetan und daß sie uns des Landes verwiesen hatten. Mein Sohn mochte das vergessen, mir war das nicht möglich. Er schien überhaupt alle Ressentiments abgeworfen zu haben und vollkommen glücklich zu sein. Obwohl er sich gezwungen gesehen hatte, überall auf dem Kontinent herumzureisen und Zuflucht zu suchen, schien er sich nur in England wirklich zu Hause zu fühlen. England war seine Heimat.

Erleichtert ging ich nach der Überfahrt an Land – glücklich darüber, wieder festen Boden unter den Füßen zu haben. In Etappen ging es dann nach Greenwich, wo der König und seine Gemahlin uns erwarteten.

Was für ein ergreifender Augenblick, ihm von Angesicht zu Angesicht gegenüberzustehen und seine Küsse auf Hand und Wange zu spüren. Ich war überwältigt – wie immer, wenn ich ihn längere Zeit nicht gesehen hatte. Das mußte wohl an seiner Größe und imposanten Erscheinung liegen, aber auch an seinem dunkelhäutigen, häßlichen Gesicht, das mich immer wieder gefangennahm durch den unwiderstehlichen Charme, den es ausstrahlte.

Mein Blick fiel auf die Königin. Liebevoll schloß ich sie in die Arme. Henry hatte nicht übertrieben. Sie war ganz entzückend.

»Ich wäre nicht nach England gekommen, hätte mir nicht so viel daran gelegen, deine Bekanntschaft zu machen«, wandte ich mich an sie. »Ich werde dich wie eine Tochter lieben und dir als Königin untertan sein.«

Ihre sanften Augen füllten sich mit Tränen. Sie wirkte erstaunt und kolossal erleichtert. Da begann ich mich zu fragen, ob sie in England das Leben einer glücklichen Gemahlin führte.

Sie erwiderte, daß keines meiner Kinder, nicht einmal der König, sie an Liebe und Gehorsam übertreffen werde. Ich empfand das als sehr liebenswürdig.

Charles gönnte ihr ein Lächeln voller Nachsicht. Ich sah, daß sie ihn liebte, was mich nicht wunderte. Sicher hätten ihn die meisten Frauen geliebt. Ich hoffte, daß er sie glücklich machen würde, doch mir war so manches Gerücht im Hinblick auf das Leben zu Ohren gekommen, das er führte. Seine zahlreichen Affären waren in aller Munde. Das war vielleicht verzeihlich, solange er in Europa herumgezogen war, doch jetzt, wo er wieder auf dem Thron saß mit der Königin an seiner Seite mußte das ein Ende haben.

Von James Crofts war er hellauf begeistert. Er machte keinen Hehl daraus, wie stolz er auf ihn war und hob ihn in den Himmel. Meiner Meinung nach hätte er sich vor der Königin etwas mehr Zurückhaltung auferlegen sollen. Ich nahm mir vor, ihn darauf hinzuweisen, sobald ich ihn allein sah.

Während des kurzen Aufenthaltes in Greenwich fragte mich Charles, ob ich gern in Somerset House residieren wolle, solange ich in England sei. »Ich weiß doch, daß es dir dort immer sehr gefallen hat«, erklärte er. Ich freute mich und war natürlich einverstanden.

Charles und die Königin kehrten nach Hampton Court zurück. Es wurde ausgemacht, daß ich ihnen später folgen sollte. Charles meinte, ich solle mich nach den Strapazen der Seereise erst ein wenig ausruhen. Er wußte, wie ungern ich den Ärmelkanal überquerte.

Auch mir war sehr nach einer Atempause zumute.

James Crofts zog mit dem König und seinem Gefolge weiter. Mir blieben nur wenige Vertraute. Ein paar Tage Ruhe kamen mir sehr gelegen, bevor es wieder aufzubrechen galt. Was für eine Wohltat, einfach nur dazusitzen, die Aussicht auf den Fluß zu genießen und mit Henry Konversation zu machen, der mich so angenehm zu unterhalten wußte.

Henry schien stets bestens über alles informiert zu sein, was sich in unserer Umgebung tat. Er hatte ein ausgesprochenes Gespür für Gerüchte und Skandale und widmete sich hingebungsvoll der Aufgabe, herauszufinden, was dahintersteckte. Wie nicht anders zu erwarten, war ihm auch bekannt, daß der König und die Königin Probleme hatten.

Eines Tages ließ ich Henry gegenüber verlauten, daß Charles sich glücklich schätzen dürfe, eine solche Frau zu haben und gab der Freude darüber Ausdruck, daß der König und die Königin sich ausgezeichnet zu verstehen schienen und einen glücklichen Eindruck machten.

»Ach, ich weiß nicht recht«, gab Henry zu bedenken. »Ich glaube eigentlich nicht, daß die Königin sehr glücklich ist.«

»Was wollt Ihr damit andeuten?« erkundigte ich mich.

Henrys Augen sprühten Funken. Mit nichts konnte man ihm eine größere Freude machen, als wenn man ihn aufforderte, einem den Hofklatsch mitzuteilen. Doch da es in diesem Fall um meinen Sohn ging, setzte Henry eine ernste Miene auf.

»Die Königin ist wütend und gekränkt.«

»So hat sie auf mich aber keineswegs gewirkt.«

»Sie wollte sich nicht anmerken lassen, was sie quält.«

»Und was quält sie so?«

»Die Mätresse des Königs macht ihr sehr zu schaffen. Es geht um Barbara Castlemaine. Sie ist die Wurzel allen Übels.«

»Ich habe schon von ihr gehört.«

»Teuerste Majestät, wer hätte nicht schon von ihr gehört? Sie scheint den König verhext zu haben. Jedenfalls kann er ihr nicht widerstehen. Sie ist eine wunderschöne Frau, vielleicht die schönste in ganz England − und eine Xanthippe obendrein. Sie ist der Grund für die Zwistigkeiten zwischen dem König und der Königin.«

»War sie nicht seine Mätresse, bevor die Königin in England eintraf?«

»Nicht nur vorher, Euer Majestät, sondern auch seither.

Zu allem Überfluß möchte der König sie auch noch zur Kammerfrau ernennen.«

»Nein! Das kann nicht sein.«

»Ich will Euch erzählen, was sich abgespielt hat. Als der Königin die Liste vorgelegt wurde, stand der Name Barbara Castlemaines oben an allererster Stelle. Die Königin strich den Namen durch. Später führte der König die Castlemaine herein und stellte sie der Königin vor. Diese empfing sie freundlich und reichte ihr die Hand zum Kuß. Mit dem Englischen noch nicht so vertraut, hatte sie den Namen Barbara Castlemaines nicht richtig verstanden, obwohl sie von ihr gehört haben und wissen mußte, wie der König an ihr hing. Eine ihrer Hofdamen flüsterte der Königin zu, wer die Dame war. Die Königin war so geschockt und gab sich solche Mühe, sich nichts anmerken zu lassen, daß ihr Blut aus der Nase schoß und sie in Ohnmacht fiel.«

»Das arme Kind! Wie konnte Charles ihr das nur antun!«

»Charles fand ihr Verhalten im höchsten Maße ungehörig. Wißt Ihr, Madam, er steht so unter dem Bann von Barbara Castlemaine, daß er der Königin ungehöriges Benehmen vorwirft und von ihr verlangt, daß sie sich bei der Castlemaine entschuldigt.«

»Das hat er tatsächlich verlangt?«

»Ich gebe zu, daß ihm das ganz und gar nicht ähnlich sieht, doch auch die besten Menschen irren und machen Fehler. Dann versuchen sie zuweilen, alles wieder ins rechte Lot zu bringen, indem sie handeln, wie sie unter normalen Umständen niemals handeln würden. Catherine hat sich jedoch geweigert, die Mätresse des Königs zu empfangen, und der König besteht weiterhin darauf.«

»Das ist ja ungeheuerlich!«

»Clarendon hat schon versucht, dem König klarzumachen, daß er nicht sehr menschenfreundlich handelt. Darüber war sich der König vermutlich ohnehin im klaren, denn dieses schäbige Verhalten entspricht seinem Wesen wirklich nicht – doch ist er, wie gesagt, Barbara Castlemaines ergebener Sklave.«

Das alles erzürnte mich maßlos, denn die Königin hatte mir schon auf den ersten Blick sehr gut gefallen. Ich hielt sie für eine liebenswerte sanfte Frau, lernwillig und anpassungsfähig. Zudem war sie eine gläubige Katholikin, von der ich mir einen guten Einfluß auf meinen Sohn erhoffte.

Aber was für eine Situation fand ich statt dessen bei meiner Ankunft in England vor! Henry und ich ließen uns lange über dieses Thema aus.

»Wann immer ich dieses Land betrete, gibt es Ärger«, sagte ich. »Ach, Henry, wie sehne ich mich nach Chaillot oder Colombes zurück.«

Ich mußte an Frankreich denken und an meine liebe Henriette, deren Leben viele Probleme aufwarf. Mit einemmal kam ich mir richtig alt vor. Was meine Kinder taten, berührte mich nicht mehr. Sie waren ja schon längst erwachsen und keine Kinder mehr. Ich wollte endlich mit ihren Sorgen und Problemen nichts mehr zu schaffen haben, nur noch in Frieden in meinem *Château* in Colombes in Gesellschaft meiner engsten Freunde leben. Die meisten waren in meinem Alter, und wir verstanden uns. Dort konnten wir in Frieden leben.

Es zog mich mit aller Kraft dorthin zurück. Ich wollte mich auf keinen Fall auf einen Streit mit Charles einlassen, denn dabei zog ich allemal den kürzeren. Auch einem Streit mit James ging ich tunlichst aus dem Weg. Wenn ich ihm sagte, was mich an seinem Verhalten störte, käme es unweigerlich zum Streit. Selbst Henriette hatte mir deutlich zu verstehen gegeben, daß sie ihren Weg allein zu gehen gedachte. Nur sie waren mir von all meinen Lieben noch geblieben, und ich wollte keinen Streit mit ihnen.

Dieser Entschluß war nicht von der Hand zu weisen. Charles und Catherine legten ihre Differenzen hinsichtlich Lady Castlemaine bei. Er setzte sich durch – genaugenommen setzte er sich immer durch. Catherine fand sich mit Lady Castlemaine und seinen anderen Mätressen ab, was ihrer Liebe zu Charles jedoch keinen Abbruch tat.

Charles hatte angeordnet, daß ich in Greenwich bleiben sollte, bis Somerset House wiederhergestellt war. Oliver Cromwell hatte es verwüstet wie auch viele andere herrliche Herrenhäuser in England. So lebte ich abwechselnd im Palast von Greenwich und im Denmark House. Im Spätsommer konnte ich dann endlich in Somerset House Einzug halten. Was für eine Freude! Da ich mich dazu durchgerungen hatte, mich nicht mehr einzumischen und mich nicht zu grämen, wenn meine Kinder Fehler machten, hielt ich mich auch an meinen Vorsatz, und gleich mochten mich alle viel lieber.

Ich hatte die Königin richtig ins Herz geschlossen. Oft stattete sie mir Besuche ab. Dieses traurige kleine Wesen fühlte sich sicher sehr allein. Sie sehnte sich nach einem Kind. Unfruchtbar konnte sie nicht sein. Das bewiesen mehrere Fehlgeburten. Doch offensichtlich war sie nicht imstande, ein gesundes Kind zur Welt zu bringen. Für Charles war das eine große Enttäuschung, die Königin litt sehr darunter. Charles wußte, daß es an ihm nicht liegen konnte. Das bewiesen seine zahlreichen illegitimen Kinder, die er alle mit Freuden anerkannte.

Ich hatte Sehnsucht nach meinem Heimatland. Der Winter in London war mir der Kälte wegen verhaßt. Der Nebel aber störte mich am meisten. Bei Nebel konnte ich kaum durchatmen, und ich nahm mir vor, so bald wie möglich nach Frankreich zurückzukehren. Man erwartete von mir, daß ich in England blieb – vor allem, weil Charles mir eine Pension ausgesetzt hatte. Clarendon wünschte, daß das Geld in England ausgegeben und damit möglichst vielen Menschen Arbeit verschafft wurde. Hätte ich das Geld in Frankreich angelegt, so hätte die englische Krone damit praktisch Frankreich Geld gezahlt. Wenn ich dann und wann zu Besuch in Frankreich wäre, hätte niemand etwas dagegen einzuwenden, doch ich sollte in England beheimatet sein.

Nach meinem Einzug in Somerset House fühlte ich mich ein wenig wohler. Die Rundköpfe hatten sich tatsächlich darin eingenistet. Anfänglich störte mich das sehr. Nach ihrem Abzug waren die herrlichen Räume nicht mehr bewohnbar, doch am allerschlimmsten hatten sie meine Kapelle zugerichtet – wie nicht anders zu erwarten. Inzwischen war jedoch fast alles wiederhergestellt. Da meine eigenen Vorschläge und Pläne miteingebracht wurden, war ich persönlich engagiert. Herrliche Deckengemälde schwebten mir vor, die ich in die Tat umsetzen ließ. Kerzenleuchter aus vergoldetem Messing wurden angebracht. Ich ließ Vorhänge aus karmesinroter Seide anfertigen und aufhängen. Märchenhafte Wandschirme sollten die rauhen Winde abhalten, die vom Fluß hereinwehten. Von einem Raum mit einem Kuppeldach aus hatte man eine herrliche Aussicht auf den Park, der sich bis an den Fluß hinunterzog. Von diesem Raum führte eine Geheimtreppe zu einem weiteren Raum, in dem ich heiße und kalte Bäder nehmen konnte. Die Gärtner arbeiteten emsig und legten Wege zum Fluß hinunter an, damit ich spazierengehen konnte, ohne mir die Schuhe schmutzig zu machen. Alles sollte ganz anders aussehen als zu der Zeit, da die gräßlichen Rundköpfe hier eingefallen waren und wie die Vandalen gehaust hatten.

Meine königliche Hofhaltung stand mir wieder zur Verfügung, allen voraus mein lieber Henry Jermyn, Lord St. Albans. Ich hatte meinen Hofkapellmeister, meine Parforcejagden. Wohin ich mich auch begab – ich wurde entweder in einer Sänfte getragen oder fuhr in einer Kutsche, begleitet von meinen Hellebardieren in ihren schwarzen Röcken mit aufgestickten goldfarbenen Emblemen. Wenn ich mich dazu entschloß, mich auf das Wasser zu begeben, um auf dem Wasserweg zu reisen, so ruderten mich zwölf Bootsleute in Livree. Ich führte ein wahrhaft königliches Leben. Das war ich mir schuldig, verdankte es Charles. Was für ein würdeloses, erniedrigendes Leben hatte ich lange Jahre fristen müssen. Wie hatte ich unter den Entbehrungen gelitten. Jahrelang hatte ich mir buchstäblich alles vom Munde abgespart, um mit dem Ersparten dem König dazu zu verhelfen, daß er auf den Thron zurückkehren konnte.

Da das nun erreicht war, stand es mir zu, im Luxus zu schwelgen. Immer wieder sagte ich mir, daß ich jetzt nicht mehr die arme Verwandte war. Als Mutter des Königs zählte ich zur königlichen Familie. Entsprechend gedachte ich zu leben.

Nach der Fertigstellung von Somerset House war ich hochverschuldet. Das irritierte mich ein wenig. So hatte ich allen Grund, ein ruhiges und zurückgezogenes Leben zu führen. Genau danach hatte ich mich ohnehin gesehnt.

Viele Menschen kamen mich besuchen. Ständig legten Schiffe an. Ich gab Konzerte. An lauen Sommerabenden wehten herrliche Klänge über den Fluß. Von den Fenstern aus gab es immer viel zu sehen, weil auf dem Fluß reges Leben herrschte. Ich stellte fest, um wieviel leichter es sich lebte, wenn man den Leuten nicht ständig vorschrieb, was sie tun und lassen sollten. Ich gefiel mir in meiner neuen Rolle – der der Beobachterin und Zuschauerin, nun da ich nicht mehr eingriff. Henry Jermyn bestärkte mich darin. Wenn ich so zurückdenke, hatte er sich eigentlich schon immer so verhalten. Vielleicht war er deshalb ein so zufriedener Mensch. Inzwischen war er sehr beleibt und litt an der Gicht, doch er war und blieb mein liebster Gefährte und Gesellschafter. In seiner Gegenwart fühlte ich mich am wohlsten.

Ich traf kaum mehr Entscheidungen, ohne ihn zu konsultieren. Daher verstummten vermutlich auch die Gerüchte nicht. Viele Leute behaupteten tatsächlich allen Ernstes, wir seien verheiratet. Es wurden sogar Stimmen laut, ich hätte ein Kind von ihm. Wir lachten über diese Anschuldigungen und scherten uns weiter nicht darum. Unserer Freundschaft tat das Gerede keinen Abbruch.

Die Herzogin von York brachte ein Tochter zur Welt, die den Namen Mary erhielt. Sie schien durchzukommen – im Gegensatz zu ihrem Bruder, der nach ein paar Monaten gestorben war. Jedenfalls hoffte ich inständig, daß dieses Kind am Leben bleiben würde. Es ist eine Tragödie, wenn Kinder dem Leben nicht gewachsen sind und einem schon so bald wieder entrissen werden. Ich gab Charles recht, als er Anne eine gute Frau nannte. Unglücklicherweise langweilte sich James mit ihr. Genau wie sein Bruder hielt er sich Mätressen. Aufgrund ihrer schändlichen Lebensführung stand der Hof schon bald in einem denkbar schlechten Ruf. Doch was ging mich das an? Inzwischen hatte ich gelernt, mich nicht mehr einzumischen. Ich sehnte mich nach Chaillot und Colombes zurück, vermißte Henriette und Königin Anna, meine Freundin.

Da die arme bedauernswerte Königin Catherine offensichtlich keine Kinder bekommen konnte, ernannte Charles James Crofts zum Herzog von Monmouth. Für Catherine war das natürlich eine schwere Kränkung, weil Charles damit aller Welt zu verstehen gab, daß die Kinderlosigkeit an ihr liegen mußte, denn er selbst hatte ja mit einer anderen Frau einen bildschönen, kerngesunden Knaben wie James Crofts gezeugt.

Jeder fragte sich, ob Charles Monmouth wohl zu seinem Erben machen würde. Dazu müßte er ihn allerdings für legitim erklären, doch das dürfte ihm nicht weiter schwerfallen.

Es geschah jedoch nichts weiter. Strittige Dinge pflegte Charles auf die lange Bank zu schieben. Wenn man bedenkt, wie gut er damit fuhr, so scheint diese Methode nicht die schlechteste zu sein.

Freudig konstatierte ich, daß Lady Castlemaines Einfluß auf Charles allmählich schwand, was Catherine sicherlich zu schätzen wußte. Allerdings entbrannte Charles für eine andere Schönheit namens Frances Stuart. Charles würde sich wohl niemals ändern, was die Frauen anging. Ich hoffte, daß sich Catherine eines Tages damit abfand. Das fiel ihr jedoch nicht leicht, und ich sagte mir, daß ich mich an ihrer Stelle in ihrem Alter auch nicht damit abgefunden hätte. Ich hätte meinem Gemahl vielmehr das Leben zur Hölle gemacht. Eine Frau wie ich würde niemals resignieren und Ruhe geben.

Der Winter 1664/1665 brachte eisige Kälte. Ich erkrankte und mußte lange Zeit das Bett hüten. Die Ärzte rieten mir dazu, England zu verlassen. Nun hatte ich endlich einen triftigen Grund, nach Frankreich zurückzukehren.

Ich flehte Charles an, meine Kapelle nicht zu schließen, nun da ich mich gezwungen sah, England zu verlassen. Er gelobte es und riet mir sehr zu einer Kur in Bourbon, wo das Heilwasser schon einmal zu meiner Genesung beigetragen hatte.

England und Holland zogen gegeneinander in den Krieg. Das traf mich sehr. Charles meinte, die Franzosen könnten auf der Seite Hollands in den Krieg eintreten. Ich könne in

Frankreich als seine Fürsprecherin agieren. Deshalb ließ er mich wohl ganz gern ziehen. Und auch noch aus einem anderen Grund. In London waren einige Fälle von Pest festgestellt worden. Charles befürchtete, daß die Seuche im Falle eines heißen Sommers bald grassieren würde.

Von meiner Gesundheit einmal abgesehen sprachen auch noch andere Gründe für meine Abreise.

Die Abreise war auf Ende Juni festgesetzt, doch kurz zuvor erfuhren wir, daß mein Sohn James die Holländer in einer erbitterten Seeschlacht vernichtend geschlagen hatte. James war der Held des Tages, doch ich hatte Angst um ihn und flehte Charles an, dafür zu sorgen, daß er sich nicht allzu unbesonnen exponierte. Seine überstürzte Eheschließung sprach für sein ungestümes Wesen.

An Bord des Schiffes auf der Themse fragte ich mich dann, ob ich je wiederkommen würde.

Nach der erneuten fatalen Überquerung des Ärmelkanals befand ich mich schließlich wieder in meinem Heimatland. Sobald ich französischen Boden betrat, geriet ich in Hochstimmung. Der wurde jedoch sogleich ein Dämpfer aufgesetzt. Henriette lag schwerkrank darnieder. Ihr war ein Gerücht zu Ohren gekommen, ihr Bruder James sei in der Schlacht gefallen. Diese Nachricht war ein solcher Schock für sie gewesen, daß das Kind, das sie erwartete, frühzeitig zur Welt gekommen war. Meine Rückkehr machte sie sehr glücklich, und sie wurde rasch wieder gesund, was ich mir sicher als Verdienst anrechnen darf. Henriette war ganz und gar nicht glücklich. Allmählich begann ich mich zu fragen, ob der Preis für Rang und Namen nicht doch entschieden zu hoch war. Ich selbst hatte als Gemahlin eines gekrönten und gesalbten Königs eine überaus glückliche Ehe geführt, die jedoch tragisch endete. Während unserer Ehe hatte jedoch nichts unser Glück getrübt.

Doch ich dachte auch an Charles und seine arme kleine Königin, die sich gezwungen sah, sich mit seinen zahlreichen Amouren abzufinden und ihm den ersehnten Thronfolger nicht schenken konnte. Auch James und Anne Hyde kamen mir in den Sinn. Nach ihrer Liebesheirat waren die Gefühle, die sie füreinander hegten, allmählich abgeflaut.

Sie liebten sich nicht mehr. Am häufigsten verweilte ich in Gedanken jedoch bei Henriette und ihrem Gemahl Philippe, dem Herzog von Orléans und Bruder des Königs von Frankreichs. Was für eine Ehe!

Henriette hatte mir anvertraut, daß Philippe vor Eifersucht Tobsuchtsanfälle bekam. An sich völlig unbegreiflich, da er ja an Frauen, also auch an Henriette, nicht interessiert war. Doch er ertrug es nicht, daß Henriette sich in Gesellschaft anderer Männer wohlfühlte. Das ging entschieden über seine Kraft. Zu allem Überfluß hatte er seinen Liebhaber, den Chevalier von Lothringen, auch noch ins Haus geholt. So trieben sie ihr Unwesen vor aller Augen, wurden verlacht und verspottet.

Aus London erhielt ich schlechte Nachrichten. Zwei meiner Geistlichen waren der Pest erlegen. Der Hof hatte sich an einen sicheren Ort begeben, wo er weniger gefährdet war. An Häusern, in denen die Pest Einzug gehalten hatte, wurden rote Kreuze angebracht, damit sich die Gesunden von diesen Pesthäusern fernhielten. Die ganze Nacht hindurch erklang die Totenglocke. Pestkarren ratterten durch die verlassenen Straßen. Immer wieder ertönte der schauerliche Ruf: »Schafft die Toten raus!«

Ich besuchte Königin Anna, meine alte Freundin. Die Ärmste war völlig außer sich und litt schreckliche Schmerzen. Ein bösartiger Tumor in der Brust machte ihr zu schaffen, und sie wußte, daß es keine Rettung gab.

Zu Beginn des folgenden Jahres erlag sie ihrem Leiden. Ich konnte die gute Seele nicht bedauern, sondern empfand Erleichterung darüber, daß sie endlich von ihren unerträglichen Qualen erlöst worden war. Nun konnte diese gütige, liebenswerte Frau in Frieden ruhen.

Zu meinem Entsetzen erklärte Frankreich England den Krieg, um den Holländern beizustehen. Ich wußte, daß das Ludwig nicht behagte. Obwohl die Franzosen die Engländer haßten, was auf Gegenseitigkeit beruhte, versuchten Charles und Ludwig, sich irgendwie zu einigen. Um diese Zeit segelte die holländische Flotte, die noch unter der Demütigung litt, die ihr die Engländer durch den vernichtenden Sieg in der Seeschlacht zugefügt hatten, den Medway stromaufwärts und steckte mehrere Kriegsschiffe in Brand, darunter auch die *Royal Charles*, die in Chatham vor Anker lag.

In diesem Jahr jagten sich die Katastrophen. Am verheerendsten wirkte sich der große Brand von London aus, bei dem zwei Drittel der Stadt bis auf die Grundmauern niederbrannten. Neunundachtzig Kirchen fielen in Schutt und Asche, darunter auch St. Paul's Cathedral. Über dreizehntausend Wohnhäuser wurden ein Raub der Flammen. Entsetzen erfaßte mich, als mir zu Ohren kam, daß man die Katholiken beschuldigte, das Feuer gelegt zu haben. Zum erstenmal seit Jahren erwachte der alte Kampfgeist wieder in mir. Am liebsten wäre ich sogleich nach England aufgebrochen, um dort zu verkünden, daß diese Anschuldigung jeder Grundlage entbehrte. Ich gedachte den Engländern klarzumachen, was für bösartige Verleumdungen sie damit in die Welt setzten.

England war am Boden zerstört. Die schreckliche Pest hatte den Handel fast zum Erliegen gebracht. Durch den Krieg befand sich das Land zudem in einer desolaten finanziellen Lage. Mir wurde die Pension drastisch gekürzt. Indigniert schrieb ich an Charles, um mich darüber zu beklagen. Gab ich mir doch die größte Mühe, mit dem auszukommen, was mir zur Verfügung stand. Es machte mir Freude, den Armen und Bedürftigen zu helfen und diejenigen auf den rechten Weg zurückzubringen, die fehlgeleitet vom Katholizismus nichts mehr wissen wollten.

Ich begab mich nach Colombes und führte dort ein ruhiges, zurückgezogenes Leben. Meine Freunde hatte ich natürlich um mich – allen voran meinen lieben Henry, ohne den ich verloren gewesen wäre.

Ich hatte meine Hofkapelle, meine Bücher und meine Kirche. Dort betete ich unablässig. Immer häufiger kehrten meine Gedanken in die Vergangenheit zurück.

Den Blick nach innen gerichtet, durchlebte ich noch einmal, was sich vor langer Zeit abgespielt hatte. Dabei stieg immer häufiger die Frage in mir auf, was wohl geschehen wäre, wenn ich bestimmte Dinge getan oder unterlassen hätte. Dieser Gedanke beherrschte mich immer mehr und raubte mir den Schlaf. Ein schlimmer Husten quälte mich. Manchmal fühlte ich mich richtig krank.

Henriette kam mich besuchen. Entsetzen packte sie bei meinem Anblick. Sie wollte Ärzte zu Rate ziehen, zu denen sie großes Zutrauen hatte.

»Aber mir fehlt doch nichts«, setzte ich mich zur Wehr. »Sobald ich mich kräftiger fühle, fahre ich zur Kur nach Bourbon. Ich bitte dich, nicht soviel Aufhebens darum zu machen, Henriette.«

»Aber Mutter!« rief sie angstgepeinigt aus. »Ich sehe doch, daß du dich elend fühlst. Du kannst es ruhig zugeben, denn man sieht es ohnehin sofort.«

»Ich gehöre nicht zu den Frauen, die wegen Kopfweh oder einer Schnittwunde am Finger jammern«, entgegnete ich.

»Liebe Mutter, deine Tapferkeit in allen Ehren, aber diesmal werde ich dich nicht um Erlaubnis bitten. Ich werde die besten Ärzte in Frankreich konsultieren.«

Da mußte ich mich geschlagen geben, denn ich fühlte mich wahrhaftig sterbenselend. »Wenn ich nur einmal tief und fest schlafen könnte«, erklärte ich. »Aber ich finde keinen Schlaf. Kaum liege ich im Bett, da steht mir die Vergangenheit wieder ganz lebendig vor Augen. Ich durchlebe alles noch einmal und mache mir die schlimmsten Vorwürfe, Henriette.«

»Die Ärzte werden dir ein Schlafmittel verabreichen.«

»Das nehme ich nicht ein. Der gute alte Mayerne hat mir stets gepredigt, ich solle nichts dergleichen nehmen.«

»Wir werden ja sehen, was die Ärzte sagen.« Henriette ließ nicht locker.

Die führenden Ärzte Frankreichs standen um mein Bett. Zunächst einmal Monsieur Valot, der Leibarzt König Ludwigs. Dann Monsieur Espoit, der Leibarzt von Philippe und Monsieur Juelin, der Leibarzt Henriettes. In Colombes berieten sie sich mit Monsieur d'Aquin, der mich zu behandeln pflegte.

Ich ließ mich von ihnen untersuchen und spitzte die Ohren, als sie sich in der am weitesten entfernten Zimmerecke mit Henriette besprachen. Sie hatten sich dorthin zurückgezogen, damit ich von ihrem Gespräch nichts mitbekam.

Im Grunde genommen interessierte mich nicht sonderlich, was sie zu sagen hatten. Mit meiner Geduld war es ohnehin nicht mehr sehr weit her. Schließlich war ich eine alte Frau, die auf ein langes, mühseliges Leben zurückblicken konnte. Mir blieb nicht mehr viel Zeit. Ich war bereit zu sterben.

Valot befand: »Gottlob leidet die Königin nicht an einer lebensgefährlichen Krankheit. Unangenehm, gewiß... aber nicht bedrohlich. Sie würde sich weit besser fühlen, wenn sie schlafen könnte, um wenigstens vorübergehend aus ihren Gedanken zu verbannen, was sie so belastet. Monsieur d'Aquin, ich füge Ihrer Medizin drei Gran hinzu. Damit wird sie den Schlaf finden, den sie so dringend braucht. So kommt sie schnell wieder zu Kräften.«

›Er spricht von Opium‹, ging es mir durch den Kopf. Ich hatte noch nie Opium eingenommen und hatte es auch jetzt nicht vor.

Die Ärzte traten wieder an mein Bett. »Um keinen Preis nehme ich Opium ein!« erklärte ich kategorisch.

»Euer Majestät«, wandte M. Valot ein, »es schadet Euch doch nicht. Ganz im Gegenteil! Ihr werdet es als Wohltat empfinden, denn Ihr werdet endlich wieder Schlaf finden.«

»Theodore Mayerne hat mich beschworen, niemals so etwas einzunehmen.«

»Er war schon alt und nicht mehr auf dem neuesten Stand, Euer Majestät. Seitdem hat man in der Medizin große Fortschritte erzielt.«

Alle sprachen auf mich ein, selbst Henriette.

»Du mußt es nehmen, liebe Mutter. Du wirst sehen, wieviel besser du dich danach fühlst...«

»Ich werde mich hüten, irgend etwas zu versprechen«, sagte ich. »Erst will ich einmal versuchen, ohne Arzneien Schlaf zu finden.«

Es war ein schöner, ausgefüllter Tag. Ich habe ein wenig gearbeitet, viel gebetet und mich mit meinen Freunden unterhalten.

Beim Essen waren wir fröhlich und ausgelassen. Henry unterhielt uns wie schon so oft mit Skandalgeschichten über irgend jemanden bei Hofe.

Ich hatte gut gespeist und mußte über ihn lachen. Ach, ich bin so müde. Wenn ich doch nur schlafen könnte — aber wie müde ich auch sein mag, kaum liege ich im Bett, da überfällt mich die Vergangenheit. Sie holt mich ein und geht mir nicht mehr aus dem Sinn.

Wie gewöhnlich schickte ich mich an, zu Bett zu gehen, und je näher der Zeitpunkt rückte, an dem ich mich von meinen Freunden zu verabschieden gedachte, desto wacher wurde ich.

Heute nacht bin ich sehr nachdenklich gestimmt. Mehr denn je überfällt mich die Vergangenheit, martert mich, raubt mir den Schlaf. Heute nacht sehe ich alles ganz besonders deutlich vor mir — sehe mich, wie ich erstmals nach England kam. Der ewige Streit mit Charles. Was war ich doch damals für ein dummes, unbedachtes Mädchen! Doch dann war die Freude um so größer, als wir zueinanderfanden... Es war uns jedoch nicht vergönnt, uns lange aneinander zu freuen, das Glück voll auszukosten. Wie unbehaglich fühle ich mich heute nacht! Es hätte auch alles ganz anders kommen können. Was wäre wohl aus Charles geworden, wenn er eine andere zur Frau genommen hätte? Mit einer anderen Königin an seiner Seite hätte ihn das Schicksal vielleicht nicht ereilt. Inwieweit traf mich die Schuld an dem schändlichen Mord in Whitehall?

Im Laufe der letzten Jahre habe ich mich geändert. Ich habe zu mir gefunden, bin jetzt mehr ich selbst denn je zuvor. Man könnte beinahe glauben, ich hätte früher das Leben anderer gelebt. Ich hatte ständig allen Vorschriften gemacht. Das hat mich meinem Sohn Henry entfremdet. Er ist dahingegangen, ohne daß wir uns zuvor noch aussprechen und aussöhnen konnten. Auch mit Mary habe ich mich nicht verstanden. Mit James hat es oft Streit gegeben. Das wäre sicher auch bei Charles der Fall gewesen, doch dieser friedfertige Mensch ist stets allen Streitigkeiten aus dem Weg gegangen.

Nagende Zweifel quälen mich. Bislang hatte ich immer das Gefühl gehabt, das Richtige zu tun. Jetzt aber peinigen mich Ängste. Vielleicht habe ich doch gefehlt, war mein Leben lang in einem tragischen Irrtum befangen.

Ich werde den Gedanken daran nicht mehr los. Er hat den Schlaf verscheucht, so daß ich kein Auge zutun kann. Schreckensvisionen ziehen an mir vorbei. In den letzten Jahren stand mir alles viel deutlicher vor Augen als zu der Zeit, da sich die Dinge abspielten. Schuldgefühle martern mich. Ich hatte stets darauf gebaut, daß mir ein Platz im Himmel zusteht. Meinen Gemahl und meine Kinder hatte ich immer innigst geliebt, doch was habe ich ihnen angetan?

Schlafen, wenn ich doch nur schlafen könnte! Ich rufe jemanden herein und gebe mich geschlagen. Gegen die Arznei habe ich nun nichts mehr einzuwenden; denn ich will endlich schlafen. Die Schuldgefühle erdrücken mich sonst noch. Ich nehme das Opium zu mir, damit ich Vergessen finde.

Nun will ich die Feder beiseitelegen und die Bedienstete hereinrufen.

Epilog

In jener Nacht im August des Jahres 1669 schickte Henriette Maria eine ihrer Kammerfrauen zu M. d'Aquin, um ihm auszurichten, daß sie nicht schlafen könne und bereit sei, die ihr von den Ärzten verordnete Arznei einzunehmen. Sie wurde ihr in einem Eiweiß verabreicht.

Bald nachdem sie die Mixtur getrunken hatte, schlief sie tief und fest.

Als ihre Hofdame am nächsten Morgen an ihr Bett trat, um sie zu fragen, wie sie geschlafen habe, erhielt sie keine Antwort.

Henriette Maria war nicht mehr am Leben.

VICTORIA HOLT · PHILIPPA CARR · JEAN PLAIDY –

drei Namen, eine Autorin

Die berühmte Schriftstellerin begeistert die Leser immer wieder mit ihren romantisch-dramatischen Romanen, die sich vor der spannenden Kulisse der Geschichte abspielen.

VICTORIA HOLT

Das Schloß am Meer
01/5006

Das Haus der tausend Laternen
01/5404

Die siebente Jungfrau
01/5478

Der Fluch der Opale
01/5644

Die Braut von Pendorric
01/5729

Das Zimmer des roten Traums
01/6461

Die geheime Frau
04/16

JEAN PLAIDY

Der scharlachrote Mantel
01/7702

Die Schöne des Hofes
01/7863

Im Schatten der Krone
01/8069

PHILIPPA CARR

Die Erbin und der Lord
01/6623

Die venezianische Tochter
01/6683

Im Sturmwind
01/6803

Die Halbschwestern
01/6851

Im Schatten des Zweifels
01/7628

Der Zigeuner und das Mädchen
01/7812

Sommermond
01/7996

Darüber hinaus sind von Philippa Carr noch als Heyne-Taschenbücher erschienen: „Geheimnis im Kloster" (01/5927), „Der springende Löwe" (01/5958), „Sturmnacht" (01/6055), „Sarabande" (01/6288), „Die Dame und der Dandy" (01/6557).

Wilhelm Heyne Verlag München

Susan Howatch

*Die bewegenden, mitreißenden
Gesellschaftsromane der
englischen Bestseller-Autorin
Ein faszinierendes
Lesevergnügen*

01/7908

01/5715

01/5820

01/5859

01/5920

01/5974

01/6015

Wilhelm Heyne Verlag München